Fanatic

ANNA DAY

Fanatic

Aus dem Englischen von Britt Somann-Jung

CHICKEN HOUSE

Für
ELLIE
und
CHARLIE

In genau einer Woche werde ich gehängt.

Ich werde für meine Freunde, meine Familie und vor allem für die Liebe gehängt. Ein Gedanke, der überraschend wenig Trost spendet, wenn ich mir vorstelle, wie sich die Schlinge um meinen Hals zieht, meine Füße nach festem Boden suchen, meine Beine strampeln … in der Luft tanzen.

Heute Morgen war ich noch völlig ahnungslos. Heute Morgen war ich bei der Comic-Convention, habe den Geruch von Hotdogs, Schweiß und Parfüm aufgesogen und die leuchtend bunten Kostüme, das Blitzlichtgewitter, die Basstrommeln und Geigen auf mich wirken lassen. Und gestern war ich noch in der Schule, war gestresst wegen eines blöden Englisch-Referats und habe mir gewünscht, in einer anderen Welt zu sein.

Man sollte mit seinen Wünschen vorsichtig sein. Sie könnten in Erfüllung gehen. Und dann kann es wirklich ätzend werden.

KAPITEL 1

Ich erhebe mich von meinem Platz, merke, dass mein Maxirock an den Schenkeln klebt, und zupfe diskret die Baumwolle von meiner Haut.

»Hau rein«, flüstert Katie.

Ich gebe keine Antwort. Warum habe ich mich freiwillig für dieses blöde Referat gemeldet? Vor Publikum reden: nicht meine Stärke. Seien wir ehrlich, vor Publikum *irgendwas:* nicht meine Stärke.

»Wann immer du so weit bist, Violet«, sagt Miss Thompson.

Ich ziehe ein letztes Mal an dem Stoff und mache mich auf den Weg nach vorn. Ich fühle mich plötzlich sehr klein, als könnten meine Klassenkameraden mit ihren Augen Schrumpfstrahlen aussenden. Violet, das schrumpfende Veilchen, ein totales Mauerblümchen. Ich muss lachen – jetzt wirke ich nicht nur nervös, sondern regelrecht gestört.

Miss Thompson lächelt mir von ihrem klapprigen Schreibtisch aus zu. »Also, Violet, dann erzähl uns mal von deinem Lieblingsbuch, das heißt …?«

»*Der Galgentanz* von Sally King«, antworte ich.

Von den Jungs in der letzten Reihe kommt kollektives Stöhnen. Aber sie tun nur so, als wären sie enttäuscht. Vor weniger als einem Jahr habe ich sie im Kino gesehen, als die Verfilmung anlief, und ich weiß noch, dass sie alle mit verdächtig roten Augen rauskamen.

Ich atme tief ein und fange an zu reden.

»Es gab einmal eine Rasse, die als die Menschen bekannt war. Die Menschen waren klug und ehrgeizig, aber sie waren auch gierig. Ihre Gier zeigte sich darin, dass sie zunehmend von Perfektion besessen waren – dem perfekten Körper, dem perfekten Geist, dem perfekten Leben. An der Schwelle zum zweiundzwanzigsten Jahrhundert führte diese Besessenheit zur ersten Generation genetisch erweiterter Menschen.«

Ich mache eine dramatische Pause und blicke mich im Klassenzimmer um. Ich hatte gehofft, die anderen würden gebannt aussehen, große Augen machen, aber stattdessen wirken sie wie im Halbschlaf. Betäubt.

»Die Gems. Genetisch erweiterte Menschen. Groß, stark, gut aussehend, Intelligenzquotienten über 130. Es dauerte nicht lange, bis die Gems in schöne ländliche Gegenden zogen, genannt die Auen, wo es weder Krankheiten noch Verbrechen gab.«

Ich verlagere das Gewicht von einem Fuß auf den anderen, streiche mir das Haar aus dem Gesicht und schiebe den bohrenden Gedanken, dass ich mich gewaltig zum Affen mache, in den hinteren Teil meines Hirns.

»Aber was war mit den nicht genetisch erweiterten Menschen? Mit normalen Männern und Frauen wie uns. Man nannte sie bald die Imperfekten, die Unvollkommenen oder Imps. Sie wurden in die alten Städte gesperrt – London, Manchester, Paris, Moskau –, in denen Krankheiten und Verbrechen grassierten, wurden weggeschlossen hinter kilometerlangen Stadtmauern und bombardiert, bis sie sich unterwarfen. Nur die stärkeren und begabteren Imps durften die Auen betreten, um den Gems als Sklaven zu dienen.

Das Wort ›Mensch‹ wurde unüblich … tabu.

Es gab nur noch Gems und Imps.«

»Also bin ich ein Imp«, sagt Ryan Bell von hinten. »Versteh ich dich richtig?«

Eine Nervensäge, na toll. Genau das, was ich brauche. Ich wünschte, ich hätte den Mumm, darauf hinzuweisen, dass ihm das ja wohl klar sein dürfte, nachdem er den zweistündigen Film geguckt hat – das Taschentuch immer schön an der Nase.

»Halt die Klappe, Arschgesicht«, sagt Katie. Ihr roter Bob schwingt in einem perfekten Bogen herum, als sie sich nach ihm umdreht. Ich kann ihre Miene nicht erkennen, aber ich weiß, dass sie ihm diesen ganz bestimmten Blick zuwirft. Den, bei dem sie ihre erbsengrünen Augen zu Schlitzen verengt und die Lippen aufeinanderpresst.

»An mir ist nichts Imperfektes«, sagt Ryan.

Katie macht ein komisches Geräusch, irgendwas zwischen einem Lachen und einem Husten.

Miss Thompson runzelt die Stirn. »Ich glaube, Violet will sagen, dass wir alle Imps sind, Ryan. Es sei denn, du bist ein Supermensch aus der Zukunft – was ich stark bezweifle.«

Tief durchatmen. Ignorier die zitternden Lippen.

»Um die dauerhafte Unterwerfung der Imps sicherzustellen, versammelten sich die Gems jede Woche in großen Amphitheatern und sahen zu, wie Imps gehängt wurden, der sogenannte Galgentanz. Aber einige Imps weigerten sich, ihr Schicksal zu akzeptieren, und schlossen sich zu einer Rebellengruppe zusammen, die für ihre Rechte kämpfte. Der Rebellenführer hieß Thorn.«

Ich wühle in meinen Notizen und finde sein Bild. Ein Ausdruck aus dem Film. Miss Thompson nimmt es mir aus den klammen Fingern und heftet es an die Wand. Thorns Bild fängt seine Kraft und seine Entschlossenheit nicht annähernd ein. In diesem kleinen Format sieht er aus wie irgendeine Fesselspiel-Piraten-Action-Figur, von Kopf bis Fuß in schwarzes Leder gehüllt, mit einer Augenklappe quer über dem wohlgeformten Gesicht.

»Thorn schmiedete einen ausgefeilten Plan, die Gem-Regierung zu unterwandern, und bat seine zwei vertrauenswürdigsten Rebellen, einen jungen, weiblichen Imp anzuwerben.

Sie rekrutierten Rose.«

Rose. Die Heldin dieser Geschichte. Leidenschaftlich, impulsiv, mutig. Es vergeht kein Tag, an dem ich mir nicht wünsche, wie sie zu sein. Bislang fällt der Vergleich so aus …

Leidenschaftlich: Mein Spitzname ist Violet die Jungfrau.

Impulsiv: Ich habe mehr als zwei Tage mit der Vorbereitung dieses Kurzreferats verbracht.

Mutig: Mein Gesicht hat angefangen zu schwitzen.

Tatsächlich haben wir nur die blasse Haut und den Männergeschmack gemein.

Ich nicke Miss Thompson zu, die das Zeichen versteht und zum interaktiven Whiteboard geht. Ein YouTube-Clip beginnt – die Eröffnungsszene des Films. Die Kamera zoomt auf Rose, die an der Außenwand des Kolosseums hochklettert. Sie sieht fantastisch aus, das lange schwarze Haar ergießt sich über ihren Rücken. Begleitet von anschwellenden Geigen erreicht sie die Krone der Mauer.

Die Kamera springt zu den Zuschauern im Kolosseum. Eine Gem-Menge, ihre schönen Gesichter lechzen nach Imp-Blut. Neun verurteilte Imps werden auf eine hölzerne Bühne geführt, die Schlingen um ihre Hälse gelegt. Ich weiß, dass sie kurz davor sind, befreit zu werden, dennoch spüre ich ein banges Ziehen im Bauch. Ich sehe kurz zu meinen Klassenkameraden. Sie sehen tatsächlich besorgt aus, gebannt. Ein Lächeln zupft an meinen Mundwinkeln.

Der Gem-Präsident erscheint auf einer großen Leinwand hinter der Bühne und stellt die verurteilten Imps mit ihren angeblichen Verbrechen vor: Diebstahl, Vergewaltigung, Mord. Die Kamera schwenkt wieder zu Rose, das schwarze Haar weht um ihr Gesicht – sie weiß, dass man den verurteilten Imps nichts anderes als Armut und Hunger vorwerfen kann. Sie zieht eine Granate aus ihrem Gürtel, küsst sie sanft und schleudert sie dann über die Menge.

Der Clip endet, kurz bevor die Bombe explodiert.

Ich wende mich wieder der Klasse zu, beflügelt durch ihr plötzliches Interesse.

»Während die Gems von der Bombe abgelenkt waren, starteten die Rebellen eine Rettungsaktion und bewahrten die verurteilten Imps vor dem Galgen. Rose glitt unbemerkt wieder die Außenwand hinunter. Sie hatte sich als Rebellin bewiesen.

Deshalb übertrug Thorn ihr die bis dahin gefährlichste Aufgabe: die Harper-Mission. Rose infiltrierte das Harper-Anwesen tief in den Auen und gab sich als Sklavin des Hausherrn aus – Jeremy Harper, ein mächtiger Gem-Funktionär. Um an geheime Gem-Informationen heranzukommen, freundete sich Rose bald mit Jeremys Sohn an.

Jeremys Sohn hieß Willow.«

Willow. Der Hauptgrund, warum ich gern Rose wäre. Obwohl meine Hände immer noch zittern und Reste von Adrenalin durch meine Venen rauschen, lasse ich sein Bild nicht los und halte es hoch, um es der Klasse zu zeigen. Ich kann den Gedanken nicht ertragen, dass eine Reißzwecke ein Loch in sein vollkommenes Gesicht stechen könnte. Stundenlang habe ich auf dieses Poster gestarrt und mir jede Kontur seiner Gesichtszüge eingeprägt, die karamellfarbene Haut und die Wangenknochen. Ich höre ein paar Seufzer von den Mädchen, Wows, denen Gekicher folgt. Ich stecke sein Bild wieder zu meinen Unterlagen, ein gewisser Besitzanspruch nagt an mir.

»Spionage und eine Beziehung zu einem Gem: zwei Vergehen, die jeder Imp mit dem Tod bezahlt. Aber Willow war liebenswürdig und schön und Rose wurde bald klar, dass ihre starken Gefühle die größte Gefahr für sie waren. Unfähig, ihn zu hintergehen, floh sie aus dem Haus, ohne ihre wahre Identität als Rebellin zu verraten. Sie kehrte in die Imp-Stadt zurück und informierte Thorn, dass die Harper-Mission gescheitert …«

»Langweilig«, sagt Ryan.

»Ryan, ganz im Ernst«, fährt Miss Thompson ihn an. »Hör auf zu stören, du bist jetzt in der Oberstufe, da erwarte ich mehr von dir.« Sie dreht sich zu mir um und lächelt. »Und ich glaube, wir haben gerade den entscheidenden Wendepunkt erreicht, oder, Violet?«

Ich nicke. »Rose ist aus dem Haus geflohen, um Willow zu schützen, sie hat ihm den Vorrang vor den Rebellen gegeben. Sie hat sich für die Liebe entschieden.«

»Ja. Ein Beispiel dafür, dass moderne Unterhaltungsromane

immer noch traditionellen Handlungsmustern folgen … mach weiter, Violet.«

»Willow verkleidete sich als Imp und folgte Rose durch die Stadt, in dem verzweifelten Bemühen, sie zurückzugewinnen. Aber die Rebellen nahmen ihn gefangen und so erfuhr er schließlich von Rose' ursprünglichem, betrügerischem Plan. Mit gebrochenem Herzen und in Gefangenschaft schien alle Hoffnung verloren.

Doch dann gestand Rose ihm ihre wahre Liebe, und gemeinsam flohen sie vor den Rebellen, entschlossen, sich ein neues Leben aufzubauen.

Aber manchmal kann die Liebe nicht siegen.

Die Gems spürten die beiden auf und Rose musste zum Galgentanz. Man warf ihr vor, einen unschuldigen Gem verführt zu haben.«

Ein weiterer YouTube-Clip. Rose beim Galgentanz, doch dieses Mal steht sie mit einer Schlinge um den Hals auf der Holzbühne vorn im Kolosseum. Die Gem-Menge fordert in Sprechchören ihren Tod.

»STOPP!« Willow springt auf die Bühne. »Mein Name ist Willow Harper. Und auch der Imp, den ihr gleich hängen wollt, hat einen Namen. Rose. Sie ist die tapferste, gütigste Person, die mir je begegnet ist. Egal ob Imp oder Gem, sie ist ein Mensch. Sie ist keine Verführerin, keine Kriminelle. Sie ist meine beste Freundin. Und ich liebe sie von ganzem Herzen.« Er blickt ihr in die Augen. »Ich liebe dich, Rose.«

»Ich liebe dich auch«, ruft sie zurück.

Ich weiß, was passieren wird, natürlich weiß ich es, aber trotzdem spüre ich Tränen auf meinen Wimpern lasten, spüre diesen überwältigenden Drang, in das 2-D-Bild hineinzugreifen und das Seil zu kappen.

Die Falltür unter Rose' Füßen klappt auf. Ihr Körper stürzt, die Beine zucken und treten. Sie tanzt ihren letzten Tanz.

Der Clip ist zu Ende. Niemand spricht.

Endlich durchbricht Miss Thompson das Schweigen. »Welch wunderbar düsterer Augenblick, den die Autorin hier geschaffen hat. Aber es gibt doch sicher eine Art Happy End?«

Ich nicke und nehme mir das letzte Blatt meiner zerknitterten Notizen vor.

»Willow hielt Rose' leblosen Körper in seinen Armen, Tränen fielen auf ihr Gesicht. Er kritisierte die Gems dafür, den von der Regierung sanktionierten Mord zuzulassen, er flehte sie an, sich ihm anzuschließen. Diese tragische Szene bewegte die Gems so sehr, dass sie die Galgen niederrissen.

Der Galgentanz wurde endlich verboten.

Der Tod von Rose entfachte eine Revolution.

Und die Imps und Gems bezeichneten sich endlich wieder als Menschen.«

Die Wände scheinen meine Schlussworte aufzusaugen und irgendwie gelingt es mir zu schlucken, obwohl mein Mund wie ausgetrocknet ist. Wieder Schweigen. Ich wünschte, Alice wäre hier, sie würde klatschen und jubeln und »Zugabe« rufen … und alle anderen würden mitmachen.

Für einen Moment begegne ich Katies Blick. Sie zwinkert mir zu. Nicht ganz die öffentlich zur Schau gestellte Unterstützung, auf die ich gehofft habe, aber ich fühle mich trotzdem besser.

»Vielen Dank, Violet.« Miss Thompson blickt mich über den Brillenrand hinweg an. »Was für ein wunderbares Referat.«

»Danke, ich wollte dem Buch gerecht werden.«

Miss Thompson lächelt. »Das ist angekommen, so anschaulich, wie du es gestaltet hast. Aus dir machen wir noch eine Schriftstellerin.«

Vor Freude werde ich rot. Schreiben ist Alice' Ding. Ich habe mich noch nie herangewagt. Bis jetzt. »Danke, Miss Thompson.«

Arschkriecherin. Streberin. Gezischel von hinten.

Ich nehme wieder Platz. Katie stupst mich an und flüstert: »Das ist echt gut gelaufen.« Aber ich kann Ryan und seine Komplizen immer noch kichern hören, ihre Worte verschwimmen, meine Wangen fangen wieder an zu glühen und zu jucken und meine verdammten Notizen kleben immer noch an meinen Händen. Rose hätte nie die Fassung verloren. Ich lasse mir die Haare vors Gesicht fallen, wie ein dunkles, gewelltes Schild.

»Ich hoffe, ihr habt es alle gemerkt«, sagt Miss Thompson. »Wir haben die Plots von drei verschiedenen Romanen kennengelernt und sehen dennoch, wie sie alle in etwa derselben Struktur folgen.«

Die Pausenglocke klingelt, begleitet vom Geraschel und Geklapper mit Büchern, Stiften und Rucksäcken.

Katie hilft mir, das klebrige Papier von meinen feuchten Händen zu zupfen. »Himmel, du liebst dieses verdammte Buch wirklich.«

»Ja.«

»Du hättest dein Gesicht sehen sollen, als du Willow erwähnt hast.«

»So sieht mein Gesicht eben aus.«

Sie klimpert mit den Wimpern. »Doch Willow war liebenswürdig und schön, und Violet – sorry, ich meine Rose – wurde bald klar, dass ihre wild gewordenen Hormone die größte Gefahr für sie waren.« Sie schürzt die Lippen, was die Sommersprossen auf ihrer Nase in die Länge zieht.

»Hör auf.« Ich lache. Katie bringt mich immer zum Lachen. Die Anspannung weicht aus meinem Körper und ich schaffe es endlich, die sich auflösenden Notizen in meine Tasche zu stopfen. Katie ist erst letzten Sommer von Liverpool nach London gezogen, deshalb kenne ich sie noch nicht so lange, aber wir hatten sofort einen Draht zueinander. Ich liebe ihren trockenen Humor und sie benutzt zum Schreien komische Schimpfwörter wie »Eierkrauler« und »Bumsnudel«. Ihr leichter Liverpooler Akzent lässt sie bodenständig wirken – »das Salz der Erde« hat Dad sie einmal genannt –, aber mit ihren puppenhaften Zügen und dem hellroten Haar könnte sie auch einem Jane-Austen-Roman entsprungen sein … Sie spielt sogar Cello. Das Einzige, was ich spiele, ist Xbox.

»Mach dir keine Gedanken wegen Arschgesicht, der steht einfach auf dich«, sagt sie.

»Ja, klar. Es ist ihm peinlich, dass Alice und ich ihn letztes Jahr im Kino beim Heulen erwischt haben.«

Sie schiebt ihren Stuhl zurück. »Ach, komm schon, du weißt, dass du heiß bist.«

Ich lache. »Ja, ich schwitze wie ein Schwein nach dieser Pleite.«

»Nur weil du nicht einsachtzig und blond bist, so wie *gewisse* Leute.«

Sie meint Alice. Ich antworte nicht. Es ist schwer, wenn deine beste Freundin aussieht wie Britain's Next Top Model. Ein kleines

Körnchen Neid steckt in meiner Brust und ich hasse mich selbst dafür. Wir mischen uns unter die Schüler im Gang, alle wollen dringend nach Hause.

Ich wechsle das Thema. »Ich kann nicht glauben, dass du *Galgentanz* immer noch nicht gelesen hast, das gehört zum Erwachsenwerden.« Die Menge beraubt mich meiner Stimme und ich fühle mich wieder einmal sehr klein.

»Tja, ist ja jetzt nicht mehr nötig. Du hättest einen Spoiler Alert einbauen sollen.«

»Du hast nicht mal den Film gesehen.«

»Auch da – Spoiler Alert.«

Mithilfe unserer Ellbogen drängen wir uns durch eine Gruppe zehnjähriger Mädchen, die das ungeschriebene Gesetz, Oberstufenschülern Platz zu machen, offenbar nicht kennen.

Versehentlich-absichtlich trete ich einem blonden Mädchen auf den Zeh. »Ja, aber Russell ist echt scharf.« Ich rede von Russell Jones, dem Schauspieler, der in der Verfilmung die Rolle des Willow übernommen hat.

»Wirklich? Das hast du ja noch nie erwähnt. Da kommt Alice.« Das Lächeln weicht nicht von Katies Lippen, aber es verschwindet völlig aus ihren Augen. Genau wie ich kann sie erkennen, wann Alice im Anmarsch ist, indem sie die anderen studiert. Alle Jungen blicken sich um, die Mädchen verstummen und ziehen die Augenbrauen zusammen.

Und tatsächlich, die Menge teilt sich wie das Rote Meer, doch dieser Moses hat lange, gebräunte Beine, hinter denen alles andere verschwindet, während er auf uns zuschreitet. Ein Lächeln bringt Alice' vollkommenes, ovales Gesicht zum Leuchten. Sie hat dieses Lächeln schon immer gehabt, schon als sie mir am ersten Tag in der Grundschule begegnet ist, die Art von Lächeln, die bewirkt, dass man ihr ihre Schönheit verzeiht.

Sie bleibt mitten im Korridor stehen, vertraut darauf, dass niemand sie anrempeln wird. »Also, wie ist es gelaufen?«

»Es war ein Haufen Scheiße«, sage ich.

Katie klopft mir auf den Rücken. »Nein, war es nicht, es war super.«

»Ja, ein großer Haufen Scheiße«, entgegne ich.

Alice wirft sich das helle Haar über die Schulter. »Mach dir keine Sorgen, Vi, sie begreifen die Schönheit von *Der Galgentanz* einfach nicht – Banausen.« Sie wirft Katie einen bedeutungsschwangeren Blick zu.

»Es ist ja nicht gerade Shakespeare«, murmelt Katie.

Alice seufzt. »Ich wünschte, ich wäre auch im Kurs von der alten Thompson, ihr macht echt bessere Sachen als wir. Handlungsstruktur, dazu hätte ich wirklich was beitragen können.« Sie erinnert uns nur zu gern daran, dass sie ein aufsteigender Stern der Fanfiction-Szene ist. Sie verfasst jede Menge neues Zeug, das auf *Der Galgentanz* basiert, baut den Plot um, unterwirft die Figuren ihrem Willen. Es ist nicht ohne Ironie, dass sie dieses Bedürfnis hat, obwohl sie die Leute schon im echten Leben so mühelos dazu bringt, ihre Wünsche zu erfüllen – vielleicht perfektioniert sie diese Kunst beim Schreiben. Ich schlucke das kleine Neidkörnchen wieder herunter.

»Miss Thompson hat gesagt, Violet könnte Schriftstellerin werden«, sagt Katie.

Alice sieht mich an und zwinkert mir mit einem tintenblauen Auge zu. »Blödsinn. Dafür hast du nicht die nötige Fantasie, du würdest nur immer wieder *Der Galgentanz* schreiben.« Sie legt mir einen Arm um die Schultern und drückt mich. »Was natürlich gut ist.« Der Duft ihres Haars – Kirschblüte und Zitronengras – steigt mir in die Nase. Plötzlich fühle ich mich sehr besonders, weil Alice mich in der Öffentlichkeit umarmt.

Katie guckt auf ihre Uhr. »Also, Leute, ich muss los, in fünf Minuten hab ich Cello. Ich seh euch morgen, okay?«

»Comic-Con«, sagen Alice und ich gleichzeitig. Wir sehen uns an und lächeln. Wir warten schon seit Monaten darauf: Wir werden Russell treffen. *Willow.* Mein Mund wird wieder trocken und ich spüre dieses aufgeregte Kribbeln im Bauch, ein Gefühl, als hätte man meine Haut einmal kräftig trocken gerubbelt.

»Wir gehen als Figuren aus *Der Galgentanz*, abgemacht?«, sagt Alice.

»Ja, Nate plant schon seit Tagen sein Kostüm«, antworte ich. Nate ist mein kleiner Bruder und er liebt *Der Galgentanz* noch mehr als ich, sofern das möglich ist, deshalb hat Mum darauf bestanden, dass er mitkommt. Danke, Mum.

Katie macht sich auf den Weg. »Wir sehen uns morgen, Fangirls«, ruft sie uns über die Schulter zu.

KAPITEL 2

Als ich heute Morgen in mein Kostüm geschlüpft bin, habe ich plötzlich begriffen, wieso Clark Kent fliegen kann und wie Peter Parker es schafft, mit seinen klebrigen Händen die Wände hochzuklettern. Es ist das Gefühl, dass du sein kannst, wer du möchtest … dass du alles schaffen kannst. Ich habe mir ausgemalt, wie ich Rose' Kraft und ihre Schönheit aufsauge, einfach indem ich ihre Kleider trage – dass sich das Sackleinen mit meiner Haut verwebt und ein Teil von mir wird.

Dieses Jahr habe ich mich voll und ganz aufs Cosplay eingelassen. Braune Tunika, grüne Leggings, Kampfstiefel, mein dunkles Haar darf sich locken und kräuseln. Ich habe mir sogar olivfarbenen Lidschatten auf die Wangen geschmiert, um kampfbereit auszusehen. Mein einziges Zugeständnis an die Eitelkeit ist eine rote Schärpe, die ich mir um den Bauch gebunden habe und die meine schmale Taille betont. Ich fühlte mich tatsächlich kampfbereit, bereit für die Comic-Con, bereit, die Gems zu stürzen.

Aber jetzt, da ich im Rhythmus der U-Bahn schwanke, fühle ich mich nur noch wie ein Idiot.

Die Tunnel gehen von Schmiedeeisen zu Backstein über, während wir zur Haltestelle Kensington Olympia rasen. Ich spüre die stechenden Blicke von über sechzig Augen im Rücken und meine Finger umklammern den Handlauf noch ein bisschen fester. Aber als ich endlich nicht mehr auf den schmutzigen Wagenboden starre, bemerke ich, dass die meisten Passagiere entweder Katie – die noch dämlicher aussieht als ich – oder Alice angaffen.

Kein Wunder, die Leute starren Alice immer an und in ihrem stahlblauen Minikleid, an eine gelbe Haltestange gelehnt, als würde sie gleich eine Poledance-Nummer starten, zieht sie heute noch größere Aufmerksamkeit auf sich als sonst. Das helle Haar fällt ihr den Rücken hinunter und mit einem Anflug von Stolz bemerke ich, dass sie die Halskette mit dem halben Herzen trägt. Ich spiele mit der anderen Hälfte an meinem Hals, die gezackte Kante pikst mir in die Fingerspitzen. Sie studiert ihr geisterhaftes Spiegelbild im Fenster und beißt sich auf die bemalten Lippen, als wäre etwas nicht ganz in Ordnung. So ist das, wenn man wunderschön ist – man hat wirklich viel zu verlieren.

Ich berühre ihre Hand, eine Angewohnheit aus Kindertagen. »Du siehst fantastisch aus.«

»So wie du.« Sie zeigt ihr perfektes Lächeln.

»Ich sehe aus wie ein Straßenkind.«

»Ich dachte, darum geht's. Rose ist ein Straßenkind, wie alle Imps.«

Katie stöhnt und sieht an ihrer knabenhaften Gestalt hinunter. Sie trägt einen schwarzen Catsuit, um dessen Mitte sich diagonal eine Reihe bunter Strümpfe winden – wie seltsame Schlingpflanzen, die einen Baum umarmen. »Wenigstens rutschen euch nicht immer die Strumpfhosen runter.« Sie bringt einen neongelben Strumpf unter ihrer Achsel wieder in Position und müht sich, ihn mit einer Sicherheitsnadel zu befestigen.

Nate wirft ihr einen Seitenblick zu. »Du weißt schon, wie eine Doppelhelix aussieht, oder, Katie? Dein Kostüm erinnert mich eher an eine Riesenrutsche im Schwimmbad.« Er ist vierzehn, sieht aber aus wie zwölf und redet manchmal wie Sheldon Cooper aus *Big Bang Theory*. Und verkleidet als sein Held Thorn wirkt er wirklich albern. Die Augenklappe ist viel zu groß für sein eckiges Gesicht und der Ledermantel schlottert um seinen schmalen Körper. Er wirkt nicht mal alt genug, um Pizza auszuliefern, geschweige denn den Befreiungskampf der Imps anzuführen.

Katie betrachtet die Silhouette seines Mantels. Sie presst die Lippen zusammen, damit ihr keine Beleidigung rausrutscht, und grummelt stattdessen: »Ich weiß, ich weiß«, bevor sie durch die Bewegung des Zugs mit der Sicherheitsnadel abrutscht. »Mist«, murmelt sie und lutscht das Blut von ihrem Finger, bevor sie sich wieder Nate zuwendet. »Ich wollte aber nicht als Imp gehen. Alle werden als Imps gehen …« Sie blickt zu mir und unter ihren anmutigen Zügen flackert es schuldbewusst »… tut mir leid, Vi. Und ich konnte ja wohl kaum als Gem gehen, nicht so wie Alice die Amazone. Ich bin ja nicht mal einssechzig.«

Alice streicht sich übers Haar, als würde sie ihrem Hirn eine Idee entlocken. »Es gibt viele attraktive Zwerginnen … Tinkerbell … Schlumpfine.«

»Wer schwärmt denn schon für einen Schlumpf?«, fragt Katie.

»Ein anderer Schlumpf«, sage ich.

Die U-Bahn erreicht einen ruhigen Streckenabschnitt und Katie schließt endlich die Nadel. »Tja, ich bin aber kein verdammter Schlumpf. Ich bin eine Helix und stolz darauf.«

»Du solltest dich geschmeichelt fühlen«, sagt Nate. »Wer will schon aussehen wie diese menschliche Barbie?« Er deutet auf Alice.

»Oh, danke, Nate«, sagt Alice und ihre Wangen färben sich rot.

Er lässt seine Augenklappe hochschnappen und sieht sie lange fest an. »Das war kein Kompliment. Fieser Frankenstein-Gem.«

»Das ist brillant … Fieser Frankenstein-Gem … und das ist nicht aus dem Original … dem Kanon?« Sie bezieht sich auf *Der Galgentanz* immer als *Kanon*, um uns an ihren Status als Fanfiction-Autorin zu erinnern. Sie hat sogar angefangen, ihre eigenen Texte als *Aktualisierung* zu bezeichnen, als wäre der Originalroman im Vergleich dazu völlig altbacken. Sie hat keine Ahnung, wie arrogant sie sich dadurch anhört. Sofort fischt sie ihr iPhone aus ihrer Michael-Kors-Tasche und fängt an, die Beleidigung einzugeben, ihre azurblauen Fingernägel klacken auf den Touchscreen. »Fieser Frankenstein-Gem, das werde ich definitiv in meinem nächsten Text verwenden.«

Nate atmet scharf aus. »Denk dir selbst was aus.«

Die U-Bahn wird langsamer und wir hören die Metalltüren mit einem Ploppen aufgehen. Die Scooby-Doo-Gang drängt herein, vor dem grauen Hintergrund der Bahn leuchten sie wie Smarties. Mir wird bewusst, dass wir fast da sind. Die Comic-Convention. Ich atme zitternd ein. In wenigen Stunden werde ich Russell Jones begegnen, Willow, und ich bin wie das Objekt seiner Begierde gekleidet – Rose. Die Julia für Romeo, die Scarlett O'Hara für Rhett Butler. Vor Freude würde ich in meinen überdimensionierten Imp-Stiefeln am liebsten einen kleinen Tanz aufführen.

»Dir ist schon klar, dass ihm Rose heute in hundertfacher Ausführung begegnen wird, oder, Schwesterherz?«

Ich hasse es, wie sehr Nate mich durchschaut.

Die verblichene Symmetrie der Olympia Messehalle scheint überhaupt nicht zum strahlenden Maihimmel und den comicartigen Figuren zu passen, die sich einen Weg zum Eingang bahnen. Wir stellen uns hinten an.

»Ich fühle mich auf einmal ziemlich overdressed«, sage ich und kann die Augen nicht von den vielen Hektar nackter Haut abwenden. Prinzessin Leia, Wonder Woman, Daenerys Targaryen – nichts als Schenkel und Dekolletés und Sonnenstudiobräune. Ich studiere meine blassen Unterarme und unterdrücke einen Seufzer. »Und mit overdressed meine ich, nicht annähernd nackt genug.«

»Worte, die kein kleiner Bruder mit anhören sollte«, sagt Nate.

Katie lacht. »Oooh, arme Violet. Was soll ich denn sagen?«

»Dass du besser als Lara Croft gekommen wärst«, sagt Alice. »Ernsthaft, Mädels – und Junge – wie kann es sein, dass ich die Einzige bin, die einen Wonderbra besitzt?« Sie streckt ihre beeindruckenden Brüste raus und zwinkert.

»Ich habe einen BH«, sagt Nate. »Von Sophie Wainright … er ist rot.« Er muss meine entsetzte Miene bemerkt haben, denn er fügt schnell hinzu: »Nichts Anzügliches. Ich habe ihn von ihrer Wäscheleine geklaut, als Mutprobe.« Er wirft sich das sandfarbene Haar aus der Stirn, mehr Kobold als Junge.

Die Schlange bewegt sich nur langsam voran. Die Zeit scheint stillzustehen. Ich untersuche jeden Stich von Indiana Jones' Weste, jeden roten Pinselstrich auf Iron Mans Brust. Ich stelle mir Russell Jones' Gesicht vor, den Schwung seiner Oberlippe, die Art und Weise, wie seine Hand meine streifen wird, wenn wir Seite an Seite für die Kamera posieren. Als ich den Eingang erreiche, hat sich die Eintrittskarte in meinen schwitzigen Händen so gut wie aufgelöst.

Ich bin schon vor ein paar Monaten mit der Schule in der Olympia-Messehalle gewesen. Katie und Alice waren auch dabei, sahen aber etwas normaler und etwas weniger aufgeregt aus. Ich erinnere mich noch daran, wie die Sonne durch die Glasfront fiel und die Staubpartikel zum Kuppeldach hinauftanzten, an das weiße Gitterwerk der Stahlträger. Die Halle sah wundervoll aus, wie ein riesiger, in Vergessenheit geratener Ballsaal. Heute, da sich die lebendige und leicht verwirrende Cosplay-Community darin drängt, fühlt es sich an, als würde man ein Filmset oder ein anderes Universum betreten.

»Das ist großartig«, sagt Katie. Es ist das erste Mal, dass ich sie begeistert von etwas erlebe, das zumindest entfernt mit *Der Galgentanz* zu tun hat.

Ich nicke. »Endlich kapiert sie's.«

Die bange Aufregung kehrt zurück, während ich angestrengt versuche, alles in mich aufzunehmen. Cosplayer und normal gekleidete Fans drängen sich auf der Galerie und in der Haupthalle. Sie reden, lachen und posieren für Fotos, allein die bloße Menge führt dazu, dass ich mich unbedeutend fühle. Werbebanner hängen wie große, bunte Segel von der Decke, präsentieren Slogans und retuschierte Gesichter. *Game of Thrones, Star Wars, Galgentanz.* Die Luft fühlt sich auf meiner Haut fast feucht an, durchzogen vom Geruch nach Hotdogs, Schweiß und Parfüm. Blitzende Kameras umgeben mich und ich fühle mich wie im Inneren einer riesigen Discokugel.

»Da ist Willow.« Alice packt mich am Arm, ihre Finger bohren sich wie Klauen in meine Haut. Einen Augenblick lang glaube ich, dass sie tatsächlich *ihn* sehen kann – Russell Jones –, und mein Magen krampft sich zusammen. Aber dann sehe ich, dass sie auf das Banner über uns zeigt, von dem sein Gesicht auf uns hinunterstarrt wie ein riesiger Engel mit Selbstbräuner.

»Komm, lass uns den Galgentanz-Stand auschecken.« Sie stolziert voran und wie üblich teilt sich die Menge.

Ich spüre Nate, der seinen Arm an meinen drückt, als hätte er Angst, mich zu verlieren. Und plötzlich empfinde ich die erdrückende Last elterlicher Verantwortung. Mums Worte pochen in meinem Kopf: *Du musst gut auf deinen kleinen Bruder aufpassen, Violet.* Ich hake mich bei ihm unter und dränge Alice hinterher, wobei ich meinen Ellbogen in mehrere Spocks ramme und über Captain Americas Zehen hüpfe. Ich weiche einer anderen Rose aus, die mich finster anfunkelt, und zwänge mich an Boba Fett vorbei. Er trägt seinen Helm unter dem Arm und das dunkle gegelte Haar klebt ihm an der Stirn. Er zwinkert mir zu, zwinkert allen Ernstes, als würde er nicht wie ein übergroßes silbernes Krustentier aussehen. Insgeheim freue ich mich, dass er *mir* zugezwinkert hat und nicht Alice. Vielleicht kann ich wirklich sein, wer ich möchte … kann alles schaffen. Ein Lächeln zupft an meinen Lippen.

»Wirst du wohl aufhören, an Russell zu denken?«, sagt Katie, die meine Miene studiert.

Ich blicke auf meine Uhr. »Jetzt dauert es nicht mal mehr eine Stunde.«

»Vergiss nicht, dass es eine Schlange geben wird«, sagt Alice. »Willow ist der heißeste Typ, den es je in einer Dystopie gegeben hat.«

»Wenn Willow dabei ist, muss es wohl eher eine Utopie sein«, entgegne ich.

Alice prustet. »Gale … Four … für mich sind diese Typen allesamt Utopien.«

»Aber was für blöde Namen«, sagt Nate und weicht Spiderman aus. »Ein ungeschriebenes Gesetz im dystopischen Roman: Das Objekt der Begierde muss einen dämlichen Namen haben.«

Katie lacht. »Und ganz normale Dinge bekommen spezielle Namen, nur damit sie furchteinflößender klingen.«

»Stimmt genau«, sagt Nate.

»Und die von der Regierung sind immer die Bösen«, sagt Katie. »Ohne Ausnahme. Das ist so vorhersehbar. Kein Wunder, dass ich *Der Galgentanz* noch nicht gelesen habe, ich wette, da ist es genauso.«

»Du bist so eine Ignorantin«, blafft Alice.

»Jedenfalls ist Willow kein blöder Name«, sage ich, ein bisschen verletzt von der Bemerkung. »Er klingt natürlich … erdig. Er klingt wirklich nach Weidenblättern, die übers Gras streifen, gegeneinanderrascheln, durchs Wasser schlingern.«

»Amen«, sagt Alice.

Nate zieht meinen Arm an seine mageren Rippen. »Gott, bist du erbärmlich.«

Ich tue verächtlich, aber irgendwie hat er recht. Ich bin erbärmlich, was Willow angeht, obwohl ich weiß, dass er nur Fiktion ist – das Hirngespinst einer toten Autorin. Ich weiß auch, dass Russell Jones ein arroganter Typ ist, der Models flachlegt und Kokain schnieft … Aber in Abwesenheit von Willow werde ich mich mit seinem Avatar begnügen müssen.

Wo ich gerade davon rede: Ein Avatar läuft vorbei. Groß, breite

Schultern, ebenmäßige Züge. Er könnte tatsächlich attraktiv sein unter all dem Blau.

»O mein Gott«, quiekt Katie. »Ein sexy Schlumpf.«

KAPITEL 3

Wir warten in einem langen, abgedunkelten Raum auf unser Treffen mit Russell. Die Schlange ist kürzer als erwartet, nur ein paar Teenager, die auf ihren Telefonen durch Selfies scrollen.

Eine Frau mit Klemmbrett notiert unsere Namen und sammelt unsere zerknitterten Zehnpfundnoten ein. »Alles klar, wir liegen gut in der Zeit, ich bin gleich wieder bei euch.«

Sie führt die Selfie-Mädchen durch eine Tür am Ende des Raums. Ich recke den Hals, um einen ersten Blick auf Russell zu erhaschen, aber sie sind blöderweise zu schnell.

Alice packt meine Hand. »Ich kann nicht glauben, dass es gleich so weit ist.«

»Ich weiß«, antworte ich.

»Sehe ich okay aus?«, fragt sie.

Ich mache mir nicht mal die Mühe, sie anzusehen. »Ja, klar.«

»Glaubst du, dass Russell von mir gehört hat?«

Nate lacht. »Auf keinen Fall. Er ist ein Megastar, der wird sicher keine Fanfiction von irgendeiner Möchtegern-Sally-King lesen.«

»Danke, aber dich habe ich nicht gefragt«, antwortet Alice säuerlich. »Und nur zu deiner Information: Wer will schon Sally

King sein, die Ärmste hat sich nach nur einem Roman umgebracht. Ich werde eine Trilogie schreiben.«

»Na du bist ja einfühlsam«, sagt Nate. »Ruhe in Frieden, Sally King.«

»Wer hat dich eigentlich eingeladen, du Zwerg?« Alice pikst ihm in die Rippen und Nate quiekt, als wäre er fünf. Man könnte meinen, die beiden wären Geschwister, so wie sie sich aufführen.

Die Klemmbrettlady kehrt zurück. »Okay, ihr seid dran.«

Alice drängt sich an uns vorbei, ihre Absätze klacken über den Boden. Wir folgen ihr und betreten einen weiteren schwach erleuchteten Raum. Ich kann Russell Jones an der Rückseite stehen sehen, sein gestählter Körper klemmt zwischen den Selfie-Mädchen, seine starken Finger umfassen ihre Taillen. Er lächelt, als die Kamera blitzt und das hohe Gitterwerk des Bühnengerüstes und die Leinwand hinter ihm erleuchtet. Die Titelmelodie erfüllt meinen Kopf, lauter Geigen und Trommeln, und ich spüre einen plötzlichen Adrenalinkick.

Julia Starling – die Schauspielerin, die Rose darstellt – sitzt auf einem Tisch und redet mit ein paar Wachleuten. Im smaragdgrünen Schimmer der Scheinwerfer sieht sie noch ätherischer aus als sonst. Ihre feinen Hände flattern vor ihrem Gesicht, als ihr glockenhelles Lachen erklingt, und ihr Haar ergießt sich in dunklen, glänzenden Wellen über den Rücken, kein Gekräusel nirgends. Ich sehe, dass sie Jeans und eine weiße Bluse trägt. Plötzlich fühle ich mich wie eine Hochstaplerin, die in ihrer Tunika dasteht und so tut, als wäre sie Rose. Ich weiß, dass ich hübsch bin, auf eine sonderbare, blasse Weise (zumindest sagen mir Leute, dass ich hübsch sei, auf sonderbare, blasse Weise), aber an Julias Anmut und ihre feinen Züge komme ich niemals heran.

Die Selfie-Mädchen gehen. Ich sehe Russell einen Schluck Wasser nehmen. Ich kann sogar seinen Adamsapfel erkennen, der sich den Hals hinunterbewegt wie die Spitze einer Klinge.

»Viel Spaß«, sagt die Klemmbrettlady und begleitet uns zu ihm.

Er nickt uns zu und sein Blick bleibt sofort an Alice hängen. Das kleine Neidkörnchen dehnt sich aus und erfüllt meinen ganzen Körper.

Ein Lächeln stiehlt sich auf sein Gesicht, die Zähne sind so weiß, dass sie fast leuchten. »Eine Gem-Genossin. Eine unpopuläre Wahl, aber wenn man damit durchkommen kann, warum zur Hölle nicht?«

Alice lacht, ein nervöses Trällern. »Ja, oder?«

Er wirft sich das karamellfarbene Haar aus dem Gesicht und wendet sich mir zu. »Ah … Rose, meine Liebe, endlich hast du mich gefunden.« Seine Augen sind genau wie die von Willow, bernsteinfarbene Flecken leuchten in seinen Pupillen, wie Sonnenschein, der sich an einer schwarzen Kugel vorbeistiehlt, eine Sonnenfinsternis. Aber ihnen fehlt Willows Güte.

»Jules«, ruft er. »Hey, Jules, das ist die beste Rose des Tages.«

Julia blickt über ihre Schulter und grinst. »Bist du scharf auf meinen Job, Kleine?«

Ich öffne den Mund, um zu antworten, bringe aber keinen Ton heraus.

Sie lacht. »Ich mache nur Spaß … Du siehst echt toll aus. Ich liebe deine Schärpe.«

»Danke.« Mein Lächeln zerreißt mir fast das Gesicht.

Russell streckt Nate die Hand entgegen. »Und du musst Thorn sein.«

Nate schüttelt ihm ein bisschen zu aufgeregt die Hand. »Großer Fan, großer Fan, großer Fan, großer Fan …«

Russell zeigt auf die Brosche an Nates Tunika: ein aus Eiche geschnitzter Distelkopf. »Schöner Anstecker, das Symbol der Imp-Rebellen.«

»Mäht uns nieder und wir kommen stärker wieder.« Nate beginnt zu strahlen. »Du weißt schon, wie Unkraut.«

Russell klopft ihm auf den Rücken, ich glaube, damit er die Klappe hält. Dann wendet er sich an Katie. »Und … du bist?«

»Eine Doppelhelix«, sagt Katie.

»Clever, gefällt mir.«

Alice' Blick verfinstert sich und das Make-up auf ihrer sonst so makellosen Haut wird rissig.

Über uns knarrt es. Das smaragdgrüne Licht schwankt und jagt einen großen Schatten über Russells glatte Züge. »Also, wie hättet ihr es gern, Leute? Als Gruppe oder einzeln?«

»Gruppe«, antworten Katie und ich gleichzeitig.

Aber Alice hat es wohl nicht mitbekommen, denn sie sagt: »Einzeln, bitte.«

Ich höre es wieder knarren. Ich suche das Gerüst ab, es sieht eigentlich stabil aus. Die Geigen steigen mir wohl zu Kopf.

»Na, dann komm, Supermensch.« Russell legt einen Arm um Alice' Taille, aber ich spüre keine Eifersucht, mir ist bloß schwindelig, als hätte ich einen Wodka Red Bull auf ex gekippt.

Den Fotografen hatte ich bis jetzt noch gar nicht bemerkt. Er taucht aus dem Nichts auf, als hätte ihn jemand aus der Dunkelheit herausgeschnitten. Ich höre wieder dieses Knarren, ein weiteres Schwanken des smaragdgrünen Lichts.

»Also, wie heißt du?«, fragt Russell.

»Alice.«

»Na, jetzt bist du wirklich im Wunderland.«

Willow hätte so etwas nie gesagt. Enttäuschung steigt mir die Kehle hoch und lässt meine Lippen kribbeln. Die Kamera blitzt, bleicht ihre Gesichter, lässt einen weiteren Schatten über die Leinwand springen. Ich blinzele mehrmals.

Alice kichert. »Mein Künstlername ist Anime Alice. Ich schreibe ganz viel Galgentanz-Fanfiction, vielleicht hast du schon von mir gehört?«

Russell wirkt beeindruckt. »Du bist Anime Alice? *Die* Anime Alice. Klar habe ich von dir gehört. Im Netz bist du eine ziemliche Sensation. Hey, Julia, mach mal ein Foto von mir mit Alice, das kommt super auf Instagram.«

Alice kann sich eine hochgezogene Augenbraue für Nate nicht verkneifen, dann breitet sich das ansteckende Lächeln auf ihrem Gesicht aus.

Julia fischt ihr iPhone aus der Hosentasche. »Ich hoffe, er bezahlt dich dafür – Alice, nicht wahr?« Sie schießt das Foto. »Hey, bei der nächsten Comic-Con solltest du mit uns zur Fanfiction-Veranstaltung kommen und auf dem Podium sitzen. Du hast ein tolles Gesicht für PR.«

Alice öffnet den Mund, um zu antworten, aber die Trommeln in meinem Kopf werden lauter und ertränken den Rest ihrer Worte. Ein seltsamer Geruch steigt mir in die Nase, nach Medizin und brennendem Stoff. Ich presse die Hände an meine Schläfen, mein Puls schaltet einen Gang hoch.

»Violet?«, sagt Katie.

Das Knarren kehrt zurück, diesmal lauter, es sind definitiv keine Geigen. Und das smaragdgrüne Licht fängt an zu flackern, wie eine Glühbirne, die gleich durchbrennt oder von tausend Faltern umschwärmt wird.

»Violet? Ist alles in Ordnung?«, fragt Katie. Ihr Gesicht wechselt von grün zu weiß, von weiß zu grün.

Der Boden scheint dreißig Zentimeter nach links zu schwanken und ich fühle mich, als wäre ich gerade aus einem Karussell gestiegen. Der Haferbrei von heute Morgen hängt mir heiß und dick im Hals. Ich höre jemanden meinen Namen rufen. Ich wende mich um und sehe Nates Mund wie zum Gähnen aufgerissen, seine braunen Augen sind groß. Instinktiv blicke ich nach oben. Und da bemerke ich es. Der smaragdgrüne Scheinwerfer trudelt an einem Kabel, das Gerüst kippt nach vorn. Ich kann gerade noch mein Gesicht schützen, dann rast die gesamte Metallkonstruktion auf uns zu.

KAPITEL 4

Aufwachen fühlt sich an, als würde ich aus einem Sumpf hervorkriechen. Jedes Mal wenn ich an die Oberfläche komme und die frische Luft auf meiner Haut spüre, zieht mich irgendein dunkles Phantom wieder in die Tiefe. Es ist so verlockend, immer weiter zu versinken, aber der Gedanke, dass mich das Gerüst festnagelt und Nate, Alice, Katie … sogar Russell und Julia … gefangen hält, treibt mich an. Irgendwie zerre ich meinen Körper aus dem Morast, zwinge meine Augen, sich zu öffnen, nötige mein Hirn zu funktionieren.

Das Schild vom Notausgang hüllt den Raum in ein gespenstisches Licht. Ich kann die Metallstangen des Gerüsts gerade so erkennen, wie eine bizarre postmoderne Skulptur bohren sie sich in den Boden. Dieser Geruch nach Medizin und brennendem Stoff verdichtet sich in meiner Nase und sticht in den Augen.

»Nate.« Ich stütze mich auf die Ellbogen. Schmerz schießt mir durch den Kopf.

»Violet?« Seine Stimme zittert, sie schwebt über der gedämpften Titelmelodie und dem Schlagen von Metall auf Metall.

Ich strecke meine Finger aus, als könnte ich ihn so an mich ziehen. »Nate, alles in Ordnung bei dir?«

Ich sehe sein vor Angst verzerrtes Gesicht, das aus dem Dämmerlicht auf mich zu stolpert. »Violet, du blutest.« Er packt mich unter den Achseln und zieht mich in eine halb aufrechte Position. Mein Kopf fühlt sich an, als würde er gleich explodieren.

»Alice? Katie?« Ich fasse mit beiden Händen an meine nasse Stirn.

»Mir geht's gut … glaube ich.« Alice taumelt zu uns, ihr Kleid und ihre Schenkel sind von Aschestreifen überzogen. »Was zur Hölle ist passiert?«

Aber ich gebe keine Antwort, ich muss Katie finden. Ich lasse mich auf alle viere fallen und beginne, den Boden abzutasten. Sie stand direkt neben mir, sie kann nicht weit weg sein. »Katie? Katie?«

Zu meiner Rechten höre ich ein Stöhnen. Mein Kopf fährt herum, Schmerz schießt mir hinter die Augen und ich sehe ihre Neonstrumpfhosen, die im Dunkeln leuchten. Nate ist als Erster bei ihr. Gemeinsam mühen sie sich wackelig auf die Knie.

»Alles okay, alles okay«, murmelt sie wie zu sich selbst.

Der fremde Geruch wird stärker und wir hören ein weiteres Knarren, diesmal noch lauter.

»Der Notausgang …«, sagt Alice mit einer Stimme, die sich vor Panik fast überschlägt.

Und irgendwie gelingt es uns gemeinsam, in Richtung Ausgang zu wanken, während wir über Metall und Ausrüstungsgegenstände stolpern. Wir platzen durch die Tür, husten, spucken und klammern uns aneinander. Das Tageslicht sticht in den Augen und ich fühle mich wie ein Ghul, der blinzelt und vor der Helligkeit zurückschreckt. Es ist kalt geworden, ich bekomme Gänsehaut. Wir treten hinaus auf die Pflastersteine und pressen unsere Rücken an eine kühle Mauer.

»Wo zum Teufel sind wir?« frage ich. Zumindest formt mein Mund diese Worte, doch ich höre nur ohrenbetäubenden Lärm, als stünde ich in einem Tunnel, in dem ein Zug an mir vorbeirauscht – er rumpelt, ächzt und wirbelt Staub auf. Erst denke ich an einen schlimmen Fall von Tinnitus, mein Gehirn weigert sich, die Bewegung zu akzeptieren, aber dann verstehen meine Augen die Farben und Formen allmählich. Menschen. Tausende Menschen. Alle groß, schlank und in maßgeschneiderter Kleidung. Fäuste boxen in die Luft, Stimmen gellen, die Vibrationen der stampfenden Füße wandern die Rückseite meiner Schenkel hinauf.

»Wir müssen Hilfe holen«, schreit Nate und zieht sein Telefon aus der Hosentasche. Seine Augenklappe muss er irgendwann verloren haben, denn ich bemerke, dass in seinen Augen Tränen glitzern. »Kein Empfang«, sagt er.

Ich nicke, was ich sofort bedaure, der Schmerz schwappt in meinem Schädel umher wie ätzender Schleim. »Russell und Julia sind noch da drin …« *Und die Wachleute und die Klemmbrett-lady* … versuche ich zu sagen, aber meine Stimme geht in einer Trompetenfanfare unter.

»Ist das hier so ein Cosplay-Ding?«, ruft Alice.

Ich wische mir mit dem Ärmel das Blut vom Gesicht und blinzele schnell. Jetzt erkenne ich die Szene wieder. Wir befinden uns im Innenraum des Kolosseums aus *Der Galgentanz*, ganz hinten. Die aufsteigenden Zuschauerränge sind gefüllt mit perfekten, ebenmäßigen Gesichtern und umgeben uns von allen Seiten, sie lenken den Blick nach oben zur Krone der runden Steinmauer, die mit bewaffneten Gem-Wachen gesprenkelt ist. Vor uns drängt sich eine wütende Menge eigenmächtig vorwärts, vollkommene Körper, gekrönt mit dickem, glänzendem Haar. Ich kann nichts sehen, aber ich weiß, dass weiter vorne die Bühne mit den Galgen ist, vom Menschengewühl verborgen.

»Das ist das beste Cosplay aller Zeiten.« Alice zieht ihre abgebrochenen Stöckelschuhe aus und richtet sich auf, um besser sehen zu können.

Sie hat recht, sogar den Geruch haben sie richtig hinbekommen. Das Kolosseum liegt genau auf der Grenze zwischen Imp-Stadt und Auen und ich kann riechen, wie die Süße der Auen gegen den Schmutz der Stadt ankämpft. Blütenpollen und frisch gemähtes Gras prallen auf totes Fleisch und Essig.

»Scheiß aufs Cosplay«, schreit Katie. »Wir müssen jemanden vom Wachdienst finden.« Sie verlässt den Schutz des Notausgangs und flitzt in den Rücken der Menge.

»Scheiß auf den Wachdienst«, sagt Alice. »Wir müssen dafür sorgen, dass Russell das Foto postet.«

Nate hilft mir, mich aufzurichten, und obwohl mein Kopf sich anfühlt, als wäre er in Auflösung begriffen, bringt der Gedanke an Russell und Julia, die gefangen und verletzt sein könnten, meinen Körper dazu, sich in Bewegung zu setzen. Ich packe eine hohe, breite Schulter und bemerke kurz das Blut an meinen Fingern, als ich die Hand spreize. Ein Mann dreht sich um und sieht mich an. Die Symmetrie seiner Gesichtszüge raubt mir den Atem.

»Wir brauchen Hilfe.« Meine Stimme klingt kratzig und beschädigt wie eine alte Schallplattenaufnahme.

Einen Augenblick lang sieht er verwirrt aus. »Verzieh dich, Imp, oder ich rufe die Wachen.«

»Entschuldigung, Sie spielen ihre Rolle wirklich gut«, sagt Nate, »aber es gab einen Unfall. Das ist echtes Blut.«

Der Mann schubst Nate mühelos zu Boden. »Ich sagte, verzieh dich, Imp.«

»O Gott, Nate, alles in Ordnung?« Ich lasse mich neben ihn fallen und wische ihm den Dreck von den Händen.

»Ich dachte immer, *ich* wäre ein Galgentanz-Fanatiker«, sagt er. »Aber diese Fans sind ja hardcore.«

Ich springe auf und packe jemand anderen. Dieses Mal ist es eine Frau in den Vierzigern, vielleicht auch älter, das ist schwer zu sagen. Sie ist immer noch wunderschön, ihre Haut wirkt wie ein Schleier, den man über ihrem Gesicht glatt gezogen hat, ihr rotbraunes Haar fällt in Locken auf eine Seite. Sie sieht mich an und vor Abscheu werden ihre Mandelaugen schmal. »Fass mich nicht an, du … du dreckiger Imp … du Affe. Wachen!« Sie fängt an zu schreien. »Wachen!« Aber ihre Stimme wird von der Menge, der Fanfare und den stampfenden Füßen übertönt.

»Vergiss es«, sagt Nate und zieht mich am Arm.

Wir schlagen einen Bogen im Rücken der Menge, blicken hektisch nach links und rechts, versuchen jemanden … irgendjemanden … zu finden, der auch nur im Entferntesten offiziell aussieht. Katie scheint auch kein Glück zu haben, sie presst verwirrt die Lippen zusammen, als eine schlanke, blonde Frau ihr ins Gesicht schreit. Aber eine Gruppe besorgter Cosplayer versammelt sich um Alice, versorgt die kleine Schnittwunde an ihrem Unterarm und streicht ihr das goldene Haar aus dem Gesicht. Ausnahmsweise mal fügt Alice sich unauffällig ein. Sie müssen jede Model-Agentur in London … in ganz Großbritannien … kontaktiert haben, um alles so echt wirken zu lassen.

Ich steige die untersten Stufen hinauf, die zu den gestaffelten Sitzreihen hinten im Kolosseum führen, und Nate folgt mir. Wir können gerade eben die Menge überblicken und weiter vorn erkenne ich die Bühne. Eine klapprige Holzkonstruktion, die von einem dicken Balken überragt wird. Neun Seilschlingen baumeln daran herunter und liegen um die Hälse der neun verurteilten Imps. Ihre Gesichter leuchten mir von einer riesigen Leinwand dahinter entgegen. Ich kann jede Unvollkommenheit erkennen. Die leicht schiefen Gesichtszüge, das ungewöhnlich graue Barthaar, das Sammelsurium gelber Zähne. Selbst aus der Entfernung fällt ihre Unvollkommenheit auf. Ihr Körperbau ist nicht ganz richtig – zu dünn, etwas gebeugt, an den falschen Stellen ausladend. Ich bin tatsächlich erleichtert darüber, dass mir ihre Menschlichkeit entgegenstarrt.

»Das ist die erste Szene«, sagt Nate aufgeregt. »Mein Gott, sie haben wirklich alle Register gezogen. Die verurteilten Imps sehen genauso aus wie die Schauspieler im Film.«

Er hat recht. Ich kenne jede Sommersprosse und jedes Fältchen dieser neun Gesichter. Die Frau mit den blutunterlaufenen Augen, die sich wiederholt ans Ohr fasst, als könnte ihr diese Geste irgendeine Form von Trost spenden. Der Mann mit den blauen Flecken auf den Unterarmen, der die meiste Zeit die Augen geschlossen hält. Und ein Mädchen, das nicht älter als sechzehn sein kann, aber die Zähne mit solcher Hartnäckigkeit zusammenbeißt, dass ihre Kiefer fast zu verschmelzen scheinen. Ich kann jeden Imp in allen Einzelheiten beschreiben, ich habe den Film sechsundvierzig Mal gesehen.

Ich schlucke schwer. »Nate. Konzentrier dich. Wir müssen Hilfe finden.«

Die riesige Leinwand hinter der Bühne zeigt das Gesicht des mächtigsten Gems: Präsident Stoneback. Er sieht so unnatürlich aus, die Haut wie eine Trommel über perfekte Züge gespannt und mit unsichtbaren Reißzwecken festgesteckt. In dieser Größe wirken seine Augen wie riesige Glaskugeln, vollkommen hohl und zu keiner Wärme oder Güte fähig. Er wendet sich mit seiner durchdringenden Stimme an die Menge, genau wie im Film.

»Gem-Genossen, wir haben uns heute hier versammelt, um den Tod dieser Imps zu bezeugen. Schuldig des Raubs, der Vergewaltigung und des Mordes.« Die Menge jubelt. »Denn damit unsere Welt perfekt bleibt, müssen wir diese imperfekten Kreaturen auslöschen … dieses Ungeziefer.«

Der Trommelwirbel schwillt an. Der Henker, eine Gestalt in Schwarz, bewegt sich auf den Hebel zu. Ich weiß, dass es nur Show ist, aber ein ungutes Gefühl breitet sich in meinem Bauch aus. Irgendetwas stimmt hier nicht. Ich will gerade Nate von den Stufen ziehen, als Katie auf uns zu läuft, mit den Händen über dem Kopf herumfuchtelt und mit den Lippen lautlos das Wort *Julia* formt.

Wir blicken auf und sehen Julia Starling, die hoch oben auf der Mauerkrone steht, die Hände an den Hüften, das dunkle Haar im Wind flatternd. Vor dem Hintergrund des grauen Himmels sieht sie wirklich umwerfend aus. Furchterregend. Das ungute Gefühl verwandelt sich in Panik, mein Herz wirft sich gegen meine Rippen wie ein eingesperrtes Tier. Irgendetwas stimmt hier ganz und gar nicht. Sie ist vollkommen unverletzt entkommen und hat es irgendwie geschafft, sich als Rose zu verkleiden. Tunika, Leggings, Kampfstiefel. Ich sehe zu, wie sie mit der Faust ihre Lippen berührt. Sie sagt etwas zu sich selbst, hebt dann den Arm über ihren Kopf und lässt ihn in einem anmutigen Bogen niedergehen.

Ich weiß, was es ist, bevor ich es sehe. Eine Granate. Aber keine, die Tod und Zerstörung bringt. Nein. Eine Distelbombe. Geschaffen von den Rebellen, um das Symbol der Hoffnung zu verteilen. Und natürlich ein praktisches Ablenkungsmanöver. Sie fliegt über die Menge, schwebt dort einen Augenblick wie ein schwarzer Raubvogel, bevor sie das Kolosseum mit einem lauten *Klack* erfüllt. Hunderte weißer Disteldaunen schweben durch die Luft. Ich höre ein seltsames Japsen, die Menge zeigt nach oben und hat nur Augen für die Daunen am Himmel.

»Das ist genial«, schreit Nate über die Trommeln hinweg. »Eine Distelbombe, genau wie im Kanon.«

»Ein bisschen zu genial«, antworte ich. Der Geruch, die Schauspieler, die bloßen Ausmaße des Sets. Es ist alles zu realistisch. Mir wird schwindelig, das Trommeln schwillt an und füllt jeden Winkel meines Kopfes.

Plötzlich hören die Trommeln auf. Frieden. Die Menge bleibt gebannt stehen, wie Statuen, jedes makellose Kinn zum Himmel gereckt. Im Film ist das der Moment, in dem die Imp-Rebellen auftauchen, ihre Rauchbomben zünden und auf die Bühne stürmen, wo sie die verurteilten Imps vor dem Galgen bewahren. Und Rose verschwindet unbemerkt, verschmilzt wieder mit dem Grau der Imp-Stadt und hat ihren Wert als Rebellin bewiesen.

Ich halte die Luft an, warte auf den Schlachtruf der Rebellen.

Aber stattdessen höre ich Katie, die aus vollem Hals brüllt: »Julia! Julia! Geht es dir gut?«

Das Letzte, was wir jetzt gebrauchen können, ist Aufmerksamkeit.

»Katie, nein«, schreie ich.

Sie rennt auf die Tribüne zu und rudert wild mit den Armen. »Julia, pass auf, du fällst gleich runter.«

»Katie, stopp«, rufe ich.

Aber es ist zu spät. Die Wachen wirbeln auf ihren Podesten herum, sie sind nun gewarnt und haben ihre Waffen auf Julia gerichtet. Julia dreht sich um und ein eigentümlicher Ausdruck legt sich auf ihr Gesicht, eine Mischung aus Akzeptanz und Entschlossenheit. Das Geräusch von Schüssen fährt mir durch den Schädel und rote Punkte überziehen ihre Tunika, die sich dann zu seinem großen Fleck verbinden. Ein Gürtel aus Blut, der mich an meine eigene Schärpe erinnert. Sie blickt auf ihren Bauch, ein verwirrtes Lächeln umspielt ihre rosigen Lippen, und gerät ins Wanken. Ihre feinen Hände fuchteln durch die Luft, greifen nach einem unsichtbaren Mann, doch sie stürzt zwischen die Buden wie eine Puppe, das Haar ein schwarzer Umhang, der hinter ihr herflattert. Leblos schlägt sie auf dem Pflaster auf. Wie ein Sack Kies. Ich sehe zu, als das Leben aus ihr heraussickert, zwei dunkelrote Schmetterlingsflügel auf dem Beton.

Das kann nicht wahr sein.

Ich will gerade von den Stufen springen und zu ihr rennen, als mich ein anderes Geräusch aufhorchen lässt. Das Geräusch von neun Falltüren, die aufklappen. Nate packt meine Hand, so fest, dass es schmerzt. Und ich weiß, was ich gleich sehen werde, ich weiß, dass ich wegschauen sollte. Aber ich kann nicht. Ich kann es einfach nicht. Neun Körper stürzen, neun Seile straffen sich schlagartig, neun Beinpaare treten und trudeln. Der Mann mit den blauen Flecken auf den Unterarmen, die Frau mit den blutunterlaufenen Augen, das Mädchen mit dem verschmolzenen Kiefer – sie alle tanzen ihren letzten Tanz.

Unwillkürlich sehe ich zu Katie. Sie steht wie erstarrt da, die Fingerknöchel bleich und zerschrammt, während sie ihr Gesicht umklammert. Als Nächstes entdecke ich Alice, ihre bemalten Lippen geöffnet, die Augen voller Tränen. Und ich spüre immer noch Nate, der mir die Hand zerdrückt und am Stoff meiner Tunika zieht, als wäre er fünf.

Und ich weiß, dass wir alle das Gleiche denken:

Das ist kein Cosplay mehr.

KAPITEL 5

Ein Mann löst sich aus der Menge und rennt auf Julias verdrehten Körper zu. Er trägt den grauen Overall der Imp-Sklaven – der Imps, die in den Auen für die Gems arbeiten. Mir entgeht nicht, wie unbequem der Overall in echt wirkt, der Stoff ist grob und schlecht vernäht. Als der Mann in die Blutlache tritt, fällt er auf die Knie und zieht Julia mühelos an seine breite Brust. Ihre Hand rutscht zu Boden und fängt an zu zucken, als würde sie träumen, dann begreife ich, dass ihre schmale Gestalt den Bewegungen des Imps folgt, der von Trauer geschüttelt wird. Plötzlich fühle ich mich wie ein Eindringling. Ich sollte wegsehen.

Die Wachen eröffnen das Feuer und der Boden um den Mann herum beginnt zu explodieren. Ich möchte ihm zurufen: *Lauf, lauf weg*, aber meine Lippen bewegen sich nicht. Er blickt auf und aus irgendeinem Grund treffen sich unsere Blicke. Wir starren einander an und ich lasse sein Gesicht auf mich wirken. Mahagonifarbene Haut, Schmutz in jeder Falte, eine Nase, die zu viele Fäuste gestoppt hat. Ich kenne ihn aus dem Film. Matthew. Einer der Rebellen und ein Vertrauter von Thorn, der mitverantwortlich dafür war, dass Rose rekrutiert wurde. Die Sehnen an seinem Hals treten hervor, er hält mich ebenfalls für einen Eindringling.

Der Kugelhagel veranlasst einige Gems, sich umzusehen, und

die Freude auf ihren ebenmäßigen Zügen wird zu Entsetzen, sie schlagen die Hände vors Gesicht. Im hinteren Teil der Menge bricht Panik aus, ein paar Gems rennen auf das große Metalltor an der Seite des Kolosseums zu, das auf die Auen hinausgeht.

Die Wachen hören auf zu schießen, da sie fürchten, den falschen Bauch zu durchlöchern, und sofort stürzt eine Frau, die auch einen grauen Overall trägt, auf den Mann zu. Sie zerrt am Stoff, der seinen Rücken bedeckt, bellt aus schmalen Lippen Befehle, ihr rabenschwarzes Haar mit den grauen Strähnen wirbelt um ihr Gesicht. Saskia, die andere Rebellin, die Rose rekrutiert hat. Sie hat das gleiche harte Gesicht wie die Schauspielerin im Film und sieht doch irgendwie anders aus.

Matthew steht auf, drückt Julia an sich wie ein schlafendes Kind. Er hält inne und wieder treffen sich unsere Blicke. Dann blickt er zu Nate und ich sehe eine Veränderung in seinen dunklen Augen. Er legt Julia zurück in die Blutlache, flüstert ihr etwas zu, das nur für sie bestimmt ist, und rennt dann mit ausgestreckten Armen auf uns zu. Ungläubig starre ich ihn an, als er mit seinen blutigen Händen nach meiner Tunika greift, aber ich schrecke nicht zurück.

»Schnell«, brüllt er. »Kommt mit.«

Ich blicke zu Nate und erwarte ein nonchalantes Achselzucken, aber seine Miene ist vor Angst erstarrt. Wir sind in *Der Galgentanz*, sagen seine Augen. Ich fange fast an zu lachen. Wir sind in *Der Galgentanz*.

Matthew packt meine Schultern. »Um Himmels willen, ihr werdet unter all den Gems keine Sekunde überleben.« Er zieht mich näher heran, sodass sich unsere Nasen beinahe berühren.

Er ist nicht größer als ich, was mir komisch vorkommt – auf der Leinwand wirkte er so riesig. Dann fällt mir ein, dass ich noch auf den Stufen stehe. Aber ich rühre mich nicht, bin gefangen zwischen Schock und Lachen. So nah vor mir sieht auch er etwas anders aus als sein filmisches Gegenstück – seine Gesichtszüge wirken gröber, seine Augen sind von einem noch tieferen Braun.

Er stößt mich frustriert zurück und ergreift dann meine Wangen mit schmierigen, warmen Fingern. »Sieh dir das an.« Er zwingt mich, die Bühne zu betrachten. Neun Körper hängen schlaff an den Seilen, die Hälse fast schwanenartig geschwungen, die Füße tanzen nicht länger, sondern weisen still nach unten.

Saskia kommt hinter ihm angerannt. »Vergiss sie, Matthew. Verdammt noch mal, vergiss sie.«

Aber Matthew rührt sich nicht. »Wollt ihr enden wie sie?« Er presst meine Wangen so zusammen, dass sich meine Lippen vorschieben. »Denn genau das wird passieren, wenn ihr eure Ärsche nicht sofort in Bewegung setzt.«

Offensichtlich reißen diese Worte Nate aus seiner Schockstarre, er zieht an meiner Tunika. »Komm schon, Violet.«

Es ist dieses Ziehen, das endlich meine Beine löst. Wenn wir wirklich in *Der Galgentanz* sind, dann befinden wir uns am gefährlichsten Ort, den man sich vorstellen kann … der Ort, an dem sie Imps hängen. Wie mich. Und Nate. Ich winde mein Gesicht aus Matthews Griff und umklammere seine Hand, während ich meinen freien Arm um Nate lege. Geduckt laufen wir hinter der Menge entlang, in Erwartung weiterer Kugeln.

»Wo wollt ihr hin?«, ruft Katie, die zu uns aufschließt.

Erst als ich Katie sehe, fällt mir mit schlechtem Gewissen ein, dass wir zu viert in diesen Albtraum geraten sind.

»Alice«, schreie ich. »Alice.«

Aber ich kann sie nirgends sehen. Panik schnürt mir die Kehle zu. Matthew fängt an, uns durch die Reihen der Gems zu ziehen, ich pralle in eine vollkommene Gestalt nach der anderen. Sie sehen uns an und Abscheu legt sich auf ihre Mienen, aber es ist diese Abscheu, die uns schützt, denn sie lässt die Gems zurückweichen, als hätten wir eine ansteckende Krankheit. Ich höre ein paar Rufe. *Affen, dreckige Affen.* Aber immer noch keine Alice. Einen Augenblick verlangsame ich meinen Schritt und versuche, ihr blondes Haar zu erspähen, das mindestens einen Kopf über dem Rest der Menge schimmern müsste. Doch was sie normalerweise herausstechen lässt, macht sie hier unauffindbar.

»Wachen«, schreit ein Gem. »Wachen, es sind Imps im Kolosseum.«

»Kommt«, sagt Matthew und fasst meine Hand fester.

»Alice.« Meine Stimme erhebt sich über die Menge.

Saskia schließt zu uns auf. »Halt's Maul, du kleine Idiotin. Du bringst uns noch alle um.«

Dann höre ich schwach eine Stimme. Ich würde gern sagen, dass mich eine tiefe Vertrautheit zu ihr hinzieht, die mich das Timbre oder die Tonlage erkennen lässt, aber es ist die Tatsache, dass sie meinen Namen ruft. *Violet. Violet.* Sie wankt auf uns zu und sticht aus der Menge nur heraus, weil Schmutz und Schrecken auf ihrem Gesicht liegen.

Alice stürzt auf mich zu. »Wo zum Teufel sind wir? Was zur Hölle ist hier los?«

»Wir müssen verschwinden«, antworte ich.

Ich glaube nicht, dass sie mich über die Menge hinweg hören kann, aber sie scheint meine dringliche Miene zu registrieren und folgt uns ohne ein weiteres Wort, als wir uns in geduckter Haltung durch die Menge winden.

Wir gelangen zu einer kleinen Holztür, die in die Imp-Stadt führen muss. Der Geruch nach totem Fleisch wird stärker und mir dreht sich der Magen um. Direkt neben uns befindet sich der Imp-Verschlag, ein Holzkäfig, in dem die Verwandten der verurteilten Imps den Tod ihrer Lieben mit ansehen müssen. Sie blicken uns durch die Gitterstäbe mit versteinerten, tränenüberströmten Gesichtern an.

Matthew drängt uns zu der kleinen Holztür und zieht eine Waffe aus dem Gürtel, in Erwartung der Wachen. »Schnell.«

Meine zitternden, geisterhaften Hände greifen vor mich und kratzen am Holz, das den Türknauf umgibt. Gerade als meine Finger den Knauf umschließen, höre ich die Stimme der Gem-Wache, mit den überbetonten Vokalen. *Lasst sie nicht entkommen.* Ich bilde mir ein, die roten Laserpunkte direkt über meinem Nacken flackern zu fühlen, wie ein Schwarm wütender Leuchtkäfer. Eine neue Welle der Panik erfasst mich.

Aber ich sehe mich nicht um. Ich konzentriere mich nur auf das knirschende Metall unter meinen Händen. Ich rüttele am Knauf, reiße mir dabei fast die Arme aus den Gelenken, aber die Tür bleibt fest verschlossen. Saskia schiebt mich beiseite und bewegt den Knauf mit geschickten Fingern, die Hände überraschend ruhig. Endlich öffnet sich die Tür und wir stolpern in die Stadt.

KAPITEL 6

Matthew zieht die Tür hinter uns zu.

»Wir sind im *Galgentanz*«, sagt Nate mit bebender Stimme.

»Nicht mehr«, erwidert Saskia. »Wir haben euch da gerade rausgeholt.«

Er schüttelt den Kopf, als wenn Saskia ihn nicht richtig verstehe. »Nein, nein, wir sind in der Galgentanz-Welt.«

Saskia ignoriert, dass er überhaupt gesprochen hat. »Schnell, bevor die Wachen uns folgen.«

Mir wird klar, warum sie anders aussieht. Sie hat ein Feuermal in der Form von Afrika direkt über dem linken Auge. Wenn ich es recht bedenke, sah Rose auch nicht genauso aus wie Julia Starling, und das meine ich nicht nur wegen der Blutlache und der gebrochenen Glieder, ihr Haar war lockiger, ihre Gestalt kindlicher. Es ist, als wären diese Figuren direkt der Fantasie der Autorin entsprungen. Aber ich habe keine Zeit, mir das genauer zu überlegen, nicht mit den Wachen auf unseren Fersen. Ich folge Saskia und Matthew eine Gasse hinunter, meine Beine mühen sich mitzuhalten, meine Freunde keuchen mir ins Ohr.

Ich kenne die Imp-Stadt aus dem Buch und dem Film – »stimmungsvoll und verstörend«, wie ein Kritiker sie nannte. London, Jahrhunderte in der Zukunft, bis auf die Grundmauern zerbombt, aller Farben und Anmut beraubt. Die Kamera zeigte ein dramatisches Panorama von eingestürzten Dächern, umgekippten Laternenpfählen und Nebel, der sich um Schutthaufen wand wie Rauch. Nate und ich haben aufgeschrien, als wir die zerstörten Wahrzeichen sahen: die Überreste der Tower Bridge, das umgestürzte London-Eye, verrostet und zerbrochen wie ein riesiges Hamsterrad, den halbierten Big Ben, dem das Zifferblatt schon lange fehlte. Ich weiß noch, wie ich mit einem Kissen vor der Brust auf meinem weichen Sofa saß und dachte: Himmel, das London der Zukunft ist echt im Arsch, ein Glück, dass ich da nicht leben muss. Doch während ich den beiden Imps mit brennenden Füßen durch ein Labyrinth aus kleinen Gassen folge, ist es vor allem der Gestank, der mich fertigmacht.

Er erinnert mich daran, wie Nate und ich einmal eine verletzte Drossel fanden. Sie verdrehte die Augen, der Flügel war gebrochen, die Federn zerzaust, und eine Blutspur überzog das Küchenfenster, gegen das sie geprallt war. Nate war erst vier und hörte gar nicht mehr auf zu weinen. Also nahm ich den Vogel und legte ihn in einen alten Schuhkarton, bettete seinen Kopf auf Watte und bedeckte seinen Körper mit einem Taschentuch. Ich legte ihm einen Zweig mit Beeren zu Füßen, damit er beim Aufwachen etwas zu fressen hatte. Mit einem Bleistift stachen wir Löcher in den Deckel und versteckten den Karton in meinem Kleiderschrank, damit Mum ihn nicht finden konnte. Nach einer Woche oder so kam ein seltsamer Geruch aus meinem Schrank wie nach Gewürzgurken und verbranntem Toast. Erst als ich den Deckel abnahm, überwältigte mich der Gestank.

Verwesender Vogel. Genau wie die Stadt.

»Haltet euch ran!«, schreit Saskia uns über die Schulter zu. »Oder wollt ihr, dass euch die verdammten Soldaten erwischen?«

Wir flitzen um eine Ecke in ein Gassenlabyrinth und gelangen schließlich in eine schmale Straße. Über uns hängt eine Wäscheleine, die Kleidungsstücke flattern wie vergessene Wimpel im Wind. Ich frage mich kurz, warum sich jemand die Mühe macht, Wäsche zu waschen, wenn sie dann in dieser üblen Luft hängt. Saskia hält an, um wieder zu Atem zu kommen, und wir bleiben stehen. Ich stütze die Hände auf meine Knie und spüre Seitenstechen.

Wie aus dem Nichts wirbelt Saskia herum und schleudert Katie gegen die Hauswand. Ich höre Katies Rückgrat gegen das Mauerwerk prallen, gefolgt von einem scharfen Ausatmen.

»Was zum Teufel spielst du hier, du kleine Schlampe?« Saskia spuckt Katie die Worte ins Gesicht.

Ich mache einen Schritt nach vorne, um Saskia wegzuziehen, aber Matthew tritt zwischen uns. »Es ist ihre Schuld, dass Rose umgebracht wurde«, sagt er und dreht seine Hände vor sich, als würde er Rose' Blut zum ersten Mal bemerken, das sich von leuchtend scharlachrot in eine Schicht bräunlicher Flecken verwandelt hat.

Ich blicke von Matthew zu Saskia. Sie wirken beide mitgenommen, aber auf unterschiedliche Art und Weise. Matthew sieht aus, als könnte er vor Trauer zusammenbrechen, während Saskias Gesicht vor Wut verzerrt ist. In der Originalversion verbindet die beiden eine lange Vorgeschichte mit Rose. Sie begegneten ihr ein paar Monate vor der Distelbombenmission. Thorn hatte ihnen befohlen, ein hübsches Imp-Mädchen zu finden, das in der Lage wäre, das Harper-Anwesen zu infiltrieren und einen jungen

Gem zu verführen. Als Saskia und Matthew Rose aus einem Straßenkampf herausfischten, erkannten sie in ihr sofort die unwiderstehliche Mischung aus Zerbrechlichkeit und Mut, die sie zur naheliegenden Wahl für die Harper-Mission machte. Sie nahmen das Mädchen unter ihre Fittiche, bildeten sie Tag und Nacht aus und fingen an, sie als Freundin zu betrachten, als Tochter, nicht nur als Mit-Rebellin. Es ist keine Überraschung, dass ihr Tod sie schwer getroffen hat.

Eine dicke Träne rinnt Matthews Gesicht hinunter und bleibt an seinem Kinn hängen. Er zieht die Hände an die Brust, als würde er ihren Geist an sich drücken.

»Um Himmels willen, Matthew, hör auf zu heulen, ja?« Saskia schleudert ihm die Worte über die Schulter zu, ohne Katie mehr Raum zu geben. »Rose würde nicht wollen, dass wir uns gehen lassen. Sie würde wollen, dass wir herausbekommen, wer zum Teufel diese Imps sind.«

Alice sieht mich mit großen Augen an, als wollte sie sagen: Was jetzt?

»Es tut mir leid«, sagt Katie. »Ich weiß nicht, was passiert ist, wirklich nicht. Ich dachte, sie wäre Julia …«

»Das war nicht Julia«, sage ich. »Das war Rose. *Die* Rose.«

Sie hat den Film nie gesehen – kein Wunder, dass sie verwirrt ist.

»Julia? Wer zum Teufel ist Julia?« Saskia stößt Katie wieder gegen die Wand.

»Lass mich los.« Katie bockt und bäumt sich auf, aber Saskia ist sie nicht gewachsen.

»Was sie meint, ist, dass sie wie eine Freundin von uns aussah«, sage ich. »Katie hat nur versucht, sie zu warnen.«

»Sie zu warnen!«, ruft Saskia aus. »Sie brauchte keine Warnung. Wenn ihr nicht gewesen wärt, würde es ihr gut gehen. Und die verurteilten Imps, die hätten wir alle retten können. Es war unsere Pflicht, sie zu retten.« Ihre Stimme bebt. »Nur wegen euch wurden sie gehängt.«

»Das weißt du doch gar nicht«, sagt Alice und versucht, sich die Lüge nicht anmerken zu lassen.

Saskia sieht Alice an, als würde sie sie zum ersten Mal bemerken. Dann lässt sie Katie los, geht zu ihr hinüber und greift in ihr goldenes Haar. Langsam dreht sie eine Strähne zwischen ihren Fingern. »Du siehst aus wie eine von *ihnen*.« Sie spuckt das Wort *ihnen* aus, als würde es schlecht schmecken.

Alice ist zur Salzsäule erstarrt. Nur ihre Nasenflügel flattern leicht, als sie einen zittrigen Atemzug nimmt.

»Ich sagte … du siehst aus wie eine von *ihnen*.« Saskia zieht ruckartig an der Strähne und ich höre, wie das Haar vom Schädel reißt.

Alice jault auf und fasst sich mit schmerzverzerrtem Gesicht an den Kopf. »Eine von wem?«, fragt sie entrüstet und gibt sich ahnungslos. Aber sie sieht einfach nur albern aus, wie sie in ihrem Minikleid an der bröckelnden Mauer lehnt, als wäre sie ein Model bei einem möglichst urbanen Fotoshooting. Die goldenen Strähnen schweben durch die Luft und landen auf dem Pflaster.

»Sag mir, warum ich dich nicht auf der Stelle töten sollte.« Saskia tippt sich an den Gürtel und erst jetzt bemerke ich den rostigen Griff eines Messers, das unter dem Leder hervorragt. »Warum ich dir nicht einfach in den Bauch stechen und zusehen sollte, wie das Gem-Blut aus dir heraussickert.«

Alice wird kreidebleich.

Ich versuche zu sprechen, einzugreifen, aber mein Mund fühlt sich verklebt an und meine Beine bewegen sich nicht.

»Ich glaube, es war genug Blut für heute.« Matthew legt Saskia eine Hand auf den Arm.

Sie zuckt zusammen, als wäre sie Berührungen nicht gewohnt. »Gem-Blut zählt nicht.«

»Ich bin kein Gem«, sagt Alice.

»Ach ja?« Saskia schnappt sich Alice' silberne Tasche und kippt den Inhalt auf den Boden. Lipgloss, ein Kaugummistreifen, ein Radley-Portemonnaie, Kompaktpuder mit dem Bild einer Libelle auf der Rückseite und ein iPhone. Saskia schnappt sich das Telefon und dreht es in den Händen. Der Bildschirm leuchtet auf, als sie das Telefon mit dem Daumen berührt. »Und was zum Teufel ist das? Glaubst du, Imps haben solches Zeug?«

»Es ist nur ein Telefon.« Alice hebt die Hand, als wäre sie versucht, danach zu greifen, aber in letzter Sekunde überlegt sie es sich anders.

Saskia zieht die Augenbrauen zusammen. »Gibt's noch mehr von dem Scheiß? Oder soll ich euch alle durchsuchen?«

Widerwillig durchwühlen wir unsere Taschen und reichen ihr unsere Besitztümer. Geldbörsen, Telefone, Lippenpflege. Ich hätte nicht gedacht, dass ich mich noch verletzlicher fühlen könnte, aber ohne mein Telefon, mein Notfall-Taxigeld und mein Familienfoto fühle ich mich splitternackt. Ich glaube, es geht uns allen so, wir kreuzen die Arme vor der Brust und schützen unser Innerstes – unsere Herzen.

Aber Saskia scheint das egal zu sein. Sie stopft alles in Alice' Tasche, bis sich die Nähte spannen. »Sieht alles sehr nach Gem-Zeug aus.«

»Ich bin kein Gem«, sagt Alice wieder.

»Ist sie wirklich nicht«, sagt Nate. Er verwendet seine Ich-hatte-gerade-eine-Idee-Stimme und sie klingt fest. Er faltet die Arme auseinander und seine Brust scheint anzuschwellen.

Saskia dreht sich zu ihm um und zückt so schnell das Messer, dass ich die Bewegung kaum wahrnehme. »Klappe, Kleiner.«

Nate betrachtet die Klinge, aber seine Stimme bleibt fest. »Sie ist Spionin, für die Imps. Wir setzen Alice ein, weil sie aussieht wie ein Gem.«

Ich kann nicht anders, als ein bisschen beleidigt zu sein. Schließlich bin ich die Ältere, ich sollte die guten Ideen und die feste Stimme haben. Alice hatte recht, in der Fantasie-Abteilung bin ich tatsächlich eine Niete.

Saskia fängt an zu lachen. »Blödsinn!«

Matthew sieht Nate mit großen Augen voller Mitgefühl an. »Es gibt keine Spione, von denen wir nichts wissen.«

»Das stimmt nicht«, sagt Nate. »Fragt Thorn.«

Saskia zieht die Augenbrauen zusammen. »Hey, was weißt du von Thorn?«

Nate zögert keinen Augenblick. »Ich arbeite für ihn. Das tun wir alle.«

»Nate«, zische ich. Aber Katie bringt mich mit einem Blick zum Schweigen, der sagt: Vertrau ihm.

»Warum sollte sie uns sonst nachlaufen?«, fragt er. »Sie ist ja nicht blöd. Sie weiß, dass es Selbstmord ist, in die Stadt zu rennen, aber sie muss zurück ins Rebellen-Hauptquartier.«

Ich bemerke mit einem Anflug von Stolz, dass Nate seine Vokale abgeflacht hat, um mehr wie ein Imp zu klingen. Und ich schäme mich dafür, dass es mir nicht selbst in den Sinn gekommen ist, mein Wissen über diese Welt zu nutzen. Wir kennen viele Rebellen-Geheimnisse, wir haben sie gesehen, davon gelesen und sie in den letzten zwei Jahren in allen Einzelheiten durchgesprochen. Manchmal muss ich mir in Erinnerung rufen, dass er erst vierzehn ist.

»Ach ja?« Saskia wirkt völlig entnervt, ihr lila Feuermal kräuselt sich an den Rändern. »Und wo ist das Rebellen-Hauptquartier, Klugscheißer?«

»Sag's ihnen nicht«, schaltet sich Katie ein, die eindeutig genießt, wie sich die Kräfteverhältnisse verschoben haben. »Vielleicht sind sie gar keine Rebellen und versuchen nur, uns reinzulegen.«

Saskia und Matthew legen die Köpfe in den Nacken und lachen, dabei kommen ihre dreckigen Hälse und braunen Backenzähne zum Vorschein. Ich sehe sie zum ersten Mal lächeln und es wirkt so, als könnten sich nur noch ihre Münder daran erinnern, wie es geht.

»Oh, ihr wollt uns wohl verarschen«, sagt Matthew und das Lächeln ist so schnell verschwunden, wie es gekommen ist.

Ich blicke zu Alice, die mit geballten Fäusten dasteht und leicht zittert. Dann hole ich tief Luft. »Ich verrat's euch, wenn ihr uns in Ruhe lasst. Abgemacht?«

Saskia kommt langsam auf mich zu, fast verführerisch. »Red weiter.«

»Das Hauptquartier ist in der ausgebombten Kirche.«

Saskia verzieht das Gesicht. »Okay.« Ihre Stimme verändert sich, plötzlich wirkt sie vorsichtig, als hätte sie Angst, etwas zu verraten. Aber sie weiß, dass ich recht habe.

»Saskia?«, sagt Matthew fragend.

»Sei still. Ich denke nach.« Sie bohrt sich die Finger in die Augen, als könnte sie so in ihr Hirn fassen und die Gedanken neu ordnen. »Okay, aber das bedeutet noch lange nicht, dass eure Gem-Freundin hier wirklich eine Spionin ist. Was kannst *du* uns verraten, Prinzessin?«

Alice wirkt nervös, die Stimme gepresst. »Es ist bei der zerstörten Brücke. Unten an der Themse.« Sie zuckt, als sie ihren Fehler bemerkt, so nennen sie den Fluss nicht mehr.

»Unten wo?«, fragt Saskia.

»Am Fluss, unten am Fluss«, stottert Alice.

Saskia zieht die Augenbrauen hoch. »Okay, ihr wisst zu viel. Wir gehen zu Thorn. Dann kann *er* euch den Bauch aufschlitzen.« Ihre Finger spielen mit dem Stoff über ihrem Schlüsselbein. Ich erinnere mich an die Vorgeschichte, Thorn hat ihr ein paar Jahre zuvor eine Schnittwunde verpasst, als sie eine Mission vermasselt hat. Sie scheint sich ebenfalls daran zu erinnern, als sie die Narbe unter ihrem Overall mit dem Finger nachfährt. Plötzlich fängt sie an zu lachen. »Wir sollten ihm heute Rose vorstellen, sie war das neuste Mitglied unserer Rebellenfamilie. Stattdessen trifft er nun euch. So ein Glückspilz.«

»Aber du hast gesagt, du würdest uns gehen lassen«, sage ich.

»Traue niemals einem Imp.« Saskia lächelt wieder und diesmal erstreckt sich das Lächeln über ihr ganzes Gesicht. Ihre strahlend blauen Augen blitzen.

Nate stößt mir eine Hand in die Seite, weit unten, damit es niemand sieht. »Es ist in Ordnung, Violet. Wir müssen ihn sowieso treffen. Und dann können wir auch alle zusammen hingehen.«

Ich weiß nicht, warum Nate Thorn treffen möchte. Er würde

uns sofort umbringen lassen, wenn er das Gefühl hätte, dass er uns nicht trauen kann. Vielleicht können wir Saskia und Matthew reinlegen, aber bei Thorn wird uns das nicht gelingen.

Matthew atmet scharf durch die Zähne ein, als würde er die Luft testen. »Was machen wir … hiermit?« Er zeigt auf Alice. Ich kann nicht erkennen, was sie zittern lässt, Kälte oder Angst.

»Er hat recht«, sagt Saskia. »Zwei Minuten auf der Hauptstraße und die Gem-Kopie wird gelyncht, so viel ist sicher. Und wenn du tot bist, wirst du Thorn nichts nützen.«

Alice schaudert immer stärker. Ich möchte sie in den Arm nehmen, aber ich fürchte, das würde sie schwach aussehen lassen.

Saskia zieht irgendwie ihre Arme in den Overall hinein und öffnet den Reißverschluss von innen. Der Anzug fällt zu Boden und legt sich knittrig um ihre Füße, als wäre sie eine Python, die sich häutet. Darunter trägt sie eine graue Leinenhose und ein cremeweißes Hemd mit braunen Flecken. Ich hatte nicht bemerkt, wie dünn sie unter all dem Stoff ist, ihre Schultern und Hüftknochen stehen spitz hervor. Wann sie wohl zuletzt gegessen hat?

Mit der Stiefelspitze schleudert sie den Overall über den Boden zu Alice. »Hier, zieh den an und versuch, dich anzupassen.« Sie wendet sich ab und murmelt in die Kälte hinein. »Außerdem siehst du aus, als wenn du dir die Titten abfrierst.«

Ich unterdrücke ein kleines Lächeln. Es ist das erste Anzeichen von Freundlichkeit, das sie seit unserer Ankunft erkennen lässt. Zu Rose war sie viel netter.

Katie und ich helfen Alice in den Overall, dabei fällt mir auf, dass ihre Füße immer noch nackt sind und nach unserem wilden Sprint durch die Stadt leicht bluten.

»Himmel, Alice, deine Füße«, sage ich.

»O ja, ist mir gar nicht aufgefallen.« Ihre Stimme klingt betäubt und sie presst einen Finger gegen ihre Fußsohle, als würde das Blut zu jemand anderem gehören, einer Schaufensterpuppe vielleicht. Der Overall ist ihr viel zu klein und kneift im Schritt, als sie versucht, ihre Schultern hineinzuzwängen. »Ich glaube, ich bin zu groß.«

Saskia kniet sich vor ihr hin und zerreißt den Stoff zwischen ihren Beinen. Alice wirkt etwas entsetzt über die Würdelosigkeit der Situation, aber sie bleibt stumm und schafft es, den Anzug über die Schultern zu streifen. Der Stoff klafft im Schritt ein wenig auf und das stahlblaue Kleid blitzt hindurch.

Nate lacht. »Jetzt siehst du aus wie ein Riesenbaby, du hast sogar eine Öffnung, durch die man an die Windel kommt.«

Alice wirkt, als würde sie gleich anfangen zu weinen.

»Halt die Klappe«, fährt Saskia Nate an. »Oder ich leg dich übers Knie und versohl dir den Hintern, dann werden wir schon sehen, wer hier das Baby ist.«

Matthew stupst Saskia an. »Und was hat es damit auf sich?« Er zeigt auf Katie, die immer noch ihr Doppelhelix-Kostüm trägt.

Sie fangen wieder an zu lachen.

Katie zieht die Nase kraus. »Das ist eine lange Geschichte.«

»Du redest auch komisch. Woher kommst du?«, fragt Matthew.

Katie blickt leicht panisch zu mir.

»Liverpool«, sage ich. Ich bin mir sicher, dass Liverpool zu den Städten gehört, die im Kanon noch existieren. Ich blicke zu Nate, der zustimmend nickt.

»Hätt' ich mir denken können.« Matthew zieht an den Strumpfhosen, die zu der Möchtegern-Helix gewunden sind.

»Hey«, sagt Katie, aber das ist nur ein symbolischer Protest. Die Sicherheitsnadeln biegen sich und geben nach, die Strumpfhosen fallen zu Boden. Ganz in schwarz sieht sie unauffälliger aus.

Matthew grunzt und lässt die Schulter nach vorne sacken. Blut tropft von seinen Fingern und sprenkelt den Boden. Er verzieht das Gesicht und presst die Hand an seine Schulter. Der Ärmel ist mit frischem Blut getränkt, eine der Kugeln muss ihn gestreift haben. Er hat nicht mal gezuckt. »Wenigstens ist sie eindeutig ein Imp.« Vor Schmerz spricht er etwas undeutlich.

»Jemand muss sich deine Schulter ansehen«, sagt Saskia.

»Mir geht's gut«, sagt er. »Lass uns einfach zum Hauptquartier gehen, da werden sie die Wunde untersuchen.«

»Nee, du kippst um, bevor wir da ankommen. Und du bist zu schwer zum Tragen. Wir kümmern uns auf dem Weg darum. Los, ich weiß, wer dich wieder zusammenflicken kann.« Saskia wendet sich mit düsterer Miene an uns. »Ihr folgt uns, verstanden? Wenn ihr versucht abzuhauen, schrei ich aus vollem Hals, dass die Prinzessin hier ein Gem ist, dann werden wir mal sehen, wie lange ihr noch durchhaltet.«

Wir nicken.

»Und versucht, nicht aufzufallen.« Matthew schüttelt verzweifelt den Kopf. »Die miesesten Scheiß-Spione, die ich je gesehen habe.«

»Spione am Arsch«, grollt Saskia.

Wir machen uns auf den Weg, eine alte Hauptverkehrsstraße entlang, die mangels Fahrzeugen zur Fußgängerzone geworden ist. Ich erkenne die lange Asphaltfläche, die sich vor uns erstreckt, aus dem Film wieder.

»Dieser Ort ist echt düster«, flüstert Katie mir zu.

Ich nicke. Rostige Stahlträger ragen aus Gebäudeskeletten hervor. Plastikfolie und Lumpen sind über Türrahmen gespannt, schwarze Flecken mitten auf der Straße zeugen von erloschenen Feuern. Aber es ist das fehlende Grün, das mich am meisten schockiert, mehr noch als im Film. Die Bäume sind ausgezehrt und bleich, Gras gibt es nur in vereinzelten gelben Büscheln. Ich sehe keine Blumen, keine Farben. Nur eine Welt voller Grau.

»Warum ist es so ruhig?«, flüstert Nate.

Er hat recht. Es ist beängstigend still. Im Film herrschte hier geschäftiges Treiben, halb verhungerte Imps brüllten Grüße und Beleidigungen. Ich blicke mich um und bemerke, dass alle Imps stehen geblieben sind und uns finster anstarren. Genauer gesagt: Alice.

»Stopf deine Haare in den Overall«, flüstere ich ihr zu.

Sie tut es schnell und ohne Widerspruch, den Blick fest auf ihre nackten Füße geheftet, die auf den Asphalt klatschen. Als würde die Gefahr erst Realität, wenn sie den Kopf hebt. Nate, Katie und ich umringen sie, um sie vor den neugierigen Blicken zu schützen. Allmählich schwillt der Lärm wieder an und die Imps verlieren das Interesse. Wir beobachten Saskia und Matthew, die vor uns gehen.

»Was ist bloß los?«, fragt Katie. »Wo zur Hölle sind wir?«

»Wir sind in *Der Galgentanz*«, sage ich.

»Darauf bin ich auch schon gekommen. Was ich meine ist: Wie kann es sein, dass wir in einem Film oder einem Buch oder was zum Teufel auch immer gelandet sind?«

Nate schnaubt. »Es muss irgendeine Realitätsverschiebung gegeben haben, als das Set auf der Comic-Con eingestürzt ist.

Und wir sind in ein anderes Universum katapultiert worden, das Universum von *Der Galgentanz*.«

»Und das bedeutet?«, fragt Katie.

»Ich habe keine verdammte Ahnung, okay?«, entgegnet Nate. Er lacht ein bisschen manisch.

Ich lege ihm eine Hand auf den Arm. »Ich glaube, du hast recht. Es muss eine Art Paralleluniversum sein, wenn wir im Film wären, würden die Dinge nicht so anders aussehen.« Laut ausgesprochen klingt das einfach nur lächerlich, aber hier sind wir nun mal, umgeben von Imps und eingestürzten Gebäuden, und atmen Eau de verwester Vogel.

»Ich glaube, ich träume«, murmelt Alice in Richtung ihrer Füße. »Das ist alles einfach ein schlechter Traum, und wenn ich aufwache, liege ich im Schlafanzug in meinem Bett.«

»Du hast so ein Riesenego«, sagt Nate. »Es könnte auch *mein* Traum sein. Es dreht sich nicht immer alles nur um dich.«

»Das hilft uns nicht weiter«, sage ich. »Lasst uns einfach ruhig bleiben und zusehen, dass wir nicht getötet werden.«

»Ich glaube nicht, dass es ein Traum ist«, sagt Katie und ihre Stimme klingt ein bisschen hohl.

Alice seufzt. »Ich auch nicht. Dafür tun mir die Füße viel zu weh.«

»Wie soll uns Thorn eigentlich eine Hilfe sein?«, frage ich Nate. »Ich weiß, dass er dein Idol ist, aber falls du es vergessen hast: Er ist auch ein totaler Psycho.«

Nate lächelt. »Thorn wird uns nicht helfen.«

»Hör verdammt noch mal auf, in Rätseln zu sprechen«, sagt Alice.

Katie nickt. »Ja, echt jetzt, du musst uns einweihen.«

»Nicht Thorn«, sagt Nate. »Baba. Sie wird uns sagen, wie wir nach Hause kommen.«

»Nate! Das ist brillant«, sage ich.

»Äh, ich trau mich ja kaum zu fragen«, sagt Katie, »aber wer ist Baba?«

Nate blickt kurz zu Saskia und Matthew, um sich zu vergewissern, dass sie nicht zuhören, aber sie sind zu sehr in ihr eigenes Gespräch vertieft. Sie haben keine Ahnung, dass Baba existiert, das weiß ich aus dem Kanon, und ich vermute, dass Nate es dabei belassen will. Babas seherische Fähigkeiten sind Thorns stärkste Waffe im Kampf gegen die Gems – je weniger Menschen von ihr wissen, desto besser. Thorn wäre weit mehr als nur angepisst, wenn Nate alles ausplaudern würde.

Nate wendet sich mit gesenkter Stimme an Katie. »Sie ist total eklig. Sieht aus wie eine Oma, die zum Zombie geworden ist. Sie hat lange graue Haare, aber ihre Augen und Nasenlöcher sind mit Haut überzogen, und der Mund ist nur ein zahnloser Schlitz. Wenn sie sich bewegt, geht sie total gebeugt, ungefähr so …« Er krümmt sich und verzieht sein Gesicht in dem Versuch, wie Baba auszusehen.

»Ja, aber wer ist sie?«, flüstert Katie ungeduldig.

Ich kann nicht anders, als dazwischenzuplatzen. Ich liebe Baba, sie ist eine meiner Lieblingsfiguren. Sie sieht zwar furchterregend aus, aber sie ist so schön rätselhaft. »Baba war mit dabei, als die Menschen begannen, die Möglichkeiten der genetischen Erweiterung zu testen. Und sie war der einzige Gem, der die erste Welle von Experimenten überlebt hat. Empathie und Unsterblichkeit wurden bei ihr so übermäßig erweitert, dass sie Gedanken lesen und in die Zukunft sehen kann und schon seit

Hunderten von Jahren lebt. Sie kann sich noch an eine Welt erinnern, bevor all die Stadtmauern gebaut wurden und die Gems ihre Bomben abwarfen.«

Nate grinst. »Aber ihre coolste Fähigkeit heißt Geistverschmelzung, dabei legt sie dir die Hände auf den Kopf und saugt die Gedanken aus deinem Hirn, wie bei einem Slushy.«

»Und dieser hellseherische Zombie ist im Hauptquartier?«, fragt Katie.

Ich nicke. »Thorn versteckt sie in einer unterirdischen Kammer.«

»Aber sie ist ein Gem«, sagt Katie. »Ist sie seine Gefangene oder so was?«

Alice schnaubt höhnisch. »Natürlich nicht. Sie gehört zum Imp-Team. Sie haben sich um sie gekümmert – Baba hasst die Gems.«

»Und dieser Zombie wird uns sagen, wie wir nach Hause kommen?«, fragt Katie.

»Das ist der Plan«, sagt Nate.

»Sie ist unsere beste Option?«, fragt Katie. »Unsere beste Chance, nach Hause zu kommen, ist eine uralte Frau namens Baby?«

Ich sehe zu Nate und Alice, die steif nicken und murmeln: »Sie heißt Baba.«

Katie lacht, ein trauriges Kichern. »Wir sind so was von am Arsch.«

KAPITEL 7

Vor einem baufälligen Gebäude halten wir an. Ich kenne es aus dem Film: Zulas Taverne. Saskia und Matthew brachten Rose dorthin, nachdem sie die Distelbombe geworfen hatte, um ihre erste erfolgreiche Mission zu feiern und ihr Mut zu machen vor der ersten Begegnung mit Thorn. Zumindest glaube ich, dass es dieselbe Taverne ist, sie sieht schmutziger und einsturzgefährdet aus, die Tür ist von Holzwürmern zerfressen und das Mauerwerk scheint eine Art Harz auszuschwitzen. Tatsächlich sieht die Taverne eher so aus, wie ich sie mir beim Lesen vorgestellt habe, bevor man ihr den typischen Hollywood-Look verpasst hat. Ich bemerke ein Plakat von Präsident Stoneback an der Wand, von Wind und Regen zerfleddert, genau wie im Film. Aber diesem Präsidenten hat man Hörner aufgemalt und eine Schlinge um den Hals gekritzelt. Details, die es weder ins Buch noch in den Film noch in meine Fantasiewelt geschafft haben. Details, die alles schrecklich real erscheinen lassen.

»Zula flickt dich wieder zusammen«, sagt Saskia zu Matthew.

Das bestätigt meinen Verdacht und mir wird bewusst, dass ich genau da stehe, wo Rose gestanden hat, gleich links neben der Tür. Ich habe das unheimliche Gefühl, in die Fußstapfen eines Geistes zu treten.

Matthew deutet mit dem Kopf auf Alice. »Hältst du's für schlau, ihnen einen Möchtegern-Gem zu präsentieren? Da drin sitzt manchmal 'ne üble Bande und selbst in dem Overall konnte sie auf der Straße, glaub ich, keinem was vormachen.«

»Hast du 'ne bessere Idee?«, entgegnet Saskia. »So wie du blutest, schaffst du es nicht quer durch die Stadt.« Sie sieht Alice von oben bis unten an. »Aber er hat recht. Du siehst immer noch aus wie ein Gem.«

»In diesem Ding ja wohl kaum.« Alice blickt an ihrem Overall hinunter und rümpft angewidert die Nase.

»Wir könnten dir ein paar Zähne ausschlagen«, sagt Saskia.

Alice reißt die Hand vor den Mund, vor Schreck und um sich zu schützen.

»Das geht ein bisschen zu weit, oder?«, sage ich.

Saskia grinst. »Wenn die Imps sie für einen Gem halten, wirst du das nicht mehr sagen. Dann wirst du dir wünschen, ich hätte ihr jeden Zahn einzeln ausgeschlagen.«

»Ruhig, Saskia«, sagt Matthew. »Wenn du ihr den Mund blutig schlägst, zieht sie nur noch mehr Aufmerksamkeit auf sich.« Er legt Alice seine Hände auf die Schultern. »Du kannst einen Buckel machen, oder?«

Alice verändert ihre Haltung, sodass sie ein paar Zentimeter kleiner ist.

Saskia lacht. »Na, das hat ja verdammt viel gebracht, jetzt ist sie praktisch ein Zwerg.« Sie geht an Matthew vorbei, um Alice genauer anzusehen. »Die Haare müssen weg. Wenn du sie so in den Overall steckst … denken alle, du hast was zu verbergen.«

Ich fürchte, Alice fängt gleich an zu wimmern. »Nicht meine Haare.«

»Blondinen gibt es hier in der Stadt kaum und Haarfärbemittel steht ziemlich weit unten auf der Liste der lebenswichtigen Dinge. Aber wir können es einfach absäbeln.« Sie zieht das Messer aus dem Gürtel und wischt es an ihrem Hemd ab.

Alle Farbe weicht aus Alice' Gesicht und nur zwei Rougestreifen bleiben übrig, die wie Kriegsbemalung aussehen. »Das ist nicht dein Ernst.«

»Es sind nur Haare«, sagt Katie. »Das ist besser als die Alternative.«

»Ja, komm schon, Barbie«, sagt Nate. »Lass mal sehen, wie dir ein Topfschnitt steht.« Aber selbst er klingt ein bisschen ängstlich.

Saskia nähert sich Alice mit dem Messer und diesmal schreitet Matthew nicht ein, da er das Ganze offensichtlich für eine vernünftige Idee hält.

Ich sehe Alice' korallenrote Lippen zittern, ihr ganzer Körper scheint sich zusammenzuziehen. Und plötzlich bin ich wieder sieben, sitze hinter ihr und flechte ihr das Haar. Es riecht nach Kirschblüten und Zitronengras, die Strähnen gleiten durch meine Finger und strahlen im Sonnenlicht wie Goldfäden. Ich möchte mir das Messer schnappen und es in den Schlamm werfen, aber irgendetwas hält mich davon ab. Angst, glaube ich – die Art, wie die Imps auf der Straße sie angesehen haben. Der Hass in ihren Augen.

»Halt still.« Saskia bündelt die Enden von Alice' Haar und zieht ihren Kopf nach hinten.

Alice sträubt sich und schlägt wild in die Luft. »Nein, nein, bitte.«

»Verdammt noch mal«, sagt Saskia. »Schnapp sie dir, Matthew, und bring sie zum Schweigen.«

Aber bevor Matthew sich bewegen kann, packe ich Alice am Arm und flüstere ihr ins Ohr: »Du wolltest doch schon immer mal kurze Haare haben, weißt du noch? So wie Audrey Hepburn in *Ein süßer Fratz*. Das bringt deine feinen Züge und den schönen langen Hals zur Geltung. Und wenn wir nach Hause kommen, gehe ich mit dir zu Toni & Guy und die machen daraus einen super Schnitt. Du wirst umwerfend aussehen, versprochen.« Ich spüre, wie sich ihr Körper ein bisschen entspannt. »Es ist besser so, im Moment darfst du nicht auffallen.«

Tränen glitzern in ihren tintenblauen Augen, aber sie hört auf, sich zu wehren, und drückt meine Hand. »Okay, okay, schon klar. Ich bin einfach zu schön für diese Müllhalde.« Sie kniet sich hin und signalisiert, dass sie mitmacht.

Saskia zieht die goldene Schicht glatt und fängt an, große Stücke abzuschneiden. Die Haare schweben zu Boden wie gelbe Federn. Als Saskia fertig ist, fährt Alice sich mit den Fingern durch das gestutzte Haar, die Miene versteinert. Dann legt sie die Hände vors Gesicht und beginnt zu weinen.

»Oh, um Gottes willen«, sagt Saskia und steckt das Messer zurück in den Gürtel. »Wenn du so weiterheulst, wäscht du noch den Dreck ab. Dann muss ich deine Visage durch den Matsch ziehen.«

Katie und ich helfen Alice auf die Beine. Sie wirkt, als wäre sie tief in ihrem Innersten verletzt. Sogar Nate scheint irgendwie zu verstehen, wie schwer es für sie ist, denn er lächelt und sagt: »Du siehst toll aus, Alice, ehrlich.« Obwohl er sich nicht verkneifen kann hinzuzufügen: »Und falls es mit der Autorenkarriere nicht klappt, kannst du immer noch im nächsten Lego-Film mitspielen.«

»Es steht dir«, sagt Matthew.

Saskia runzelt die Stirn und stemmt die Hände in die Hüften. »Okay, Leute, ihr haltet jetzt den Mund, und wenn einer versucht abzuhauen, wisst ihr, was ich mache, klar?« Sie bindet ihr langes, strähniges Haar zu einem lockeren Knoten, als würde sie sich einsatzbereit machen. Im Film hat sie das genauso gemacht und es kommt mir komisch vor, dass wir trotz der Änderungen, die sich aus unserer Ankunft ergeben haben – Rose' Tod, die Erhängung der neun Imps – immer noch im Einklang mit dem Kanon sind. Das bringt mich auf den nächsten Gedanken: Im Kanon lauerte ein Protektor hinter der Tavernentür. Ich kenne die Passage aus dem Roman auswendig. *Protektoren, selbst ernannte Hüter der Imp-Gesetze. Natürlich gibt es in Wahrheit keine Gesetze, nur ihre Gier und üblen Gelüste.* Die Männer fanden Gefallen an Rose, umgarnten sie ein bisschen zu sehr und sie musste ihre letzte Distelbombe als Ablenkung einsetzen, damit sie mit Saskia und Matthew entkommen konnte. Schließlich versteckten die drei sich hinter einer zugemauerten Türöffnung in irgendeiner Gasse, um dem Lynchmob zu entgehen. Wenigstens ist Rose nicht da, um den Protektor anzulocken – nur Alice. Mir rutscht das Herz in die Hose.

Saskia will sich gerade gegen die Tür lehnen.

»Warte«, sage ich.

Nates Augen weiten sich und ich kann sehen, dass er eins und eins zusammengezählt hat.

»Was denn?« Saskia hält inne, halb drinnen, halb draußen.

»Wir wissen nicht, wer da drin ist … sie könnten gefährlich sein«, sage ich.

Saskia blickt noch finsterer drein, was ihr Feuermal halbiert.

»Hör auf, Müll zu reden, oder ich schneid dir noch mehr ab als nur deine Haare.«

Bevor ich etwas einwenden kann, schiebt Matthew uns durch die Tür.

Ich laufe gegen eine Wand aus Gestank, dieser Geruch, der Dad umgibt, wenn er am Abend zuvor getrunken hat. Abgestandenes Bier. Aber gemischt mit anderen Gerüchen: nach Kohl und Zwiebeln und noch etwas, vielleicht Urin. Der Raum sieht zweifellos so aus, als müsste er nach Urin stinken. Das Sägemehl auf dem Boden, der Schimmel an den Wänden, die abgewetzten Polster, alle verfärbt und senfgelb. Er sieht aus wie eine ältere, abgenutzte Version des Filmsets.

Mehrere Imps starren uns von ihren Barhockern an. Die meisten von ihnen tragen graue Overalls, die ihren Sklavenstatus anzeigen, aber einige sind auch normal gekleidet, in ausgeblichene Jeans und abgewetzte Hemden. Ihr Geplauder versiegt, als wir Matthew und Saskia zum Tresen folgen. Ich bin schon ein paarmal in Pubs gewesen, den gefälschten Ausweis fest im Griff, aber die Aufregung, wenn ich unerlaubterweise Wodka-Cola bestellt habe, ist kein Vergleich mit dem hier. Mein Herz fühlt sich an, als würde es ein Loch in meine Brust hämmern.

Ich suche nach dem Protektor, aber entdecke keine Spur von ihm. Allmählich lockern sich meine Muskeln wieder.

Der Imp hinter dem Tresen wringt mit nikotinfleckigen Fingern einen Lappen aus. Zula. Ihre Haut ist so faltig, dass sie ihren Gesichtsausdruck verschluckt und ich nicht erkennen kann, ob sie lächelt oder eine böse Miene zieht. Ich könnte schwören, dass sie im Film nie *derart* runzlig war.

»Was ist dir denn passiert?«, fragt sie Matthew.

»Kriegsverletzung«, antwortet er.

Sie nickt und beugt sich über den Tresen, was ihren Busen über das Korsett quellen lässt. »Und wer sind deine Freunde?«

Ich öffne den Mund, um zu antworten, aber Saskia schneidet mir das Wort ab, ihre Stimme täuschend unbeschwert.

»Das sind nur ein paar neue Nacht-Imps, Zula. Sie arbeiten mit mir und Matthew in den Auen.«

Zula studiert unsere Gesichter. »Ach ja?«

Ich spiele mit meinem Haar. »Ja.«

Sie sieht Alice an und zieht die Augen zusammen. »Ich will keinen Ärger, klar?«

»Wir hatten eine lange Schicht«, sagt Saskia. »Wir müssen nur Matthew verarzten, dann machen wir uns wieder auf den Weg.«

Zula lächelt, ein Netz aus Falten legt sich um ihre Augen. »Willst du nach hinten kommen, Schätzchen? Ich kann mich drum kümmern.«

Matthew strahlt, als wäre ihm das nie eingefallen. »Danke, du bist die Beste.«

»Ich mach's nicht dir zuliebe … Du tropfst mir meinen Boden voll.«

Er hebt die Hand, damit das Blut in sein Hemd sickert, und folgt ihr ins Hinterzimmer.

Saskia führt uns zu einer Theke im hinteren Teil der Taverne, möglichst weit von den anderen Imps entfernt. Sie beugt sich vor. »Wenn Matthew versorgt ist, gehen wir. Es ist noch ein langer Marsch bis zum Hauptquartier.«

Ich erinnere mich an die ausgebombte Kirche aus dem Film. Thorns und Babas Zuhause, wichtigster Versammlungsort der

Rebellen. Ich spüre ein Ziehen im Bauch, während ich zwischen Aufregung und Furcht schwanke. Ich kann nicht glauben, dass wir gleich zum echten Hauptquartier gehen, dass wir den echten Thorn und die echte Baba treffen werden. Es ist, als würdest du herausfinden, dass Drachen wirklich existieren. Du rennst hinaus und siehst sie am Himmel kreisen – Ehrfurcht gebietend, überwältigend –, bis sie dich in Brand stecken und in einem Stück verschlingen.

»Unsere hübsche Freundin bekommt ein bisschen zu viel Aufmerksamkeit«, sagt Saskia und sieht zu den anderen Imps. Selbst im Overall und mit frisch gestutztem Haar zieht Alice die Blicke mehrerer Imps auf sich.

»Find dich damit ab«, sagt Katie.

Ich trete sie unter der Theke.

»Du hattest recht, Mädchen.« Saskias Augen wandern zu einer Gestalt, die sich an uns heranpirscht. Der Protektor aus dem Kanon. Nur dass der Protektor in dieser Version so viele Sommersprossen hat, dass sie nicht ganz auf seine Wangen passen und sich über Stirn, Augenlider und Lippen ergießen. Auch seine Züge wirken schärfer umrissen und so reduziert, dass nur noch spitze Kanten geblieben sind, wie bei einem Wiesel. Mein Magen verkrampft sich.

Er baut sich vor Alice auf. »Na, wen haben wir denn da? Ein hübsches Mädchen auf der falschen Seite der Stadtmauern, welch eine Freude.«

»Lass gut sein«, sagt Saskia. »Sie hat eine lange Schicht hinter sich. Wie wir alle.«

Er tippt auf sein sternförmiges Abzeichen, genau wie im Film. »Dem hier gebührt ein bisschen mehr Respekt.« Er wendet sich wieder an Alice. »Wie kommt's, dass ich dich noch nie gesehen habe?«

Alice blickt Saskia an.

Der Protektor lächelt. »Du kannst für dich selbst sprechen, denke ich, mit so einem hübschen Mund.«

Ich beginne mir zu wünschen, Saskia hätte Alice ein paar Zähne ausgeschlagen.

»Hör mal, wir wollten gerade gehen, okay?«, sagt Saskia.

»Ihr seid doch gerade erst gekommen.«

»Und jetzt gehen wir. Ich hole meinen Freund, er ist hinten mit Zula. Er wurde von ein paar Gem-Soldaten angeschossen.« Sie versucht, sich einzuschleimen, aber eigentlich klingt sie verzweifelt.

Der Protektor lacht. Seine Zunge ist ganz pink, als hätte er ein Himbeerbonbon gelutscht. »Na, ihr seid ja echte Helden!«

Saskia eilt zum Tresen, aber der Protektor geht nicht weg. Er zieht einen Barhocker heran, schubst Nate aus dem Weg und setzt sich neben Alice. »Was, ist sie deine Mum oder so?«

Alice kichert nervös.

»Ihre Tante.« Ich versuche die Vokale abzuflachen, damit ich mehr klinge wie er, aber meine Stimme zittert.

»Ja, die nervt echt«, sagt Katie und kann ihren Liverpooler Akzent nicht verbergen.

Der Protektor legt einen Arm um Alice' Schulter. »Tja, vielleicht solltest du deinem Tantchen den Laufpass geben und dich zu uns setzen.«

Alice wirkt steif wie ein Brett. »Ich glaube, damit wäre sie nicht einverstanden.« Aber sie verändert ihre Stimme ein bisschen, sodass sie wie ein Imp klingt, und hält seinem Blick stand, als würde sie sich nicht vor Angst in die Hosen machen. Für einen Augenblick glaube ich, sie kommt damit durch.

»Du zitterst ja«, sagt der sommersprossige Protektor. Er beugt sich zu ihr und ich stelle mir vor, wie schlecht sein Atem riechen muss. »Hier ist es nicht kalt, oder? Warum zitterst du?« Er schiebt die Unterlippe vor, als täte sie ihm leid. »Mach ich dich nervös, Süße?«

Sie öffnet den Mund, wohl um ihm zu antworten, aber der Protektor lässt sie nicht zu Wort kommen. »He, Terry.«

Ein anderer Imp schiebt sich herüber, auch er mit sternförmigem Abzeichen am Revers. Er hat graues, schütter werdendes Haar und seine stämmige Figur lässt vermuten, dass er kein Problem damit hat, in der hungernden Stadt etwas Essbares aufzutreiben.

Der sommersprossige Protektor grinst. »Ich hab hier ein hübsches zitterndes Mädchen. Und auch wenn ich gern glauben würde, dass es an meinem guten Aussehen liegt, hab ich doch den Verdacht, dass sie ein dreckiger Gem ist.«

Alles scheint sich für einen Moment zu verlangsamen. Nate greift meine Hand unter der Theke, seine ist schweißnass. Ich wünschte, ich hätte Rose' letzte Distelbombe. Wir könnten ein Ablenkungsmanöver gebrauchen.

Terry betrachtet Alice' Gesicht und wirkt ein wenig irritiert. »Sie hat nicht mal versucht, wie ein Imp auszusehen. Keine Perücke, keine unechten Narben, sie hat sich nur etwas Dreck ins Gesicht geschmiert und sich die Haare abgesäbelt. Das ist echt schwach, 'n bisschen beleidigend sogar. Ich meine, ich weiß, dass wir Imps ziemlich dämlich sind, aber trotzdem …«

Der sommersprossige Protektor schüttelt den Kopf und macht

»tss, tss, tss«, als wäre er enttäuscht. »Die Gem-Spione lassen echt nach.«

»Sie ist kein Gem«, sage ich. Meine Stimme klingt blechern und unwirklich.

»Ja, lasst sie in Ruhe«, sagt Katie.

Der sommersprossige Protektor sieht mich an, dann Nate, dann Katie. »Schätze, mit Imps unterwegs zu sein, ist keine dumme Idee, da fällt sie weniger auf.«

»Sie ist kein Gem«, wiederholt Nate, den alle Stärke verlassen hat.

»Klappe, Kleiner. Du bist vielleicht ein Imp, aber wenn du ’nem Gem hilfst, bist du genauso übel wie sie.«

»Was ist mit der hier?« Terry bohrt mir den Finger ins Brustbein. »Die ist auch fast Gem-Material, hübsch genug ist sie.«

Der sommersprossige Protektor starrt mich lange an. »Keine Wangenknochen-Optimierung, die Lippen sind zu schmal, die hätten sie aufgespritzt, und sie hat einen Leberfleck auf der Wange, den hätten sie weggeschnitten.«

Ich weiß nicht, ob ich beleidigt oder erleichtert sein soll.

Er beugt sich zu mir. »Guck nicht so unglücklich, wer will schon ein dreckiger Gem sein?« Sein Atem riecht nach feuchtem Holz und Gin. Plötzlich packt er mich an den Haaren und zieht ruckartig meinen Kopf zurück, ein Gefühl, als würde die Kopfhaut vom Schädel reißen. Automatisch klappt mein Mund auf und er fährt mir mit dem Finger über meine Zähne – der Finger fühlt sich an wie eine Nacktschnecke und schmeckt widerlich. Ich höre meine Freunde lautstark protestieren, aber der Protektor ignoriert sie.

Er schüttelt den Kopf. »Sauber, aber schief – definitiv Imp.«

Terry macht dasselbe mit Alice, sodass sie nur die Augen bewegen kann, die groß und angsterfüllt in ihren Höhlen hin- und herschießen.

Weitere Imps kommen herüber. Zwei stellen sich hinter Katie und Nate und halten sie an den Schultern fest.

Terry umfasst Alice' Kinn fast zärtlich. »Ihre Zähne sind perfekt.«

Sie wechseln einen wissenden Blick und zerren uns von unseren Stühlen. Ich reiche dem sommersprossigen Protektor nur bis zur Brust. Er bricht in schallendes Lachen aus. »Ich glaube, wir können davon ausgehen, dass die hier ein Imp ist. Zwerge muss man einfach lieben.« Er lässt mich los. Ich lande unglücklich und werfe dabei meinen Barhocker um, der klappernd zu Boden stürzt. Ein stechender Schmerz schießt mir ins Steißbein. Nate versucht, mir zu helfen, aber ein bulliger Imp umklammert immer noch seine Schultern.

Ich drehe mich zu Alice um, die Terry selbst ohne hochhackige Schuhe überragt.

Terry zeigt ein langes, scheußliches Grinsen, als wüsste er, dass er gewonnen hat. »Sieh an, sieh an, fast einsachtzig, würde ich tippen. Wisst ihr, wie selten das ohne ein bisschen genetische Nachhilfe ist?«

Es folgt eine schreckliche Pause. Alice öffnet den Mund, um etwas zu sagen, aber die Worte kommen nie heraus, denn in einer plötzlichen Bewegung reißen ihr die beiden Protektoren den Overall vom Körper. Ihre schlanken Gliedmaßen und ihr Comic-Con-Outfit kommen zum Vorschein. An einer Stelle reißt auch der Stoff darunter und hängt von ihrer Schulter wie eine lange, blaue Zunge.

»Lasst sie in Ruhe, ihr Schweine!«, schreit Katie.

Mit entsetzter Miene versucht Alice, die Stoffzunge wieder zu befestigen.

»Der ultimative Test«, sagt Terry und packt ihre Arme. »Wenn du einen Overall trägst und meinst, du wärst ’ne Sklavin, dann solltest du auch eine Nummer haben.«

Alle Imps, die in den Auen arbeiten, haben eine Sklaven-Tätowierung: Eine Nummer auf dem Rücken, die für ihren Arbeitsort steht. Nur Imps, deren Kraft und Gesundheit den Ansprüchen genügen, werden in die Auen hineingelassen. Und natürlich bedeutet die Tätowierung auch, dass die Gems sie nicht beim Namen nennen müssen. Es gibt keinen besseren Weg, ihnen die Menschlichkeit zu nehmen. Ich sehe Alice einen Moment in die Augen. Wir wissen beide, dass sie jetzt fällig ist. Der Protektor holt aus, reißt die Rückenpartie ihres Kleides herunter und wo eigentlich die Tätowierung sein sollte, ist nur makellose Haut zu sehen.

Ich versuche aufzustehen, um ihr zu helfen, aber meine Arme stoßen ungelenk gegen den umgestürzten Barhocker. Dann höre ich ein lautes Knallen, die Tür fliegt auf und prallt gegen die Wand. Matthew kommt hinter dem Tresen hervorgestürmt, mit einem gekreuzten Verband über der Schulter, durch den schon das Blut sickert. »Lasst sie in Ruhe, Arschlöcher!« Schlagend und tretend bahnt er sich einen Weg zu uns.

Die Imps stellen sich ihm entgegen und ich sehe nur noch einen Wirbel aus Fäusten und Schuhen. Alle in der Bar scheinen sich in den Kampf einzuschalten – eine Explosion aus Lärm und Bewegung. Hände zerren, Stimmen schreien, Knie stoßen. Ich spüre etwas auf meinen Rücken klatschen und Schmerz umfängt mich wie ein Paar heißer Arme. Ich mühe mich auf Hände und Knie und bewege mich in Alice' Richtung. Etwas Hartes knallt gegen mein Ohr, ich glaube, ein Stiefel. Alles verschwimmt und ich habe das Gefühl, durch Wasser zu kriechen. Aber ich halte nicht an. Ich erreiche Alice' Knöchel und ziehe mit aller Kraft an ihren Waden. Sie kauert sich neben mich und drückt schnell, fast verzweifelt, ihre Wange an meine.

»Wir müssen dich hier rausbringen.« Ich spreche ihr direkt ins Ohr.

Sie antwortet nicht, aber wir fangen an, zur Tür zu kriechen. Vor mir geht ein Imp zu Boden, mit eingedrückter Nase. Er versucht zu schreien, aber ich stoße ihm die flache Hand ins Gesicht, stelle mein Knie auf seinen Brustkorb und klettere einfach über ihn hinweg. Irgendwie schaffe ich es, in dem Durcheinander auf die Füße zu kommen, und stolpere Richtung Tür, mit Alice an meiner Seite.

»Haltet sie auf«, schreit jemand.

»Nate!«, kreische ich. »Katie!«

»Ich bin hier.« Katie taucht aus dem Gliedmaßengewirr auf und taumelt zu uns, ihr roter Bob ist völlig zerzaust.

Ich greife nach ihrer Hand. »Nate?«, frage ich und ziehe sie zu mir.

Sie schüttelt mit großen, schreckgeweiteten Augen den Kopf.

»Nate«, kreische ich und versuche, durch das Gedränge zu spähen. »Nate.« Aber ich sehe nur wütende Gesichter, die auf uns zustürmen.

Alice packt meine Schulter. »Wir müssen hier weg.«

Ich fühle mich zerrissen, einmal mitten durch. Nate oder meine Freundinnen. Aber Katies Blick und der Riss in Alice' Kleid zwingen mich, ihnen den Vorzug zu geben. Wir platzen ins Tageslicht hinaus und rennen und rennen und rennen. Meine Ohren brennen und mein Rücken schreit, aber meine Beine wissen, was zu tun ist. Einen Fuß vor den anderen. Und alles, woran ich mit schwingenden Armen, geballten Fäusten und stechenden Lungen denken kann, ist: Ich habe Nate im Stich gelassen.

KAPITEL 8

Hinter einigen Reihenhäusern halten wir einen Moment an, schnappen nach Luft und wischen uns den Schweiß aus den Augen.

»Sie ist da lang.«

Der Stiefel muss mein Ohr verletzt haben, denn die Worte schwappen irgendwie ineinander, aber ich erkenne den näselnden Tonfall des Protektors trotzdem wieder. Wir rennen weiter, ducken uns unter Wäscheleinen, springen über Müllhaufen. Alice' lange Beine tragen sie weit voraus und kurz denke ich, dass sie uns vielleicht zurücklassen wird.

»Alice«, bringe ich heraus.

Sie wird langsamer und wir schließen zu ihr auf.

»Wir dürfen uns nicht zu weit von Nate entfernen«, sage ich.

»Das werden wir nicht, keine Sorge, Vi«, sagt Katie. »Wir machen uns gleich auf den Weg zurück.«

Wieder höre ich die Stimme des Protektors. »Los, Jungs, die schnappen wir uns.« Er ist lauter, näher.

Panisch suche ich die Gasse nach einem Versteck ab. Da entdecke ich sie – die zugemauerte Tür aus dem Kanon, hinter der Rose, Saskia und Matthew sich verschanzt haben, ein Provisorium aus bröckelnden Backsteinen und bröseligem Mörtel. Ich fange Alice' Blick auf und wir verstehen uns ohne Worte. Wir machen uns daran, die Steine herauszuziehen, und scheuchen dabei ein Asselnest auf. Katie fällt auf die Knie und hilft mit.

»Sie sind hier runter«, schreit jemand.

Ich höre Alice nach Luft schnappen, aber wir halten nicht inne, Panik treibt uns an.

Terrys Stimme tönt über anschwellendes Getrampel. »Los jetzt, ihr nutzlosen Schwachköpfe.«

Wir zwängen unsere Körper in das Loch. Mit hektischen Bewegungen zerren wir weiter Steine heraus.

Ich halte die Luft an und ziehe mit zitternden, klebrigen Händen die Knie an meine Brust. Der Boden vibriert, als die Imps vorbeikommen. Ich spüre einen Luftzug an der Wange und sehe zu, wie ihre Schatten meine Hände von rosa zu schwarz und wieder zu rosa verfärben. Erst als meine Hände eine Weile rosa bleiben, fange ich wieder an zu atmen.

»Sie sind weg«, flüstert Alice. »Genau wie im Kanon.«

»Was meinst du damit?«, fragt Katie.

»Rose, Saskia und Matthew haben sich in genau diesem Eingang versteckt, um dem Lynchmob zu entgehen«, sage ich.

»Das ist ja seltsam«, sagt Katie.

Ich nicke. »Du hast recht. Es ist, als würde die ursprüngliche Handlung …« Ich breche ab und suche nach dem richtigen Wort: »… uns heimsuchen.«

Alice lässt den Kopf gegen die Wand sacken. »Wie zum Teufel sind wir nur hier gelandet?« Trotz des Dämmerlichts hinter der zugemauerten Tür sehe ich, dass auf ihren Wangen Tränen glitzern.

»Es ist verrückt.« Ich verlagere das Gewicht, dass unsere Knie aneinanderstoßen.

»Ich will nach Hause«, sagt Alice.

»Ich auch«, sagt Katie.

Ich wünschte, wir könnten einfach für immer in diesem Eingang bleiben, zusammengekauert, warm und in Sicherheit.

Alice wischt sich mit dem Handrücken die Nase ab, das habe ich sie noch nie tun sehen. »Es ist schon komisch, weißt du«, sagt sie, »ich habe mir immer so sehr gewünscht, in *Galgentanz* zu sein … Aber jetzt sind wir tatsächlich hier und …«, von Gefühlen überwältigt versagt ihr die Stimme, »es ist zum Kotzen.« Sie gibt ein sanftes, rhythmisches Geräusch von sich, irgendwas zwischen einem Lachen und einem Schluchzen.

»Immerhin hast du das Buch gelesen und den Film gesehen«, sagt Katie. »Warum konnten wir nicht in Narnia oder Nimmerland oder … oder … im Sommernachtstraum landen? Dann wüsste ich wenigstens, was hier los ist.«

Ich entgegne nichts. Stattdessen konzentriere ich mich auf den Schmerz in meinem Kopf, meinem Ohr, meinem Rücken. Er lenkt mich irgendwie ab. Wir lauschen auf ein nahes Tropfen, Stimmen in der Ferne, das Miauen einer Katze.

»Wir müssen Nate finden«, sage ich schließlich. Ich weiß, dass wir vermutlich jeden wütenden Imp von der Taverne weggelockt haben, aber ich werde erst beruhigt sein, wenn ich ihn lebendig und unversehrt wiedersehe.

Alice nickt. »Gib uns noch einen Moment, okay? Lass uns sichergehen, dass diese Mistkerle definitiv weg sind. Ich glaube, Rose hat eine Stunde gewartet oder so.«

Ich schüttele den Kopf. »Er ist erst vierzehn.«

Katie drückt mein Bein. »Aber er ist superschlau, er findet aus jeder Situation einen Ausweg.«

Wir teilen ein trauriges Lächeln und fangen an, die Backsteine wegzuschieben. Als wir durch die Türöffnung klettern, stoßen wir uns die Zehen am Schutt und wirbeln Ziegelstaub auf. Er verfängt sich in meinem Hals und ich unterdrücke ein Husten.

Vielleicht haben wir nicht lang genug gewartet, vielleicht war es das Husten, aber jemand entdeckt uns.

»Da sind sie«, schreit ein Imp. »Ich hab euch ja gesagt, dass sie hier langgekommen sind.«

Mir wird schlecht. Aber wir halten nicht inne, wir sehen uns nicht mal um, wir rennen einfach wieder los. Wir schlittern um eine Ecke, nur um auf weitere Imps zu stoßen, eine wütende, hässliche Wand. Sie umringen uns, schließen uns ein, treiben uns zusammen und ich wirbele schneller und schneller herum, während ich begreife, dass wir von Mauern umgeben sind, aus Fleisch und Stein. Ich fasse Alice und Katie an den Händen und balanciere auf den Zehenspitzen, bereit, bei der erstbesten Gelegenheit loszupreschen.

Der sommersprossige Protektor grinst breit und überheblich, als wüsste er, wie sehr wir uns fürchten. »Na, sieh mal einer an.«

Ich reagiere nicht, kann vor Angst nicht sprechen. Unter der Tunika prickelt meine Haut.

»Ein Gem und ihre Freunde, zwei Imp-Verräterinnen.«

Ich öffne den Mund, aber bringe nur ein Wimmern heraus.

»Verdammt noch mal«, schreit Katie, »sie ist kein Gem.«

Der Protektor ignoriert sie. »Wisst ihr, was wir mit Gems und Verrätern machen?«

Ein anderer Imp schreit hinten aus der Gruppe: »Wir hängen sie auf.«

Im Film und im Buch sind die Imps die Guten, ihnen drückt man die Daumen, deshalb ist es merkwürdig, jetzt ihren Hass zu spüren. Ich wünschte, ich könnte es erklären, mich mit ihnen hinsetzen und ihnen den Film zeigen, *ihren* Film, damit sie begreifen, dass das hier nicht real ist. Nichts von alldem hier ist real.

Plötzlich spüre ich die Hitze in meinem Ohr und den Schmerz im Rücken nicht mehr, vergesse die Hände meiner Freundinnen, die schweißnass und kalt in meinen liegen. Ich fühle nur noch, wie mein ganzer Körper schmilzt. Meine Beine geben nach, meine Lungen hören auf zu atmen und mein Herz zieht sich nicht mehr zusammen. Mit voller Wucht schlage ich auf dem Boden auf.

»Sie ist uns zuvorgekommen.«

»Kann man eine Verräterin hängen, wenn sie schon tot ist?«

»Verräter kann man nicht oft genug töten.«

Ich höre Alice' Stimme wie durch Watte. »Violet, wach auf, Violet.«

Farben lösen sich auf, Formen zerfallen, Geräusche verklingen im Nichts.

Ich fliege zu den Wolken, Beine und Füße gestreckt. Ich erreiche den Scheitelpunkt eines unsichtbaren Bogens und blicke nach unten, das Trampolin schwingt wie ein purpurfarbenes Tuch, das zwischen den Bäumen gespannt ist. Mum lacht und Nate klatscht in die Hände. *Spring, Violet, spring. Wir lassen dich nicht fallen*. Und dann höre ich eine Stimme, gedämpft, als dringe sie durch Wasser zu mir. Sie gehört Dad. *Gut so,*

Violet, komm schon, mein Mädchen. Wach auf, wach auf. Meine Lider flattern, sie zu öffnen ist so anstrengend wie Gewichtheben. Ich rieche etwas Sauberes, ohne verwesenden Vogel, etwas Frisches und Medizinisches. Aber die Bäume lösen sich auf, der verwesende Vogel kehrt zurück und Dads Stimme wird zu einem Schrei. Alice' Schrei.

Die Benommenheit weicht von mir und ich begreife, dass ich nicht wegen eines Trampolins zu den Wolken fliege, sondern wegen der Hände, die meine Glieder ergriffen haben und mich in eine aufrechte Position hieven. Die Erde verschwindet und für einen Moment hänge ich wie eine Puppe in der Luft. Dann schlagen meine Hacken auf den Boden und hüpfen über das Kopfsteinpflaster, während die Imps mich die Gasse hinunterziehen. Der schmale Himmelsstreifen über mir weitet sich zu einer Fläche aus verwaschenem Blau. Ich bin wieder auf der Hauptstraße.

Ich sehe mich um und erhasche einen Blick auf Alice, die mit angstverzerrter Miene hoch über den Köpfen einiger Imps thront. Sie schreien und johlen. Es wird immer lauter, anscheinend bildet sich eine Menschenmenge. Hände greifen nach meinem Körper. *Wir haben uns einen Gem geschnappt. Wir haben uns eine Verräterin geschnappt. Hängt sie auf. Lasst sie büßen.* Sie drehen mich auf den Bauch und ich verliere meine Freunde aus den Augen.

»Alice!«, schreie ich die Pflastersteine an.

Die Imps ignorieren meinen Protest und schleppen mich zu einem Fass. Alice ist schon auf einem anderen abgeladen worden. Sie steht aufrecht da, mit hochgerecktem Kinn, wahrscheinlich weil sie Angst hat hinunterzufallen, aber sie erinnert mich dennoch an die winzige Fee auf meiner Spieldose. Ich rechne fast damit, dass sie anfängt, sich zu drehen. Aber dann durchfährt mich Entsetzen: Ich begreife, dass sie so aufrecht steht, weil man ihr eine Schlinge um den Hals gelegt hat.

Ehe ich schreien oder brüllen oder rufen kann, spüre ich, wie ein Seil über meinen Kopf gleitet und sich unter meinem Kinn zusammenzieht. Ich versuche, die Hände zu heben, um daran zu zerren, zu reißen und mich zu befreien, aber an irgendeinem Punkt müssen die Imps meine Handgelenke zusammengebunden haben. Das versetzt mich noch mehr in Panik, als könnte der Einsatz meiner Hände mich irgendwie retten.

Die Imps stellen meine Füße auf das Fass neben Alice und richten mich auf. Das andere Ende des Seils saust wie ein Geschoss an meinem Ohr vorbei, fliegt im hohen Bogen über eine verbeulte Straßenlaterne und fällt wieder zu Boden. Dann ist Katie an der Reihe. Ich sehe zu, wie sie auf ein weiteres Fass bugsiert wird, ihr Seil segelt meinem hinterher. Mein Blick wandert über die hasserfüllten Gesichter, ich versteife meine Beine und bemühe mich verzweifelt, stehen zu bleiben – noch einmal umzukippen wäre mein Tod. Aber das Seil schließt sich enger um meinen Hals, schneidet mir die Luft ab und kann sich nur noch weiter zuschnüren. Ich schließe die Augen und frage mich, ob die Schlinge verhindern wird, dass die Übelkeit weiter in mir aufsteigt. Ich wünschte, meine Hände wären nicht gefesselt, damit ich ein letztes Mal die Hände meiner Freundinnen halten könnte.

Ein Imp mit Hakennase tritt vor und erhebt die Stimme. »Ruhe, Gem-Genossen, hier spricht euer Präsident.«

Die Menge lacht und klatscht.

Der Präsident schneidet mit den Händen durch die Luft. Die Menge verstummt.

»Willkommen zum Galgentanz.« Er rundet absichtlich die Vokale und plustert sich auf wie ein Hahn, der gleich loskräht. »Wir sind hier, um die Erhängung dieser … Imps zu bezeugen …«

»Was haben sie verbrochen?«, schreit jemand.

Der Präsident blickt zum Himmel, als würde er mit einer höheren Macht kommunizieren. »Ihre Verbrechen sind: ins Leben gekrochen zu sein, ihre Familien zu ernähren, sich eure Abscheu, eure Verfolgung, eure sexuellen Avancen gefallen zu lassen.«

Die Menge gibt anzügliche Laute von sich. Ein Imp stürzt vor und zerrt an meiner Tunika. Das Fass wackelt und ich fühle das Seil schlingern.

Der Präsident lacht. »Ihr Verbrechen ist Armut.«

Ich versuche zu atmen, aber die Luft ist dünn. Meine Beine werden mit jeder Sekunde schwächer.

»Ihr Verbrechen ist Krankheit.«

Es ist seltsam, was einem durch den Kopf geht, wenn der Tod kurz bevorsteht. Mein letzter Gedanke geht ungefähr so: Wie schade, so weit zu kommen und dann Willow gar nicht zu treffen.

»Ihr Verbrechen ist Hunger.« Der Präsident beschreibt mit seinen Händen einen großen Kreis. »Ihr Verbrechen ist … der Hässlichkeit im Innern den Spiegel vorzuhalten.«

Die Menge erwacht zum Leben, lacht und kreischt.

Der Präsident hebt geschlagen die Hände. »Aber Moment. Das hier sind gar keine Imps. Sie sind Wölfe im Schafspelz.« Er deutet anklagend auf Alice. »Die hier ist ein dreckiger Gem.« Er wendet sich zu mir und Katie. »Und diese beiden … Gott weiß, was die sind. Als Imps geboren, aber mit den Gems verbündet. Verräter durch und durch.«

»Sie ist kein Gem«, krächzt Katie. »Sie hatte nur eine drei in der Mathe-Zwischenprüfung und letzte Woche war sie erkältet.«

»Halt den Mund, Verräterin«, sagt der Präsident.

Ich starre ihm in die Augen und suche nach einem Fitzelchen Mitgefühl. Das Mitgefühl, das im Film in den Augen der Imps aufscheint. Aber ich sehe nur Abscheu.

Er grinst höhnisch. »Also, was sollen wir mit unserem dreckigen Gem und ihren dreckigen Gefährten machen?«

Ein Sprechchor hebt an, erst leise, dann mit jedem Wort lauter. *Lass sie tanzen. Lass sie tanzen. Lass sie tanzen.*

Der Präsident verneigt sich und die Menge verstummt. Das war's. Gleich werden wir sterben. Die Imps lassen von mir ab und ich schwanke am Rand des Fasses. Irgendwie gelingt es mir, einige Worte am Seil vorbeizupressen. »Wir wollen doch nur nach Hause.«

Der Protektor lacht. »Wen kümmert's.« Er blickt zum Fass und hebt den Fuß.

»STOPP!« Diese Stimme dringt nicht durch Wasser zu mir. Sie ist kräftig und klar und schwebt durch die Luft wie Disteldaunen.

Ich spähe in die Menge und sehe einen Imp, der sich nach vorne drängt, sein markantes Gesicht voller Entschlossenheit. Schwarzes Haar fällt auf Porzellanhaut und selbst aus der Ferne kann ich erkennen, dass er die hellsten blauen Augen hat, die ich je gesehen habe.

»Um Himmels willen.« Er schreitet direkt auf uns zu, die große

Nase in die Luft gereckt. »Was zum Teufel macht ihr denn? Ich kenne diese Mädchen, sie sind Imps. Alle. Ihr seid kurz davor, drei Imps zu hängen.«

Der sommersprossige Protektor fährt sich mit der Hand nervös über die Augenbrauen. »Die Kleinen ja, aber die Große, die ist ganz sicher ein Gem.«

»Sie ist definitiv ein Imp. Ich bin gegenüber von ihr aufgewachsen. Sie war schon immer verdammt hübsch. Ich sage ihr ständig, dass sie sich die Nase brechen soll oder so, weil sie sonst irgendwann auf einem Fass zappeln wird wie ein Fisch.«

Es entsteht eine peinliche Pause. Die Menge verharrt in gespanntem Schweigen.

Terry rührt sich als Erster und klopft dem schwarzhaarigen Imp beherzt auf den Rücken. »Schon okay. Ich kenn diesen Typ – er ist in Ordnung, sag ich euch. Das ist Mas Junge, und wenn er sagt, dass sie 'n Imp ist, dann ist sie auch 'n Imp.«

»Und wo ist dann ihre Tätowierung und wieso versteckt sie ein Kleid unter dem Overall?«, fragt der sommersprossige Protektor hörbar enttäuscht.

Alice gelingt es, ein paar Schlüsselworte zu krächzen. »Ich arbeite für die Rebellen.«

»Natürlich«, sagt der schwarzhaarige Imp, der schnell schaltet. »Sie gibt sich als Gem aus, damit sie für uns an Geheimnisse rankommt.« Seine Augen blitzen umwerfend pastellblau. »Sie verdient einen verdammten Orden, weil sie ihr Leben riskiert, um euch Idioten zu retten, und was macht ihr? Wollt sie hängen wie ein Monster.«

In der Menge wird diskutiert, die Menschen werfen sich verwirrte Seitenblicke zu. Der Präsident beschreibt mit den Händen wieder einen Kreis, er will endlich das Finale seiner Show sehen. »Seit wann ist Unschuld von Bedeutung?«

Aber mehrere Hände haben schon die Seile durchtrennt und uns von den Fässern hinuntergeholfen. Der schwarzhaarige Imp schiebt seinen Körper unter meinen Arm und stützt mich, seinen anderen Arm legt er um Alice' Taille. Katie ist besser dran und in der Lage, allein hinter uns herzugehen, wobei sie eine Hand auf meine Schulter legt, als wäre sie blind.

Mir entgeht nicht, wie stark der schwarzhaarige Imp ist, trotz der spitzen Knochen, die sich durch sein Hemd in meine Seite bohren. Ich kann kaum laufen und trotzdem zieht er uns mit Leichtigkeit durch die Reihen der verblüfften Zuschauer.

»Geht einfach weiter«, sagt er.

Alice antwortet mit einem Stöhnen.

»Nate. Ich muss zurück.« Meine Worte verschmelzen miteinander, aber der Junge scheint sie zu verstehen.

Er richtet mich etwas weiter auf und schüttelt den Kopf. »Willst du sterben? Geh einfach weiter, bevor sie es sich anders überlegen.«

»Wir werden ihn finden«, flüstert Katie von hinten.

»Wer bist du?«, frage ich den schwarzhaarigen Imp.

»Dein Held, so wie's aussieht«, antwortet er.

KAPITEL 9

Wir verschwinden in einer Seitenstraße und nach mehreren verwirrenden Abzweigungen zieht er uns durch eine Tür.

»Hier seid ihr in Sicherheit.«

Als ich das höre, sinke ich zu Boden und rolle mich zusammen wie ein Embryo. Ich glaube, ich muss würgen, Galle füllt meinen Mund, und ich habe wohl auch angefangen zu weinen, denn ich höre die Schluchzer eines völlig verängstigten Mädchens. Abwechselnd krallen sich meine Hände in meinen Hals und stoßen dann imaginäre Dämonen weg – eine Ameisenkolonie, die überall auf mir herumkrabbelt, die beißt, zwickt und gräbt. Katie setzt sich neben mich und streichelt meine Hand und der schwarzhaarige Imp hält mir die Haare aus dem Gesicht für den Fall, dass ich mich übergeben muss. Diese liebevollen Gesten helfen mir aus meinem Tief heraus. Ich setze mich mühsam auf und lehne mich neben Alice an die Wand. Dann drehe ich den Kopf und betrachte ihr Gesicht, blass, abgespannt und mit den Spuren von zerlaufener Wimperntusche überzogen.

»Geht es dir gut?«, fragt sie.

Ich schüttele den Kopf und bemerke einen neuen Schmerz, einen brennenden Feuerring, der meinen Hals umschließt. Ich fahre mit dem Finger darüber und spüre etwas Warmes und Feuchtes, das auf meine Kette mit dem halben Herzen sickert.

»Violets Schlinge war wirklich eng«, sagt Katie. »Ich konnte sehen, wie sie ihr in die Haut geschnitten hat.« Sie gibt sich große Mühe, in ihrem normalen, pragmatischen Tonfall zu reden, aber ich höre das Zittern am Ende des Satzes.

Der Imp reicht mir eine Tasse mit dampfender Flüssigkeit. »Hier, trink das.«

Ich nehme sie mit zitternden Händen und atme einen Moment einfach nur ein und aus. Dann trinke ich in kleinen, stockenden Schlucken und langsam weicht der Schmerz aus meinem Hals. Das Getränk schmeckt ein bisschen nach schwarzem Tee. Er versorgt auch Katie und Alice mit Tassen und ich höre sie »Danke« murmeln. Alice riecht daran und stellt die Tasse auf den Boden.

Allmählich nehme ich meine Umgebung wahr – ein kleiner Raum, karg und ohne Teppich, mit Kartons anstelle von Stühlen, einem kleinen Waschbecken in einer Ecke und einem offenen Feuer in der anderen. Der Imp nimmt einen Quilt vom nächstgelegenen Karton und legt ihn mir um die Schultern. Erst jetzt wird mir bewusst, wie sehr ich friere.

»Also, was ist eure Geschichte?«, fragt der Imp.

Nur ein einziges Wort durchdringt meine Benommenheit: Nate. Ich erinnere mich an sein Gesicht, so angespannt vor Angst. »Ich muss meinen kleinen Bruder finden.« Sofort versuche ich, mich aufzurichten, aber meine Arme geben nach, die Welt dreht sich und ich sacke wieder gegen die Wand, wobei mir Tee in den Schoß schwappt.

Der Imp nimmt mir die Tasse ab, dabei streifen seine Finger meine. »Du wirst für eine Weile nirgendwohin gehen. Du stehst unter Schock und diese miesen Protektoren könnten immer noch da draußen sein.« Seine Stimme klingt warmherzig, als würde er mich schon seit Jahren kennen, und ich spüre, wie sich meine Muskeln etwas lockern.

»Er hat recht«, sagt Alice.

Katie nickt. »Nate wird schon klarkommen, er ist bei Saskia und die ist ein echter Drachen.«

Ich beiße mir auf die Unterlippe, halte sie fest und versuche, sie vom Zittern abzuhalten. Schweigen breitet sich zwischen den nackten Wänden aus.

»Ich bin Ash«, sagt er schließlich und berührt mich am Arm.

Mein Kopf schießt nach oben. »Ash?«

Er guckt etwas verwirrt. »Wie ich schon sagte – Ash.«

»Ash aus dem Kanon?«

Er schüttelt den Kopf, als wäre ich verrückt. »Aus was?«

»Jetzt weißt du, wie es mir geht«, murmelt Katie.

»Arbeitest du auf dem Harper-Anwesen?«, fragt Alice ihn.

Er nickt. »Ja, ich bin ein Nacht-Imp.«

Alice und ich sehen uns einen Augenblick an.

»Er ist Ash aus dem Kanon«, sagt Alice und lacht dann.

Kanon-Ash war einer der Imps, die sich auf dem Harper-Anwesen um Rose gekümmert haben, obwohl er keine Ahnung hatte, dass sie Rebellin war. Er hat ihr alles gezeigt, ihr bei der Arbeit geholfen und sie ziemlich häufig angestarrt. Er tat mir immer ein bisschen leid, er war wie Jacob aus *Biss zum Morgengrauen*, der wie ein verirrter Welpe hinter Bella herdackelt. Im Film sah Ash sogar wie ein Welpe aus, große blaue Augen, zotteliges schwarzes Haar. Aber der Ash hier gleicht eher dem, den ich mir beim Lesen vorgestellt habe, er ist eher katzenhaft als hündisch, geschmeidiger, stolzer und einfach attraktiver. Ich frage mich, ob Russell Jones vielleicht keine Konkurrenz auf der Leinwand haben wollte. Robert Pattinson wurde bestimmt angst und bange, als er Taylor Lautner zum ersten Mal gesehen hat.

»Aber du siehst so … so anders aus«, sage ich.

»Halt den Mund, Vi«, flüstert Katie.

Entweder hört Ash sie nicht oder er ignoriert sie. »Kennen wir uns?«

Ich schüttele ein bisschen zu heftig den Kopf und der Schmerz wird stärker. »Nein … nein … Mein Fehler.«

Er lächelt. »Und wer bist du?«

»Violet«, sage ich.

»Violet, das Veilchen, oder violett wie die Farbe?«

»Beides.«

Er blickt zur Wunde an meinem Hals. »Darf ich mir das mal genauer ansehen?«

»Nur zu.«

Er schiebt meine Haare beiseite. Sein Fingernagel streift mein Schlüsselbein und etwas Warmes, Flatterndes breitet sich in meinem Bauch aus.

»Das muss wehtun.« Er lächelt sein schiefes Lächeln und legt den Kopf zur Seite. Mir wird klar, dass es ihm etwas peinlich ist, mich zu berühren – er ist erst achtzehn, nur ein Jahr älter als ich. Er wischt mein Blut an seinem Overall ab und guckt finster. »Ich hasse diese widerlichen Protektoren, die meinen, einfach über Leben und Tod entscheiden zu können.« Er geht durchs Zimmer zum Waschbecken und hält einen Lappen unter den Wasserhahn. Das Wasser rinnt aus dem Becken direkt in einen Abfluss im Boden, es gibt kein Rohr. Selbst aus der Distanz kann ich erkennen, dass es braun verfärbt ist. Der Gestank von brackigem Abwasser weht mir entgegen.

Alice rümpft die Nase.

Ash gibt vor, es nicht zu bemerken. »Das sind einfach machtgeile Idioten. Kein Stück besser als die Gems, wenn ihr mich fragt.« Sein Blick springt zu Alice. »Sorry.«

»Ich bin kein Gem.« Ihr frisch gestutztes Haar offenbart ihren Hals, der glatt und unversehrt geblieben ist. Katie hatte recht, meine Schlinge war besonders eng. Bei dem Gedanken erfasst mich erneut Schwindel.

Er zieht eine dunkle Augenbraue hoch (der jetzige Ash hat viel bessere Brauen als Kanon-Ash, keine Monobraue). »Ernsthaft? Du siehst einfach so aus?«, fragt er.

Sie lächelt. »Ja, schätze schon.«

»Oh, bitte«, sagt Katie. »Sie ist schon eingebildet genug.«

»Moment mal«, sage ich zu Ash. »Wenn du denkst, sie ist ein Gem, wieso hast du sie dann gerettet?«

Er wringt den Lappen aus und zuckt die Achseln. »Wir sind alle nur Tiere.«

»Also … hasst du die Gems nicht?«, frage ich.

»Natürlich tue ich das, aber ich würde sie nicht umbringen.« Er nähert sich und mein Blick fällt auf die schroffe Linie, an der die dunklen Haare auf seine weiße Haut treffen. »Wir sollten die Wunde säubern.«

Ich lasse ihn meinen Hals abtupfen. Im Dämmerlicht des Zimmers wirkt seine Haut fast durchscheinend, was ihm eine Verletzlichkeit verleiht, die seiner breiten Brust komplett widerspricht.

»Also, woher kommt ihr?« Sein Atem streift mein Ohr.

Ich ringe um Worte. »Wir kommen aus einem anderen Universum.«

Er lacht. »Lass mich raten, aus einem, in dem Imps die Welt regieren.«

Jetzt bin ich mit Lachen an der Reihe. »Wäre das so komisch?«

»Eigentlich nicht. Haben wir ja mal, oder? Bevor genetische Erweiterungen möglich wurden.«

Ganz sanft hebt er mein Kinn. Ich sehe ihm direkt in die Augen. Das kühle Blau erinnert mich an den Winter. Er lässt den Lappen in meinen Nacken gleiten, unter mein Haar, und ich schnappe seinen Duft auf, Schweiß und Seife.

»Vielleicht kommen wir aus der Vergangenheit«, sage ich.

»Zeitreisende, langsam wird es interessant.« Er hält einen Moment inne und wir lächeln uns an. Das Lächeln überzieht sein ganzes Gesicht, sogar seine stolze Nase muss um ihren Platz kämpfen.

Katie wendet sich an Alice. »Ich fühle mich plötzlich unsichtbar.«

»Hallo.« Alice winkt. »Wir sind auch noch da, wisst ihr. Wann bekommen wir denn unsere persönliche Wasch-Session?«

Ash und ich lachen nervös und unser Atem verschmilzt im Raum zwischen uns.

Er zieht sich zurück. »Ihr müsst Hunger haben, oder?«

Mein Magen knurrt eigenmächtig. Ich habe seit dem Frühstück nichts mehr gegessen.

Er geht durchs Zimmer zu einem Kessel und schürt das Feuer. »Ma hat einen Eintopf aufgesetzt, bevor sie gegangen ist.«

»Wer ist Ma?« Mir fallen die Worte des Protektors wieder ein:

Er ist Mas Junge und wenn er sagt, dass sie 'n Imp ist, dann ist sie auch 'n Imp. Offensichtlich genießt Ma Respekt.

Er rührt den Eintopf um. Die Hitze und die Bewegung setzen den Duft von schmorendem Fleisch frei, was den Abwassergestank übertüncht und mir das Wasser im Mund zusammenlaufen lässt.

»Sie ist hier die Hebamme«, sagt er. »Alle lieben sie und die Imps brauchen sie, wisst ihr.«

»Ich schätze, dann gibt es kein Krankenhaus?«, fragt Katie.

Ash grinst. »Ihr stammt wirklich von einem anderen Planeten, oder?«

Es ist nicht auszudenken, was Frauen durchmachen müssen, die unter diesen Bedingungen Kinder zur Welt bringen, zwischen dreckverkrusteten Wänden und mit braunfleckigem Wasser.

Er rührt weiter und ich lasse mich von der Melodie seiner Stimme in eine Art Trance lullen. »Sie ist der Grund, weshalb euch der Mob hat gehen lassen. Ich werde respektiert, weil ich ihr Sohn bin. Selbst die Protektoren schätzen Ma, denn sie rettet auch ihre Geliebten und ihre Babys. Ab und zu verliert sie jemanden, Baby oder Mutter, und dann weint sie eine Woche lang im Schlaf.« Er hält inne und starrt in den Topf, als würde er etwas sehen, das er einst verloren hat und nie wieder zurückholen kann.

»Sie klingt beeindruckend«, sage ich.

Was mich aber noch mehr beeindruckt, ist die umfangreiche Vorgeschichte, die es in Buch und Film nicht gab. Es ist, als würde sich das Universum über die Ränder des Kanons hinaus erstrecken. Ich würde gern mit Alice und Katie darüber sprechen, aber ich fürchte, Ash könnte mich für verrückt halten.

Er reißt sich aus seinen Gedanken und fängt an, den Eintopf in Schüsseln zu füllen. Braune Klumpen schwimmen in verfärbtem Wasser. »Ja, Ma ist schon beeindruckend.« Er reicht jedem von uns eine Schüssel.

Aus der Nähe riecht es noch besser.

»Violet«, zischt Alice und setzt die Schüssel neben ihrer Tasse ab. »Du weißt, was das ist, oder?«

Meine Gedanken springen zurück zum Film, zu den Szenen, in denen hungrige Imps Ratten fangen und häuten, während die Gems sich Delikatessen in ihre hübschen Gesichter stopfen.

»Ist das Ratte?«, frage ich ihn.

»Ratte?«, fragt Katie. »Echt jetzt?«

Er wirkt ein wenig verwirrt. »Was sollte es sonst sein?«

Bei der Vorstellung, Ratte zu essen, dreht sich mir der Magen um. Ich erinnere mich an diesen Skandal in Shepherd's Bush vor einem Jahr oder so, als ein Restaurant geschlossen wurde, weil es Ratte statt Hühnchen serviert hatte. Ich habe eine Woche lang kein Fleisch gegessen, und als ich es schließlich wieder tat, haben Dad und Nate eine Plastikmaus in meinem Putensandwich versteckt. Ich habe sie angebrüllt. *Wirklich* angebrüllt. Und dann habe ich eine weitere Woche kein Fleisch gegessen.

Ash hat den Kopf zur Seite gelegt und sieht mich an. Ich ringe mich zu einem Lächeln durch. »Ja, klar. Danke.« Ich stelle die Schüssel auf den Boden und benutze die Hände, um mir die Pampe in den Mund zu schaufeln.

Alice und Katie sehen mir schweigend zu, die Schüsseln noch skeptisch in ihren Händen.

Als ich fertig bin, fangen Alice und Katie an zu kichern.

»Du hast gerade Ratte gegessen«, sagt Alice.

»Echte Ratte«, sagt Katie.

Ich fange auch an zu lachen. »Sie war ganz okay.«

»Das ist die beste Ratte auf dieser Seite der zerstörten Brücke«, sagt Ash.

In meinem Kopf macht es klick. »Wir müssen zur zerstörten Brücke.«

»Bist du sicher?«, fragt Ash. »Da unten am Fluss gibt's nur Ärger.«

Ich nicke. »Ja, Nate wird dort sein.«

Ash sieht wieder verwirrt aus. »Ich kann ein Stück mitgehen, aber ich muss zurück am Stadttor sein, bevor die Busse abfahren. Ich fahre heute Abend in die Auen.«

Zum ersten Mal fällt mir sein vorschriftsmäßiger grauer Overall auf, der sich über seiner Brust spannt.

Alice setzt sich mit einem Ruck auf. »Die Auen?« Sie betont das Wort *Auen*, wie sie das Wort *Hawaii* betont hat, nach ihrem großen Familienurlaub letztes Jahr. Sie kam noch blonder, noch sonnenverwöhnter und ein kleines bisschen eingebildet zurück. Sie beugt sich vor. »Natürlich arbeitest du in den Auen, nicht wahr.«

»Ja, ich bin Nacht-Imp, ich dachte, das hätten wir geklärt.«

»Wow! Wie sind sie so?«, fragt sie.

Beinahe höre ich eine Ukulele und das Rascheln eines Baströckchens.

»Wer, Nacht-Imps?« Er runzelt die Stirn. »Sonnenhungrig, irgendwie käsig, mit Vitamin-D-Mangel.«

Alice lacht, als könne sie die Traurigkeit hinter seinem Sarkasmus nicht hören. »Nein, nein. Wie sind die Auen so?«

»Okay … du weißt schon … jederzeit verfügbares Essen, sauberes Wasser, der ganze Luxus.« Er betrachtet ihr Gesicht einen Moment, aber unter seinen Zügen flackert Misstrauen, nicht Anbetung. »Warum interessiert dich das so?«

Ihre Hände umspielen ihren Mund und sie unterdrückt ein nervöses Lachen. »Ach, nur ein Versuch, Small Talk zu machen und ein guter Gast zu sein.«

Er blickt zu ihrer Schüssel mit Eintopf, die sie nicht angerührt hat. »Ein guter Gast hätte die Ratte gegessen.«

Das bringt mich zum Lachen und er sieht zu mir. »Bist du dir sicher, dass du zur Brücke gehen willst?«, fragt er. »Es ist nur … ich kann nicht mit euch hingehen, nicht so weit. Wenn ich meinen Job verliere, ist meine Familie aufgeschmissen.«

Mitgefühl überkommt mich und ich versuche, ihn mit einer Notlüge zu beruhigen. »Keine Sorge, wir gehen nicht ganz bis zum Fluss, nur grob in die Richtung. Wir kommen schon klar. Da warten Freunde auf uns.«

»Es ist nur … diesmal kann ich euch nicht beschützen.« Er senkt die dunklen Wimpern und mir fällt auf, wie lang sie sind, ihre Spitzen streifen den obersten Punkt seiner Wangenknochen.

»Und ich dachte, du wärst unser Held«, sagt Alice.

Er ignoriert ihr kokettes Gehabe und sieht auf, unsere Blicke treffen sich. Die Wärme seines Lächelns mildert das Eis in seinen Augen. Dann nimmt er Alice' und Katies Schüsseln und kippt den Inhalt wieder in den Kessel. »Ja, aber der Imp-Bus wartet auf niemanden, nicht mal auf uns Helden.« Er flitzt kurz aus dem Raum.

Katie wendet sich an mich. »Woher weißt du, wo Nate ist?«

»Saskia und Matthew wollten uns zum Rebellen-Hauptquartier bringen, weißt du noch?«, sage ich.

»Und das Hauptquartier ist bei der zerstörten Brücke?«

»Ganz genau«, sage ich.

»Ich erinnere mich nicht, dass Ash so süß war«, unterbricht uns Alice.

»War er definitiv nicht«, entgegne ich.

»Wer ist Ash?«, fragt Katie frustriert.

»Denk an Jacob aus *Biss zum Morgengrauen*«, antworte ich.

Sie zuckt die Achseln. »Glaubst du etwa, ich hätte die *Biss*-Bücher gelesen? Kennst du mich überhaupt?«

»Ach, um Gottes willen«, sagt Alice. »Sogar meine Oma hat *Biss* gelesen.«

»Okay, dann stell dir den Diener Buttons aus *Cinderella* vor«, sage ich. »Ash ist Rose immer nachgedackelt wie ein Welpe.«

Katies Miene erhellt sich. »Ooh, wie Silvius aus *Wie es euch gefällt*.«

Alice verdreht die Augen. »Oder wie Strebi McStreberson aus Angriff der Nerds.«

Ash kommt mit einem Paar zerschlissener Lederschuhe in den Händen zurück. Einer hat ein Loch in der Sohle, das mit getrocknetem Stroh gestopft zu sein scheint. Er reicht sie Alice, die sie mit spitzen Fingern möglichst weit von sich weghält.

Katie kann nicht aufhören zu grinsen. »Nicht gerade Jimmy Choos, was?«

Der arme Ash wirkt wieder ziemlich verwirrt, er sieht echt süß aus, wenn sich seine Stirn so in Falten legt. »Das sind nicht Jimmys, das sind meine.« Er zeigt auf Alice' Füße. »Aber die sollten dir passen, für ein Mädchen hast du echt riesige Füße.«

Ich begegne Katies Blick, während wir versuchen, nicht zu lachen.

»Wir machen uns besser auf den Weg und finden deinen kleinen Bruder.« Ash grinst mich an und dieses warme, flatternde Gefühl erfasst jede Faser meines Körpers.

KAPITEL 10

Ich hätte es nicht für möglich gehalten, aber die Stadt zerfällt immer mehr, je tiefer wir vordringen. Gebäude ohne Wände, geborstene Straßen, Hütten aus Blech und Plastikplanen. Es ist so viel schlimmer als im Film. Sogar noch schlimmer als die Bilder, die ich beim Lesen im Kopf hatte. Und der Gestank wird immer stärker. Ich halte mir den Ärmel vor die Nase, in der Hoffnung, die Luft filtern zu können, und bemerke, dass Katie und Alice das Gleiche tun.

Ich spähe in die Behausungen und erhasche einen Blick in den Alltag: Mütter, die ihre Babys stillen, Väter, die ergatterte Holzstücke zerhacken. Mir wird klar, dass all diese Imps eine Vorgeschichte haben, ein Leben, über das Sally King nichts erzählt. Genau wie Ash. Wie ist das nur möglich? Hat King vor ihrem Tod ausführlich über jeden einzelnen Imp geschrieben? Oder ist diese Welt direkt ihrer Fantasie entsprungen?

»Also, was ist deine Geschichte?«, fragt mich Ash. »Warum ist dein kleiner Bruder bei der zerstörten Brücke?«

Die Worte *kleiner Bruder* lösen Schuldgefühle in mir aus. Ich weiß nicht mehr, warum ich ihn in der Taverne zurückgelassen habe, warum er nicht wichtiger war als alles andere, warum ich versagt habe.

»Violet?« Die Besorgnis in Ashs Stimme treibt mir die Tränen in die Augen.

»Wenn ich es dir erzähle, muss ich dich töten«, sage ich.

Er lacht. »Ah, deine Geschichte wird immer fesselnder. Zeitreisende, Meuchelmörderin ...«

Unsere Oberarme berühren sich. Es scheint ihm zu gefallen, beim Gehen seinen Arm an meinem ruhen zu lassen, als gehörten wir zusammen.

Wir sehen immer weniger Overalls. Die einfach gekleideten Imps sehen dünn und verzweifelt aus, selbst im Vergleich mit anderen Imps. Eingefallene Augen, kantige Wangenknochen, Finger dünn wie Zweige. Daran erinnere ich mich noch aus dem Kanon. Die Imps, die in den Auen arbeiten, leben in der Nähe des Tors und sind die Herrscher der Stadt. Sie sind diejenigen, die Essen, Kleidung und einen kleinen Verdienst erhalten. Die Imps hingegen, die näher am Fluss hausen, wirken mehr tot als lebendig, ihre Lippen schimmern bläulich.

Ich sehe zu, wie die Sonne den Himmel hinunterwandert. Zu Hause ist Frühling – die Luft schmeckt mild und weich. Hier ist Herbstanfang und die Kälte kriecht langsam unter meine Tunika und in meine Knochen. Kurz frage ich mich, wie spät es wohl zu Hause ist, ob Mum und Dad schon den Tisch fürs Abendessen gedeckt haben und darauf warten, dass Nate und ich von der Comic-Con kommen. Ich sehe ihre besorgten Mienen vor mir, während es immer später wird, und spüre diesen Klumpen im Hals, als hätte ich einen riesigen Splitter verschluckt.

Die Luft verändert sich und Wind kommt auf, der den penetranten Gestank nach Fisch und Abwasser mit sich trägt.

»Wir nähern uns dem Fluss«, sagt Ash. »Ich muss zurück zum Stadttor. Wenn ich renne, bekomme ich den letzten Bus noch.« Er umfasst meinen Ellbogen mit seiner Hand, heiß wie die Sonne. »Ich hasse es, euch hier zurückzulassen, ihr wurdet ja schon im guten Teil der Stadt fast gehängt.«

»Das war der *gute* Teil?«

Er lächelt mich schief an. »Geht einfach weiter nach Süden und früher oder später trefft ihr auf den Fluss. Haltet euch nur von den Rebellen fern, okay? Die machen nur Ärger. Ich weiß, dass sie für eine gute Sache kämpfen, Imp-Befreiung und so, aber sie sind eine Bande skrupelloser Mistkerle, sie würden ihre eigene Oma töten, wenn sie ein Gem wäre.« Er weist kurz auf Alice. »Und es dürfte euch schwerfallen, sie davon zu überzeugen, dass bei Bigfoot hier nicht an der Doppelhelix rumgepfuscht wurde.«

Alice seufzt. »Himmel, hört endlich auf, darüber zu reden, wie attraktiv ich bin.«

Er wendet sich zum Gehen und streift meine Wange mit seinen Lippen. Ein komisches Gefühl breitet sich in meinem Magen aus, ein Wirbel aus Sehnsucht.

»Danke«, sage ich.

Er legt den Kopf zur Seite und fixiert mich einen Moment mit seinen umwerfenden eisblauen Augen. Dann dreht er sich um und joggt die Straße hinauf.

»I need a hero«, singt Katie, gerade so laut, dass ich es hören kann.

»Oh, lass mich in Ruhe«, sage ich.

Alice stimmt ein. »I'm holding out for a hero 'til the end of the night.«

»Leute, echt jetzt!«, sage ich.

Katie fasst sich ans Herz und wirft den Kopf in den Nacken. »And he's gotta be strong and he's got a big dong …«

Wir fangen an zu lachen, so richtig laut, als wären wir wieder zu Hause, zu dritt auf meinem Sofa, wo wir Trash-TV gucken und Simon Cowell Popcorn und Beleidigungen an den Kopf werfen. Aber in dieser seltsamen Beton-Welt wirkt unser Gelächter so fehl am Platz wie Vogelgezwitscher in einem Kriegsgebiet und allmählich verstummen wir wieder.

»Ich schätze, wir gehen einfach weiter«, sagt Alice.

Ich antworte, indem ich meine Füße bewege. Die Monotonie des Asphalts und die Sohlen meiner Stiefel greifen ineinander.

»Alice?«, frage ich.

Sie grunzt.

»Wenn du deine Fanfiction schreibst, verpasst du dann allen Imps eine Vorgeschichte?«

»Worauf willst du hinaus?«

Ich versuche, meine Gedanken zu ordnen. »Es ist nur – Ash hat diese ausführliche Biografie, die mir völlig neu ist, und die meisten Imps, die wir getroffen haben, kommen in Film und Buch gar nicht vor …« Ich verstumme.

»Das ist wirklich komisch«, sagt Katie.

Alice nickt. »Ich weiß, was du meinst. Aber ich glaube, Fanfiction hilft da auch nicht weiter, ich glaube eher, dass Nate recht haben könnte.«

»Ein Paralleluniversum?«, frage ich.

Alice lacht keuchend. »Das ist irre.«

»Also ,was passiert als Nächstes?«, fragt Katie.

Alice zieht an ihrem struppigen Haar, als wollte sie es länger machen. »Ich wette, jetzt wünschst du dir, du hättest bei Violets Referat gut zugehört.«

»Hab ich ja«, sagt Katie und sieht mich an. Ich kann die Sorge auf ihren zarten Zügen sehen. »Hab ich ehrlich, Vi. Es ist hier nur alles so verwirrend, ich kann mich an viele Sachen nicht mehr erinnern. Du hast auch was davon gesagt, dass der Kanon uns heimsucht, da wär's echt hilfreich, es noch mal zu hören.«

»Dann lies doch mal was anderes als Dickens«, sagt Alice.

Ich schalte mich ein. »Saskia und Matthew haben Rose zum Rebellen-Hauptquartier gebracht, um sie Thorn vorzustellen. Da gehen wir jetzt hin, Nate müsste dort sein. Dann hat Thorn Rose zu Baba gebracht.«

»Der hellseherische Zombie?«, fragt Katie.

Ich nicke. »Baba hat Rose' Gedanken gelesen und Thorn gesagt, dass Rose die Imps retten würde.«

»Durch Selbstaufopferung und Liebe«, sagt Alice, die sich nicht verkneifen kann dazwischenzufunken.

Ich rede weiter. »Deshalb hat Thorn Rose die bis dahin wichtigste Rebellenmission anvertraut – die Harper-Mission.«

»Und da ist sie Willow begegnet?«, fragt Katie.

Alice nickt und seufzt. »Ach, Willow. Welch eine Vorstellung, dass wir dieselbe Luft atmen, unter demselben Himmel stehen.«

Mich erfasst die gleiche Aufregung, als wären wir wieder bei der Comic-Con und würden gleich Russell Jones treffen. Bei der ganzen Aufregung und all der Sorge um Nate habe ich Willow komplett vergessen.

Schließlich öffnet sich die Straße. Zu beiden Seiten befinden sich zerbombte Gebäude, von denen nur noch die Schatten der Grundmauern sichtbar sind. Unkraut ist durch die Risse im

Asphalt gewuchert und für einen kurzen Augenblick bin ich einfach erleichtert, etwas Grünes zu sehen. Doch dann bemerke ich sie. Disteln. Hunderte und Aberhunderte Disteln. Sie haben sich durch die Gehwegplatten gezwängt, wachsen zwischen Ziegeln, spähen von Schutthaufen.

»Das Symbol der Rebellen«, sage ich.

»Mäht uns nieder und wir kommen stärker wieder«, entgegnet Alice träumerisch, als wären wir wieder im Kino und sähen den Film.

Ich nicke. »Wir sind fast da.«

Mit Saskia und Matthew ist Rose genau diesen Weg gegangen, um Thorn zum ersten Mal zu treffen. Der Kick ihrer ersten erfolgreichen Mission legte sich allmählich und sie wurde nervös. Ich erinnere mich daran, wie sie die Disteln entdeckte und fragte: »Hat er so viele Stacheln wie sein Lieblingsunkraut?« Und Saskia lächelte und entgegnete: »Noch viel mehr.«

Jetzt wirkt es einfach lächerlich, dass Rose nervös gewesen sein soll. Sie hatte die Distelbombenmission nicht ruiniert und sie hatte ihren kleinen Bruder nicht verloren und sie war nicht in ein anderes Universum befördert worden. Der riesige Splitter ist wieder da und mir wird übel.

Alice muss das Gleiche denken, denn sie drückt meine Hand. »Er hat nicht *so* viele Stacheln. Denk dran, er hat Ruth geliebt.«

»Wer ist Ruth?«, fragt Katie.

Alice wendet sich an mich. »Erzähl du's ihr, bevor ich anfange zu schreien.«

»Sie ist der zentrale Part von Thorns Vorgeschichte«, sage ich. »Sie war die Liebe seines Lebens, vor vielen Jahren, als er in unserem Alter war, aber sie wurde beim Galgentanz gehängt, bevor die beiden zusammen fliehen konnten. Thorn hat es nie verwunden.«

Katie atmet scharf ein. »Das ist ja furchtbar. Der arme Thorn.«

»Ja«, sage ich. »Und mit anzusehen, wie die Liebe seines Lebens von den Gems gehängt wurde, hat echt Wunder gewirkt, was sein Aggressionsproblem angeht. Er ist ein ruchloser Psycho.«

»Wohl eher ein Ruth-loser Psycho«, gackert Alice. »*Ruth*-los, versteht ihr?«

Katie ringt sich ein Lächeln ab. »Das wäre lustig, wenn wir immer noch über ein Buch reden würden.«

Ich bekomme nicht mal den Ansatz eines Lächelns hin. Ich kann nur daran denken, dass mein kleiner Bruder vielleicht schon bei Thorn im Hauptquartier ist.

»Ja, tut mir leid«, grummelt Alice.

Wir setzen unseren Weg nach Süden fort, die sinkende Sonne immer zu unserer Rechten. Die Distelbüschel werden zahlreicher, der Gestank nach fauligem Fisch überwältigt uns und endlich fällt mein Blick auf die Kirche. Sie steht vernachlässigt und heruntergekommen da, ist aber überwiegend intakt. Beweis göttlicher Intervention, hieß es im Buch.

»Nate.« Ich renne Richtung Kirche los.

Der Asphalt hat Blasen und Falten geworfen, wo die Straße abrupt endet. Ich bleibe stehen. Die Bezeichnung »zerstörte Brücke« ist noch untertrieben. Die Brücke ist nicht zerstört, sie ist weg. Komplett zerbombt. Es in echt zu sehen und nicht auf einem Fernsehschirm – umgeben von meinem gemütlichen Zuhause –, verschlägt mir den Atem. Ich blicke den Fluss entlang, es gibt nicht eine Brücke, die Stadt wird von Wasser zerschnitten.

Nirgendwo wohlproportionierte Gebäude, die eine schimmernde Skyline bilden und deren Lichter sich im Wasser spiegeln wie Lampions in einem See. Es bleiben nur die zerklüfteten Überreste dessen, was einmal war. Ich kann nicht anders, als um diese Stadt zu trauern, die ich kenne und liebe.

Katie und Alice schließen zu mir auf.

»Himmel«, wispert Katie.

Ich verspüre den überwältigenden Drang, auf die Knie zu sinken und zu heulen. Aber ich muss an Nate denken, der vielleicht genau jetzt bei Thorn ist, und meine Kraft kehrt zurück. Ein tiefer Atemzug voll fischiger Luft und ich renne weiter zur Kirche.

»Violet, langsam«, brüllt Alice.

Ich halte nicht an. Der Geruch nach Fisch und Abwasser wird stärker und erfüllt meine Lungen, während ich über Steine, Risse und Disteln springe.

Ich trete in den Schatten der Kirche und die Außentemperatur sinkt um ein, zwei Grad. Ich bin da – am Rebellen-Hauptquartier. Ohne die donnernden Trommeln und die Geigen, die mir in den Ohren dröhnen, wirkt es irgendwie friedlich. Als Vorbild diente die Kirche St Magnus-the-Martyr, eine echte Kirche, die Alice und ich besichtigt haben, nachdem wir den Film gesehen hatten. Die runden Fenster sind mit Plastikplanen und Stoff verhängt und ein Teil des Dachs fehlt, aber ohne die Hochhäuser und das bläuliche Schimmern des Wolkenkratzers The Shard im Hintergrund wirkt die Kirche größer und beeindruckender.

Die Holztüren vor mir sind solide und geschlossen. Ich ziehe an dem Eisengriff. Verriegelt. Ich schlage mit den Fäusten gegen das Holz und fange an zu schreien. »Nate!«

Alice packt meine Hände und versucht, mich zum Schweigen

zu bringen. »Violet! Spinnst du? Du kannst doch nicht an die Tür der Rebellen hämmern. Die bringen dich um.«

Ich schlage nur noch härter zu. »Nate? Bist du da drin?«

Katie und Alice versuchen, mich wegzuziehen, aber das Adrenalin verleiht mir Kraft.

»Hör auf, du Irre«, sagt Alice. »Erinnerst du dich überhaupt an Thorn? Wie er diesen Gem skalpiert hat, weil der seine tote Freundin beleidigt hatte?«

»Ja, lass uns den Psycho nicht reizen«, sagt Katie.

Die Panik umschlingt mich wieder, eine Schlange, die mir die Brust einschnürt und das Herz zerdrückt. »Was, wenn der Psycho meinen kleinen Bruder hat?« Ich lege die Handflächen auf das Holz, schließe die Augen und versuche, Nate zu spüren. Es fühlt sich an, als würde mein Körper aufgeben – die Kehle schließt sich, die Lungen erstarren, der Geist wird leer. Schließlich geben meine Arme unter meinem Gewicht nach und ich lege die Wange an die Tür. Kühl und rau und real. Ich wünschte, ich könnte einfach in sie hineinsinken. Aber die Tür hat eine andere Idee. Sie knarrt und öffnet sich. Durch den Spalt sehe ich das Gesicht einer Frau mit einem unverwechselbaren Fleck auf der Stirn.

Saskia.

»Ihr habt uns gefunden«, flüstert sie.

Bevor ich den Fuß in die Lücke klemmen kann, schiebt sie sich nach draußen und zieht die Tür zu. Ich versuche um sie herum zu kommen, aber sie umfasst meinen Körper in einer ungelenken Umarmung. Ich bin so überrascht, so verzweifelt, dass ich meine Arme einfach schlaff herabhängen lasse.

»Wir haben uns solche Sorgen um euch gemacht«, sagt sie.

»Geht es Nate gut?« Ich versuche mich an ihr vorbeizudrängeln, aber sie weicht nicht von der Stelle.

»Ja, klar. Ihm geht's gut.«

Es fühlt sich an, als hätte man mich hoch in die Luft geworfen, als würde ich am höchsten Punkt schweben – am Scheitel meines Bogens, das purpurfarbene Trampolin unter mir –, und nur darauf warten, dass die Schwerkraft greift. Schwebend, schwerelos, frei.

»Wirklich?«, flüstere ich.

»Ja, ihm geht's gut. Er lernt gerade die Rebellen kennen. Kommt, ich bring euch rein.«

»Das gefällt mir nicht«, sagt Alice. »So nett warst du noch nie zu uns.«

Saskia wirft ihr einen strengen Blick zu. »Klappe, Prinzessin.«

»Alice hat recht«, sagt Katie. »Da ist irgendwas faul.«

Ich wische mir mit dem Ärmel über die Augen und lache. Ein merkwürdiges, zittriges Gurgeln, das nicht zu mir gehört.

Saskia tritt zur Seite und zeigt auf die Tür. »Geht einfach rein«, sagt sie lächelnd.

Ich fühle mich komisch, als hätten meine Füße die Verbindung zum Boden verloren. Aber ich befehle meinem Körper, sich zu bewegen. Ich drücke die Tür auf und trete vor. Katie stellt sich neben mich, ihre Hand umklammert meine, und ich bemerke kaum, wie Alice zurückbleibt und uns mit zitternder Stimme anfleht, nicht hineinzugehen.

Die Kirche ist ein weiter, offener Raum. Elegante Säulen reichen zu einer bleichen Gewölbedecke hinauf und die Spätnachmittagssonne tröpfelt durch die Rundfenster, sie dringt durch die Lücken zwischen den Lumpen und wird von den

Plastikplanen abgemildert und marmoriert. Ich sehe kein Kirchengestühl, nur Reihen von Tischen. Die Kirche ähnelt der Filmversion, doch bestimmte Details lassen sie fremd und neu erscheinen – der Geruch nach Stein gemischt mit Weihrauch, der Staub, der wie goldene Tupfen in der Luft hängt, die Steinplatten, die gegen meine Füße drücken. Meine Haut prickelt vom Schweiß.

»Violet!«, höre ich Nates Stimme. Er rennt mit ausgebreiteten Armen zu mir und wirft mich mit seiner heftigen Umarmung fast um.

Immer wieder sagt er meinen Namen, aber er klingt nicht froh – er klingt völlig verängstigt.

Da bemerke ich die anderen Imps. Sie stehen im Schatten. Lächeln und strecken die Arme aus, als trügen sie Geschenke. Aber sie tragen keine Geschenke. Sie tragen Waffen. Und jedes blitzende Metallstück zielt auf meinen Kopf.

Ein Turm von einem Mann tritt hinter den Rebellen hervor. Thorn. Er trägt die für ihn typische Augenklappe und der Blick des verbleibenden Auges ist so intensiv und stechend, dass es wirkt, als leiste es die Arbeit von zweien. Dann zeigt er sein perfektes Lächeln und überrumpelt mich mit seiner Schönheit. Er sieht noch besser aus als der Schauspieler im Film, noch beeindruckender. Seine Haut hat die Farbe von braunem Zucker, das Haar ist so schwarz, dass es fast blau wirkt. Und er trägt andere Kleider – die Lederhose und der Trenchcoat wurden durch einen abgewetzten grauen Blazer und schwarze Jeans ersetzt, was ihn weniger verkleidet wirken lässt.

Katie ergreift wieder meine Hand. »Das muss Thorn sein.«

Ich nicke. Er kommt auf uns zu, seine Schritte so gelassen wie sein Lächeln. »Sieh an, sieh an. Wen haben wir denn da? Zwei weitere angebliche Spione. Ihr habt uns viel zu erklären.«

Sein Blick wandert von mir zu Katie und sein Gesicht verändert sich, auf einmal erscheint er zart, verletzlich und angsterfüllt zugleich. Er hebt die Hand und einen fürchterlichen Augenblick lang denke ich, er will sie schlagen. Aber stattdessen berührt er mit den Fingerrücken ihre Wange. Katie zuckt zurück und atmet schwer ein, als wäre seine Haut heiß wie ein Schürhaken.

Nate zieht an meiner Schärpe und öffnet den Mund, als wolle er etwas sagen, aber Alice' Geschrei lässt ihn schweigen. Ein Imp zwingt sie durch die gewölbte Tür.

Thorn setzt wieder sein gelassenes Lächeln auf. »Und da ist sie schon. Der Gem, der sich für einen Imp-Spion hält.«

Alice will etwas sagen – meinen Namen, glaube ich –, aber die Imps umringen sie und ersticken ihre Worte, reißen ihre schlanken Arme nach hinten und zwingen sie auf die Knie.

»Alice.« Ich versuche verzweifelt zu ihr zu gelangen, aber die Imps stoßen mich zu Boden.

»Hört auf, hört auf«, kreischt Katie, zerrt an ihren Hemden und will sie von mir herunterholen. Aber Thorn wickelt seine mächtigen Arme um sie und ich bleibe am Boden zurück, mit dem Blick auf Alice. Ich winde und krümme mich und schreie wie besessen, aber es hilft nichts. Kurz bevor mir ein Imp auf den Kopf schlägt und alles schwarz wird, höre ich Saskias Stimme.

»Ich hab dir ja gesagt, dass es sich lohnt, auf sie zu warten.«

KAPITEL 11

Ich wache in einem kleinen ockerfarbenen Raum auf. Die Bodendielen unter meinem Körper fühlen sich hart und unnachgiebig an, meine Hand- und Fußgelenke sind mit Seilen gefesselt und ein Stofffetzen, der nach Alkohol schmeckt, verstopft meinen Mund. Es gelingt mir, mich aufzusetzen, so habe ich die Tür im Blick – den Rücken an die bröckelnde Wand gepresst – und fühle mich etwas weniger ausgeliefert. Zu meiner Rechten befindet sich ein großes Fenster, das so schmutzig ist, dass es genauso gut zugemauert sein könnte, aber vereinzelte Strahlen des versiegenden Nachmittagslichts dringen hindurch, was vermuten lässt, dass sich unser Gefängnis nicht unter der Erde befindet. Das erleichtert mich ein bisschen.

Alice kauert neben mir, ihr Körper warm an meinem. Nate sitzt uns gegenüber, ein Knebel verzieht seinen Mund zu einem unheimlichen starren Grinsen und er hält den Körper so, als hätte er Schmerzen in der linken Seite. Ich blicke ihm in die Augen – wund und entzündet – und wir blinzeln uns eine langsame, tränenerfüllte Begrüßung zu. Zumindest sind wir beide am Leben. Als Nächstes finden meine Augen Katies, der gleiche Knebel, das gleiche unheimliche Grinsen. Sie zwinkert mir zu. Aber eine Träne rinnt ihr über die Wange, vergrößert ihre Sommersprossen und versickert in ihrem Knebel. Ich wette, sie wünschte, nie nach London gezogen zu sein, mich nie kennengelernt zu haben, nie auch nur von *Der Galgentanz* gehört zu haben. Ein Gefühl der Schuld durchfährt mich und ich lasse den Kopf nach hinten gegen die Wand fallen. Ein beruhigender dumpfer Aufprall. Ich höre ein konstantes Brummen wie von einem Bienenschwarm und eine teerartige Substanz verklebt mein linkes Auge, vermutlich mein eigenes Blut.

Ich weiß nicht, wie lange wir in dem Raum sitzen. Wir starren die Wände an, unsere Füße, wechseln ab und zu mitfühlende Blicke. Und natürlich denke ich darüber nach, wie wir in diesem Schlamassel gelandet sind. Es fing mit dem Unfall auf der Comic-Con an. Ein Erdbeben? Eine Bombe? Ein missglücktes Experiment? Ich kneife die Augen zusammen, meine Gedanken verknoten sich. Ich möchte das alles so dringend mit den anderen besprechen, aber ich kann den Stofffetzen nicht ausspucken.

Stattdessen denke ich wieder an den Kanon. Obwohl wir ihn verändern können, verheddern wir uns immer wieder in ihm. Wir sind wie zwei Fäden, die nebeneinander herlaufen und sich dann verschlingen, nur um sich wieder zu trennen. Im Kanon ist Rose zu diesem Zeitpunkt in die Kirche gekommen und hat Thorn davon erzählt, wie sie früher am Tag die Distelbombe beim Galgentanz geworfen hat. Ich habe die Szene so oft gesehen: Das Kirchenschiff von nächtlichen Kerzen erfüllt, während der Himmel dunkler wird und die anderen Rebellen gehen. Thorn versucht herauszufinden, ob sie der richtige Imp für die Harper-Mission wäre, und er ist viel netter zu ihr als zu mir, er hat sie weder geschlagen noch eingesperrt. »Viele Stacheln« war definitiv eine Untertreibung.

Irgendwann schlafe ich ein. Das weiß ich, weil ich einen seltsamen, verworrenen Traum von der Stadt habe – nicht von meinem London, sondern vom zukünftigen Imp-London. Zerstörte Mauern, bröckelnde Gebäude, ein nackter Himmel, vor dem sich die Silhouetten beschädigter Dächer abzeichnen. Ich schreie und taumele am Rand des Fasses. Der sommersprossige Protektor steht neben mir, zeigt auf mich, lacht, hebt seinen Stiefel. Ash schreit und umfasst meine Oberschenkel. Er legt mich auf den Boden, als könnte ich zerbrechen, und beugt sich über mich, ich glaube, um mich auf die Stirn zu küssen. Seine Augen haben genau die gleiche Farbe wie der Himmel über ihm, wodurch es so aussieht, als hätte er zwei Löcher im Kopf. Und plötzlich ist es nicht mehr Ash, sondern Nate. Ein dunkler Spalt klafft in seiner Brust.

Das hast du mir angetan, Violet, sagt er.

Ich drücke meine Handflächen auf die schwarze Öffnung, aber ich kann den Fluss nicht stoppen. Blut rinnt mir die Arme hinunter und tropft auf mein Gesicht. *Es tut mir leid.*

Er legt seine Lippen auf meine Haut und flüstert, sein Atem kalt wie Schnee: *Wenn du nur besser auf mich aufgepasst hättest, wäre nichts von alledem passiert.* Er setzt sich auf und seine Augenlider flattern.

Nate, bleib bei mir, sage ich.

Sein Körper löst sich in roten Nebel auf, schwebt einen Moment in der Luft – ein Gespinst in Form eines Jungen – und verfliegt dann wie Asche. Wie Distelflaum. Ich strecke die Hand aus und greife hilflos in die Luft. Aber ich spüre nur ein paar vereinzelte Tröpfchen und den wachsenden Raum dazwischen.

Und da höre ich eine vertraute Stimme, die durch dicke Schichten der Zeit, Liebe und Wärme zu mir dringt. Mum. *Violet, bleib bei mir.* Ich rieche wieder den sauberen, medizinischen Geruch und den entfernten Duft ihres Lieblingsparfüms, Sternanis und Jasmin. *Violet, bleib bei mir.*

Das Knarren der Tür weckt mich. Zwei dunkle Gestalten gleiten in den Raum und gewinnen erst an Deutlichkeit, als sie die Deckenbeleuchtung anknipsen. Meine Augen gewöhnen sich schnell daran. Es sind Thorn und ein anderer Imp, die über den Dielenboden auf mich zugehen.

Neben Katie hält Thorn einen Moment inne und sieht zu, wie ein Traum ihre Wimpern zittern lässt. Dann kniet er sich neben mich und löst die Seile von meinen Gelenken. »Sie sagen, du gleichst ihr aufs Haar.«

Ich warte darauf, dass mir das Blut in Hände und Füße schießt, aber sie fühlen sich vollkommen taub an, und als ich versuche, mir den Stoff aus dem Mund zu nehmen, schlagen meine Finger nur ungelenk gegen mein Gesicht.

»Hier.« Er beugt sich vor und befreit mich vom Knebel, seine Finger in den Handschuhen überraschend zart.

»Wem?«, bringe ich hervor. »Wem gleiche ich?«

»Rose«, antwortet er. »Ich bin ihr nie begegnet, aber Saskia und Matthew schwören, dass du ihre Doppelgängerin bist.«

Alice murmelt etwas durch ihren Knebel. Er wendet sich ihr zu. »Du bist auch gleich dran, Prinzessin, mach dir keine Sorgen.«

Sie verstummt. Ich berühre sie kurz am Knie.

Thorn streckt mir die Hand entgegen und ich weiß nicht, was ich machen soll, also nehme ich sie. Einen Augenblick lang bin ich dankbar, dass er Handschuhe trägt, weil seine Haut meine sonst sicher verbrennen würde, so wie bei Katie. Er zieht mich in den Stand und ich zwinge mich, ihm in das einzelne Auge zu blicken. Es bannt mich wie ein Scheinwerfer.

»Ich möchte mich dafür entschuldigen, dass ich dich und deine Freunde so grob behandelt habe.« Wieder bleibt sein Blick an der schlafenden Katie hängen. »Ich fürchte, durch die Jahre der Unterdrückung hat unsere Menschlichkeit etwas gelitten. Wir hoffen, sie wiederbeleben zu können. Außerdem haben Rose' Tod und das Scheitern der Distelbombenmission die Rebellen ziemlich erschüttert und durcheinandergebracht. Ich hoffe, du kannst mir einige Fragen beantworten.«

Er sieht mich wieder an – er ist furchterregend. Seine Größe, seine Kraft. Aber ich weigere mich, schwach zu wirken, deshalb starre ich einfach kühn in den einzelnen bohrenden Scheinwerfer.

Er lächelt. »Komm, ich zeige dir unsere bescheidene Bleibe.«

Warum hat er ausgerechnet mich auserkoren? Ich schätze, weil ich Rose so ähnlich sehe, oder vielleicht liegt es auch am Kanon, der uns beide mitschleift. Ich folge ihm aus dem Raum und werfe Nate über die Schulter einen kurzen Blick zu, sein Mund ist immer noch fixiert, aber seine Augen blinzeln heftig, beruhigen mich und spenden mir Kraft.

Thorn führt mich eine dunkle Treppe hinunter. Der Imp mit dem Gewehr folgt mir so dicht auf den Fersen, dass ich den Schleim in seiner Brust rasseln hören kann. Wir treten ins Kirchenschiff. Genau wie in meiner Erinnerung tauchen Hunderte Kerzen den Stein in ein warmes Licht – ein Licht, das die Decke nicht erreicht und so den Eindruck erweckt, das Dach würde fehlen und wir stünden unter einem dunklen, leeren Himmel.

Die meisten Rebellen sind in ihre nahe gelegenen Behausungen zurückgekehrt, um sich auszuruhen. Plötzlich fühle ich mich sehr klein, nur mein Herz scheint stark geschwollen zu sein, bereit, mir die Brust zu sprengen.

Thorn starrt auf ein verbarrikadiertes Fenster und ich male mir aus, wie es einmal ausgesehen haben muss, als der Rahmen noch mit buntem Glas gefüllt war, ein Kaleidoskop der Farben. Die Bomben haben dem ein Ende gesetzt. Unter dem Fenster hängt eine Gedenktafel mit grob eingeritzten Worten: *Affen wurden Imps, Imps wurden Rebellen, der Gipfel menschlicher Revolution.* Ich erinnere mich noch aus dem Buch daran, ein Variation des alten Gem-Mottos: *Affen wurden Imps, Imps wurden Gems, der Gipfel menschlicher Evolution.*

»Gefällt dir unser Motto?«, fragt Thorn. Er hat Rose genau die gleiche Frage gestellt. Die Fäden verschlingen sich wieder.

»Es ist ziemlich clever«, antworte ich, genau wie Rose. Ich fühle mich sicherer, weil ich den Text kenne.

»Und was ist mit unserer Sache? Imp-Emanzipation, Gleichberechtigung«, sagt er, wieder genau wie im Kanon.

»Eure Sache ist auch meine.« Ich weiß, es ist sehr optimistisch, aber ich hoffe, dass alles gut wird, wenn ich nur wiederhole, was Rose gesagt hat. Er wird mich einladen, Baba kennenzulernen, und ich werde zustimmen – genau wie Rose – und dann kann ich Baba fragen, wie wir wieder nach Hause kommen.

Thorn starrt weiter auf das verbarrikadierte Fenster. Langsam zieht er mein Smartphone aus seiner Blazertasche. »Was ist das?«

Scheiße. Die Fäden sind gerade auseinandergelaufen, und zwar so richtig.

»Mein Telefon«, antworte ich benommen.

»Saskia dachte, es wäre Gem-Technik. Aber das ist es nicht, oder?«

»Nein.«

»Es ist alte Technik. Sehr alt. Und ich vermute, von Imps.«

Ich nicke.

»Würdest du mir erklären, wieso ihr, du und deine kleinen Freunde, im Besitz uralter Imp-Technik seid?«

Ich schlucke. »Du wirst mir nicht glauben, wenn ich es dir erzähle.«

»Stell mich auf die Probe.«

»Wir sind uralte Imps.« Es muss sich so lächerlich anhören, aber mir fällt nichts anderes ein.

Er guckt finster und tippt mit dem Telefon an sein Kinn. »Eine Komikerin, was?« Er lässt das Handy wieder in seine Jackentasche gleiten. »Also, warum habt ihr Rose getötet?«

Dieser plötzliche Themenwechsel bringt mich aus dem Konzept und ich muss die Worte im Kopf mehrmals wiederholen, bevor ich ihre Bedeutung verstehe. Meine Hände beginnen zu zittern, meine Nägel bohren sich in die Handflächen. »Wir haben Rose nicht getötet«, antworte ich.

»Nicht direkt, das stimmt. Aber eure Anwesenheit hat sie umgebracht. Saskia hat es mir erzählt. Deine hübsche rothaarige Freundin hat die Wachen alarmiert.«

»Ich weiß. Es tut mir leid … Wir wollten nicht, dass das passiert.«

»Und was habt ihr im Kolosseum gemacht?«

Ich starre ihn an, gebannt von dem einzelnen Auge. Im Kanon war es grau, wie ein abgebrochenes Schieferstück, als würde die

Stadt selbst in ihm schwären. Aber das Auge des jetzigen Thorn ist lavendelblau und voller Hass.

»Nun?«, fragt er.

Ich versuche, eine clevere Antwort zu formulieren, etwas, das uns am Leben erhält oder ihn gar auf unsere Seite zieht. Aber es ist, als hätte der Stofffetzen alle Worte aus meinem Mund gesaugt. »Ich weiß es nicht.«

Er tritt zu mir. Ein Kerzenleuchter lässt zackige Schatten über sein Gesicht tanzen, was ihn nur noch furchteinflößender macht. Er umfasst mein Gesicht mit seiner behandschuhten Hand, das Leder auf meiner Haut ist kühl. »Saskia schwört, du könntest Rose' Schwester sein. Bist du es?«

»Nein«, flüstere ich.

Seine Stimme wird hart. »Wurdest du von den Gems geschickt, um sie zu ersetzen und die Rebellen zu infiltrieren?«

»Um Gottes willen, nein. Ich war bei der Comic-Con.«

Seine Hand fällt von meinem Gesicht und es ist, als hätte er den Stofffetzen noch einmal aus meinem Mund gezogen, denn die Worte sprudeln nur so aus mir hervor. »Ich bin aus der Vergangenheit, na ja, nicht aus der echten Vergangenheit, eher aus einer anderen Wirklichkeit, die *deine* Vergangenheit ist. Deswegen haben wir die Telefone, die Imp-Technik. In meiner Welt ist Rose eine Figur aus einem Buch, das auch verfilmt wurde. Sie ist diese wirklich coole Heldin, sie ist tapfer und stark und schön und alles, was ich nicht bin. Deshalb bin ich so gekleidet wie sie, weil ich so tun wollte, als wäre ich Rose, wenigstens für einen Tag.«

Thorn lacht in sich hinein. »Du findest dich nicht schön?«

Ich schüttele den Kopf und blicke auf seine Stiefel.

Meine Verletzlichkeit scheint ihn zu ärgern, er packt mich an den Schultern und zieht mich zu sich. Die plötzliche Bewegung lässt mehrere Kerzen erlöschen, ihre dünnen Rauchfäden verflüchtigen sich Richtung Decke. Ich erwische mich dabei, den Rauch zu beneiden.

»Hör auf mit den Spielchen«, schreit er. »Sag mir die Wahrheit oder ich bringe deine kleinen Freunde nach unten und schlitze ihnen die Kehle auf, einem nach dem anderen, vor deinen Augen.«

»Nein!« Ich spüre einen stechenden Schmerz im Kopf. Schweiß überzieht meine Haut und das Rattenfleisch brodelt in meinem Magen, als hätte es immer noch Klauen und Zähne und ein widerspenstiges Temperament. Ich muss ein wenig blass wirken, denn Thorn schiebt mir seine Hände unter die Ellbogen und stützt mich.

»Darren«, brüllt er über die Schulter. »Hol den Jungen.«

Er klingt weit, weit weg und plötzlich fühle ich mich eigentümlich losgelöst, als würde ich wirklich eine Filmszene betrachten.

»Nein, nicht Nate«, bringe ich hervor.

Aber Thorn sieht mich nicht einmal an. »Du hast mich gehört, Darren. Bring mir den Jungen.«

Darren flitzt wieder die Treppe hinauf. Ich sehe ihn verschwinden und dieses formlose, furchtbare Gefühl steigt in meine Kehle. »Nein, nein, bitte. Ich werde alles tun.«

Thorn nimmt meine Hände und drückt sie an seine Brust, als wollte er mich zwingen zu beten. »Sag mir die Wahrheit.«

Das Gefühl nimmt Gestalt an: Angst. »Ich sage dir die Wahrheit, ich schwör's. Ich weiß nicht, was ich dir sonst erzählen soll. In meiner Welt bist du eine Figur aus einem Buch, das in der

Zukunft spielt, ein dystopischer Roman, du bist dieser … dieser Held mit Fehlern.«

Er wirft den Kopf zurück und lacht, ich kann seine Gaumenfalten sehen. »Ein Held mit Fehlern?«

Ich weiß, dass ich plappere, aber das Adrenalin scheint mein Hirn gelähmt und meine Stimmbänder in Schwung gebracht zu haben. »Ja, ein Held mit Fehlern. Du bist tapfer und stark, aber auch gemein und blind vor Rachsucht.«

Ich höre Nate, bevor ich ihn sehe, ein erstickter Schrei gefolgt von Poltern, als Darren ihn die Treppe hinunterschleift. Nate sieht so jung, so hilflos aus, seine Augen schießen in ihren Höhlen umher wie die eines gejagten Tiers. Darren stößt ihn zu Boden. Nate stolpert über seine eigenen Füße, und da seine Hände immer noch hinter dem Rücken gefesselt sind, kann er seinen Sturz nicht bremsen. Ich presche vor, um ihn aufzufangen, aber Darren hält mich zurück und bohrt mir den Lauf seines Gewehrs zwischen die Schulterblätter.

»Es ist okay, Nate, ich kriege das hin, versprochen.« Ich spüre die Tränen, kalt auf meiner Haut.

Thorn stellt sich hinter Nate und umfasst mit einem muskelbepackten Unterarm seinen Rumpf. Mit der freien Hand zieht Thorn ein Klappmesser aus dem Gürtel und presst es an Nates glatte Kehle.

»Bitte nicht!« Ein schriller Schrei, den ich kaum als meinen erkenne.

»Die Wahrheit«, sagt Thorn.

Ich kann die leichte Kerbe in Nates Kehle sehen, wo das Messer hineindrückt, ein Pfirsich, der aufgeschnitten werden soll, die Haut schützt nur noch gerade eben das weiche Gewebe darunter.

Ich glaube, mir wird schlecht. »Bitte tu ihm nichts, ich werde dir alles erzählen.«

Nates Blick ruht auf mir und mich überkommt eine schmerzliche Traurigkeit. *Thorn war dein Held und nun wirst du von seiner Hand getötet.* Aber Nate sieht nicht traurig aus, er wirkt entschlossen, besonnen und seine hellbraunen Augen wollen mir dringend etwas sagen. Ich muss wie Nate denken. Ich muss schlau sein.

»Was meinst du?«, schreit Thorn. »Erzähl's mir oder ich schlitze ihn auf wie ein Schwein.«

Der Groschen fällt und ich habe keine Angst mehr. Weil ich ein eingefleischter Galgentanz-Fan bin, weiß ich nicht nur das eine oder andere über Thorn, ich weiß auch, was ihn antreibt. Wenn sich irgendjemand aus dieser Sache herausreden kann, dann ich. »Ruth ... du willst Rache wegen dem, was sie Ruth angetan haben. Dem Imp-Mädchen, in das du dich verliebt hast, als du jung warst. Die Gems haben sie beim Galgentanz gehängt, weil sie eine Beziehung zu einem Gem hatte – zu dir.« Ich sehe, wie Thorns Griff sich etwas lockert, die Klinge an Nates Hals nachgibt. Aber ich höre nicht auf. »Wie du siehst, weiß ich Dinge, die ich nicht wissen sollte. Weil ich sie gelesen und gesehen habe. Du bist ein Gem und unter deiner Augenklappe befindet sich ein gesundes Auge. Du trägst die Klappe nur, um die Ebenmäßigkeit deiner Gesichtszüge zu stören, weil du dich schämst, einer von ihnen zu sein. Und jedes Mal wenn du einen Gem schlägst, einen Gem skalpierst oder ermordest, versuchst du eigentlich, den Teil von dir zu töten, den du verabscheust – deine Gem-Identität. Denn tief im Innern gibst du dir selbst die Schuld an Ruths Tod. Wenn du sie nicht geliebt hättest, wäre sie noch am Leben.«

Meine Worte hallen in der weiten Steinhalle wider, sie weigern sich zu verklingen.

»Scheiße«, sagt Darren und der Druck seines Gewehrs in meinem Rücken lockert sich.

Thorn gibt einen kehligen Laut von sich, als hätte ich ihm in den Magen geboxt. Er starrt mich an, seine Miene gefangen zwischen Ungläubigkeit und Trauer, Tränen quellen aus seinem unbedeckten Auge und sickern unter der Augenklappe hervor. Er hebt seine Hand, die Klinge glitzert im Kerzenlicht. Eine Schrecksekunde lang fürchte ich, er wird sie Nate in den Kopf rammen.

Aber stattdessen zieht er ihm den Knebel aus dem Mund.

»Baba!«, schreit Nate. »Wir müssen zu Baba.«

Thorn nickt. »Ja, vielleicht müsst ihr das.«

KAPITEL 12

Ich erkenne den Gang aus dem Film wieder, steinern, eng und abschüssig führt er uns tief ins Innere der Kirche. Thorn geht voran, leicht gebeugt, um sich nicht den Kopf an der Gewölbedecke zu stoßen. Rose ist denselben Gang entlanggegangen, aber im Gegensatz zu mir hatte sie keine Ahnung, was hinter der Holztür auf sie wartete. Eine gesichtslose Hellseherin. Manchmal ist Unwissenheit wirklich ein Segen.

»Das ist so cool.« Nate schüttelt seine Hände schnell hin und her, seine Handgelenke sind immer noch rot und wund von den Fesseln. »Wir werden Baba treffen.«

Ich bringe ihn mit einem Blick zum Schweigen. So aufgeregt, wie er daherredet, könnte man meinen, wir treffen gleich irgendeinen Promi. Wir folgen Thorn in die Kammer. Der Raum sieht aus wie das Filmset, aber die Luft hat etwas Drückendes, sie riecht süß, frisch und irgendwie klebrig wie Lilien. Es kommt mir komisch vor, dass ich an einem Ort, dem es so an Grün mangelt, Blumen riechen kann. Ich male mir aus, wie Rose' Geist neben mir geht, um Baba zum ersten Mal zu treffen. Plötzlich spüre ich den Verlust. Rose ist tot.

»Rose ist tot?«, sagt eine Stimme wie ein Echo meiner Gedanken.

Ich weiß genau, wo ich Baba finde, wie ein Haufen Lumpen kauert sie auf einem Stuhl in der Ecke. Sie hebt den Kopf und ich sehe sie. Im Buch hieß es, ihr Gesicht sei von einem überschüssigen Stück Haut überzogen, das ihre Augen und Nasenlöcher verschließe, und ihr Mund sei nur eine schmale Öffnung, als habe vor langer Zeit das Skalpell eines Chirurgen ihre Worte hören wollen. Im Film sah sie noch schlimmer aus, wie ein grauenhaftes, gesichtsloses Monster. Aber die Frau vor mir wirkt einfach so, als würde sie schlafen, die schweren Lider bleiben geschlossen. Sie sieht nicht einmal besonders alt aus, vielleicht so alt wie meine Oma, und ihre Haut wirkt weich und teigig, als könnte ein Fingerabdruck darin zurückbleiben. Das einzige wirklich Seltsame ist das Fehlen der Nasenlöcher, aber das bemerke ich nur, wenn sie den Kopf zurücklegt.

Ich höre Nate langsam ausatmen, er ist eindeutig enttäuscht von ihrer nicht gerade fürchterlichen Erscheinung.

»Wie schade, ich mochte Rose«, sagt Baba.

»Du bist ihr nie begegnet«, sagt Thorn.

Sie zuckt die Achseln. »Okay, aber ich hätte sie gemocht.«

Thorn schüttelt ein Kissen auf und schiebt es ihr in den Rücken. »Soll ich mal nach dem Feuer gucken?« Es ist komisch, Thorn so fürsorglich zu sehen, nachdem er Nate eben noch das Messer an den Hals gehalten hat, und diese Unberechenbarkeit macht ihn so furchterregend. In einem Moment ist er ganz Lächeln und Kissenaufschütteln, im nächsten wechselt er abrupt in den Psycho-Modus. Genauso ist er im Kanon, nur dass die Klinge jetzt echt ist.

Ich glaube, Baba empfindet ähnlich, sie kann seiner Güte nicht trauen und scheucht ihn weg. »Nein, danke. Ich komme schon klar.« Sie wendet sich mir zu, als könne sie meine Gestalt durch die geschlossenen Lider erkennen. Vielleicht kann sie es tatsächlich – die Haut ist dünn wie Papier. »Wen hast du mir stattdessen mitgebracht, Thorn?«

»Das weiß der Himmel«, antwortet er.

Sie lacht und ihre Augäpfel verschieben sich unter ihren Lidern wie Babyvögel, die sich in ihren Eiern winden. Sie streckt mir eine zitternde Hand entgegen, und ohne nachzudenken, ergreife ich sie. Ich wappne mich gegen den stechenden Schmerz, den Feuerstoß, der von ihrer Handfläche in meine schießt ... aber nichts passiert.

Sie lächelt und entblößt ihr Zahnfleisch ohne Zähne. »Diese Blume ist klein, aber sie hat andere Qualitäten. Ihr Name ist Violet. Ein Mauerblümchen, richtig?«

»Sie haben recht.« Genau das habe ich gedacht, als ich vor der Klasse stand.

Thorn tritt vor und kurz glaube ich, dass er meine Hand aus ihrer reißen wird, aber er begnügt sich damit, die Fäuste zu ballen. »Sie weiß Dinge, die sie eigentlich nicht wissen kann. Als wäre sie in meinem Kopf oder so. Ist sie so wie du, Baba?«

»Kannst du Dinge vorhersehen? Beherrscht du die Kunst der Geistverschmelzung?«, fragt sie mich.

Ich schüttele den Kopf, aber plötzlich fällt mir ein, dass sie blind ist, und ich sage: »Nein.« Dann wird mir klar, dass sie vermutlich meine Gedanken lesen kann, und ich werde rot und fühle mich dumm.

»Und was ist mit dir, Nate, hast du hellseherische Fähigkeiten?«, fragt sie.

Er klatscht in die Hände und spricht mit schneller, aufgeregter Stimme, als hätte sie ihm gerade die Erlaubnis zu reden erteilt. »O mein Gott, Sie kennen meinen Namen, das ist so cool. Und Sie sind nicht annähernd so unheimlich wie im Film, die haben Sie wirklich völlig falsch dargestellt.«

Thorn schlägt ihm auf den Hinterkopf. »Diesen Mist hat das Mädchen auch die ganze Zeit erzählt. Sie behauptet, dass sie aus einem Paralleluniversum kommen und wir in einem Buch oder Film leben oder so.«

Baba bleibt gefasst. »Nun, das ist einfach absurd, nicht wahr?«

Nate schnaubt. »Sagt die fünfhundert Jahre alte Frau ohne Gesicht.«

Thorn hebt die Hand, um noch mal auszuteilen, aber Baba schaltet sich ein. »Das reicht, Thorn. Erweise unseren Gästen ein bisschen Respekt. Ich mag sie.«

»Sie sind schuld an Rose' Tod.« Er starrt weiter vielsagend auf ein unsichtbares Ziel an Nates Hinterkopf.

»Ja«, sagt Baba, als würde sie mit einem Kind sprechen, »und wenn eine Blume verwelkt, erblüht an ihrer Stelle eine andere.«

Seine Hand sinkt mutlos herab. »Ich weiß nicht, was du meinst.«

»Violet, das Veilchen, ist etwas Besonderes: Es ist klein, aber es enthält einen Duft, der die Rezeptoren in der Nase ausschaltet, so bleibt es unauffindbar.«

»Sprich nicht in Rätseln, altes Weib«, sagt Thorn.

Sie lacht und entlässt ihn mit einem Wink ihrer Hand. »Lass mich mit ihnen allein und mach dich daran, hinter das Rätsel dieses alten Weibes zu kommen.«

Er fummelt an seiner Augenklappe herum, offensichtlich nicht gewohnt, Befehle zu empfangen. »Und warum sollte ich das tun?«

»Jetzt stell dich nicht so an«, sagt sie. »Du vergisst, ich weiß schon, dass du gehen wirst. Das ist einer der Vorteile, wenn man Dinge vorhersehen kann.«

Er macht auf dem Absatz kehrt und marschiert aus dem Raum, er bemüht sich vergeblich, seinen Ärger zu verbergen. Die Tür knallt hinter ihm ins Schloss und der Luftzug bringt die Flammen zum Flackern, Schatten tanzen über den Granit. Baba gähnt, ihr zahnloser Mund wirkt wie der eines greinenden Babys. »Hunde, die bellen, beißen nicht.«

»Sind Sie sicher?«, fragt Nate. »Er hat mir fast die Kehle aufgeschlitzt.«

»Okay, er ist nicht ohne. Er hat viel durchgemacht, aber ich schätze, das wisst ihr schon.« Sie zeigt auf die andere Seite des Raums. »Nimm Platz, Nate. Mach es dir bequem. Ich brauche etwas Zeit mit deiner Schwester.«

Er lässt sich zu Boden fallen und verfehlt dabei das Kissen, aber das scheint ihm egal zu sein. »Machen Sie jetzt diese Geistverschmelzung? Das ist so cool – ich will als Nächstes dran sein.«

Sie ignoriert ihn. »Komm, Violet, lass mich die Hände auf deine Stirn legen.«

Ich gehe vor ihr auf die Knie, genau wie Rose es hätte tun sollen, und einmal mehr empfinde ich ein Gefühl des Verlusts. Aber darunter fließt noch etwas Bohrenderes – Schuldgefühle. Sie hätte es sein sollen, nicht ich, deren Knie auf diesen Steinplatten ruhen, deren dunkles Haar nach vorn fällt, wenn sie die Stirn darbietet. Ich schließe die Augen, um eine dicke Träne daran zu hindern, auf den Boden zu tropfen.

Baba legt ihre Hände auf meine Stirn, als würde sie ein kleines Kind auf Fieber untersuchen. Der erwartete Schmerz durchfährt mich, lässt mein Gewebe anschwellen, meine Knochen knacken. Er ist so viel schlimmer als im Buch beschrieben. Ich möchte schreien, aber es ist, als hätte ich keine Luft mehr in den Lungen. Ich sehe ein Messer, das einen Pfirsich schneidet, die hellsten blauen Augen, die mir je begegnet sind, ein Minikleid, das zerrissen wird, Saskias Haar, das ihr Gesicht umweht, während Matthew weint, ein Bühnengerüst, das auf mich stürzt, das Spiegelbild eines Mädchens in einer Tunika.

Der Schmerz bewegt sich zu meiner Stirn und verdichtet sich an einem einzelnen Punkt zwischen meinen Augen.

Ich sehe Mum … Dad …

Zu Hause.

Der Schmerz wird stärker und stärker, bis ich das Bewusstsein zu verlieren drohe. Und gerade als ich glaube, dass ich ganz sicher sterben werde, als ich anfange, den friedlichen Tod herbeizusehnen, beginnt der Schmerz zu schwinden. Die Farben, die Gefühle, der Schmerz sickern aus meinen Schläfen und werden in die Wärme von Babas Handflächen gesogen.

Ich öffne die Augen und sehe nur weiß. Ich blinzele mehrmals und begreife, dass ich in einem Schneesturm stehe. Ich will gerade nach Hilfe rufen, blindlings nach Baba fassen, der ich plötzlich durch fehlendes Augenlicht verbunden bin, als der Schnee sich lichtet. Nur ist es gar kein Schnee. Es sind Disteldaunen. Sie wirbeln, tanzen, kreiseln durch die Luft wie ein Schwarm winziger weißer Vögel. Die Luft klärt sich weiter und ich sehe Baba neben mir stehen. Dieselbe teigige Haut, dasselbe zahnlose Lächeln, aber ihr Rücken ist gerade, die Beine sind stark und ihre Augen öffnen sich schließlich und offenbaren zwei apfelgrüne Iriden. Durch ihre brandneuen Nasenflügel atmet sie tief ein. »So ist es besser«, flüstert sie in die Luft.

Ich drehe mich langsam herum, nehme meine Umgebung wahr. Wir stehen im Kolosseum. Hohe Steinmauern mit Wachtürmen besetzt. Vorne präsentiert eine Holzbühne neun hungrige Seile. Ich weiß, dass London sich auf der einen Seite befindet, zerstört und grau, während sich auf der anderen Seite die frischen, grünen Auen erstrecken. Genau wie im Kanon. Genau wie vorhin. Und doch wirkt es anders – leer und still, wie ein Spielfeld bei Nacht. Und ich fühle mich seltsam ruhig. Der Himmel sieht klar aus und die Luft schmeckt köstlich und frisch, fast wie Zitronen.

Ich bemerke, wie ich ebenfalls einatme. »Wie sind wir hierhergekommen?«

»Wir sind in deinem Kopf, Liebes. Mir schien es sinnvoll, das Kolosseum zu besuchen, den Ort, wo alles anfing.« Sie lacht und fängt ein paar Disteldaunen. »Ich wette, du fühlst dich gerade wie Dorothy, oder?«

Ich nicke.

Sie entlässt die Daunen wieder in die Luft, als würde sie einer Libelle die Freiheit schenken. »Es geht nichts über ein Zuhause … Es geht nichts über ein Zuhause.«

Das Wort *Zuhause* treibt mir heiße, drängende Tränen in die Augen.

Sie nimmt mein Gesicht in ihre Hände und trocknet mit den

Daumen meine Wangen. »Es ist nur so, dass deine Ankunft unsere Geschichte aus der Bahn geworfen hat. Rose sollte nicht sterben, sie sollte das Harper-Anwesen infiltrieren und sich in Willow verlieben. Eine Liebe, die so stark und rein wäre, dass sie die Spaltung zwischen Imps und Gems überwinden und die Menschheit schließlich wieder einen könnte. Aber das weißt du bereits, nicht wahr?«

Ich versuche zu nicken, aber sie hält mein Gesicht fest.

»Manche Geschichten müssen sich einfach entfalten«, sagt sie. »Sie müssen ihren wunderbaren Höhepunkt erreichen, sie sind fast wie ein Lebenszyklus, ein eigenständiges Ding.«

»Ich … ich verstehe nicht.«

»Spürst du es nicht, Violet? Unsere Geschichte – der Kanon, wie du es nennst – zieht dich wieder hinein, reißt dich mit. Es ist fast unmöglich, dem zu widerstehen, oder?«

Ich denke an die beiden Fäden, die nebeneinander herlaufen und sich dann verschlingen, und nicke.

Sie legt mir ihre Hände auf die Schultern und dreht mich so, dass ich zur Bühne blicke. Jede dieser Schlingen wartet auf einen Hals, den sie zuschnüren kann.

Ihre Stimme erhitzt mein Ohr. »Du musst die Imps retten, Violet. Durch Selbstaufopferung und Liebe musst *du* die Geschichte vollenden. Erst dann wird unsere Welt dich freigeben.«

Ich lache, ein nervöses Trällern, und mein Atem stört den Weg der gemächlich schwebenden Daunen. »Wie soll ich das denn machen?«

»Du nimmst Rose' Platz ein. Als Ersatz. Du stellst richtig, was du durcheinandergebracht hast. Dann kannst du nach Hause zurückkehren.«

Übelkeit steigt in mir auf.

Ich wende mich ihr zu, das Grün ihrer Augen bringt mich aus dem Gleichgewicht. »Das ist hier nicht *Zurück in die Vergangenheit*!« Meine Stimme klingt ein bisschen trotzig, völlig unangemessen inmitten der Erhabenheit des Kolosseums.

Sie schließt kurz die Augen. »*Zurück in die Vergangenheit* … ein fiktiver Mann, der zwischen verschiedenen Realitäten hin- und herspringt … die Lieblingssendung deines Dads.«

»Richtigstellen, was falsch gelaufen ist. Wie macht man das? Und noch etwas ganz anderes: Woher kennen Sie den *Zauberer von Oz*?«

»Er ist in deinem Kopf. Wenn etwas in deinem Kopf ist, ist es auch in meinem.« Sie lächelt. »Hat Sam Beckett in *Zurück in die Vergangenheit* Hauptfiguren getötet, wenn er in andere Realitäten gereist ist?«

Ich sehe etwas im Augenwinkel, einen schwarzen Streifen, der von der Mauerkrone fällt und auf dem Boden aufschlägt. Meine Hand legt sich über meinen Mund, während ich das Wort Nein flüstere. Ich schaffe es, genauer hinzusehen, und erkenne, wie sich die roten Schmetterlingsflügel auf den Steinplatten ausbreiten. Rose. In meinem Kopf dreht sich alles und ich stolpere nach vorn.

Baba fängt mich auf. »Tja, ich fürchte, du hast unsere Hauptfigur vernichtet.« Sie blickt zu dem zerschmetterten Mädchen hinter ihr. »Und du hast nicht etwa die böse Hexe des Westens getötet, du hast die tapfere Heldin vernichtet, die eine Person, ohne die unsere Wirklichkeit einfach nicht auskommt.«

Ich schüttele den Kopf, der schwer ist vor Schuld und Ungläubigkeit.

»Ich bin nicht tapfer und ich bin keine Heldin.« Meine Stimme versagt, als wollte sie genau das beweisen.

Baba zuckt die Achseln. »Dann musst du mit deinen Freunden für immer in unserer Wirklichkeit bleiben.«

Die Gesichter meiner Eltern erscheinen vor meinem inneren Auge, der Kummer hat sich in ihre Haut gegraben, während sie noch immer darauf warten, dass Nate und ich von der Comic-Con zurückkehren. Meine Knie werden weich und ich sacke langsam zu Boden, nur wenige Meter von Rose' Körper entfernt. Und das Gefühl des Verlusts wird immer umfassender, breitet sich in alle Richtungen aus, bis sich alle Grenzen und Ränder auflösen und es mein ganzes Ich erfüllt: heiße Duschen, Fernsehsendungen, Instagram, Ben & Jerry's Eiscreme, Make-up, gemütliche Betten, Google, Camping, E-Reader, Nando's Restaurants, Partys, Schulabschlüsse, studieren, einen Beruf ergreifen … meine zukünftigen Kinder in einer Welt großziehen, die sie wertschätzt und fair behandelt …

Ich greife mir mit beiden Händen ins Haar und spüre, wie sich in mir ein Schrei aufbaut.

Baba kniet sich vor mir hin und entwirrt sanft meine Finger. »Dies könnte nur eine Geschichte sein, Violet. Vielleicht ist sie deiner Welt entsprungen, einem Buch oder einem Film.« Sie zeigt zur Mauerkrone und ich sehe eine weitere Gestalt. Eine Frau, Sally King. Die verstorbene Autorin von *Der Galgentanz*. Ich erkenne sie vom Buchumschlag wieder: ihr langes, mausgraues Haar, das straff zurückgebunden ist, das kindliche Gesicht mit der schweren Brille. Ich erinnere mich an die Berichterstattung über ihren Tod. *Aufstrebende Autorin stürzt sich nach langer psychischer Krankheit von Hochhaus in den Tod.* Sie sieht mich direkt an, lächelt und macht dann einen Schritt nach vorn, als würde sie einen Fahrstuhl betreten. Ihr Körper dreht sich in der Luft und schlägt neben Rose auf.

Baba streicht mir übers Haar. »Unsere Wirklichkeit könnte der Vision einer einzelnen Autorin oder dem kollektiven Bewusstsein ihrer Leser entsprungen sein. Wer weiß das schon? Aber es ist unsere Wirklichkeit. Sie ist genauso wichtig für uns wie deine … dein Zuhause für dich.« Sie hebt mein Kinn mit einem Finger an und unsere Blicke treffen sich, aber ihre grünen Augen verstärken nur mein Gefühl des Verlusts, sie erinnern mich an Wälder und Wiesen und Adventskränze, lauter Dinge, die ich nie wiedersehen werde, wenn ich in dieser gottverlassenen Stadt bleibe. Sie blinzelt, als wisse sie, dass ich eine Atempause brauche. Doch ihre Worte gewähren sie mir nicht. »Eine Geschichte ist wie das Leben, Violet. Du wirst erst erlöst, wenn die Geschichte an ihr Ende gekommen ist. Von der Geburt bis zum Tod.«

Von der Geburt bis zum Tod. Ein Adrenalinstoß durchfährt mich. Von der Geburt bis zum Tod.

Wieder dreht sie mich so, dass ich zur Bühne blicke, ihre Finger bohren sich durch meine Tunika wie Klauen. »Der Ort, an dem es begann, und der Ort, an dem es enden muss.«

Ich sehe zu den neun Schlingen und plötzlich ist alles ganz klar. Ich fülle meine Lungen mit der Zitronenluft.

»Ich werde hängen, anstelle von Rose«, flüstere ich.

»Ja.«

»Nächste Woche, beim Galgentanz?«

»Ja. Für deine Freunde, deine Familie und vor allem für die Liebe.«

Es hat etwas von ausgleichender Gerechtigkeit – schließlich

haben wir Rose umgebracht. Ich lache, aber daraus wird schnell ein Schluchzen. »In genau einer Woche werde ich gehängt.« Und als ich diese Worte ausgesprochen habe, verliere ich endlich das Bewusstsein.

KAPITEL 13

In genau einer Woche werde ich gehängt.

Ich werde für meine Freunde, meine Familie und vor allem für die Liebe gehängt. Ein Gedanke, der überraschend wenig Trost spendet, wenn ich mir vorstelle, wie sich die Schlinge um meinen Hals zieht, meine Füße nach festem Boden suchen, meine Beine strampeln … in der Luft tanzen.

Heute Morgen war ich noch völlig ahnungslos. Heute Morgen war ich bei der Comic-Convention, habe den Geruch von Hotdogs, Schweiß und Parfüm aufgesogen und die leuchtend bunten Kostüme, das Blitzlichtgewitter, die Basstrommeln und Geigen auf mich wirken lassen. Und gestern war ich noch in der Schule, war gestresst wegen eines blöden Englisch-Referats und habe mir gewünscht, in einer anderen Welt zu sein.

Man sollte mit seinen Wünschen vorsichtig sein. Sie könnten in Erfüllung gehen. Und dann kann es wirklich ätzend werden.

»Violet?« Ich höre Nates Stimme. »Violet, geht es dir gut?«

Ich wache an einem warmen, weichen Ort auf, zu Hause auf meinem Sofa oder ins Bett gekuschelt. Der Geruch von brennendem Holz mischt sich mit dem Duft von Blütenpollen und Kerzenlicht erhellt die Wände. Ich höre tiefe, pochende Stimmen und frage mich, ob Mum und Dad in der Küche reden. Aber mir wird schnell klar, dass die Stimmen Baba und Thorn gehören.

Nate beugt sich über mich. Einen flüchtigen Augenblick lang erinnere ich mich an meinen Traum, aber ich sehe keinen klaffenden Spalt in seiner Brust.

»Was ist passiert?«, flüstere ich. Es fühlt sich an, als hätte ich geschrien, meine Kehle ist wund.

»Baba hat ihr komisches Gedankenaussaug-Ding gemacht und dann bist du ohnmächtig geworden. Geht es dir gut?«

Ich schüttele den Kopf. Der weite, leere Raum des Kolosseums, Rose' Körper, der auf dem Boden aufschlägt, die leere Schlinge … Erinnerungen füllen meinen Kopf, bis er sich anfühlt wie ein Sieb, das sie unmöglich alle zusammenhalten kann.

»Violet? Was ist denn?«, fragt Nate.

Ich öffne den Mund, um es ihm zu erklären, aber in diesem Moment erhebt Thorn seine Stimme.

»Ich weigere mich, das zu glauben.«

Baba, einmal mehr in ihrem Stuhl zusammengekauert, die apfelgrünen Iriden fest hinter ihren Augenlidern verborgen, umklammert seine Hand. »Sie ist die Auserwählte, Thorn.« Die gleichen Worte, die Baba im Kanon zu Thorn gesagt hat, nachdem sie in Rose' Gedanken war.

Nate wendet sich mir zu, mit staunender Miene. »Sie reden über dich«, formt er lautlos mit den Lippen.

»Sie wird die Imps retten«, sagt Baba. »Durch Selbstaufopferung und Liebe.«

Nates Augen werden groß, sein Gesicht im Licht des Feuers voller Spitzen und Zacken. »Du wirst Rose' Platz einnehmen?«

Ich nicke.

Konzentriert beißt er sich auf die Unterlippe. »Aber wenn du ihren Platz einnimmst …« Seine Züge verzerren sich alarmiert, als er der Idee an ihr logisches Ende folgt. Es verblüfft mich immer wieder, wie klug er ist.

»Es ist in Ordnung.« Ich versuche zu lächeln, aber es fühlt sich eher wie eine Grimasse an. »Sobald ich hänge, werden wir nach Hause transportiert. Wir alle. Ich werden gar nichts merken.«

»Aber …«

»Baba hat es mir versprochen, ich werde gar nicht mitbekommen, wie es passiert.« Ich weiß nicht, für wen ich lüge, ihm oder mir zuliebe.

»Aber Violet …«

»Lass uns das nicht vertiefen, okay, Brüderchen. Es ist, wie es ist.«

Und ich begrabe die grauenhaften, trostlosen Worte in irgendeiner fernen Ecke meines Gehirns. *In genau einer Woche werde ich gehängt.*

Thorn kommt in drei großen Schritten zu mir herüber und zieht mich auf die Füße, als wöge ich nicht mehr als eine Puppe. »Dann komm, kleine Blume, ich erkläre dir, was bei diesem Auftrag zu tun ist.«

Ich folge ihm aus dem Raum, für mehr Halt habe ich mich bei Nate untergehakt. Ich vergesse, mich von Baba zu verabschieden, bin zu gebannt von dem Schmerz in meinem Kopf und der Schwäche in meinen Gliedern. Erst als ich ihre Stimme höre, die uns in den Gang folgt, fällt sie mir wieder ein. »Du brauchst ihr nichts zu erklären«, ruft sie. »Sie weiß schon, was zu tun ist.«

Nate und ich warten auf einer Kirchenbank im vorderen Teil

der Kirche. Alle anderen Bänke sind entfernt worden, um Platz für Tische und Stühle zu schaffen, sodass diese ganz allein dasteht und eher wie eine Parkbank wirkt. Es ist dieselbe Bank, auf der Rose und Thorn nach ihrem Treffen mit Baba saßen. Aber der jetzige Thorn steht wie eine Statue da und blickt schon wieder finster auf die Gedenktafel unter dem ausgebombten Fenster. Er hat sich nicht die Mühe gemacht, unsere Hände erneut zu fesseln, und ich erwische mich dabei, wie ich auf Nates Finger starre, die auf seinen Oberschenkeln liegen. Sie sehen so zart aus, die Haut noch nicht von der Zeit gezeichnet.

Ein erstickter Schrei lenkt unsere Aufmerksamkeit auf den hinteren Teil der Kirche. Matthew bringt eine geknebelte Alice zu Thorn, halb zerrt, halb trägt er sie. Sie macht den Rücken rund und stemmt die Hacken in den Boden, aber Matthew überwältigt sie problemlos. Saskia folgt mit Katie, die sich ebenfalls wehrt, aber sie kann mit ihrer zarten Statur gegen Saskias eisernen Griff nichts ausrichten.

»Hinsetzen«, sagt Thorn, ohne sich umzudrehen.

Alice und Katie rutschen die Bank hinauf, bis sie neben uns sitzen. Mein Schenkel drückt gegen Katies – ich kann spüren, wie sie zittert.

Ich versuche, ihr Knie mit meiner Hand festzuhalten. »Es wird alles gut«, flüstere ich, weil ich ihr Zittern für Angst halte, aber als sie antwortet, wobei der Knebel ihre Worte verschluckt, klingt sie wütend, nicht ängstlich. Dank sei Gott für diesen Knebel, denke ich. Katie hat keine Ahnung, wie gewalttätig und brutal Thorn sein kann. Sie würde ihn wahrscheinlich einen Schwanzlutscher nennen.

Saskia und Matthew stellen sich hinter uns, ihre Schatten bewegen sich in unserem Schoß, als ein Luftzug die Kerzenflammen aufflackern lässt.

»Der Himmel weiß, warum du noch am Leben bist«, flüstert Saskia mir ins Ohr.

Thorn umrundet die Tische und hält an, als er die Kanzel im vorderen Teil der Kirche erreicht. Er macht eine gewichtige Miene, als würde er gleich die Holzstufen hinaufsteigen und anfangen zu predigen, aber dann bleibt er doch stehen und räuspert sich. »Wie sich herausgestellt hat, haben wir vielleicht Verwendung für unsere Besucher.«

»Brennholz?«, murmelt Saskia. »Ich wette, die würden knistern und zischen wie Schweinekoteletts.«

Thorn zieht Katie und Alice die Knebel heraus, wobei er sich für Katie mehr Zeit nimmt und mit seinen Fingern über ihre Sommersprossen streicht. Sie wendet das Gesicht ab und er atmet scharf ein, als würde ihn ihre Geste verletzen. Aber was immer Katie in ihm auslöst, verfliegt so schnell, wie es aufgekommen ist – seine Miene wird hart und er wischt sich die Hand am Blazer ab. An Saskia und Matthew gewandt, redet er über unsere Köpfe hinweg. »Violet hat sich bereit erklärt, Rose' Platz in der Harper-Mission einzunehmen.«

Saskia und Matthew fangen an zu lachen.

»Das ist mein Ernst«, sagt Thorn.

Das Lachen hört abrupt auf.

»Aber … aber … sie kann unmöglich Rose' Platz einnehmen.« Saskia trommelt mit den Fingerknöcheln gegen die Banklehne, als versuche sie, den Frust aus sich herauszuklopfen.

»Wir haben keine andere Wahl«, sagt Thorn. »Rose ist tot. Und wir brauchen immer noch ein hübsches junges Imp-Mädchen, das sich mit Willow Harper anfreundet. Kleine Blume hier ist unsere einzige Hoffnung.«

Ich hasse es, dass er Kleine Blume zu mir sagt, so hat er Rose nie genannt.

Saskias Klopfen wird lauter. »Aber wir wissen gar nichts über dieses Mädchen. Wieso glaubst du, dass wir ihr trauen können? Sie und ihre idiotischen Freunde haben Rose getötet, verdammt noch mal.«

Thorn wirkt etwas verunsichert, aber er verbirgt es hinter einer strengen Miene. »Sie haben Rose nicht getötet, das waren die Gems. Sobald wir anfangen, uns gegenseitig für die Sünden der Gems verantwortlich zu machen, sind wir verloren. Aber ich teile einige deiner Bedenken, Saskia, und deshalb wirst du sie nicht aus den Augen lassen. Du und Matthew werdet sicherstellen, dass sie zu jeder Zeit auf unserer Seite und bei der Sache sind.«

Verdammt, denke ich. Saskia und Matthew haben fast ein Jahr auf dem Harper-Anwesen gearbeitet, bevor sie Rose von der Straße geholt haben, so haben sie Willow als Ziel identifiziert. Sie haben Rose geholfen, sich auf dem Anwesen einzufügen, haben ihr von Willows Tagesablauf erzählt und sie bei allem unterstützt. Aber uns werden sie ständig kritisieren und sogar noch nachtreten, sollten wir straucheln.

Saskia scheint auch nicht allzu glücklich darüber zu sein. Ihr Klopfen erreicht einen Höhepunkt und setzt dann aus. »Wer zum Teufel sind diese Spinner?« Sie schleudert ihm die Worte wie Waffen entgegen. »Du schuldest uns eine Antwort. Sie tauchen im Kolosseum auf, geben vor, Spione zu sein, sind verkleidet als … weiß der Himmel was.«

Katie wendet sich mir zu und flüstert: »War sie im Buch auch schon so 'ne Wichskanone?«

Ich riskiere ein leichtes Kopfschütteln und wünschte, ich könnte ihr den Knebel wieder umlegen.

Thorn arrangiert seine Gesichtszüge zu einer kontrollierten Miene. »Ich muss mich nicht erklären, Saskia. Ich will, dass sie morgen Abend den Bus in die Auen besteigen. Verstanden? Sie kommen nicht aus dieser Stadt und haben noch nie in den Auen gearbeitet, also sorgt dafür, dass sie als Sklaven durchgehen. Okay? Sollten sie wegen illegalen Grenzübertritts erschossen werden, mache ich euch persönlich dafür verantwortlich.«

Schweigen.

»Alle vier?«, fragt Matthew schließlich.

»Nein, nur Kleine Blume und der Junge.«

»Schick den Jungen nicht mit«, sagt Matthew. »Es könnte echt gefährlich werden und er ist noch zu jung.«

»Ich bin vierzehn«, sagt Nate.

Thorn lächelt. »Und Violet hat offensichtlich das Bedürfnis ihn zu beschützen. Seine Anwesenheit wird sie permanent daran erinnern, was auf dem Spiel steht, sollte sie bei ihrer Mission versagen.«

Ich denke an das Messer, das Thorn an Nates Kehle gepresst hat, und meine Stimme wird zu einem Flüstern. »Was ist mit Alice und Katie?«

Thorn betrachtet Katie. »Also, du in Schwarz bist Katie, oder?«

»Das ist richtig«, antwortet sie.

Er lässt seinen Blick etwas zu lange auf ihr ruhen. »Tja, Katie, du bist meine Versicherung, mein Druckmittel. Wenn Violet mit ihrer Mission erfolgreich ist, wenn sie an Geheiminformationen kommt, bleibst du am Leben. Aber sollte Violet abhauen oder mich verraten oder einfach versagen, dann werde ich dich eigenhändig töten.«

Katies Zittern wird stärker und sendet rhythmische Wellen meinen Unterarm hinauf. »Das ist nicht dein Ernst, oder?« Sie bedenkt ihn mit ihrem Spezialblick, macht die Augen schmal und presst die Lippen aufeinander, als wäre sie wieder in der Schule und hätte es mit Ryan Bell zu tun.

»Katie, nicht.« Ich drücke ihren Oberschenkel.

»Nein«, sagt sie und hebt die Stimme vor Empörung. »Wenn dieser Samenerguss glaubt, er könne uns einschüchtern, dann …« Sie kann den Satz nicht beenden. Saskia zieht ihr eins über den Schädel, es hört sich nach einem ziemlich festen Schlag an. Ihr rotes Haar wirbelt nach vorn und sie fällt fast von der Bank.

»Katie, nicht«, sage ich noch einmal zu ihr.

Sie muss wohl die Panik in meinen Augen sehen, denn sie verstummt.

Thorn kniet sich vor ihr hin und beugt sich ganz nah an sie heran. »Ich bewundere deinen Mut, Katie, aber du darfst mich nie wieder so beleidigen. Verstehst du das?«

Sag Ja, sag Ja. Die Worte erklingen wieder und wieder in meinem Kopf, aber die Pause zieht sich immer weiter, wird zu einem echten High-Noon-Moment. Katie starrt einfach zurück, mit zusammengepressten Lippen und festem Blick wie ein Cowboy beim Duell.

»Verstehst du das?«, wiederholt er. Thorn steht auf, thront über ihr, mustert ihre Gestalt am Boden. Er rückt seine Augenklappe zurecht und ich muss an den Wolf in *Rotkäppchen* denken, der seine Reißzähne unter einer schlechten Verkleidung verbirgt.

»Katie, bitte«, flüstere ich.

Sehr langsam nickt sie.

Er fährt sich mit der Zunge über die Unterlippe, sie schimmert rosa vor dem Hintergrund seiner dunklen Haut. »Dann werden wir gut klarkommen, Katie.«

»Und was ist mit der hier?«, fragt Saskia und bohrt Alice den Finger in den Rücken.

»Ach, der Möchtegern-Gem?« Thorn blickt zu Alice. »Außen Gem, innen Imp. Wenigstens hat sie ordentliches Blut«, sagt er.

»Wir könnten sie aufschlitzen und nachsehen«, sagt Saskia.

Thorn lacht. »Ganz ruhig, Saskia. Ihre Gem-Hülle muss unversehrt bleiben ... zumindest vorerst. Ich habe eine ganz besondere Aufgabe für sie.«

»Was meinst du damit?«, fragt Alice.

Etwas Jugendlicheres, Schelmischeres blitzt in seinem Gesicht auf. »Wenn du schon alles wüsstest, wäre es nur der halbe Spaß.«

KAPITEL 14

Wir sind wieder in dem ockerfarbenen Raum, alle vier aneinandergeschmiegt, unser Atem bildet Wölkchen in der kalten Luft. Ich verbringe ein paar Minuten damit, Katie und Alice von meiner Begegnung mit Baba zu erzählen. Sie hören aufmerksam zu, die roten Spuren der Knebel reichen ihnen bis zu den Ohren und wirken wie eine bizarre Kriegsbemalung. Matthew hat ihnen die Fesseln an den Handgelenken gelöst, als Saskia gerade nicht hingeschaut hat. Außerdem hat er etwas Brot hereingeschmuggelt, das wir in Sekundenschnelle verschlungen haben.

»Seit wann ist Thorn so ein Kotzbrocken?« Katie reibt sich jeden Finger einzeln, um das Blut wieder zum Fließen zu bringen.

»Er ist wie eine superfiese Version seiner selbst«, sage ich. »Saskia auch. Ich schätze, wir haben die Distelbombenmission so richtig versaut.«

»Und damit auch die Harper-Mission«, fügt Nate hinzu.

Katie wirkt irgendwie verlegen. »Ist noch jemandem aufgefallen, wie er mich ansieht?« Ihre blasse Haut kann nicht verhindern, dass sie rot wird.

Alice nickt. »Yep. Der steht ganz eindeutig auf dich.«

»Igitt«, sagt Katie, aber ein schüchternes Lächeln umspielt

ihre Lippen – genau wie ich ist sie männliche Aufmerksamkeit nicht gewöhnt, nachdem sie das letzte Jahr in Alice' Schatten verbracht hat.

Alice gibt einen Laut von sich, der ein bisschen wie *hmpf* klingt. »Der steht nur auf dich, weil du so offensichtlich ein Imp bist.«

Katie macht ihr Schmale-Augen-Ding, ihre rosigen Lippen werden weiß, als sie sie aufeinanderpresst. Für den Bruchteil einer Sekunde fürchte ich, dass ein richtiger Zickenkrieg ausbrechen könnte, aber Nate ergreift das Wort, bevor die Fetzen fliegen.

»Er ist so, weil du ihn an Ruth erinnerst«, sagt er einfach.

Wir sehen ihn an. Er zuckt die Achseln, als wäre es völlig normal, dass ein Vierzehnjähriger feinere Antennen für Romantik hat als drei siebzehnjährige Mädchen. »Ist doch klar«, sagt er. »Wisst ihr noch? Thorns Flashback im Film? Ruth hatte rotes Haar und grüne Augen.«

Ich lache, verblüfft, dass ich nicht vorher darauf gekommen bin. »Er hat recht.«

»Na toll«, sagt Katie und betrachtet eine Strähne ihres Haars. »Der mit Abstand attraktivste Mann, der je auf mich stand, ist ein rasender Irrer, der mich wahrscheinlich bei unserem ersten Date umbringt.«

»Schöne Zusammenfassung!«, sagt Nate.

»Das könnte noch von Vorteil für dich sein, Ringo«, sagt Alice. »Es kann nicht schaden, ein bisschen zu flirten.«

Katie zieht eine Augenbraue hoch. »Das ist ja wohl eher dein Ding.« Sie hasst es, wenn Alice sie Ringo nennt. Normalerweise ruft sie dann immer: »Ich spiele Cello, nicht Schlagzeug« – ich bin mir nie ganz sicher, ob Katie die Beatles-Liverpool-Anspielung wirklich nicht versteht oder ob sie sich doof stellt.

»Ernsthaft«, sagt Alice. »Das könnte dir das Leben retten. Thorn ist ganz schön furchteinflößend und es wäre echt hilfreich, wenn du dafür sorgen könntest, dass er auf unserer Seite bleibt.«

Katie zieht sich die Haare straff aus dem Gesicht, als würde sie so weniger wie Ruth aussehen. »Nie im Leben werde ich mit dem Schwanzlutscher flirten. Der ist das personifizierte Böse.«

»Als wir dir von Ruth erzählt haben, tat er dir leid«, sagt Alice.

»Tja, aber danach hat er Vi eins übergezogen, uns wie Ungeziefer behandelt, gedroht, mich zu töten, und uns in eine Zelle gesperrt.« Sie starrt auf die Dielen und Tränen verdunkeln ihre Wimpern, als wäre ihr der Ernst der Lage gerade bewusst geworden.

Ich berühre ihre Hand. »Alles in Ordnung?«

Sie blickt auf und ringt sich ein Lächeln ab. »Ja, klar. Also, was passiert, wenn du das Harper-Anwesen erreichst?« Ihre Stimme nimmt einen sachlicheren Ton an, als wollte sie leugnen, dass ihre Augen feucht werden.

Alice streckt ihren langen Körper aus, ihre Füße ragen unter einer zerfetzten Decke hervor. Sie hat immer noch etwas heiter Gelassenes an sich, als würde sie irgendwo am Strand liegen. »Violet kommt zum Harper-Anwesen, trifft auf Willow, gibt sich mysteriös und sexy und ta-da … hat er 'nen Mega-Gem-Ständer.«

»Alice«, zische ich. »Nate ist hier.«

Aber Nate grinst nur. »Sollte ein Kinderspiel werden, Violet, du siehst fast genauso aus wie Rose und weißt genau, was du sagen musst.«

»Also gar kein Druck«, grolle ich.

Alice fährt fort. »Dann erklärt Willow ihr seine unsterbliche Liebe, aber Violet kriegt totale Gewissensbisse und begreift, dass sie den Mann, den sie liebt, nicht verraten kann. Also vermasselt sie absichtlich die Harper-Mission, indem sie Willow gesteht, dass sie ihn liebt, aber in die Stadt gehört. Abseilen aus Gnade.«

»Nennt man das so?«, fragt Nate.

»Jetzt schon«, sagt Alice.

Nate grinst. »Klingt so, als hätte sie ein Curry gegessen und zu viele Abführmittel genommen. Verstehst du? Abseilen aus Gnade.«

»Das ist nicht das, was ich meinte, und das weißt du auch«, sagt sie.

»Kannst du die Geschichte bitte mit Rose als Hauptfigur erzählen, nicht mit mir?«, frage ich händeringend. »Ich bin noch nicht so weit, ihren Platz einzunehmen.«

»Nun, du wirst bald so weit sein müssen«, sagt Alice.

Katie lächelt mir zu. »Das ist schon in Ordnung, Vi. Oder, Alice?«

Alice nickt, entschlossen, Katie nicht die bessere Freundin sein zu lassen. »Ja, klar. Wie auch immer, wo war ich? Ach ja, abseilen aus Gnade. Es war tragisch. Herzzerreißend. *Rose* überquerte in jener Nacht die Grenze und kehrte ins Rebellen-Hauptquartier zurück, um Thorn zu sagen, dass sie mit ihrer Mission gescheitert ist. Die Rebellen sollten Willow für immer in Ruhe lassen.«

»Das ist der Wendepunkt«, sage ich. »Der überraschende Umschwung in der Mitte des Romans, von dem Miss Thompson sprach.«

»Das war ziemlich edelmütig von ihr«, sagt Katie.

»Rose ist – sorry, war – edelmütig«, antworte ich traurig.

Alice ignoriert mich. »Aber Willow hat nicht aufgegeben. Er hat sich als Imp verkleidet und ist Rose über die Grenze in die Stadt gefolgt, den ganzen Weg zum Rebellen-Hauptquartier. Das war so tapfer und heldenhaft. Aber die Rebellen haben ihn erwischt, als er durchs Schlüsselloch der Kirche gespäht hat.«

Katie schnaubt. »Klingt eher dämlich als heldenhaft.«

»Lass ihn in Ruhe«, sagt Alice.

Nate sieht nachdenklich aus. »Wir können die Dinge hier direkt beeinflussen, so viel ist klar, aber wie bringen wir die anderen dazu, in unserem Sinne zu handeln? Ich meine, wie stellen wir sicher, dass die Rebellen Willow gefangen nehmen?«

Nach einer langen Pause sage ich: »Baba hat mir gesagt, dass sich die Geschichte entfalten will, dass der Kanon uns mitreißen wird oder so was.«

Katie runzelt die Stirn. »Ja, du hast vorhin schon davon gesprochen, dass der Kanon uns heimsucht. Aber das ergibt keinen Sinn. Wir vier müssten doch eine Art riesiger Schmetterling sein, der mit den Flügeln schlägt und alles durcheinanderbringt.«

»Wovon redest du?«, schnauzt Alice.

»Mein Gott, Alice, vom Schmetterlingseffekt«, sagt Nate. »Du weißt schon, ein Schmetterling schlägt mit den Flügeln und löst irgendwo am anderen Ende der Welt einen Hurrikan aus.«

Alice wirkt ein bisschen verwirrt. »Das ist ein Film, oder? Meine Mutter mag den. Mit Ashton Kutcher.«

Ich nicke und lächele ermutigend. Es ist nicht leicht, wenn ein Vierzehnjähriger mehr weiß als man selbst.

»Wir sind der Schmetterling«, sagt Nate. »Schlagen mit den Flügeln und verändern alles schon dadurch, dass wir atmen.«

»So ist es eben nicht«, sage ich. »Das versuche ich euch die ganze Zeit zu erklären. Der Kanon zieht uns immer wieder in die Geschichte hinein. Er *will*, dass alles so endet, wie es geplant ist.«

»Wie auch immer«, sagt Nate, »wir sollten uns so genau wie möglich an den Kanon halten. Nur kein Risiko eingehen.«

Nate und ich nicken. Sogar Alice stimmt ihm zu.

Aber Katie scheint noch nicht überzeugt zu sein. »Ich weiß nicht, Leute, glaubt ihr wirklich, dass es so einfach wird? Ihr haltet euch ans Drehbuch und alles fügt sich wie von selbst?«

»Ja«, sagen Alice und Nate einmütig.

»Haben wir denn eine Wahl?«, fragt Nate.

Sich ans Drehbuch halten. Das ist eine große Erleichterung – ich mag Pläne, ich mag Programme, ich mag Vorhersehbarkeit. Und in diesem verrückten, dreckigen, kranken Universum ein Drehbuch im Kopf zu haben, einen perfekten Handlungsablauf, verleiht mir wieder Sicherheit.

»Also erklärt mir doch noch mal, woran wir uns jetzt halten …«, sagt Katie.

Nate schlägt sich mit der Hand gegen die Stirn. »Mein Gott, Katie, du musst dir echt den Film anschauen.«

»Tja, ich seh hier nur nirgendwo einen verfickten DVD-Player, du etwa?«, entgegnet sie.

Anstelle von Alice nehme ich die Geschichte wieder auf. Unser Plan ist das Einzige, was verhindert, dass ich den Verstand verliere. »Nachdem Willow gefangen genommen wurde, überfielen die Rebellen ein Imp-Bordell –«

»Ein Bordell?«, jault Katie. »Ich dachte, das ist ein Jugendbuch.«

»Genau genommen Young Adult«, sagt Alice.

»Die Rebellen überfielen ein Imp-Bordell«, sage ich, »und Willow und Rose nutzten das Durcheinander, um zu fliehen.«

»Also hat Willow Rose einfach vergeben, dass sie ihm die ganze Rebellensache verschwiegen hat?«, fragt Katie.

Ich nicke. »Ja, weil er wusste, dass sie nur versucht hat, ihn zu schützen.«

»Und was ist dann passiert?«, fragt Katie und beugt sich vor, unfähig, ihr Interesse zu verbergen. Einen herrlichen Moment lang fühle ich mich, als wäre ich wieder in Miss Thompsons Kurs und würde mein Referat halten. Das normale Leben. Zu Hause.

Ich lächele. »Rose und Willow flohen in die Kanalisation, verirrten sich ein bisschen, kamen aber irgendwann wieder heraus und stießen auf einen alten Geländewagen. Damit sind sie an den Fluss gefahren und haben dann versucht, mit einem Boot zum Niemandsland überzusetzen.«

»Niemandsland?«, fragt Katie.

»Ja, diese verlassenen Gebiete, wo es weder Imps noch Gems gibt. Aber sie haben es nicht geschafft. Die Gems haben sie aufgespürt und aus ihrem kleinen Boot geholt.«

»Seht ihr«, sagt Katie. »Es ist, wie ich auf der Comic-Con gesagt habe, in dystopischen Romanen sind immer die Mächtigen die Bösen, das ist so vorhersehbar.«

»Katie, bleib bei der Sache«, sagt Nate.

Ich erzähle eilig zu Ende und versuche, den gefürchteten Begriff *hängen* zu vermeiden. »Dann erklärt Willow Rose beim Galgentanz seine Liebe. Die Menge schwenkt um, sie reißt die Galgen nieder und entfacht eine Revolution.«

»Wie lange dauert es bis zum nächsten Galgentanz?«, fragt Katie.

»Genau eine Woche«, antwortet Nate.

»Eine Woche?«, fragt Katie ungläubig. »Das passiert alles in einer Woche?«

Wir nicken. Katie hat recht. Es klingt so lächerlich und plötzlich fühle ich mich miserabel. Wie soll ich das alles schaffen? Wie kann ich nur annähernd so sein wie Rose?

Katie schüttelt ungläubig den Kopf. »In dystopischen Frauenromanen verlieben sich die Leute echt schnell.«

»Es ist eine dystopische Liebesgeschichte«, sagt Alice.

Nate nickt energisch.

Alice seufzt. »Es ist so romantisch. Zum Beispiel als Rose Willow eine echte Rose auf sein Fensterbrett legt, statt einfach ihren Namen zu verraten.«

»Oder als sie bei seinem Initiationsball die Gäste bedienen muss«, sagt Nate, »und sie warten, bis alle anderen gegangen sind, und dann …«

»… tanzen sie ohne Musik«, sagen die beiden im Chor.

»Verdammt noch mal«, sage ich. »Ihr tut beide immer noch so, als wäre das hier nur ein Buch oder ein Film. Aber so ist es nicht mehr. Das hier ist die beschissene Realität!«

Alle verstummen und meine Worte scheinen in dem ockerfarbenen Raum widerzuhallen.

»Und wenn das alles vorbei ist, können wir dann nach Hause?«, fragt Katie schließlich und in ihrer Stimme liegt eine Sehnsucht, die mir das Herz bricht.

Ich nicke. »Solange ich die Geschichte so zu Ende bringe, wie King sie verfasst hat. Sie müssen die Galgen niederreißen und eine Revolution beginnen.«

Nate verzieht das Gesicht. »Bist du dir sicher, dass dieses Universum dich freigibt, wenn du gehängt wirst? Denn sonst hängst du einfach nur, das ist dir schon klar, oder?«

»Würdet ihr bitte aufhören, das Wort *hängen* zu gebrauchen?« Ich merke, dass ich mir selbst an den Hals gefasst habe. »Das ist ab jetzt verboten. Verstanden?«

Sie nicken zur Antwort.

»Also bringst du den Kanon in Ordnung«, sagt Alice. »Du wolltest ja immer schon mal Rose sein.« Sie nagt an ihrer Unterlippe, die so ganz ohne Lipgloss dünner aussieht als sonst.

»Ich kann nicht Rose sein«, flüstere ich. »Sie ist so … großartig.«

Katie legt mir eine Hand aufs Knie. *»Was ist ein Name?«*

»Hä?«, sagt Alice.

Katie blinzelt ungläubig. *»Was uns Rose heißt, wie es auch hieße …«*

»In so einem Moment zitierst du ernsthaft Shakespeare?«, fragt Alice.

»Sorry, One Direction hätte einfach nicht gepasst. Vielleicht sollte ich lieber was von Justin Bieber zitieren.«

»Hört auf damit – alle beide«, sage ich.

Alice streichelt mir den Arm. »Tut mir leid, Vi. Komm schon, sieh es positiv. Du darfst Rose sein … Du darfst …« Sie zieht mehrmals die Augenbrauen hoch.

Meine Muskeln verhärten sich. »Ich hab doch gesagt, dass ihr das H-Wort nicht benutzen sollt.«

Sie lacht nur. »Nein, du Trauerkloß, du darfst Willow küssen.«

Ich atme scharf aus und mir wird etwas schwindelig, wie bei meiner ersten Karussellfahrt – Wind im Gesicht, wehendes Haar, weiße Fingerknöchel, während ich mich an der Metallstange festklammere. Ich erinnere mich, wie ich Mum angefleht habe, dass sie es anhalten soll, und wie ich mir gleichzeitig gewünscht habe, das Holzpferd möge sich schneller und schneller drehen. So fühle ich mich jetzt auch, panisch und gleichzeitig freudig erregt. Ich kann nicht verhindern, dass sich ein breites Lächeln auf mein Gesicht stiehlt. Ich war so auf die Sache mit dem Sterben fixiert, dass ich das mit dem Küssen völlig vergessen hatte.

Alice lächelt. »Und man bedenke, wie viel attraktiver Ash in diesem Universum ist. Stell dir mal vor, wie heiß Willow dann erst sein muss – dir werden die Augen ausfallen. Irgendwie hasse ich dich gerade.« Sie lacht, aber ich bin mir nicht sicher, ob es an den nackten Wänden oder dem fehlenden Humor liegt, dass ihr Lachen so hohl klingt.

Am nächsten Morgen bringt Matthew Nate und mich in eine kleine Sakristei. Die Luft riecht abgestanden und feucht, als wäre der Raum lange nicht genutzt worden. Ich weiß, was passieren wird – wir werden Sklaven-Tätowierungen bekommen, genau wie Rose. Die Fäden unserer Geschichte verschlingen sich wieder zu einem Strang, was nur Gutes verheißen kann – je häufiger das passiert, desto wahrscheinlicher ist es, dass wir nach Hause kommen.

Saskia hockt auf einer abgewetzten Chaiselongue, mit einer Nadel in der einen und einem Tintenfass in der anderen Hand.

»Ich muss an deinen Nacken rankommen.« Sie hebt nicht mal den Blick, als wären wir das nicht wert. Wichskanone, denke ich und muss lächeln.

Ich zerre mir die Tunika über den Kopf, entschlossen, tapfer zu wirken. In Leggings und Unterhemd stehe ich da, mit kalten Armen in der klammen Luft, und warte darauf, dass die Nadel in meine Haut sticht. Im Film sah es ziemlich unhygienisch und schmerzhaft aus, aber ich fühle mich überraschend ruhig, im Vergleich zu der Sache mit der Schlinge wirkt das hier ziemlich harmlos.

Saskia gackert. »Welches Design hätte Madame gern? Den Drachen oder den Flammenadler?« Sie taucht die Nadel in die Tinte.

Matthew streicht mir sanft das Haar über die Schulter. »Jetzt halt still, wenn es unecht aussieht, erschießen dich die Wachen.«

Saskia sticht mir immer wieder in meine Nackenhaut und taucht die Nadel zwischendurch in die Tinte. Tränen treten mir in die Augen und ich kann mir ein Wimmern nicht verkneifen, als die Nadel über einen Halswirbel schrammt.

»Verdammt, Violet«, stößt sie hervor. »So wird die Fünf schief.«

Sie kommt zum Ende und legt ein feuchtes Stück Gaze auf die Wunde. »Das verhindert eine Infektion und beschleunigt die Heilung. Die haben wir aus den Auen mitgehen lassen.«

Es betäubt auch den Schmerz, wofür ich enorm dankbar bin.

Nate ist als Nächster dran. Er hält vollkommen still, nur seine Finger, die sich in seine Schenkel bohren, verraten ihn.

Saskia bewundert ihr Werk. »Das sollte die Wachen überzeugen.«

Ich blicke zu Nate und mein Magen verkrampft sich. »*Sollte* die Wachen überzeugen?«

Sie zuckt die Achseln und sammelt ihre Sachen ein. Rose musste nur kurz mit einer Wache diskutieren und hat die Grenze ohne Probleme überquert. Aber sie hatte Glück und außerdem keine schiefe Fünf. Ich versuche, nicht darüber nachzudenken, sondern mich auf die Auen zu konzentrieren ... auf Willow.

Wir ziehen die vorgeschriebenen Overalls an. Der Stoff kratzt und scheuert, sobald ich mich bewege, als hätte er etwas dagegen, dass er mich bedeckt und nicht Rose. Nate kratzt sich unter den Ärmeln und ich spüre, wie mir eine Riesenverantwortung die Luft abschnürt. Aber ich fühle mich auch wieder wie auf dem Karussell, den Wind im Gesicht und das Rattern der Metallstange in meinen Händen. Ich werde Willow begegnen. Nicht Russell Jones, sondern dem einzig wahren Willow.

Wir verlassen das Hauptquartier ohne weiteres Aufheben. Wir dürfen uns nicht einmal von Alice und Katie verabschieden, was vielleicht auch ganz gut ist, weil ich sonst wahrscheinlich weinen würde. Wenn ich das hier vermassele, wenn ich versage, stirbt Katie. Und dann ist da noch Alice, meine beste Freundin. Ich drehe und wende Thorns Worte in meinem Kopf – *Ich habe eine ganz besondere Aufgabe für sie* –, aber das frustriert mich nur und macht mich kein bisschen schlauer.

Unsere Reise durch die Stadt dauert fast den ganzen Tag. Wir nehmen einen längeren, komplizierteren Weg, um den Protektoren auszuweichen, die uns am Vortag lynchen wollten. Gasse um Gasse, Mauer um Mauer, bis es sich anfühlt, als hätten wir uns in einem grauen, stinkenden Labyrinth verirrt. Meine Füße brennen, mein Magen knurrt und mein Kopf hört nicht auf zu schmerzen nach all den Schlägen, aber dennoch empfinde ich Trauer um das London, das ich kenne und liebe. Zerstörte Gebäude, verblichene Straßenschilder. Ich wiederhole die Straßennamen in meinem Kopf, denke daran, wie ihr Klang über Jahrhunderte im Dornröschenschlaf lag, weil analphabetische Imps die Stadt bevölkern.

Wir gehen weiter, bis die Stadtmauer vor uns aufragt, die sich zu beiden Seiten in die Ferne windet und mit dem grauen Himmel verschmilzt, sodass sie endlos wirkt. Ein großes, fensterloses Gebäude steht rechts neben dem Tor, ein Würfel mit Metalltüren. Die Stadtmauer führt direkt hindurch. Ich erinnere mich aus dem Kanon an das Gebäude. Der Dekontaminierungsblock, dort werden die Imps mit einem Chemiecocktail eingesprüht und ihre Tätowierungen auf Fälschungen untersucht, bevor sie die Auen betreten dürfen. Es sieht noch seelenloser aus als im Film. Und sogar noch seelenloser, als ich es mir nach der Lektüre vorgestellt habe, und das will schon etwas heißen.

Ich kann mich erinnern, dass Rose an diesem Punkt der Geschichte ängstlich war, als sie heimlich die Grenze passierte, die gefälschte Tätowierung noch frisch und brennend wie unsere. Aber Worte auf einer Seite oder eine Filmszene kommen an dieses schreckliche Gefühl nicht heran. Es ist, als wäre mein Körper erstarrt, aber meine Gedanken hätten sich in platzende Maiskörner verwandelt, die wie Popcorn in meinem Kopf umherschießen. Was, wenn wir erwischt werden? Werden sie uns töten? Können wir in einer Geschichte wirklich sterben? Ist es nur eine Geschichte? Es wirkt alles so real. Es ist, als wäre mein Hirn eine schreiende, glutrote Masse, während mein Körper starr vor Angst ist, unfähig zu handeln.

Ich sehe zu Nate und bemerke, wie die Sehnen an seinem Hals hervortreten.

»Erinnerst du dich noch, was Rose im Dekontaminierungsblock passiert ist?«, flüstere ich ihm zu.

Er nickt. »Ja, klar. Der Wachmann mit den kornblumenblauen Augen.«

»Das Einhorn«, antworte ich in der Hoffnung, ihm Kraft zu spenden.

Er nickt, aber sein Hals bleibt angespannt. Saskia befiehlt mir mit einem harten Blick zu schweigen.

Ich möchte ihn daran erinnern, dass nicht alle Gems schlecht sind. Im Inneren des Blocks gibt es mindestens einen Symp – einen Gem, der heimlich mit den Imps sympathisiert. Ein Wachmann mit strahlend blauen Augen durchsuchte Rose und bemerkte, dass ihre Tätowierung frisch aussah, aber statt sie zu verhaften, warnte er sie einfach vor dem Wachmann mit dem Schnurrbart und den stahlgrauen Augen. Rose hat ihm gedankt und ihm erzählt, sie habe Symps immer für etwas Magisches, Mythisches gehalten – wie Einhörner.

Das ist einer meiner Lieblingssätze und ich hoffe insgeheim, dass ich dazu kommen werde, ihn anzubringen.

Ich sehe die Imps zum Gebäude gehen, als wären sie Teil eines Trauermarsches. Es sind einfach so viele. Ich erinnere mich noch aus dem Kanon daran. Imps führen den Großteil ihrer körperlichen Arbeit im Schutz der Dunkelheit aus, damit sie die Gems mit ihren normalen, unvollkommenen menschlichen Körpern nicht beleidigen. Deswegen gibt es deutlich mehr Nacht-Imps als Tag-Imps. Und auch wenn die Nacht-Imps die Wärme und die Farben des Tages vermissen, genießen sie größere Freiheit, weil sie die Auen ungestört durchstreifen können. Ich fange langsam an zu verstehen, dass Freiheit eine eigene Form von Sonnenschein sein kann.

Wir stellen uns hinten an. Ich übe mich darin, gebeugt zu gehen und den Kopf gesenkt zu halten, versuche verzweifelt, mich anzupassen, aber meine Tätowierung brennt, eine stete Erinnerung an die feuchte Tinte und die schiefe Fünf. Wir erreichen die Eisentür und ich konzentriere mich auf den Dreck unter meinen Füßen, vermeide den Blick auf die schimmernden Pistolen der Wachen. Endlich betreten wir den Block, tauchen in die dichte, stickige Luft ein, die durch den Geruch von Bleiche wie erstarrt ist.

In einer Reihe schieben wir uns einen fensterlosen Gang entlang, Neonröhren flackern über uns und zeichnen Reliefs auf das raue Grau der Wände aus Beton. Nate geht vor mir, die Haut in seinem Nacken changiert wie das Licht zwischen Schwarz und Weiß, seine Tätowierung knapp unter dem Kragen seines Overalls verborgen. Der Schmerz in meiner Brust ist erdrückend, ein Gefühl der Hilflosigkeit.

Ein surrendes Geräusch wird immer lauter und bald kann ich eine Dampfwolke erkennen, die etwa alle dreißig Sekunden anschwillt und sich dann wieder zerstreut. Als wir uns näher heranschieben, sehe ich, woher sie kommt – eine Vorrichtung, die aussieht wie eine Autowaschstraße, nur kleiner, der Größe eines Imps entsprechend. Ich erinnere mich aus dem Film daran, nur dass sie hier gefährlicher aussieht – irgendwie gefräßig. Beim Hindurchgehen wird jeder Imp von einem Dampfstoß umhüllt, bevor er sich weiterbewegt, steril und Auen-bereit. Nate blickt sich nervös um und ich wünschte, ich könnte als Erste hindurchgehen, aber wenn wir jetzt die Plätze tauschten, würden wir nur die Aufmerksamkeit der Wachen auf uns ziehen. Der Dampf umhüllt erst Matthew, dann Saskia. Als Nächstes kommt Nate.

Er tritt in die Vorrichtung und ich sehe ihn im Dunst verschwinden. Aus der Nähe wirkt er leicht grünlich und stinkt nach Bleiche und etwas Ätzendem, das ich nicht richtig einordnen kann. Ich höre ein ersticktes Husten und mein Herz macht einen Satz, aber ich wage nicht, mich zu rühren, im Augenwinkel sehe ich die Pistole einer Wache schimmern. Der Nebel lichtet sich und Nates Silhouette wird wieder sichtbar. Er tritt hinaus und grinst über seine Schulter, als hätte er Spaß.

Ich hole tief Luft und folge ihm. Im Inneren des Metallzylinders gibt es Düsen und Rohre und andere seltsame Vorrichtungen. Ich höre ein stetes Sprudeln, als das grüne Gas mich einhüllt, und verspüre den überwältigenden Drang zu fliehen. Das Gas greift meine Nasenlöcher an und kriecht unter meinen Overall, sticht auf der Haut und entflammt meine Tätowierung, dass ich mich fühle, als wäre ich gebrandmarkt worden. Ich versuche verzweifelt nicht nach Luft zu schnappen oder zu würgen. Das Sprudeln hört auf, die Luft klärt sich und ich gehe vor, bemüht, den sauren Geschmack hinunterzuschlucken.

Wir gehen schneller und marschieren einen langen Gang entlang. Ein großer, steriler Raum erwartet uns, in dem etwa dreißig Imps Schlange stehen. Wir stellen uns hinten an und die Tür fällt ins Schloss. Ich senke den Kopf und verschränke die Hände, aus Angst, ihr Zittern könne mich verraten.

Mehrere Wachen fangen an, die Imps abzutasten, auf der Suche nach Waffen jeder Art, die in die Auen geschmuggelt werden könnten. Sie bewegen sich die Reihe entlang auf Nate und mich zu – jeder Zentimeter meines Körpers erstarrt, als könnte schon ein Blinzeln oder Atmen Aufmerksamkeit erregen. Ich starre auf meine Stiefel, bis mir die Augen jucken, und lausche, als das stete Klappern ihrer Schritte lauter wird.

Die Schritte halten inne.

»Du«, sagt die Wache. »Komm mit.«

Ich hebe den Kopf und sehe einen Finger, der direkt auf mich zeigt. Sein Besitzer hat stahlgraue Augen und einen Schnurrbart.

KAPITEL 15

Alles wird dumpf und meine Zunge bleibt am Gaumen kleben. Der Wachmann aus dem Kanon steht vor mir, der, vor dem der Symp Rose gewarnt hat. Er führt mich zu einer separaten Kammer – eine Untersuchungskabine mit kahlen Wänden und einer Plexiglasscheibe – und schubst mich hinein, meine Handflächen prallen gegen den Putz. Dann packt er von hinten meine Knöchel und lässt seine Hände schnell über meine Waden wandern. Ich unterdrücke den Impuls, auszuschlagen und wegzulaufen. Seine Hände bewegen sich nach vorn und er fährt meine Oberschenkel entlang, über die Hinterseite und an den Innenseiten wieder nach oben. Ich bin noch nie an so intimen Stellen von einem Mann berührt worden. Und es fühlt sich nicht zart oder liebevoll an. Es ist brutal und schnell. Aber ich darf jetzt nicht weinen, also beiße ich mir auf die Lippe, so fest, dass ich unter der ätzenden Note der versprühten Chemikalie das Blut schmecken kann. Abrupt steht er auf und lässt seine Hände über meine Flanken und meine Brüste gleiten. Ein Schrei bleibt mir im Hals stecken.

»Arme nach oben«, sagt er.

Ich hebe die Arme und fange an zu zittern. Er könnte jeden Moment meine Tätowierung bemerken, die immer noch wund

und gereizt ist. Aber er wirbelt mich herum, sodass ich ihn direkt ansehe, und lässt seine Hände über meinen Rücken fahren.

Erst dann treffen sich unsere Blicke. Der Hass in seinen Augen raubt mir den Atem.

Er packt meine Schultern und drückt mich gegen die Wand. »Wir haben zehn Minuten.« Sein Atem riecht nach abgestandenem Kaffee.

Ich fühle mich wie ein Falter in einem Schaukasten, unter einer Glasscheibe festgeklemmt, völlig exponiert und unfähig, sich zu bewegen. »Ich … ich weiß nicht, was Sie meinen.«

»Tu nicht so unschuldig, Imp.« Er streicht mir das Haar aus dem Gesicht. »Es sind auch ein paar Gem-Münzen für dich drin. Wenn du lächelst, gibt's was extra.«

Sein Körper presst sich gegen mich. Mir wird übel.

»Komm schon, das kann nicht das erste Mal sein, nicht bei einem so hübschen Imp wie dir. Jetzt zieh den Overall aus.«

»Aber … aber, Sie haben mich doch schon durchsucht.« Tränen steigen mir in die Augen.

Mit einer fließenden Bewegung schleudert er mich gegen die Plexiglasscheibe – die Luft weicht aus meinen Lungen. Hinter meinem gespenstischen Spiegelbild blicke ich ins Halbdunkel, hier und da sind Bewegungen zu erkennen, formlose Figuren, die eine Schlange bilden. Ich spähe in die Düsternis und begreife, dass die Formen Menschen sind, eine Reihe nackter Körper, die einander an den Händen halten. Sie wirken wie eine dieser Papiergirlanden, die wir als Kinder gemacht haben.

»Tu, was ich sage, oder ich schicke dich da raus«, flüstert er mir ins Ohr. »Zu den Rebellen und den Möchtegern-Sklaven mit den gefälschten Tätowierungen.«

Ich höre abgehackte Schüsse, ersticktes Stöhnen. Die Reihe sackt zusammen und Körper stürzen zu Boden. Ich glaube, ich sage *O Gott*, die Scheibe beschlägt von meinem Atem.

»Okay«, flüstere ich – das Wort versengt mir die Lippen.

Ich beginne, mit tauben, zittrigen Fingern den Reißverschluss meines Overalls zu öffnen. Es fühlt sich an, als würde ich mir die Haut abziehen.

Die Tür öffnet sich und ein Wächter mit kornblumenblauen Augen erscheint. Der Symp. Ich könnte weinen vor Freude.

Er betrachtet mich einen Moment und guckt dann finster. »Wir wollen sie gerade zum Bus bringen.«

Kaffee-Atem erstarrt. »Nur zu.«

»Wir brauchen alle Imps.«

Sie starren sich einen Augenblick lang an.

»Jetzt«, sagt der Symp.

Kaffee-Atem antwortet, indem er einen Schritt zurück macht und den Kopf senkt.

Ich folge dem Symp den Gang hinunter, meine Finger spielen mit dem Reißverschluss, Tränen laufen mir übers Gesicht.

»Geht es dir gut?«, fragt er, seine Stimme ruhig und sanft.

»Ja«, bringe ich hervor. Ich möchte ihm sagen, dass er magisch und mythisch und tapfer und wunderbar ist. Ich möchte die Arme um seinen Hals schlingen und ihm immer wieder danken. Aber alles, was ich hervorbringe, ist ein schwaches »Danke«.

Als ich in den Wartebereich zurückkehre, ist der Reißverschluss wieder geschlossen und ich habe mir die Wangen trocken gewischt. Nate riskiert einen Blick, ein panischer Ausdruck liegt auf seinem Gesicht. Ich biete ihm ein leichtes Nicken – es heißt *Mir geht's gut.*

Die Wachen bringen uns nach draußen auf ein Betonfeld, das durch gelbe Markierungen unterteilt und von einer steinernen Absperrung umgeben ist, die von Stacheldraht gekrönt wird. Der Himmel mag trostlos aussehen, aber er ist weit, grenzenlos und derselbe wie zu Hause. Die frische Luft der Auen füllt meine Lungen, sie trägt den Duft von Rosen und Borke mit sich und erinnert mich an die Urlaube im Lake District. Mit einem Mal fühle ich mich unendlich erleichtert.

Die Silhouetten der geparkten Busse verlieren sich in der Ferne, ihre ungleichmäßigen Fenster schimmern im schwindenden Sonnenlicht. Wir folgen Saskia zu einem Parkplatz, der mit 753 gekennzeichnet ist, und nähern uns einem rostigen Bus. Der Geruch nach Bleiche lässt mein Herz rasen.

»Der Bus wird uns direkt zum Anwesen bringen«, flüstert sie, als wir die Stufen hinaufsteigen.

Der Fahrer ist offensichtlich ein Imp, aber zwei Gem-Wachen mit Pistolen im Holster sitzen in der ersten Reihe. Wieder erfasst mich Panik, alle meine Muskeln spannen sich an wie eine Schlange vor dem Angriff. Aber die Wachen ignorieren mich einfach. Ich gehe durch den Bus und lasse mich auf einen freien Platz neben Nate fallen. Der Sitz ist hart und der Gestank treibt mir die Tränen in die Augen, aber zu wissen, dass wir den Dekontaminierungsblock und den Wachmann mit den stahlgrauen Augen gleich hinter uns lassen werden, lässt meine Unterlippe beben wie die eines Kleinkinds.

Nate betrachtet mein Gesicht. »Was haben sie mit dir gemacht?«

»Nichts«, antworte ich. »Der Wachmann, du weißt schon, der mit den kornblumenblauen Augen, hat mich gerettet.«

Nate schnappt nach Luft. »Es ist, wie Baba gesagt hat – die Geschichte schleift uns mit.«

»Aber es ist jetzt so viel mehr als eine Geschichte, oder?«, flüstere ich. »Die armen Imps. Ich weiß, wir haben davon gelesen und es im Kino gesehen, aber hier in der Realität …« Ich habe diesen Kloß im Hals, durch den das Sprechen schmerzt. »… ist es noch schlimmer, glaube ich.«

Wir warten etwa eine Stunde, bis der Bus voll mit Imps ist. Der Motor springt an und wir rollen durch ein riesiges Metalltor in die Auen. Die Welt der Gems.

Es ist, wie Disneyland zu betreten – als würde plötzlich alles in Farbe getaucht. Ich könnte schwören, dass die Sonne auf der Gem-Seite der Mauer heller strahlt und die Vögel lauter singen. Grün erstreckt sich überall um uns herum: Bäume, Gras und Hecken, die mit Schafgarbe, Klee und dem dunklen Lila von Brombeeren gesprenkelt sind. Ich bin in einem Vorort aufgewachsen und Grün gewohnt – schon nach zwei Tagen habe ich es vermisst.

Der Bus tuckert die Straßen entlang, viel lauter als alle Fahrzeuge, mit denen ich jemals gefahren bin. Die Imps einschließlich Nate machen ein Nickerchen, sein Kopf lehnt an meiner Schulter. Ich betrachte sein Gesicht. Normalerweise sieht er aus wie Dad, so rege und voller Leben, sein Gesicht so ausdrucksstark und aufgeregt, das sandfarbene Haar in alle Richtungen abstehend, als hätte er in eine Steckdose gefasst. Aber jetzt, da er völlig entspannt ist, ähnelt er eher Mum – die gleiche Sanftheit um den Mund herum. Mir dreht sich der Magen um und der Kloß in meinem Hals schwillt an. Ich vermisse meine Eltern, vermisse sie wirklich. Die Sicherheit, die Zugehörigkeit, die Art, wie sie immer alles in Ordnung bringen.

Der Rhythmus des Busses und die Wärme der schlafenden Körper lullen mich ein. Ich weiß, dass ich schlafe, weil ich träume – der Sitz wurde durch etwas Weiches ersetzt, eine Matratze vielleicht, und meine Augenlider flattern, die Wände eines abgedunkelten Raums treten abwechselnd scharf hervor und verschwimmen dann wieder. Ich sehe den Umriss eines Mannes, fühle die Wärme einer Hand, die meine umfasst. Ich rieche diesen metallischen Krankenhausgeruch, der mich an den Zahnarzt erinnert, und darunter Kaffee und alten Tabak – der Geruch von Dad, wenn er gestresst ist. Er drückt meine Hand. *Wach auf, Violet. Bitte, Schatz. Öffne einfach deine Augen und wach auf.* Aber die Silhouette verliert ihre Form, verschwimmt an den Rändern und wird immer durchscheinender.

Und plötzlich sehe ich Rose, wie sie auf der Holzbühne steht, die Schlinge um den Hals. Eine Stimme schwebt über die Menge. *Ich liebe dich.* Das Haar fällt ihr aus dem Gesicht und ich sehe, dass es nicht mehr Rose ist. Das bin ich. Der Henker zieht am Hebel und ich sehe, wie die Falltür aufklappt, sehe das plötzliche Zucken meines Körpers, der am Seil zerrt, sehe meine Füße kreiseln, als sie wie wild nach festem Boden suchen. Ich höre Babas Stimme: *Eine Geschichte ist wie das Leben, Violet. Du wirst erst erlöst, wenn die Geschichte an ihr Ende gekommen ist. Von der Geburt bis zum Tod.*

Aber ich werde nicht erlöst. Ich merke, wie die Luft aus meinen Lungen weicht, wie sich die Umrisse des Kolosseums auflösen, wie die Geräusche der Menge verklingen. Und doch werde ich noch immer nicht erlöst.

»Violet! Wach auf!«, sagt Nate.

Nach Luft schnappend wache ich auf, als würde jemand auf

meiner Brust sitzen und meine Lunge zusammenpressen. Meine Haut fühlt sich wund an – so wund, dass ich das Gefühl nicht einordnen kann. Ich könnte brennen oder unter einer Eisfläche gefangen sein oder mit Hunderten blauer Flecken bedeckt. Ich weiß, dass ich weine, weil ich meine Schluchzer hören kann, und fühle, wie Tränen meine Wangen benetzen.

»Es ist alles in Ordnung«, sagt Nate. »Guck mal, wir haben das Harper-Anwesen erreicht.«

»Was ist da hinten los?«, brüllt eine Wache.

Ich verstumme, beiße mir auf die Lippe, um ruhig zu bleiben.

Wir fahren von hinten auf das Gelände. Ein Panoramablick auf das Herrenhaus, wie es sich stolz und wachsam in Hunderte Hektar Wiesen einfügt, ist uns nicht vergönnt. Wir sehen nur jede Menge Ligusterhecken und den Umriss eines Obstgartens vor dem Abendhimmel. Unweigerlich bin ich ein bisschen enttäuscht. Der Bus hält an und wir steigen aus.

Saskia führt uns einen Pfad entlang. »Wir gehen zur Imp-Hütte.«

Nates Flüstern ist über dem Knirschen von Kies kaum zu hören. »Keine Sorge, wir bleiben nur ein paar Tage.«

»Das ist es ja, was mir Sorge bereitet.«

»Was? In die Stadt zurückzukehren?«

Ich seufze, die Unsicherheit nagt an mir. »Nein, Willow in ein paar Tagen für mich zu gewinnen.«

»Rose hat es geschafft.«

»Katie hat recht, niemand verliebt sich so schnell.«

Nate bleibt abrupt stehen. Ich folge seinem Blick und wir starren zur Imp-Hütte.

»Übel«, flüstert er.

Ich habe aus dem Kanon so gute Erinnerungen daran. Ein sicherer Hafen, in dem Rose, Saskia und Matthew auf ihren Betten saßen, Karten spielten und Pläne schmiedeten. Sie sah ein bisschen aus wie ein Lebkuchenhaus, von Grün umgeben und von Eichen geschützt. Doch in der Realität ist es ein windschiefer Schuppen aus Wellblech und morschen Balken. Drinnen wird es noch schlimmer. Es riecht nach nassem Hund und menschlichen Ausscheidungen und die dünne Schicht Stroh auf dem Boden kann den Matsch darunter kaum verbergen. Die bunt zusammengewürfelten Möbel und Vorhänge aus dem Film sind durch ein paar umgedrehte Kisten und einen klapprigen Kiefernholztisch ersetzt worden.

»Wo ist das Bad?«, frage ich kleinlaut.

Saskia lacht. »Draußen sind ein paar Unterstände mit Toiletten und einer Gemeinschaftsdusche.«

»Die Dusche ist arschkalt«, sagt Matthew. »Da stinkt man lieber.«

»Sucht euch eine Koje«, sagt Saskia.

Die Kojen wirken eher wie Bretter mit Stroh. Sie säumen die Rückseite der Hütte und sind nur durch schlichte, zerschlissene Laken, die wie Vorhänge aufgehängt wurden, voneinander abgetrennt, Privatsphäre gibt es eigentlich nicht. Ich nehme Nates Hand und wir gehen leicht geschockt hinüber.

Die anderen Sklaven wuseln um uns herum, machen sich Tee, suchen Werkzeug zusammen und brechen dann auf zu ihrer Arbeit. Sie scheinen sich mit den finsteren Blicken in unsere Richtung abzuwechseln, und mir schwant, dass es wohl keine Kartenspiele geben wird. Ich erwische mich dabei, wie ich nach Ash Ausschau halte, nach den hellsten blauen Augen der Welt.

Aber er ist nirgends zu sehen. Wahrscheinlich wird er mit dem nächsten Bus ankommen. Ich bin ein bisschen enttäuscht.

Saskia lässt sich auf eins der Kojenbretter fallen. »Wir werden hier schlafen, statt tagsüber in die Stadt zurückzukehren. Es ist sicherer, eine Weile vor Ort zu bleiben und die Durchsuchungen an der Grenze zu vermeiden.«

Nate gähnt. »Ich bin echt bereit für eine Runde Schlaf.«

»Die wirst du nicht bekommen«, sagt Saskia. »Ihr seid jetzt Nacht-Imps. Schlafen werdet ihr erst am Morgen.« Sie wendet sich an mich, ein fieses Lächeln auf dem Gesicht. »Und du stellst dich heute Abend unter diese arschkalte Dusche, Mädchen – ich will nicht, dass du nach Dekontaminierungsblock stinkst.«

»Warum nicht?«, frage ich, mein Hirn immer noch wie betäubt.

Sie glotzt mich an wie eine Idiotin. »Weil du bei Sonnenuntergang zum ersten Mal Willow Harper begegnen wirst.«

KAPITEL 16

Die Dusche ist mehr als kalt. Ich spüre sie bis in die Knochen und die Haut auf meiner Brust wird fleckig und blau. Aber wenigstens lenkt sie mich vorübergehend von meiner Nervosität ab. Bald werde ich Willow zum ersten Mal treffen. Ich warte auf das schöne Gefühl der Vorfreude, aber stattdessen kommt es mir vor, als würde ich mit Rose' Geist konkurrieren – und verlieren.

Rose und Willow. Eine große Liebesgeschichte. Ihre erste Begegnung knisterte nur so vor Spannung. Sie fühlten sich unmittelbar zueinander hingezogen, spürten sofort eine Verbindung. Sie wartete im Obstgarten unter einem Pflaumenbaum auf ihn, weil sie wusste, dass er diesen Weg immer bei seinen mitternächtlichen Spaziergängen einschlug. Dann erregte sie seine Aufmerksamkeit, indem sie sich selbst in die Hand schnitt und wimmerte, kein schrilles Hundejaulen, sondern ein Umwerfende-Unschuld-in-Nöten-Schluchzen. Willow rannte hin, um nachzusehen, blickte in ihre großen, braunen Augen und alles, was er über die Welt zu wissen glaubte, begann sich aufzulösen. Er hatte sich in einen Imp verliebt.

Mich wird er einmal kurz ansehen und dann schreiend davonlaufen.

Saskia knetet mein Haar zu Locken und kneift mir in die Wangen. Dabei murmelt sie vor sich hin, dass Rose ein natürlicheres Strahlen gehabt habe. Ich könnte mich nicht unzulänglicher fühlen. Sobald sie damit fertig ist, in meinem Gesicht und meinem Ego herumzustochern, führt sie Nate und mich zum Obstgarten und findet sich wie eine Fledermaus auf den dunklen Ländereien zurecht.

Das Harper-Anwesen ist groß, auch gemessen an Gem-Maßstäben. Hunderte Hektar Wald, Wiesen und Parks. Wahrscheinlich könnte ich mich hier leicht verirren, deshalb bleibe ich dicht bei Saskia, auch wenn mich ihr finsterer Blick verunsichert.

Wir überqueren eine Koppel, klettern über einen Zaun, gehen um einen See herum – diese Strecke wirkt tatsächlich vertraut und erinnert an das Filmset, nur fühle ich mich leider überhaupt nicht wie ein Filmstar. Mit jedem Schritt nimmt meine Nervosität zu, sie erfüllt jetzt meinen ganzen Körper, sogar meine Finger zittern. Ich fange an, mich wieder nach der arschkalten Dusche zu sehnen.

Im Umgang mit dem anderen Geschlecht war ich schon immer furchtbar. Ich hatte erst ein einziges Date, und das endete damit, dass ich mich an einer Olive verschluckte. Und ich bin erst zwei Mal geküsst worden. Einmal war ich so betrunken, dass ich mich kaum daran erinnern kann, das andere Mal fühlte es sich an, als würde mir ein nasses Gürkchen in den Mund geschoben. Es ist schwer, Jungs aufzureißen, wenn man ständig im Schatten von Alice steht, der personifizierten Perfektion.

Violet die Jungfrau. Ryan Bell hat mich ein ganzes Trimester so genannt, bis Katie ihm das Knie in die Eier gerammt und ihn einen Wichsfleck genannt hat.

Allein bei dem Gedanken an Alice und Katie fühlt sich mein

Herz an, als würde es gleich explodieren. Ich muss Willow dazu bringen, sich in mich zu verlieben, sonst sitzen wir hier fest. Das Bild meiner Füße, die in der Luft kreiseln, stiehlt sich wieder in meinen Kopf – in sechs Tagen werde ich gehängt –, aber ich schiebe es in den dunklen Teil meines Gehirns, zusammen mit der Olive und dem Gürkchen und all meinen anderen Unsicherheiten.

Saskia hält an einem bewachsenen Torbogen an, durch den sich ein Blauregen mit hängenden Blüten rankt. »Das ist deine beste Chance, der Obstgarten.« Sie weist durch den Torbogen. »Sein Abendspaziergang sollte hier entlangführen. Lenk irgendwie seine Aufmerksamkeit auf dich, mach dein Ding. Thorn vertraut dir, der Himmel weiß, warum.« Sie sieht mich von oben bis unten an. »Wenn du uns hängen lässt, werde ich dich umbringen.«

Ein »viel Glück« ist wohl zu viel verlangt.

Sie packt Nate am Arm. »Komm schon, Kleiner, lassen wir die Turteltäubchen besser allein.«

»Nein.« Meine Stimme klingt ein wenig verzweifelt.

Saskia starrt mich an.

»Kann er hierbleiben? Bitte, ich weiß nicht, ob ich es alleine schaffe.«

Nate unterbricht mich. »Ich muss ihr bei der Vorbereitung helfen. Wir sind ein Team.«

Saskia verzieht den Mund bei dem Wort *Team*. »Wie ihr wollt.« Sie geht weg und mich beschleicht das schreckliche Gefühl, dass sie uns scheitern sehen will, damit sie ihre Drohung wahr machen kann.

Nate geht den Text aus der Filmszene mit mir durch. Er spricht

Willows Text mit seiner extra tiefen, männlichen Stimme und hört sich an wie das Mädchen, das letztes Jahr beim Weihnachtsmärchen den Prinzen gespielt hat. Ich übernehme den Part von Rose und mir fällt auf, wie furchtbar abgedroschen ich klinge.

WILLOW
Alles okay? Hast du dir wehgetan?

ROSE
Nein, danke, mir geht's gut, es ist nur ein Kratzer.
Du musst Willow sein. Der Name passt zu dir.
Du siehst aus wie eine Weide.

WILLOW
Und wie sieht eine Weide aus?

ROSE
Groß und schlaksig.

WILLOW
(lacht)
Und wer bist du?

ROSE
Nur ein Imp.

WILLOW
Echt? Das ist mir gar nicht aufgefallen.

Zum Glück ist der Dialog in Film und Buch fast identisch, sodass wir wenigstens nicht hin- und hergerissen sind, welchem Text wir folgen sollen. Aber es gibt ein anderes Problem: Die Worte haben für mich jegliche Bedeutung verloren und wirbeln durch meinen Kopf wie eine Abfolge zusammenhangloser Laute. Außerdem kann ich nicht glauben, dass mir nie aufgefallen ist, wie kitschig sie klingen. Sie laut auszusprechen lässt mich zusammenzucken.

Ich hebe eine Hand, um zu signalisieren, dass es mir reicht. »Das hilft nicht, tut mir leid.«

»Schon okay, du kannst es eh in- und auswendig.«

Ich stelle mich neben den Pflaumenbaum, mit schwitzigen Händen und flachem Atem. Ich versuche, mich wie Rose gegen den Stamm zu lehnen, aber mein Haar bleibt am Holz hängen und ich befürchte, dass sich das Rindenmuster in meine Stirn einprägt.

»Ich glaube, ich kann das nicht.« Meine Stimme scheint zwischen den Blättern und Ästen zu verschwinden.

»Natürlich kannst du das«, antwortet Nate.

»Aber Rose und Willow … die sind wie Edward und Bella, Lancelot und Guinevere, Tristan und Isolde …«

»Kermit und Miss Piggy.«

Das bringt mich zum Lachen, aber nur kurz. »Was, wenn er mich nicht mag?« Ich wünschte, das hätte ich nicht gesagt, denn sogar in der Dunkelheit spiegelt Nates Gesicht meine Besorgnis.

Aber dann fängt er sich wieder und lächelt. »Natürlich wird er dich mögen, halt dich einfach ans Skript. Sag deinen Text und versuch, halbwegs okay auszusehen … Sabber nicht, pups nicht und bohr nicht in der Nase.«

»Aber was ist mit der Seelenverwandtschaft?«, frage ich.

Nate zitiert eine Passage aus dem Buch. »Und nach der kürzesten aller Begegnungen wusste Willow, dass er für den Rest seines Lebens durch die Welt ziehen könnte und niemals wieder auf eine andere Seele treffen würde, durch die er sich so vollkommen fühlte. Es war, als wären sie dazu bestimmt, sich zu ergänzen.«

»Ernsthaft, Nate. Diesen Mist kann ich gerade nicht gebrauchen.«

Die Turmglocke schlägt Mitternacht. Ich stelle mir vor, wie sich der Theatervorhang hebt.

»Bist du bereit?«, fragt Nate und reicht mir ein Messer.

Das Messer. Vor lauter Sorge habe ich ganz vergessen, dass ich mich schneiden muss. Zum Glück hat Nate daran gedacht. Er muss es Saskia auf dem Weg hierher geklaut haben.

Ich halte das Messer über meine ausgestreckte Hand. *Ich bin Rose. Ich bin stark und furchtlos*. Ich kneife die Augen zusammen und zwinge mich, mir in die Hand zu stechen. Aber nichts passiert, mein Arm bleibt einfach ausgestreckt in der Luft hängen, puppenartig und unentschlossen.

»Violet«, zischt Nate.

Panik zwingt mich, die Augen zu öffnen. »Ich kann nicht.«

»Du musst, es ist der Kanon.«

»Aber Schmerzen sind nicht mein Ding.«

Die Glockenschläge enden, der Vorhang wird gelüftet und ich stehe schlecht vorbereitet da, unverletzt und wackelig wie eine riesige Marionette.

Nate packt mich am Overall und flüstert: »Komm schon, du bist 'ne coole Sau, denk an Rose, denk an Tris, denk an Katniss.«

Ich strecke meine Handfläche aus, auf der sich Schweißtröpfchen gebildet haben. »Denk an Rose, denk an Rose.« Ich sage es wie ein Mantra und spüre das Adrenalin in mir aufwallen. Aber als ich gerade das Messer blindlings nach unten jagen will, in der Hoffnung, irgendwie meine Handfläche zu treffen, höre ich Zweige knacken.

»Das ist er.« Nate taucht hinter einem nahen Stamm ab, seine schmale Statur wird problemlos vom Obstgarten verschluckt.

Ich muss irgendetwas tun und stoße die Klinge in einem anmutigen Bogen nach unten, aber im letzten Moment verliere ich die Nerven und reiße meine Hand weg. Die Messerspitze erwischt nur meinen Daumen und ein stechender Schmerz schießt in mein Handgelenk, als hätte mich etwas gestochen. »Au! Scheißmesser!« Ich lasse es mit dem Griff zuerst auf meinen Fuß fallen. Als ich dann mit schmerzverzerrtem Gesicht herumhüpfe, fällt mir plötzlich wieder ein, dass Rose verführerisch am Baum gelehnt hat, und in meinem Eifer ramme ich den Stamm mit dem Kopf.

Willow gleitet in mein Blickfeld. Ich umklammere mit einer Hand meinen Fuß und mit der anderen meinen Kopf, mein Herz versucht, aus meiner Brust zu entkommen, und vielleicht stoße ich auch eine Schimpfkanonade aus. Aber als mein Blick auf sein Gesicht fällt, steht alles still. Mein Kopf ist leer. Ich vergesse alles – die Mission, meine Unsicherheit, meine kreiselnden Füße. Ich sehe nur ihn.

Er sieht ein bisschen aus wie Russell Jones, die gleichen hohen Wangenknochen, die gleichen vollen Lippen, aber seine Augen wirken gütiger, wie zwei Pfützen aus geschmolzenem Kupfer. Und sein Knochenbau ist graziler, sein Adamsapfel weniger ausgeprägt, was ihm fast etwas Feminines verleiht. Der Film ist ihm nicht gerecht geworden. Nicht einmal meine eigene Fantasie ist ihm gerecht geworden. Der Mann vor mir ist ein Adonis. Plötzlich nehme ich den Vollmond wahr, den Geruch nach Äpfeln und Holzrauch, die beißende Kälte an meinem Hals.

»Alles in Ordnung? Bist du verletzt?« Seine Stimme klingt wie der Glockenschlag, volltönend, gefühlvoll und doch irgendwie fern. Er schlendert mit langen, geschmeidigen Schritten auf mich zu. Die beiden obersten Knöpfe seines weißen Leinenhemds haben sich geöffnet, was ein Dreieck honigfarbener Haut offenbart. Ich erstarre, unfähig, zu blinzeln oder zu atmen. Er bleibt eine Armlänge von mir entfernt stehen. Sogar im Dämmerlicht kann ich die warmen Farben erkennen – Kupferaugen, Honighaut, Karamellhaar –, wie ein Sonnenstrahl in der Nacht. Ich hole schnell Luft und der Duft seines Aftershaves findet zu mir. Zitrus und Koriander.

Ich weiß, dass es mein Einsatz ist, aber meine Gedanken werden zu Brei. Ich öffne den Mund und mein Atem steigt in einem Wölkchen auf.

Er betrachtet einen Moment lang mein Gesicht, im Buch soll es ihn an Waldgeister oder Nymphen oder so was erinnern. Mit einem Mal fühle ich mich sehr unwohl in meinem Overall, ich bin wohl eher Kobold als Waldgeist.

Von einem nahen Baum höre ich ein schwaches Husten. Die ganze Situation erscheint mir so losgelöst von der Realität, dass mich ein hustender Baum kaum wundert. Der echte, wahre Willow steht vor mir, besorgt, perfekt und warmherzig – da fängt natürlich auch das Grünzeug an zu husten. Nein, nicht das Grünzeug. Nate. Mein Einsatz.

Meine Synapsen schlagen Funken und endlich öffnet sich meine Kehle. »Nein, danke, mir geht's gut, es ist nur ein Kratzer.« Ich blicke auf meine Handfläche und stelle beschämt fest, dass es mir nicht gelungen ist, Blut fließen zu lassen, aber ich mache trotzdem weiter im Text. »Du musst Willow sein. Der Name passt zu dir. Du siehst aus wie eine Weide.«

Er lächelt sein makelloses Lächeln, zwei tiefe Grübchen rahmen seinen Mund ein. »Und wie sieht eine Weide aus?«

»Groß und schlaksig.«

Er lacht, sein heißer Atem schließt die Lücke zwischen uns. »Und wer bist du?«

»Nur ein Imp.«

»Echt? Das ist mir gar nicht aufgefallen.« Er tritt an mich heran, bis seine Brust fast mein Kinn berührt. Die Worte klingen jetzt überhaupt nicht mehr kitschig, sie klingen romantisch ... perfekt. Und so direkt vor ihm wird mir bewusst, wie groß er wirklich ist – alle Feuchtigkeit weicht aus meinem Mund. Er hebt meine Hand und untersucht den Kratzer am Daumen.

Ich befehle meiner Stimme, textgetreu zu bleiben, sich ans Drehbuch zu halten. »Ich bekomme furchtbaren Ärger, wenn jemand sieht, dass du mich berührst. Ich sollte nicht mal mit dir reden.«

Er hält weiter meine Hand und hebt den Blick, um meinen zu finden. »Ich bin mir sicher, dass die Bäume nichts verraten.«

»Nein, aber die Sterne vielleicht.«

Er lacht, so wie er es soll. »Das ist ein Risiko, dass ich gern in Kauf nehme.«

Ich lasse den Duft von Äpfeln, Rauch und Aftershave meine

Lungen füllen. Es läuft richtig gut. Keine Olive in Sicht. »Warum bist du so nett? Ich dachte, alle Gems wären grausam.«

»Und ich dachte, alle Imps wären dumm.«

»Sieht aus, als hätten wir uns beide getäuscht.« Ich lächele. Und zwar wirklich, nicht nur, weil Rose das so gemacht hat, sondern weil so zu tun, als wäre ich selbstbewusst und sexy, dazu führt, dass ich mich wirklich selbstbewusst und sexy fühle.

Er lässt meine Hand los. »Du wirst mir deinen Namen nicht verraten, oder?«

»Wir haben keine Namen … nur Nummern.« Ich drehe mich um und hebe mein Haar an, damit er meine Tätowierung sehen kann. Die Kälte trifft meinen Nacken und ein dünner Schweißfilm verdunstet.

Er saugt geräuschvoll die Luft durch die Zähne. »Das muss wehgetan haben.«

Ich nicke und verkneife mir ein kleines Lächeln. *Willow starrt auf meinen Nacken.*

»Du willst ernsthaft, dass ich dich Imp 753811 nenne?«, fragt er.

Ich lasse mein Haar wieder fallen und wende mich ihm zu. »Du willst unbedingt meinen Namen wissen? Warum rätst du nicht?« Ich wäre sonst nie so frech, vor allem nicht zu einem Jungen, es hat etwas Befreiendes.

»Rumpelstilzchen.«

Ich lache. Es sollte eigentlich glockenhell klingen, aber es ist eher ein Schnauben. »Fast.«

Er berührt den Stoff meines Overalls, als wollte er mich anfassen, aber würde den Mut nicht aufbringen.

Wie aufs Stichwort hören wir eine Autotür zuschlagen. Er fährt sich mit den Fingern durchs Haar und bringt es durcheinander, es glänzt im Mondlicht. »Ich gehe jetzt besser.« Er lächelt, als wollte er sagen, *Bis zum nächsten Mal*, und wendet sich Richtung Herrenhaus.

Das ist der Moment im Kanon, an dem er über seine Schulter blickt und fragt: *Kann ich dich wiedersehen?* Aber jetzt tut er es nicht, er geht einfach weiter. Ich sehe ihn davonschlendern, die Blätter umschließen seine Füße, als würde er in einem Moor versinken. Für immer verschluckt. *Guck über die Schulter*, schreie ich in Gedanken. *Guck über die Schulter und sag deinen Text … bitte.* Angst schießt durch meine Venen – ich bin gescheitert. Thorn wird Katie töten und wir werden für immer in dieser Welt festsitzen. Aber noch ein Gefühl köchelt unter der Angst: Enttäuschung. Er mochte mich nicht.

Ich will mich gerade geschlagen geben, heiße Tränen sammeln sich schon in meinen Augenwinkeln, als er stehen bleibt. Und er blickt nicht einfach nur über seine Schulter, er dreht den ganzen Körper um. Sein Gesicht schwebt im Dunkeln wie ein Bronzeherz. »Kann ich dich wiedersehen?«

Es fühlt sich an, als hätte mir jemand eine Plastiktüte übergestülpt. Ich will japsen, einatmen, so tief es geht, fühlen, wie sich mein Brustkorb weitet und mir das Blut in den Kopf schießt. Stattdessen reagiere ich mit einem zurückhaltenden Achselzucken, genau wie Rose. »Vielleicht.«

Er lacht. Ich verfolge, wie das Dreieck seines Rückens verschwindet, und stehe einen Augenblick lang vollkommen reglos da und lausche dem rauschenden Blut in meinen Ohren.

Nate kommt hinter einem Baum hervorgeschossen und umarmt mich, während er zugleich auf der Stelle hüpft. »O mein Gott, Violet, das war fantastisch.«

Ich fange auch an zu hüpfen. »Ich weiß, ich weiß.«

»Du warst perfekt.«

»Hast du gesehen, wie er meine Hand berührt hat?« Ich habe das Gefühl, mein Körper kann so viel Freude gar nicht fassen, als müsste meine Haut durch den Druck zerreißen.

Nate öffnet den Mund, um zu antworten, als wir eine andere Stimme hören – vertraut, aber ein bisschen bitter. »Warum hast du ihm nicht einfach deinen Namen gesagt? Er ist so hübsch …« Die Stimme kommt vom Himmel und für den Bruchteil einer Sekunde glaube ich, es ist Gott persönlich, der da spricht. Auf Laubrascheln folgt ein Schauer aus Staub, Blättern und Splittern.

Ash klettert auf einen nahen Ast und lässt sich daran herunterhängen, der Overall spannt über seiner Brust, die Finger sind weiß und krallenartig. Er landet ein paar Meter entfernt, wobei er den Fall mit den Knien abfedert, als wäre er halb Mensch, halb Katze. »Ich hätte dich nie für einen Gem-Fan gehalten.« Ein schiefes Lächeln breitet sich auf seinem Gesicht aus, aber seine Stimme klingt ein wenig verletzt.

Nachdem ich Willow angestarrt habe, erscheint mir Ash nicht mehr annähernd so süß. Seine Nase sieht etwas zu groß aus, sein Lächeln zu schief, aber irgendwie wirkt er so real. Und diese Augen … Mir bleibt für einen Moment der Mund offen stehen.

»Ash!«, sage ich schließlich. Ich wusste, dass ich ihm irgendwann begegnen würde, aber Rose hat ihn erst später in der Hütte getroffen. Im Kanon hat er sie definitiv nicht vom Baum aus beobachtet. Ich weiß nicht, wohin diese beiden Fäden jetzt wollen, aber nachdem sie so lange verschlungen waren, haben sie sich entschieden auseinanderzulaufen. »Ich habe nicht damit gerechnet, dich so bald wiederzusehen«, sage ich.

»Ash?« Nate klebt immer noch an mir, obwohl er aufgehört hat zu hüpfen. »Im Sinne von: Ash aus dem Kanon? Rose' Hündchen?«

Ash ignoriert ihn. »Das habe ich gemerkt.«

»Woher kennt er dich überhaupt?«, fragt Nate.

Ich ignoriere ihn ebenfalls.

Wir starren einander an – Ash und ich – zwischen uns hängt ein unangenehmes Schweigen, wir haben die Lippen geöffnet, als wollten wir sprechen, wüssten aber nicht, wie. Das durchscheinende Blau seiner Augen beunruhigt mich und ich verspüre den plötzlichen Drang, mich zu entschuldigen. Ich möchte gerne seine Hand nehmen, aber stattdessen mache ich eine komische Flatterbewegung vor meinem Gesicht. Plötzlich fällt mir wieder ein, wie hilflos ich im Umgang mit Jungs bin, wie sehr ich das Drehbuch brauche.

Aus dem Augenwinkel sehe ich Nate, der mein Gesicht betrachtet und murmelt: »O nein.« Er fährt sich mit den Händen durchs Haar und verzieht das Gesicht. »Das entspricht nicht dem Kanon.«

Ich starre Ash einfach weiter an. Ein Durcheinander von Gefühlen drängt meine Kehle hinauf – reine Freude, weil er hier ist, Unbeholfenheit, als würden meine Glieder nicht ganz zu meinem Körper passen, und Schuldgefühl, als wäre ich beim Fremdgehen erwischt worden.

Nate blickt von mir zu Ash und wieder zurück. »O nein, o nein, o nein.« Er lehnt sich an einen Baum, als wäre das alles zu viel für ihn. »Warum ist mir das nicht schon früher aufgefallen? Er hat sogar so einen blöden Namen, typisch dystopisches Objekt der Begierde – Ash – wie Gale oder Four oder so.« Er rutscht zu Boden, die freudige Stimmung hat ihn verlassen. »Das wird einfach alles vermasseln.«

KAPITEL 17

Später in jener Nacht sehe ich Ash in der Hütte – zur gleichen Zeit, als er im Kanon zum ersten Mal auf Rose traf, ohne das Geringste von ihrer Identität als Rebellin oder ihrer Begegnung mit Willow zu ahnen. Er bot an, sie einzuweisen, und nahm sie mit zum Äpfelpflücken. Er sah so freundlich, so naiv aus. Aber dieser Ash, mein Ash, sieht definitiv misstrauisch aus, sogar angepisst. Ich schätze, es sind nicht nur Gems, die Beziehungen zwischen Imps und Gems verurteilen.

Ich tue so, als würde ich ihn nicht bemerken, und konzentriere mich stattdessen auf Saskias Anweisungen. Sie sitzt mir und Nate gegenüber am Kiefernholztisch. Wir wärmen uns die Hände an Bechern mit heißem Tee und mit jedem Wort bläst sie uns versehentlich Dampf entgegen. »Wenn ihr euch unauffällig einfügen wollt, müsst ihr den Rest der Nacht weiterarbeiten. Manche der Nacht-Imps fahren morgens zurück in die Stadt, wenn sie Familien und Verpflichtungen haben, aber wir sind besser dran, wenn wir hier schlafen und versuchen den Kontakt mit den Wachen möglichst zu vermeiden.«

Die Erwähnung der Wachen lässt mich schaudern.

Saskia gibt vor, nichts zu bemerken. »Nate, du kannst beim Rasenmähen helfen, Violet –«

Ash unterbricht sie. »Ich kann immer Hilfe beim Äpfelpflücken gebrauchen.«

Das überrascht mich. Seiner Miene nach zu urteilen bin ich die Letzte, mit der er jetzt Zeit verbringen möchte. Vielleicht erwartet mich eine Standpauke.

Saskia zuckt mit den Achseln. »Ja, warum nicht, nimm sie nur nicht zu hart ran, Eichhörnchen.«

Ich trete aus der stickigen Hütte nach draußen. Der Mond taucht das Anwesen in einen milchig weißen Schimmer und die Sterne erstrecken sich ins Unendliche. Ich folge Ash über die Koppel und um den See herum, der wie ein riesiger Opal in der Nacht liegt. Die Luft scheint ihre kühlste Temperatur erreicht zu haben und der Rauchgeruch schwindet endlich, übertüncht von feuchtem Laub und Erde. Ich widerstehe dem Drang, mir die Augen zu reiben, Schlafmangel und Stress zehren allmählich an mir.

Im Kanon hat Ash Rose an diesem Punkt mit Fragen bombardiert, hing ihr bei jeder Antwort an den Lippen und betrachtete ihr Gesicht mit großen Hundeaugen. *Also, wie heißt du? Aus welchem Teil der Stadt kommst du?* Nun hingegen empfängt mich peinliche Stille. Ich wünschte, wir könnten uns ans Drehbuch halten, aber bei unserer Vorgeschichte würde es keinen Sinn ergeben.

»Warum hat Saskia dich Eichhörnchen genannt?«, frage ich schließlich. Ich kenne die Antwort natürlich schon, aber ich kann die Spannung nicht länger ertragen.

Er stapft einfach weiter, immer einen Fuß vor den anderen. Sein Spiegelbild tanzt über das Wasser. »Das ist nur ein Spitzname.«

»Ja, das hab ich mir gedacht, aber warum?«

Schließlich sieht er mir in die Augen, was kleine Wellen der Aufregung durch meinen Bauch fahren lässt. Dann rennt er zu einer nahen Eiche, setzt einen Fußballen gegen den Baum und springt mit dem anderen Fuß hoch. Ein Arm umfasst den Stamm, der andere packt einen niedrigen Ast und Ash zieht sich so weit hinauf, dass sein Becken auf dem Ast ruht. Dann schwingt er die Beine herum und sitzt aufrecht da, mit vor der Brust gekreuzten Armen wie ein Elf. Er blickt zu mir hinunter und lacht.

Ich muss auch lachen. »Okay, okay, ich versteh schon … es liegt daran, dass du Hasenzähne hast, richtig?«

»Wenigstens hast du keinen Witz über meine Vorliebe für Nüsse gemacht.« Er schlingt die Beine um den Ast und lässt seinen Körper wie eine Fledermaus zurückfallen. Kopfüber sieht er wirklich seltsam aus, das Haar fällt gerade nach unten und seine Wangen hängen ihm fast in den Augen. Ich muss sofort an den Kopfüber-Kuss in dem alten Spiderman-Film denken. Vielleicht wird Sich-ans-Drehbuch-Halten doch überschätzt.

»Jetzt gibst du aber an«, sage ich.

»Vielleicht.« Er legt die Hände auf den Ast, löst seinen Körper und landet sanft auf den Füßen.

Wir gehen unter dem hängenden Blauregen hindurch in den Obstgarten. Ich sehe nervös zu der Stelle, an der ich mit Willow gesprochen habe. Die Schuldgefühle winden sich wieder durch meine Eingeweide. Ash geht in die Knie und schlägt mit der Faust auf einen schwarzen Würfel. Eine Glühbirne flackert auf wie ein alter Filmprojektor – ein tragbares Flutlicht, das den Obstgarten in helles, kaltes Licht taucht. Er schnappt sich einen Weidenkorb und schickt mit seinem Arm einen Schatten über die Baumstämme, der aussieht wie ein riesiger Schmetterling.

Wir fangen an, Äpfel von einem nahen Baum zu pflücken – mit einem leisen, dumpfen Geräusch landen sie im Korb, wirbeln Staub auf und verbreiten ihren süßen, erdigen Duft. Diese Szene gibt den Kanon sehr genau wieder – Ash und Rose bei der Obsternte –, aber die Unterhaltung verläuft vollkommen anders.

»Das ist alles sehr merkwürdig, Violet.« Seine Worte mischen sich mit dem Rhythmus fallender Äpfel. »Ich rette dich davor, gehängt zu werden, dann tauchst du in meinem Obstgarten auf. Stalkst du mich oder so?«

»Nein, natürlich nicht.«

Er lächelt mich schief an. »Ich mach nur Spaß. Du hast ja fast gesabbert beim Anblick dieses Gems … Willow.« Er schwingt seine Hüfte zur Seite und klimpert mit den Wimpern. »Du siehst aus wie eine Weide … groß und schlaksig.« Er äfft meine Stimme nach und beißt genüsslich in einen Apfel. Dieser Ash ist so viel lebendiger als der aus dem Kanon.

Ich werfe einen Apfel nach ihm. Er zerplatzt an der Baumrinde und versprüht seinen Saft in feinen Tröpfchen, die im Flutlicht wie Glasperlen schimmern. »Ich kann nichts dafür, er sieht aus wie ein Engel … ein Halbgott.«

Ash legt einen weiteren Apfel in den Korb. »Er ist so weit von Gott entfernt, wie irgendjemand nur sein kann – voll optimiert und komplett fake.«

»Ich habe nicht gesagt, dass er ein Halbgott *ist*, nur dass er so *aussieht*.«

»Ist da jemand oberflächlich?« Der Stamm trennt uns und verbirgt seinen Gesichtsausdruck, aber seine Stimme klingt dünn und ein bisschen feindselig.

Ich schiebe meine Hände zwischen die Blätter auf der Suche nach Früchten. Meine Finger stoßen nur auf Zweige. »Ich kann nicht ändern, von wem ich mich angezogen fühle. Du hast es selbst gesagt, wir sind alle nur Tiere.«

»Das Problem ist nur, die hängen deinen tierischen Arsch, wenn sie herausfinden, dass du mit einem Halbgott rumgeknutscht hast.«

»Wir haben nur geredet.«

»Er hat dich mit den Augen ausgezogen.«

Meine Hand findet endlich einen Apfel – ich reiße ihn fast triumphierend ab. »Bist du eifersüchtig?«

»Natürlich, verdammt noch mal.« Er lacht, aber ich erhasche einen flüchtigen Blick auf den verletzlichen Welpen. Ich habe mich geirrt, er hat nichts gegen Beziehungen zwischen Imps und Gems; er hat etwas dagegen, dass ich mit einem anderen – *irgendeinem* anderen – zusammen bin.

Ich verkneife mir ein Lächeln. »Hör zu, Ash …« Aber ich weiß nicht, was ich sagen soll. Ich betrachte einen Moment lang seine leicht asymmetrischen Züge.

»Was hast du mit dem Jungen gemacht?«, fragt er plötzlich.

»Wen meinst du, meinen Bruder Nate?«

»Ja, der Junge. Ihr habt einen Spruch aufgesagt oder so, kurz bevor der Halbgott aufgetaucht ist.«

»Wir haben nur rumgeblödelt. Geschwisterkram.«

Er nimmt einen Apfel und wirft ihn von einer Hand in die andere. Immer hin und her, als wäre er zu heiß oder zu kalt. »Es klang, als würdet ihr proben oder so, und dann hat der Halbgott tatsächlich ein paar der Sachen wiederholt, die der Junge vorher gesagt hatte.« Er zieht erwartungsvoll die Augenbrauen hoch.

Ich kann ihm nicht die Wahrheit sagen, also wechsle ich stattdessen das Thema. »Ich habe mich nie richtig dafür bedankt, dass du mich und meine Freundinnen gerettet hast, in der Stadt, meine ich.«

Er nimmt den Korb und geht zu einem anderen Baum. »Schon in Ordnung. Ich konnte ja nicht zulassen, dass die euch aufhängen, oder?«

Ich folge ihm, zum einen, weil er den Korb hat, zum anderen, weil ich mich einsam fühle, so allein zwischen den Ästen. Ich stelle mich neben ihn und bemerke die Haare auf seinen Unterarmen, dunkel vor der hellen Haut und aufgestellt wegen der Kälte.

»Trotzdem, du hast uns das Leben gerettet. Danke«, sage ich.

Er schirmt seine Augen mit den dichten Wimpern ab, die noch länger aussehen als ohnehin schon, weil sich ihre spinnenartigen Schatten über seine rosigen Wangen erstrecken. Mit einem Mal wirkt er sehr traurig. »Ich kann einfach nicht glauben, dass du einen Gem willst, obwohl sie uns wie Dreck behandeln.«

Ich muss wieder an die Plexiglasscheibe denken, mein Gesicht dagegen gepresst, und daran, wie die Girlande aus Menschen zusammengesackt ist. Ich bin den Tränen nahe. Ich schüttele den Kopf, versuche, die Bilder aus meinem Hirn zu vertreiben. »Aber es ist nicht Willow, der diese Dinge tut. Du kannst ihm nicht die Schuld für die Vergehen seines Volkes geben.«

Er hebt den Blick. Seine Augen so blass, dass sie im Flutlicht wie Glas wirken, die Pupillen zwei schwarze Punkte. »Aber wem dann? Wem willst du sonst die Schuld geben? Niemand wird sich erheben und die Barbarei aufhalten, das können nur die Gems selbst.«

Ich wünschte, ich könnte ihm alles erzählen, aber es ist zu riskant. Außerdem würde er mich vermutlich für verrückt halten. Also festige ich meine Stimme. »Vielleicht wird er das eines Tages tun, wenn er sich in einen Imp verliebt. Vielleicht wird er sich auflehnen.«

»Was meinst du damit?«

Mir wird klar, dass ich schon zu viel gesagt habe, und mache mich schnell wieder ans Äpfelpflücken, tue so, als würden diese eisblauen Augen nicht meine Haut durchbohren, während sie mich im Profil betrachten. Im Kanon hat sich Rose an diesem Punkt irgendwas ausgedacht, darüber, schon einmal in den Auen gearbeitet zu haben. Eigentlich nur Small Talk. Höfliche Antworten, eifriges Nicken, Welpenaugen. Ich wünschte, wir könnten uns wieder ans Drehbuch halten – so ist es echt schwer.

»Nichts«, sage ich. »Ich habe nur laut gedacht.«

»Bleib noch ein bisschen am Leben, okay?« Er flitzt einen Baum hinauf, um an die Früchte weiter oben zu kommen.

Ich sehe zu ihm auf und er lässt ein paar Äpfel in meine ausgestreckten Hände fallen. »Ich werd mir Mühe geben«, lüge ich.

»Ich hab dich nämlich nicht vor einer Schlinge bewahrt, um dich an einer anderen hängen zu sehen.« Er lässt einen Apfel direkt in den Korb fallen. »Volltreffer«, ruft er.

Ash kehrt am Morgen mit dem Bus nach Hause zurück. Ich sehe ihn in der Schlange voranschlurfen und die Stufen hinaufsteigen, in seiner unterwürfigen Imp-Haltung, die so im Widerspruch steht zu dem Eichhörnchen, das ich nachts erlebt habe.

Ich lasse mich in die Koje über Nate fallen.

Er streckt seinen Kopf hoch, bis er auf gleicher Höhe mit meinem ist. »Also, wie ist es mit Ash gelaufen?«

»Bescheuert. Vielleicht hasst er mich.«

»Tja, es ist egal, ob Ash dich mag oder nicht, er ist nur eine Nebenfigur. Entscheidend ist, was Willow denkt.«

Ich weiß, dass Nate recht hat, aber es bedeutet mir etwas, ob Ash mich mag. »Ja, wahrscheinlich«, antworte ich.

Nate tätschelt meinen Arm. »Versuch, etwas zu schlafen, außergewöhnliche Heldin, du musst dich morgen von deiner besten Seite zeigen.«

Es bringt mich zum Lächeln, wenn Nate so fürsorglich wird, als wäre er der Ältere von uns beiden. »Danke«, sage ich.

Er taucht wieder ab und bald höre ich sein gleichmäßiges Atmen, als er in den Schlaf sinkt.

Die Imps der Tagesschicht treffen ein und ihre Bewegungen zusammen mit dem Licht, das durch den Bettvorhang fällt, halten mich wach. Außerdem ist mein Kopf ein Strudel widersprüchlicher Gedanken und Gefühle: Katie im Glockenturm, die der Gnade eines Soziopathen mit Augenklappe ausgeliefert ist, Alice, wo immer sie auch sein mag, Ash und seine Winteraugen, Dad, der immer Mums Hand berührt, wenn sie Milch auf seine Cornflakes gießt, und schließlich meine Füße, die in der Luft tanzen und verzweifelt nach festem Boden suchen, aber nie nach Hause zurückkehren werden.

In fünf Tagen werde ich gehängt.

Ich rolle mich zusammen wie ein Embryo und stelle mir vor,

wie sich alle diese Gedanken an meinem Ohr sammeln und in das Kissen darunter sickern. Endlich falle ich in einen unruhigen Schlaf, der durchbrochen wird von gekrümmten Schatten, Schreien und dem Gefühl, dass ich mich nicht mehr bewegen kann, so als wäre ich gefesselt. Aber dann verändert sich der Traum und plötzlich fühle ich mich überraschend frei, der ganze Druck ist von meiner Brust genommen worden. Es ist Sommer – ich rieche den Duft von Lupinen und frisch gemähtem Gras, das Geräusch spielender Kinder durchsetzt mit Vogelgezwitscher dringt an mein Ohr.

Ich bin sieben Jahre alt und stehe im Garten meiner Eltern mit Alice und Nate. Alice sieht so jung aus – die Füße noch nicht in Stöckelschuhe gequetscht, das Haar fällt offen um ihr Gesicht. Und Nate, Nate ist erst vier. Seine Beine haben noch diese niedlichen Speckfalten an Knöcheln und Knien und seine kleine Gestalt versinkt fast in riesigen Shorts. Ich mache Seifenblasen, sehe zu, wie sie entstehen und in die Luft schweben, perfekte Kugeln, die in der Sonne schimmern. Alice und Nate rennen herum und versuchen, sie zu fangen, kreischen, wenn sie in ihren gewölbten Händen zerplatzen. *Mehr*, ruft Nate, *mehr Blasen, Violet, mehr Blasen, bitte.*

Ich strecke den Arm aus und drehe mich im Kreis. Die Blasen steigen in den Himmel, schweben gerade außerhalb der Reichweite, werden von der Brise getragen und bleiben in den Spitzen des Schmetterlingsflieders hängen. *Zu hoch*, ruft Alice. *Zu hoch, Violet.* Aber ich drehe mich immer weiter, mache weiter Blasen, getrieben von ihrem Lachen und einem unbändigen Freiheitsgefühl. Plötzlich kreischt Nate: *Guck mal, Violet, guck!* Alice und ich halten inne und folgen der unsichtbaren Linie, die von seinem

Finger ausgeht. Eine einzelne Blase übersteht den Schmetterlingsflieder, steigt höher und höher, tänzelt über den Gartenzaun und unter der Telefonleitung hindurch, weiter und weiter hinauf und über die Wipfel der Bäume.

Wir folgen der Blase, bis sie nur noch ein winziger Punkt ist, der zum Horizont schwebt. Nate dreht sich zu mir um. Er lächelt so breit, dass ich alle seine Milchzähne sehen kann, perlweiß und feucht. *Landet sie bei den Sternen?* Alice und ich lachen. *Ja, Nate, die landet bei den Sternen.* Und dann höre ich es, das rhythmische Piepen eines medizinischen Geräts, wie man es aus Krankenhausserien kennt. *Piep. Piep. Piep.* Der Geruch von Desinfektionsmittel und Waschpulver ersetzt den Duft des Sommers.

Alice dreht sich zu mir um. *Was ist das für ein Geräusch?* Wir blicken über den Rasen, suchen unter den Blumen und hinter die Holzbank. Aber wir können die Maschine nicht finden. *Piep. Piep. Piep.* Nate kuschelt seinen Kopf an meinen Bauch. *Ich mag das nicht, Violet, mach, dass es aufhört.* Ich klettere auf die Steine, spähe in die Gärten der Nachbarn, sehe durch die Fenster in unser Haus. Aber immer noch keine Maschine. Das Freiheitsgefühl weicht einer wachsenden Angst. *Piep. Piep. Piep.*

Das Piepen fängt an sich zu verändern, wird zu dem hohlen Klopfen von Knöcheln auf Holz. Ich wache auf und blicke in Saskias strenges Gesicht, sie klopft mit der Faust gegen die Kante meiner Koje. »Komm schon, Violet. Verzauber diesen nutzlosen Prachtkerl von einem Gem mit deinem Charme.«

Ich bin schweißgebadet, mein Puls dröhnt monoton in meinen Ohren. »Willow«, sage ich, meine Stimme noch schlaftrunken.

Sie runzelt die Stirn. »Ja, ich weiß, wie er heißt.«

Ich reibe mir den Schlaf aus den Augen und sage mir, dass ich das alles nur geträumt habe. Das Piepen war nur Saskias ungeduldiges Klopfen oder das Rauschen des Bluts in meinen Ohren. Eine andere Erklärung gibt es nicht.

KAPITEL 18

Ich schaufele ein paar Löffel faden Haferschleim in mich hinein und springe dann noch mal unter die Dusche. Es gefällt mir schon fast, wie die Kälte in mich hineinfährt – sie lässt die Angst gefrieren und verwandelt sie in einen schimmernden Block, den ich hinter mir lassen kann.

Ich gehe mit Saskia und Nate zum Herrenhaus. Schnell werde ich wieder nervös – der nächste Teil der Geschichte verlangt weit mehr, als den Text zu können und nicht versehentlich zu pupsen. An dieser Stelle werde ich wirklich nicht an Rose' Geist heranreichen können, denn die Aufgabe erfordert sportliche Fähigkeiten. Und es gibt einen Grund, warum ich immer als Letzte ins Volleyball-Team gewählt werde.

»Also, wie wirst du es diesmal anstellen, dass Loverboy dich bemerkt?«, fragt Saskia.

»Letzte Nacht hat er mich nach meinem Namen gefragt. Heute werde ich ihm meinen Namen zeigen.«

Sie zieht eine Augenbraue in die Höhe, sodass sie den dunklen Fleck auf ihrer Stirn berührt. »Wie meinst du das – ihn zeigen?«

»Ich werde eine Rose auf sein Fensterbrett legen«, antworte ich.

Nate zieht eine Rose aus seinem Overall und reicht sie mir. Die

Üppigste, Strahlendste, die er im Rosengarten finden konnte. Ich nehme sie und drehe den Stiel zwischen den Fingern. Wir sehen Saskia an und warten auf ihre begeisterte Reaktion, dieselbe, die sie Rose im Buch gezeigt hat: *Das ist eine brillante Idee, um ihn aus diesem beschissenen Herrenhaus zu locken.* Aber stattdessen verzieht sie das Gesicht, als hätte sie gerade etwas Übles gerochen. Vielleicht habe ich doch gepupst.

»Das ist so verdammt lächerlich«, sagt sie. »Eine Rose auf das Fensterbrett zu legen! Wie seid ihr zwei denn auf den Scheiß gekommen?«

Nate und ich wechseln ein leises Lächeln.

»Es wird funktionieren«, sagt Nate. »Wart's nur ab.«

Saskia schnaubt. »Na, wenn ihr mich fragt, ist es falsch, sich Rose zu nennen. Das ist respektlos gegenüber den Toten.«

»Thorn meinte, ich solle ihren Namen behalten«, antworte ich. »Damit er mich an ihre Tapferkeit erinnert und auf Kurs hält.« Thorn hat nichts dergleichen gesagt, aber ich hatte gehofft, dass durch ihren Namen etwas von ihrer Schönheit und ihrem Mut auf mich abfärben würde. Außerdem würde ein Durcheinander aus Veilchen auf dem Fensterbrett nicht annähernd so romantisch aussehen, wie Nate scharfsinnig angemerkt hatte.

»Thorn hat nicht immer recht, weißt du«, grummelt Saskia und streift mit den Fingern die Narbe an ihrem Schlüsselbein.

Das Herrenhaus kommt in Sicht. Es ähnelt dem Gebäude im Film, imposant und prachtvoll, mit zwei symmetrischen Türmen, die stolz in den Himmel ragen, und so weit von der Imp-Stadt entfernt, dass es genauso gut eine gemalte Kulisse sein könnte. Es kam mir schon immer komisch vor, dass sich die Gems, trotz ihrer technischen Errungenschaften, in so einer klassisch anmutenden Umgebung niedergelassen haben. Ich weiß, dass die Fassade des Herrenhauses nur eine Illusion ist und dass drinnen jede nur erdenkliche futuristische Spielerei existiert: künstliche Intelligenz, Teleportationsröhren, Simulator-Kapseln und noch vieles mehr. Aber ich habe nie verstanden, warum die Gems sich entschlossen, alte Imp-Gebäude zu modernisieren, anstatt sie von Grund auf neu zu bauen. Jetzt, da ich als Imp lebe und dieses wunderschöne georgianische Gutshaus betrachte, begreife ich es endlich. Sie taten es, um uns zu erniedrigen. Um uns daran zu erinnern, dass sie gewonnen haben – sie sind die überlegene Rasse. Sie leben oben, wir leben unten. Sie haben unsere wunderschönen georgianischen Gutshäuser gestohlen.

Arschlöcher.

Ich versuche, mein Hirn von solchen Gedanken zu befreien. Wut auf die Gems wird mir nicht dabei helfen, Willow zu bezirzen. Stattdessen konzentriere ich mich auf das weiche Gras unter meinen Füßen, als wir uns über den Rasen anschleichen, auf Nates Finger, die meine umklammern, den Geschmack von Rauch und Kälte auf meiner Zunge. Wir schlagen einen Bogen zum rückwärtigen Garten, nähern uns Willows Fenster. Das Licht in seinem Zimmer ist aus – zweiter Stock, viertes Fenster von links.

Wir kauern uns unter eine große Eiche, dieselbe, die Rose so mühelos hinaufgeklettert ist, mit einer Blüte in ihrem Dekolleté. Ich könnte schwören, dass dieser Baum größer ist … gemeiner.

»*Du* willst also auf diesen Riesenbaum klettern?«, fragt Saskia.

Ich schiebe mir die Rose vorne in den Overall und stelle mir vor, wie umwerfend ich gleich aussehen werde. Aber mein dürftiges Dekolleté lässt den Stiel zur Seite rutschen und die Dornen bohren sich in meine Brust, wie von den kleinen Biestern nicht anders zu erwarten. Ich bin so gar nicht Hollywood. Aber ich zwinge mich zu einem kleinen Lächeln, mein Stolz gewinnt die Oberhand. »So schwer kann das ja wohl nicht sein.« Wenn ich es ausspreche, glaube ich es vielleicht auch.

Sie schüttelt den Kopf und formt mit den Händen eine Räuberleiter. Ich setze den Fuß darauf und greife nach dem niedrigsten Ast. Meine Finger schrammen über die Rinde und der Ast biegt sich unter meiner Last nach unten, aber irgendwie gelingt es mir, mich in eine sitzende Position zu hieven. Ich bin noch nicht höher als Saskias Scheitel gekommen, aber trotzdem wage ich es nicht hinunterzublicken. Es macht mich jetzt schon verrückt, dass ich mich nur zurücklehnen müsste, um abzustürzen.

Ich weiß wirklich nicht, was ich erwartet habe. Schließlich war klar, dass ich mich nicht durch Zauberhand in Rose verwandeln und mühelos eine Rieseneiche hinaufflitzen würde. Ich wusste, dass nicht plötzlich der Geist von Katniss in mich fahren würde, der mir hilft, in Baumkronen zu klettern und gleichzeitig mit Pfeil und Bogen zu schießen. Aber ich hätte nicht gedacht, dass es mir im Oberkörper derart an Kraft mangeln würde. Langsam atme ich ein paarmal tief ein und lasse Katie, Alice und Nate vor meinem inneren Auge erscheinen. Ich muss es tun. Ich *muss* die Geschichte vollenden, damit wir nach Hause zurückkehren können.

Ich richte mich vorsichtig auf, umfasse den Stamm wie ein Koalabär und versuche, einen sicheren Stand für meine Füße zu finden. Auf der anderen Seite des Baums ist ein weiterer Ast in Reichweite. Ich rudere mit den Armen und finde mich in einer Grätsche zwischen den beiden Ästen wieder, bin mir schmerzlich bewusst, dass nur Luft und Holz meinen Körper vom Boden trennen.

»Das wird die ganze Scheißnacht dauern«, sagt Saskia. Ich höre die Schadenfreude in ihren Worten.

Meine Finger rutschen ab, schrammen über die Rinde, und als ich es endlich riskiere, nach unten zu blicken, überkommt mich Schwindel. Der Blick nach oben offenbart nur Äste, Laub und Zweige – das Fenster scheint unerreichbar. Also sage ich endlich die Worte, die ich eigentlich vermeiden wollte. »Könnte jemand Ash holen?«

»Ash?«, fragt Saskia. »Der gehört aber nicht dazu. Er wird anfangen, Fragen zu stellen, und wenn rauskommt, dass wir, du weißt schon …«, sie senkt die Stimme, »… Rebellen sind, wird es zu riskant. Man kann nicht allen Imps trauen.«

»Also, entweder kommt Ash oder ich brech mir den Arm«, sage ich zunehmend hysterisch.

Nate versucht, sie zu überreden. »Ja, komm schon, Saskia, Ash wird niemandem was verraten. Er steht viel zu sehr auf Violet.«

Ich höre Saskia widerwillig seufzen und sehe gerade lang genug hinunter, um Nate wegflitzen zu sehen.

Als Ash eintrifft, sitze ich wieder auf dem ersten Ast und umarme den Stamm. Ich bin so erleichtert, dass er schon aus der Stadt zurück ist – wenn er den späteren Bus genommen hätte, wären wir am Arsch gewesen. Ich blicke hinunter und sehe sein breites Grinsen. Im Dämmerlicht ist es so ziemlich das Einzige, was ich erkennen kann.

»Hast du Spaß da oben?« Er kann das Lachen in seiner Stimme nicht verbergen.

»Ja, es ist toll … die Aussicht ist fantastisch … ganz viel Rinde.«

Der Baum zittert, als er sich auf den gegenüberliegenden Ast schwingt. Ich kann ihn nicht sehen, aber ich spüre die Wärme seiner Hände auf meinen. Sofort fühle ich mich sicher. Er streckt seinen Kopf um den Baum herum und lächelt. Das Mitgefühl in seiner Miene ist die Antwort auf meine Frage, ob es die richtige Entscheidung war, ihn um Hilfe zu bitten.

»Alles okay?«, fragt er.

Ich schüttele den Kopf.

Er lächelt. »Du bist Anfängerin, da sollte immer nur ein Körperteil keinen Baumkontakt haben. Klingt das einleuchtend?«

Ich nicke.

»Und immer erst überprüfen, ob der Ast dich trägt, bevor du dein Gewicht daran hängst. Sonst geht's plötzlich nur noch in eine Richtung.«

»Das ist echt hilfreich, aber ich hatte eigentlich gehofft …«

»Dass ich für dich raufklettern würde?«, fragt er.

»Ja.«

»Und warum genau klettere ich auf diesen Baum?«

Ich riskiere es, eine Hand loszulassen, und ziehe die Rose aus meinem Overall. Sie sieht inzwischen eher wie welker Seetang aus.

Er nimmt sie entgegen und runzelt die Stirn. »Du willst, dass ich eine Rose … wohin bringe?« Er sieht hoch und scheint es zu kapieren, denn er macht »Ah«.

»Zweiter Stock, viertes Fenster von links.«

»Und warum solltest ich dir bei … bei dieser blöden Idee helfen?«

Ich weiß nicht, was ich sagen soll. Deswegen starre ich ihn nur an – die Nacht raubt seinen Augen alles Blau – und forme mit den Lippen lautlos das Wort *bitte*.

»Okay, okay, verschon mich mit deinen großen braunen Augen«, sagt er.

Und mit einer geschmeidigen Bewegung verschwinden seine Füße über mir im Laub. Blätter und Rinde regnen auf mich herunter und ich muss den Kopf senken, damit mir nichts in Mund und Augen fällt.

Ein paar Minuten später ist er um eine Blüte leichter und hilft mir zurück auf den Boden.

Nate klopft ihm auf den Rücken, als wären sie beste Freunde. »Danke, Kumpel.«

Saskia blickt mürrisch drein. »Na, dann hoffen wir mal, dass dein Plan jetzt auch funktioniert.« Sie stapft durchs Gras davon und zieht Nate mit sich.

Ich drehe mich um und will ihr folgen, aber Ash greift nach meinem Arm und flüstert mir ins Ohr, sein Atem wie heißes Wasser. »Du weißt, dass Saskia hier einen schlechten Ruf hat? Es gibt Gerüchte, dass sie und Matthew … Rebellen sind.«

»Wäre das so schlimm?«

»Nicht wirklich, nur falls du in irgendeine Rebellen-Aktion verwickelt sein solltest, endet das für dich vermutlich mit dem Galgentanz. Was ist das mit dir und den Seilen? Es wirkt fast so, als wolltest du gehängt werden.«

Ich wage nicht, ihm zu sagen, dass er den Nagel auf den Kopf getroffen hat. Ich kann die Wahrheit nicht aussprechen – sie ist einfach zu beängstigend. Stattdessen nehme ich seine Hand. Sie ruht wie ein heißer Stein in meiner Handfläche – schwer und mit zerfetzten Blättern bedeckt. »Danke, dass du mir geholfen hast, Ash. Du bist ein echter Freund.«

»Ich bin ein verdammter Idiot.« Er sieht irgendwie traurig aus, seine Wimpern verbergen die von der Nacht gebleichten Augen, aber er bewegt seine Hand nicht. Wir stehen einen Augenblick lang unter dem Dach aus Eichenlaub, so viele Worte liegen uns auf der Zunge und verlassen doch nie unsere Lippen.

In Willows Zimmer geht das Licht an. Es fällt durch die Blätter und sprenkelt unsere Haut mit Schatten. Mir wird klar, dass es hier keine Sicherheit gibt, die Wirklichkeit hat uns eingeholt. Unsere Hände trennen sich. Wir rennen los, weg vom Herrenhaus, in die Bäume, die Ligusterhecken, die Dunkelheit. Und ich weiß, dass irgendwo hinter mir Willow gerade meine Botschaft verstanden hat.

KAPITEL 19

Ich warte wieder im Obstgarten auf Willow, an der gleichen Stelle beim Pflaumenbaum. Es nieselt leicht, was in der Dunkelheit kaum zu sehen ist, aber ich spüre, wie meine Nase und Augenlider feucht werden, das Laub bietet nur wenig Schutz. Nate und ich haben beschlossen, dass ich Willow diesmal allein treffen soll – in dieser Szene gibt es einfach zu viel Bewegung, Nate würde nicht unentdeckt bleiben. Er ist aber den Weg gerade noch einmal mit mir abgegangen, hat mich an meinen Text erinnert und daran, wann welcher Einsatz fällig wird. Ich kann mir ein Lächeln nicht verkneifen, als ich daran denke, wie er seinen schmächtigen Körper zu den Ställen gewandt hat und sich mit den Händen über den Rücken gefahren ist, als würde er jemanden küssen.

»Ooh, Willow …«, sagte er in seiner Mädchenstimme, die hoffentlich kein bisschen so klingt wie meine.

Ich lehne mich gegen den Pflaumenbaum und versuche, meinen Körper schlank und sexy aussehen zu lassen, aber die Nervosität rumort in meinem Magen und es fällt mir schwer, nicht zu zappeln. Heute steht die erste Kussszene an, hoffnungslos romantisch und wunderschön. Ich sollte mich freuen, aber ich spüre bloß Panik. Was, wenn er mich nicht küsst? Oder schlimmer noch, wenn er mir einen Kuss gibt und es zum Kotzen findet? Und ich bekomme diese verdammte Gürkchen-Zunge einfach nicht aus dem Kopf. Meine Unsicherheit lauert am Rand meines Bewusstseins wie ein dickes brummendes Insekt. Schnell gehe ich im Kopf noch einmal meinen Text durch, die Sätze, die zu diesem ersten, perfekten Kuss führen.

WILLOW
Ich bin noch nie jemandem wie dir begegnet.

ROSE
Du meinst, einem Imp?

WILLOW
Nein, jemandem, der so frei ist.

ROSE
Ich bin nicht frei. Ich bin eine Sklavin.
Die Sklavin deines Vaters, um genau zu sein.

WILLOW
Ich weiß, entschuldige, so habe ich es nicht gemeint …
Es ist nur, ich weiß auch nicht,
es klingt wahrscheinlich blöd, wenn ich das sage, aber
ich wünschte, ich könnte mehr so sein wie du.

ROSE
(Nimmt sein Gesicht in ihre Hände.)
Das kannst du.

Und dann hat er sie geküsst.

Leidenschaftlich. Herzzerreißend. Perfekt.

Aber in der Wirklichkeit teile ich mir seit drei Tagen schimmelige Zahnpasta mit Nate und mein Mund schmeckt nach ungewaschenen Füßen.

Ich höre Willows Schritte, bevor ich ihn sehe – zügig, aber nicht eilig. Mein Puls fängt an zu rasen und der Geschmack nach Füßen wird stärker. Er tritt durch den Bogen und sieht noch schöner aus als sonst, der Mond erhellt seine edlen Züge. Er sieht mich und lacht, streicht sich mit der Rosenblüte unter dem Kinn entlang. Und dann, genau wie im Kanon, spricht er den Eröffnungstext: »Rose … Du siehst aus wie eine Rose.«

Meine Finger zittern, aber ich zwinge meine Stimme, fest zu bleiben, meine Worte, sich ans Drehbuch zu halten. »Und wie sieht eine Rose aus?«

Er lacht. »Kratzbürstig.« Mit wenigen Schritten durchquert er den Obstgarten und wir setzen uns nebeneinander unter den Pflaumenbaum. Ich klemme die Hände unter meine Beine, damit ich nicht mit ihnen herumspiele, und betrachte sein Profil – so perfekt, dass er fast wie ein computeranimierter Prinz aus irgendeinem Kinderfilm aussieht. Ich beiße mir auf die Unterlippe und spüre plötzlich, wie die Haut auf meiner Brust unter dem Overall heiß wird.

Seine Wimpern flattern leicht, während er die Sterne betrachtet. »Ich liebe die Gärten bei Nacht.«

»Ich sehe sie eigentlich nur nachts.«

Er dreht sich zu mir, seine Haut schon feucht vom Regen. »Also schläfst du tagsüber, richtig?«

»Meistens.«

Ein verwirrter Ausdruck wandert über seine ebenmäßigen Züge. »Schläfst du auf dem Anwesen oder fährst du mit diesem großen alten Autodings zurück in die Stadt?«

Ich lache und klopfe ihm ausgelassen auf die Schulter, wie im Kanon. Es fühlt sich kokett an und ein bisschen fremd, aber ich sage dennoch meinen Text. »Großes altes Autodings? Du meinst den Bus?«

»So heißt das?«

»Du bist so privilegiert.«

»Ich glaube, du meinst eher ›ignorant‹.«

Wir schauen uns tief in die Augen. Die Kraft seines Blicks raubt mir fast meinen Text. »Ich schlafe meistens hier auf dem Anwesen. Ich habe keine Familie, zu der ich zurückkehren könnte, und vermeide es lieber, die Grenze zu überqueren – die Wachen können etwas grob werden.«

Er berührt meinen Arm. »Haben sie dir je wehgetan?«

Ich erinnere mich an die Plexiglasscheibe und die stahlgrauen Augen. Ich weiß, dass ich mich ans Drehbuch halten, einfach antworten sollte wie Rose, aber in mir wallt Ärger auf, dunkel und böse, und ich kann die Worte nicht daran hindern, meine Kehle hinaufzudrängen. »Wenn du versuchst, dich in die Auen zu schleichen, wirst du von den Wachen sofort erschossen, wusstest du das? Sie stellen die Leute in einer Reihe auf und mähen sie einfach nieder.« Ich kann nicht fassen, dass ich das gerade gesagt habe, dass ich vom Kanon abgewichen bin, obwohl so viel auf dem Spiel steht.

Er wirkt etwas überrascht. »Aber sie müssen gefährliche Imps davon abhalten, die Grenze zu überqueren.«

Willow weiß vom Dekontaminierungsblock? Er weiß davon,

aber tut nichts dagegen? Halt dich einfach an den Kanon, Violet, denke ich. Aber der Ärger erreicht eine neue Stufe, verwandelt sich in Wut und ich kann die Worte nicht davon abhalten, heiß und flehentlich aus meinem Mund zu strömen. »Du weißt davon? Du weißt davon, aber hast nicht versucht, sie aufzuhalten?« Ich weiß, dass ich einfach zum Drehbuch zurückkehren sollte, wichtig ist nur das Endergebnis, unsere Heimkehr, darauf muss ich mich konzentrieren. Aber ich bekomme die Menschengirlande einfach nicht aus meinem Kopf – wie sie zu Boden ging, als wäre sie nur eine zerknüllte Zeitung. Ich schüttele seine Hand von meinem Arm.

Jetzt ist es an ihm, verärgert zu gucken. »Hör mal, Rose, bevor ich dir begegnet bin … habe ich nie wirklich darüber nachgedacht … es war einfach schon immer so.«

»Nicht immer«, blaffe ich.

Er wirkt plötzlich ganz desillusioniert. Seine schönen Gesichtszüge werden schlaff und er legt die Rose in seinen Schoß. »Es tut mir leid, du hast natürlich recht.«

Ich sehe seine sanften Augen, seinen aufrichtigen Blick und der Ärger verfliegt. Ich muss die Szene wieder zurück auf Kurs bringen. Also hole ich tief Luft und springe, ganz kanongetreu, auf die Füße. »Komm mit, ich bin diesen verdammten Obstgarten leid.«

Ich laufe zwischen den Bäumen hindurch, schlage die Zweige mit den Händen weg. Im Film wirkte Rose so frei, aber ich fürchte, dass ich bloß ungelenk aussehe. Einer der Zweige trifft mich mitten im Gesicht. Zum Glück findet Willow das brüllend komisch und sein Lachen spornt mich an.

Der Obstgarten endet und wir stürmen auf eine Wiese, die

silbern im Mondlicht daliegt. Er rennt schon vor und hält auf das gegenüberliegende Gatter zu. Ich konzentriere mich darauf, zu ihm aufzuschließen, mit gesenktem Kopf, schwingenden Armen und Beinen, wogender Brust – ein absolutes Glücksgefühl. Der Boden gibt etwas nach und für einen Moment fühlt es sich an, als würde ich ausrutschen, aber ich fange mich und folge ihm. Die Lücke schließt sich. Ich kann den Flaum auf seinem Nacken ausmachen. Ich strecke die Hand aus, bin so nah, dass ich schwören könnte, die Hitze seines Körpers unter meinen Fingerspitzen zu fühlen. Aber er muss mich spüren und erhöht das Tempo noch mal. Meine Hände greifen ins Leere.

Wir prallen – lachend und keuchend – gegen das Gatter. Das Holz ächzt unter unserem Gewicht auf und versucht, uns zurückzuwerfen wie ein Sprungbrett. Er hat dieses umwerfende Lächeln.

»Du bist schnell.« Ich stütze mich auf die Knie, um wieder zu Atem zu kommen.

»Alle Gems sind schnell.«

Die kühle Nachtluft streicht über meinen Nacken, als mein Haar nach vorne fällt und meine Halswirbel freilegt. Genau wie im Buch.

Sein Atem geht allmählich langsamer, während er jede tätowierte Ziffer mit den Fingern nachzeichnet. Sie lösen ein Beben unter meiner Haut aus – konzentrische Kreise auf einem See.

»Was bedeutet das?«, fragt er schließlich.

Ich sage meinen Text mühelos auf. »Die erste Ziffer steht für die Stadt. Die Sieben bedeutet also, dass ich in London lebe. Die nächsten zwei Ziffern zeigen an, auf welchem Anwesen ich arbeite – alle Imps, die hier arbeiten, fangen mit 753 an.«

»Und die 811?«

»Das ist meine Nummer. Der achthundertundelfte Imp, der hier arbeitet.« Ich lächele. »Sie wissen, wie man einem Mädchen das Gefühl gibt, etwas Besonderes zu sein.«

Er presst seine Handfläche auf meinen Rücken, blendet die Ziffern aus. Ich nehme die feuchte Wärme seiner Haut in mich auf. Willow berührt meinen Nacken. Ein Blitz der Erregung durchfährt mich.

»Es ist nur Tinte«, sagt er. »Eine Ansammlung von Formen – sie haben nur die Bedeutung, die wir ihnen geben.«

Wir lächeln uns an. Dann, gemäß Drehbuch, stupse ich ihn sanft an. »Genug gefaulenzt, Gem.«

Ich erinnere mich, wie Rose in einer geschmeidigen Bewegung über das Gatter gesprungen ist, aber ich habe den Verdacht, dass ich auf der platten Nase landen würde, also klettere ich einfach hinüber. Ich gebe mein Bestes, resolut und mutig zu wirken, aber meine Stiefel schmatzen im Morast und ich komme mir vor wie eine Hochstaplerin. Dann fange ich wieder an zu laufen und hoffe, dass ich genug Vorsprung bekomme, um sicherzustellen, dass wir bei den Ställen landen.

»Das ist nicht fair«, ruft er mir nach. »Ich kenne das Anwesen nicht so gut wie du.«

»Aber du bist doch der Supermensch«, rufe ich ihm über die Schulter zu.

Kurz darauf sehe ich die Ställe und bin wahnsinnig erleichtert, doch dann realisiere ich, dass es so weit ist – er wird mich gleich küssen. Ich befehle mir, konzentriert zu bleiben, ich bin so nah dran, damit durchzukommen. Als ich an der Stallseite entlanggleite, verfangen sich Bärenklau und Brombeeren an meinen

Knöcheln und bringen mich ins Straucheln, unbeholfen stoße ich gegen das Holz. Willow stolpert hinter mir her und wir fangen beide an zu kichern, was die Pferde weckt.

Ich erreiche das Ende des Gebäudes und lehne mich dankbar für eine kurze Pause an die Bretter, meine Brust hebt und senkt sich von der Anstrengung. Der Duft nach Pferdefutter und Pferdehaaren vermischt sich mit unserem Schweiß. Willow lehnt sich neben mich an die Wand und kichert immer noch, ein Stück Bärenklau umklammert seinen Knöchel. Ich kann die Muskelstränge seiner Arme spüren, die sich an meinen Overall pressen. Ich bin nur Augenblicke vom ersten Kuss entfernt. Mein Mund fühlt sich mit einem Mal so an, als wäre er mit Pappe vollgestopft – Schuhkartons, dem Geschmack nach zu urteilen. Gott, was würde ich für ein Pfefferminzbonbon geben.

Er dreht sich zu mir und streicht mir das Haar aus dem Gesicht. Es verfängt sich in meinem Mund und zieht mir die Lippe zur Seite. »Argh«, murmele ich.

Aber er lacht. »Ich bin noch nie jemandem wie dir begegnet.«

Ich nehme mir einen Moment, um seine Züge zu betrachten. Aus so kurzer Distanz kann ich das Netz aus Poren und den feinen Flaum auf seiner Haut erkennen.

Ich befreie meinen Mund vom Haar. »Du meinst, einem Imp?«

»Nein, jemandem, der so frei ist.«

Er spielt mit der Rückseite meines Ohrs und ich kann nicht anders, als mich in seine Hand hineinzudrehen, so groß, so solide fühlt sie sich an meiner Wange an. Willow berührt mein Ohr. Ich konzentriere mich auf den perfekten Schwung seiner Oberlippe. »Ich bin nicht frei. Ich bin eine Sklavin. Die Sklavin deines Vaters, um genau zu sein.«

Seine Hand fällt herab, niedergedrückt vor Scham. »Ich weiß, entschuldige, so habe ich es nicht gemeint … Es ist nur, ich weiß auch nicht, es klingt wahrscheinlich blöd, wenn ich das sage, aber ich wünschte, ich könnte mehr so sein wie du.«

Das ist es. Er wird mich gleich küssen. Ich umfasse sein makelloses Gesicht mit den Händen und zwinge seine Augen, meinen zu begegnen. Ich denke, dass mein Herz möglicherweise aufgehört hat zu schlagen. Aber ich sage meinen Text voller Selbstbewusstsein. »Das kannst du.«

Er starrt mich einen Moment an. Ich erwarte eine abrupte Bewegung, den Geschmack seiner Lippen auf meinen. Ich spüre ein unerwartetes Schaudern, dieses Gefühl, als wäre ich gerade aus einem Schneesturm nach drinnen gekommen, meine Haut ist heiß und kalt zugleich. Ich lasse meine Lider sinken. *Das ist es.*

Aber er verharrt regungslos, der Kuss kommt nie.

Stattdessen sagt er: »Morgen ist mein Initiationsball.«

Er hat einfach weiter gemacht im Text, er hat den Teil mit dem Küssen ausgelassen. Mein Herz macht einen Satz und mein Hirn füllt sich mit all meinen Unsicherheiten: Ist es, weil ich Mundgeruch habe? Ist mein Haar zu verwuschelt? Liegt es daran, dass ich vom Drehbuch abgewichen bin und über den Dekontaminierungsbunker gesprochen habe? Vielleicht bin ich einfach nicht gut genug.

Aber ich halte mich an den Text. »Ja?«

Vielleicht sollte ich ihn küssen? Aber was, wenn er das nicht will? Er ist so groß, ich könnte das Ziel verfehlen und aus Versehen sein Kinn küssen. Ein einziges Wort füllt meinen Kopf, scharfkantig und spitz. *Fuck.*

Aber er lächelt nur und ahnt überhaupt nichts von meinem inneren Aufruhr. »Wirst du dort bedienen?«

»Ja.«

»Ich werde vermutlich mit jeder Dame aus der Gegend tanzen müssen … aber ich werde mir den letzten Tanz für dich aufsparen.«

»Das wäre schön«, antworte ich, meine hörbare Stimme auf Autopilot, während meine innere Stimme immer noch Obszönitäten brüllt.

»Ich gehe besser zurück«, sagt er.

Ich bemerke, dass ich noch immer sein Gesicht umklammere, und versuche, mich beiläufig von ihm zu lösen, damit er es kaum bemerkt, aber meine Handflächen kleben etwas an seiner Haut. »Alles klar.«

»Dann sehe ich dich morgen? Ja?« Er lässt sein wunderschönes Lächeln aufblitzen.

»Ich werde meine Tanzschuhe tragen.«

Er küsst mich auf die Wange. *Auf die Wange.* Und dann verschwindet er.

KAPITEL 20

Ich kehre vollkommen niedergeschlagen in die Hütte zurück, meine schlimmsten Befürchtungen haben sich erfüllt – was Männer angeht, bin ich ein hoffnungsloser Fall. Sogar mit Drehbuch und ohne dass meine zum Niederknien schöne Freundin mir in die Quere kommt, bin ich ein hoffnungsloser Fall.

Nate genügt ein Blick in mein Gesicht. »Er hat dich nicht geküsst, oder?«

Ich schüttele den Kopf.

»Warum nicht?«, fragt er. »Du hast doch nicht gesabbert oder gepupst oder in der Nase gebohrt, hoffe ich. Denn davor habe ich dich gewarnt.«

Ich wage nicht, ihm zu erzählen, dass ich das Risiko eingegangen bin, vom Drehbuch abzuweichen, nur weil ich die Fassung verloren habe. Es ist zu peinlich, ich schäme mich zu sehr. Stattdessen sacke ich auf meine Koje. »Ich schätze, er findet mich einfach nicht so attraktiv wie Rose.«

Nate schlägt sich die Hand vor die Stirn. »Violet, es ist Montagnacht. Willow soll dir eigentlich Donnerstagnacht seine unsterbliche Liebe gestehen und dir in die Stadt folgen. Du hast noch drei Tage. Wenn du ihn nicht dazu bringst, sich in dich zu verlieben, sitzen wir hier fest … als Imps in einer Welt, in der Imps weniger zählen als Entengrütze. Das ist dir klar, oder?«

»Ja, ist es«, blaffe ich. Wenn ich Willow nicht dazu bringe, sich in mich zu verlieben, sitzen wir hier fest. Wenn ich Willow dazu bringe, sich in mich zu verlieben, werde ich an einem Seil enden. Ich fange gleich an zu heulen. »Jetzt mach mir nicht noch mehr Druck, okay? Ich stehe sowieso schon kurz vorm Zusammenbruch.« Mit einem Mal sehne ich mich nach Katies bodenständiger Gesellschaft, danach, wie sie mir mit ihrem sanften Liverpooler Akzent sagt, dass alles gut wird.

Nate setzt sich neben mich. »Aber Willow hat das mit dem letzten Tanz erwähnt?«

»Ja. Und ich habe diesen kitschigen Satz mit den Tanzschuhen gesagt.«

»Okay, da kommen wir zurück auf Kurs.« Nate lächelt einmal mehr, als wäre er der Ältere. »Mach dir keine Sorgen, Schwesterherz. Das war sowieso eine miese erste Kussszene. Hinter einem Stall? Komm schon, Sally, das geht besser.«

Ash betritt die Hütte. Er sieht müde aus, das Blau seiner Augen wirkt irgendwie blass, die Haut fast grau. Doch als er mich sieht, verfliegt die Müdigkeit und das überdimensionierte Lächeln explodiert auf seinem Gesicht. »Bereit für eine weitere Nacht harter Arbeit?«, fragt er.

Ich schwinge die Beine von meiner Koje, was einen Strohschauer zu Boden rieseln lässt. »Immer.«

»Ich komme mit«, sagt Nate.

Das Lächeln schwindet nicht aus Ashs Gesicht, aber an seiner festen Stimme kann ich erkennen, dass er nicht mit sich reden lässt. »Sorry, Kumpel. Dafür braucht es nur zwei.«

»Ja, jede Wette«, sagt Nate.

Als ich von meiner Koje klettere, verpasse ich Nate versehentlich-absichtlich einen Tritt mit dem Stiefelabsatz.

Mit Ash in die Nacht hinauszutreten, fühlt sich gut an. Im Buch haben Rose und Ash mehrere Nächte gemeinsam auf dem Anwesen gearbeitet. Aber die meisten dieser Szenen haben es nicht in den Film geschafft, sodass es kein Drehbuch gibt, selbst wenn ich mir eins gewünscht hätte. Überraschenderweise erleichtert mich der Gedanke – ich muss nicht das Richtige sagen oder mich richtig hinstellen.

Wir gehen um die Hütte herum und auf die Wiesen. Ohne den schweren Duft der Blütenpollen wirkt die Luft etwas leichter, reiner.

»Warum schläfst du nicht auf dem Anwesen?«, frage ich. »In der Hütte mit uns anderen? Warum kehrst du jeden Tag in die Stadt zurück?« Mir fällt wieder ein, dass Willow den Bus als großes altes Autodings bezeichnet hat, und ich zucke innerlich zusammen.

»Da ist mein Zuhause.« Er tritt einen Kiefernzapfen aus dem Weg, der von einer gedrungenen Steinmauer abprallt.

»Aber da ist es so furchtbar dreckig.«

»Ja, aber ich kenne es nicht anders. Dort lebt meine Familie.«

Es geht nichts über ein Zuhause. Ich spüre ein sehnsüchtiges Ziehen im Magen. »Hattest du jemals Schwierigkeiten beim Überqueren der Grenze?«

Er zuckt die Achseln. »Ja. Einmal habe ich versucht, ein paar Vorräte für Ma rauszuschmuggeln. Eine Wache hat sie entdeckt.«

Ich betrachte sein Profil, das im Mondlicht silbrig aussieht. »Was ist dann passiert?«

»Sie haben die Sachen genommen und mich bewusstlos geschlagen.«

Meine Knie scheinen sich zu verknoten. Ich drehe mich zu ihm. »Hast du's halbwegs überstanden?«

Er streicht mir über die Oberarme, als wäre ich diejenige, die Beistand bräuchte. »Ja. Ich hatte Glück, dass ich ohnmächtig geworden bin. Sie haben sich nicht die Mühe gemacht, mich zu erschießen, und nachdem ich aufgewacht war, habe ich es irgendwie geschafft, mich nach Hause zu schleppen.«

»Das ist furchtbar.« Ich spüre den Ärger wieder aufwallen.

»So sind die Gems.«

Ich denke wieder an Willow, an seinen perfekten Mund, der diese abscheulichen Worte formt: *Es war einfach schon immer so.* Allmählich bekomme ich ein sehr schlechtes Gewissen, weil ich versucht habe, ihn hinter dem Stall zu küssen.

»Wie ist es bei dir?«

»Ähnlich, aber dieser Symp hat sich eingeschaltet.« Ich spüre, wie mir das Blut in die Wangen steigt, und kreuze die Arme vor der Brust.

»Das tut mir leid«, sagt er.

»Danke. Was waren das für Vorräte?«

»Bloß ein paar elementare Dinge – Desinfektionsmittel, Verbände. Zeug für Ma.«

»Hilfst du ihr manchmal?«, frage ich.

»Du meinst, dabei, Babys auf die Welt zu bringen?«

Ich nicke. *Babys auf die Welt bringen.* Er lässt es so einfach klingen, so sauber, als würde der Postbote kommen und das Baby mit Stempel auf der Stirn übergeben. Aber hier läuft es sicher ohne Medikamente ab, ohne Desinfektionsmittel oder Ausrüstung. Ich wette, es ist grauenhaft.

»Ja, manchmal helfe ich. Meistens reiche ich ihr nur einen feuchten Lappen und mache sauber. Einfacher Handlanger.«

»Du siehst bestimmt schlimme Dinge.«

Er lächelt. »Habe ich dir je erzählt, wie ich zu meinem Namen – Ash wie Esche – gekommen bin?«

Ich schüttele den Kopf. Sally King hat die Vorgeschichte nicht weiter ausgeführt, aber es fühlt sich auch nicht mehr wie eine Vorgeschichte an, sondern wie etwas Echtes und Menschliches. Etwas, das ich unbedingt erfahren möchte.

Er starrt zum Mond, als würde er versuchen, sich zu erinnern. »Ma lag stundenlang in den Wehen, bevor ich kam. Die Hebamme, diese alte Dame aus einer Nachbarstraße, hat Ma beruhigt, indem sie Kinderlieder gesungen hat. Kennst du den Distel-Reim?«

»Nein.«

»Ernsthaft? Du bist als Kind nicht dazu gehüpft?«

»Nie.«

Er hebt an:

»Zähl die Disteln, eins, zwei, drei.
Bald sind alle Imps ganz frei.
Zähl die Disteln, vier, fünf, sechs.
Nehmt euch Waffen, Stein, Gestöcks.
Die grüne Esche ist nun rot,
Der Frühling fort, der Sommer tot.«

Er wirkt etwas peinlich berührt. »Wie auch immer, ich bin mit der Nabelschnur um den Hals herausgekommen und habe nicht geatmet. Ma dachte, ich wäre tot, aber die Hebamme hat die Nabelschnur entwirrt und mir einen Klaps auf den Rücken gegeben. Die ganze Zeit über hat sie gesungen. Ma schwört Stein und Bein, dass ich meinen ersten kleinen Atemzug getan habe, als sie das Wort *Esche* hörte. Das ist auch der Grund, warum sie beschlossen hat, Hebamme zu werden – um die alte Dame zu ersetzen, als sie starb.«

Diese Anekdote treibt mir die Tränen in die Augen, der Gedanke daran, dass Ash beinahe gestorben wäre, der Gedanke an die alte Dame und Ma, die ihr Leben aus purer Güte den Imp-Frauen und ihren Babys gewidmet haben.

Ash grinst, seine Zähne leuchten in der Dunkelheit. »Gut, dass ich nicht bei einem anderen Wort geatmet habe. Sonst hätte ich vielleicht einen wirklich blöden Namen bekommen, womöglich eine Zahl, wie Four oder so.«

Ich wünschte, Nate wäre hier – er hätte sich totgelacht.

Wir biegen um das Mauerende und nähern uns einem großen Gemüsegarten mit einer Reihe von Hochbeeten und einem großen Fruchtkäfig, größer als unser Wohnzimmer zu Hause.

»Du bist also Sklave bei Nacht und Hebamme bei Tag. Wann schläfst du?«, frage ich.

Er lacht. »Ich bin Sklave bei Nacht und Handlanger bei Tag. Und nie. Ich schlafe nie. Jetzt los, du bist für die schwarzen Johannisbeeren zuständig.« Er zeigt auf ein paar hölzerne Obstkörbe, die am Metallrahmen des Käfigs aufgestapelt sind. »Ich kümmere mich um die Erbsen.«

Ich kann nicht anders, als ein bisschen enttäuscht zu sein, dass wir nicht zusammenarbeiten werden.

Nach ein paar Stunden Beerenpflücken schmerzen mir die

Oberschenkel vom Hocken, meine Finger verkrampfen sich, meine Augen brennen und ich vermisse wirklich, wirklich die Sonne. Die Beeren im Dunkeln zu erkennen, stellt sich als echt schwierig heraus, selbst mit der Taschenlampe, die Ash mir gegeben hat. Das einzig Gute an dieser Aufgabe ist der Geschmack der Johannisbeeren, wenn sie in meinem Mund zerplatzen. Ich habe Äpfel und altes Brot wirklich satt.

Ash hilft mir dabei, die Körbe auf eine Schubkarre zu laden, und grinst. »Also, raus damit, wie viele hast du gegessen?«

Ich lache. »Wahrscheinlich mehr, als ich gepflückt habe.« Ich biete ihm mit fleckigen Fingern eine Rispe an. »Probier mal, die sind gut.«

»Nee. Widerliche kleine Dinger. Warum, glaubst du, habe ich mich für Erbsen entschieden?«

Er stellt die Schubkarre hinter dem Käfig ab und bedeutet mir, ihm zu folgen. Wir klettern über einen Zaun und erst jetzt bemerke ich die hölzerne Hütte, etwa so groß wie ein Gartenschuppen, aber ohne Fenster und mit einer kleinen quadratischen Tür, die wie eine übergroße Katzenklappe aussieht.

»Was ist da drin?«, frage ich.

»Lass uns reingehen und nachsehen.« Er lässt sich auf alle viere fallen und nähert sich der Katzenklappe.

Ich tue es ihm gleich und kichere darüber, wie blöd wir aussehen müssen. »Ash? Was machen wir hier?«

»Du willst was Ordentliches zu essen?«

»Immer.«

»Dann gibt's ein vorgezogenes Frühstück.«

Er schiebt sich durch die Klappe, bis seine Füße verschwinden. Ich höre das leise Anreißen eines Streichholzes und die Ritzen um die Tür herum glimmen ganz schwach. Er hält mir die Klappe auf, sein Gesicht weich und bernsteinfarben im Laternenlicht. Ich quetsche meine Brust hindurch und lande mit dem Kopf in seiner Achsel. Ich muss lachen.

»Psst.« Ash zeigt auf eine Reihe schlafender Hühner. Sie sehen so friedlich aus, wie sie da auf der Stange hocken, ihre aufgeplusterten Federn glänzen.

Ich schiebe mich weiter in den Stall und zerdrücke dabei mit Händen und Knien Hühnerkot. Aus irgendeinem Grund verleiht mir der Geruch nach Teer und warmen gefiederten Körpern ein Gefühl von Sicherheit. Ich versuche, die Beine unter meinen Körper zu ziehen, aber meine Arme knicken ein und ich lande mit dem Gesicht im Stroh. Ash hilft mir auf und schüttelt sich vor unterdrücktem Lachen, seine Wangen werden ganz pink, so sehr versucht er, es sich zu verkneifen.

»Lass mich, Blödmann«, flüstere ich und puste mir Stroh vom Mund.

Er zieht einen Halm aus meinem Haar. »Frühstück ist fertig.«

»Wird man uns nicht erwischen?«

»Unwahrscheinlich. Die Gems wagen sich nie so weit vom Haus weg.«

Schnell sammle ich ein paar Eier ein, die glatt und warm wie Briefbeschwerer in meinen Händen liegen. Ich reiche sie an Ash weiter und er deponiert sie vor dem Stall. Er dreht sich zu mir um und nickt, sobald er genug hat. Als er gerade wieder hinausklettern will, knurrt mein Magen.

Er legt einen Finger an die Lippen und richtet sich auf, sodass er mich direkt ansieht. »Es ist sehr wichtig, dass du sie nicht weckst«, flüstert er.

»Warum?«, flüstere ich zurück.

»Wenn du sie weckst, passiert das hier.« Ohne Vorwarnung macht er seinen Rücken rund, verwandelt die Arme in Flügel und reckt das Kinn. Er kräht so laut, dass ich Angst bekomme, er könne das ganze Anwesen aufwecken. Hennen schreien, Flügel flattern und Hühnerbrüste prallen gegeneinander. Ich kreische und lache und schütze mein Gesicht mit den Händen.

Aber er drückt mir die Arme an die Seiten und ruft: »Verpass es nicht, Violet.«

Wir erstarren, umgeben von Flügeln und Federn. Und in diesem chaotischen, wirren Augenblick denke ich: Also, das wäre eine gute erste Kussszene.

KAPITEL 21

Wir essen alle Eier auf – als Rührei über einem Lagerfeuer zubereitet – und schlafen auf einem Bett aus Gras unter einer Birke ein. Ich träume von Federn und Disteldaunen, zerriebenen Blättern und einem explodierenden Apfel. Die Luft füllt sich mit glitzernden Teilchen, die an meinen Lippen kleben bleiben und das Atmen schwer machen. Die Teilchen werden zu Blasen, Gischt, und mir wird plötzlich klar, dass ich mich unter Wasser befinde. Ich blicke nach unten und sehe eine Schwanzflosse aus meinem Rumpf sprießen, als gehörte sie dorthin. Ich öffne den Mund, um zu schreien, aber ich habe keine Zunge. Ich habe keine Stimme. Katie dümpelt gegenüber von mir, immer noch in ihrem schwarzen Catsuit, ihr rotes Haar schwebt um ihren Kopf herum wie eine Löwenmähne.

Sie lächelt. »Du musst das Herz des Prinzen erobern, Violet, oder wir werden zu Gischt.«

Ich öffne den Mund, um ihr zu sagen, dass ich nicht weiß, was ich tun soll, aber es quillt nur eine Ladung Schaum heraus und ergießt sich über meine Brust wie Erbrochenes.

Ich fahre aus dem Schlaf hoch. Fast hätte ich geschrien, aber der Traum zieht sich zurück und ich erinnere mich nur noch an die Grundzüge – es ging um Katie und Wasser und ein überwältigendes Gefühl der Bedrohung. Ich blicke zu Ash. Er sieht so friedlich aus, seine langen Wimpern flattern ganz leicht und da fällt der Traum von mir ab.

Ich berühre seine Wange mit der Rückseite meiner Hand. Er fühlt sich warm und weich und echt an. Wir sind eingeschlafen, fast ohne uns zu berühren. Aber jetzt sind wir eng umschlungen, eingehüllt in die Wärme unserer Körper, unsere Rippen heben und senken sich in perfektem Gleichklang. Mir fällt auf, wie gut unsere Körper zueinanderpassen, und zum ersten Mal seit einer Ewigkeit empfinde ich vollkommenen Frieden.

Die Sonne verblasst allmählich und mir wird klar, dass wir fast den ganzen Tag geschlafen haben. Was bedeutet, dass ich in vier Tagen gehängt werde ... was bedeutet, dass schon bald der Ball anfängt. Dieser Gedanke zerstört meinen Frieden. Ich setze mich auf, stoße Ash dabei mit der Schulter an, reiße panisch den Mund auf. Aus irgendeinem Grund überrascht es mich, wie frei sich meine Zunge anfühlt, als ich ausrufe: »Scheiße! Der Ball.«

Wir rennen den ganzen Weg zur Hütte zurück, die Augen noch schlafgetrübt.

»Wo wart ihr?«, fragt Nate, als wir durch die Tür drängen.

Saskias Blick pendelt zwischen mir und Ash, ihre prüfende Miene in Misstrauen erstarrt. »Komm her, Schlafmütze. Wir müssen dich zum Kellnern fertig machen.«

Sie wäscht mir mit einem kratzigen Lappen das Gesicht und zupft die letzten Strohhalme aus meinem Haar. Ich hoffe, sie hält sie für Überbleibsel aus der Koje, aber dem Schnauben und Meckern nach zu urteilen, mache ich hier niemandem etwas vor.

Sie verreibt Rouge auf meinen Wangen und arrangiert mein Haar zu einer lockeren Hochsteckfrisur. Ash betrachtet mich mit einem schüchternen Lächeln: »Du siehst wunderschön aus, Violet.«

Ein Echo aus dem Kanon: Genau das hat Ash zu Rose gesagt, bevor sie zum Ball aufbrach. Aber der echte Ash – mein Ash – klingt selbstbewusster, weniger bedürftig.

Saskia und Nate funkeln ihn an.

»Sie ist tabu. Kapiert?«, sagt Saskia.

Ash zuckt die Achseln. »Das hält sie nicht davon ab, wunderschön auszusehen.«

Ich versuche, ein leises Lächeln zu verbergen, das an meinen Mundwinkeln zupft.

Eine Stunde vor Beginn der Feier treffe ich im Ballsaal ein. Ich erinnere mich daran, dass Willow sie als seinen Initiationsball bezeichnet hat, wahrscheinlich um mich nicht zu verletzen, aber der richtige Name ist Galgenball – er wird für Gem-Debütanten veranstaltet, bevor sie ihren ersten Galgentanz besuchen. Noch ein Weg, die Imps zu verhöhnen. Ich beiße die Zähne zusammen.

Ich verbanne den Gedanken aus meinem Kopf und konzentriere mich darauf, den nächsten Teil der Geschichte erfolgreich zu vollenden, sicherzustellen, dass die beiden Fäden eng verschlungen bleiben. Alles, was ich tun muss, ist beim Ball zu bedienen, Willow den ganzen Abend anzuschmachten und noch dazubleiben, wenn die Gäste gehen. Dann darf ich die Hauptrolle in einer meiner Lieblingsszenen übernehmen. Willow und Rose, die ohne Musik im verlassenen Ballsaal tanzen, die Blüte, die Rose ihm gab, an Willows Revers. Diese Szene ist so schön. So viel besser als der bescheuerte Stall. Hoffentlich führt sie zu unserem ersten Kuss.

Ich nehme mir einen Moment Zeit, um meine Umgebung in

mich aufzunehmen – meine Lieblingskulisse. Eine Flügeltür öffnet sich auf eine ausladende Treppe, die zu einem Marmorfußboden hinunterführt – eine riesige, glatt polierte Eisbahn. Der Saal scheint eher einem Märchen als einem dystopischen Roman entsprungen zu sein und ist so weit weg von der Imp-Stadt, dass er etwas Traumhaftes an sich hat. Fliederfarbene Wände reichen zu einer weißen Kuppel hinauf. Eine Gruppe Kristalllüster bildet eine Blume, mehrere kleine Blütenblätter entspringen einem größeren Herzstück. Und etwas, das der Film einfach nicht einfangen konnte, ist die Art, wie das Licht überall zurückgeworfen wird – von den Kristallen, dem Marmorboden, dem Tafelsilber. Ich hätte vielleicht für immer dort verharrt und gestaunt, wenn nicht der diensthabende Imp, eine stämmige Frau mittleren Alters mit einem Schnurrbart, die Treppe hinaufgebellt hätte: »Los jetzt, Mädel, ab zu den Getränken.«

Die Imps machen sich nützlich, verteilen Horsd'œuvres und Blumenarrangements. Hungrig betrachten sie das Essen und ich verspüre ein solidarisches Magenknurren. Wir sehen schicker aus als sonst, tragen die vorgeschriebenen grauen Anzüge, die besonderen Anlässen wie diesem vorbehalten sind. Eigentlich müsste ich mich darin maskulin fühlen, aber fünf Worte jagen mir wieder und wieder durch den Kopf: *Du siehst wunderschön aus, Violet.* Ich versuche, diese Worte irgendwo zu verstecken, wohl wissend, dass ich nicht an Ash denken sollte, wenn ich den Kanon wieder auf Kurs bringen möchte, aber sie platzen mir immer wieder in den Kopf.

Ich stelle die Champagnerflöten auf Tabletts, wobei die vorgeschriebenen weißen Handschuhe verhindern, dass meine schmutzigen Imp-Finger die Gläser kontaminieren.

»Achtung«, ruft Schnurrbart.

Wir stellen uns in einer ordentlichen kleinen Reihe auf. Die Köpfe gesenkt, die Hände im Schoß verschränkt. Das Streichquartett beginnt zu spielen und ich bemühe mich, nicht auf die unfassbar eleganten Gem-Finger zu starren, die über die Saiten tanzen. Ich muss an Katie denken, daran, wie ihr die Haare ins Gesicht fallen, wenn sie mit dem Bogen über die Cellosaiten fährt. Ihr unvollkommenes, hochkonzentriertes Gesicht wirkt so viel lebendiger, so viel schöner als diese retuschierten, ebenmäßigen Gems.

Die Gäste treffen ein. Die Frauen wirken wie eine Parade von Disney-Prinzessinnen, die Männer machen eine gute Figur in maßgeschneiderten Anzügen. Ich bemühe mich, unsichtbar zu bleiben und Blickkontakt zu vermeiden, während ich Getränke anbiete, eine schwierige Aufgabe, die vollen Einsatz fordert.

»Meine Güte, Howard! Sieh nur«, ruft ein Gem. Sie sieht asiatisch aus, hat wunderschönes schwarzes Haar und volle rote Lippen. An die Szene erinnere ich mich aus dem Kanon. Zwei schrecklich herablassende Gems, die laut über Rose reden, als wäre sie taub. Howard Stoneback, der Neffe des Gem-Präsidenten, und seine Frau. Das bedeutet zumindest, dass der Kanon uns einholt, selbst wenn ich ihnen am liebsten ins Gesicht schlagen würde. »Dieser Imp ist beinahe hübsch.« Sie zeigt mit einem manikürten Finger direkt auf mich.

Howard lacht und die blonden Locken hüpfen um sein Gesicht. »O ja. Seltsam, Schatz, wirklich seltsam.«

»Mach mal ein Bild.« Sie stellt sich neben mich und lächelt, ihr schwülstiges Parfüm dringt in meine Nase.

»Schatz, geh doch nicht so nah an die Imps heran. Für den

heutigen Abend mögen sie sich geschrubbt haben, aber sie sind immer noch … du weißt schon … schmutzig.« Seine Stimme wird lauter, auf der Suche nach Bewunderern. »Und als einziger Neffe des Präsidenten muss ich Maßstäbe setzen.«

Maßstäbe, hört, hört! Ich weiß aus dem Kanon, dass Howard regelmäßig Bordelle besucht. Imp-Bordelle wohlgemerkt. Ich blicke auf meine Stiefel, damit sie mein Feixen nicht sehen.

Mrs Stoneback tritt beiseite. »Du hast recht, Schatz, vom Champagner wird mir ganz schwindelig.« Das hält sie nicht davon ab, sich ein weiteres Glas zu schnappen, ihre scharlachroten Nägel klicken gegen den Stiel. Dann eilen sie lachend davon. Ich zwinge mich zu einem neutralen Gesichtsausdruck und stelle mir vor, wie ich ihnen in die Gläser spucke – das heitert mich auf.

Es dauert nicht lang und der Raum füllt sich mit Musik und Lachen, die Luft ist schwer von Parfüm und Champagnerbläschen. Ich navigiere weiter durch die durstigen Massen, indem ich ihre Spiegelbilder auf dem Marmorboden beobachte, ich halte ein Tablett mit Gläsern umklammert und befehle meinen Armen, nicht zu zittern.

Eine tiefe, sonore Stimme durchschneidet das Geplauder und die Geigen. Es muss Jeremy Harper sein. Ich riskiere einen kurzen Blick, wohl wissend, dass alle anderen Augenpaare auf ihn gerichtet sein werden. Er sieht aus wie Willow, aber ohne die Wärme, ohne das Weiche. Er wirkt nicht viel älter als dreißig, doch die Haut um seine Augen herum spannt und glänzt etwas zu sehr, vermutlich hat ein Skalpell den Alterungsprozess verlangsamt. Sogar eine genetische Erweiterung kann das Altern nicht komplett verhindern. »Vielen Dank, dass Sie uns beim

Galgenball unseres Sohnes Gesellschaft leisten. Achtzehn wundervolle Jahre durften wir ihn zu dem Mann heranreifen sehen, der er heute ist. Nächste Woche wird er seinem ersten Galgentanz beiwohnen und jetzt ...« Er macht eine dramatische Pause, genau wie im Kanon, und ein Trommelwirbel hebt an, der an den Todescountdown beim Galgentanz erinnert. Ich schaudere trotz der Heizungsluft. »... ist die Zeit gekommen, dass er den ersten Tanz eröffnet. Also sehen wir zu, dass die Party in Gang kommt!« Er stellt pantomimisch dar, wie er sich eine Schlinge um den Hals legt, streckt die Zunge raus und fängt an zu schielen. Die Menge lacht. Das hat mich schon geärgert, als ich das Buch gelesen und den Film gesehen habe, aber jetzt empfinde ich rasende Wut, ein Gefühl von Ungerechtigkeit, das wie Giftgas in meine Brust quillt. Die Champagnerflöten auf meinem Tablett zittern. Ich blicke zu den anderen Imps, aber sie lassen sich die düsteren Wolken, die jetzt sicher ihre Köpfe erfüllen, nachdem ihr Leid öffentlich verspottet wurde, nicht anmerken. Jahrelange Übung, schätze ich.

Die Musik schwillt an und Willow erscheint am Kopf der Treppe. Er sieht atemberaubend aus – das Haar zu einer Seite geworfen, die Haut noch wärmer im hellen Licht der Kristalllüster – und er trägt einen dunkelblauen Anzug, der im starken Kontrast zum Kupfer seiner Augen steht. Ich versuche, meinen Ärger ein bisschen loszulassen, warte darauf, dass sein Blick meinem begegnet, sein schüchternes, jungenhaftes Lächeln. Aber etwas ist hier grundverkehrt. Mein Herz krampft sich in meiner Brust zusammen. Nicht nur fehlt meine Rose an seinem Revers, es steht auch ein gleichermaßen atemberaubendes Gem-Mädchen an seiner Seite. *O Gott, im Kanon war er allein auf dem*

Ball. Ich merke, wie das Tablett sich zur Seite neigt und etwas Champagner aus den Flöten schwappt. Schnell versuche ich, es wieder gerade zu halten und mich trotz meiner Panik zu konzentrieren.

Wer ist dieses mysteriöse Gem-Mädchen?

Sie trägt ein langes fließendes Kleid in der Farbe von Bäumen nach zu viel Regen und ein schlichtes Diadem, das zum Gold ihrer Haare passt. Ihre Haut ist wie von Honig überzogen und hat genau den gleichen Farbton wie Willows, sodass schwer zu erkennen ist, wo seine Hand endet und ihre anfängt. Für einen kurzen Augenblick muss ich fast lachen, wie konnte ich bloß glauben, er wolle vielleicht mich. Natürlich will er diese wunderschöne honigfarbene Puppe – jeder Ken braucht seine Barbie. In perfektem Gleichschritt gehen sie die Treppe hinunter; sie strahlt wie eine Braut auf dem Weg zum Altar.

Die Füße der beiden berühren genau gleichzeitig den Boden und er wirbelt das Mädchen in die Mitte des Saals unter den großen Kristalllüster. Der Menge entfährt ein kollektiver Seufzer, als das Paar seinen Walzer beginnt. Ich spüre, wie sich Schweißtröpfchen zwischen meinen mickrigen Brüsten bilden, die Luft wird stickig und schwer. Wie soll ich da bitte mithalten?

Die Gems beginnen paarweise zu tanzen, umringen Willow und seine rätselhafte Partnerin und versperren mir die Sicht. Ich stehe vollkommen reglos da und bemühe mich nur, mein Tablett nicht fallen zu lassen. Die Regel, niemanden anzustarren, ignoriere ich jetzt vollkommen, aber es scheint nicht weiter aufzufallen. Zwischen aufblitzendem Stoff und makelloser Haut sehe ich Willow lachen.

Der Walzer endet und Barbie kommt in meine Richtung. Ich

starre ihr Spiegelbild auf dem Marmorboden an und wünsche mir aus tiefstem Herzen, ich wäre wie sie. Auch als sie näher kommt, halte ich den Blick gesenkt, wage es noch nicht, sie richtig anzusehen. Ich beschließe abzuwarten, bis sie vorbeigeht – so wird ihr die Sklavin, die ihr Gesicht studiert, nicht unbedingt auffallen. Aber sie scheint direkt auf mich zuzukommen. Ich hebe das Tablett etwas an, mein Herz bebt unter dem Hemd. Ihre Hand greift nach einer Champagnerflöte, die Nägel glatt und lang und perfekt geformt, und ich erhasche einen kurzen Blick auf ihr Gesicht. Zu meiner Überraschung lächelt sie mich an.

Erst als sie spricht, erkenne ich sie endlich. »Den musst du mal probieren, Vi. Der ist so viel besser als Lambrini.« Sie nimmt einen Riesenschluck und hustet ein bisschen.

»Alice!« Eine Welle der Erleichterung erfasst mich, einfach weil es ihr gut geht. »Alice, was machst du hier?«

»Pssst, man darf nicht sehen, wie ich mit dem Gesindel spreche.« Sie klimpert mit ihren langen, flatterigen Wimpern, und als sie zum Ausgang blickt, bemerke ich, dass die Locken, die sich auf ihrem Kopf türmen, etwas blasser und gewachster wirken als ihr natürliches Haar. »Triff mich in einer halben Stunde draußen und ich werd's dir erklären.«

Der Minutenzeiger der Standuhr scheint sich im Schneckentempo voranzubewegen, die Luft wird dicker und widerspenstiger und mein Tablett immer schwerer, obwohl inzwischen weniger darauf steht. Im Kanon hat Willow Rose den ganzen Abend angesehen, seine Augen huschten immer wieder fieberhaft zu ihrem Mund, während er sich an die Beschaffenheit ihrer Lippen erinnerte. Aber jetzt sieht er nicht einmal in meine Richtung. Er ist gebannt von Alice. Ich bekomme wieder dieses Gefühl im

Magen, dass ich auf der Comic-Con hatte, als ich Anime Alice mit Russell Wichser-Jones sah. *Na, jetzt bist du wirklich im Wunderland.* Ich weiß, dass ich wütend sein sollte, ängstlich sogar, weil Alice den Kanon derart durcheinanderbringt, aber ich bin einfach nur eifersüchtig. Und ich bekomme mein Gedankenknäuel nicht entwirrt. Wie konnte Alice den Ball infiltrieren? War das die besondere Aufgabe, die Thorn im Hauptquartier erwähnt hat?

Endlich gibt Alice Willow einen Wangenkuss und huscht aus der Tür. Fast rechne ich damit, dass sie auf dem Weg einen gläsernen Schuh verliert. Ich sage Schnurrbart, dass ich mal muss, und schlüpfe durch die Personaltür hinten aus dem Saal.

Die kühle Abendluft steigt mir in die Nase und die Rasenfläche – die Stille der Dämmerung – beruhigt mich für einen Moment. Ich schließe die Augen und lausche der heiteren Melodie, die durch die Luft schwebt. Etwas Wunderschönes, das ich nicht erreichen kann.

Vorsichtig bewege ich mich über den Kies zur Seite des Herrenhauses, wo ich Alice vermute.

»Violet!« Ihr goldener Kopf lugt hinter der Gebäudeseite hervor. Sie winkt mich zu sich.

Als ich sie erreiche, schiebt sie mich ein Stück zurück, sodass uns eine Ligusterhecke vor Blicken schützt.

»Es tut so gut, dich zu sehen«, sagt sie.

Wir umarmen uns und die scharfen Kanten der Eifersucht werden stumpf, der vertraute Duft nach Kirschblüten und Zitronengras steigt mir zu Kopf. Das Fischbein ihres Kleids bohrt sich in meine Rippen, aber ich halte sie weiter fest und gestehe mir ein, wie sehr ich sie vermisst habe.

Sie schiebt mich eine Armlänge weg und sieht mich von oben bis unten an. »Du gibst eine gute Rose ab.«

»Danke, und du einen guten Gem.«

»Oh, danke.«

Ich kann ihr Lächeln nicht erwidern. »Alice, was machst du hier?«

Sie streicht den Stoff ihres Kleides glatt und vermeidet es, mir in die Augen zu sehen. »Thorn hat mich gebeten, als Gem hierherzukommen.«

»Ja, das habe ich mir schon gedacht … Aber warum?«

»Er will mich als Plan B, falls du scheiterst. Viele Wege führen nach Rom und zu den Gem-Geheimnissen. Er glaubt nicht an die Sache mit dem Paralleluniversum, was man ihm nicht wirklich verdenken kann – er glaubt, dass Baba möglicherweise den Faden verloren hat, wenn du das Wortspiel verzeihst.«

Genau in diesem Moment spielt das Orchester zu einem beschwingten Tanz auf. Sie dreht den Kopf, als könnte sie die Musik in der Brise schweben sehen.

Mein Körper wird steif, wie gelähmt, und tief in mir steigt Frustration auf, drängt nach außen, bis ich das Gefühl habe, gleich zu platzen. »Aber deshalb sind wir nicht hier. Falls du es vergessen hast – wir sind hier, um sicherzustellen, dass Willow sich in Rose verliebt. Um sicherzustellen, dass die Geschichte ihren Lauf nimmt und wir nach Hause zurückkehren können. Erinnerst du dich? Die hellseherische Frau ohne Gesicht … ›Du musst die Imps retten, Violet.‹«

»Ja, aber Thorns Priorität ist es immer noch, Willow dazu zu bringen, alles über Daddy auszuplaudern.«

»Und deine Priorität ist …?«

»Dir zu helfen natürlich.«

»Indem du Prince Charming angräbst.« Ich klopfe ungeduldig mit dem Fuß auf den Boden – sie hasst es, wenn ich das tue.

Sie zieht die Nase kraus und ihr Make-up wird rissig wie eine Porzellanglasur. »Hör mal, Violet, die Dinge weichen sowieso schon vom Kanon ab. Erstens bist du nicht Rose – du kennst vielleicht ihren Text, aber du bist trotzdem nicht sie. Du brauchst jede Hilfe, die du kriegen kannst.«

Das rührt an meine tief sitzende Unsicherheit. »Was soll das denn bedeuten?«

»Hast du eine Ahnung, wie begehrt Willow ist? Ernsthaft, jedes unverheiratete Gem-Mädchen hätte gern ein Stück von ihm, er ist schön und liebenswürdig und reich.«

»Sagt das unverheiratete Gem-Mädchen.«

»Violet, sei nicht blöd. Wenn ich mit Willow gesehen werde, dann entmutige ich die Konkurrenz und deine Chancen stehen besser.«

»Echt glaubwürdige Geschichte«, sage ich pampig.

»Ich versuche nur zu helfen.«

Die Unsicherheit wächst und wächst, bis ich nichts anderes mehr höre als *Violet die Jungfrau*. »Du glaubst also nicht, dass ich es allein hinbekomme? Du glaubst nicht, dass ich einen Typen für mich gewinnen kann?«

»Nicht irgendeinen Typen – Willow Harper. Du weißt schon, den perfektesten Mann im Universum … in diesem und in unserem.« Ihr Finger vollführt eine Kreisbewegung.

»Ach, wenn er ein hässlicher Loser wäre, hätte ich also eine Chance.«

»Das habe ich nicht gesagt.«

»Was genau hast du denn gesagt?« Meine Stimme wird lauter und ich realisiere, dass dies unser erster Streit ist, seit sie mein rotes Kleid gestohlen und auf einer Party getragen hat, damals in der zehnten Klasse. Ich weiß noch, wie wütend ich war, nicht weil sie mich nicht gefragt hat, nicht mal weil sie Knoblauchdip vorne drauf gekleckert hat, sondern weil es ihr so viel besser stand als mir.

Sie atmet schnell aus. »Ich sage, dass wir Willow einfach dazu bringen müssen, sich in dich zu verlieben und dir in die Stadt zu folgen. Wie genau es dazu kommt, spielt keine Rolle.«

»Himmel, Alice, das ist hier keine kleine Fanfiction-Übung, du kannst nicht einfach die Handlung umschreiben und hoffen, dass es gut geht. Wir sind der Schmetterling, weißt du noch, wir schlagen mit unseren Riesenflügeln. Die kleinste Veränderung kann drastische Folgen haben.«

»Ja, aber du hast auch gesagt, dass sich die Geschichte entfalten *will*. Wie auch immer, ich schreibe die Handlung nicht um, ich stelle sicher, dass sie ihre entscheidenden Höhepunkte erreicht.«

Ein bitteres Lachen entfährt mir. »Ja, dass Höhepunkte dein Hauptanliegen sind, sehe ich.«

»Jetzt klingst du einfach eifersüchtig.«

»Tja, vielleicht bin ich das auch. Du darfst mit Willow zusammen sein, dem perfektesten Mann im Universum, und ich muss in der Imp-Hütte hausen, mir Sorgen machen wegen Ash und habe Saskia im Nacken sitzen, während du leben darfst wie … wie …« Ich zeige um mich herum, auf das Herrenhaus, das Anwesen, die Sterne, »… ein Gem.«

Ihre Brauen ziehen sich zusammen. »Du machst dir Sorgen wegen Ash?«

Ich stolpere über meine eigenen Worte. »Na ja, nicht Sorgen …«

»Im Ernst, den schwer verknallten *I need a hero*-Helden? Der ist im Kanon nur Hintergrundrauschen, das ist dir schon klar, oder?«

Ich betrachte den Boden und meide ihren vorwurfsvollen Blick, verbanne Gedanken an Federn und potenzielle erste Kussszenen aus meinem Kopf. Mir fällt auf, wie raffiniert ihre Strasssandalen im Vergleich zu meinen Stiefeln wirken. »Natürlich ist mir das klar.«

»Du bist eine Heuchlerin, Violet.«

Das Orchester hört auf zu spielen und die Welt wirkt seltsam leer. Flach. Wie ein Spiegelbild. Ich öffne den Mund, um zu antworten, aber es kommt nur ein merkwürdiges Zischen heraus.

Wir starren uns einen Augenblick lang an und dann tut sie etwas Vertrautes – sie reibt das halbe Herz zwischen Daumen und Zeigefinger. Ein Zeichen, dass sie beunruhigt ist. Ich hatte bis jetzt nicht bemerkt, dass sie es trägt.

Ich spüre, wie ich weich werde. »Wo wohnst du?«

»Bei einer Gem-Familie, die in der Nähe lebt. Thorn hat viele Verbindungen, Symps finden sich an allen möglichen Orten.«

»Also wissen sie, dass …«

»Ich ein Imp bin?« Sie lacht. »Ja, das wissen sie. Sie scheinen es aber nicht zu glauben.«

»Versuch, nicht allzu geschmeichelt zu klingen.«

Sie funkelt mich an. »Hör mal, ich muss zurück zu Willow.«

»Warte.« Ich fasse sie am Arm. »Wie bist du sein Date geworden?«

»Ich muss zurück zu Willow«, wiederholt sie. »Wenn er nach mir sucht und uns zusammen sieht, wird er ganz sicher misstrauisch.«

Ich weiß, dass sie recht hat, kann mich aber nicht dazu durchringen, ihr zuzustimmen. »Ja, und die kleine Sklavin muss zurück, um dich und deine Gem-Freunde zu bedienen.«

»Meine Güte, Violet, ich bin auch ein Imp.«

Aber ich denke an die honigfarbenen Hände um ihre Taille und meine Eifersucht verbindet sich mit Ärger, eine tödliche Kombination. »Du bist angeblich auch meine beste Freundin, aber wie sich herausgestellt hat, weißt du dich weder als Imp noch als Freundin zu benehmen.« Ich mache auf dem Absatz kehrt und ramme meine Füße in den Kies, mein Kopf voll und heiß und kurz vorm Platzen.

KAPITEL 22

Der Abend verstreicht in einem Mischmasch aus perfekten Zähnen und farbenfrohen Kleidern. Mechanisch erfülle ich meine Aufgaben, versuche nur, das verdammte Tablett nicht fallen zu lassen. Langsam verstummt die Musik und die Gäste gehen auseinander. Ich sehe Alice und Willow die Treppe hinaufsteigen, seine Hand ruht auf ihrem Rücken und ich spüre den Druck von tausend Tränen hinter meinen Lidern. Jetzt wird er mich niemals küssen und ich kehre vielleicht nie mehr nach Hause zurück.

Ich weiß, dass es armselig ist, richtiggehend verzweifelt, aber wie im Kanon bleibe ich einfach da und fege den Boden. Die rhythmische Bewegung beruhigt mich, das Scharren des Besens übertönt die Worte in meinem Kopf: Violet die Jungfrau.

Ich fege und fege, bis die Morgendämmerung durch die Fenster dringt. Ich habe alle hängen lassen – Nate, Katie, sogar Alice, obwohl sie es vielleicht verdient. Schließlich lasse ich den Tränen freien Lauf. Sie tropfen von meinem Kinn und platschen auf den Boden, werden unter den Borsten des Besens zu Schlieren. Der Verrat brennt tief in meiner Brust. Wie konnte Alice nur unsere einzige Hoffnung auf eine Rückkehr sabotieren? Ich weiß, dass sie auf obsessive Fangirl-Art immer in Willow verknallt war, und ich weiß, dass sie es liebt, ein Gem zu sein, aber das hier ist etwas anderes, hier geht es um unser Leben. Jetzt muss ich in die Hütte zurück und Nate in die Augen sehen, während ich ihm sage, was passiert ist. Und dann rammt sich ein noch grauenhafterer Gedanke in mein Hirn … Thorn wird Katie töten.

Katie. Ich wünschte, sie wäre hier anstelle von Alice. Sie würde sich nie so an Willow heranschmeißen. Sie würde die Gems niemals so überhöhen. Sie würde sie einen Haufen Fickrüben nennen und noch ein Shakespeare-Zitat hinterherschieben. Sie fehlt mir wirklich.

Ich fahre mir mit dem Ärmel übers Gesicht und trete in die kühle Dämmerung hinaus. Die schwachen Umrisse der Sterne flirren noch am Himmel, zeugen davon, was hätte sein können. Ich schleppe mich über den Rasen, in der Hoffnung, dass ich, wenn ich wirklich langsam gehe, die Imp-Hütte vielleicht niemals erreiche.

»Rose.« Die Stimme schwebt durch die Luft wie ein Lied.

Ich wende mich um und sehe Willow den Hügel zu mir heraufkommen. Er hat seine Fliege verloren und Schweiß glitzert auf dem Dreieck honigfarbener Haut. Er sieht müde aus, aber er lächelt und hebt die Hände. »Ich hatte dir den letzten Tanz versprochen.«

Es ist, als wären meine Füße zu Krallen geworden, ich bin unfähig, mich zu rühren, von dem breiten Lächeln, das mein Gesicht überzieht, einmal abgesehen. »Du hast dir Zeit gelassen.« Unter meiner Aufregung macht sich Panik breit – wir haben uns vollkommen vom Drehbuch entfernt. Ich kann keinen Text wiederholen. Und das ist nicht Ash, das ist nicht irgendein Hintergrundrauschen, es ist Willow und es ist wichtig.

Aber Willow lächelt einfach. »Ich komme lieber einen Tick

zu spät.« Er legt mir eine Hand auf den Rücken und nimmt mit der anderen sanft meine Hand. Die Hitze seines Körpers dringt durch meine Kleidung. Mit einem Mal fühlt sich mein Hals sehr entblößt an. Er summt eine leise Melodie und wir fangen an, uns zu drehen.

Ich beschließe, das Risiko einzugehen. »Wer war das Mädchen?«

Das Summen hört auf, aber wir drehen uns weiter.

»Wer? Alice?«, fragt er.

Ich nicke. Und ich kann nicht anders, als ein bisschen angefressen zu sein, dass er ihren echten Namen ausspricht, aber nicht meinen.

»Ich bin ihr gestern bei einer Gesellschaft begegnet, Freunde von Freunden. Sie schien mich einfach … wirklich zu kennen. Es fühlte sich an, als könnte sie Gedanken lesen. Und Mutter hat mich schon die ganze Zeit gedrängt, mir eine Begleitung zu suchen.«

Ich verberge mein Gesicht an seiner Brust, damit er meinen finsteren Blick nicht sehen kann. Sie hat ihr Wissen über ihn zu ihrem Vorteil genutzt. Es fühlt sich an, als hätte sie gemogelt.

»Tja, ihr wart ein hübsches Paar.« Ich bemühe mich um eine heitere Stimme. So dicht neben ihm kann ich sein Aftershave riechen und Champagner in seinem Atem.

Er lacht, seine Brust bebt unter meinem Ohr. »Nein, waren wir nicht, wir sahen schrecklich aus, wie die Kopie einer Kopie. Wir sehen alle gleich aus, wir Gems, der Anblick ödet mich so an.«

»Du solltest dich mehr unter uns Imps mischen, weißt du, mal auf allen Komfort verzichten.«

»Ist das eine Einladung?«

»Ja, wann immer dir danach ist, in der Imp-Hütte abzuhängen, sag einfach Bescheid.«

Wir hören auf, uns zu drehen, und er hält mich ein Stück von seinem Körper entfernt, dass ich die Schönheit seines Gesichts richtig auf mich wirken lassen kann, so vollkommen, dass es fast fade ist.

»Alice war ziemlich charmant«, sagt er. »Aber sie hat ein paar Dinge gesagt, durch die ich ...« Ich spüre dieses Zwicken im Bauch, rechne mit dem Dolchstich, mit weiterem Verrat. Doch er lacht leise in sich hinein und sagt: »... dich wirklich vermisst habe.«

Der Gedanke an Verrat ist wie weggeblasen. »Was zum Beispiel?«

»Ach, weißt du, sie hat gesagt, dass Anziehung durch Faszination entsteht, und da habe ich natürlich an dich gedacht. Ich weiß, ich habe gesagt, dass ich es liebe, wie frei du bist, aber ich liebe auch, dass du so, so ... ungelenk und echt sein kannst. Du bist so eine ungewöhnliche Kombination, du faszinierst mich wirklich.« Er hält inne. »Du erinnerst mich daran, was es heißt, ein Mensch zu sein.«

Das bringt mich wirklich zum Lächeln. Nicht nur weil er das Wort *Mensch* verwendet hat, einen altmodischen Begriff, der in *Galgentanz* nie benutzt wird, da er impliziert, dass Imps und Gems zur selben Art gehören, sondern weil er mich mag. Violet. Die Zweige, die mir ins Gesicht klatschen, die Haare in meinem Mund, er findet es faszinierend.

Er nimmt meine Hände in seine. »Und dann hat Alice etwas wirklich Schönes gesagt. Dass man sein Leben lang durch die Welt ziehen könnte, ohne auf die eine Person zu treffen, durch die man sich vollkommen fühlt. Falls man diese Person also jemals trifft, dann sollte man sie mit beiden Händen festhalten und nie wieder loslassen.« Er zieht meine Hände an seine Brust und lächelt.

Das Zitat aus dem Buch. Alice hat mir die ganze Zeit geholfen! Ich fühle mich wie ein Blatt, das durch die Luft wirbelt. Meine beste Freundin hat mich nicht verraten. Ein warmes Gefühl durchströmt mich.

»Rose?«, sagt er.

Ich schüttele den Kopf. »Entschuldige, ja. Lass sie niemals los.« Ich hole tief Luft. Es ist an der Zeit, eine Abmachung zu besiegeln – den Kanon wieder auf Kurs zu bringen und nach Hause zurückzukehren. Ich lächele in sein wunderschönes Gesicht und sage: »Es ist, als wären wir dazu bestimmt …« Und wie um etwas zu beweisen, stimmt er mit ein und wir sagen gleichzeitig: »Uns zu ergänzen.«

Meine Gedanken springen zum früheren Abend zurück. Wie Ash und ich so perfekt zusammengepasst haben, unter der Birke umschlungen im Gras. Aber ich befehle meinem Verstand, in der Spur zu bleiben, im Moment zu bleiben. Ich starre in Willows Augen und bemerke, wie sehr sie vor dem wässrigen Morgenhimmel strahlen. Er betrachtet mein Gesicht, folgt mit seinem Zeigefinger einer Linie von meinem Mundwinkel zu meinem Wangenknochen.

Dann endlich küsst er mich.

Wir küssen uns lange, keiner von uns beiden zieht sich zurück. Ich liebe den Duft seiner Haut, den Druck seiner Lippen, das sanfte Schnellen seiner Zunge gegen meine. Es ist ein perfekter Kuss, kein Gürkchen weit und breit. Aber er rührt mich nicht.

Ich bin nicht im siebten Himmel. Es ist einfach nicht so, wie ich es mir all die Male auf dem Sofa ausgemalt habe, wenn ich davon geträumt habe, in seinen Armen zu liegen. Vielleicht waren meine Erwartungen zu hoch, er ist schließlich auch nur ein Mensch. Genetisch aufgemotzt, aber eben nur ein Mann.

Schließlich nähert sich der Kuss seinem Ende. Willow steht aufrecht da und lächelt zu mir hinunter. Ich ignoriere das nagende Gefühl der Enttäuschung und sage mir, dass ich es nur tue, um nach Hause zu kommen. Ich will ihm gerade einen Abschiedskuss geben, als eine leichte Bewegung meine Aufmerksamkeit erregt. In den Ulmen am Horizont, durchs Laub zu uns herüber spähend.

Die hellsten blauen Augen, die ich je gesehen habe.

KAPITEL 23

Den restlichen Morgen verbringe ich damit, nach Ash zu suchen. Ich streife über das Anwesen, während die Sonne den Himmel orange und pink zum Leuchten bringt, und spüre ein Brennen in der Brust. Schließlich gebe ich auf und kehre in die Hütte zurück, meine Gedanken ein einziger Brei.

Ich drücke die Tür auf, überrascht, wie schwer sie sich anfühlt. Nate sitzt neben Matthew am Tisch und trinkt Tee. Als mir klar wird, dass sie Karten spielen, verspüre ich einen Stich.

»Und?«, sagt Nate, sein Gesicht spiegelt Aufregung und Furcht wider, als hätte er gerade erfolgreich einen Horrorfilm an Mum vorbeigeschleust.

»Geschafft.« Ich versuche, glücklich auszusehen, aber ich muss an Ash denken, als er durch die Blätter spähte, und würde am liebsten weinen.

Ich rolle mich auf meine Koje, lasse mich durch den Baumwollvorhang von der Welt trennen und hoffe, dass der Schlaf mich betäubt. Aber Nate duckt sich unter dem Vorhang durch und sein sandfarbener Schopf taucht vor mir auf. Er spricht leise, damit Matthew ihn nicht hört, aber eine ungewohnte Schärfe macht seine Stimme hart. »Du hast dir gerade Willow geangelt … warum siehst du dann so aus, als wenn jemand gestorben wäre?«

Ich atme schwer aus. »Es ist nur, ich weiß nicht … Ash hat's gesehen.«

»Was gesehen?«

»Mich – wie ich mir Willow geangelt habe.«

»Und?«

Ich bedecke die Augen mit den Händen und wünschte, Katie wäre hier, oder wenigstens Alice. Man kann Mädchenkram nicht wirklich mit seinem kleinen Bruder besprechen. Aber im Moment habe ich keine Wahl. »Also … es hat sich komisch angefühlt.«

»Violet, Ash ist nur ein mickriger Typ, der dir überallhin folgt, verliebt und verloren. Vergiss das nicht.«

»Nein, du denkst an Ash aus dem Kanon. Mein Ash ist völlig anders.«

»Seit wann ist er *dein* Ash?«

»Du weißt, was ich meine, dieser Ash, der echte Ash.« Ich rolle mich auf den Bauch, damit ich Nate besser sehen kann. Es fühlt sich an, als wären wir in einem Zelt. Licht sickert durch den schmutzigen weißen Vorhang und in unserer kleinen Kapsel sind wir wohlbehütet und sicher. »Er ist so anders als Kanon-Ash, er ist witzig und unangepasst und kein bisschen verloren … In seiner Freizeit bringt er Babys auf die Welt.« Nate öffnet den Mund, um etwas einzuwenden, aber ich rede weiter. »Weißt du, ich frage mich, ob er anders ist, weil ich so anders bin als Rose, vielleicht kann er bei mir er selbst sein, vielleicht bringe ich eine andere Seite in ihm zum Vorschein, eine bessere Seite. Vielleicht haben wir einfach dieses Ding, du weißt schon, diese Verbindung.«

»O Gott«, sagt Nate. »Du hast dich in den falschen Typen verliebt. Ich wusste, dass das passieren würde. Diese blöde Art, wie du ihn angaffst.«

»Nein ... nein ... es ist nur ...« Ich verarbeite den Rest seines Satzes. »Ich gaffe ihn an?«

»Hör mal, Schwesterherz, du bist Cinderella und Willow ist Prince Charming und Ash ist ...«

»Buttons«, sage ich. Diese Analogie kommt mir immer wieder in den Kopf, vor allem da die Erinnerung an den Ball noch so frisch ist.

»Ja. Der verdammte Buttons.«

»Nate, nicht fluchen.«

Er schüttelt gereizt den Kopf. »Cinderella landet nicht an der Seite von Buttons. Sie heiratet den Prinzen, lebt in einem Palast und – und – sie wird beim Galgentanz gehängt, damit wir alle nach Hause kommen.«

»Okay, okay.« Ich rolle mich wieder auf den Rücken und signalisiere damit das Ende der Unterhaltung.

»Vergiss Ash einfach«, sagt Nate. »Konzentrier dich auf das, was wirklich zählt, und hör auf, deine eigene Geschichte zu konstruieren.« Ich weiß, dass er recht hat. Ich muss mich einfach ans Drehbuch halten – auf Nummer sicher gehen. Und in welchem Scheißmärchen verliebt sich die Prinzessin schon in den Butler? Aber *Cinderella* war mein Lieblingsmärchen und ich hatte schon immer eine Schwäche für Underdogs.

»Nacht, Vi«, flüstert Nate, obwohl es später Morgen ist.

»Ja, Nacht. Träum schön.«

»Du auch.«

Doch als ich einschlafe, sind meine Träume alles andere als schön. Ich knie – zusammengekrümmt – über Steinplatten und schrubbe eine Kochstelle, die mit roter Farbe bedeckt ist. Ich tauche meine Bürste in einen Eimer, klatsche Wasser auf die Farbe und schrubbe, schrubbe, schrubbe. Aber das Rot verschwindet nicht. Und dann höre ich eine Stimme, die mein Lieblingsmärchen erzählt. Sie klingt wie Dads. *Die arme Cinderella möchte so gern zum Ball gehen, aber ihre böse Stiefmutter erlaubt es nicht.* Ich wische mir eine dicke Träne von der Wange, was wahrscheinlich einen roten Schmierfleck auf meiner Haut hinterlässt. Der Erzähler verändert den Ton, als würde er mit jemandem sprechen, der nicht im Bild ist. *Ich komme mir irgendwie dämlich vor, sind Sie sicher, dass sie mich hören kann?* Ich höre die Stimme einer Frau. *Ja. Ich bin sicher. Machen Sie weiter.*

Ich rieche Medizin, Waschpulver, Aftershave und Kaffee. *Die arme Cinderella weinte die ganze Nacht und träumte vom Tanzen und von glänzenden Ballkleidern.* Ich blicke von meinem Geschrubbe auf. »Dad?«, rufe ich. »Dad? Wo bist du?« Ich stehe auf und werfe den Eimer um, sein Inhalt ergießt sich über den Boden. Aber es ist kein Wasser – es ist noch mehr von dieser verdammten roten Farbe. Ein Geräusch erregt meine Aufmerksamkeit, ein erstícktes Stöhnen vermischt mit einem Schmatzen wie von heraussickernder Flüssigkeit. Ich blicke auf und da bemerke ich sie zum ersten Mal – sie hängen über den Balken wie in einem widerlichen Horrorfilm. Eine Papiergirlande toter Imps, deren Blut auf den Boden tropft.

Ich sehe auf meine Hände. Sie sind blutbefleckt und halten eine Schlinge.

Ich wache mit einem erstickten Schrei auf.

In drei Tagen werde ich gehängt.

Ich lasse mich von der Koje hinunter, versuche, Nate nicht zu wecken, und gehe hinüber zum Waschbecken. Der Abend dämmert und ich tröste mich mit dem Gedanken, dass ich wenigstens den Großteil des Tages verschlafen habe. Vorsichtig wasche ich mir das Gesicht mit dem kalten, bräunlichen Wasser. Diese Träume … sie wirken so real. Manchmal frage ich mich, ob das hier der Traum ist und die echte Violet schlafend im Bett liegt. Aber das Wasser an meiner Haut ist stechend kalt, die Rückenschmerzen vom Schlafen auf einem Holzklotz sind zu intensiv und das frühabendliche Plaudern der Imps, wenn sie sich zum Schichtwechsel begegnen, ist zu verhalten, es kann einfach kein Streich meines Unterbewusstseins sein. Es ist einfach alles lebensecht, zu stimmig, zu detailgetreu. Schade, denke ich.

Saskias Stimme durchfährt mich. »Wir haben Nachricht aus dem Hauptquartier.«

Ich drehe mich um, Eiswasser tropft mir vom Gesicht. Sie blickt auf ein ramponiertes Kuvert in ihrer Hand, als würde sie noch überlegen, ob sie es mir geben soll oder nicht. Sie seufzt, als sich ihr Gewissen schließlich durchsetzt, und klatscht es mir vor die Brust. »Post von deiner kleinen Rotschopffreundin.«

»Katie?«

»Jetzt tu nicht so, als hättest du noch mehr Freundinnen. Natürlich Katie.«

»Geht es ihr gut?«

»Lies den verdammten Brief.«

Ich flitze zu meiner Koje und ziehe den Vorhang wieder zu, eingekuschelt in meine eigene kleine Welt. *Bitte mach, dass es ihr gut geht. Bitte mach, dass es ihr gut geht.* Ich kann das Kuvert nicht schnell genug öffnen, doch meine Finger scheinen extra langsam zu machen, sie zittern und stolpern über das Siegel. Ich lasse den Brief herausgleiten, bemüht, ihn in meiner Verzweiflung nicht zu zerreißen.

Eine Seite mit Katies Handschrift. Ich liebe sie – sie ist eine Erweiterung ihrer selbst, ordentlich, klein, mit Ecken und Kanten. Ich bin es gewohnt, sie im Englischunterricht quer über ein Heft gekritzelt zu sehen, mit Sätzen wie: *Hört diese verdammte Stunde denn nie auf? Ich bin am Verhungern! Was gäbe ich nicht alles für einen Besuch bei Nando's!* Es ist so eigentümlich, dass diese Schrift mir nun von einem zerknitterten Blatt Pergamentpapier entgegen starrt, während ich mich hinter einem schmutzigen Laken verstecke. Ich reiße mich zusammen und fange an zu lesen.

Vi,
Thorn hat gesagt, ich solle Dir schreiben. Er glaubt, es würde Dir dabei helfen, Dich auf Deine Mission zu konzentrieren. Wenigstens habe ich auf diese Weise etwas zu tun. Gott, ist mir laaaangweilig. Ich bin immer noch in diesem schrecklichen kleinen Raum, wobei Thorn mir ein durchgesessenes altes Sofa gegeben und mir geholfen hat, das Fenster zu putzen, sodass ich den Sonnenuntergang sehen kann, es ist also nicht mehr ganz SO schlimm.
Ich wünschte, ich könnte Dir irgendwie helfen. Ich fühle mich so verdammt nutzlos, wie ich hier Tag und Nacht festsitze. Und ich habe angefangen, den Ratten-Eintopf zu essen – Du hast recht, er schmeckt okay. Wer hätte das gedacht? Wie auch immer, ich habe überlegt, ob es irgendetwas gibt, womit ich Dir helfen könnte, abgesehen von Alice' Vorschlag, und ich bin zu dem

Schluss gekommen, dass das Einzige, was ich anbieten kann, ein paar weise Worte sind. Leider sind es nicht meine eigenen.
Die ganze Welt ist Bühne
Und alle Fraun und Männer bloße Spieler.
Sie treten auf und gehen wieder ab.
Sein Leben lang spielt einer manche Rollen.
(Wie es euch gefällt, Shakespeare)
Was ich sagen will: Du schaffst das, Vi. Ich weiß, dass Du es schaffst.
Und wusstest Du, dass Shakespeare als Erster den Begriff Wichskanone geprägt hat? (Alice hat das eine Woche lang geglaubt, die dumme Kuh!)
Wie auch immer: Viel Glück, meine liebste Viola. Ich weiß, dass Du es kannst. Streck die Titten raus und lächele wie 'ne Nutte.

Alles Liebe,
K xxxx

PS. Falls Du das lesen solltest, Thorn … Ich hab Dir ja gesagt, ich kann lesen und schreiben!

Viola. So hat sie mich noch nie genannt, ich glaube, sie bezieht sich auf eine Figur aus *Was ihr wollt*, einem ihrer Lieblingsstücke. Ich kenne es nicht gut, nur von dem, was sie mir erzählt hat, aber ich glaube, Viola ist die, die vorgibt, ein Junge zu sein. Ich verstehe, warum sie diese Parallele gezogen hat, ich bin die, die vorgibt, jemand anders zu sein. Woran ich mich nicht erinnern kann, ist, wie das Stück ausgeht. Ich hoffe einfach mal, dass Viola keinen schrecklichen Tod gestorben ist.

Ich falte den Brief zusammen und stecke ihn mir vorsichtig in den Overall. Ihre Worte wärmen mir die Brust, als hätte ich mir gerade eine Wärmflasche dorthin geschoben. Sie ist in Sicherheit, zumindest vorläufig. Und sie hat Alice' Vorschlag angenommen, was wohl bedeuten soll, dass sie mit Thorn flirtet. Ich hoffe, sie weiß, was sie tut. Der jetzige Thorn ist so labil, noch labiler als Kanon-Thorn. Wenn sie es mit dem Flirten übertreibt, rückt er ihr vielleicht zu sehr auf die Pelle, aber dieser Gedanke verursacht mir Übelkeit, also schiebe ich ihn weg.

Nates sandfarbener Schopf taucht auf, die Augen noch verklebt vom Schlaf. »Also, welche Szene ist heute Abend dran, Schwesterherz?«

»Die, in der Willow Rose das Lesen beibringt.« Ich lächele über die Ironie, dass ich Katies Brief genau an dem Abend bekomme, an dem ich vorgeben muss, nicht lesen zu können.

»Ach ja, na, das dürfte ein Kinderspiel werden.«

Ich nicke. »Katie geht es gut.« Ich überlege, ob ich ihm den Brief zeigen sollte, aber mich überkommt ein komisches Gefühl und ich mag ihn nicht teilen. »Wir haben gerade Nachricht aus dem Hauptquartier erhalten, anscheinend ist sie kurz vorm Durchdrehen und langweilt sich zu Tode, aber ansonsten geht's ihr gut.«

Nate grinst. »Ist sie mit Thorn schon zur Sache gekommen?«

Ich gebe ihm einen Schlag auf den Hinterkopf. »Gott, du bist ja fast so schlimm wie Alice.«

Später am Abend hocke ich auf einer Rasenkante an der Bushaltestelle und warte auf Ash, die frische Abendluft bohrt sich durch meinen Overall. Ich möchte dringend mit ihm über den Kuss reden, weiß aber überhaupt nicht, was ich sagen soll.

Schließlich trifft er ein, die Auspuffgase des Busses bringen ihn zum Husten.

Er entdeckt mich und lächelt: »Hey.«

»Hey«, antworte ich. Na, das war schon mal nicht so schlecht.

Wir gehen nebeneinander im Gleichschritt Richtung Hütte. Er lässt seine Hand über die Ligusterhecke laufen und bringt die Blätter zum Rascheln. Es scheint ihm gut zu gehen. Ich fange an, mich etwas zu entspannen.

»Wem oder was verdanke ich die Ehre?«, fragt er.

Ich ziehe fragend eine Augenbraue in die Höhe.

Er lacht. »Das Ein-Personen-Empfangskomitee.«

»Oh, ja, richtig. Ich wollte nur, na ja, gucken, ob es ...« Ich ringe nach Worten. »Ob es dir ... du weißt schon ... gut geht.« *Ruhig, Violet.*

»Ja. Warum sollte es mir nicht gut gehen?«

»Keine Ahnung.«

Leugnung. Damit kann ich gut umgehen. Wir werden meine Sache mit dem Gem, dem Feind, einfach ignorieren. Das Blut an meinen Händen. Im Kanon hat Ash nie davon erfahren, also warum sollten wir jetzt darüber reden? Ich stelle nur sicher, dass nichts außer Kontrolle gerät. Ich weiß, dass ich mich dadurch besser fühlen sollte, aber das tue ich nicht. Ich hatte gehofft, er wäre aufgebracht, eifersüchtig. Was ist bloß los mit mir?

»Also, hast du dich letzte Nacht auf dem Ball amüsiert?«, fragt er betont locker, ein bisschen zu bemüht, sich nichts daraus zu machen.

»Ja. Es war okay.«

»Du sahst zweifellos so aus, als würdest du dich amüsieren.«

»Schätze schon.«

Er bleibt stehen und hält mich an den Armen fest. Die Wärme seiner Haut fühlt sich gut an. »Hör mal, Violet, oder Lily oder Daisy oder welchen blumigen Namen du heute trägst, entschuldige wegen letzter Nacht. Ich habe dir nicht hinterherspioniert oder so was. Ich habe mir bloß Sorgen um dich gemacht, weil alle anderen Imps, die beim Ball bedient hatten, schon zurückgekommen waren. Ich dachte einfach, na ja, du könntest dich verletzt haben oder verirrt oder so.«

Ich glaube, ich platze gleich vor schlechtem Gewissen. *Er* entschuldigt sich bei *mir*. »Aber nein! Ich habe nie gedacht, dass du spionierst«, sage ich.

»Du sahst einfach ziemlich schockiert aus, als du mich bemerkt hast.«

»War ich auch.«

Er blickt auf den Weg und fummelt am Stoff seines Overalls herum. »Also … also magst du diesen Gem-Typen wirklich?«

Ich zucke die Achseln. »Keine Ahnung.«

»Es ist nur …« Er nimmt meine Hände in seine. »Es ist nur, ich glaube, du solltest wissen, worauf du dich einlässt.«

»Ich werde gehängt, wenn man mich erwischt, das weiß ich.« Beim Wort *gehängt* dreht sich mir immer noch der Magen um.

Er sieht mir in die Augen – wodurch mein Magen Karussell fährt, aber aus einem anderen Grund – und schüttelt den Kopf. »Das habe ich nicht gemeint. Ich meinte, die Art von Leuten, auf die du dich einlässt.«

»Willow ist in Ordnung. Ich weiß, dass er ein Gem ist, aber eigentlich ist er ein netter Kerl.«

Seine Augen erkunden mein Gesicht, als würde er nach einer verborgenen Antwort suchen. Ich kann das strahlende Blau immer noch erkennen, selbst im Halbdunkel. »Da ist etwas, das ich dir zeigen muss«, sagt er. »Aber dafür brauchen wir den Schutz der Dunkelheit.«

Ich versuche, nicht zu interessiert zu wirken; meine Neugier ist geweckt. »Aber ich treffe mich …«

Er lacht. »Du triffst dich mit Willow.«

»Ja.«

»Okay, dann nachdem du Willow getroffen hast. Ich warte neben dem Hühnerstall. Versprich mir, dass du kommst. Aber erzähl's keinem, okay? Das muss wirklich unter uns bleiben.«

Ich denke an den verdammten Schmetterling, der unabsichtlich eine Katastrophe auslöst. Ich denke an den Kanon und an zu Hause und Katies Brief scheint ein Loch in meine Haut zu brennen. Ein paar Gespräche ohne Drehbuch, ein unschuldiger Spaziergang, tja, die kann ich noch rechtfertigen. Aber eine geheime nächtliche Enthüllung? Da könnte ich dem Schmetterling gleich einen Baseballschläger reichen und zusehen, wie er Chaos und Verwüstung anrichtet.

Aber als Ash mit seinen Fingern über meine Armrücken fährt, hinterlässt er zwei helle Streifen und ehe ich mich's versehe, habe ich schon gesagt: »Versprochen.«

Später am Abend treffe ich Willow. Es ist die Szene aus dem Kanon, in der Willow Rose das Lesen beibrachte. Eine süße, zärtliche Szene, die zeigte, wie ihre noch junge Beziehung enger wurde. Willow hatte ein altes Buch aus dem Herrenhaus herausgeschmuggelt. Als kleiner Junge hatte er es in einem Museum gestohlen und unter seinem Bett versteckt. Ein Buch mit Imp-Gedichten, eins der wenigen, das der Bücherverbrennung durch die Gems viele Jahre zuvor entgangen war.

Die Liebenden kauerten sich auf den Dachboden einer alten Scheune und ließen über eine Paraffinlampe gebeugt die Finger über die Buchstaben laufen. Ich folge dem Drehbuch und schmiege mich an Willows Brust, aber ich kann mich nur schwer konzentrieren. Nicht weil ich bereits lesen kann, sondern weil ich die ganze Zeit darüber nachdenken muss, was Ash gesagt hat.

»Dieser geschwungene Buchstabe da, das ist ein C«, flüstert mir Willow ins Ohr. Es kitzelt.

Ich nicke, aber mein Kopf gibt keine Ruhe. Was hält Ash für so wichtig? Im Kanon gibt es keinen Hinweis darauf. Ich sollte vermutlich einfach nicht hingehen, mich an den Kanon halten und auf das Endergebnis konzentrieren – nach Hause zurückzukehren.

»Rose?«, sagt Willow.

»Sorry, ja, C, wie in Clown oder Chor.«

»Ganz genau.« Mit hochgezogenen Augenbrauen blättert er um. Er kann nicht verbergen, dass es ihn überrascht, wie schnell ich lerne.

Meine Gedanken schweifen wieder ab. Warum sollte mich diese rätselhafte Enthüllung dazu bringen, schlecht von Willow zu denken? Denn es kann sich ja wohl nur um etwas Schlechtes handeln. Ich meine, ich muss Willow nicht mögen, um die Geschichte zu vollenden, aber es hilft schon irgendwie. Nein, ich sollte heute Nacht definitiv nicht zum Hühnerstall gehen.

»Rose, interessiert dich das überhaupt?«, fragt Willow.

Mist. Ich küsse ihn auf die Wange, um ihn abzulenken. »Entschuldige, mach weiter, wie heißt der Buchstabe hier? Der wie eine Null aussieht?« Wegen ihrer Sklaven-Tätowierungen können Imps Zahlen lesen.

»Das ist ein O. Wie in Orange.«

Wir finden zurück zu unserem Text, aber im Kopf bin ich woanders. Ich bemerke kaum, wie Willow anfängt, mich zu küssen. Die Szene mit dem Rummachen hatte ich ganz vergessen. Sie hat immer so romantisch gewirkt – Rose und Willow ins Stroh gekuschelt, im flackernden Licht der Paraffinlampe. In der Realität pikst das Stroh im Gesicht, die Lampe ist brandgefährlich und ich habe ein schlechtes Gewissen, weil ich Willow küsse, während ich an Ash denke. Mit einem Mal wünschte ich, wirklich in einem Film oder Buch zu sein, dann könnte ich einfach vorspringen oder schnell vorblättern.

»Dann sehe ich dich morgen?«, fragt Willow.

»Das wäre schön.«

Willow hilft mir die Holzleiter hinunter, das Buch unter den Arm geklemmt. Ich spüre eine Welle der Erleichterung – die Szene kommt endlich an ihr Ende. Ich kann nicht glauben, dass ich es nicht genießen konnte. Was ist nur mein Problem? Es ist Willow, verdammt noch mal. Mein Fangirl-Schwarm, seit ich fünfzehn bin.

Dieser Ort setzt mir wohl zu.

Wir tauschen einen letzten Kuss, eher von der feuchten Art, und ich blicke ihm nach, wie er zum Herrenhaus zurückschlendert, seine Silhouette verschmilzt mit der Dunkelheit. Ich glaube, ich habe meinen Text richtig aufgesagt, er wirkte ausreichend zufrieden. Mehr als zufrieden, ich glaube, er hegt echte Gefühle für mich. Für ihn ist es nicht nur ein Drehbuch. Es ist real.

Und ich glaube, ich habe gerade begriffen, was mein Problem

ist. Liebe lässt sich nicht verschreiben oder verordnen. Liebe folgt keinem Drehbuch. Sich zu verlieben, heißt, sich etwas Unvorhersehbarem zu überlassen, es bedeutet, ein Risiko einzugehen.

Und mit diesem Gedanken laufe ich zum Hühnerstall.

KAPITEL 24

Ich sehe das Flackern von Ashs Taschenlampe, bevor ich ihn erkennen kann. Ich bewege mich darauf zu, bis ich ihn atmen höre. Er lehnt am Hühnerstall und mir fällt auf, wie schwarz-weiß er in der Dunkelheit wirkt, weiße Haut im Kontrast zu schwarzem Haar. Sein Duft wird von der Brise herübergetragen, taucht unter dem Geruch von Teer hindurch und ich hole etwas tiefer Luft.

»Ich war mir nicht sicher, ob du kommen würdest.« Er flüstert, obwohl sonst niemand da ist.

»Du hast gesagt, es sei wichtig.«

»Ist es auch.« Er leuchtet mir mit der Taschenlampe ins Gesicht. »Aber du musst versprechen, niemandem davon zu erzählen.«

»Ja, klar.«

Er lässt den Strahl über mein Gesicht wandern, als versuchte er, unter meine Haut und in meinen Kopf zu sehen. »Denn das könnte uns am Ende beide das Leben kosten … Das ist mein Ernst.«

»Scheiße, Ash. Zeig's mir einfach.« Ich hasse Planänderungen, ich hasse Überraschungen. Ich sollte mich in der Imp-Hütte verstecken und mit Nate meinen Text proben. Doch mit Ash hier zu sein, führt dazu, dass ich das Risiko tatsächlich eingehen möchte – vielleicht zwingt mich dieses Universum, ein bisschen locker zu lassen, vielleicht desensibilisiert es mich gegenüber allem Neuen. Oder ich fühle mich an seiner Seite einfach sicher genug, um die Augen zu schließen und den Sprung zu wagen. Vielleicht bringt er eine andere Seite in mir zum Vorschein … eine bessere Seite.

Ash nimmt meine Hand, ich glaube, aus praktischen Gründen, nicht aus Vertrautheit, aber ich schmelze trotzdem innerlich dahin. Er führt mich fort vom Hühnerstall, tiefer in das Gelände hinein. Wir gehen etwa eine Meile, ohne ein Wort zu sagen, Ash blickt sich ständig um, als könnte uns jemand folgen. Das verunsichert mich, aber die Neugier ringt die Angst nieder und diese sichere, ruhige Hand, die meine hält, verhindert, dass ich ausflippe. Wir gehen durch Wiesen, klettern über eine Steinmauer, überqueren eine wackelige Brücke und betreten schließlich einen Wald.

Die Temperatur sinkt und der schwere Duft von Kiefern und feuchten Gräsern steigt mir zu Kopf. Die Blätter lassen kein Licht aus der Umgebung durch und der Taschenlampenstrahl macht uns erst auf Baumstämme aufmerksam, wenn wir schon fast in sie hineinlaufen. Ich kann mich nicht darin erinnern, jemals bei Nacht in einem Wald gewesen zu sein, nur tagsüber, zu Hause, bei einem Picknick zwischen Glockenblumen und das hatte eher was von Mary Poppins als vom Blair Witch Project. In der Schwärze wirkt alles unheimlicher, vor allem die Laute. Krächzen, Rufen, Schreien. Ich konzentriere mich auf die Geräusche von Ash und mir, wie wir durchs Unterholz stapfen, die kühle Nachtluft einatmen. Wir kommen nur langsam voran, gehen im

Zickzack zwischen Stämmen hindurch, stolpern über Wurzeln und Pflanzenbüschel.

»Wir sind fast da«, flüstert er.

Etwas bricht aus dem Unterholz hervor. Ein Federwirbel, ein lautes Gackern, etwas Warmes und Weiches, das mir über das Gesicht streicht. Ich stürze zu Boden, zu panisch, um zu schreien.

»Das war nur ein Fasan«, sagt er.

Er folgt dem Tier mit dem Lichtstrahl bis in die Baumkronen. Ich versuche, meinen Atem zu beruhigen, mein Herz hämmert in der Brust.

»Komm schon.« Er hilft mir auf die Beine. Ich kann gerade eben das Glitzern seiner Zähne ausmachen, zweifellos grinst er sein breitestes Grinsen.

»Wag es ja nicht zu lachen, du Riesenpenner«, flüstere ich, bevor ich selbst lache.

Er legt einen Finger an die Lippen und macht »pscht« und es kommt mir vor, als wären wir wieder im Hühnerstall und Ash würde den Rücken krumm machen und wie ein Hahn krähen.

»Hier ist doch niemand«, sage ich.

Er hält sich die Taschenlampe unters Kinn, sodass sie sein Gesicht anstrahlt. Er sieht aus wie ein böser Kobold. »Das wird sich noch zeigen.«

Ein paar Stämme, ein paar Wurzeln noch und plötzlich merke ich, dass ich ohne Ashs Taschenlampe sehen kann. Eine Lichtung. Der Mond steht hoch am Himmel, sein Licht nur durch ein paar Schleierwolken gedämpft.

»Tada«, sagt er leise.

»Hier ist nichts.«

Es ist nur eine Lichtung. Ein Fleckchen Erde, umgeben von dichtem Wald und einem Gitterwerk aus Gestrüpp. Ein stiller Winkel.

Er lässt den Lampenstrahl über ein paar Stämme in der Nähe gleiten und greift dann mit der Hand in eine Baumspalte. »Hier drinnen ist ein kleiner Schalter.«

»Die ganze Mühe für einen kleinen Schalter?«

»Dieser Ort ist so weit vom Anwesen entfernt, dass niemand hierherkommt. Aber du kennst mich ja, ich erkunde gern.« Er fummelt an etwas herum. Am Schalter, schätze ich. Er sieht mich mit großen Augen an. »Findest du nicht, dass dieser Ort merkwürdig ist?«

Ich sehe zur Lichtung. »Inwiefern?«

Er macht eine Geste mit dem Kopf. »Diese Seite der Lichtung sieht genauso aus wie die andere. Ein Spiegelbild. All die Wurzelknoten und Äste und Mulden … Alles.«

Ich spähe hinüber. Ich kann gerade eben die Baumspalte erkennen und daneben zwei bleiche Kleckse, nein keine Kleckse, Gesichter. Ich bin kurz vorm Ausflippen, aber etwas an diesen Gesichtern sieht so vertraut aus. »Sind wir das?«

Er lacht. »Ich habe eine Weile gebraucht, um es herauszufinden, aber das ist ein Tarnmechanismus, ein schlaues Spiegelgerät. Bei Tag filtert es menschliche Umrisse heraus, aber nachts, ich weiß auch nicht, da scheinen wir ihm zu entgehen.«

Ich höre ein scharfes Klicken. Er zieht seine Hand aus der Spalte.

Die Luft über der Lichtung scheint einen Augenblick lang zu schimmern. Instinktiv greife ich nach Ashs Hand. Ein großer grauer Würfel taucht auf. Ein Bunker. Ich vermute, er war die ganze Zeit da, aber es wirkt, als wäre er vom Himmel gefallen. Eine einfache Betonkonstruktion, niedriger als die Bäume, aber mehr als groß genug, um darin zu stehen.

»Was ist das?«, frage ich.

Er drückt meine Hand. »Was drinnen ist, ist wichtiger.«

Zusammen umkreisen wir den Bunker. Er ist nicht größer als mein Zimmer zu Hause. Kein Fenster, keine Tür.

»Es gibt keinen Eingang«, sage ich.

»Für ein Eichhörnchen schon.« Er verschränkt seine Hände zu einer Räuberleiter und stemmt mich hoch, sodass ich die Oberseite des Bunkers erreichen kann. Meine Finger umfassen die Kante des Flachdachs, die von Moos und Schleim feucht ist. Ich glaube, ich soll mich hinaufhieven, aber es ist wieder wie mit dem verdammten Baum, ich hänge einfach irgendwie da. Ich hasse es, wie hilflos ich manchmal bin. Ash springt neben mir hoch, packt die Dachkante mit den Händen und klettert unter Einsatz der Füße die Wand hoch. Binnen Sekunden blickt er zu mir herunter, das Haar fällt ihm in die Stirn.

»Angeber«, murre ich.

Er zieht mich hoch, meine Handgelenke knacken unter meinem Gewicht. Aus dieser Höhe sieht der Wald fremd aus, die Blätter dicker, die Stämme schmaler vor der Schwärze des Himmels. Wir kriechen zur Mitte des Dachs und nähern uns etwas, das aussieht wie der Deckel von einem Einstiegsschacht.

»Der einzige Eingang«, sagt Ash. Er zieht eine Nadel aus seinem Overall und fängt an, am Schloss herumzufummeln. Ich höre ein beruhigendes Klacken. Er sieht mich an und grinst, seine Augen im Sternenlicht hell wie Glas.

»Bist du insgeheim ein Meisterdieb?«, frage ich.

Er schüttelt den Kopf. »Nur ein unternehmungslustiger Straßenjunge.«

Ich helfe ihm, den Deckel zu einer Seite zu schieben. Ein schwacher Lichtkreis fällt auf den Betonboden darunter, doch ansonsten sehe ich nur Dunkelheit.

Er legt mir die Hand auf den Arm und auf einmal verändert sich seine Stimme, sie wird schwer vor Besorgnis. »Ich weiß, dass ich gesagt habe, du müsstest das sehen, aber jetzt, da wir hier sind ...«

»Schon in Ordnung. Ich möchte es sehen.«

»Bist du dir sicher? Denn wenn du es einmal gesehen hast, wird es deinen Blick auf die Gems für immer verändern.«

Er meint Willow. Ich weiß, dass ich wahrscheinlich einfach von diesem Dach klettern und zurück zur Imp-Hütte rennen sollte. Ich weiß, dass ich mich einfach an den Kanon halten sollte – Sicherheit, Vorhersehbarkeit, Zuhause. Aber als ich in Ashs offenes Gesicht starre, so sanft und eins mit der Nacht, begreife ich, dass es nicht nur darum geht, ein Risiko einzugehen, es geht um die Wahrheit. Und ich bin all diese Geheimnisse, all diese Lügen, diese verdammte Maskerade leid. Katies Brief fühlt sich wieder an, als würde er brennen, aber das ist mir egal. Ich will ihm sagen, wer ich wirklich bin. Es ist, als wäre da diese unsichtbare Wand zwischen uns, gebaut aus Notlügen, Auslassungen und jeder erdenklichen Art von Täuschung. Ich blicke auf den schwachen Lichtkegel unter uns und beschließe, dass ein Geheimnis weniger nur gut sein kann.

»Gehen wir's an«, sage ich.

Ash nickt und lässt mich so sanft wie möglich in den Bunker hinab.

KAPITEL 25

Ash lässt sich neben mir herunterfallen. Er leuchtet mit der Taschenlampe durch den Raum. Ich sehe vereinzelte Formen, das Glitzern einer reflektierenden Oberfläche und bekomme ein Gespür für die Dinge, die mich umgeben. »Es ist in Ordnung, du bist in Sicherheit«, sagt Ash. Er kann vermutlich hören, dass mein Atem stockt.

Ich zwinge meine Lungen, die Arbeit wieder aufzunehmen. Die Luft schmeckt überraschend sauber – fast medizinisch. Ich kenne den Geruch. Da ist auch der erdige Duft von Kaffee, die Frische von Sternanis. Und ich könnte schwören, dass ich Dads Stimme höre. *Goldlöckchen gelangte an ein kleines Haus im Wald. Sie klopfte an die Tür, und als niemand antwortete, ging sie hinein.*

Ich wirbele herum und starre in die Dunkelheit. »Hast du das gehört?«, frage ich.

»Was?«

Schweigen. Nur das seltsame Blubbern von Blasen und das sanfte Surren von Apparaten.

»Ach, nichts.« Ich verliere wohl den Verstand, durch all den Stress, die Veränderung der Schlafgewohnheiten.

»Bist du sicher?«

»Ja, ja. Ich bin nur müde.«

Er legt mir schützend den Arm um die Schulter. »Bist du bereit?«

»Schätze ja.«

Er hebt die Stimme. »Licht an.«

Die Lampen an der Decke schalten sich brummend ein. Das bläulich grelle Licht sticht mir in den Augen, weil wir so lange durch die Dunkelheit gestolpert sind. Ich blinzele mehrmals, während eine Mischung aus Aufregung und Angst an meinen Eingeweiden nagt, und nehme dann den Raum in Augenschein.

Eine Reihe großer zylindrischer Röhren, die vom Boden bis zur Decke reichen, säumt die Wände. Jeder Zylinder ist mit durchsichtiger Flüssigkeit gefüllt. Nach der langsamen Bewegung der Blasen zu urteilen, ist sie zähflüssiger als Wasser. Die Zylinder wirken fast wie riesige Lavalampen, das fluoreszierende Licht verfängt sich in wandernden Luftblasen. Mein Hirn ringt darum, den Formen, die in der Flüssigkeit treiben, einen Sinn zu verleihen – Glieder, Haare, Gesichter.

Jeder Zylinder enthält einen Menschen.

Leblos. Nackt. Augen, die leer geradeaus starren.

Mir zieht sich der Magen zusammen, mein Gaumen wölbt sich, die Zunge rutscht mir in die Kehle zurück. Ich glaube, ich muss mich übergeben.

»Violet, alles okay?« Ash hält mich und streicht mir über den Rücken.

»Sind sie …?«

»Tot?«

Ich schaffe es zu nicken.

»Nein, nein, sie sind nicht tot«, sagt er.

Ich schlucke etwas übel Schmeckendes hinunter und nähere

mich einer der Röhren, am ganzen Körper zitternd. Ich betrachte den schwebenden Menschen. Es ist Willow. Sein gebräunter Körper ist ganz schlaff. In Mund und Nase steckt ein Schlauch und sein karamellfarbenes Haar wabert lang und strähnig um sein Gesicht herum, aufgestört durch die Luftblasen, die langsam vorbeischweben.

»Ash?«, ist alles, was ich hervorbringen kann.

»Das ist nicht Willow.«

Aus irgendeinem Grund ist das eine große Erleichterung. Mein Pseudo-Freund ist nicht irgendein schräger Außerirdischer, der an Maschinen hängt. Aber wenn das nicht Willow ist, wer zum Teufel ist es dann? Wie zur Antwort blinzelt der schwebende Junge.

Ich schrecke zurück, ein Schrei bleibt mir in der Kehle stecken.

»Schon okay«, sagt Ash. »Das tun sie manchmal.«

Von diesem Gesicht angezogen – dem schlaffen, gefühllosen Gesicht – trete ich näher, bis meine Nasenspitze das Glas berührt. Ash hat recht, es ist nicht Willow. Er sieht nur so aus. Aber die Nase des schwebenden Jungen ist ein bisschen krumm, die Lippen sind nicht ganz so voll. Mein Blick geht an seinem Körper hinunter. Er ist weniger muskulös, seine Beine wirken kürzer.

Ich kann nicht anders, als seine Genitalien anzustarren. Ich habe noch nie einen nackten Mann gesehen. Es sei denn, man zählt das Pornoheft dazu, das Ryan mit dem Wort *Jungfrau* bekritzelt in meinem Spind hinterlassen hat, oder das eine Mal, als Mitchel Smith nackt über das Fußballfeld geflitzt ist. Aber aus der Nähe, in echt, habe ich noch keinen nackten Mann gesehen. Sieht ziemlich verschrumpelt aus.

»Starrst du ihm auf den Schwanz?«, fragt Ash. Mein Blick

wandert zu Ashs Spiegelbild. Er grinst, die Augen voller Lachen. Meine Wangen fangen an zu glühen.

Am Fuß des Zylinders befindet sich ein Schild. *Duplikat Nr. 1.*

»Wer ist das?«, frage ich.

»Willows Bruder.«

»Willow hat keinen Bruder.«

Sanft nimmt Ash meine Schultern und dreht mich weiter, sodass ich zum nächsten Zylinder blicke. »Nein. Er hat drei Brüder. Sie sind Duplikate.«

Drei treibende Jungen. Willow alle sehr ähnlich, nur nicht ganz so vollkommen.

Mein Magen fängt wieder an zu krampfen, das üble Zeug steigt mir in den Mund … Duplikat Nr. 3 hat keine Beine.

»Seine … seine Beine fehlen.« Ich kann den Blick nicht von der Stelle abwenden, an der seine Beine mit dem Rumpf verbunden sein sollten. Sie sind am Becken abgetrennt worden, die Genitalien sind intakt. Ein perfekter chirurgischer Schnitt. Kein Blut, keine Gewebefetzen, einfach versiegelte Stümpfe. Ich höre schweres Atmen, ein Keuchen in meinem Ohr. Dann begreife ich, dass ich es bin. Mir wird schwindelig, der medizinische Geruch kehrt zurück. Kaffee und Sternanis. *Einer war zu heiß, einer war zu kalt und einer war genau richtig.*

Ich wirbele auf der Stelle herum. »Da ist sie wieder.«

»Was?«

»Diese Stimme.«

»Violet, hier ist keine Stimme.«

O Gott. Sie ist in meinem Kopf. Der Schock lässt mich Dinge hören. Das hat mir gerade noch gefehlt, psychische Probleme.

»Mach dir keine Sorgen.« Ash streichelt meinen Arm. »Dieser

Ort spielt einem Streiche, es ist total unheimlich hier.« Die sanfte Berührung reißt mich aus meiner Panik. Er hat recht, es liegt nur an diesem unheimlichen Ort.

Langsam sehe ich mir die anderen Zylinder an. Zwei Versionen von Willows Dad, drei Versionen von Willows Mum. Und zwischen Duplikat Nr. 5 und Duplikat Nr. 6 ist ein Kontrollgerät angebracht, ein staubiger Monitor und eine Ansammlung von Schaltern und Knöpfen.

»Was ist das überhaupt?«, frage ich schließlich.

»Ein Lagerraum«, antwortet Ash. »Die Gems entscheiden, wie ihr Baby sein soll, Aussehen, Begabungen, so was. Sie bestellen alles vor und lassen sie künstlich heranreifen.«

Ich nicke. Das weiß ich aus dem Kanon. Ich durchquere den Raum, um mir eine fast identische Mrs Harper anzusehen. Eine dünne rote Narbe läuft quer über ihre Brust und auf der Innenseite ihrer Oberschenkel befinden sich pinkfarbene wunde Stellen. Ich sehe genauer hin. Es sieht so aus, als wären Hautstückchen von ihren Beinen abgezogen worden.

Ash folgt mir. Er bleibt so nah bei mir stehen, dass ich seinen Atem in meinem Nacken spüren kann. »Genetische Erweiterung ist nicht so präzise, wie du vielleicht denkst«, sagt er. »Es braucht mehrere Versuche, um das perfekte Baby zu schaffen, deshalb lässt man mehrere Föten gleichzeitig heranreifen. Die mit offenkundigen Mängeln werden vor der Geburt weggespült.«

»Einer war zu heiß, einer war zu kalt und einer war genau richtig«, flüstere ich nur zu mir selbst.

»Wie bitte?«

Ich schüttele den Kopf. »Nichts, nur eine Geschichte, die mein Dad mir immer erzählt hat.«

Ash legt eine Hand ans Glas, kurz über dem Gesicht der Beinahe-Mrs-Harper. Eine zärtliche Geste. Er seufzt. »Ich schätze, diese Babys waren zu gut, um sie wegzuspülen.«

Ich lasse meinen Blick über ihre Züge wandern. Sie ähnelt Willow überhaupt nicht. Blondes Haar, helle Haut, schmale Schultern. Aber diese leblosen, starren Augen haben genau den gleichen Kupferton.

»Sie behalten sie für Ersatzteile?«, frage ich schließlich.

»Das ist die einzige Erklärung.«

Ich sehe wieder zu der dünnen Narbe und bemerke, dass die Frau durch einen gewundenen blutroten Schlauch mit einer kleinen Pumpe verbunden ist. Mrs Harper muss ein Herzproblem gehabt haben. Ich vermute, die Gems haben nicht alle Krankheiten ausgemerzt, wie Sally King schrieb, sie haben nur andere Wege gefunden, sich Tod und Krankheit zu widersetzen. Angesichts der fehlenden Hautstücke würde ich außerdem sagen, dass bei Mrs Harpers faltenfreiem Gesicht etwas nachgeholfen wurde. Aus dem Kanon weiß ich, dass sie in ihren Sechzigern ist, obwohl sie eher wie dreißig aussieht.

Ich muss an Frankensteins Monster denken, das aus verschiedenen Körperteilen zusammengesetzt und von groben Nähten zusammengehalten wurde. Den Vergleich habe ich schon einmal gehört. Auf dem Weg zur Comic-Con hat Nate Alice als fiesen Frankenstein-Gem bezeichnet. Welch seltsamer Zufall, als hätte Nate das hier irgendwie vorhergesehen. Es sei denn, es war kein Zufall. Es sei denn, Nate hat das hier geschehen lassen, indem er es ausgesprochen hat. Oder die Phrase hat sich irgendwo in meinem Unterbewusstsein festgesetzt und das Ganze bewirkt. Das erinnert mich an die Schärpe, die, die ich zur Comic-Con getragen habe … Habe ich Rose' Gürtel aus Blut irgendwie selbst erschaffen?

Ich verwerfe die Idee sofort, weil sie lächerlich ist und weil ich nicht in Stimmung bin, sie weiterzuverfolgen.

»Kommst du damit klar?«, fragt Ash.

Ich schüttele den Kopf. Der Schock, der Ekel weichen einem reineren Gefühl, Zorn. Wie konnten sie das nur tun? Wie konnten sie ihre Geschwister verstümmeln? Ich sehe zu Willows beinamputierten Bruder. Jetzt erinnere ich mich wieder an die Vorgeschichte aus dem Kanon. Willow hatte mit zwölf einen schrecklichen Reitunfall und verbrachte mehrere Monate im Krankenhaus, wo er sich regenerativen Operationen unterziehen musste. Aber King hat nirgends erwähnt, dass dafür ein In-vitro-Bruder verstümmelt wurde.

Ich denke an Nate – sein Koboldgrinsen, sein strubbeliges Haar und die Tatsache, dass er stets unnützes Wissen über alles Mögliche parat hat – und mein Zorn wird stärker.

»Sie tun das ihrem eigenen Fleisch und Blut an? Ihren Geschwistern, ihren Kindern?«, frage ich.

Ashs Finger verschränken sich mit meinen. »Das ist wohl das Risiko, wenn man Gott spielt.«

Ich wende mich ihm zu. Er sieht blass aus, selbst für seine Verhältnisse. »Also wissen die Imps nichts davon?«

Er schüttelt den Kopf. »Es gibt Gerüchte über große Lagerhäuser voller Duplikate an geheimen Orten in den Auen. Aber ich habe noch nie davon gehört, dass Familienmitglieder sie auf dem eigenen Anwesen aufbewahren. Und soweit ich weiß, hat noch nie jemand ein Duplikat gesehen oder zugegeben, eins gesehen zu haben.«

Mir schnürt sich die Kehle zu, aber ich schaffe es, ein einzelnes Wort auszustoßen. »Willow?«

»Vielleicht weiß er davon.«

»Ich könnte ihn fragen.«

»Nein.« Ash wirkt plötzlich ängstlich. »Was glaubst du, warum ich niemandem davon erzählt habe? Damit würdest du dich in große Gefahr bringen. Die Regierung will offensichtlich nicht, dass es bekannt wird. Und den Gerüchten zufolge wissen nicht mal alle Gems darüber Bescheid. Wahrscheinlich sind es nur die wohlhabenden, mächtigen Gems, die sich Backups leisten können.«

»Das sind keine Backups, das sind Menschen.« Ich wische mir das Gesicht ab, der Zorn kehrt zurück. »Du hättest jemandem davon erzählen sollen, jemandem, der helfen könnte.«

»Violet, manchmal wirkt es echt, als kämst du von einem anderen Planeten. Wenn ich darüber rede, werde ich ganz sicher tot in der Gosse landen oder am Galgen tanzen. Und wer würde Ma dann helfen? Wer würde Gem-Münzen für Essen mit nach Hause bringen? Ich muss zuerst an meine Familie denken.«

»Warum hast du es mir dann gezeigt?«

Einen Augenblick sieht er traurig aus. Reumütig. »Ich ... ich wollte, dass du weißt, wie die Gems wirklich sind. Wozu sie auf ihrer Suche nach Perfektion fähig sind.« Unerwartet schlingt er die Arme um meinen Hals und zieht mich an sich, sodass mein Gesicht auf seiner Schulter liegt. Der Duft nach Schweiß und Seife beruhigt meinen Puls und für einen Moment fühle ich mich wieder gut. Als er spricht, spüre ich seinen Atem in meinem Ohr. Es kitzelt nicht wie bei Willow, es fühlt sich wunderbar an. »Und ich musste einfach jemandem davon erzählen. Es war eine Last, dieses Geheimnis. Du bist der erste Mensch, dem ich jemals wirklich vertraut habe.«

Ich fange wieder an zu weinen. Und das nicht nur wegen dieser dümpelnden Duplikate mit den toten Augen oder wegen der Leerstelle, an der Beinahe-Willows Beine sein sollten, oder wegen des fehlenden Herzens unter der dünnen, roten Narbe. Sondern weil Ash immer nur die Beinahe-Violet kennen wird, das Duplikat, die Spielerin.

Mein wahres Ich wird er niemals kennenlernen.

KAPITEL 26

Ich rolle mich auf meine Koje. Die Sonne geht auf und ich muss dringend schlafen. Ich hoffe nur, dass ich in meinen Träumen den glasigen, toten Augen der Duplikate entkommen kann.

Heute ist der große Abend. Der Wendepunkt, der Umschwung. Willow muss mir seine Liebe gestehen und ich muss ihm sagen, dass ich ihn liebe, aber in die Stadt zurückkehren werde, abseilen aus Gnade, wie Alice es nannte. Als mir gerade die Augen zufallen, schieben sich Matthew und Saskia unter dem schäbigen Trennvorhang durch, lehnen am Ende meiner Koje und zerstören jede Privatsphäre, an Schlaf ist nicht zu denken.

»Komm, Faulpelz, wir haben eine Aufgabe für dich«, sagt Matthew.

Ich setze mich auf und blinzele heftig. »Was?« Das stand nicht im Kanon. Rose hat an diesem Tag geschlafen, da bin ich mir sicher. Ich glaube, ich fange gleich an zu heulen, so müde bin ich.

Saskia lächelt über mein Unbehagen. »Während du mit dem Gem-Bubi rumgeknutscht hast, habe ich die Ohren offen gehalten. Wie man hört, hat er eine weitere Verabredung mit dem hübschen Häschen vom Ball.«

Ich verrate ihr nicht, dass das hübsche Häschen Alice ist. Sie standen offensichtlich nicht mit Thorn in Kontakt, seit wir das

Hauptquartier verlassen haben, und ich schäme mich einfach zu sehr zuzugeben, dass meine beste Freundin die Mission immer noch sabotieren könnte, ob nun absichtlich oder nicht.

»Er nimmt sie mit zu einem Einkaufsbummel in der Stadt«, sagt Matthew.

Das stand definitiv nicht im Kanon. Meine Wut auf Alice flammt wieder auf. Sie riskiert alles, nur damit sie ihre Fanfiction-Fantasien ausleben kann, und entfernt uns weiter und weiter von der Geschichte. Von zu Hause. Ich spüre Übelkeit im Magen, denn tief drinnen weiß ich, dass ich eine Mitschuld trage. Ich hätte nie mit Ash zum Bunker gehen dürfen, ich hätte dem Schmetterling nie erlauben dürfen, mit seinen verdammten Flügeln zu schlagen.

Saskia sieht ziemlich selbstgefällig aus. »Wenn du diesen Gem-Sprössling dazu bringen willst, Papis Geheimnisse auszuplaudern, solltest du das einzige Mädchen sein, das er …« Sie macht eine obszöne Geste. Matthew lacht auf.

»Und was soll ich tun?«, frage ich.

»Du kannst heute auf dem Markt arbeiten«, antwortet Saskia. »Du und Nate.«

Matthew nickt. »Die Gems lieben es, auf den Markt zu gehen, sie fühlen sich so schön überlegen, wenn sie uns ackern sehen. Zeig ihm einfach, wen er wirklich will.«

Wir fahren mit einem Imp-Bus in die Stadt. Dieses Set gab es im Kanon nicht, deshalb sehe ich die glatten Linien der Gem-Stadt – geformt aus Glas und Stahl – zum ersten Mal. Sie sehen aus wie eine künstlerische Vision der Zukunft, sauber wie ein Airbrush-Bild. Der Duft von Knoblauch und Karamell schwebt zu uns herüber, weil die Restaurants das Mittagessen vorbereiten.

Durch die schmierigen Busfenster sehe ich Gems vorbeischlendern und plaudern oder vor den Schaufensterauslagen stehen bleiben, wobei sie das Kinn recken und ihre wie computeranimiert wirkenden perfekten Profile zeigen.

Unerlaubterweise saust mein Blick den Boulevard auf und ab, auf der Suche nach Alice, deren Hand in Willows ruht. Aber ich entdecke nur die Schilder, die jedes Schaufenster, jede Restauranttür zieren. Das Bild eines Imps, der hinter einer diagonalen roten Linie gefangen ist. Meine Zunge bleibt an den Zähnen kleben, Wut durchströmt mich. Sie sind die Tiere, nicht wir. Sie sind diejenigen, die ihre Geschwister und Kinder im Namen der Perfektion zerstückeln.

Wir folgen der Kurve des Boulevards, der schließlich zum Marktplatz führt. Dies muss der alte Teil der Stadt sein, noch vollkommen ohne Glas und Stahl. Die steinernen Fassaden der modernisierten Imp-Gebäude umgeben uns und an einer nahen Mauer sehe ich ein großes Schild, auf dem das Bild eines Imps prangt. Ich schätze, es ist ein Warnhinweis, dass wir uns nun in einer gemischten Zone befinden. Meine Muskeln verhärten sich und ich fühle mich ein bisschen wie ein Springteufel.

Nate seufzt. »Ein Affe zu sein, ist kein Spaß, was?«

Ich überlege, ihm von den Duplikaten der letzten Nacht zu erzählen, aber ich habe Ash versprochen, es niemandem zu verraten, und ich möchte Nate nicht damit belasten. Deshalb sage ich stattdessen: »Nein, überhaupt kein Spaß.«

Wir steigen der Reihe nach aus dem Bus und begeben uns ins Gedränge. Einförmig bewegen sich Imps zwischen den Steinpfeilern, die einzelne Stände abteilen, und kaufen und verkaufen Güter für ihre Gem-Herren. Da ist dieser wunderbare Duft nach gekochtem Fleisch und Gewürzen und bunte Farben blitzen auf, als sich Garnspulen in der Brise drehen. Die Gems stechen sofort heraus. Groß, schlank und wichtigtuerisch. Die meisten von ihnen sind Soldaten mit zur Schau gestellten Gewehren, aber es gleiten auch vereinzelte Gem-Zivilisten vorbei, mit gerecktem Kinn, als stiege ihnen ein übler Geruch in die Nase, als wären wir nichts anderes als Tiere. Ich verdrehe meine Finger, als könnte ich den Ärger aus meinem Körper wringen.

»Ihr könnt mir am Brotstand helfen«, sagt Saskia, die ihr strähniges Haar zu einem lockeren Zopf flicht.

Wir nähern uns einem Stand aus Holz, der eine Auswahl an Broten im Angebot hat. Der Duft von warmer Hefe erinnert mich an einen Familienurlaub in der Bretagne. Dad hat uns ständig in die *Boulangeries* gezerrt und Nate hat jedes Mal gelacht, wenn Dad versuchte, es auszusprechen, mit einem harten »g«. Ein stechender Schmerz durchfährt mich bei dem Gedanken an Dad, mit Baguettekrümeln in den Bartstoppeln.

Saskia reicht uns zwei Paar makellose weiße Handschuhe. Ich schiebe meine Finger hinein und fange an, die Brotlaibe gerade auszurichten, die so frisch sind, dass ihre Kruste unter meinen Fingern bricht. Nate nimmt ein Baguette und grinst, ich vermute, dass auch er sich an das harte »g« erinnert.

Ich wickele eine Stange in gewachstes Papier, als ich Ash auf einem nahen Apfelkarren entdecke. Er sieht mich und zieht eine dunkle Augenbraue in die Höhe. Dann kommt er herüber, die Glieder geschmeidig und unverkrampft, und präsentiert mir einen Apfel, der sich scharlachrot von seinen weißen Handschuhen abhebt.

»Hau ab, Eichhörnchen«, sagt Saskia.

»Ich will nur mit Violet reden. Ich mach's kurz, versprochen.«

Eine Wache lungert in der Nähe herum und Saskia will jede Aufmerksamkeit vermeiden, also zählt sie die Münzen und murmelt: »Fünf Minuten.«

Er hilft mir, ein weiteres Brot einzuwickeln, bleibt aber stumm.

»Ich dachte, du wärst wieder bei deiner Ma«, sage ich schließlich.

»Ich wollte mich vergewissern, dass es dir gut geht, nachdem … du weißt schon.« Er senkt die Stimme, sodass Nate und Saskia ihn nicht hören können. »Ich glaube, ich habe einen Fehler gemacht, als ich dir diese Dinge gezeigt habe.«

»Ich wollte die Wahrheit erfahren«, flüstere ich zurück.

Unsere Finger berühren sich kurz, als wir nach demselben Brot greifen, der Stoff unserer Handschuhe schiebt sich ineinander. Er blickt auf und lächelt.

Eine Stimme durchschneidet die Luft. »Wo sind deine Handschuhe, Imp?«

Die Wache sieht direkt zu uns. Mir rutscht das Herz in die Hose. Ich blicke nach unten und sehe unsere Hände in weißer Baumwolle. Was bedeutet, dass er entweder mit Saskia spricht … oder mit Nate.

Ich wirbele herum und meine größte Angst bestätigt sich, pfirsichfarben lugen Nates unbedeckte Hände unter einer dünnen Mehlschicht hervor.

Ich sehe die Angst in seinem Gesicht, als er begreift, dass die Wache sich an ihn wendet.

»Ich … ich« Er verhaspelt sich. »Meine Hände waren … heiß.«

Die smaragdgrünen Augen der Wache werden schmal. »Deine Hände waren … heiß?«

Nates Körper ist wie eingefroren – seine Brust hebt sich nicht mehr, die Augen sind starr, die Finger bohren sich in die Kante des Verkaufstisches. Ich verspüre den überwältigenden Drang, ihm zu helfen, ihn hochzuheben und zu beschützen. Aber Ash flüstert: »Nicht«, und die Angst, alles nur schlimmer zu machen, stellt mich ruhig.

Die Wache fasst ihr Gewehr fester. »Hast du unser ganzes Essen mit deinen schmierigen Imp-Flossen angetatscht?«

Nate versucht, den Kopf zu schütteln, bewegt aber stattdessen nur die Augen hin und her.

Die Wache macht eine finstere, verkniffene Miene, als wären sämtliche Gesichtszüge mit einer Schnur fixiert. »Hat es dir jetzt auch noch die Sprache verschlagen?«

Saskia tritt mit gesenkten Augen und mit offenen Handflächen vor, als würde sie sich ergeben. »Bitte entschuldigen Sie. Ich werde dafür sorgen, dass er eine angemessene Strafe bekommt. Ich werde ihm eigenhändig Stockschläge verabreichen, wenn wir zu unserem Anwesen zurückgekehrt sind.«

Ich habe sie noch nie so eilfertig erlebt. Wahrscheinlich versucht sie, ihn vor etwas Schlimmerem als Stockschlägen zu bewahren. Schweiß läuft mir den Nacken hinunter und ich kann spüren, wie meine Oberschenkel zittern.

Die Wache weist sie mit einem Winken ab. »Still, Sklavin. Es sei denn, du willst ebenfalls deine Hände verlieren.«

»NEIN!«, bricht es ungefragt aus mir hervor.

Die Wache wirbelt herum. »Wer war das?«

Ich öffne den Mund, um zu antworten, aber die Welt wirkt etwas verschwommen und für einen kurzen Moment weiß ich nicht mehr, wo ich bin.

»Ich«, sagt Ash.

Die Wache lacht. »Das ist eine bemerkenswert feminine Stimme, die du da hast, Imp.« Er funkelt ihn an. »Sieht so aus, als könnte eine ordentliche Amputation nicht schaden, damit hier keiner aus der Reihe tanzt.«

Er zerrt Nate hinter dem Stand hervor.

Schlagartig realisiere ich die Situation und es fühlt sich an, als würde ich in ein Fass voll Lava stürzen. Heiß und schäumend vor Wut. »NEIN!«, schreie ich wieder. Ich stürze vor, aber Ash und Saskia halten mich zurück. Ich trete und boxe, versuche, mich zu befreien, aber sie sind zu stark und ich pralle zwischen ihnen hin und her wie eine Flipperkugel. Mehrere Wachen kommen hinzu, zeigen auf mich und amüsieren sich über meinen Tobsuchtsanfall.

»Sie werden ihm die Hände abhacken«, kreische ich und versuche, den Worten einen Sinn abzuringen. Das Bild jenes Duplikats taucht vor meinem geistigen Auge auf, halb fertig, halb tot. Nicht Nate, nicht Nate. Das können sie Nate nicht antun.

Ash hält mir den Mund zu. »Violet, sie bringen ihn um, wenn du so weitermachst.«

Aber ich kann nicht aufhören, um mich zu schlagen, ich hoffe einfach, dass ich, wenn ich irgendwie zu Nate gelange, seinen Platz einnehmen kann.

Sie schleifen Nate zu einer Ecke des Platzes, ihre riesigen Körper überragen ihn. Eine Menge versammelt sich, doch selbst aus der Distanz, zwischen den Schaulustigen hindurch, meine ich, die glatte, jugendliche Haut jedes seiner Finger bis hin zum Nagelbett erkennen zu können. Das Weiß seiner Handflächen. Die Landkarte der Venen, die direkt unter der Oberfläche seiner schmalen Handgelenke liegt. Übelkeit steigt in mir auf und ich beginne zu husten.

Sie stoßen ihn auf die Knie und binden ihm einen Venenstauer aus Plastik um die Unterarme. Das darf nicht wahr sein. Ich fühle mich plötzlich seltsam losgelöst von meinem Körper, ich weiß nicht einmal, ob er immer noch kämpft oder schlaff wie der einer Puppe ist. Ich sehe Nates tief gesenkten sandfarbenen Schopf, Tränen, die vor ihm auf den Boden tropfen. Ich weiß noch, wie wir uns abgeklatscht haben, als er noch nicht einmal ein Jahr alt war, und wie wir, als er zwei war, unsere Fäuste gegeneinandergestoßen und »Kartoffel!« gerufen haben. Ich erinnere mich an seine erste Klavierstunde, als seine kleinen Finger kaum eine Quinte anschlagen konnten. Ich fühle etwas Feuchtes und Heißes meine Wangen hinunter und auf meine Zunge rinnen. Es schmeckt salzig.

Die Menge verstummt und die Wache hält ein großes krummes Messer über seinen Kopf. Es hängt in der Luft, eine glühende Sichel in der Mittagssonne.

»WACHEN!« Ein weiblicher Gem schiebt sich durch die Menge, schön, aber sichtlich aufgebracht, dicht gefolgt von einem nicht minder schönen männlichen Gem. Ich erkenne sie sogar durch den Schleier aus Tränen und Schrecken: Alice und Willow.

»WARTET.« Alice wirft sich über Nate, sodass die Wache mit dem Messer zuerst sie zerteilen müsste. Willow allerdings hält sich zurück, Unentschlossenheit flackert über sein Gesicht.

»Ich verlange, dass das sofort aufhört«, schreit Alice und ihr rotes Kleid flattert in der Brise.

Saskia schnappt nach Luft. »Ist das nicht …?«

Die Wache zögert. »Was hat das zu bedeuten?«

Alice dreht den Kopf, aber weicht nicht zurück. »Ich kenne diesen Imp, er arbeitet für meinen Vater. Wenn er seine Hände verliert, wird Papa außer sich sein.«

Eine andere Wache tritt vor. »Miss, bei allem Respekt, es gibt so viele Imps da draußen. Suchen Sie sich einfach einen anderen.«

Alice lächelt. »O nein, der hier ist unersetzlich.«

»Das ist recht unorthodox, Miss ...« Die Wache mit dem Messer sucht nach einem Nachnamen, ihr Misstrauen ist offenkundig geweckt.

Willow tritt endlich vor. »Alice, sie heißt Alice. Und falls Sie es nicht bemerkt haben, sie gehört zu mir.«

Die Wachen erkennen ihn erst jetzt und jeder Hochmut weicht aus ihren Mienen. »Master Harper, bitte entschuldigen Sie.« Sie salutieren mit der Hand an den Stoffkappen.

Das Blut beginnt wieder, in meinem Körper zu zirkulieren, die Welt fällt zurück an ihren Platz. Ich spüre, wie Ash locker lässt.

Willow räuspert sich, eindeutig etwas peinlich berührt. »Wenn Miss Alice sagt, dass dieser Imp verschont werden soll, dann hat sie zweifellos meine volle Unterstützung.«

Die Wachen verneigen sich untertänig und sagen im Chor: »Aber selbstverständlich, Master Harper.«

Alice richtet sich auf und die Wachen eilen herbei, um den Venenstauer abzunehmen. In meinem Kopf fällt so etwas wie ein Startschuss und ich renne über den Marktplatz, Ashs stampfende Schritte hinter mir, nicht ganz im Einklang mit meinen. Ich schließe Nate in die Arme und vergrabe meinen Kopf in der sanften Kurve zwischen seiner Schulter und seinem Hals. Er sackt einfach an mir zusammen, ganz schlaff und schwer. Ich schlucke die Tränen hinunter und streiche ihm das Haar aus dem Gesicht. »Jonathan, Jonathan«, flüstere ich und führe ihn zurück zum Stand. Ich verwende seinen Taufnamen, den Namen, den Mum und Dad verwenden. Im Moment bin ich für ihn das, was einem Elternteil am nächsten kommt. Sein Körper zittert und seine Hände sind eigentümlich blau.

»Alles in Ordnung?«, fragt Ash und schlingt einen schützenden Arm um uns beide.

Nate schluchzt. »Sie wollten es tun. Sie wollten mir die Hände abhacken, nur weil ich die Handschuhe ausgezogen habe.«

»Sie sind Monster.« Ash wirft mir einen bedeutungsschwangeren Blick zu.

Die Menge zerstreut sich und die Wachen kehren auf ihre Posten zurück. Wenn nicht der hämmernde Puls in meinem Kopf und Nates bleiche Miene wären, hätte man meinen können, es wäre überhaupt nichts passiert, als wäre es völlig normal, dass die Gems vierzehnjährigen Jungen die Hände abhacken.

Willow bemerkt mich schließlich – wie ich mich weinend an Nate schmiege. Sein perfektes Gesicht zeigt Schuldgefühle. Ich starre schamlos zu ihm zurück, weigere mich wegzusehen. Wir wissen beide, dass er nicht die Stimme erhoben, dass er die Amputation nicht aufgehalten hätte, wenn Alice nicht gewesen wäre. Ich erinnere mich an seine Worte im Obstgarten vor wenigen Abenden: *Es war einfach schon immer so.* Ich denke an die neun Schlingen, die zerknüllte Papiergirlande, die Keine-Affen-Schilder, den beinamputierten, treibenden Jungen und ich spüre, wie Wut meinen Körper aufbläht, mich fünf, zehn, zwanzig Meter groß macht. Ich will ihm nicht sagen, dass ich ihn liebe, ich will ihn erwürgen. Und seiner Miene nach zu urteilen, weiß er das.

Alice zieht ihn sanft am Arm. Als sie gerade gehen wollen, blickt sie über die Schulter.

»Danke«, sage ich lautlos zu ihr.

Sie lächelt ihr wunderschönes Lächeln und zwinkert mir zu.

KAPITEL 27

Mein Dad hat mir einmal etwas wirklich Cooles über Frösche erzählt:

»Wenn du einen Frosch in einen Topf mit kochend heißem Wasser fallen lässt, hüpft er sofort raus und hält sich mit den Flossen den verbrühten Froschhintern. Aber wenn man denselben Frosch in einen Topf mit kaltem Wasser setzt und dann die Temperatur aufdreht, bleibt der blöde Kerl einfach sitzen. Er schwitzt sich seinen kleinen Froscharsch ab, bis das Wasser irgendwann kocht, und dann gibt er den Löffel ab. Wirklich.« (Er ist schon lustig, mein Dad. Und er weiß jede Menge unnützes Zeug. Ich schätze, das hat Nate von ihm.)

Nun, ich fühle mich wie der erste Frosch. Als hätte man mich in den Topf mit kochendem Wasser geschubst und mein Hintern stünde in Flammen. Doch die anderen Imps sind wie der zweite Frosch. Sie sitzen schon so lange im Topf, dass sie sich an die Hitze gewöhnt haben. Einem Jungen werden fast die Hände abgehackt und niemanden interessiert's. Man nennt dich einen Affen, mach einfach weiter wie immer. Eine Wache belästigt dich sexuell oder schießt auf dich – nur ein ganz normaler Tag in *Galgentanz*.

Anders als ein Frosch kann ich aber nirgendwohin springen.

Ich sitze in dem Scheißtopf fest und zähle nur noch die Tage, bis ich gehängt werde.

Sobald wir zurück auf dem Anwesen sind, kriecht Nate in seine Koje. Sogar Saskia wirkt besorgt, passt auf, dass er eine extra Scheibe Brot isst, und steckt die Bettdecke unter seinem Kinn fest. Es dämmert und ich weiß, dass ich mich zum Obstgarten aufmachen muss, um ein letztes Mal auf Willow zu warten, aber bevor ich gehe, küsse ich Nate auf die Stirn und atme seinen Duft ein. Er rührt sich im Schlaf und ich küsse ihn noch einmal, nur zur Sicherheit.

Als ich gehe, fasst Saskia mich am Arm. »Vergiss nicht. Du gibst nur vor, auf ihn zu stehen.«

»Schon gut, Saskia. Du hast gesehen, was auf dem Markt passiert ist.« Und er bewahrt seinen beinamputierten Bruder in einer Lavalampe auf, denke ich bei mir.

Sie lächelt, als wüsste sie alles und ich nichts. »Imp oder Gem, alle Männer sind Wichser.«

Ich ringe mir ein müdes Lachen ab und schleppe mich zum Obstgarten. Noch immer taub vor Schock und immun gegen die Abendkühle, versuche ich im Kopf, meinen Text zu proben. Ich weiß, dass es die bislang wichtigste Szene werden wird – der Wendepunkt, die Szene, die letztlich dazu führen wird, dass Willow Rose in die Stadt folgt. Aber die Sätze verkleben und es gelingt mir nicht, sie zu trennen, weil ich Willow nicht sagen will, dass ich ihn liebe, ich will ihm sagen, dass er ein Riesenarschloch ist.

Als ich den See entlanggehe, fällt mir der Mond auf, ein perfekter Kreis auf dem Wasser. Ich lächele unwillkürlich, komisch, dass ein Spiegelbild oder ein Echo so echt wirken können wie das Original. Ich fasse nach unten und taste nach einem Stein. Dann werfe ich ihn in hohem Bogen und der Kreis zerspringt in tausend silberne Stücke.

»Violet.«

Ich drehe mich um und sehe Ash näher kommen. Er legt den Kopf schief und etwas greift nach meinen Eingeweiden und beginnt zu ziehen.

»Was ist bei dir los?«, fragt er.

»Was meinst du?«

»Ich habe den Gem wiedererkannt, das Mädchen vom Markt.«

Ich muss verwirrt wirken, denn er seufzt leicht gereizt. »Ich gebe dir einen Tipp: riesige Männerfüße.«

Ich weiß nicht, wie ich es erklären soll, und ich habe auch wirklich nicht die Zeit dafür. In ein paar Minuten muss ich Willow treffen. »Hör mal, das ist wirklich kompliziert.«

»Du hast mir gesagt, sie sei kein Gem.« Er klingt etwas verletzt, sogar verraten.

»Ist sie auch nicht.«

»Also ist sie wirklich eine Spionin?«

Meine Hand greift nach seiner. »Eines Tages werde ich es dir erklären, versprochen.«

»Du hast Geheimnisse vor mir, nachdem ich dir …« Er verstummt. Wir wissen beide, was er meint, und es überrascht mich nicht, dass er sauer ist.

»Ich erzähle es dir, ich versprech's … nur jetzt nicht. Ich muss jemanden treffen.«

Er betrachtet mich mit großen, fragenden Augen. »Du triffst doch nicht allen Ernstes *ihn*?«

»Doch.«

»Du weißt, dass er nie mit dir zusammen sein wird, nicht richtig, das ist gesetzlich verboten. Du wirst am Ende an einem der Galgen tanzen.«

»Ash, ich weiß.«

»Also, warum machst du das?«

Ich möchte ihm alles erzählen, von der Comic-Con bis zu diesem Moment am See, ich möchte die Mauer aus Geheimnissen und Lügen einreißen und ich möchte, dass er mich so sieht, wie ich wirklich bin, aber vor allem möchte ich die Arme um ihn schlingen und meinen Kopf an seine Schulter legen, in dem Wissen, dass wir uns perfekt ergänzen. Aber ich weiß, dass ich nichts davon tun kann. Es steht einfach zu viel auf dem Spiel. Mein Körper fühlt sich an wie ein Sammelsurium von verschiedenen Teilen. Ich habe jedes Gefühl von Ganzheit, von Vollständigkeit verloren, als wäre ich eine seltsame Pappfigur, die mit Büroklammern zusammengehalten wird.

Er seufzt, sein Atem hängt wie Dunst zwischen uns. »Liebst du ihn?«

»Ich … ich weiß es nicht.«

»Denn du solltest niemanden wollen, nur weil …«, sein Mund verzieht sich ein wenig, »… weil sein Brustumfang im perfekten Verhältnis zur Taille steht oder er die perfekten Wangenknochen hat oder das glänzendste Haar. Du solltest jemanden wollen, weil er … ich weiß nicht … echt ist, wahrhaftig.«

Ich kann nicht anders, als aufs Wasser zu blicken, wo winzige Mondfragmente noch immer über die Oberfläche tanzen. Ich sehe wieder Ash an, seine leicht stolze Nase, seine unglaublich hellen blauen Augen und den Mund, von dem ich weiß, dass er den Rest seiner Züge komplett in den Schatten stellen kann, wenn er anfängt zu lächeln. Dann denke ich an Nate und Alice und Katie und an zu Hause. Ich muss mit dem Kanon weitermachen. Ich muss diese beiden Fäden wieder zusammenbringen. Erst hatte ich mich ans Drehbuch geklammert, an die Vorhersehbarkeit, aber jetzt fühlt es sich an, als würde ich in der Mitte entzweigerissen. »Ich weiß.«

»Ich meine, er kennt noch nicht mal deinen richtigen Namen und es ist so ein schöner Name, so viel besser ...«

Aber er bringt den Satz nie zu Ende, weil ich mich schon vorgebeugt und angefangen habe, ihn zu küssen. Er erwidert meinen Kuss, seine Lippen warm und weich, sein Atem in meiner Nase, und ich wirbele und schwebe wie ein Blatt, das voller Freude in den Himmel steigt. Er flicht seine Finger um meinen Rücken, ein elaboriertes Muster, und ich fühle mich, als könnte ich nicht tiefer einatmen, als würden meine Lungen gleich platzen. Ich ziehe ihn näher heran, sodass sein Körper gegen meinen drückt, wir ergänzen uns wirklich perfekt.

Aber mein Kopf füllt sich mit Alice, Katie und Nate und das schreckliche Gefühl zu zerreißen kehrt zurück.

Der verdammte Kanon.

Der idiotische Schmetterling.

Ich ziehe mich zurück. »Es tut mir leid.«

Er betrachtet mein Gesicht. »Du ... du willst nur ihn?«

Die Lüge sticht mir wie etwas Spitzes, Scharfes in die Kehle. Und aus irgendeinem Grund fällt mir das Zitat aus Katies Brief ein. *Die ganze Welt ist Bühne.* Ich schlucke schwer und stoße ein Wort nach dem anderen aus. »Ja. Ich will nur Willow.«

Und ohne etwas zu sagen, wendet er sich um und geht.

KAPITEL 28

Ich komme im Obstgarten an, blinzele entschieden die Tränen aus den Augen und wische mir den Kuss vom Mund. Ich bin so eine Chaotin, küsse die falsche Figur, verliebe mich in den falschen Typen. Vielleicht hatte Sally King recht, man kann sich innerhalb weniger Tage verlieben, wenn man den Richtigen trifft, wenn du und er sich einfach ergänzen. Um Himmels willen, Violet, sage ich mir, er stammt aus einer anderen Wirklichkeit, einem anderen Universum und du willst nach Hause zurück. Das Bild eines Körpers, der schwer an einem Strang baumelt, blitzt vor meinem geistigen Auge auf. In zwei Tagen werde ich gehängt. Ich schiebe es weg.

Ich bewege diese Gedanken im Kopf hin und her und erinnere mich kurz an die Zeiten, als meine größten Ängste darum kreisten, eine Klassenarbeit zu verhauen oder mich an einer Olive zu verschlucken. Fast hätte ich gar nicht bemerkt, wie kalt mir ist, wie dunkel es geworden ist. Schließlich schlägt es Mitternacht.

Willow kommt nicht.

Ein Schlag in die Magengrube.

Die bislang wichtigste Szene und Willow versetzt mich. Ich fühle mich wie betäubt. Ich habe versagt. Was auch immer der Grund sein mag, er will mich nicht. Nate hatte recht. Ich hätte mich ans Drehbuch halten sollen. Ich gehe alles noch einmal im Kopf durch, den Galgenball, den Kuss, den Markt.

Der Groschen fällt. Der Markt. Es ist ihm peinlich, natürlich. Er konnte nicht für einen Imp eintreten, einen Imp, der mir eindeutig wichtig war. Er hat mich hängen lassen und er weiß es. Ich fühle, wie mein Herz langsamer schlägt. Ich muss bloß zu ihm gehen, ihm zeigen, dass es in Ordnung ist, und den Kanon wieder auf Kurs bringen.

Ich schiebe alle Gedanken an Ash, an die Schlinge, die sich um meinen Hals zieht, an den beinamputierten, treibenden Körper beiseite und verspüre neuen Antrieb. Ich atme die nach Äpfeln duftende Luft tief ein.

Dann renne ich zum Herrenhaus, schlage hintenrum einen Bogen und starre die Eiche hinauf. Licht sickert aus Willows Fenster. Er ist wach. Ich versuche, ein paar Steine hochzuwerfen, aber die Äste sind im Weg und es gelingt mir nicht, ihn auf mich aufmerksam zu machen. Es gibt nur eine Möglichkeit: Ich muss diesen Scheißbaum hochklettern.

Ich erinnere mich an Ashs Tipp und bewege mich langsam und stetig die Äste hinauf, wobei ich nie mehr als eins meiner Glieder in der Luft habe und jeden Ast kurz überprüfe, bevor ich mein ganzes Gewicht darauf verlagere. Zweige schlagen mir ins Gesicht, Blätter verfangen sich in meinem Haar und ich kratze mir die Hände an versteckten Rindenstücken auf, aber ich komme ziemlich gut voran.

Ich nähere mich dem Wipfel, blicke nie nach unten, nur nach oben, warte darauf, dass das Laub sich lichtet und ich die Sterne sehen kann, genieße den Wind im Gesicht, als die Äste sich ausdünnen. Und als ich mich Willows Fenster nähere, bereit, mit einer zitternden Faust an seine Scheibe zu klopfen, klebt mir tatsächlich ein breites Grinsen im Gesicht. Ich, Violet, klettere auf einen Monsterbaum und bringe einen Gem dazu, sich in mich zu verlieben. Ich fühle mich unbesiegbar. Ich robbe einen Ast entlang, der zum Glück stark genug ist, um mich zu tragen, und ein leises Kichern entfährt mir. Das Licht seines Fensters leuchtet auf meine Hände, die ich vor mir spreize. Und endlich setze ich mich auf, sodass ich direkt in sein Zimmer sehen kann.

Er liegt im Bett. Ich kann die Satinbettwäsche sehen, die zerknüllt seinen perfekten, muskulösen Körper umgibt. Die Form seiner Hüften, der Umriss seines Oberkörpers, die blassen Narben, die sich um seine Oberschenkel ziehen. Er schläft, sein Brustkorb hebt und senkt sich gleichmäßig.

Er ist nicht der einzige Nackte in diesem Bett.

Sie liegt neben ihm, das goldene Haar auf dem Kissen ausgebreitet, ihre langen, gebräunten Beine um seine geschlungen.

Und alle Fraun und Männer bloße Spieler.

Alice.

KAPITEL 29

Alice' Augen klappen auf. Sie blickt mich direkt an. Zuerst dürfte sie nur sehen, was ich sehe und was die Fensterscheiben zurückwerfen: eine Welt aus weichem Licht und gebräunten Formen. Aber ich merke, wie sich ihr Blick verändert, wie ihre Miene von Zufriedenheit zu Schock übergeht, als sie durch ihr eigenes Spiegelbild hindurchsieht und unsere Blicke sich treffen. Aus Schock wird Gelassenheit, als hätte sie immer schon gewusst, dass ich sie hier finden würde.

Ich verspüre nur einen Instinkt: Flucht. Ich schiebe mich auf dem Ast zurück, Tränen landen vor mir auf dem Holz, und beginne den hastigen Abstieg. Ich vergesse sämtliche Ratschläge von Ash, ich purzele, krabbele, falle durch die Äste, ein Schleier aus Zweigen und Blättern schnappt nach meinen Händen und meinem Kopf. Dann verliere ich den Halt und aus dem Nichts scheint sich der Boden zu heben, er schlägt mir gegen den Rücken und jagt mir die Luft aus den Lungen. Ich liege einfach da und starre in den bescheuerten Baum, habe das Gefühl zu ersticken, versuche das Bild aus meinem Kopf zu vertreiben.

Ich höre sie, bevor ich sie sehe. Das Knirschen ihrer Schritte auf dem Kies, das sanfte und doch verzweifelte Rufen. »Violet. Violet.«

Sie fällt neben mir auf die Knie. »Bist du schlimm gestürzt?«

»Ja«, bringe ich hervor.

»Hast du dir den Kopf angeschlagen?«

Meine Hände wandern zu meiner Stirn. »Nein.«

Sie hilft mir beim Aufsetzen. Die spritzige Süße ihres Parfüms beruhigt mich, aber dann bin ich einfach nur noch wütend auf mich selbst. Ich betrachte sie einen Moment. Sie trägt kein Make-up, ihre Haarverlängerungen locken sich ungehindert um ihre Schultern und sie hat sich ein weißes Satinlaken um den Körper gewickelt, vermutlich eher um ihre Nacktheit zu verbergen als sich vor der Kälte zu schützen. Sie sieht so natürlich aus und für einen Augenblick ist sie einfach wieder Alice.

»Was hast du getan?« Die Verletzlichkeit in meiner Stimme überrascht mich genauso wie sie.

»Es … es tut mir leid. Ich weiß nicht, was ich sonst sagen soll.«

»Willst du nicht nach Hause zurück?«

»Ich dachte, ja. Aber dann ist das hier passiert.«

»Was? Willow?«

»Schätze schon … und noch mehr.« Sie beschreibt mit der Hand einen dramatischen Kreis. »Wunderland.«

»Scheiße, Alice. Du tust das nicht aus Liebe? Du willst einfach eine von *ihnen* sein.« Ich mühe mich auf die Beine. Meine Lungen schmerzen, meinem Körper fehlt es noch an Sauerstoff, aber ich werde so wütend, dass ich aufstehen kann.

»Warum nicht?« Sie steht ebenfalls auf, das Laken umschmeichelt sie wie eine besonders raffinierte Tortenglasur. »Die Gems sind gut zu mir. Die Imps haben mich wie eine Aussätzige behandelt, sie haben mir die Haare abgeschnitten, wollten mich hängen, sperrten mich in einen Turm.«

»Ja, mich wollten sie auch hängen, schon vergessen?«

»Du verstehst es also?«

»Nein, das tue ich nicht. Wenn du gesehen hättest, was ich gesehen habe, die Art und Weise, wie die Gems die Imps wirklich behandeln, dann würdest du deine Meinung ändern.«

»Und du vielleicht deine, wenn du an meiner Stelle wärst.«

Ich balle frustriert die Fäuste. »Verdammt noch mal, Alice. Die Gems behandeln dich nur so, weil sie dich für eine von ihnen halten.«

»Und?«

»Und … was passiert, wenn du dir eine Erkältung einfängst oder wie ein normaler Mensch zu altern anfängst oder, keine Ahnung, zu einem Pub Quiz gehst und nicht alle Fragen beantworten kannst, weil dein IQ nicht gerade irrsinnig hoch ist?«

Damit habe ich offensichtlich einen Nerv getroffen. Sie tritt einen Schritt zurück. »Willst du etwa sagen, dass ich dumm bin?«

»Tja, sieht so aus, wenn du hierbleiben willst.« Ich gehe an ihr vorbei und auf die Bäume zu, meine Stiefel klatschen aufs Gras, mein Körper ist starr und kribbelig vor Wut.

Aber sie rennt hinter mir her und erwischt mich am Arm. »Violet, bitte versuch doch, mich zu verstehen, ich habe nie irgendwo hingepasst, nirgends. Dies ist der erste Ort, an dem ich mich nicht anders fühle.«

»Arme Alice. Es muss schwer sein, so schön zu sein.« Ich winde meinen Arm aus ihrer Hand.

»Das habe ich nicht gemeint.« Sie umrundet mich und versperrt mir den Weg. »Ich bin hier glücklich.«

»Oh, und bei alldem geht es nur um dich. Hast du überhaupt

mal an Katie gedacht? Daran, was Thorn ihr antun wird, wenn er begreift, dass du nur hier bist, um mit Willow in die Kiste zu steigen?«

Ein Ausdruck, den ich nicht ganz deuten kann, überzieht ihr Gesicht. Schuldgefühle? Bedauern? Und da bemerke ich zum ersten Mal, dass sie die Kette mit dem halben Herzen nicht mehr trägt.

Das Gefühl von Verrat bohrt sich tiefer in meine Eingeweide. »Du riskierst nicht nur unsere Chancen, nach Hause zurückzukehren. Du setzt auch unser Leben aufs Spiel.«

»Thorn wird Katie nichts tun, sie gefällt ihm viel zu gut … Es war eindeutig nur eine Drohung.«

»Red dir das nur ein. Und erzähl das Nate, wenn ihm das nächste Mal die Hände abgehackt werden sollen. Erzähl ihm, es sei nur eine läppische Drohung.«

Das verunsichert sie, ihre Augenbrauen ziehen sich zusammen. »Hör mal, Violet. Ich weiß, dass die Wachen völlig daneben waren, aber Willow und seine Familie, die sind tatsächlich richtig nett. Sie würden so etwas nie tun.«

Der Zorn überwältigt mich. Ich denke an den Jungen, der zweigeteilt in dem Becken trieb, und das Versprechen, das ich Ash gab, scheint so weit weg. »Ist das so? Warum fragst du Willow dann nicht, was in dem Bunker hinter dem Anwesen aufbewahrt wird?«

Sie wirkt nicht verwirrt, wie ich erwartet hatte. Ihre Augenbrauen ziehen sich nicht zusammen, ihr tintenblauer Blick flackert nicht – sie wirkt verlegen, beschämt.

»Du weißt es schon?«, frage ich.

Sie sieht weg und zupft an dem Laken. »Ich habe die Narben

auf Willows Beinen gesehen, und als ich ihn gefragt habe, was passiert ist, hat er mir davon erzählt.«

»Von seinen verstümmelten Verwandten?« Meine Stimme wird lauter.

»Den Duplikaten? Ja.«

Ich funkele sie an, fordere sie heraus, mir in die Augen zu sehen. »Nur weil man sie Duplikate nennt, hören sie nicht auf, Menschen zu sein.« Ich halte inne, einen Augenblick lang verwirrt. »Moment. Willow hat dir davon erzählt? Also weiß Willow es auch?«

»Ja, natürlich. Es sind seine Beine.«

Ich möchte sie schlagen. Fest presse ich die Hände zusammen – ein verzweifeltes Gebet. »Nein. Das ist es ja, Alice. Es sind nicht seine Beine.« Ich spucke jedes Wort einzeln aus, damit sie es endlich begreift. »Er. Hat. Sie. Seinem. Bruder. Gestohlen.«

»Du bist so melodramatisch.«

»Ach wirklich?« Mittlerweile kreische ich, aber ich bin so voller Wut, so aufgebracht, dass ich jede Kontrolle über mich verloren habe. »Tja, vielleicht hättest du sie nicht davon abhalten sollen, Nate die Hände zu amputieren. Du und deine neuen Freunde hättet eine Ersatzteil-Spendenaktion veranstalten können.«

Sie tritt zu mir, ihre Stimme ist ruhig, als wäre ich die Uneinsichtige. »Hör mal, Violet. Es ist nicht so schlimm, wie es sich anhört. Die Dups liegen im Koma, es ist nicht so, als hätten sie Schmerzen oder wüssten, dass sie existieren.«

»Ach ja? Dann ist es also okay, solange sie dir nicht in die Augen sehen können, während du ihnen lebenswichtige Organe herausschneidest.«

Sie ignoriert mich und fährt in ihrem ausgeglichenen Ton fort.

»Außerdem haben die Harpers ihren Dups ein besonderes Versteck gebaut, damit sie in Sicherheit sind.«

»Ja, ich weiß. Ich hab's entdeckt. Und glaub mir, sie sind alles andere als in Sicherheit.«

»Jetzt beruhige dich, Vi.« Nur Alice kann so gefasst, so selbstsicher wirken, während sie ein Laken vom Bett meines Pseudo-Freundes trägt und über Organdiebstahl diskutiert. »Nachdem sie die Gerüchte über die Wachen in den Lagerhäusern gehört haben ... du weißt schon ... über die Fummeleien an Dups, haben sie ihnen dieses besondere Versteck gebaut.«

»Fummeleien ... im Sinne von ...?« Ich verschlucke mich an meinen eigenen Worten.

»Gott, bist du naiv. Im Sinne von sexuell.«

Ich halte mir die Ohren zu, unfähig, diese Information zu verarbeiten, bemüht, mein Hirn zusammenzuhalten. »Heilige Scheiße, Alice. Das wird ja immer schlimmer.« Meine Stimme klingt komisch, als wäre sie nur in meinem Kopf. »Ich will nichts mehr hören. Ich kenne dich überhaupt nicht mehr.« Ich senke meine Stimme zu einem tiefen Knurren. »Du widerst mich an.« So habe ich noch nie mit Alice geredet, noch nicht einmal, als sie mein Lieblings-T-Shirt in die Toilette gestopft hat, bloß weil Alfie Peach mich in der achten Klasse zur Disco eingeladen hatte. Noch nicht einmal, als sie meine Algebra-Hausaufgaben geklaut und behauptet hat, es wären ihre, und ich dafür nachsitzen musste. Ich erwarte, dass sie zusammensackt, in Tränen ausbricht.

Aber sie lacht nur. Sie lacht tatsächlich. »Du bist bloß neidisch.«

»Worauf genau?«

»Auf mich. Auf die Gems ... wir sind perfekt.«

»Tja, wenn Perfektsein bedeutet, dass man seine Menschlichkeit verliert, dann hab ich nicht das geringste Interesse daran.« Das Silberherz ruht in meinen Fingern und mir fällt plötzlich auf, wie scharfkantig und kalt es sich anfühlt. Ich schließe meine Finger enger um die Kette und ziehe mit einem Ruck und aller Kraft daran. Entweder verbiegt sich der Verschluss und zerbricht oder das schwächste Glied gibt nach, jedenfalls fällt mir das Herz enttäuschend leicht vom Hals. Ich strecke es ihr hin.

Ihre Finger streichen über ihren nackten Hals. »Violet …« Ihre Stimme verklingt und wir starren uns einen Moment lang an.

»Es tut mir leid«, sagt sie schließlich.

»Spar dir die Mühe.« Wütend deute ich Richtung Herrenhaus. »Geh lieber zurück zu deinem Loverboy.« Ich klinge so verbittert, dass ich mich kaum wiedererkenne.

Mein Ton lässt sie zusammenzucken. »Ich tue das für uns beide.«

»Quatsch.«

»Ich will nicht zusehen, wie du …« Die Worte bleiben ihr im Hals stecken.

»Sag es.« Mein Kopf fühlt sich an, als würde er gleich platzen. »Sag es.«

»Hängst«, schreit sie. »Ich will nicht zusehen, wie du hängst.«

»Schwachsinn! Du willst nur nicht nach Hause zurück.«

Ich drehe mich um und renne Richtung Bäume, die Kette hängt schlaff von meiner Hand. Diesmal folgt Alice mir nicht.

KAPITEL 30

Der Sprint zurück zur Imp-Hütte fühlt sich seltsam an, wie ein Stück Film in Rohfassung, mal gedehnt, mal zerkratzt, traumartig und fragmentiert. Der Wind betäubt meine Wangen und erfüllt meine Ohren, aber er kann den einen Satz nicht übertönen: Meine beste Freundin hat mich verraten.

Heftig stoße ich die Tür zur Hütte auf, was alle Blicke auf mich zieht.

Saskia eilt zu mir, ihre mürrische Fassade fällt für einen Augenblick von ihr ab. »Violet? Was ist los?«

»Alice«, sage ich, fast nur zu mir selbst.

Matthew führt mich zu einem Stuhl.

»Alice«, wiederhole ich, als würde es irgendwie weniger wehtun, wenn ich es noch mal sage.

Nate schießt durch den Raum und schiebt sich durch die wachsende Menge. »Was ist mit ihr?«, fragt er, seine Miene eine Mischung aus Besorgnis und Schmerz.

Saskia knurrt die Umstehenden an: »Der Nächste, der blöd glotzt, bekommt es mit mir zu tun. Kapiert?«

Sie wenden sich wieder ihren eigenen Angelegenheiten zu und tun so, als gäbe es uns nicht.

»Also?«, fragt Nate.

Ich nehme einen tiefen, zittrigen Atemzug, bemerke ausnahmsweise kaum den muffigen Gestank. »Ich habe sie zusammen gesehen. Willow und Alice. Im Bett, sie haben, ihr wisst schon … oder zumindest hatten sie …«

»Schlampe«, sagt Nate.

»Nate, das sagt man nicht«, murmele ich aus Gewohnheit.

Saskia beugt sich über den Tisch und stößt langsam die Luft aus. »Okay, okay, das ist nicht so schlimm. Alice steht auf unserer Seite, richtig? Sie arbeitet für Thorn, oder? Ich schätze, sie ist unser Plan B, falls es dir nicht gelingt, Willow zu verführen.«

»Es geht nicht nur darum, Willow zu verführen.« Ich lege meine Hand auf ihre und wünschte, ich könnte sie irgendwie dazu bringen, es zu verstehen. Sie zieht die Hand weg, aber ich rede trotzdem weiter. »Es gibt Wichtigeres, als hinter Jeremy Harpers Geheimnisse zu kommen.«

»Und das wäre?«, blafft Saskia.

Den Kanon zu vollenden und nach Hause zurückzukehren. Die Worte liegen mir so schwer auf der Zunge, dass mein Mund offen steht.

Saskia wendet sich ab, sodass ich ihren Gesichtsausdruck nicht erkennen kann, aber ihr Körper ist angespannt und sie hat die Hände zu Fäusten geballt. »Okay, also wenn Alice ihren Auftrag erfüllt, dann nehmen wir dich am besten aus dem Spiel. Lasst uns ins Hauptquartier zurückkehren und rausfinden, was Thorn will.«

Ich kann den Gedanken nicht ertragen, dass Alice gewinnen soll. Ich kann den Gedanken nicht ertragen, Ash zurückzulassen. Und ich kann den Gedanken einfach nicht ertragen, niemals nach Hause zurückzukehren. Ich spüre Panik in mir aufsteigen.

»Nein. Ich will hierbleiben.« Meine Stimme klingt stärker, als ich mich fühle. »Ich will ihn zurückgewinnen und die Sache geradebiegen.«

»Ich bitte dich nicht darum, ich befehle es dir.« Saskia wendet sich zu mir, ihr rechtes Auge zuckt. »Glaubst du, ich bin froh darüber? Den Plan zu schmieden hat verdammte Monate gedauert, Matthew und ich haben alles alleine gemacht und dann kommt Puppengesicht-scheißlange-Beine angeschwebt und stiehlt uns die Show.« Sie wendet sich ab und sagt zu sich: »Das wäre nie passiert, wenn Rose hier wäre.«

Wenn ich geglaubt habe, ich könne mich nicht nutzloser fühlen, dann habe ich mich getäuscht. Ihre Worte treffen mich bis ins Mark. Und es ist so unfair – ich war nah dran. Wenn nur Alice sich nicht eingemischt hätte. Nate legt mir eine Hand auf die Schulter, was hilft, die Tränen noch etwas zurückzuhalten.

Endlich sagt Matthew etwas: »Komm schon, Saskia. Das wissen wir nicht.«

Sie stemmt die Hände in die Hüften und scannt mich von oben bis unten. Ein bitteres Lachen bricht aus ihr hervor.

Die Panik wird zu Ärger, ich bin noch angeschlagen von der Auseinandersetzung mit Alice. »Glaubst du, ich hätte das gewollt? An diesen schrecklichen Ort zu kommen und von diesem Protektor aufgeknüpft zu werden, von einem Soldaten fast missbraucht zu werden, Nate dabei zuzusehen, wie ihm beinah die Hände abgehackt werden, Affe genannt und so behandelt zu werden, als wäre ich kein Mensch, und keinen Schlaf zu bekommen und immer Hunger zu haben und mit anzusehen, wie meine beste Freundin mich verrät.« Ich zerre an meiner Kleidung. »Und diese gottverdammten Overalls, wie könnt ihr die überhaupt ertragen, es ist, als hätte man Läuse oder so.«

Die Haut um ihre Augen spannt sich. »Ruhig, Prinzessin. So wie du redest, würde dich niemand für einen Imp halten.«

»Natürlich bin ich ein Imp. Ich bin einen Scheißmeter sechzig!«

»Wir nehmen den nächsten Bus. Packt eure Sachen.« Sie stürmt aus der Hütte und knallt die Tür so fest zu, dass sie in den Angeln ächzt und Staub und Dreck von den Deckenbalken rieseln.

»Welche Sachen?« Nate zeigt auf unsere leeren Kojen, seine Stimme sarkastisch und draufgängerisch, aber er lässt seine Hand auf meiner Schulter ruhen, als wäre ich eine Art Krücke.

Matthew verschwindet hinter einem Vorhang. Ich höre, wie er sich auf seine Koje rollt. »Der nächste Bus fährt erst im Morgengrauen, also schlaft besser noch etwas. Wir haben einen ordentlichen Fußmarsch vor uns.«

Obwohl ich kaum geschlafen habe, bin ich nicht müde. Ich kann die Reste des Adrenalins noch spüren und mein Körper weiß nicht mehr, ob es Tag ist oder Nacht. Irgendwann gehe ich zur Kochnische. Nate folgt mir und wir fangen an, uns Brot in die Taschen zu stopfen und Flaschen mit trübem Wasser zu füllen.

»Wie konnte sie das nur tun?«, flüstere ich über das Gurgeln des Wasserhahns hinweg.

»Was? Alice? Etwas total Egoistisches tun? Den Mann ihrer Träume vögeln? Es ist mir ein Rätsel.«

»Nate, das sagt man nicht.«

Er lacht. »Vögeln zählt nicht.« Er schraubt eine Flasche zu, seine Knöchel werden weiß, und als er wieder aufblickt, wirkt er ernst. »Sie will eindeutig noch bleiben.«

»Das hat sie gesagt.«

»Du hast mit ihr gesprochen?«

»Eher sie angeschrien.«

Er nickt zustimmend. »Hast du sie an Katie erinnert?«

»Ja. Sie ist wild entschlossen, den Kanon zu zerstören, damit sie bleiben kann.« Ich denke an die Papiergirlande, die schimmernde Sichel, die Dups, die in Flüssigkeit treiben. »Wie kann sie nur eine von ihnen werden wollen?«

Nate seufzt. »Es ist wie mit diesem Stanford-Prison-Experiment, von dem Dad uns erzählt hat.«

Ich schüttele den Kopf, etwas genervt vom Themenwechsel.

»Du weißt schon, wo sie Studenten zur einer Hälfte zu Gefangenen und zur anderen Hälfte zu Wärtern gemacht haben. Nach kürzester Zeit haben sie sich verhalten, als wäre es eine reale Situation.«

Ich lächele. »Wieso erinnerst du dich an den Scheiß? Du bist erst vierzehn.«

»Weil ich mein Hirn von all dem anderen Müll befreie, zum Beispiel wo ich wohne und wie ich heiße.«

Einen Moment lang fühlt es sich wieder normal an, einfach ich und Nate, die reden. Aber das lässt schnell nach. Ich seufze. »Was sollen wir nur machen?«

»Baba wird es wissen.«

»Hiervon wusste sie nichts.«

Er gibt keine Antwort.

Wir verlassen das Anwesen mit dem ersten Bus am Morgen, zu viert, bibbernd in der taufrischen Luft. Ich starre auf die abgewetzte Kopfstütze vor mir, lasse die Fasern vor meinen müden Augen verschwimmen und wage keinen Blick aus dem Fenster, bis das Harper-Anwesen weit hinter uns liegt, eine Welt wie aus Zuckerwatte. Wunderschön, süß und doch schmerzlich fragil.

Ich habe versucht, Ash zu finden, aber er ist mal wieder abgetaucht. Ich hatte keine Gelegenheit, mich von ihm zu verabschieden oder ihm gar einen Teil der Wahrheit zu sagen. Jetzt wird er für immer glauben, ich hätte Willow gewollt. Ich schlucke die Tränen hinunter.

Der hypnotische Rhythmus des Busses wiegt mich in den Schlaf. Alice, Katie und ich stehen auf der Schulbühne – die in der Turnhalle, die eigentlich nie benutzt wird, weil sie zu klein und schäbig ist. Alice trägt dieses umwerfende elisabethanische Kleid in lauter Silber- und Grüntönen, als wäre sie die Königin von Slytherin. Sie hat wirklich eine Figur wie eine Sanduhr – der bauschige Rock läuft an ihrer winzigen Taille eng zusammen, um sich dann zu einem raffinierten weißen Spitzenkragen aufzuschwingen. Katie und ich sehen eher aus wie Dienstmädchen, in tristen schwarzen Kitteln und Schürzen, das schmutzige Haar unter genauso schmutzige Hauben gestopft.

»Kommt, Mädchen«, sagt Alice in majestätischem Ton zu uns. »Lasst das Publikum nicht warten.«

Erst da bemerke ich, dass Zuschauer die Halle füllen, jeder Einzelne von ihnen gafft uns an. Es ist mein Auftritt, ich weiß, dass es so ist, aber ich kann mich beim besten Willen nicht daran erinnern, was ich sagen soll.

»Vi«, zischt Katie. »Vi, komm schon, ich bin auf dich angewiesen.«

Die Menge fängt an zu flüstern, aber sie wird schnell vom Hämmern meines Herzens übertönt. Ich stemme meinen Kiefer auf, zwinge Luft hinunter, flehe die Worte an, sich in meinem Kopf zu formieren und auf meine Zunge zu wandern. Aber es ist, als wäre mein Geist entleert, blank.

Die Menge beginnt zu lachen. Da entdecke ich Mum, die mitten im Publikum steht. Sie schüttelt den Kopf, sie ist enttäuscht, auf die gleiche Weise wie damals, als ich betrunken nach Hause gekommen bin und aufs Sofa gekotzt habe. Dann fangen ihre Lippen an, sich zu bewegen. Und obwohl sie gut zehn Meter entfernt ist, ist es so, als würde sie mir direkt ins Ohr flüstern. *Komm schon, Süße. Sag etwas. Für mich. Bitte sag etwas und wach auf.*

Ich fahre aus dem Schlaf hoch, Nate sitzt neben mir.

»Alles okay?«, fragt er.

»Ja.« Meine Hand legt sich auf meinen Overall, kurz über die Stelle, an die sich Katies Brief schmiegen sollte. Ich habe ihn in der Imp-Hütte zurückgelassen, hinter eine klapprige Anrichte gestopft. Ich hatte Angst, dass die Grenzwachen ihn finden würden. Das hätte ihr Misstrauen geweckt und uns zur Zielscheibe gemacht, ein vermeintlich analphabetischer Imp mit einem Brief. Aber es ist, als wären Katies Worte durch meine Haut in meine Venen gesickert, als flösse tintenschwarzes Blut in mir. Mir ist nach Weinen zumute. Die ganze Welt ist eine Bühne und ich bin die beschissenste Schauspielerin aller Zeiten.

Die Auen zu verlassen, stellt sich als wesentlich leichter heraus, als sie zu betreten. Es gibt keinen Dekontaminationsprozess, denn man kann keine Stadt kontaminieren, die schon voll mit

Krankheiten und Abwässern ist. Nur ein kurzes Abklopfen von einer paar apathischen Soldaten, die mein Brot in den Müll werfen und lachen, als mein Magen knurrt.

Wir schleppen uns mit den übrigen Sklaven durchs Stadttor und ich wappne mich gegen den Gestank nach verwesendem Vogel. Aber statt mich zu überwältigen, hat er diesmal etwas seltsam Beruhigendes. Wenigstens weiß die Stadt, dass sie stinkt. Und von den unförmigen, alles andere als wohl proportionierten Leibern der Imps umgeben zu sein, ohne einen einzigen Gem weit und breit, gibt mir das seltsame Gefühl, von einem Ausflug in den Zoo nach Hause zurückzukommen.

Dennoch ist der Marsch durch die Stadt deprimierend. Die Hälfte des Weges verbringe ich damit, mir in Erinnerung zu rufen, wie an diesem Punkt im Kanon Willow Rose heimlich durch die Stadt folgte – in einem grauen Overall, mit zerzaustem Haar und dreckbeschmiertem Gesicht –, und die andere Hälfte verbringe ich damit, mich auf meine bevorstehende Unterhaltung mit Thorn vorzubereiten. *Ich wusste, dass du nicht in der Lage sein würdest, Rose zu ersetzen. Zum Glück habe ich Alice mitgeschickt. Jetzt müsst ihr alle für den Rest eures Lebens hierbleiben.*

Wenigstens werde ich Katie wieder sehen. Ich habe ihren sanften Liverpooler Akzent vermisst, ihre bodenständige Haltung zum Leben, die Art, wie sie mich immer zum Lachen bringt. Ich will ihr von Ash erzählen, von den Dups, davon, was für eine Schlampe Alice war. Katie wird sie Wichsvorlage nennen und einen Augenblick lang werde ich vergessen, wie scheiße alles ist.

Katie, denke ich plötzlich. Thorn wird Katie töten. Meine

Hände beginnen zu zittern, meine Gelenke blockieren, mein Magen krampft. Ich habe es immer gewusst, aber erst als wir uns dem Hauptquartier nähern, begreife ich es wirklich. Vielleicht, ganz vielleicht, hatte Alice ja recht und er steht viel zu sehr auf sie, um ihr wehzutun.

»Violet? Was ist los?«, fragt Matthew.

»Katie«, sage ich. »Ich bin mit der Mission gescheitert.«

»Wir werden versuchen, mit Thorn zu reden«, sagt Saskia.

Matthew nickt. »Er hört auf Saskia.«

»Er hört auf niemanden, der arrogante Arsch.« Saskia blickt in mein angespanntes Gesicht und versucht zu lächeln. »Aber er wird deine Freundin nicht töten, versprochen. Schätze, er mag sie, soweit Thorn jemanden mögen kann.«

Ich klammere mich an diese Worte und hoffe einfach, dass es Katie gelungen ist, sich mit ihm anzufreunden, wenigstens genug, damit es ihn davon abhält, sie umzubringen, aber nicht so sehr, dass er sie angegraben hat.

Ich schaudere bei dem Gedanken, in welch schwieriger Lage Katie sich befunden hat, welche Rolle sie möglicherweise spielen musste. Ich darf Katie einfach nicht verlieren. In den letzten Tagen ist mir bewusst geworden, wie viel sie mir bedeutet. Nicht nur wegen Alice' Verrat, sondern weil es immer Katie war, der ich am liebsten davon erzählt hätte, wenn etwas schiefging. Es ist ihre Stimme, gespickt mit den lustigsten Schimpfwörtern, die mir irgendwie immer gesagt hat, dass alles gut wird. Alice ist seit meinem vierten Lebensjahr meine beste Freundin, eine Geschichte, die sich nicht ignorieren lässt, eine Geschichte, die ihr praktisch Geschwisterstatus verleiht. Aber wenn ich einen Raum betreten müsste, ohne von den letzten dreizehn Jahren irgendetwas zu wissen, Tabula rasa in Freundschaftsfragen, dann wäre es Katie, mit der ich Tequilas kippen wollte, nicht Alice.

Ich lasse den Blick über die vergessenen, gespenstischen Straßenschilder schweifen, die Eintönigkeit des Graus und das rhythmische Klatschen meiner Schritte beruhigen meinen Geist schließlich. Die Sonne wandert langsam über den Himmel, ihre Strahlen durchdringen kaum meine Haut. Da bemerke ich es, ein Aufblitzen von grauem Stoff in meinem Augenwinkel. Die winzigen Härchen auf meinem Arm stellen sich auf und mich überkommt das Gefühl, dass mich jemand beobachtet, verfolgt. Leise Hoffnung flackert in meiner Brust auf. Vielleicht, ganz vielleicht ... aber ich kann mich nicht dazu durchringen, es auch nur zu denken, denn wenn ich mich irre, werde ich ein weiteres Mal eine niederschmetternde Enttäuschung erleben.

Nate fischt etwas unentdecktes Brot aus seinem Overall und verteilt es. Saskia schnappt sich ein Stück und reicht die Hälfte davon Matthew. »Wir können im Gehen essen«, sagt sie.

Ein paar Krümel fallen Nate aus dem Mund. Er sieht mich an und grinst. »Hänsel und Gretel haben es auch nach Hause geschafft.«

»Ja, aber die Vögel haben die Krumen gefressen«, entgegne ich.

Saskia stößt mir den Finger in den Rücken. »Wer hat euch erlaubt zu reden?« Selbst für ihre Verhältnisse klingt sie aggressiv – auch sie hat Angst davor, Thorn gegenüberzutreten.

»Wie sind sie noch mal nach Hause gekommen?«, flüstert Nate nach einer symbolischen Pause.

»Sie haben die Hexe getötet«, flüstere ich zurück.

»Pscht.« Saskia sticht mir wieder in den Rücken.

»Verlockend«, sagt Nate.

Wir müssen beide kichern.

Als der Kirchturm in Sicht kommt, haben Hunger und Müdigkeit meine Glieder geschwächt und ich muss mich schwer darauf konzentrieren, nicht zu weinen. Der graue Blitz ist nicht wieder aufgetaucht und ich haben die aufflackernde Hoffnung mit Nates Brotkrumen zurückgelassen.

Wir nähern uns der Kirche, der Geruch nach Fisch sticht mir in die Nase. Beim bloßen Anblick der Rundfenster, des gotischen Turms bekomme ich Magenschmerzen, meine Kehle schnürt sich zu. Saskia und Matthew drängen durch die Holztür und ich folge ihnen, Nates Hand in meiner. Thorn lehnt am Altar, genau wie im Kanon. Ich hatte vergessen, wie schön er ist, seine dunkle Haut schimmert im Abendlicht.

»Ich höre, du kommst mit leeren Händen, Violet«, sagt er.

Er muss Nachricht von Alice erhalten haben. All die Angst und Müdigkeit scheinen von mir abzufallen und Zorn macht sich in meiner Brust breit. Thorn ist derjenige, der sie geschickt hat. Wenn er es nicht getan hätte, wäre der Kanon auf Kurs geblieben und die Rebellen würden Willow gleich entdecken, der durch das rostige Schlüsselloch der Kirchentür späht. Es war eine herzzerreißende Szene – Willow, der verprügelt und in die Kirche gezerrt wurde, um Thorn gegenübergestellt zu werden. Dieser verletzte Gesichtsausdruck, als Willow Rose mit den Rebellen sah und endlich ihre wahre Identität erkannte.

Ich ziehe meine Augenbrauen zu einer entschlossenen Linie zusammen. Nur wegen Thorn macht Willow gerade mit meiner besten Freundin rum. »Ich vermute, du meinst diese Gem-Infos?«, sage ich. »Er hat sich übrigens für Alice entschieden.«

Er lacht. »Ach, also hat das Gem-Double am Ende gewonnen? Das dachte ich mir.«

Ich winde mich zwischen den Schreibtischen durch und gehe zu ihm, stelle mich auf die Zehenspitzen, damit ich ihm direkt in sein lavendelfarbenes Auge sehen kann. »Erinnerst du dich an dein Gespräch mit Baba?«, flüstere ich, damit die anderen es nicht hören. »Hier geht es um mehr als ein paar Gem-Geheimnisse. Es war wichtig, dass Willow sich in *mich* verliebt. Du hast mich sabotiert.«

Thorn legt mir zwei schwere Hände auf die Schultern und zwingt mich, einen Schritt zurückzutreten. »Wie ich sehe, hat dich dein Aufenthalt am Herrenhaus kühn gemacht.«

Ich fange mich wieder. Er ist schließlich ein brutaler Psycho. »Entschuldige … ich … ich dachte nur, Baba hätte alles erklärt.«

»Sie hat in Rätseln gesprochen. Das tut sie immer.«

»Aber sie weiß Dinge …«

»*Ich* bin der Rebellenführer, nicht Baba, und als mir ein Möchtegern-Gem in den Schoß gefallen ist, bin ich lieber auf Nummer sicher gegangen. *Du* bist bei dieser Mission gescheitert, nicht ich und ganz sicher nicht Alice.«

Manchmal ist es wirklich verblüffend, wie schnell ich den Mut verliere, alle Kraft schwindet aus meinem Körper, meine Arme baumeln an meinen Seiten, Tränen jucken mir in den Augen. Ich blicke auf meine Stiefel und halte mir den Kopf, überlege angestrengt, was ich sagen soll. Ich muss Baba sehen. Ich schlucke schwer und öffne den Mund, aber das Geräusch einer auffliegenden Tür bringt mich zum Schweigen.

Eine Gruppe Rebellen schleift jemanden ins Gebäude, erstickt seine Schreie und wehrt seine Schläge ab. Die leise aufflackernde

Hoffnung kehrt zurück, zehn-, zwanzig-, dreißigmal stärker, sie schlägt mit den Flügeln, als wollte sie aus meiner Brust platzen. Ich blicke zu Nate und kann mir ein Lächeln nicht verkneifen. Trotz Alice, trotz allem, habe ich's geschafft. Willow hat mich gewählt. Der Kanon ist wieder auf Kurs.

Thorn sieht mich an und beginnt zu lachen. »Ich nehme alles zurück, Violet. Du kommst ganz und gar nicht mit leeren Händen.«

Das Gerangel hört auf und die Rebellen treten auseinander. Aber es ist nicht Willow, der dort kniet und dem ein Faden Blut aus dem Mund rinnt. Es ist Ash.

KAPITEL 31

»Ash, Ash« Ich höre meine Stimme seinen Namen rufen. Ich stolpere auf ihn zu, aber Thorn zieht mich zurück.

Ash blickt auf, seine strahlend blauen Augen stechen aus seinem pink geprügelten Gesicht hervor. Der Anblick seines Blutes raubt mir den Atem und unwillkürlich wandert meine Hand zu meiner Wange, als könnte ich so seine Wunden spüren.

»Kennst du diesen Imp?« Thorns Atem verfängt sich in meinem Ohr.

Ich nicke. »Er ist ein Freund.«

»Und warum schleicht dein Freund um meine Kirche herum?«

Ash hebt die Stimme. »Violet? Was hat das zu bedeuten?« Er sieht erst mich und dann die Rebellen an. Sein Blick entspricht haargenau dem von Willow im Kanon – er wurde verletzt, verraten.

Ein Rebell rammt ihm den Gewehrkolben in die Schläfe. Er geht zu Boden, alle viere von sich gestreckt.

»Hört auf! Bitte!«, schreie ich. Ich kann nicht glauben, dass ich ihn in diesen Schlamassel hineingezogen habe.

Saskia tritt vor. »Das ist bloß ein Junge vom Harper-Anwesen, der in Violet verknallt ist, deshalb ist er hier.«

Thorn geht mit langsamen, gemessenen Schritten, die den Rhythmus seiner Worte untermalen, auf Ash zu. »Und jetzt ist er nur ein Junge, der weiß, wo das Rebellen-Hauptquartier ist und wie wir alle aussehen.«

Ash schafft es, sich vom Boden aufzurappeln und schwankend wieder hinzuknien. »Wem sollte ich davon erzählen?«

»Manche Gems arbeiten für Imps«, sagt Thorn, »und manche Imps arbeiten für Gems. Nicht alle sind den Ihren treu.«

Ich folge Thorn, Übelkeit steigt in mir auf. »Bitte, Thorn. Er ist keine Gefahr für dich.«

»Sein Spitzname ist Eichhörnchen, Herrgott noch mal«, sagt Nate.

Thorn hockt sich vor Ash hin und mustert einen Augenblick sein Gesicht. »Erste Lektion, Junge – denk nie mit dem Schwanz.«

Ash lächelt sein schiefes Lächeln. »Ich habe mit meinem Herzen gedacht.«

»Sperrt ihn in eine Zelle«, sagt Thorn.

Genau den gleichen Satz hat Thorn im Kanon gesagt. Es ist, als wollte sich die Geschichte entfalten, Baba hatte recht.

Ich sehe zu, als die Rebellen Ash auf die Beine ziehen; Magensäure brennt in meiner Kehle. Er blickt mich über die Schulter an, seine langen Wimpern schirmen den Ausdruck in seinen Augen ab und ein Cocktail aus Schuldgefühl und Sehnsucht rumort in meinem Magen.

»Es tut mir leid«, sage ich lautlos zu ihm.

Aber sie schaffen ihn fort, bevor er antworten kann.

Die Kirche fühlt sich plötzlich sehr kalt an. Ich schlinge die Arme um mich und wünschte, ich könnte in mir selbst verschwinden, so schuldig fühle ich mich. Wenn ich nicht gewesen wäre, würde Ash jetzt Mas Eintopf umrühren oder in einem Imp-Bus sitzen oder auf einer Koje liegen oder auf einen Baum klettern. Ich hätte nie vom Drehbuch abweichen und all diese Risiken eingehen dürfen. Meine Lippen kribbeln, als ich mich an den Kuss von letzter Nacht erinnere, und seine Worte hallen in Endlosschleife in meinem Kopf wider. *Ich habe mit meinem Herzen gedacht.*

Matthew durchbricht die Stille. »Ehrlich, Thorn. Er ist ein guter Kerl.«

Thorn ignoriert ihn und bugsiert mich von den anderen weg in den vorderen Teil der Kirche. Ich höre Nate murren, dass man ihn schon wieder ausgeschlossen hat, gefolgt von einem scharfen Klatschen, wahrscheinlich eine Ohrfeige von Saskia. Aber es wirkt alles ein bisschen unwirklich. Meine Knie fühlen sich an, als könnte ich sie nicht mehr beugen, meine Schritte geraten kurz und ruckartig. Thorn führt mich zur Kanzel und bedeutet mir, mich neben ihn auf den steinernen Absatz zu setzen. Die Kälte des Steins fährt mir in den Overall.

Er starrt an die Decke. »Bevor du fragst, ob du ihn sehen kannst – die Antwort lautet Nein.«

»Ich wollte fragen, ob ich Baba sehen kann.«

»Warum?«

Ich beuge mich vor, sodass mein Haar mich abschirmt und er meine Tränen nicht sieht. »Weil ich nicht weiß, was ich machen soll.«

»Du wirst gar nichts machen. Du kannst nur hoffen, dass Alice Erfolg hat, es ist nicht mehr nur Katherine, die ich in eine Zelle gesperrt habe.«

»Katie«, sage ich. Das Schuldgefühl vervielfältigt sich, als mir klar wird, dass ich seit meiner Rückkehr ins Hauptquartier noch nicht an sie gedacht habe. Aber etwas an der Art, wie er ihren vollen Namen gebraucht hat, wie er ihn in seinem Mund bewegt hat, als würde er mit der Zunge seine Konturen erkunden, lässt mich weniger um ihre Sicherheit fürchten.

»Du kannst sie nicht sehen«, sagt er.

»Geht es ihr gut?«

Er nickt. »Vorläufig ja.«

Ich atme tief ein und schiebe mir das Haar hinter die Ohren. Ich muss ihn überreden, dass er mich Baba sehen lässt. Ich festige meine Stimme. »Was, wenn Alice es nicht bringt?«

»Bislang hält sie sich gut.« Sein einzelnes Auge springt zwischen meinen hin und her.

»Als ich sie das letzte Mal sah, hat sie es ein bisschen zu sehr genossen, ein Gem zu sein. Das gibt man nicht so leicht auf.«

»Ich habe es auch geschafft.« Er hebt seine Augenklappe, um mich an seine Herkunft zu erinnern. Aus der Nähe kann ich sehen, wie seine Pupille sich zu einem Punkt zusammenzieht, weil sie das Licht nicht gewohnt ist.

»Ja, aber die Gems haben den Mann, den sie liebt, nicht getötet.«

»Wo wir gerade von Liebe reden – wie es scheint, hat deiner Mission ein gewisser Nacht-Imp geschadet.«

Ich werde rot. »Ash ist nur ein Freund.«

Er lacht, als würde er mir nicht glauben, und zieht einen silbernen Flachmann aus seinem Jackett. »Dann erzähl mal weiter, was lässt dich glauben, dass Alice den Gem-Sprössling liebt?«

»In meiner Welt ist Alice Fanfiction-Autorin, eine echt gute. Sie erhält jeden Tag Tausende Klicks.«

Er reicht mir den Flachmann, seine Miene gefasst und ruhig. »Eine Fanfiction-Autorin?«

»Alice ist nicht die Autorin des Originalbuchs, aber sie erweitert es, verdreht es, verfasst neue Teile.« Zögerlich nehme ich einen Schluck. Es schmeckt scharf und bahnt sich einen Weg aus Flammen von meiner Zunge in den Magen.

»Sie denkt sich Zeug aus?«

Ich lache leise. »Ja.«

Er nimmt mir den Flachmann aus der Hand. »Ich habe Baba vertraut, als sie sagte, du wärst die Auserwählte. Aber sie hat sich geirrt. Und ich bin weit davon entfernt, ihrer bizarren These zu folgen, dass du aus einer anderen Dimension stammst und unsere Welt nur ein ...« Er bricht ab und nimmt mehrere gierige Schlucke. Mir fällt auf, dass seine Hand leicht zittert und ein feuchter Schimmer seine Stirn überzieht.

Ich bleibe dran. »Alice hat am liebsten über Mädchen geschrieben, die Willows Herz gewinnen konnten, ausgedachte Mädchen ... sie waren alle groß und blond und hatten Namen wie Abby, Ada oder Amelie. Seit sie fünfzehn ist, malt sie sich aus, mit ihm zusammen zu sein.«

»Was willst du damit sagen?«

»Du brauchst mich immer noch, weil Alice nicht auf unserer Seite steht. Alice ist auf Alice' Seite. Ist sie immer.«

Thorn steckt den Flachmann zurück in den Blazer und lässt seine Augenklappe wieder an ihren Platz springen. »Wie es scheint, siehst du das ähnlich wie Katherine. Ich will dir etwas zeigen, kleine Blume.«

Er führt mich zu einem dunklen Lettner vorn in der Kirche. Ein goldener Vogel breitet seine Flügel aus, gefangen unter einem Kreis aus Engeln.

»Dieser Vogel ist ein Pelikan«, sagt Thorn. »Der alten Imp-Mythologie zufolge fütterte er seine Jungen mit seinem eigenen Blut, indem er sich die Federn aus der Brust rupfte.«

Ich weiß nicht, welche Reaktion er von mir erwartet, deshalb murmele ich nur: »Widerlich.«

»Selbstaufopferung ist nichts Widerliches, Violet.«

Er blickt an den gemalten Engeln vorbei zu der hohen Gewölbedecke, als wäre er auf der Suche nach Inspiration. »Du bekommst eine Minute mit ihr.«

»Mit wem?«

»Baba.«

Ich lächele. »Mehr brauche ich nicht.«

Baba kauert in der Ecke ihrer Kammer, blickt ins Feuer und summt ein Lied. Der Duft nach Lilien und Holzrauch versetzt mich zurück zu unserer ersten Begegnung. Ich denke an die Galgen und die fallenden Körper und bekomme einen trockenen Mund.

Sie wendet mir den Kopf zu, ihre Augen flackern unter ihren versiegelten Lidern, als würde sie träumen. Die Mundwinkel ihres lippenlosen Mundes kräuseln sich. »Violet. Du wirkst … verändert.«

»Hungriger und übermüdet.«

»Stärker.« Sie streckt mir ihre runzligen Hände entgegen und ich überquere die Bodenfliesen, um sie zu ergreifen. Sie fühlen sich überraschend warm an. »Wo ist Thorn?«, fragt sie.

»Er gewährt uns eine Minute.«

Sie lacht und ihr Körper schüttelt sich ein wenig, der Feuerschein tanzt über ihre Haut. »Er ist so gemein, wenn er gestresst ist.« Sie zeigt auf den Boden vor ihr. »Komm, knie dich hin, mein Kind.«

Ich gehe in die Knie – lasse die Steine meine Schienbeine kühlen – und senke den Kopf. Dieses Mal sehne ich den Schmerz herbei. Etwas, das die Pein aus Schuldgefühlen und Versagen betäubt. Sie umfasst meine Schläfen und der stechende Schmerz schießt mir in den Hals, gleitet am Brustbein ab und wirbelt durch meinen Körper. Mir tut alles weh. Ich atme ein, aber meine Lungen sperren sich gegen die Luft und meine Kehle schnürt sich zu. Es fühlt sich an, als würde ich ertrinken. Ich sehe eine Papiergirlande aus Imps zu Boden sacken, einen treibenden, halb toten Jungen, eine sichelartige Klinge, die hochgereckt in der Sonne funkelt, ein Durcheinander aus gebräunten Beinen in Satinlaken.

Genau wie beim letzten Mal bündelt sich der Schmerz dann an dem Punkt zwischen meinen Augen. Ich sehe Ash zwischen den Rebellen knien, ein Faden Blut rinnt sein Kinn hinunter. *Ich habe mit meinem Herzen gedacht.*

Und so schnell, wie er gekommen ist, schwindet der Schmerz wieder.

Ich weiß, wo ich stehe, bevor ich die Augen öffne. Ich atme den Geruch von frisch gemähtem Gras ein, höre Vogelgezwitscher und Äpfel, die mit einem sanften Plumpsen auf den Boden prallen. Der Obstgarten. Noch nie war ich in der Mittagssonne dort. Er ist so lebendig – voller Farben und Düfte. Der Wind fährt durch die Blätter und meine Haut überziehen flackernde Schatten. Ich lächele.

Baba steht vor mir, mit geradem Rücken und geöffneten Augen. Sie schaut sich um. »Also hier ist der magische Moment passiert?«

»Ja. Aber Willow hat sich nicht in mich verliebt. Die Magie hat nicht funktioniert – ich bin Neville Longbottom, aus den frühen Büchern, bevor er richtig gut wird.«

Baba lacht und mir fällt auf, dass sie jetzt Zähne hat. »Ich habe nicht von Willow gesprochen. Ich meinte den anderen – den mit den babyblauen Augen.«

Bei der bloßen Erwähnung von Ash brennen Tränen in meinen Augen. »Es ist alles schiefgegangen, Baba. Was soll ich bloß tun?« Mir ist klar, dass ich mich wie ein kleines Kind anhöre, aber das ist mir egal.

Sie ignoriert mich und fasst in die Zweige eines nahen Baums, im Sonnenlicht wirkt jede Strähne ihres grauen Haars lebendig.

»Wie konnte ich nur so blöd sein?« Meine Stimme klingt schrill und weinerlich. »Ich wusste, dass Alice Willow liebt. Habe ich wirklich geglaubt, sie würde mir das Feld überlassen?«

Sie pflückt einen Apfel und atmet seinen Duft ein, so stark, dass ihre neu gewonnen Nasenlöcher sich zusammenziehen. »Alice hat dir einen vergifteten Apfel gegeben, aber das macht sie nicht zu einer bösen Hexe. Und nur weil du ihn genommen hast, bist du noch lange nicht Schneewittchen.«

»Sie hat mich verraten.«

Baba zuckt die Achseln. »Du warst bereit, Willow zu verraten, ihn zu deinem eigenen Vorteil zu verführen. Der Zweck heiligt die Mittel. Alice hat nur einen anderen Zweck im Sinn.« Sie beißt in den Apfel, Saft tropft ihr Kinn hinunter. »Ash. So heißt er.« Das Fruchtfleisch bewegt sich über ihre Zunge. »Ich mag ihn.«

»Was soll ich bloß tun?«, sage ich wieder, etwas genervt von ihrer Ziellosigkeit.

Sie schluckt. »Du hast immer noch die roten Schuhe, vielleicht gehst du einen anderen Weg.«

»Das verstehe ich nicht.«

»Finde deinen eigenen Weg, Violet. Versuch nicht länger, Rose zu sein.«

»Aber ich dachte, es wäre das Richtige, sich ans Drehbuch zu halten. Ich dachte, die Geschichte müsste sich vollenden, damit wir nach Hause zurückkehren können.«

Ich muss wirklich perplex aussehen, weil sie mich mitfühlend ansieht und sagt: »Aber du bist das eine oder andere Risiko eingegangen, Violet. Und was ist passiert?«

Ich antworte, ohne zu überlegen. »Ich habe mich in die falsche Figur verliebt.«

»Oder du bist genau deshalb diese Risiken eingegangen. Die Henne oder das Ei. Am Ende ist alles nur eine Endlosschleife.«

»Baba, bitte, das ergibt keinen Sinn.«

»Sieh es einmal anders – wenn du hier in unserer Welt festsäßest, wie würdest du dein Leben leben? Welche Art von Imp würdest du werden?«

Ich spüre, wie Ärger in mir hochsteigt. »Ich kann nicht hierbleiben, Baba. Ich *muss* nach Hause – Nate, Katie und ich, wir gehören nicht hierher.«

»Zugehörigkeit ist nur eine Geisteshaltung, frag Alice.«

Sie klingt wie einer dieser Wandsticker im Wohnzimmer meiner Tante. *Lerne, im Regen zu tanzen.* »Bitte, Baba. Hör auf, in Rätseln zu sprechen, sag mir einfach, was ich tun soll.«

»Aber wo bliebe denn da der Spaß?« Der Apfel taucht wieder

in ihrer Hand auf, eine leuchtende, glänzende Kugel. Sie wirft ihn in die Luft, als würde sie eine Taube freilassen. Er bricht durch die Zweige und saust in den endlosen Himmel. Ihr Lachen verklingt in Vogelgezwitscher. Die Schattierungen des Obstgartens verlaufen wie Farbe und der Apfelduft verfliegt allmählich.

KAPITEL 32

Wir sind zurück in der Kammer, ihre Hände liegen noch auf meinem Kopf. Ich sehe sie an und bin fast überrascht, die wächsernen Lider anstelle grüner Augen zu sehen.

Sie lächelt, die Zähne längst verschwunden. »Thorn ist da.«

Sekunden später höre ich seine dumpfen Schritte näher kommen.

Er tritt durch die Tür. »Deine Minute ist um.«

Es kam mir so viel länger als eine Minute vor, vermutlich vergeht die Zeit bei einer Geistverschmelzung langsamer.

»Lass sie den Jungen sehen«, sagt Baba.

»Auf keinen Fall.«

Baba zieht sich die Kapuze über den Kopf. »Wirst du mir jemals vertrauen?«

Wir betreten den Gang, aber statt mich in das Kirchenschiff zurückzubringen, führt Thorn mich tiefer unter die Erde, bis wir an eine blaue, verrostete Tür gelangen. Ich erkenne sie aus dem Film wieder – Thorn brachte Rose zu dieser Zelle, um ihr Willow zu zeigen. Ich trete wieder in Rose' Fußstapfen, es fühlt sich an, als hätte der Kanon begonnen, mich zu verhöhnen, indem er mich ständig daran erinnert, was passiert wäre, wenn ich beim Herrenhaus nicht alles in den Sand gesetzt hätte.

Als ich die blaue Tür sehe, beginnt meine Kopfhaut zu kribbeln. Die Szene aus dem Kanon hat mir eine Heidenangst eingejagt. Thorn hat Willow fast getötet, hat ihn gegen die Wand gestoßen und mit einem Messer an seiner Wange herumgefuchtelt. Im Hintergrund schrie Rose. Alice und ich haben den Fernseher angebrüllt. »Nein, nein, wag es ja nicht, sein perfektes Gesicht zu verletzen.« Ich glaube, Nate hat sogar mit Doritos geworfen. Aber Willow rettete sich, indem er Thorn streng geheime Informationen über ein unterirdisches, von Gems betriebenes Bordell verriet: das Fleischhaus. Informationen, die Thorn nutzte, um noch in derselben Nacht das Fleischhaus zu überfallen. Alice und ich haben uns abgeklatscht, als Thorn seine Klinge sinken ließ. Ich fand es romantisch, dass Willow Gem-Wissen preisgab, um mit Rose zusammen zu sein. Jetzt erscheint es mir eher ein bisschen armselig, dass er die Geheimnisse der Gems einfach so ausgeplaudert hat. Typisch Willow.

Aber es ist nicht Willow, der hinter der blauen Tür zusammengesackt ist, es ist Ash – mein entzückender, tapferer, ehrbarer Ash. Ich denke an Thorns Messer, das in diesem Moment vermutlich in seinem Gürtel steckt, und mein Herz beginnt zu rasen.

Thorn öffnet die Tür. »Eine Minute. Mehr nicht.«

Ich trete in die Zelle. Die Tür fällt ins Schloss und Dunkelheit umfängt mich, Dunkelheit und der Geruch nach feuchtem Moos. Ich höre den schwachen Rhythmus von Atemzügen, akzentuiert von tropfendem Wasser.

»Ash?«

»Hier drüben«, antwortet er. Ich erkenne seine Stimme sofort, aber nicht den Tonfall, er klingt so anders. Ich bewege mich in die Richtung seiner Worte, meine Augen gewöhnen sich an das

Halbdunkel. Ich kann allmählich seine Silhouette ausmachen, in eine Ecke gekauert, die Knie an die Brust gezogen. Ich nehme seine Hände in meine. »Himmel, Ash. Geht es dir gut?« Trotz der Düsternis kann ich erkennen, wie schlimm sein Gesicht angeschwollen ist.

»Du bist eine Rebellin?«, fragt er. »Scheiße, warum hast du nichts gesagt?«

»Entschuldige, es tut mir leid. In der Nacht, als du mir geholfen hast, eine Rose auf Willows Fensterbrett zu legen … da dachte ich, du wüsstest Bescheid.«

»Glaubst du, ich hätte dir die Dups gezeigt, wenn ich gewusst hätte, dass du Rebellin bist?«

»Wohl kaum.« Selbst wenn ich es versucht hätte, ein schlechteres Gewissen könnte ich gar nicht haben. »Es tut mir so leid, wirklich. Ich wollte dich nicht in Gefahr bringen, indem ich dir die Wahrheit sage.« Die Wahrheit. Dieses unerreichbare Ding, das wir niemals teilen können. Ich streiche ihm das Haar aus der Stirn und untersuche die tiefe Platzwunde. In der Dunkelheit, vor dem Hintergrund seiner blassen Haut, wirkt sie wie eine schwarze Schlucht. Er saugt Luft durch die Zähne ein, als ich die Haut sanft zusammendrücke.

»Das muss genäht werden«, sage ich.

»Na schön, dann setz mich an der nächstgelegenen Imp-Klinik ab.«

Wir sehen uns einen Augenblick in die Augen und müssen lachen.

»Warum bist du mir gefolgt?« Ich presse meine Hand weiter auf seine Stirn. Ich muss nicht mehr so tun, als hätte ich Gefühle für Willow. Bei dem Gedanken wird mir etwas schwindelig, so als säße ich wieder in dem Karussell. Und plötzlich werde ich mir meiner bloßen Haut sehr bewusst, spüre, wie mein Gesicht, mein Hals, meine Handgelenke Ashs Körperwärme in sich aufnehmen.

Er schließt die Augen und dreht seinen Kopf in meiner Hand. »Ich dachte, du wärst in Schwierigkeiten. Ich bin nicht in die Stadt zurückgekehrt, nachdem du mich geküsst hattest, weißt du.«

»Du hast mich zurückgeküsst«, sage ich und werde dann rot, weil ich so kleinlich bin, während er verprügelt in einer Zelle sitzt.

»Ich hatte keine große Wahl. Du bist über mich hergefallen.« Er versucht zu zwinkern, aber sein Auge ist geschwollen. Er verlegt sich auf ein halbes Lächeln. »Ich bin in den Obstgarten gegangen, und als ich zurückkam, um mit dir zu reden, warst du weg. Alle redeten darüber, dass Saskia wirklich wütend gewesen sei und ihr urplötzlich aufgebrochen seid. Also habe ich den nächsten Bus zurück in die Stadt genommen und euch aufgespürt. Das war nicht besonders schwer, ich wusste ja, wohin ihr nach unserer ersten Begegnung wolltet. Und du atmest wirklich laut, ein bisschen wie ein Schwein.« Er grunzt und ich muss lachen.

Einen Moment lang sagen wir nichts. Ich bemerke das Scharren irgendeines Nagetiers, Wasser, das im Takt tropft. Meine Stimme überschlägt sich. »Nachdem ich dir gesagt hatte, dass ich Willow will, dachte ich …«

»Ich würde einfach aufgeben?«

»Ja.«

»Weißt du noch, was ich dir übers Klettern gesagt habe? Dass man immer ein Körperteil auf einem Ast behält, damit man nicht abstürzt?«

Ich nicke, meine Finger haben unwillkürlich angefangen, mit seinem Haar zu spielen.

»Tja, ich habe meine eigene Regel gebrochen.« Er greift nach meiner Hand. »Und jetzt bin ich viel zu hart aufgeschlagen.«

Mein Inneres ist ganz warm und ich kann nicht anders, als zu grinsen, trotz der gegenwärtigen Lage. »Vergleichst du mich mit einem Baum?«

»Mit einem großen, alten, knorrigen.« Plötzlich erstirbt sein Lächeln. »Was werden sie mit mir machen?«

»Wenn sie für dich keine Verwendung haben, könnte Thorn dich töten. Es hängt davon ab, ob Saskia es ihm ausreden kann.« Ich versuche, ruhig zu klingen.

Sein Kopf prallt gegen die Wand. »Ich bin ein toter Mann.«

»Du musst einfach nützlich für sie sein – unentbehrlich.«

Licht flutet die Zelle. Thorn steht in der Tür. Ich entwirre eilig meine Finger aus Ashs Haar und ärgere mich über mich selbst, weil ich nicht mehr auf der Hut war. Verzweifelt versuche ich, mir zu überlegen, wie er von unschätzbarem Wert werden könnte.

»Okay, kleine Blume, die Zeit ist rum.« Thorn zieht ein Messer aus seinem Gürtel, dasselbe Messer, das er im Kanon an Willows Gesicht gehalten hat. Ashs Atem an meiner Wange geht schneller.

Thorn blickt auf die Klinge und dann zu Ash. »Jetzt muss ich nur noch den Müll rausbringen.«

»Warte.« Ich stehe auf, stelle mich zwischen Ash und das Messer. Meine Beine fühlen sich an wie Papier.

»Violet, nicht …«, sagt Ash.

Thorn verhöhnt mich. »Willst du mir eine weitere Geschichte über Ruth erzählen? Das wird nicht funktionieren.«

Mir raucht der Kopf, während ich verzweifelt versuche nachzudenken. Nicht Ruth, nicht Ruth, etwas anderes aus dem Kanon. Ich starre ihn an, sprachlos und gequält, mein Blick auf das verrostete, blutbefleckte Messer geheftet. Es erinnert mich wieder an den Kanon und plötzlich weiß ich, was ich sagen muss.

»Wie sich gezeigt hat, weiß Alice längst nicht alles. Willow hat mir ein paar schmutzige Geheimnisse der Gems verraten, bevor sie ihn eingewickelt hat. Aber die werde ich dir nur verraten, wenn du mir versprichst, Ash und Katie zu verschonen.«

Thorn stößt mich aus dem Weg und zerrt Ash auf die Beine, rammt ihn gegen die Wand und sticht das Messer ins Mauerwerk direkt neben seiner Wange. »Sprich«, schreit er.

Obwohl ich den plötzlichen Gewaltausbruch fast erwartet hatte, bin ich schockiert, den plötzlichen Luftzug und den Mörtelstaub auf meinem Gesicht zu spüren, den Geruch von Angstschweiß einzuatmen und jede Sehne an Thorns Handgelenken hervortreten zu sehen, ist viel beängstigender als im Film.

Ich rede schnell, lasse die Klinge, die sich biegt und gegen die Steine schrammt, nie aus den Augen. »Ich weiß, wo alle reichen und bedeutenden Gems heute Abend sein werden. Botschafter, Generäle, sogar Präsident Stonebacks Neffe Howard.« Mein Verstand kann meinen Worten kaum folgen, ich übernehme Willows Text direkt aus dem Kanon. »Es gibt ein Bordell, *das Fleischhaus*. Es wird von ein paar korrupten Soldaten geführt, die den Gems jede gewünschte Art von Imp-Fleisch anbieten, Männer, Frauen, ein paar Behinderte, ein paar Kinder. Solange der Kunde zahlen kann, wird die Konkubine zur Verfügung gestellt.« Ich höre Ash zitternd einatmen. Die Messerspitze dreht sich in der Wand, setzt Staub und Sand frei. Verzweiflung steigt mir in die Stimme. »Und ich weiß, wo es ist. Ich kann dich hinbringen.«

Thorn sieht mich an, das Messer nur Millimeter von Ashs Gesicht entfernt. »Diese Bordelle sind verstörend, aber sie sind nichts Neues.«

»Aber die Kunden sind keine Durchschnittsgems«, sage ich. »Ihr stürmt das Bordell, befreit die Imp-Konkubinen … und verärgert ein paar ziemlich wichtige Leute.«

»Okay, aber ein Angriff auf der anderen Seite der Grenze wäre Selbstmord. Wir wären in feindlichem Gebiet.«

»Das ist es ja. Dieses Bordell sorgt für einen besonderen Kick. Es ist nicht in den Auen, es ist in der Stadt.«

Thorn fängt an zu lachen, das Strahlen seines Lächelns erleuchtet praktisch die Zelle. »Hört, hört, gar nicht mehr so ein Mauerblümchen, was, Violet?«

»Wird man wie ein Affe behandelt, wird man wütend.«

»Wütend auf wen?«, fragt Thorn.

Ich erinnere mich an den Dekontaminierungsblock, die forschenden Hände auf meinem Körper, die fallende Papiergirlande, die toten Augen der Dups, Nates ausgestreckte Arme auf dem Marktplatz. Zorn lodert in meinem Magen auf und ich fange an zu zittern. Als ich endlich spreche, spreche ich nicht als Violet, glühender Fan von *Der Galgentanz*, sondern als Violet der Imp. »Diese miesen Gems verdienen alles, was ihnen blüht. Sie verdienen es, am Galgen zu tanzen und zu erfahren, wie es sich anfühlt.«

Ich sehe Thorns Klinge sinken, genau wie im Kanon. Er wird Ash am Leben lassen. Erleichterung durchfährt mich.

Thorn dreht sich um, ein düsterer Ausdruck überschattet sein Gesicht. »Aber ich fürchte, nur Katherine wird begnadigt.« Er wirbelt zurück zu Ash, die Klinge gezückt und zum Stich bereit.

In dem schrecklichen Bruchteil einer Sekunde begreife ich, dass Ash sterben wird.

»Halt!«, schreie ich. Die Klinge schwebt in der Luft. »Ich weiß noch mehr, ich weiß, dass …« Der Kanon kann Ash jetzt nicht mehr retten. Ich muss ein Risiko eingehen, ich muss aufhören, mich aufs Drehbuch zu verlassen, wie Baba gesagt hat. Als ich es das letzte Mal gewagt habe, habe ich Ashs Hand gehalten. Es war, als er mir etwas zeigen wollte … »Die Duplikate!« Meine Worte überschlagen sich. »Ash, erzähl ihm von den Duplikaten.«

Ash sieht mich an. Sein Gesicht ist ein Durcheinander aus Schwellungen und Schrammen, pink und blau vor weißem Hintergrund. Aber sein Blick ist scharf, wach, intensiv. Ich nicke ihm sanft zu und Einverständnis breitet sich zwischen uns aus wie etwas Greifbares und Echtes.

Er fängt an zu sprechen, seine Stimme ist überraschend klar. »Ich habe einen Tarnmechanismus auf dem Harper-Anwesen entdeckt, tief im Wald, wo niemand je war, nicht mal die anderen Imps. Den habe ich ausgeschaltet und dieser seltsame Bunker kam zum Vorschein. Drinnen waren acht Duplikate. Drei Willows, zwei Mr Harpers und drei Mrs Harpers. Eins der Duplikate hat keine Beine und ich glaube, eins hat kein Herz.«

Thorn blinzelt ganz langsam. »Du hast Duplikate gefunden?«

»Ja, sie treiben in Flüssigkeitstanks.«

»Duplikate sind echt?«, keucht Thorn.

Ash nickt. »Ich habe sie mit eigenen Augen gesehen.«

»Ich auch«, füge ich hinzu.

Thorn lässt Ash los, seine Ungläubigkeit schlägt in Begeisterung um. »Das ist … ein Riesending. Ich dachte, die Dups wären nur ein krankes Gerücht, das sich Imps ausgedacht haben, um den Durchschnittsgem gegen die Regierung aufzubringen.« Er fährt sich mit den Händen durchs Haar, das Messer zwischen Daumen und Zeigefinger geklemmt. »Das ist eine Sensation.« Er wendet sich zu mir. »Wie viele Gems wissen davon?«

»Das weiß ich nicht«, antworte ich. »Ich glaube, nur die Wohlhabenden. Alice hat gesagt, die meisten Dups würden in geheimen Lagerhäusern verwahrt, aber die Harpers hätten ihre umgelagert, weil einige der Wachen … du weißt schon … widerwärtige Dinge getan haben.«

»Mit den Dups?«, fragt Thorn.

Ich nicke.

Thorn atmet aus. »Also ist es unter der reichen Elite ein weit verbreitetes, aber gut gehütetes Geheimnis. Der Durchschnittsgem hat keine Ahnung, sonst hätte ich längst davon erfahren. Wenn das rauskäme, na, das würde für mächtig Unruhe sorgen. Der normale Gem würde sich gegen seine Regierung auflehnen.« Ein Lächeln breitet sich auf seinem Gesicht aus und er wendet sich an Ash. »Und du sagst, du hättest diesen Bunker entdeckt?«

»Ja.«

»Ganz allein?«

Ash nickt. »Ganz allein.«

»Wann?«

»Das muss vor ein paar Monaten gewesen sein.«

Thorn lacht. »Du bist dahintergekommen, dass es diesen Tarnmechanismus gibt, und dann hast du niemandem davon erzählt, bis du Violet begegnet bist?«

Ash nickt. »Ich bin ganz gern am Leben.«

Thorn steckt das Messer zurück in den Gürtel. »Rührig und verschwiegen. Vielleicht bist du doch nicht wertlos.« Er wendet sich an mich. »Das Fleischhaus, die Duplikate. Du bist über dich hinausgewachsen.« Er hält in der Tür inne, immer noch ein Lächeln im Gesicht. »Ich schicke Darren in fünf Minuten runter, um dich zu holen. Betrachte es als Teil deiner Belohnung, kleine Blume.«

Ash und ich sacken nebeneinander gegen die Wand, Arm an Arm, Hüfte an Hüfte.

»Was für ein beängstigender Typ«, sagt Ash.

Ich lege meine Hand auf seine. »Als ich ihn mit dem Messer gesehen habe …«

Ash bringt mich mit einem Kuss zum Schweigen und die Anspannung fällt langsam von mir ab.

Er löst sich, mit nachdenklicher Miene. »Kleine Blume.«

»So nennt er mich immer. Ich hasse es.«

»Es ist nur komisch, weißt du. Ash und kleine Blume. Darüber habe ich noch gar nicht nachgedacht.«

Ich schüttele verwirrt den Kopf.

»Ich habe dir wohl nie die letzten Zeilen des Kinderreims gesagt.«

»Nein.«

»Zähl die Disteln, eins, zwei, drei.
Bald sind alle Imps ganz frei.
Zähl die Disteln, vier, fünf, sechs.
Nehmt euch Waffen, Stein, Gestöcks.
Die grüne Esche ist nun rot,
Der Frühling fort, der Sommer tot.
Zählt nicht die Stunden, zählt Minuten.
Hoffnung beginnt als kleine Blume.«

KAPITEL 33

Hoffnung beginnt als kleine Blume.

Diese Zeile geht mir wirklich unter die Haut. Ich folge Darren durch die steinernen Gänge und ein paar Treppen hinauf, aber ich bekomme die Zeile nicht aus dem Kopf.

Hoffnung beginnt als kleine Blume.

Sie handelt anscheinend … von mir. Bin ich etwa die kleine Blume? Die kleine Blume, die den Frühling zu Hause hinter sich ließ, den Sommer verpasste und im Herbst hier ankam? Die kleine Blume, die Hoffnung bringen soll? Rose kann nicht gemeint sein. Schließlich sind Rosen eher groß. Und ich erinnere mich an Babas Worte bei unserer ersten Begegnung: *Das Veilchen ist etwas Besonderes.*

Dieser Reim war nicht Teil des Kanons, was logisch ist, wenn er wirklich von mir handelt – ich war ja auch nicht Teil des Kanons. Er klingt eher wie eine Prophezeiung und nicht wie ein Kinderreim, als wäre ich dazu bestimmt, die Imps zu retten, was absolut keinen Sinn ergibt. Ich verstehe ja, wie meine ungeschickten Schmetterlingsflügel die Gegenwart und die Zukunft beeinflussen können, aber diesen Reim gab es schon lange vor Ashs Geburt. Ich kann ja wohl kaum die Vergangenheit verändern und eine Prophezeiung hervorbringen? Außerdem ist die

Prophezeiung, wenn sie denn eine ist, unglaublich schlecht gelungen. Dann hab ich's echt richtig verbockt – es ist absolut ausgeschlossen, dass ich in nächster Zeit eine Revolution anzettele.

Es ist nur ein Reim, sage ich mir. Ein dummer Kinderreim. Im Moment sieht meine ganz persönliche Prophezeiung wohl eher ziemlich finster aus.

Ich war so in Gedanken, dass ich kaum bemerkt habe, wie wir die Treppen hochgestiegen sind und die Holztür erreicht haben, die in den ockerfarbenen Raum führt – zu Katie. Beim bloßen Gedanken an ihren sanften Liverpooler Akzent breitet sich ein Gefühl der Ruhe in mir aus.

Darren sperrt die Tür auf. »Der Boss sagt, du erhältst eine letzte Belohnung.«

Ich dränge mich durch in den muffigen, feuchten Geruch. Hinter mir schlägt die Tür zu.

Katie lungert auf einem abgewetzten grauen Sofa herum, das an die hintere Wand geschoben ist. Auf ihrem zarten Gesicht breitet sich ein Lächeln aus. »Violet!« Sie schlingt die Arme um mich.

Ich erwidere die Umarmung.

»Ich kann nicht glauben, dass du es bist«, sagt sie. »Das ist hier einfach ein Riesenhaufen Scheiße.«

Es dürfte wirklich kein großer Spaß sein, immer noch in diesem winzigen Raum festzusitzen, aber wenigstens gibt es jetzt Tageslicht, weil das Fenster vom Schmutz befreit ist, wie sie in ihrem Brief schrieb. Ich stelle mir Katie und Thorn vor, wie sie Seite an Seite arbeiten, und kann mir eine gewisse Neugier auf ihre Gespräche nicht verkneifen.

Sie trägt ihren Catsuit nicht mehr, sondern ein blaues Leinenkleid und eine braune Strickjacke. Und von ihrem leicht blumigen Geruch zu schließen, hat Thorn ihr erlaubt, regelmäßig zu baden. Sie hat jetzt noch viel mehr von Jane Austen als von Sally King. Ihre rosigen Wangen wirken, als käme sie gerade von einem Spaziergang über die Hügel zurück.

Ich halte sie eine Armeslänge von mir entfernt. »Ich habe mir solche Sorgen um dich gemacht.«

»*Du* hast dir Sorgen gemacht? Ich bin nicht diejenige, die tagelang an diesem schrecklichen Ort herumscharwenzelt ist. Ich bin so froh, dass du wieder da bist.«

»Nicht lange.«

Ihre Miene entgleist.

Ich schenke ihr ein mitfühlendes Lächeln. »Ich bin noch dabei, alles zu regeln.«

Sie lässt sich aufs Sofa fallen, Staubwölkchen steigen um sie auf. »Also, wie läuft's?«

Ich setze mich neben sie, unfähig, ihr in die Augen zu sehen. »Ich hab's verbockt, Katie, und zwar so richtig. Alice hat letzten Endes mit Willow geschlafen, sodass er mir nicht in die Stadt gefolgt ist, wie er es eigentlich sollte. Der Kanon ist voll vom Kurs abgekommen und ich weiß nicht, was ich machen soll.«

Ihr Körper versteift sich. »Alice hat was?«

»Erspar mir, es noch einmal zu sagen.«

Sie boxt in die Kissen, was weiteren Staub aufwirbelt. »Diese verkommene kleine Drecksschlampe. Ich dachte schon, dass sie ein bisschen zu glücklich aussah, als sie ins Gem-Land abgedampft ist, du weißt schon, angesichts der Tatsache, dass du hängen würdest … Sorry, ich weiß, du hasst das H-Wort.«

»Das ist es ja. Ich hasse es, aber ich hasse die Vorstellung hierzubleiben noch mehr.«

Ich kann die Emotion, die über ihr Gesicht zieht, nicht richtig einordnen. Trauer, Ärger, Verleugnung. »Es ist noch nicht vorbei, Vi«, sagt sie. »Es bleibt noch ein Tag.«

»Ein Tag … und Willow liebt Alice, nicht mich. Es sieht nicht gerade gut aus für Team Violet.«

»Liebt?« Sie macht schmale Augen und presst die Lippen zusammen. »Begehrt trifft es wohl eher. Du weißt, wie Alice ist, dieses schmutzige Wichswiesel. Sie hat den armen Kerl wahrscheinlich besprungen und ihm ihre Titten gezeigt. Er wird bald begreifen, was für eine oberflächliche Schwanzklemme sie ist, und dann will er dich.«

»Bis morgen?«

Sie seufzt. »Was passiert denn, wenn du nicht gehängt wirst? Bleiben wir wirklich einfach hier?«

»Das vermute ich.«

Ihre Hände finden meine. Wir starren ins Leere, sehen einfach dem Staub zu, wie er hin- und herschwebt, den Gezeiten unseres Atems folgt.

»Danke für den Brief«, sage ich schließlich.

Sie grinst. »Ja, ich musste aufpassen, was ich sage, weil mir klar war, dass Thorn ihn lesen würde, aber ich wusste, dass du ihn verstehen würdest.«

»Und wie ist es dir ergangen?« Wir reden beide von dem ganzen Flirtding mit Thorn.

Sie lächelt. »Okay. Er war eigentlich ganz nett. Wir haben viel über Ruth geredet. Er liebt sie immer noch, obwohl es fast zwanzig Jahre her ist, dass sie gehängt wurde.«

»Zwanzig Jahre? Ich wusste nicht, dass es so lange zurückliegt.« Im Kanon wurde es nie näher bestimmt, aber es überrascht mich nicht; dieses Universum hat die Angewohnheit, Vorgeschichten auszuschmücken.

»Ja, er sieht gut aus für sein Alter, oder? Er muss auf die vierzig zugehen. Ich schätze, so sind die Gems.«

»Du hast nicht vergessen, dass er ein böser Schwanzlutscher ist, oder, Katie?«

Sie lacht. »Um Gottes willen, nein. Ich könnte nie vergessen, wie fies er war, als wir hier angekommen sind. Aber ich war gelangweilt, weißt du, und einsam. Es war nett, jemanden zum Reden zu haben. Und er tut mir schon irgendwie leid … so wie er mich manchmal ansieht.«

Ich betrachte ihr Gesicht. »Es ist gruselig, das ist dir klar, oder? Er ist fast vierzig und er macht sich an eine Siebzehnjährige ran.«

»Schätze schon. Aber es fühlt sich nicht wie ranmachen an, es fühlt sich, ich weiß nicht, beschützerisch an. Und er hat nie was gemacht, er war der perfekte Gentleman.«

»Sei einfach vorsichtig.« Ich schlinge meinen Arm um ihren Hals und ziehe ihren kupferfarbenen Schopf an meine Schulter. »Du spielst mit dem Feuer.«

»Geht es Nate gut?«, fragt sie plötzlich und wechselt das Thema.

»Ja, er ist halt Nate, weißt du.«

Ihre Miene entspannt sich und mir fällt auf, wie hübsch sie im Vergleich zu den Gems ist. Die leichte Unregelmäßigkeit ihrer Augenbrauen, die vereinzelten Sommersprossen auf ihrer Nase, die interessante Art und Weise, wie ihre Lippen sich leicht nach links verziehen, wenn sie lächelt.

»Also, was passiert als Nächstes?«, fragt sie.

»Ich hab keine Ahnung. Wenn alles nach Plan gelaufen wäre, wäre Willow jetzt bei mir. Wir würden planen, den Rebellen zu entkommen. Erinnerst du dich? Sie sollten das Bordell überfallen.«

Sie nickt. »Und wenn er wirklich hier wäre, wenn ihr entkämt, dann würden euch die Gems erwischen, stimmt's?«

Ich nicke. »Ja. Willow und Rose haben es bis zum Fluss geschafft. Sie haben versucht, die Sicherheit des Niemandslands zu erreichen, aber das wird jetzt kaum passieren. Willow knallt vermutlich gerade Alice, während wir hier reden.«

Katie wirkt tief in Gedanken versunken. Ich bemerke, wie ihre Finger auf die Couch klopfen, als würde sie ein Cello-Stück üben. »Was, wenn du erwischt würdest? Ohne Willow, meine ich. Was, wenn du immer noch morgen beim Galgentanz gehängt würdest?«

»Es würde nicht funktionieren. Nicht ohne dass Willow seine Liebe zu mir erklärt. Das hat doch die Sympathien der Gems gewonnen und die Revolution ausgelöst.« *Nehmt euch Waffen, Stein, Gestöcks*, denke ich. Aber ich zwinge mich, meine Aufmerksamkeit wieder auf Katie zu richten. »Ohne Willow kann sich die Geschichte nicht vollenden. Und ...«

»... du stirbst einfach am Galgen.« Sie beendet den Satz, damit ich es nicht tun muss. Wir sehen uns an und ich frage mich, ob sie sich wünscht, mich nie getroffen zu haben, nie zur Comic-Con gegangen zu sein. Aber stattdessen sagt sie: »Nun, das können wir nicht zulassen. Wenn ich schon den Rest meines Lebens an diesem Scheißort verbringe, dann brauche ich wenigstens meinen Lieblingsmenschen hier.«

Ich lächele. »Danke, Katie.«

»Versucht einfach, am Leben zu bleiben. Du und Nate, okay.«

»Okay. Du auch.«

Thorn betritt den Raum. Er sieht Katie an und lächelt, eine ungewohnte Sanftheit liegt in seinem Gesicht, aber als er mich anblickt, kehrt die Härte zurück. »Zeit zu gehen, kleine Blume.«

Ich wünschte, er würde aufhören, mich so zu nennen. Es erinnert mich nur an den Reim und daran, wie fern alle Hoffnung scheint. »Nur noch eine Minute.« Meine Stimme klingt zerbrechlich. Ich will Katie von Ash erzählen, von den Dups, dem Kinderreim, von Nate, dem fast die Hände abgehackt wurden. Ich möchte einiges loswerden. Aber Thorn schüttelt den Kopf.

»Kann ich mitkommen?«, fragt Katie.

»Nein. Es tut mir leid, Katherine, aber ich brauche dich hier. Du bist meine Versicherungspolice.«

Ich kann nicht umhin, mich zu fragen, ob Thorn Katie vielleicht nicht aus Versicherungsgründen so rapunzelmäßig in diesen Turm sperrt, sondern weil er sie ganz für sich haben möchte.

KAPITEL 34

Wir gehen die Treppe ins Kirchenschiff hinunter. Thorn erzählt mir, dass das Fleischhaus für ihn Vorrang vor den Duplikaten habe. »Es ist nur eine Frage des Timings«, sagt er. »Die Dups laufen uns nicht weg.«

Die Rebellen im Kanon haben es genauso gemacht – sie überfielen das Fleischhaus am Freitagabend, dem Abend, bevor Rose gehängt wurde. Willow und Rose begleiteten sie und gaben vor, helfen zu wollen. Sie versteckten sich mit den anderen Rebellen in einer Gasse und warteten ab, bis Saskia sich unter einem Vorwand an den Wachen vorbeigeschummelt hatte. Aber statt zu helfen, nutzten die beiden Verliebten diesen Moment, um den Rebellen zu entwischen – sie ließen sich durch einen Einstiegsschacht in die Kanalisation fallen und huschten davon wie Ratten, versuchten, den Fluss und das sichere Niemandsland zu erreichen.

Wenn ich jetzt darüber nachdenke, war das eine echt beschissene Aktion von Rose: ihre Imp-Genossen hängen zu lassen für ein Leben mit ihrem Traummann. Ich hatte sie immer für romantisch und impulsiv gehalten. Aber jetzt, nach allem, was ich weiß, erscheint sie mir nur noch egoistisch.

Ich erzähle Thorn alles, was ich über das Fleischhaus weiß,

den Ort, die Abläufe und die Risiken. Wir kommen in die Kirche und Thorn flüstert Saskia etwas zu. Innerhalb einer Stunde füllen Dutzende Rebellen den Raum, setzen Waffen zusammen, studieren Pläne, wechseln leise, aufgeregte Worte, genau wie im Kanon.

Ich entdecke Nate schlafend auf der Kirchenbank vorn im Raum. Jemand hat eine grüne Decke über ihn gelegt und nur sein sandfarbener Schopf guckt heraus. Ich setze mich neben ihn. Ich kann den Gedanken nicht ertragen, dass er an diesem grauenhaften, gottverlassenen Ort aufwachsen soll. Die ganze Nacht auf dem Anwesen schuften und tagsüber den Gestank der Stadt einatmen. Aber ich sehe keine Möglichkeit, das Ganze wieder geradezubiegen. Ich denke über Babas Worte nach. *Wenn du hier in unserer Welt festsäßest, wie würdest du dein Leben leben? Welche Art von Imp würdest du werden?* Vielleicht ist das alles, worum es geht, mir selbst treu zu bleiben. Und in diesem Moment bedeutet das, Nate, Katie und Ash das Leben zu retten und es diesen miesen Gems so richtig zu zeigen.

Es wird dunkel und ich wecke Nate. Wir verlassen den Schutz der Kirche, stolpern durch den Türbogen in die kalte Nachtluft. Wolken bedecken den Himmel und ich kann kaum die Skelette der umliegenden Gebäude erkennen. Die Rebellen fangen an, Waffen auf ramponierte Fahrzeuge zu laden – Geländewagen, Hoverbikes, Laster –, die ursprünglich in Gem-Besitz waren und gestohlen oder instand gesetzt wurden.

Thorn führt uns zu einem blassgelben Pick-up, die Ladefläche voller Waffen. Es ist der gleiche Pick-up, mit dem Willow und Rose zum Überfall fuhren, und ich fühle mich vom Kanon verhöhnt.

Nate und ich zwängen uns auf die Ladefläche und schrammen uns am schmutzigen Boden die Hände auf, als wir über die Ansammlung von Kisten und Gewehren stolpern. Wir kauern nebeneinander auf einem kleinen Holzsockel und pressen die Rücken an das harte Metall der Fahrerkabine, genau wie Rose und Willow.

»Mum bekäme einen Anfall«, sagt Nate. Er hat recht. Mit der Sicherheit im Verkehr hat sie es immer ganz genau genommen, anschnallen war nicht verhandelbar, Einkäufe durften auf keinen Fall lose herumrollen, damit uns keine verirrte Bohnendose an den Kopf knallt, sollten wir einen Unfall haben. *Tod durch Bohnen*, hat Dad es genannt und dafür einen scherzhaften Tritt von Mum kassiert. Ich verscheuche das Bild aus meinem Kopf, es tut einfach zu weh, an ihre fröhlichen Mienen zu denken.

Ich beobachte, wie Matthew Ash zu einem Geländewagen führt. Ashs Bewegungen sind flüssig und ich bin wahnsinnig erleichtert, dass er anscheinend keine ernsteren Verletzungen davongetragen hat. Er sieht mich vom Rücksitz aus an, sein Gesicht verzerrt von der schmierigen Scheibe, ein Mosaik verwaschener Farben unter schwarzen Haaren. Die Hoverbikes brausen los und er verschwindet hinter einer Schicht heißer, sandiger Luft.

Saskia springt neben Thorn in den Wagen und der Pick-up beginnt zu vibrieren. Er sieht vielleicht aus wie ein normaler Wagen, aber er fährt nicht mit Benzin und macht deshalb kein Geräusch.

»Wasserstoff«, sagt Nate. »Ich will auch so einen.«

»Mir würde schon ein Gurt reichen.«

Der Wagen beschleunigt. Wir werden vorgeschleudert und ich pralle mit dem Kopf fast gegen eine Munitionskiste. Aber bald pendelt sich die Geschwindigkeit ein und wir lehnen uns an die Fahrerkabine, haken uns unter für mehr Stabilität und Trost. Die Unterschlüpfe entlang der Straßen verschwimmen zu Grau, durchsetzt mit Plastikplanen, die im Scheinwerferlicht in Regenbogenfarben schillern. Ich kann die anderen Fahrzeuge, die uns folgen, kaum noch erkennen, sie fahren mit abgeblendeten, gedämpften Scheinwerfern und wirken wie ein Haufen Glühwürmchen. Durch die Fahrerkabine sitzen wir im Windschatten, aber es weht immer noch so, dass es mir die Tränen in die Augen treibt und meine Ohren sausen, und ich kann nicht aufhören, an das zu denken, was uns erwartet. Ich versuche, mich aufs Atmen zu konzentrieren – ein, aus, ein, aus.

Nate dreht sich zu mir. »Ist das eine gute Idee? Der Überfall, meine ich.«

Ich kann mich nicht überwinden, ihm ins Gesicht zu blicken, weil meine Miene Bände sprechen würde. »Es ist unsere einzige Option.«

»Rose und Willow sind nur mitgefahren, damit sie den Rebellen entkommen konnten. Sie haben die Situation genutzt, sie sind nicht mal ins Fleischhaus reingegangen.«

Ich sehe die Gebäude vorbeirauschen, die Fenster und Ziegel verschmelzen zu einem langen Pinselstrich. »Ich musste Thorn davon erzählen, ich hatte keine Wahl.« Der Wind raubt meinen Worten jede Zuversicht.

»Warum?«

»Hör mal, das ist schwer zu erklären, lass mich einfach mal die große Schwester sein.«

Er atmet schnell aus und zieht seinen Arm weg. »Hör auf, mich wie ein Kind zu behandeln.«

»Du bist ein Kind.«

»Ich bin fast fünfzehn.«

Ich sehe ihn an. Der Wind hat sein strubbeliges Haar geglättet und im Sternenlicht wirkt sein Schopf wie ein Goldbarren. Ich habe das Gefühl, unter der Last der Verantwortung zu zerbrechen. Der Pick-up schlingert um eine Kurve und ich stürze gegen die metallene Seitenwand. »Ich musste Thorn irgendwas erzählen, sonst hätte er Ash getötet.«

»Oh, also geht es hier immer noch um eine Liebesgeschichte, ich verstehe.«

»Thorn hatte ein Messer. Ich musste mir ganz schnell was überlegen.«

»Also hast du dich für einen Gem mit einem Messer entschieden statt für viele Gems mit vielen Waffen.«

»Tja, von den Imp-Konkubinen kommen jedenfalls keine Beschwerden.« Es klingt ein bisschen patzig, was mir sofort leidtut.

»Sobald die Rebellen das Fleischhaus betreten, sollten wir genau das tun, was von uns erwartet wird – einen Einstiegsschacht finden und in die Kanalisation runter, damit wir nicht erschossen werden.«

»Was ist mit Katie?«

»Weiß ich nicht.«

»Wenn wir fliehen, werden sie sie töten. Und … und …«

»Und was?«

»Und was ist mit den Imps? So wie diese miesen Gems uns behandeln.«

»Also bist du jetzt eine Rebellin?«

»Das habe ich nicht gesagt.« Ich kaue auf meiner Lippe. »Aber wenn wir die Geschichte nicht vollenden, wenn wir nicht nach

Hause zurückkehren können, dann müssen wir uns überlegen, welche Art von Leben wir hier führen wollen.« Eine weitere Zeile des Kinderreims will mir nicht mehr aus dem Kopf – *nehmt euch Waffen, Stein, Gestöcks*. Vielleicht kann ich den Imps trotzdem Hoffnung schenken, auch wenn ich nicht beim Galgentanz gehängt werde. Vielleicht kann ich auf andere Weise dazu beitragen, eine Revolution zu entfachen.

Die Panik in Nates Stimme holt mich zurück in die Wirklichkeit. »Sag das nicht, Violet. Natürlich kommen wir wieder nach Hause.«

Wie?, will ich ihn anschreien. Wie genau werden wir jetzt nach Hause kommen? Willow liebt Alice. Mich liebt er nicht. Wie soll ich das an einem einzigen Tag geradebiegen? Aber ich glaube, er ist den Tränen nahe. Also sage ich lieber nichts. Ich sehe einfach zu den Sternen, die bemerkenswert reglos bleiben, trotz des Windes in unserem Haar und den vorbeihuschenden Gebäuden.

»Mum und Dad fehlen mir«, sagt er schließlich.

»Ja. Mir auch.«

»Und Essen.«

»Und Schlaf.«

Er sieht mich einen Augenblick an. »Violet?«

»Ja.«

»Hast du manchmal … wirklich seltsame Träume?«

Ich verlagere mein Gewicht gegen die Kabine. »Die ganze Zeit.«

»Nein, ich meine, wahnsinnig seltsame Träume, in denen du … Stimmen hörst. So als wären sie echt.«

»Mum und Dad?«

Er guckt begeistert. »Ja, die Sachen sagen wie *Wach auf, Jonathan, du schaffst das*.«

Ich nicke. »Und manchmal riecht es wie im Krankenhaus.«

Nate kaut an der Nagelhaut seiner Finger und stupst sich gegen die Lippe, als der Pick-up über eine Bodenwelle fährt. »Glaubst du, das hier ist der Traum?«

Ich wünschte, er hätte das nicht gefragt. Der Gedanke plagt mich, seit wir in dieser Welt angekommen sind, aber er macht mich ganz wirr im Kopf, deswegen habe ich ihn unterdrückt, beiseitegeschoben und einfach versucht, bei Verstand zu bleiben. Ich betrachte einen Moment lang die Sterne. Ist die Erde – unsere Erde – wirklich irgendwo da oben? Schließlich spreche ich. »Wie ein Traum während eines Komas oder so?«

»Vielleicht.«

Ich überlege, ihm vom Piepsen des medizinischen Apparats und von den Märchen zu erzählen. Von meiner Schärpe und Rose' Gürtel aus Blut. Von seiner Frankenstein-Beleidigung und dass sie vielleicht die Dups hervorgebracht hat. Aber mein Kopf schmerzt vom Denken, vom gnadenlosen Wind, der sich in meine Poren und unter meine Haut bohrt, und ich spüre, wie es mir langsam den Boden unter den Füßen wegzieht. Nein, das hier kann kein Traum sein, es ist zu verdammt furchterregend.

Das Bremsen des Pick-ups holt mich aus meinen Gedanken. Er wird langsamer und biegt in eine Gasse ein, die Glühwürmchen-Scheinwerfer werden zu weißen, glitzernden Tellern. Wir kommen quietschend zum Stehen, eingeklemmt zwischen zwei bröckelnde Backsteinmauern. Eine dicht behängte Wäscheleine sperrt die Sterne aus.

Nate seufzt. »Ich liebe diesen Pick-up.«

»Ich schenk dir einen zum Geburtstag.«

»Nee. Das müsste schon ein DeLorean sein.« Er tätschelt die Seitenwand der Ladefläche. »Nichts für ungut.«

Ich spüre die Luft heiß an meinen Wangen, als die Hoverbikes näher kommen, das Wasser in einem nahen Abfluss aufwirbeln und dabei Matschpartikel und Schleim verspritzen. Die Rebellen steigen ab, überprüfen ihre Waffen und reden in gedämpftem Ton miteinander. Ich suche nach Ash, aber der Humvee ist nirgends zu entdecken.

Thorn knallt die Pick-up-Tür zu und reißt mich von meinem Platz, dabei schrammt mir die scharfe Kante der Seitenwand das Schienbein auf. »Du darfst den Kanarienvogel spielen«, sagt er.

»Was?« Ich versuche, mich gerade zu machen, aber ich fühle mich, als wäre ich aus einem Karussell gestiegen.

»Früher, vor den Gems, als Menschen noch Menschen waren, haben sie Kanarienvögel in die Minen vorgeschickt, um zu gucken, ob sie von giftigen Gasen getötet würden.«

Ich muss ihn immer noch mit leerem Blick anstarren, denn er verdreht die Augen und sagt: »Du gehst als Erste rein, Violet. Es war deine Idee, also bezahlst du dafür, falls du falschliegst. Du gibst vor, eins von den Mädchen zu sein, dann mischst du das hier in die Drinks der Gems.« Er drückt mir eine Ampulle mit orangefarbener Flüssigkeit in die Hand. »Du hast zehn Minuten, dann stürmen wir durch die Türen und Fenster. Sieh einfach zu, dass du bis dahin keine Schwierigkeiten bekommst.«

Ich fluche im Stillen. Im Kanon ist Saskia als Erste reingegangen, hat die Wachen beschwatzt, die Gems betäubt und die Truppen reingerufen, alles in weniger als zehn Minuten. Das schaffe ich nie.

Thorn verwuschelt Nates Haar. »Wenn du fliehst, Violet, oder uns auslieferst, dann habe ich hier meinen eigenen kleinen Kanarienvogel.«

Saskia eilt zu uns. »Lass mich zuerst reingehen, sie vermasselt nur wieder alles.«

Thorn schüttelt den Kopf und nimmt sich eine Schrotflinte von der Ladefläche. »Ich will sehen, wie sich unsere kleine Blume macht.«

»Sie ist erst siebzehn.« Sie packt seinen Arm, die Augen groß. »Bitte.«

Ihre Besorgnis überrascht mich. Plötzlich fühle ich Tränen aufsteigen. Es ist, als wäre ich wieder acht, als ich mit dem Fahrrad gestürzt und zwei Meilen mit aufgeschlagenem Knie nach Hause gelaufen bin, nur um beim Anblick von Mum anzufangen zu heulen.

Aber Thorn wirkt ungerührt. »Die Gems werden sie für ein appetitliches Stück Fleisch halten.«

Saskia protestiert nicht länger, aber ihre Missbilligung verhärtet die Partie um ihren Kiefer. Sie fängt an, an mir herumzufummeln, mich in die Wangen zu kneifen und mit den Fingern mein Haar zu entwirren. »Schickst du Ash auch rein?« Ihre Stimme klingt schroff. »Denn er ist erst achtzehn, musst du wissen. Sie sind beide noch Kinder.«

»Er kann mit uns mitkommen«, sagt Thorn. »Aber lass ihn nicht aus den Augen, ich werde die zwei Turteltauben im Tumult nicht einfach abhauen lassen.«

Ich wechsle einen Blick mit Nate. Der jetzige Thorn ist klüger als Kanon-Thorn. Aber der wirklich entscheidende Unterschied ist: Rose hat er vertraut, mir nicht.

Saskia zieht den Reißverschluss meines Overalls ein Stück hinunter und runzelt angesichts meiner geringen Oberweite die Stirn. »Tu einfach so, als wenn du dazu gehörst, das ist das ganze Geheimnis«, flüstert sie mir zu.

Ich verkneife mir ein Lachen – nichts anderes versuche ich schließlich, seit ich in dieser Welt angekommen bin.

»Und falls du Probleme bekommst«, sagt sie, »knips einfach das Licht aus, okay? Dann holen wir dich raus.«

Ash springt aus dem Humvee. »Was ist los?« Er rennt zu mir.

»Ich bin der Kanarienvogel«, antworte ich.

»Der Kanarienvogel?«

»Du weißt schon, sie schicken mich als Erste rein, um zu sehen, wie sicher es ist.«

»Auf keinen Fall. Ich gehe«, sagt Ash.

»Hört, hört, ganz der Kavalier, was?« Thorn gibt ein Zeichen und mehrere Rebellen umringen Ash, sodass er keinen Schritt mehr tun kann. Thorn dreht sich zu mir und zuckt die Achseln, sein Mund zu einem angespannten Lächeln verzogen. »Bieg am Ende der Gasse links ab. Dreizehn Reihen, du erinnerst dich?«

Ich sehe Ash fest in die Augen. »Ich komme schon klar.«

Nate drückt meine Hand, er hat feuchte Augen. »Du bist 'ne coole Sau«, flüstert er.

»Wie Katniss, wie Tris, wie Rose«, flüstere ich zurück.

Und bevor seine Tränen fließen, bevor Ash sich weitere Prügel einfängt, schiebe ich die Ampulle mit dem Schlafmittel meinen Ärmel hinauf und mache mich auf den Weg.

KAPITEL 35

Ich trete aus der Gasse und orientiere mich. Zu meiner Rechten liegt eine Hauptverkehrsader, eine gerade Strecke zum Kolosseum, zu meiner Linken folgt eine Reihenhauszeile auf die nächste. Ich erkenne den rosafarbenen Schimmer wieder, der aus einem fernen Fenster fällt, sowie das Stampfen von Trommeln. Es ist genau wie das Fleischhaus im Kanon – mehrere unscheinbare Reihenhäuser, die innen verbunden sind, erfüllt von kirschrotem Licht und futuristischer Musik.

Vorsichtig, leise schleiche ich auf Zehenspitzen den Gehweg entlang, während das Trommeln lauter wird. Ich versuche zu schlucken, aber mein Körper hat seine gesamte Flüssigkeit zu meinen Schweißdrüsen umgeleitet. Vor mir erscheint die Tür. Meine Finger legen sich auf die ramponierte Klingel, mein Hirn siebt Informationen und sucht verzweifelt nach einem Plan. Ich habe keine Ahnung, was Saskia den Wachen erzählt hat. Im Kanon wird diese Szene aus Rose' Perspektive geschildert, die auf eine Gelegenheit zur Flucht wartet.

Ich höre das Quietschen von Metall, das über Metall gleitet, das Knarren von Holz, als die Tür sich von ihrem Rahmen löst. Meine Eingeweide verknoten sich. Eine Wache steht in der Tür, die breiten Schultern heben sich vor dem Licht ab.

Der Gem richtet sein Gewehr auf mich. »Was willst du?«

Ich versuche zu sprechen, aber beim Anblick seiner Waffe wird mein Mund noch trockener.

»Sprich«, bellt er.

»Mir … mir wurde gesagt, ich könnte mir ein paar Gem-Münzen verdienen und noch ein paar extra, wenn ich lächele.« Ich setze meinen besten Imp-Akzent ein und zwinge mich, ihm ins Gesicht zu sehen. Ganz Kanten und Symmetrie, typisch Gem.

»Und wer hat dir das gesagt?«

Die Waffe klickt, als er sie entsichert. Adrenalin schärft meine Gedanken, eine Idee nimmt Gestalt an. »Ich arbeite auf dem Harper-Anwesen. Ich habe bei Master Harpers Galgenball bedient. Da war ein Herr, der mich aufgefordert hat, heute Abend dabei zu sein.«

Er macht schmale Augen. »Also gut, Sklavin. Wie sah dieser Herr aus?«

»Groß, lockiges blondes Haar. Er hat gesagt, er wäre mit jemand sehr Wichtigem verwandt.« Ich versuche, eher prüde als panisch zu wirken. »Howard irgendwas.«

Er nickt etwas zu eifrig. »Howard Stoneback. Also gut. Aber wenn es irgendwelchen Ärger gibt, fängst du dir sofort eine Kugel zwischen die Titten ein.« Er stößt mir die Gewehrmündung ins Brustbein.

»Kein Ärger, versprochen«, sage ich.

Er bedeutet mir einzutreten. Ich schlüpfe an ihm vorbei, spüre noch immer den Druck seiner Waffe. Der Geruch nach Weihrauch und altem Schweiß steigt mir in die Nase und ich sehne mich fast nach dem Gestank verwesenden Vogels. Er verschließt die Tür und führt mich einen Korridor entlang. Das Pulsieren der

Trommeln wird eindringlicher und die Glühbirnen tauchen die Wände in einen rotblauen Schimmer.

Er sieht mich von oben bis unten an. »Howard Stoneback hat also Gefallen an dir gefunden? Ich wette, da schätzt du dich ziemlich glücklich? Tja, die letzte Sklavin, mit der er allein war, sah nicht mehr besonders hübsch aus, als er mit ihr fertig war.«

Auf meinem Gesicht zeichnet sich wohl Angst ab.

Er lacht. »Jetzt ist es zu spät.«

Ich wünschte, ich würde einfach blind in Rose' Fußstapfen treten. Dann könnte ich jetzt Richtung Freiheit rennen, statt darauf zu warten, von einem Perversen belästigt zu werden.

Die Wache öffnet die Tür zu einem kleinen Wartebereich – keine Fenster, karmesinrote Wände, eine weitere kirschrote Glühbirne, die gegen den Takt der Trommeln flackert. Vier Imps stehen Schlange vor einer schlichten weißen Tür. Ich stelle mich hinten an. Sie wenden sich um und betrachten mich einen Moment lang. Drei Mädchen und ein Junge. Aber etwas an ihnen wirkt ungewöhnlich. Eine böse Narbe läuft von beiden Mundwinkeln des Jungen nach außen, ein Chelsea-Lächeln hat mein Dad es mal genannt, glaube ich. Eine große Brandnarbe bedeckt den Rücken eines der Mädchen, deren Haar zu einem Knoten hochgesteckt und deren Kittel so geschnitten ist, dass man die glänzende, gespannte Haut sieht. Eins der anderen Mädchen hat ein Auge, das verklebt ist wie eine Baumwunde, sie erinnert mich an Baba und ich kann nicht anders, als sie anzustarren. Sie bemerkt mich und reißt den Mund auf, um zu gähnen, was ein Gewirr aus Narben freigibt, wo die Zunge hätte sein sollen. Ich sehe weg.

Es ist, als wären die Gems der Gleichförmigkeit von Perfektion überdrüssig geworden und dieser schreckliche Ort böte eine Art pervertierte Linderung. Vielleicht ist es auch noch grundsätzlicher, vielleicht braucht die Menschheit Unvollkommenheit, lechzt danach, denn ohne Makel kommt die Menschheit an ihr Ende. Wie auch immer, die kranken Schweine hätten sich auch mit einer Monobraue zufriedengeben können.

Ich blicke zu dem Mädchen direkt vor mir. Sie ist die Einzige hier – außer mir –, die keine Narben hat. Sie sieht jünger aus, fünfzehn vielleicht, und trägt einen beigefarbenen Kittel, der aus Sackleinen gefertigt ist, mit Abnähern, damit er ihr passt. Das rote Haar fällt ihr über eine Schulter, im Himbeerlicht wirkt es wie ein Tuch aus Feuer. Sie erinnert mich an Katie und mir wird ganz schlecht bei dem Gedanken, was die Gems ihr antun werden.

Sie begegnet meinem Blick und lächelt. »Das erste Mal?«, flüstert sie.

Ich nicke. »Was passiert hier?«

Die Tür öffnet sich. Ein Schwall Musik. Der Junge mit dem Chelsea-Lächeln verschwindet in dem Raum. Die Tür schlägt zu und die Schlange schiebt sich voran.

»Wir warten darauf, in den Showroom zu kommen. Da werden die Gebote auf uns abgegeben. Der höchste Bieter darf dich mit nach oben nehmen.« Sie blickt auf meinen Overall. »Versuch, du weißt schon, begehrenswert auszusehen … du willst, dass sie dich wollen. Wenn keiner bietet, ist das sehr, sehr schlecht.«

»Was passiert dann?«

Ihre bernsteinfarbenen Augen werden groß. »Eine Kugel … wenn du Glück hast.«

»Sie bringen uns um?«

»Sie können tun, was immer sie wollen, solange sie zahlen.«

Die Tür öffnet sich. Das Mädchen mit der Brandwunde verschwindet.

»Kannst du nicht jemandem davon erzählen?«, frage ich, aber schon als die Worte meinen Mund verlassen, wird mir klar, wie naiv ich klinge. Fast kann ich Ashs Stimme hören. *Du stammst wirklich von einem anderen Planeten, was?*

»Und mein Leben riskieren? Es könnte sowieso keiner was machen. Wir sind bloß Imps.« Sie senkt den Blick und Scham verzerrt ihre Gesichtszüge. »Manche von ihnen geben gutes Trinkgeld. Ich kann ja nicht mehr in den Auen arbeiten.« Sie hält die Hände hoch, aber da sind keine Hände mehr, nur Haut, die sich ungleichmäßig um die Knochen ihrer Handgelenke spannt. »Außerdem bezahlen sie für einen Freak mehr.«

Das Bild von Nate, der auf dem Marktplatz kniet, schießt mir in den Kopf, gefolgt vom treibenden, beinlosen Dup. Ich würde ihr gern Mut zusprechen, ihr sagen, dass Hilfe unterwegs ist. Aber je weniger Leute Bescheid wissen, desto besser. Ich spüre die Ampulle an meinem Handgelenk und hole Luft. »Entschuldige.«

Mir wird bewusst, dass das Mädchen ohne Zunge verschwunden ist.

Das rothaarige Mädchen starrt auf die Tür. »Ich bin als Nächste dran.«

»Das wird schon.« Ich fasse nach ihrer Hand und finde nur die runzlige Haut ihrer Stümpfe.

Sie zuckt die Achseln. »Ja. Solange ich nicht wieder an dieses blonde Arschloch gerate … Howard soundso.«

Ein gewaltiges Schaudern erfasst mich. Howard Stoneback.

Natürlich ist er hier. Wie dumm von mir, meine Lage nicht richtig zu durchdenken. Die Angst und Anspannung haben mir wohl das Gehirn vernebelt. Die Wache, die mich hereingelassen hat, wird erwarten, dass Howard auf mich bietet, mich vielleicht sogar direkt anspricht. Meine einzige Hoffnung ist, dass die Rebellen eintreffen, bevor meine Lüge auffliegt. Und ich weiß immer noch nicht, wie ich die Gems betäuben soll.

Die Tür schwingt auf und sie löst sich von mir, ihr rotes Haar wird von der blanken, weißen Tür ersetzt. Ich bleibe allein in dem karmesinroten Raum zurück und bin überrascht, dass es Einsamkeit ist, nicht Angst, die meine zitternden, einknickenden Beine zu lähmen droht. Vorsichtig lege ich ein Ohr an die Tür und lausche nach Stimmen. Ich höre sie entfernt Zahlen rufen. *5000, 7000, 8000.* Ich bemerke den jungen Imp nicht, der den Wartebereich betritt, aber dann höre ich sein Räuspern. Ich wirbele ertappt herum.

»Es tut mir leid …«, fange ich an.

Er lächelt und geht zur Tür. Da fällt mir die Flasche Champagner auf, die er in der Hand hält. Er ist ein Diener, keiner der Prostituierten. Meine erste Reaktion ist Erleichterung, weil er so jung aussieht. Meine zweite Reaktion ist die Idee für einen Plan, während die Ampulle gegen meine Haut drückt, kalt und beharrlich.

Ich versperre ihm den Weg. »Warte, du hast da einen Fleck …« Ich zeige auf seine Wange. »Genau da.« Ich bewege die Ampulle so, dass ich sie aufschrauben kann.

Er rümpft die Stupsnase und murmelt etwas Unverständliches.

»Hier.« Ich nehme ihm die Flasche ab.

»Danke.« Er spuckt auf seine Tunika und reibt sich damit wie wild die Wange. Er sieht nicht, wie ich den Inhalt der Ampulle in den sprudelnden Flaschenhals kippe.

»So besser?« Seine Wange sieht rot und wund aus.

»Viel besser.«

Die Tür öffnet sich. Ich setze ein schüchternes Lächeln auf und befehle meinen Beinen, mich zu tragen, habe Schweißperlen auf der Haut. Ich betrete ein großes Wohnzimmer, mehrere kleine Räume, die zu einem zusammengelegt wurden. Die Wände sind typisch Imp, rissig und schief und kurz vorm Einsturz, aber die Möbel sehen nach Gems aus, eine Reihe von Sesseln und eleganten Ledersofas steht an den Wänden. Es sind noch einige Kunden da, sie schlürfen Champagner und rauchen Zigarren, mehrere Wachen sind an den Türen postiert. Alle halten einen Drink in der Hand.

Mein Blick fällt auf Howard Stoneback. Ich erkenne ihn vom Galgenball wieder. Die gleichen schlaffen blonden Locken, aber diesmal trägt er einen Nadelstreifenanzug und ein perverses, lüsternes Grinsen. Ich versuche zu schlucken, aber meine dämliche Lüge blockiert meine Kehle wie ein Stück Knorpel. Wenigstens ist die Wache vom Eingang nicht hier und kann mich verraten.

Ein männlicher Gem beugt sich vor. »Komm her, Affe. Lass uns mal sehen, ob du unter deinen Sachen fellbedeckt bist.«

Unter Gelächter stolpere ich in die Mitte des Raums. Ihre Augen wandern meinen Overall hinauf und hinunter, überfliegen meine Züge, die Form meiner Brüste. Mir dreht sich der Magen um. Aber über den Trommeln höre ich das Sprudeln von frischem Champagner, der auf Glas trifft.

Ein weiblicher Gem wirft eine Zigarre auf mich. Sie prallt von meinem Schlüsselbein ab, ein Funkenregen landet auf meinen Füßen. Sie wendet sich an eine Wache. »Wenn ich eine 08/15-Sklavin gewollt hätte, wäre ich zu Hause geblieben.«

Der Imp-Junge füllt das letzte Glas und verlässt still den Raum. Ich muss nur noch ein bisschen Zeit schinden. Ich fasse an meine Brust und umklammere den Reißverschluss mit schwitzigen, zittrigen Händen. Obwohl ich komplett bekleidet bin, habe ich mich noch nie so nackt gefühlt. Ich komme mir wieder vor wie im Dekontaminierungsblock, ein Falter hinter Glas.

»Komm schon, zeig uns, was du hast«, schreit eine Wache.

»Verpass ihr 'ne Kugel«, ruft eine andere Frau, deren wunderschöner Mund zu einer hässlichen Fratze verzogen ist.

Eine Wache richtet ihr Gewehr auf mich und der Raum scheint sich ein Stück nach rechts zu verschieben. »Moment«, sagt Howard. »Ich kenne diesen Affen. Sie kommt vom Harper-Anwesen. Das ist ja wundervoll, ich spiele so gern mit Jeremys Sachen.« Er saugt Champagner durch seine Zähne und bedeutet mir mit einem Winken weiterzumachen.

Langsam und entschlossen ziehe ich den Reißverschluss hinunter und schiebe meine Schultern aus dem Stoff. Meine Haut wirkt fast blau vor dem Pink der Wände und ich werde mir schmerzlich jedes blauen Flecks und jeder Schramme bewusst, die ich mir eingefangen habe, seit ich in diese Welt gekommen bin, genau wie meines Unterhemds, das von Schmutz und Schweißflecken überzogen ist, sodass ich aussehe wie ein geschecktes Pony. Meine Wangen glühen vor Scham.

»Das ist ja peinlich«, sagt Hässliche Fratze.

Howard lacht. »Es ist zum Schreien, Liebste. Lass uns mal sehen, ob wir sie zum Weinen bringen können.«

Ich drehe mich langsam, bin wütend auf meine Tränen, wütend auf mich selbst, weil ich so viel länger brauche als Saskia, und vor allen Dingen wütend auf diese Schweine, die mich erniedrigen. Aber der Champagner ist fast leer, also beiße ich die Zähne zusammen und drehe mich weiter.

Ein Mann mit kräftigen Händen beugt sich zu mir. »Versteckst du da unten ein Holzbein?« Er fasst mir an den Oberschenkel.

Mir entfährt ein Keuchen und ich schüttele ihn ab.

Howard lacht in sich hinein. »Das Fleisch wird ohne Gebot nicht angefasst. Du kennst die Regeln.« Er bewegt sich, um das Glas abzusetzen, aber seine Hand wird schwach und er stößt das Glas gegen den Tisch.

Kräftige Hand sackt in seinem Sessel zusammen. »Es gibt keine Regeln, das ist der verdammte Witz …« Seine Stimme verklingt und seine Augen rollen nach oben.

»Albert? Alles in Ordnung?«, fragt Howard, aber seine Stimme schwankt. Er packt die Lehne eines Stuhls und schleift ihn über den Boden.

Eine der Wachen versucht, die Waffe zu heben. Sie erreicht kaum den Oberschenkel, dann sackt er gegen die Wand. Ich sehe mich im Raum um. Jeder einzelne meiner Peiniger hat schlappgemacht, die Zungen hängen ihnen aus dem Mund.

Ich ziehe den Reißverschluss zu. »Perverse Bande.«

Die Tür öffnet sich. Ich rechne mit Thorns Gesicht, aber stattdessen ist es die Wache von der Eingangstür. Natürlich, er hat keinen vergifteten Champagner getrunken. Ich könnte mich für diesen möglicherweise fatalen Fehler ohrfeigen.

»Was zum Teufel?« Zum zweiten Mal an diesem Abend richtet er die Waffe auf mich.

»Bitte, ich weiß nicht …« Ich presse mich an die Wand,

wünschte, ich könnte in die Backsteine einsinken, eins mit dem Putz werden.

Ohne die Waffe zu senken, nimmt er ein nahes Glas und riecht daran. Er sieht mich an, seine hohen Wangenknochen werden vom Deckenlicht betont. »Du durchtriebene kleine Schlampe.«

Ich möchte meine Hand auf den Lichtschalter knallen und Saskia das Signal geben, aber ich bin erstarrt. Er lächelt wie in Zeitlupe und zielt direkt auf meine Brust. Dann höre ich das Geräusch von brechenden Knochen. Er sackt zu Boden, sein Finger drückt den Abzug. Rigips sprüht auf mein Gesicht, als die Kugel ein paar Zentimeter neben meinem Kopf einschlägt.

Thorn tritt durch die Tür, den Baseballschläger schlagbereit. »Alles okay?«

Ich nicke.

Er blickt sich im Raum um und lächelt. »Das ist mein Mädchen.«

Mich überkommt ein unerwarteter Anflug von Stolz, aber der verblasst schnell, als ein Stakkato von Schüssen und splitterndem Holz ertönt. Die Rebellen treffen ein, mit Waffen und Seilen und brüllen Anweisungen.

Thorn rennt durch den Raum zur Tür, die nach oben führt, die Rebellen dicht hinter ihm.

»Die oben sind nicht betäubt«, rufe ich ihm nach.

Er lacht. »Ich liebe bewegliche Ziele.«

Sie verschwinden so schnell, wie sie gekommen sind. Das ist meine Chance abzuhauen. Einfach in die Nacht hinauszurennen und niemals zurückzublicken. Mein Bedürfnis nach Sicherheit ringt mit dem Bedürfnis, den Imps zu helfen. Ich komme mir vor wie eine Matroschka-Puppe. Schicht um Schicht unterschiedlicher Violets, die immer kleiner werden, jede aus einem anderen Satz von Erinnerungen und Gefühlen gebaut. Violet, das Mädchen, das im Garten ihrer Familie mit Seifenblasen spielt. Violet, der Teenager, der für Russell Jones schwärmt. Violet als Rose, die verzweifelt nach Hause möchte. Violet, der Imp, unterdrückt, attackiert und voller Wut. Ich weiß nicht mehr, wer ich bin.

Wie um mich daran zu erinnern, ruft jemand meinen Namen. »Violet!«

Ich drehe mich um und entdecke Ash. Etwas ungelenk hält er eine kleine Pistole, aber das Lächeln auf seinem Gesicht ist so breit wie immer. Er stürzt zu mir und wir fallen uns in die Arme. Die Wärme seines Halses an meiner Wange, der Duft seines Haars, Holzrauch und Heu, lässt alles verpuffen.

»Nate?«, frage ich.

»Ihm geht's gut, Saskia und Matthew passen auf ihn auf. Komm, lass uns hier verschwinden.«

Aber etwas tief Verwurzeltes hält mich auf. Die wütende Matroschka-Puppe, die immer noch den Druck all dieser Gem-Augen auf sich spüren kann. »Warte. Da ist dieses Mädchen, dem ich helfen muss.«

»Das ist doch nicht dein Ernst? Wir können draußen warten, wo es sicher ist.«

Babas Frage hallt in meinem Kopf wider. *Wenn du hier in unserer Welt festsäßest, wie würdest du dein Leben leben? Welche Art von Imp würdest du werden?*

Ich nehme Ashs Hand in meine und sehe ihm in die wunderschönen Augen. »Ich muss es tun«, sage ich.

KAPITEL 36

Er sieht mich an, das Blau seiner Augen herrlich kühl nach einer gefühlten Ewigkeit, die ich in magentafarbenes Licht geblinzelt habe. Dann seufzt er und hebt die Pistole. »Ich habe noch nie jemanden erschossen.«

»Das soll auch so bleiben.«

Wir durchqueren den Showroom und schleichen uns die Treppe hoch, mit dem Rücken zur Wand. Das Obergeschoss ist ein Kaninchenbau aus Fluren. Wir passieren mehrere Eingänge, jeder erzählt seine eigene Geschichte: Rebellen, die Gems zusammentreiben, gefesselte und geknebelte Soldaten, derangiert wirkende junge Imps. Tür um Tür, Geschichte um Geschichte … kein Mädchen mit roten Haaren.

Wir schleichen uns eine zweite, schmalere Treppe hinauf. Schweiß rinnt mir den Hals hinunter und bildet Tröpfchen zwischen meinen Brüsten und der Rhythmus der Trommeln entspricht exakt meinem Pulsschlag, was sich anfühlt, als wäre ich erobert worden, als hätte sich das Haus irgendwie in meine Arterien gewunden. Ein langer Flur erstreckt sich vor uns, in das Licht einer apricotfarbenen Glühbirne getaucht. Wir müssen unter dem Dach sein, die Decken sind schräg und niedrig. Plötzlich bin ich dankbar für das stete Stampfen der Trommeln, denn sicher fallen unsere Schritte schwer auf die Dielen, während unsere Verzweiflung wächst.

Mir fällt auf, dass diese Türen geschlossen bleiben.

»Hier ist niemand«, flüstert Ash.

Wir wenden uns zum Gehen, als ein schriller Schrei zu hören ist. Mein Blick fällt auf eine nahe Tür. Ich presse das Ohr ans Holz und höre ein Mädchen schluchzen. Ich sehe zu Ash. Er entsichert seine Pistole, und ohne weiter zu überlegen, platzen wir in den Raum.

Wir sind in einer abgedunkelten Kammer. Ein lilafarbenes Netz hängt von der Decke und umgibt ein Himmelbett. Kerzen glimmen an den Wänden, die Luft ist durchsetzt mit Öl und Schweiß. Das Mädchen mit den roten Haaren sitzt auf dem Bett. Der Ausschnitt ihres Kleides wurde aufgeschlitzt, sodass ihre runde Schulter freiliegt, und mir entgeht nicht, dass ihre Unterlippe zittert. Die Mündung einer Schrotflinte bohrt sich in ihre Schläfe. Am Ende der Schrotflinte sitzt ein Gem mit aufgeknöpftem Hemd.

Sein Blick bleibt an Ash hängen. »Ich weiß nicht genau, was hier vor sich geht. Lass mich verschwinden oder ich erschieße den Imp.«

Ash richtet die Waffe auf ihn. »Wo wollen Sie denn hin? Das Haus ist voller Rebellen und die sind echt sauer.«

Ich trete näher an ihn heran. »Geben Sie uns das Mädchen oder er jagt ihnen eine Kugel zwischen die Augen.« Meine Stimme bleibt fest. Er sieht ja nicht, dass ich mir vor Angst fast in die Hose mache. Ash sieht zu dem Mädchen. Sein Blick fällt kurz auf die Stelle, wo ihre Hände sein sollten, und er zielt nicht mehr richtig. Sofort nutzt der Gem die Gelegenheit und ist im Vorteil. Jetzt zielt seine Waffe auf meine Brust. Aber diesmal erstarre ich nicht. Diesmal bin ich voller Wut. Mein Körper reagiert instinktiv. Ich schlage dem Gem die Waffe aus der Hand. Diese plötzliche Bewegung muss Ash erschreckt haben, denn er schießt, der Knall zerreißt die Luft. Der Gem jault auf und greift sich an die Schulter.

Ich packe den Arm des Mädchens. »Mir nach.«

Wir rennen nach unten, überprüfen kurz die leeren Räume, umgestürzte Möbel, Teppiche, auf denen Glasscherben glitzern, Bettlaken mit Blutflecken. Keine Anzeichen von Leben, weder Imp noch Gem. Wir stolpern in den Showroom. Auch hier ist niemand mehr.

»Geh nach Hause«, sage ich zu dem Mädchen.

Sie nickt, Tränen sammeln sich in ihren Augen. »Danke.« Sie huscht aus dem Raum.

Ash und ich stehen alleine da, lauschen der Musik und dem Geräusch unseres Atems. Seine Hände zittern und die Waffe schlägt rhythmisch gegen seinen Oberschenkel.

»Wo sind sie hin?«, frage ich schließlich. Im Kanon befreiten die Rebellen die Konkubinen und ließen die Gems zurück, geschlagen und gedemütigt und nicht gerade erpicht darauf, jemals wieder ein Bordell zu eröffnen.

»Das Kolosseum«, sagt Ash. »Thorn hat uns gesagt, wir sollten die Gems ins Kolosseum bringen.«

Ich spare mir die Mühe zu fragen, warum. Ich kenne die Antwort schon. Ich bin der Trottel, der Schmetterling, der Thorn überhaupt auf die Idee gebracht hat. Mein Magen krampft und ich fürchte, mich übergeben zu müssen, als mir meine Worte wieder einfallen: *Sie verdienen es, am Galgen zu tanzen und zu erfahren, wie es sich anfühlt.*

KAPITEL 37

Das Kolosseum. Ich muss zurück zum Kolosseum. Es ist, als würde der Kanon mich zu sich winken und in der Spur halten. Ich kann diesem Galgen einfach nicht entkommen.

Das Stadttor kommt in Sichtweite. Ich sehe zwei Soldaten, die von ihren Podesten hängen, sich mit Blut im Haar vor den Galgen verneigen. Wir gehen vorsichtig heran. Je näher wir kommen, desto mehr sticht mir das Flutlicht in die Augen.

»Sie müssen die Überwachungskameras so eingestellt haben, dass sie in einer Endlosschleife laufen«, sagt Ash.

»Schnell«, sage ich und packe seine Hand. »Wir müssen Thorn davon abhalten, die Gems zu hängen.«

»Wie bitte? Warum sollten wir das tun?«

»Erinnerst du dich, was du im Obstgarten zu mir gesagt hast?«

Er sieht mich ausdruckslos an. »Vögel nicht den Halbgott, vögel mich?«

Ich lächele. »Nein, du hast gesagt, dass nur die Gems sich erheben und die Barbarei gegen die Imps aufhalten können.«

»Das habe ich gesagt? Klingt ziemlich clever.«

»Nun, der ganze Sinn dieser Mission war es, den Gems zu zeigen, dass *sie* die skrupellosen Tiere sind, nicht die Imps. Wenn wir sie einfach töten, werden sie uns nie als Menschen akzeptieren. Dann werden sie sich nie erheben.«

Er betrachtet mein Gesicht. »Du warst wirklich nie scharf auf den Halbgott, oder?«

»Aber hallo! Hast du seinen Sixpack gesehen?«

Ash lacht und küsst mich auf den Mund.

Wir schlüpfen ins Kolosseum, durch dieselbe Holztür, durch die ich vor etwa einer Woche hinausgestolpert bin, noch in meinem Cosplay-Outfit, verwirrt und verängstigt. Im grellen Flutlicht sieht alles so anders aus, lauter Gipfel und Täler, Kanten und Schatten, eher wie die Vision aus meiner Geistverschmelzung mit Baba. Und ich fühle mich so anders, so zielstrebig und selbstbewusst. Wenn ich an den Kanon denke, daran, wie Rose und Willow durch die Kanalisation rannten, sich einfach zum Fluss davonstahlen, bin ich stolz, dass ich mich entschieden habe, den Imps zu helfen. *Hoffnung beginnt als kleine Blume*, denke ich bei mir.

In der Ferne sehe ich Rebellen, die verschiedene Eingänge bewachen. Die Rücken gebeugt, die Waffen gen Himmel gerichtet, wachsam und schussbereit. Am anderen Ende des Kolosseums steht die klapprige Bühne, überragt von dem breiten Balken und den baumelnden Seilen. Die kleinen Härchen auf meinem Körper stellen sich auf, ein nervöser Schauer läuft unter meiner Haut entlang. Eine Schlange bildet sich vor den Galgen. An den breiten Oberkörpern und den langen Beinen kann ich erkennen, dass es Gems sind. Die Rebellen fuchteln mit den Waffen und zwingen die Reihe, unbeholfen auf die Bühne zu steigen. Imps krabbeln wie Insekten oben auf dem Balken entlang.

Ich will gerade losgehen, als mich eine vertraute Stimme zurückhält.

»Warte auf mich.« Nate steht in der Tür, er wirkt kleiner denn je.

Ich renne zu ihm. »Du solltest doch bei Saskia und Matthew bleiben.«

Er grinst, sein Gesicht ganz Zähne und Grübchen. »Ich bin ihnen entwischt, oooh, was werden die sauer sein.«

»Himmel, Nate, das hier ist zu gefährlich.«

»Es geht auch mich was an.« Er streckt die Brust raus, versucht älter auszusehen.

Ash fasst ihn sanft an den Schultern. »Du bist ein Kind. Du musst hier weg.«

Nate schüttelt den Kopf. »Und du hast keine Ahnung, Eichhörnchen.« Er duckt sich zu einer Seite weg und rennt los, läuft durchs Kolosseum auf die Galgen zu. Wir folgen ihm und halten erst an, als wir die Bühne erreichen. Aus der Nähe kann ich Darren erkennen, der auf dem Balken hockt und überprüft, ob die Seile gut festgezurrt sind. Thorn steht darunter, seine Unterarme spannen sich an, als er eine Reihe von Laufknoten bindet.

Ich schiebe mich an den entsetzten Gems vorbei und springe auf die Bühne. »Thorn, warte.«

Er bemerkt mich. »Willst du mithelfen?«

»Du darfst sie nicht hängen«, sage ich.

»Warum zum Teufel nicht? Sie hängen uns jeden Samstag.«

»Und das ist falsch. Du weißt, dass es falsch ist.«

Er packt einen Gem und stellt ihn über eine Falltür. Das blonde Haar funkelt im Flutlicht. Howard Stoneback, die Augen noch glasig vom Schlaftrunk. Ein Knebel erstickt seine Worte, aber ich kann am Gewinsel erkennen, dass er versucht, mich anzuflehen.

Thorn rammt eine Faust in Howards Ohr. »Schnauze.« Er dreht sich zu mir. »Die verurteilten Imps sind unschuldig. Diese Gems sind Vergewaltiger, Sadisten, manche sind Kinderschänder. Wenn es dir nicht gefällt, dann sieh nicht hin.«

Die Gewalt schockiert mich noch immer. Ich kann nicht anders, als Nate anzusehen, der sich mit entsetzter Miene unten vor der Bühne herumdrückt. Ich hätte ihn zwingen sollen zu gehen, hätte ihn tretend und zeternd zu Saskia zurückschleifen sollen.

»Das ist Mord«, sage ich.

»Das ist der Preis der Freiheit.« Thorn zwängt ein Seil über Howards Kopf und zieht den Knoten in seinem Nacken zu. »Die Hälfte dieser Gems sind Politiker. Ist dir klar, welche Aufmerksamkeit wir erhalten werden, welches Zeichen wir setzen, wenn ihre Körper am Galgen baumelnd gefunden werden?« Er presst Howards Wangen zusammen, sodass seine Lippen um den Knebel hervorstehen. »Dieses Arschloch hier ist Howard Stoneback. Der beschissene Howard Stoneback.«

Die Rebellen tun es ihm gleich, stoßen die Gems auf die Falltüren, fummeln mit Seilen herum. Nur Ash steht reglos da, seine Hand liegt auf meiner Schulter.

Ich ergreife Thorns Hand, die, die ein Stück Seil umschließt. »Wenn wir uns wie Tiere benehmen, werden sie uns nie wie Menschen behandeln.«

»Sie verdienen es, am Galgen zu tanzen und zu erfahren, wie es sich anfühlt«, sagt Thorn. »Deine Worte, kleine Blume. Wenn du eine echte Rebellin wärst, würdest du sie tanzen lassen.«

Ein paar Gems beginnen zu weinen. Eine Urinpfütze breitet sich auf dem Boden aus und leckt an meinen Stiefeln.

Ash tritt vor. »Was, wenn wir die Aufmerksamkeit immer noch bekommen könnten – immer noch ein Zeichen setzen?«

»Red weiter«, sagt Thorn.

»Wir setzen sie auf die Bühne, mit der Schlinge um den Hals. Wir schreiben ihnen etwas auf die Brust, verraten der Welt ihre Verbrechen. Dann machen wir die Gems darauf aufmerksam. Selbst die Regierung kann die Berichterstattung darüber nicht verhindern.«

»Das ist brillant«, sage ich. »Damit sind wir ihnen moralisch überlegen.«

Thorn blickt von meinem Gesicht zur Falltür, presst beide Hände auf die Augen und macht ein komisches Geräusch, wie ein Ballon, dem die Luft entweicht. »Aber sie verdienen den Tod. Sie müssen bestraft werden.«

»Sieh sie dir an«, sage ich. »Geknebelt, heulend, in ihrer eigenen Pisse. Sie werden gedemütigt und ausgestoßen werden. Das ist schlimmer als der Tod.«

Thorn streichelt die Schlinge einen Augenblick lang. Seine Augen füllen sich mit Tränen, er presst die schönen Lippen zusammen. Ich weiß, dass er an Ruth denkt. Mein Herz schwillt an vor Mitleid und die Schluchzer der Gems klingen so weit weg. Vielleicht würde ich auch hören wollen, wie die Seile sich straffen, würde sehen wollen, wie Gem-Stiefel wild ausschlagen, wenn Ruth mir genommen worden wäre. Plötzlich weiß ich, wie Katie sich fühlen muss, wenn Thorn ihr leidtut.

Sehr langsam löse ich seine Finger. »Du musst mir vertrauen.«

Er ergreift meine Hand und sucht in meinem Gesicht nach

einer unausgesprochenen Wahrheit. »Okay«, flüstert er schließlich.

Eine Sirene zerreißt die Luft. So laut, dass ich spüre, wie sie durch meine Fußsohlen dringt. Ich drehe mich zu Ash um, gerade rechtzeitig, um zu sehen, wie seine Lippen das Wort *Hinterhalt* formen.

Das Flutlicht geht aus und die Welt versinkt in Schwarz.

KAPITEL 38

Stille. Nichts als Dunkelheit und Stille. Selbst die Gems unter den Galgen halten den Atem an. In der Ferne höre ich den Ozean, ein fernes Rauschen, das an- und abschwillt, sich an Felsen bricht. Der Ozean wird lauter, wütender. Hubschrauber.

»RÜCKZUG!«, brüllt Thorn.

Die Rebellen fangen an zu schreien, Füße schlagen auf den Asphalt, Gewehrläufe rasten ein.

Ich höre Ash. »Wir müssen hier weg.«

Aber ich rühre mich nicht vom Fleck, meine Beine sind wie festgewachsen. Im Kanon gab es keinen Hinterhalt. Die Rebellen waren auch nie im Kolosseum. Woher wissen die Gems, dass wir hier sind?

Über uns kreisen Hubschrauber, die weiße Lichtstrahlen ins Schwarze schicken, riesige Suchscheinwerfer. Ich registriere abgehackte Bewegungen, wie unter Stroboskoplicht. Kabel, die im Bogen über die Kolosseumsmauern fliegen. Rebellen, die sich mit angelegten Waffen zurückziehen. Gestalten, die wie Spinnen über die Mauern krabbeln. Ein Hubschrauber fliegt direkt über mir vorbei. Die pulsierenden Rotorblätter gehen mir unter die Haut. All die winzigen Gesichtshaare, sogar meine Wimpern, strecken sich zum Boden, werden vom Luftzug nach unten gedrückt. Meine Nase füllt sich mit Staub, meine Ohren sind kurz vorm Platzen und im grellen weißen Licht sehe ich neben mir die gebleichten Gesichter der Gems, gewundene Schlingen unter dem Kinn.

Meine Hand umklammert immer noch Thorns. Er zieht mich zu sich wie eine Puppe. Seine sonst lavendelfarbenen Augen sind fast farblos, seine Pupillen zwei schwarze Kerne. »Warst du das?«

Bevor ich antworten kann, springt er von der Bühne und zieht in einer schnellen Bewegung seine Waffe aus dem Halfter. Dann ist er weg. Der Hubschrauber fliegt vorbei und die Welt versinkt wieder in Dunkelheit.

Ash zieht an meinem Overall. »Violet, komm jetzt.«

Schüsse fallen und ich sehe sprühende Funken in der Ferne. Unter den Suchscheinwerfern lassen sich weitere Gestalten ins Kolosseum fallen, ihre Helme schimmern wie Käferkörper. Ein Lichtstrahl wandert über uns hinweg. Ash zieht mich am Arm und wir springen von der Bühne. Die Erde rast mir entgegen und ich sehe, wie meine Stiefel mit meinem Schatten kollidieren. Der Suchscheinwerfer zuckt davon.

»Nate!« Ich taste blind nach ihm.

»Ich bin hier.« Seine Stimme, schrill vor Entsetzen, dringt durch die Schüsse zu mir. Noch ein Blitz. Sein Gesicht taucht in meine Richtung. Ich ziehe ihn aus dem Scheinwerferlicht in die Decke aus Dunkelheit. Ash umfasst meinen Kopf und drückt mich runter, um den Kugeln auszuweichen, die über uns vorbeizischen. Geduckt rennen wir los.

Wir erreichen die Außenwand des Kolosseums und schieben uns auf die Holztür in der Nähe des Imp-Käfigs zu. Ein Geräusch zerreißt die Luft, lässt alle Schüsse und Schreie verstummen. Kein Geräusch, das einem Feuerwerk ähnelt, eher ein dumpfes Dröhnen. Ich drehe mich um, gerade rechtzeitig, um einen Hubschrauber in der Mitte der Arena abstürzen zu sehen. Das Licht seines Suchscheinwerfers ergießt sich über den Boden wie eine gespenstische Blutlache. Die Rotorblätter versuchen, sich weiter zu drehen, was den Korpus zucken lässt, als würde er sich noch ans Leben klammern. Rauch steigt in den Himmel und ein grausames Krachen hallt zwischen den Kolosseumsmauern wider.

Zwei Gestalten, aus Flammen geformt, taumeln aus dem Trümmerhaufen. Soldaten eilen zum Wrack, aber eine Explosion wirft sie zurück, wie von einer riesigen Hand werden sie hoch in die Luft geschleudert. Die Druckwelle läuft durch mich hindurch. Ich drehe mich zur Steinwand und schirme mein Gesicht ab so gut es geht.

Als ich zurückblicke, erhellen die Überreste des Hubschraubers das Kolosseum wie ein Lagerfeuer. Die Luft füllt sich mit Kerosinduft und Rauch und einem schwach fettigen Geruch, den ich nicht richtig einordnen kann. Es riecht ein bisschen nach … Gegrilltem. Körper umringen das Metallgehäuse in einem perfekten Kreis, einige wirken benommen, andere sind schwarz und rot und schwelen. Fleisch. Ich rieche verbrennendes Menschenfleisch. Nate packt mich am Overall und ein gedämpftes Keuchen entfährt mir.

»Nicht stehen bleiben«, schreit Ash.

Wir nähern uns der Tür und die Schüsse werden weniger. Nach und nach springt das Flutlicht wieder an. Mein Herz gerät ins Stocken. Ich kann die Zerstörung jetzt genau erkennen.

Flammen, die um schwarze Flecken züngeln, das müssen Körper sein, Rauchsäulen, die in den Himmel steigen, der Hubschrauber, der immer noch schwelt, als riesiges Herzstück. Die Gems, die wir gefangen genommen hatten, sind längst verschwunden, und die meisten Rebellen werden aus dem Kolosseum abgeführt. Es wäre kein Problem gewesen, sie zu töten. Ein Bombenteppich, ein paar Gaskanister. Die Gems wollen sie wohl verhören oder brauchen Frischfleisch für den Galgentanz. Ich fange unkontrolliert an zu zittern, mein Magen krampft heftig.

»Schnell«, sagt Ash.

Ich kann die Holztür sehen, wir sind so nah dran.

Ich höre die Soldaten näher kommen. Aber ich sehe nicht hin. Ich kann die Luft jenseits der Tür schon fast schmecken, sie riecht nicht nach brennendem Fleisch. Das Stampfen von Stiefeln auf Beton wird lauter. »Lasst die Waffen fallen! Hände hoch!« Ich packe den Türgriff, aber Finger umfassen meinen Oberarm und eine Waffe bohrt sich mir in den Rücken. Alle Hoffnung zu entkommen zerschlägt sich. Ich blicke durchs Kolosseum und sehe Howard auf uns zurennen.

»Sie … Ja, sie!«, schreit er. Blut rinnt noch aus seinem Ohr, auf das Thorn eingeschlagen hat, und der Knebel, von Spucke feucht, hängt ihm um den Hals. »Das ist die dreckige kleine Schlampe, die dahintersteckt. Sie hat uns betäubt, damit ihre barbarischen Freunde uns entführen konnten.« Er schiebt sein Gesicht ganz dicht an meins heran, ich kann das Blut und den Champagner in seinem Atem riechen. »Morgen sehe ich dich am Galgen tanzen, Affe.«

Es ist der Kanon, der mich wieder hineinzieht, der die Fäden zwingt, sich zu verschlingen. Aber mein Tod wird sinnlos sein, solange Willow nicht angerannt kommt und seine unsterbliche Liebe erklärt. Und das wird nicht passieren, jetzt, da er Alice hat. Neue Panik überfällt mich.

Die Soldaten führen uns zu dem riesigen elektrischen Tor hinter dem Kolosseum – der Ausgang zu den Auen. Wir passieren die Überreste des Hubschraubers und eine Seite meines Gesichts fühlt sich heiß und wund an. Ich höre Nate hinter mir wimmern. Ich will mich umdrehen, ihm sagen, dass alles gut wird, obwohl ich weiß, dass das nicht stimmt, aber ich kann die Blicke der Soldaten auf mir spüren, die ihre Waffen auf meinen Hinterkopf gerichtet haben.

Auf der anderen Seite des Ausgangs erwartet uns eine Armee von Gems. Die Gesichter der Rebellen in Hubschraubern, Hoverfahrzeugen und Lastwagen sind maskenhaft erstarrt. Ich kann nicht glauben, dass ich sie einmal als Statisten in meinem Lieblingsfilm betrachtet habe, als Hintergrundrauschen einer großen Liebesgeschichte. Ihr Kampf für die Freiheit, ihre Suche nach Gerechtigkeit wirken jetzt so viel größer als die Bedürfnisse zweier verliebter Teenager.

Wir entfernen uns weiter vom Kolosseum und ich empfinde eine seltsame Unruhe bei dem Gedanken, wieder in den Auen zu sein. Zurück in der Zuckerwattewelt der Gems.

Ein Feldwebel kommt zu uns. Er packt ohne Umschweife meinen Arm. »Diese drei kommen mit mir.«

Die Soldaten salutieren ihm. Er führt uns durch einen Fahrzeugpulk. Ich sehe Gruppen von Soldaten, manche legen ihre Schutzkleidung ab, andere nippen an Bechern, von denen Dampf in die Kälte aufsteigt. Wir nähern uns einem geparkten Hover, das etwas abseits von der Staffel steht. Es lauert am Boden, eine riesige Zinkscheibe. Eine Luke öffnet sich und eine Metalltreppe klappt heraus.

»Wartet hier«, bellt der Feldwebel Ash und Nate zu.

Seltsamerweise bin ich erleichtert. Wenn sich herumgesprochen hat, dass ich die Rädelsführerin bin, dann behandeln sie die anderen vielleicht mit Nachsicht. Die Wache schubst mich die Treppe hoch, ich spüre den Druck der Waffe in meinem unteren Rücken. Leicht gebückt betrete ich das Fahrzeug und sehe eine Reihe Soldaten, deren ebenmäßige Gesichter mich anstarren.

Und auf dem Pilotensitz, lässig gegen ein Bedienfeld gelehnt wie der Hahn im Hühnerstall, hockt Willow.

KAPITEL 39

»Willow?« Der Name fühlt sich fremd an.

Er spricht mit den Soldaten, ohne den Blick von mir zu wenden. »Ihr dürft euch entfernen.«

Im Gleichschritt verlassen die Soldaten das Fahrzeug, eine Reihe identischer Aufziehspielzeuge. Willow und ich bleiben allein zurück. Meine Ohren sausen noch vom Kugelhagel und mir wird bewusst, dass ich seit Tagen nicht ordentlich geschlafen oder gegessen habe. Ich versuche, mich auf sein schönes Gesicht zu konzentrieren, aber es verschwimmt und die scharfen Metallkanten des Hoverfahrzeugs verwischen um ihn herum.

»Rose? Geht es dir gut?« Seine Stimme dringt zu mir durch und für einen Augenblick habe ich meinen anderen Namen vergessen, meinen Kanon-Namen. Ich öffne den Mund, um zu antworten, aber es kommt nur ein Durcheinander aus Vokalen heraus.

»Hier.« Er führt mich zu einem Metallsitz und reicht mir eine Tasse. »Tee, der hilft gegen den Schock.«

Ich starre in seine Kupferaugen. Ich weiß nicht, ob ich ihn umarmen oder schlagen will. Meine Gefühle sind verworren, sie bilden ein hässliches, formloses Knäuel in meinem Bauch. Ich bin so froh, dass er nicht bei Alice ist, und etwas an seinem wohlgeformten Gesicht – die Symmetrie und Ordnung – verleiht mir ein Gefühl von Sicherheit. Aber ich bin auch zornig. Wütend. Nicht nur weil er mit meiner sogenannten besten Freundin geschlafen hat, sondern auch weil er von den Dups weiß und trotzdem nichts tut und weil er zugelassen hätte, dass die Wachen Nates Hände amputieren, wenn Alice, die Drecksschlampe, nicht eingeschritten wäre. Wie konnte er nur so schwach sein?

»Was machst du hier?«, frage ich.

»Ich hatte irgendwie gehofft, ich könnte dein Retter in der Not sein. Ich bin hier, um dich da rauszuholen.«

Mich retten … warum will er mich retten? Hoffnung keimt auf, vielleicht hat er doch noch Gefühle für mich. Aber ich befehle mir, gefasst zu bleiben, er hat mich schon einmal enttäuscht.

»Woher wusstest du überhaupt, dass ich hier bin?«, frage ich.

»Rose, ich weiß, dass du eine Rebellin bist, und das ist in Ordnung, ich bin nicht sauer. Zuerst war ich es, aber als Vater mir von den Gem-Plänen erzählt hat, die Rebellen heute Nacht in einen Hinterhalt zu locken, galt meine einzige Sorge deiner Sicherheit.«

Ich kann nicht anders, als die Stirn zu runzeln. »Woher wusstest du, dass ich eine Rebellin bin?«

»Alice. Das Mädchen vom Ball, die vom Markt.«

»Oh … die.«

Er ignoriert meinen Tonfall, kann aber die Scham in seinen Augen nicht verbergen. »Warum bist du abgetaucht? Wir haben uns geküsst und dann konnte ich dich nicht wiederfinden.«

Weil du meine beste Freundin gevögelt hast, du männliche Schlampe. Ich zwinge mich zu einem kleinen Lächeln. »Ernsthaft? Das weißt du nicht?«

Er senkt den Kopf, sodass ich zum ersten Mal seinen Scheitel sehen kann. Jede karamellfarbene Strähne windet sich von einem einzigen Mittelpunkt nach außen. Es erinnert mich an ein Windrädchen. Er seufzt. »Ich habe einen schrecklichen Fehler gemacht. Es war nur dieses eine Mal, aber ich schätze, mehr brauchte es nicht.«

»Ja, ich habe dich in der Nacht, als ich verschwunden bin, mit ihr gesehen. Es hat mir das Herz gebrochen.« Das stimmt. Zu wissen, dass meine beste Freundin mich derart betrügen konnte. Aber ich lasse Willow in dem Glauben, dass er der Grund dafür ist, seine Schuldgefühle könnten mir noch nützlich werden.

»Rose, es tut mir so leid.« Er nimmt meine Hände und zieht mich an sich, sodass ich den Zitrusduft seiner Seife und seinen Pfefferminzatem riechen kann. »Weißt du, sie hat mir erzählt, sie arbeite für die Regierung, als eine Art Agentin, die Rebellen aufspürt. Als sie gesagt hat, du würdest nur meine Nähe suchen, um für die Rebellen zu spionieren, war ich so außer mir und … Es war dumm. Ich habe es sofort bereut.«

Alice hat Willow erzählt, ich würde für die Rebellen spionieren? Wenn Willow das den Gem-Behörden verraten hätte, hätte es meinen Tod bedeutet. Ich weiß, dass das unwahrscheinlich ist, jedenfalls in Anbetracht der Tatsache, dass Willow Rose im Kanon ihr Rebellentum vergab, aber sie ist ein Wahnsinnsrisiko eingegangen. Schock und Wut strömen in Wellen durch mich, drehen mir den Magen um und rauben mir den Atem. Warum setzt sie so nebenbei mein Leben aufs Spiel?

Sie hat mir auch nie erzählt, dass sie Willow ausgetrickst, ihn verunsichert hat, sie hat mich einfach glauben lassen, sie sei besser als ich. Vielleicht besitzt Alice gar keine seltsamen Vodookräfte über Männer, vielleicht spinnt sie nur Ränke und Intrigen und zeigt ihre Titten, wie Katie gesagt hat. Nun, damit kann ich es aufnehmen, wenn auch nicht mit Körbchengröße Doppel-D. Langsam fühle ich mich stärker, mächtiger. Ich atme tief ein und berühre meinen Hals, wo die Kette immer hing. »Sie hat nur die halbe Wahrheit gesagt. Ich bin eine Imp-Rebellin. Ich sollte dein Vertrauen gewinnen und an Gem-Geheimnisse kommen, aber als ich dir begegnet bin, hat sich alles verändert.«

»Ich weiß, ich weiß.«

Arroganter Sack, denke ich, aber ich lächele weiter, krampfhaft bemüht, den Kanon wieder auf Kurs zu bringen. »Ich wusste, dass ich dich nie verraten könnte, auch nicht, nachdem ich dich mit Alice gesehen hatte. Das ist einer der Gründe, warum ich das Anwesen verlassen habe. Damit ich den Rebellen gegenüber behaupten konnte, dass ich es probiert habe und gescheitert sei. Dann hätten sie dich in Ruhe gelassen.« Ich weiß, ich manipuliere ihn, aber davon, ihn zurückzugewinnen, hängt so viel ab, dass es mir egal ist.

Und es sieht so aus, als würde er es mir abkaufen. Er lächelt und sieht mich an. »Sogar nachdem du mich mit einem anderen Mädchen gesehen hast? Du bist wirklich erstaunlich, Rose, und es ist mir egal, dass du eine Rebellin bist, es ist mir sogar egal, dass du ein Imp bist.« Er nimmt mir die Tasse aus der Hand und schließt mich in seine Arme. »Deshalb bin ich gekommen – um dich zurück zum Anwesen zu bringen. Der Offizier ist ein Freund der Familie und er hat sich bereit erklärt, dich und deinen Bruder hier herauszuschmuggeln.«

Einen Augenblick lang gerate ich in Versuchung. Der Gestank nach Rauch und verbranntem Fleisch ist weit weg. Ich rieche nur die Auen – frisch, rein und voller Blütenpollen. Aber ich weiß, dass sie eine einzige Lüge sind.

Er streicht mir das Haar aus dem Gesicht. »Viele Gems haben Imp-Geliebte. Aber du wärst natürlich mehr als das. Ich meine, irgendwann müsste ich zwar ein Gem-Mädchen heiraten, aber das wäre nur zum Schein.«

Ein Plan nimmt langsam in meinem Kopf Gestalt an. Ich denke so angestrengt nach, dass ich sogar etwas die Augen zusammenkneife. Ich wünschte, ich hätte Stift und Papier, um alles aufzuschreiben und mich nicht zu verheddern. Wenn ich heute Nacht von den Gems gefangen genommen werde, könnte Willow morgen beim Galgentanz immer noch vor allen seine Liebe zu mir gestehen. Ich muss einfach von hier wegkommen, ohne dass er Verdacht schöpft. Dann könnte ich Nate, Ash und Katie in Sicherheit bringen, bevor ich mich den Gems stelle.

Das kann wirklich funktionieren. Die Aufregung steigt und ich habe das Gefühl, vor Adrenalin gleich überzulaufen. Ich könnte immer noch eine Revolution entfachen. Immer noch nach Hause zurückkehren. Immer noch die Imps retten. *Hoffnung beginnt als kleine Blume.*

Ich schlinge meine Arme um Willows Taille in der Hoffnung, meinen Worten damit Nachdruck zu verleihen. »Ich will nichts mehr, als mit dir zusammen zu sein. Aber ich muss erst meine Freunde in Sicherheit bringen. Wirst du mir dabei helfen?«

»Natürlich.«

»Flieg uns einfach außer Reichweite der Wachen, und wenn ich weiß, dass sie in Sicherheit sind, werde ich zum Anwesen zurückkommen.«

»Ich komme mit dir.«

Ich schüttele den Kopf, der Gedanke an den Lynchmob lässt mich schaudern. »Die Imps werden dich töten, wenn sie dahinterkommen, dass du ein Gem bist.« Und dann kannst du den Kanon nicht vollenden, denke ich mit einem Anflug von schlechtem Gewissen.

Er seufzt und gibt vielleicht ein bisschen zu schnell klein bei. »Bitte sei vorsichtig.« Er küsst mich auf den Mund. Nur fühlt es sich nicht mehr wie Küssen an, wir sind einfach zwei Menschen, deren Lippen aufeinanderprallen.

Ich ziehe mich sanft zurück. »Das werde ich, versprochen.«

»Dann schnell.« Er geht zur Luke.

»Willow?«

Er hält inne und dreht sich um, seine Hand schwebt über einem glänzenden grünen Knopf.

»Woher wusste dein Vater von dem Überfall auf das Fleischhaus?«

Er zuckt mit den Achseln. »Das hat er nicht gesagt. Warum?«

Es nagt an mir, seit ich das Dröhnen der Hubschrauber gehört habe. Wie konnten die Gems wissen, dass wir das Fleischhaus überfallen würden? Im Kanon hat Willow den Überfall herbeigeführt. Aber in der jetzigen Version war ich es. Kein einziger Gem konnte davon wissen, es sei denn, es gibt einen Maulwurf in unserer Mitte.

»Ich bin bloß neugierig«, sage ich und mache eine gleichgültige Handbewegung.

Er schlägt auf den Knopf und die Tür springt auf. »Schickt bitte die beiden Jungen rein.«

Ash und Nate tauchen aus der Dunkelheit auf. Ich höre die Luke rauschen, als sie sich hinter uns schließt. Nachdem ich in

Willows sauberes, perfektes Gesicht gestarrt habe, wirken Nate und Ash wie ein Paar schmutziger, halbtoter Ratten, überzogen mit Dreck, Blut und blauen Flecken. Ich verspüre den überwältigen Drang, die beiden zu umarmen.

»Was macht der denn hier?«, fragt Ash.

Ich schüttele den Kopf, bedeute ihm, still zu sein.

Willow legt mir den Arm um die Schulter und drückt mir einen Kuss auf die Wange. »Dann fliege ich uns mal von hier weg.«

Ich habe Ash noch nie so finster gucken sehen.

Aber ich kann mir ein Grinsen nicht verkneifen, ich hatte gerade eine Idee. »Wir müssen einfach einen Einstiegsschacht finden.«

»Einstiegsschacht?«, fragt Willow.

»O mein Gott!«, kreischt Nate begeistert. »Wir gehen runter in die Kanalisation.«

KAPITEL 40

Die Eisensprossen fühlen sich unter meinen Fingern rau und feucht an, als würde ich in nassen Sand fassen, und die zylindrischen Wände umschließen uns wie ein gewaltiger Schlund. Ich bin dankbar für den Lichtkreis über uns, der für etwas frische Luft sorgt, für einen möglichen Ausweg. Aber Ash schiebt den Deckel wieder an seinen Platz zurück und Angst erfasst mich. Das Knirschen von Metall auf Beton, die schrumpfende Sichel, die schließlich mit einem dumpfen Scheppern schwarz wird, es ist, als würde man eine furchterregende Mondfinsternis verfolgen. Ich muss an die Dups denken, die in dem fensterlosen Raum festsitzen, mit nur einer kreisrunden Öffnung in der Decke.

Mehrmals höre ich es platschen, als Nate von der Leiter springt. Die Taschenlampe, die Willow ihm gegeben hat, geht mit einem Klicken an und beleuchtet die Struktur der Backsteine, die schartigen Sprossen, die sich mit der Zeit rot und orange verfärbt haben. Ich folge ihm ins Wasser, das schwer und kalt in meine Stiefel sickert.

Ich scanne meine Umgebung. Ein Tunnel, der dem im Kanon ähnelt, oben gewölbt und unter meinen Füßen eben, und sich endlos in beide Richtungen erstreckt. Kleinere Tunnel zweigen ab, eine Reihe schwarzer starrender Augen. Ich kann problemlos in dem Gang stehen, fühle mich aber dennoch beengt und muss an die Tonnen von Erde denken, die auf uns lasten und nur von einem Netz aus alten, feucht fleckigen Backsteinen zurück gehalten werden.

Nate watet zur Mauer und lässt seinen Finger über eine gelbe Markierung laufen. Sie sieht wie ein Winkel aus, zwei Linien, die an einem Punkt verbunden sind. »Willow und Rose haben die nie verstanden, weißt du noch? Sie haben sich schrecklich verirrt.«

Ich nicke. Die Markierungen waren Jahre zuvor von den Rebellen angebracht worden und verweisen auf die verschiedenen Ausstiegsschächte. Aber sie waren verschlüsselt, eine Vorsichtsmaßnahme, sollten die Gems jemals nach hier unten kommen. Und Rose kannte den Code nicht. Irgendwann fanden sie ein Rebellenschlupfloch – eine alte Garage mit einem Humvee –, aber sie brauchten mehrere Stunden dafür. In dem Wagen durchquerten sie schließlich den Rest der Stadt und erreichten so den Fluss. Wir brauchen diesen Wagen, denke ich bei mir.

Ich betrachte die gelben Markierungen und muss lächeln. Es ist, als hätte der Kanon uns nie aufgegeben, als hätte er gewusst, dass wir irgendwann zu ihm aufschließen. Genau wie Baba gesagt hat, eine Geschichte muss sich entfalten.

Ash hält an, um die Markierungen zu untersuchen, während Nate in meine Richtung watet und die Gelegenheit ergreift, mich zu löchern. »Also, was hat Willy in dem Hover gemacht?«

»Er steht noch auf mich«, flüstere ich. »Der Kanon ist wieder auf Kurs. Wenn ich mich von den Gems erwischen lasse, wird Howard Stoneback dafür sorgen, dass ich es an den Galgen schaffe, dann muss nur noch Willow seinen Text aufsagen und … voilà!«

»Echt jetzt?«

»Nate, wir können morgen nach Hause.«

Sein Gesicht verzieht sich zu einem Riesenlächeln, das Gleiche, das er im Gesicht hatte, wenn ich ihn beim Schaukeln so doll wie möglich angeschubst habe. »O mein Gott, Violet, das ist fantastisch. Okay, okay, also wie stellen wir es an, dass man dich erwischt?«

»Nun, der Kanon scheint wieder auf Kurs zu kommen, egal was wir tun.«

»Also gehen wir zum Fluss? Wo Rose und Willow schließlich erwischt wurden?«

»Ich denke ja. Wir holen den Humvee aus dem Schlupfloch, befreien Katie aus dem Hauptquartier, fahren zum Fluss, dann setzt du mit den anderen über zum Niemandsland. Ich warte auf die Soldaten und ergebe mich.«

»Mein Gott, Schwester, was bist du für eine coole Sau.«

Ich grinse. »Katniss und Tris – das sind doch bloß Pfadfinderinnen.«

Nate guckt nachdenklich. »Reicht denn die Zeit? Vielleicht sollten Katie und ich ein anderes Versteck suchen?«

»Das Niemandsland ist am sichersten. Wenn wir uns beeilen, könnt ihr den Fluss locker überqueren, bevor die Soldaten eintreffen. Wir müssen uns nur besser in der Kanalisation zurechtfinden als Rose, um uns Zeit zu verschaffen. Findest du die Stelle, wo sie den falschen Weg eingeschlagen hat?«

»Vielleicht, diese Tunnel sehen allerdings alle gleich aus«, sagt er.

Ash stößt zu uns. »Also, wie lautet der Plan?«, fragt er.

»Wir überlegen gerade den nächsten Schritt«, sage ich.

Ash blickt nach oben zu den Backsteinen und vermeidet bewusst Blickkontakt. »Ich dachte, das hättest du bereits mit Willow geklärt.«

»Komm drüber weg, Eichhörnchen«, blafft Nate. »Sie würde ja wohl kaum die einzige Person verprellen, die uns befreien könnte.«

Ash atmet scharf aus. Ich kann sehen, dass ihn das nicht überzeugt.

»Wir finden ein Fahrzeug«, sage ich, »holen Katie, dann überqueren wir den Fluss und verstecken uns im Niemandsland.« Alle außer mir, denke ich. Ich werde mich den Gems ergeben.

»Da gibt es nur ein Problem«, sagt Ash. Selbst im Dämmerlicht kann ich erkennen, dass er rot wird. »Ich kann nicht schwimmen.«

Keiner der Imps kann schwimmen. Das weiß ich aus dem Kanon. Alle Gewässer sind von Unrat verseucht und voller Trümmer.

»Mach dir keine Sorgen, es gibt ein Boot«, sage ich.

Nate lässt den Taschenlampenstrahl über die erste Markierung laufen. »Wenn wir diese Markierungen dechiffrieren könnten, wäre unser Leben sehr viel einfacher.«

Ash sieht noch mal genau hin. »Zwei Linien, eine etwas kürzer als die andere. Sehen alle Markierungen so aus?«

»Ja«, sagt Nate. »Lauter unterschiedliche Winkel.«

»Sie sehen aus wie die Zeiger einer Uhr«, sagt Ash.

Er hat recht. Ein Minutenzeiger und ein Stundenzeiger. Ich kann nicht glauben, dass mir das nie aufgefallen ist – Begleiterscheinungen des Digitalzeitalters, schätze ich. *Zählt nicht die Stunden, zählt Minuten.* Wo habe ich das schon gehört?

»Der Kinderreim«, sage ich zu Ash.

»Zählt die Minuten«, antwortet er. »Glaubst du, die Rebellen haben die Lösung in einem alten Kinderreim versteckt? In einem, den nur die Imps kennen würden?«

Ich nicke. »Der Minutenzeiger muss auf den richtigen Tunnel zeigen. Clever.«

Nate grinst. »Also gut, dann lasst uns keine Zeit verlieren. Ich bin euer Navi.« Er rennt durch den Gang, reißt die Stiefel hoch, sodass das Wasser um ihn herumspritzt, von seinen Füßen hochfliegt und im Licht der Taschenlampe glitzert.

»Los jetzt, ihr lahmen Enten«, brüllt er über die Schulter.

Ash und ich folgen ihm. Die Luft wird immer feuchter, je weiter wir uns vom Einstiegsschacht entfernen, und das Rennen wird immer schwieriger, als würden wir uns durch Sirup bewegen. Nate hält bei einem anderen Zeigerpaar an, bevor er zum nächsten Gang joggt.

»Also, was wollte der Halbgott?«, fragt Ash, die Feuchtigkeit und das Moos an den Wänden schlucken seine Stimme.

»Hör mal, Ash, was du im Hover gesehen hast …«

Er schneidet mir das Wort ab. »Es spielt keine Rolle.«

»Ich musste mitspielen, damit er uns gehen lässt. Es war nicht echt.«

»Für mich sah es aber ziemlich echt aus.«

Wir biegen um eine Ecke, passieren ein weiteres Zifferblatt. Der Gang wird enger.

»Rechts!«, schreit Nate.

Der Boden unter unseren Füßen rundet sich plötzlich. Dieser Tunnel ist komplett röhrenförmig und meine Füße brauchen einen Moment, um sich daran zu gewöhnen. Ash fängt mich auf, als ich auf das schmutzige Wasser zutaumele. Ich finde wieder ins Gleichgewicht, nur um eine Ratte an meinen Stiefeln vorbeischlingern zu sehen – glitschig und schwarz, halb rennend, halb schwimmend. Ich ergreife Ashs Hand und Wärme durchströmt mich. Dann schiebe ich mich weiter durch den Kaninchenbau. Etwas an dem Kinderreim stört mich. Woher kommt der auf einmal? Die Zeiger-Markierungen waren Teil des Kanons, also war es der verschlüsselte Kinderreim vielleicht auch? Aber könnte ein Reim im Kanon existieren, wenn Sally King nicht darüber geschrieben hat? Vielleicht nicht. Rose hat die gelben Markierungen schließlich nie durchschaut. Und sie hätte den Reim gekannt, wenn es ihn gegeben hätte; bei Ash klang es so, als wäre er allen Imps vertraut. Vielleicht ist der Reim wirklich eine Prophezeiung über mich.

Hoffnung beginnt als kleine Blume.

Nate starrt die Leiter hinauf. »Sie haben Ihr Ziel erreicht.« Er zeigt auf einen einzelnen gelben Pinselstrich an der Wand. »Das ist die Markierung aus dem Kanon. Das bedeutet, das Schlupfloch ist direkt über uns.« Mit dem Strahl der Taschenlampe untersucht er den Kanaldeckel.

»Wovon redet er?«, fragt Ash. »Und was hat es mit diesem Kanon auf sich, den ihr immer wieder erwähnt?«

»Du würdest es sowieso nicht glauben, selbst wenn wir es dir erzählen würden«, sage ich.

»Noch mehr Geheimnisse?« Ash windet seine Hand aus meiner und fängt an, die Leiter hochzusteigen.

Ich empfinde stechende Einsamkeit. Im Moment fühlt sich die Wand aus Geheimnissen eher wie ein undurchdringlicher Wald voller Dornen und Gestrüpp an. Eine Stimme unterbricht meine

Gedanken. Tief und vertraut und so unerreichbar. *Die Prinzessin schlief hundert Jahre. Wobei sie nie das Gesicht einer Toten bekam, ihre Wangen blieben hübsch und rosig wie am Tag ihrer Geburt.* Es ist wieder Dads Stimme.

Ich blicke nach oben. »Dad?«

Eine Mischung aus Aufregung und Besorgnis überzieht Nates Gesicht. »Du hast Dad wieder gehört?«

Ich halte inne, lausche angestrengt auf tropfendes Wasser, auf raufende Ratten, auf das Klirren von Ashs Stiefeln auf den Sprossen. Ich schüttele den Kopf. »Nein, nein. Ich höre bloß irgendwas. Ignorier mich einfach.« Ich habe im Kopf gerade keinen Platz für so was.

Ich lege eine Hand an die Leiter, bereit, mich hochzuhieven, aber Nate leuchtet mir mit der Taschenlampe ins Gesicht und flüstert: »Violet, ich hab nachgedacht … Wie haben die Gems vom Überfall auf das Fleischhaus erfahren?«

»Ich hab keine Ahnung und Willow konnte mir auch nichts dazu sagen.«

Er zieht die Nase kraus. »Ich begreif's einfach nicht. Im Kanon war Willow der einzige Gem, der vom Überfall wusste. Er war derjenige, der ihn verursacht hat. Aber jetzt wurde Willow gar nicht von den Rebellen gefangen genommen, also wie hätte er von dem Überfall wissen können?« Er fährt sich mit beiden Händen durchs Haar. »Argh, das macht mich ganz verrückt.«

Ash unterbricht uns von oben. »Kommt ihr jetzt oder was?«

Ich blicke zu ihm hoch, seine Schuhsohlen sind so rissig, dass ich schwören könnte, Blasen an seinen Füßen zu entdecken. »Ja, Moment noch.« Ich wende mich wieder an Nate. »Willow sagt, sein Vater hätte ihm von dem Überfall erzählt.«

Er runzelt die Stirn. »Was mich wirklich fertig macht, ist, dass die Gems wussten, wir würden im Kolosseum sein – das hat im Kanon nicht mal stattgefunden.«

»Ich weiß. Aber das Fleischhaus ist nur ein paar Straßen vom Kolosseum entfernt. Wenn die Gems vom Überfall wussten, war es wahrscheinlich so, dass sie uns beim Flug über das Kolosseum gesehen haben. Es muss einen Maulwurf geben, vielleicht einen der Imp-Rebellen. Jemand, den wir nicht kennen, oder vielleicht sogar Saskia oder Matthew.«

»Vielleicht. Oder jemand anders, der den Kanon kennt.«

Wir starren uns an. Die Erkenntnis kratzt an meinen Eingeweiden. Ich fasse nach dem halben Herzen und kneife mir stattdessen in den nackten Hals.

»Warum sollte Alice das tun?«, frage ich. Alles scheint sich zu verlangsamen. Das tropfende Wasser, die raufenden Ratten, sogar mein Herzschlag.

Denn ich kenne die Antwort.

Ich kann den Kanon nicht vollenden, wenn ich tot bin.

KAPITEL 41

Liebe. Die Leute sprechen von ihr wie von einer Geisteskrankheit.

Verrückt vor Liebe, verfallen, liebeskrank, besessen …

Und vielleicht haben sie recht. Alice liebt Willow seit zwei Jahren. Und ich meine nicht den Schauspieler, Russell Jones, ich meine die fiktive Figur, Willow. Das grenzt schon an Wahnsinn. Und wenn es jemand beurteilen kann, dann ich, schließlich war ich von demselben Virus befallen.

Okay, Alice hat den einen oder anderen Fußballer gedatet, die eine oder andere Boyband (ja – die ganze Band). Aber sie kehrt immer an den Laptop zurück und haut ihre Fanfiction in die Tasten, der einzige Ort, an dem sie ihre Willow-Fantasien ausleben kann … das heißt, bis jetzt. Aber würde sie dafür wirklich das Leben ihrer besten Freundin opfern? Wenn sie den Verstand verloren hat vielleicht. Ich habe schließlich auch wegen Ash den Kanon aufs Spiel gesetzt. Aber jemanden umbringen?

»Ich kenne sie seit der Grundschule«, sage ich.

»Ich kenne sie seit meiner Geburt«, sagt Nate.

»Sie ist … gut.« Das Bild von vier in Satin gehüllten braunen Beinen kommt mir in den Kopf. »Na ja, sie ist zumindest kein Monster.«

Nate nickt. »Du hast recht. Dieser Ort macht mich schon ganz paranoid.«

»Kommt jetzt, ihr zwei«, schreit Ash. Er hat den Schachtdeckel zur Seite geschoben und ein Luftzug streicht mir übers Gesicht. Mein Herz fängt wieder an zu schlagen. Wir klettern aus dem Loch und hinterlassen ein Muster aus feuchten Abdrücken auf dem Beton – Hände, Füße, Knie. Obwohl die Nacht kalt und dunkel ist, bewirken allein die klare Luft und die Weite ein Gefühl, als würden wir aus einem Grab in einen Sommertag platzen. Natürlich hat Alice den Gems nichts vom Überfall erzählt. Ich habe ein schlechtes Gewissen, weil ich es überhaupt in Erwägung gezogen habe.

Ich sehe mich um. Das Schlupfloch aus dem Kanon, nur eine weitere stinkende Gasse mit einem orangefarbenen Garagentor. Wir pressen unsere Körper flach an die Wand. Ash lässt die Waffe kreisen, als wäre er auf Ärger aus, aber die Gasse bleibt ruhig, wie erwartet. Wir schleichen uns zu dem vertrauten Tor, von dem die Farbe in großen Placken abblättert. Ich ziehe am Griff und das Tor schwingt auf.

»Bingo«, sagt Nate.

In der Dunkelheit kann ich nur wenig erkennen, aber die abgestandene Luft verrät mir, dass das Tor schon eine Weile nicht mehr geöffnet worden ist. Nate lässt den Strahl seiner Taschenlampe wandern. Formen ragen vom Boden auf, abgedeckt mit Öltüchern und Laken. Ein vergessenes Museum. So ungefähr hatte ich es mir vorgestellt, als ich das Buch gelesen habe. Im Film war der Raum größer, besser ausgeleuchtet, weniger beengt. Wir ziehen schnell das Tuch vom Humvee und wirbeln dabei Staub und Spinnweben auf. Ich unterdrücke ein Husten.

Ash findet eine Wasserflasche in einem Schrank und reicht sie mir.

Ich war mir gar nicht bewusst, wie trocken mein Mund ist – das Innere meines Halses scheint von einer Rußschicht überzogen –, bis die kühle Flüssigkeit auf meine Zunge trifft. Ich höre erst auf zu trinken, als Nate hustet.

»Sorry.« Ich wische mir den Mund mit dem Ärmel ab und reiche ihm die Flasche.

Ash klettert in den Humvee und fährt mit den Fingern über die Bedienelemente. »Ich habe keine Ahnung, wie man den fährt.«

»Du wusstest auch nicht, wie man schießt, aber das hast du ganz gut hingekriegt«, sage ich.

Ash grinst. »Ich hab nicht getroffen. Ich hatte auf seine Eier gezielt.« Er legt einen Schalter um und die Scheinwerfer erleuchten die Gasse.

Dank des Kinderreims haben wir es in Rekordzeit aus der Kanalisation herausgeschafft, wir sollten reichlich Zeit haben, Katie zu holen und sicherzustellen, dass alle das Niemandsland erreichen. Jedenfalls solange der Kanon sich treu bleibt, uns heimsucht und in die richtige Richtung lenkt.

Nate inspiziert die Schnauze des Wagens und lächelt breit. »Immer noch kein DeLorean, aber der hier tut's auch.« Er tritt zurück in die Gasse, um das Fahrzeug als Ganzes zu begutachten. So wie das Scheinwerferlicht auf ihn fällt – seine Haut anstrahlt und sein Haar golden färbt –, wirkt er wie ein himmlisches Wesen. Etwas erregt seine Aufmerksamkeit, etwas in der Gasse, das sich meinem Blick entzieht. Entsetzen verdunkelt seine graubraunen Augen. Die Wasserflasche fällt zu Boden.

Ich höre seine Worte, die von Panik durchzogen sind. »Sie sind da.«

Als Erstes sehe ich die Schatten, drei Bestien, die über die Gassenmauer fassen, eine Reihe hektischer Stahlspitzen im grellen gelben Scheinwerferlicht. Ich flitze zu Nate, zerre seinen Körper hinter meinen. Erst jetzt sehe ich die Augen der Soldaten, die von ihren Helmen beschattet werden. Waffen zielen auf unsere Köpfe. Im Kanon gab es keine Soldaten am Schlupfloch. Woher wussten sie, wo sie uns finden? Das kann kein Zufall sein.

Sie zerren Ash aus dem Humvee, drehen ihm die Arme auf den Rücken, entwinden seinen Fingern die Pistole. Sie schlittert über den Boden und landet im Rinnstein. Ich höre das Dröhnen eines Hubschraubers, der am entfernten Ende der Gasse landet, Staub aufwirbelt und mir die Haare hochweht.

Ash prallt gegen mich, der Schlag eines Soldaten lässt ihn taumeln. Ich überschlage es blitzschnell. Drei Soldaten – stark gepanzert, schwer bewaffnet, groß, breit und austrainiert. Drei Imps – alle unbewaffnet. Angst hält mich davon ab loszuheulen, aber ich kann dennoch fühlen, wie sich Tränen in meinen Unterlidern sammeln.

»Hinlegen oder wir knallen euch ab«, brüllt ein Soldat.

Wir knien uns mit ungelenken Bewegungen hin, das Licht des Wagens sticht uns in die Augen.

Ein Mann kommt vom Hubschrauber angelaufen, zunächst nicht mehr als ein Umriss, aber als er näher kommt, gewinnt er an Farbe und Form. Er sieht anders aus als die Soldaten. Die Art, wie er sich bewegt, wirkt aufrechter, formeller und unter seinem Körperschutz trägt er einen Nadelstreifenanzug. Er steuert auf mich zu und ein bekanntes anzügliches Grinsen verzerrt sein attraktives Gesicht. Blonde Locken kräuseln sich unter dem Helm hervor. Howard Stoneback. Das ist definitiv kein Zufall. Howard ist seit dem Überfall auf das Fleischhaus hinter mir her und es sieht so aus, als hätte ihm jemand verraten, wo er mich finden kann.

Er thront über mir. »Da ist sie ja, die kleine Schlampe, die uns betäubt hat.«

»Was sollen wir mit ihnen machen, Mr Stoneback?«, fragt ein Soldat.

Howard lässt sich Zeit, sieht uns von oben bis unten an, zieht die Tortur in die Länge. Dann beugt er sich vor und streichelt mir mit einem kalten, trockenen Finger über die Wange. Ich fühle mich wieder wie in dem Showroom, als ich meinen Reißverschluss mit zitternden Fingern umklammert hielt.

Er richtet sich auf. »Ich will dieses hübsche Ding zur besten Sendezeit am Galgen baumeln sehen. Ich habe gerade mit dem Präsidenten gesprochen und er hat ihr einen besonderen Platz beim morgigen Galgentanz reserviert.«

Das könnte für mich von Vorteil sein. Ich hatte gehofft, Nate, Ash und Katie vor meiner Verhaftung sicher im Niemandsland zu wissen, aber ich habe schnell gelernt, dass die Dinge nicht immer nach Plan laufen.

Er zieht eine Pistole aus dem Halfter. Ich kann jede Falte, jedes Haar auf seinen Händen erkennen, die ins grelle Scheinwerferlicht getaucht sind, trotzdem bleiben seine Gesichtszüge eine Schattenlandschaft. Die Waffe schimmert, als sich seine Finger um den Abzug legen. »Aber ich brauche nur die Hure lebend.« Er sieht mich an. »Wenn du das nächste Mal jemandem ans Bein pisst, vergewissere dich, dass er nicht mit dem Präsidenten verwandt ist.«

Das kalte Wasser schwappt ans untere Ende meiner Speiseröhre und droht höherzusteigen. Ich presse es hinunter und finde meine Stimme. »Verhaften Sie mich. Aber bitte, lassen sie die anderen gehen.«

Er lacht. »Ein Imp, der Befehle erteilt – interessant.« Er beugt sich wieder vor. Ich spüre seinen Atem auf meiner Wange, heiß und mit Spucke gewürzt. »Bedeuten dir diese Imps etwas?«

Ich nicke.

»Wie süß.« Er grinst und hebt die Mündung der Pistole. »Eine wichtige Lektion im Leben: Imps sind nicht von Bedeutung.«

Ich sehe, wie sein Finger den Abzug drückt. Der Knall fährt mir durch den Schädel und hallt von den Gassenmauern wider, als würde Gott höchstpersönlich schreien. Einen Moment lang glaube ich, dass ich getroffen wurde. Ich wappne mich gegen den Schmerz, sehe nach unten, warte darauf, dass sich ein purpurroter Fleck auf meinem Bauch ausbreitet.

Aber ich fühle keinen Schmerz, sehe kein Purpur.

Ich sehe nur Nate – wie er röchelt, prustet, sich den Unterleib hält.

Ein roter Fleck breitet sich auf seinem Overall aus.

Ich strecke meine Hand nach ihm aus, aber meine Finger erwischen nur Luft, als er zur Seite kippt. Die Soldaten stoßen mich zu Boden und ich sehe zu, wie Nates Blut den Beton verfärbt und als schwarzer Sirup auf mich zuläuft.

Ich höre nicht mehr richtig. Ich kann gerade noch Ashs Schreie ausmachen, die wie durch Watte zu mir dringen. »Ihr Schweine. Ich bringe euch um, ihr Schweine.« Ich sehe sein schreiendes

Gesicht, das mit Nates Blut bespritzt ist. Die Soldaten schlagen ihn mit Knüppeln nieder. Ich verfolge, wie die stählernen Stiele durch die Luft sausen, fast golden im Licht des Humvees. Mein Blick wandert zu Nates zusammengesacktem, blutendem Körper. Und etwas in mir wird hart. Eine einzelne Matroschka-Puppe aus Wut und Rechtschaffenheit, eine Puppe, die ganz zu den Imps gehört. Ihre lackierte Hülle ist fest und stark und gibt mir Willenskraft.

Ich wittere meine Chance. Meine Muskeln wachsen vor Wut, sind zum Bersten gespannt und bereit loszuschlagen. Ich stürze mich auf Howard Stoneback, pralle in seine Schulter und erwische ihn unvorbereitet. Er fällt zu Boden und feuert mehrmals vergeblich in den Himmel. Ich schleudere ihm meine Fäuste auf die Brust, ins Gesicht, was auch immer ich erreichen kann. Die Wut kontrolliert mich und zwingt Schreie und Schluchzer hervor. Aber Gems sind stark und Howard wirft mich schnell ab. Ich rutsche über das Pflaster, meine Fäuste schwirren vor mir, als könnten sie sich nicht bremsen.

Gurgelnd und schwach höre ich Ashs Stimme. »Violet, nein.«

Howard richtet seine Waffe auf mich, Ungläubigkeit zerfurcht seine makellose Stirn. Ich weiß, ich werde jetzt sterben. Flatternd schließen sich meine Augen und ich warte darauf, dass Kugeln meinen Bauch, meine Arme, meinen Hals zerfetzen.

Vier Schüsse in dichter Folge. Vier Einschläge.

Ich öffne die Augen und sehe, wie Howard und die Soldaten den Boden übersäen wie Papierschnipsel. Die blonden Locken sind in Rot getaucht und das perverse Grinsen ist endlich verschwunden. Starke Hände packen meine Arme, holen mich auf die Beine und pressen mich an eine muskulöse Brust. Matthew.

»Bist du verletzt?«, fragt er.

Ich antworte nicht. Ich kann kaum atmen, geschweige denn sprechen.

Matthew legt sich Nate über die Schulter und trägt ihn zum Wagen.

Saskia rennt zu mir. »Violet, es tut mir so leid, Nate ist uns am Fleischhaus entwischt.«

Wieder antworte ich nicht.

»Wir müssen hier weg.« Sie hilft Ash hoch. »Wir sind nur wegen des Humvees zurückgekommen, weil die Gems unsere Karren geschrottet haben. Da habt ihr echt Glück gehabt.«

Matthew legt mir Nate in die Arme. Das Gewicht seines Körpers holt mich aus meiner Lethargie. Ich stütze seinen hellen Schopf mit meiner Armbeuge, schmiege ihn an mich wie ein Neugeborenes und steige hinten in den Wagen. Ich bemerke die leichte Bewegung seiner Brust, das Blut, das aus seinem Mundwinkel sprudelt, als er zu atmen versucht.

Saskia und Matthew steigen vorn ein.

Saskia wendet sich an Matthew. »Wir haben offensichtlich einen Maulwurf in unserer Mitte. Wir stecken die Kirche in Brand, bevor die Gems sie entdecken.« Sie dreht sich zu mir um. Einen Augenblick lang glaube ich, ein Spritzer von Nates Blut hätte ihre Stirn getroffen, aber dann fällt mir ihr Feuermal wieder ein. »Thorn ist verschwunden. Tot oder festgenommen, also liegt es jetzt an uns«, sagt sie.

Mir kommt der Gedanke, dass diese Nachricht Nate traurig machen würde, aber mich lässt sie kalt. Wenigstens kann er Katie jetzt nichts mehr tun. Ich spüre, wie der Humvee sich bewegt, als es Ash gelingt, seinen Körper neben meinen zu wuchten. Er hilft mir, Nate zu stabilisieren. Das Blut ist warm, als es durch meine Finger sickert.

»Ich brauche etwas, um die Blutung zu stoppen.« Eine Reihe Wörter mit gehauchter Stimme.

»Es ist ein Bauchschuss«, sagt Saskia. Sie sagt mir nicht, dass Nate im Sterben liegt, aber ich höre es, es klingt durch jedes einzelne Wort.

Ich blicke in Nates Gesicht, er ist so blass, dass er im Sternenlicht fast verschwindet. Seine goldenen Wimpern zittern, sein Atem stockt. Und da bemerke ich es zum ersten Mal, noch schwach und weit entfernt: das rhythmische Piepsen aus meinem Traum.

Wir platzen mit quietschenden Reifen aus der Garage. Matthew macht die Scheinwerfer aus und ich bin mir nicht sicher, wie er den Weg erkennt, aber er rast bedenkenlos die Gasse hinunter. *Piep … piep … piep.* Ich fahre mit dem Finger Nates Gesichtszüge entlang. Der Schmerz lässt ihn um mindestens zwanzig Jahre altern, er gräbt tiefe Furchen in seine Haut. Ich frage mich, ob sein Gesicht mir einen Blick in die Zukunft gewährt, die er nie haben wird. Nate als Mann, vielleicht mit eigenen Kindern, meinen Nichten und Neffen. Tränen tropfen von meinen Wangen auf seine Stirn.

Es ist alles meine Schuld. Alice muss den Gems von dem Schlupfloch erzählt haben. Wie konnte ich nur so dumm sein? Meine Blödheit hat die Soldaten geradewegs zu uns geführt, direkt zu meinem kleinen Bruder. Die Schuld fühlt sich an wie ein schwarzes Loch, das alles aus mir heraussaugt. Hoffnung, Freude, Liebe, ins bodenlose Nichts gezerrt.

Piep … piep … piep.

»Violet«, flüstert Nate. Blut tröpfelt ihm aus dem Mundwinkel, tiefrot auf seiner weißen Wange. »Sag Mum und Dad, dass ich sie liebe.«

»Sag es ihnen selbst.«

Seine Augenlider flattern, als sein Blick verschwimmt, und das Piepsen wird langsamer, wie eine Uhr, die nachgeht.

»Hast du Angst?«, fragt er.

»Wovor?«

»Vorm Hängen.«

Mir entfährt ein lauter Schluchzer, Tränen ergießen sich auf sein Gesicht. »Nein«, lüge ich. »Natürlich nicht. Es ist nur eine Geschichte. In einer Geschichte können wir nicht richtig sterben, das hat Baba mir gesagt. Wenn du aufwachst, bist du zu Hause bei Mum und Dad.«

»Mit richtigem Essen und Fußball und einem schönen weichen Kissen.«

»Ja.« Ein Klagen schwillt in meinem Bauch an und droht mich zu zerreißen.

Piep … piep … piep.

Ich fühle mich seltsam weit weg. Ich trete aus meinem Körper und sehe, wie Nates Züge langsam erschlaffen. Mehr und mehr wird mir meine Umgebung bewusst. Ein unendlicher Himmel, schwarz, schwer, voll beladen mit Sternen. Und darunter sehe ich mich selbst. Das Gesicht verzogen, den Rücken gekrümmt, die Finger in Strähnen goldenen Haars vergraben. Ich kann meine Liebe fast sehen, ein schimmerndes Kraftfeld, das unsere Körper umgibt, uns in einer riesigen Blase verbindet. Ich könnte den Arm ausstrecken und sie anfassen, wenn ich wollte, aber ich habe Angst, dass sie dann verschwindet.

Piep … piep … piep. Ich warte auf das letzte Piep. Ich weiß, was es ist, was es bedeutet, natürlich weiß ich es. Blechern, hohl und entsetzlich – ein Widerhallen in einem Krankenhauszimmer. Ich wische mir die Augen und sehe, wie unsere Körper sich wie einer bewegen, wie sie schwanken, wenn der Humvee die Ecken der endlosen Gassen umrundet. Nates Gesicht wirkt jetzt vollkommen entspannt … *piep* … Und schließlich bleibt seine Brust still.

Der monotone Ton der Nulllinie trifft auf meine Ohren.

Und ich weiß, dass er tot ist.

KAPITEL 42

Seit ich in dieser Welt angekommen bin, habe ich mehr körperlichen Schmerz erlebt, als ich je für möglich gehalten hätte. Ich wurde getreten, gestoßen, herumgezerrt und aufgeknüpft, von den unbeschreiblichen Qualen, die Babas Hände an meinen Schläfen hinterlassen haben, mal ganz abgesehen. Aber das ist gar nichts im Vergleich zu dem Schmerz, den der Verlust von Nate mit sich bringt.

Während physischer Schmerz meinen Körper in den Mittelpunkt gerückt hat – mich angefüllt, aufgebläht, in etwas Größeres verwandelt hat –, löst der Verlust das genaue Gegenteil aus. Er zerknautscht mich, faltet mich zusammen, höhlt mich aus, bis ich nicht mehr weiß, ob ich überhaupt noch existiere. Die Welt um mich herum wird zu einer Kopie. Oder vielleicht bin ich die Kopie. Ich kann es nicht mehr erkennen.

Ich weiß nicht, wie lange ich auf der Rückbank des Humvees sitze und hin- und herschlingere. Die Augen verdorrt, das Hirn taub, einfach Nates leblosen Körper umklammernd. Die Nulllinie klingt noch in meinem Kopf und ich bete, bete, bete, dass das hier nur ein Traum ist, nur ein grauenhafter, verquerer Traum. Dass, wenn ich aufwache, Nate lächelt und lacht und mir mit seiner Sheldon-Cooper-Stimme irgendwelches Zeug erzählt.

Ich bemerke kaum, wie wir vor der Kirche halten.

Matthew blickt mir in die Augen. »Tot?«

So ein kleines Wort und doch so hart, so final.

Ich nicke.

»Das tut mir leid.« Er hält inne. »Der Himmel ist leer.«

Ich weiß, dass er die Hubschrauber meint, aber ich kann nicht anders, ich muss an Sterne denken.

»Wir haben keine Zeit, unsere Wunden zu lecken«, sagt Saskia. »Wir müssen die Kirche anzünden und dann zum Fluss.«

Niemandsland. Sie hatten die gleiche Idee wie wir.

Matthew springt aus dem Humvee. »Warte hier.«

»Aber ich muss Katie holen«, sage ich.

Er blickt zu Nate und seine Augen füllen sich mit Tränen. »Mach schnell.« Er hebt Nate von meinem Schoß. »Wir können ihn in der Kirche lassen. Dann bekommt er ein echtes Heldenbegräbnis.«

Ich nicke, zu betäubt, um zu widersprechen. Ich muss mich auf die Lebenden konzentrieren, auf Katie und Ash. Ich bin mir nicht sicher, ob es mir überhaupt noch wichtig ist, den Kanon zu vollenden. Ohne Nate ist zu Hause nicht mehr zu Hause. Ich gleite aus dem Humvee, meine Beine tragen mich gerade so, sie sind blutüberströmt und völlig erschöpft.

Ich folge Matthew zur Kirche, Ashs Arm ist fest um meine Taille geheftet. Ich kann meinen Blick nicht von Nates Füßen lösen, die im Rhythmus von Matthews Schritten wippen. Hoch, runter, hoch, runter. Ich erinnere mich an ihn, als er viel jünger war, auf einer Schaukel hin- und herflog, am Meer mit den Füßen die Gischt aufwirbelte, in meinem Zimmer zu Abba tanzte. Das schwarze Loch kehrt zurück, reißt mich mit.

Die Kirche sieht aus, als wäre ein Heuschreckenschwarm über sie hergefallen. Alles außer ein paar Kisten ist fort. Fast alle Rebellen wurden im Kolosseum verhaftet und die Kerzen sind längst gelöscht, nur ein paar wenige spenden noch ein bisschen Licht. Ich entdecke Thorn, der mit böse zugerichtetem und blutüberströmtem Kopf am Altar lehnt und einen kleinen schwarzen Kasten in den Händen hält.

Saskia bemerkt ihn und bleibt stehen. »Thorn, du lebst.«

Er sieht auf, seine Augenklappe ist fort und die ganze Kraft seiner Schönheit tritt zutage. Sein Blick fällt auf mich, wie ein Spinnennetz überziehen rote Äderchen das Weiße seiner Augen. »Das warst du, kleine Blume.«

Seine Worte erreichen mich kaum.

Matthew legt Nate auf die Bank vorn in der Kirche. Dieselbe, auf der er noch vor wenigen Stunden geschlafen hat. Ich beuge mich über seinen leblosen Körper, streiche ihm das Haar aus dem Gesicht, küsse seine Wange. Sie fühlt sich noch ein bisschen warm an. Ich ziehe die grüne Decke über seine Beine und sage mir, dass er bald aufwachen wird.

»Woher wussten die Gems von dem Überfall?«, fragt Thorn.

»Lass gut sein, Thorn«, sagt Saskia sanft. Sie reicht mir ein feuchtes Stück Stoff und ich fange an, den Schmutz und das Blut von Nates Gesicht zu wischen. Er sieht wieder so jung aus, sein Gesicht zeigt keinen Schmerz mehr. Ein Schluchzen sitzt in meiner Kehle. Ash legt mir sanft eine Hand auf die Schulter, und ohne nachzudenken, drücke ich einen Kuss auf seine Fingerknöchel.

»Der Überfall, kleine Blume, woher wussten sie von dem Überfall?«, drängt Thorn.

Aber es ist, als würde er hinter Glas reden. Es ist mir egal, ob er mich für eine Verräterin hält. Was könnte er mir schon antun, was mir größere Schmerzen bereitet als das hier? Zärtlich arrangiere ich Nates Arme so, dass sie sich über seiner Brust kreuzen. Ich beuge mich dicht an ihn heran. »Es tut mir leid«, flüstere ich. »Es tut mir so leid, Jonathan.« Ich höre, wie ich anfange zu weinen, und vergrabe meinen Kopf an seiner schmalen Brust, sehne herbei, dass er mich tröstet.

Ich spüre Thorn hinter mir. »Du hast uns verraten und jetzt ist dein Bruder tot. Ich glaube, das ist eine angemessene Strafe.«

Ich wende den Kopf und blitze ihn an. »Du hattest es nie verdient, sein Held zu sein. Scher dich zum Teufel.«

»Erst musst du mich töten.«

Die ganze Wut, die ganze Ungerechtigkeit explodieren in mir. Ich sehe in sein perfektes Gem-Gesicht und verspüre plötzlich den überwältigenden Drang, ihn zu verletzen, ihn umzubringen. Ich renne tretend und spuckend gegen ihn an. »Ich hasse dich«, schreie ich. »Ich hasse dich.« Meine Schreie gelten allen Gems und dem Universum, das uns gefangen hält und mir meinen kleinen Bruder genommen hat.

Thorn hebt mich hoch und trägt mich aus der Kirche. Ich strampele und winde mich, aber es hat keinen Zweck. Ash versucht, mir zu helfen, aber Thorn schlägt ihn weg wie eine Fliege. Saskia und Matthew folgen uns mit sorgenvollen Mienen.

»Nein«, rufe ich. »Ich muss mich verabschieden. Bitte. Ich will mich nur verabschieden.«

Thorn lacht. »Tja, jetzt kannst du dich von deiner kleinen Freundin Katherine verabschieden.«

»Nein, nicht auch noch Katie. Du würdest Katie nicht töten.«

Er trägt mich zum Humvee. »Du kannst sie brennen sehen. Zusammen mit unseren ganzen Informationen, mit der Arbeit von Jahren. Alles muss brennen.«

Und ich begreife, dass Thorns Hass – auf mich, auf die Gems – nun seine Liebe zu Ruth aussticht. Was als etwas Wunderschönes begann, hat sich in etwas Abscheuliches verwandelt. Ein dunkles, zerklüftetes Chaos aus Rache und Hass. Wir waren so naiv, so töricht zu glauben, dass seine Gefühle für Ruth Katie eine Art Schutz bieten könnten. Es rauscht in meinen Ohren, als ich begreife, dass ich Katie gleich auch noch verlieren werde.

Thorn wirft mich auf den Boden, stemmt einen Fuß in meinen Bauch und hält mich auf diese Weise fest. Ash springt ihm auf den Rücken, aber Thorn wirft ihn einfach ab. Ich zappele und zucke wie ein Fisch auf einer Sandbank, aber er besitzt die Kraft eines Gems und der Stiefel gibt keinen Zentimeter nach. Dann drückt er den Knopf auf dem kleinen schwarzen Kästchen. Zwei kleine Explosionen durchbrechen das Summen in meinen Ohren und Glasscherben regnen auf das Pflaster. Die Kirchenfenster glühen orangerot auf, wie die Augen eines Halloween-Kürbisses.

»Nein!«, schreie ich. »Nicht Katie.« Nate ist tot. Alice hat mich im Stich gelassen. Schlimmer noch, mich verraten. Der Gedanke, als Einzige von uns vieren zurückzubleiben, erfüllt mich mit so einer Wucht, dass ich fürchte, zusammenzubrechen. »Ich darf Katie nicht auch noch verlieren.« Der Asphalt schlägt weiter gegen die Rückseite meiner Oberschenkel und gegen meine Schulterblätter, während ich mit dem Stiefel kämpfe.

»Tu doch was«, schreit Ash Matthew an.

»Das ist nicht richtig, Thorn«, sagt Matthew.

Saskia rennt zu uns. »Du wirst ihre Freundin doch nicht ernsthaft schmoren lassen?«

Thorn drückt seinen Stiefel so fest runter, dass ich etwas in meiner Brust brechen höre. »Sie haben uns in die Falle gelockt.«

Natürlich. Er denkt, auch Katie hätte ihn verraten. Deshalb will er sie tot sehen.

»Das war Alice.« Meine Stimme erstirbt, es fehlt ihr an Luft und Hoffnung. »Es war Alice, die dich verraten hat … Uns. Ich schwöre, dass es nicht Katie war.«

»Netter Versuch. Aber Alice wusste nichts vom Überfall.«

»Doch. Frag Baba, bitte, frag einfach Baba«, bringe ich hervor.

Thorn lacht. Sein Stiefel drückt wieder zu und ich höre erneut etwas brechen, fühle eine neue Welle Schmerz. »Was, die Hellseherin?«, fragt er. »Wenn sie in die Zukunft sehen könnte, glaubst du dann wirklich, dass sie für das Feuerwerk da geblieben wäre?«

Ich spüre, wie Luft meine Lungen flutet, wie der Druck auf meine Rippen nachlässt, als Thorn seinen Fuß hebt, aber die Erleichterung währt nur kurz. Er zerrt mich auf die Knie, drückt mir die Wangen zusammen, zwingt mich, zur Kirche zu starren. Flammen drängen durch die Fenster, rot und golden züngeln sie Richtung Himmel, winden und wandeln sich in stetig wechselnden Mustern aus Schatten und Licht.

Er flüstert mir ins Ohr. »Kannst du es riechen, kleine Blume? Zünde uns an und wir sind alle gleich. Gems, Imps, Brüder, Freunde. Wir riechen alle nach Gegrilltem und wir werden alle zu Staub.«

Mir wird schlecht beim Gedanken an Nate und Katie, daran, wie ihre Haut in der Hitze Blasen wirft. Die Flammen klettern höher und die Kirche wird von Rot, Gold und Rauch verschluckt. *Du darfst Katie nicht auch noch verlieren. Denk nach, Violet, denk nach.* Ich erinnere mich an den goldenen Pelikan, der sich die Federn aus der aufopfernden Brust gerupft hat, und die Tinte von Katies Brief regt sich in mir, die Worte tauchen vor meinem geistigen Auge auf: *Die ganze Welt ist Bühne, und alle Fraun und Männer bloße Spieler.* Und plötzlich weiß ich, welche Rolle ich spielen muss, um sie zu retten.

»Du hast recht.« Aus meinem tiefsten Innern gewinnt meine Stimme Kraft. »Ich habe dich betrogen. Ich habe den Gems von dem Überfall erzählt. Ich hab dich in die Falle gelockt.«

»Nein«, schreit Ash. »Violet, was tust du? Er wird dich töten.«

Ich weiß, dass Ash recht hat, aber ich mache trotzdem weiter. »Katie wusste nichts davon. Ich habe es ihr nie erzählt, weil ich mir Sorgen gemacht habe, dass ich ihr nicht mehr vertrauen kann. Ich hatte Angst, dass sie dir von meinem Plan erzählen würde.«

Thorn fängt an zu lachen, fasst mein Gesicht noch fester, bis ich kaum noch atmen kann, und zwingt mich, zu den roten und goldenen Flammen zu sehen. »Ich wusste, dass du es warst, kleine Blume.« Er reißt an meinen Wangen, sodass sie sich gedehnt anfühlen, und schleudert mich vorwärts. Ich pralle mit dem Kopf auf den Asphalt. Er sieht mich einen Moment an, sieht mich richtig an. »Du dachtest, Katherine wäre dir gegenüber nicht mehr loyal?«

Mir gelingt ein Nicken, ich spucke etwas Salziges und Heißes aus. »Sie ist Rebellin durch und durch.«

Er blickt einen Augenblick lang in die Flammen, sein Gesicht in einen bernsteinfarbenen Schimmer getaucht, und dann flüstert er etwas, das ich nicht verstehe. Plötzlich setzen sich seine Beine in Bewegung, mit der Dringlichkeit eines Mannes, der alles zu verlieren hat, stürmt er zur Kirche. Ich sehe zu Ash. Ich darf Katie nicht auch noch verlieren. Er muss es mir ansehen, denn er greift wortlos meine Hand und wir folgen Thorn.

Wir platzen nur kurz nach Thorn durch die Holztür. Der Rauch trifft mich als Erstes – schwer und dicht, er sticht in den Augen und versengt mir das Innere meiner Nase –, gefolgt von einem seltsam penetranten Gestank, wie der Imp-Bus nach einer Fehlzündung oder Dads abgestandener Whisky in einem Kristallglas. Thorn ist nur noch eine Silhouette, seine breiten Schultern lassen ihn wie ein Grabstein im Nebel wirken.

Ich fasse Ashs Hand fester und wir waten durch den Rauch ins Kirchenschiff. Ich sehe, wie die Tische und der Lettner von den Flammen zerrissen werden. Der goldene Pelikan und der Kreis der Engel werden zu Fall gebracht. Aber unser Weg bleibt auf wundersame Weise von den Flammen verschont.

Ich erstarre für einen Augenblick.

Nate.

Die Vorstellung, wie die Flammen seinen winzigen Körper verschlingen, droht mich komplett zu lähmen. Aber ich konzentriere mich auf Katie, ihren sanften Akzent, ihre erbsengrünen Augen, halte den Atem an und zwinge meine Beine, sich zu bewegen, dem Grabstein zu folgen und Ash in Richtung Turm zu ziehen.

Ich blicke die Treppe zu Katies Gefängnis hinauf. Thorn steht schon oben und versucht verzweifelt, die Tür zu öffnen. Er sieht mich und schreit ein einzelnes, nacktes Wort: »Abgesperrt.« Er hat offenbar keinen Schlüssel.

Tränen schießen mir in die Augen, erzeugt durch Hoffnungslosigkeit und Rauchpartikel. Ich überlege, einfach zu Boden zu sinken und zu weinen, als ein lautes Geräusch meine Aufmerksamkeit erregt. Die Tür vibriert, beult sich zu uns aus, klappert im Türrahmen. Ich sehe Katie vor mir, panisch und in der Falle, wie sie sich gegen die Holzpaneele wirft. Thorn tut das Gleiche und für einen kurzen Moment sind sie in einem seltsamen Spiel gefangen. Aber die Tür ist massiv und ohne großen Anlauf kann Thorn sein Gewicht nicht zu seinem Vorteil nutzen.

Ash zieht mich die Treppe hoch, immer zwei Stufen auf einmal. »Dein Messer«, schreit er Thorn an. »Gib mir dein Messer!«

Die Panik in Thorns Miene weicht Misstrauen. Aber Katie hämmert immer noch an die Tür, ein Geräusch, das ihn daran erinnert, was auf dem Spiel steht. Er zieht den Dolch aus seinem Gürtel und reicht ihn Ash, mit dem Griff voran.

Eilig macht Ash sich an den Türangeln zu schaffen, er verwendet die Dolchspitze als Schraubenzieher und entfernt die Schrauben.

»Beeil dich«, schreit Thorn.

Ashs Finger arbeiten geschickt und genau, als wäre er wieder auf dem Anwesen und würde Äpfel pflücken oder Erbsen pulen. In weniger als einer Minute hat er alle sechs Schrauben entfernt. Gemeinsam heben wir die schwere Holzplatte aus den Angeln und bekommen sie irgendwie aus dem Rahmen heraus. Ich flitze durch die Öffnung, werfe Katie mit meiner Umarmung fast um und nehme mir eine Sekunde, um sie an mich zu drücken und die rauchfreie Luft des versiegelten Raums einzuatmen.

»Violet! Thorn!« Ihre Tränen befeuchten meinen Nacken. »Ihr seid gekommen.«

»Wir müssen hier weg«, sage ich.

»Jetzt«, sagt Thorn.

Katie sieht Ash an. »Wer ist das?«

»Dafür ist jetzt keine Zeit, Katherine«, ruft Thorn.

Sie bemerkt die Dringlichkeit in seiner Miene, denn dieses eine Mal widerspricht sie nicht. Wir stürzen die Treppe hinunter, versinken in dem erstickenden Qualm. Ich hätte es nicht für möglich gehalten, aber die Flammen lodern noch stärker und verwandeln das Gebäude in eine Glasglocke aus Rauch. Versengend, verschmorend, unerbittlich. Wir fliegen zur Tür, die Ärmel vor dem Mund, die Haut glühend und wund vor Hitze. Meine Zunge und mein Hals fühlen sich an, als hätte die Feuersbrunst sie versengt. Ich versuche, die Luft anzuhalten, aber das bringt mich zum Husten, und je mehr ich huste, desto schlimmer brennt es und desto stärker schnappen meine Lungen nach Luft.

Wir erreichen den Ausgang und ich blicke mich ein letztes Mal um. Hinter der Wand aus Flammen liegt mein kleiner Bruder.

»Lebwohl«, flüstere ich ins Feuer.

Lebwohl, antwortet das Feuer.

KAPITEL 43

Ein gewaltiger Knall erschüttert das Gebäude. Ich schütze mein Gesicht, als eine Druckwelle aus Hitze und Staub mich umhaut. Natürlich. Die Rebellen haben Sprengsätze verteilt. Die Kirche ist hauptsächlich aus Stein, sodass die Flammen wenig Nahrung hätten, wenn sie die hölzerne Einrichtung erst einmal verschlungen haben. Wir stolpern aus der Tür, klammern uns aneinander, husten und spucken.

Plötzlich sind Saskia und Matthew an unserer Seite, legen die Arme um uns und führen uns aus dem Rauch. Als wir so weit weg sind, dass die Luft an unserer Haut sich wieder kühl anfühlt, sacken wir einen Augenblick zusammen. Wir können unsere Augen nicht von dem Feuer lösen, das Orange der Flammen spiegelt sich in unseren Augen. Das Rebellen-Hauptquartier, für immer verschwunden. Es ist schon seltsam, dass nach Jahrhunderten der Gottesanbetung und Menschlichkeit, der Kriege und Technologien etwas Ursprüngliches wie Feuer das Gebäude dem Erdboden gleichmacht. Es ist unmöglich wegzusehen, wie bei einem Löwen, der eine Gazelle reißt – trotz des Schreckens und der überwältigenden Traurigkeit kann ich nicht anders, als die pure Kraft der Bestie zu bewundern.

Schließlich beugt Ash sich zu mir. »Wir müssen fliehen.«

Aber dafür ist es zu spät. Ich bin zu spät. Thorn hat mein früheres Geständnis nicht vergessen, und als ich versuche aufzustehen, hat er sich schon auf mich gestürzt und zwingt mich wieder auf die Knie. Ich muss an den Löwen denken. Aber jetzt, da ich die Gazelle bin, empfinde ich keine Bewunderung, nur Schmerz und Demütigung und pures verdammtes Entsetzen.

»Nein!«, schreit Saskia. »Sie hat das nur gesagt, um ihre beste Freundin zu retten.«

»Thorn, bitte«, brüllt Katie.

Ash stürzt sich auf ihn, aber das hat kaum Auswirkungen auf Thorns schwere Statur.

Thorn wendet sich an Matthew. »Halt ihren Freund gut fest. Ich will, dass er zusieht.«

Matthew verdreht Ash den Arm hinter dem Rücken und murmelt ihm etwas ins Ohr. Ich weiß nicht, was er gesagt hat, aber es genügt, um Ashs Widerstand vollkommen zu brechen.

»Bist du bereit, kleine Blume?«, fragt Thorn.

Kaltes Metall drückt gegen meine Schläfe. Ich kann nicht atmen. Weiße Punkte tanzen vor meinen Augen. Meine Lippen werden taub.

Katie tritt vor uns. Ihr Körper verdeckt die Kirche und es sieht aus, als stünde sie in Flammen, als wäre sie ein furchterregender Dämon. Sie zeigt uns ihre weißen Handflächen und fixiert Thorn mit *dem* Blick. »Du musst das nicht machen. Bitte lass sie gehen, mir zuliebe.«

Ich höre seine Stimme, voller Wut und Hass. »Sie hat uns verraten, Katherine. Sie hat den Gems von dem Überfall auf das Fleischhaus erzählt und dann haben sie uns im Kolosseum in einen Hinterhalt gelockt. Sie hat sie direkt zu uns geführt – sie muss eine Art Peilsender getragen haben. Sie haben Dutzende von uns getötet und den Rest gefangen genommen.«

Katies Stimme bleibt bedächtig, aber fest, ihr Haar verschmilzt mit dem Rot der Flammen. »Violet würde die Imps niemals verraten.«

»Woher willst du das wissen?«

»Weil ich Violet kenne.« Ihr Blick wandert einen Moment woandershin und ich sehe den winzigen Riss in ihrer ruhigen Fassade. »Ich hatte viel Zeit, über das nachzudenken, was du mir in der Zelle erzählt hast«, sagt sie und verändert ihre Taktik.

Die Waffe bewegt sich keinen Millimeter. »Was meinst du?«

»Die Dinge, die du mir über Ruth erzählt hast.«

»Lass sie da raus, Katherine.«

Aber Katie fährt auf ihre sanfte Art fort. »Zuerst dachte ich, ich würde dich an sie erinnern.«

»Das tust du.«

»Ja, aber da steckt noch mehr dahinter, oder? Es ist das Timing – sie wurde vor fast zwanzig Jahren gehängt.«

Er antwortet nicht, aber das Zittern der Pistole lässt mich vermuten, dass er weint.

»An dem Tag hast du mehr verloren als Ruth.« Wieder gleitet ihr Fokus auf etwas direkt hinter ihm, als würde sie etwas beobachten … warten.

»Hör auf«, sagt Thorn. »Hör einfach auf, Katherine, ich warne dich.«

Sie tritt einen Schritt vor. »Du hast etwas – jemanden – verloren, der genauso wichtig war.« Sie zieht die Worte in die Länge und erkauft sich damit Zeit.

Die Mündung der Pistole schwankt gegen meinen Schädel.

Mein Atem geht zunehmend flacher, meine Sicht verschwimmt immer mehr und es wird schwierig, Katie anzusehen, der Rauch sticht in den Augen. Ich lasse meinen Blick zu Ash wandern, zu seinem wunderbar unebenmäßigen Gesicht, und warte einfach nur auf Ruhe und Frieden, auf das Nichts. Aber etwas in seinen Augen irritiert mich. Sie wirken nicht ängstlich, traurig oder wütend. Sie sind voller Hoffnung. Aufregung.

Katie macht einen Schritt auf uns zu. »Aber der entscheidende Hinweis war die Art und Weise, wie du mich angesehen hast.«

Ich zwinge mich, sie wieder anzublicken. Sie wirkt so stark, hat alles unter Kontrolle, und mir wird klar, dass sie, als ich auf dem Anwesen war und krampfhaft versucht habe, uns zu beschützen, uns nach Hause zu bringen, in dem ockerfarbenen Raum gesessen und genau das Gleiche getan hat. Den Feind umgarnt, Informationen gesammelt, nach Schwachstellen gesucht hat. Sie geht noch einen Schritt vor, sodass sie die Flammen völlig verdeckt, und ich sehe nur noch Rauch in den Himmel steigen.

Sie lächelt sanft und liebevoll. »Denn du hast mich nicht wie ein Geliebter angesehen. Das hast du nie. Du hast mich immer wie ein Vater angesehen.« Sie macht einen letzten Schritt, schließt die Lücke zwischen uns und streckt Thorn eine ruhige Hand entgegen. »Ruth war schwanger, als sie starb, nicht wahr?«

Aber er schafft es nicht mehr zu antworten. Ich höre einen erstickten Schrei. Etwas Heißes, Feuchtes, Metallisches spritzt in meinen Mund. Die Waffe fällt von meiner Schläfe ab. Ich sehe sie auf den Asphalt prallen. Dann sehe ich Thorn. Mit beiden Händen umklammert er seinen Hals, Blut sprudelt zwischen seinen Fingern hervor und rinnt seine Unterarme hinunter. Er sackt auf die Knie und starrt mich an, blinzelt wie in Zeitlupe. Mir kommt es so vor, als könnte ich das feuchte Klicken hören, als sich seine Oberlider endlich mit den Unterlidern verbinden – zwei Kameralinsen, die sich schließen. Schließlich stürzt er zur Seite, um meine Knie bildet sich eine Blutlache.

Er blinzelt nicht noch einmal.

Saskia steht an seinem Platz, das blutbefleckte Messer in der Hand. Und endlich begreife ich, dass Katie ihn ins Gespräch verwickelt hat, damit Saskia sich anschleichen konnte. Ich hole ganz tief Luft, ein seltsamer, zittriger Laut entfährt mir.

Saskia zieht eine Augenbraue in die Höhe. »Meine Güte, ist das Arschloch riesig. Ich hätte fast eine Leiter gebraucht, um an seinen Hals zu kommen.« Aber das heftige Beben ihrer Brust straft den schnoddrigen Ton Lügen.

Katie stürzt zu mir und presst ihren Körper an meinen. »Alles in Ordnung, Vi? Gott, ich dachte wirklich, er würde dich umbringen.«

»Ja«, stoße ich hervor.

Ash und Matthew helfen mir auf. Ash küsst mich auf die Stirn und schlingt seine Arme um mich, seine Augen sind feucht von Tränen der Erleichterung. »Ich dachte, du wärst verloren.«

Ich wische mir den Mund ab und meine Hand färbt sich rot.

Saskia säubert ihr Messer und steckt es zurück in den Gürtel. »Gem-Blut, Imp-Blut – es schmeckt alles gleich.«

Mir fällt auf, dass ich ihre Gesichtszüge genau erkennen kann. Die markante Linie ihrer Nase, das Saphirgrün ihrer Augen, die Beschaffenheit des Portweinflecks, der sich leicht wellt wie Krepppapier. Was nur eins bedeuten kann – die Suchscheinwerfer der Gem-Hubschrauber nähern sich. Thorn hat uns wichtige Zeit gekostet. Wir müssen uns beeilen.

Wir blicken zum Himmel, wo eine Armee aus Hubschraubern eintrifft. Kleine, schwarze Kleckse stürzen auf uns zu – ein Bombenteppich, der die Feuersbrunst der Kirche durchdringt und noch mehr Steine und Schutt in unsere Richtung wirft. Eine Explosion zu meiner Linken schleudert mir Pflastersteinbrocken in die Rippen. Eine weitere Explosion und der Humvee geht in Flammen auf. Wir bremsen schlitternd ab und sehen zu, wie unser Ausweg vom Feuer vernichtet wird.

Ich höre nur noch das Knistern und Zischen der Flammen, das Donnern der Hubschrauber, aber keine Explosionen, keinen umherfliegenden Asphalt mehr. Zuerst glaube ich, mir sei das Trommelfell geplatzt, aber als ich zum Himmel blicke, sehe ich, dass keine Bomben mehr fallen.

Eine Reihe Kabel trudelt zu Boden.

»Los, los!«, schreit Matthew.

Wir warten nicht ab, bis die Soldaten sich hinunterlassen oder der Kugelhagel uns erreicht. Wir drehen um und sprinten los, so schnell, wie unsere geschundenen Körper es zulassen, in die verschlungenen Seitenstraßen der Metropole.

KAPITEL 44

Wir rennen durch die Stadt, biegen in Gassen ab, zwängen unsere Körper durch enge Passagen. Die Schritte der Gems und das Peitschen der Hubschrauber-Rotorblätter werden dumpf und matt, sie finden sich in der Stadt nicht so schnell zurecht wie wir. Vielleicht schaffen wir es rechtzeitig an den Fluss, um meine Freunde, alle vier, in Sicherheit zu bringen.

»Danke, dass du mich gerettet hast.« Es fällt mir schwer zu atmen und zu sprechen.

»Ich konnte ja wohl kaum zulassen, dass er dich erschießt«, sagt Katie.

»Woher wusstest du, dass Saskia ihm die Kehle durchschneiden würde?«, frage ich sie.

»Sie hat mir ihr Messer gezeigt und da wusste ich es einfach. Thorn hat mir erzählt, wie er mal auf sie eingestochen hat, und ich dachte mir schon, dass Saskia eher der nachtragende Typ ist.«

Ich muss lächeln, denn es steckt mehr als das dahinter. Thorn war nicht der Einzige mit elterlichen Gefühlen. Saskias und Matthews Treue sorgt für ein warmes Glühen in meiner Brust.

Wir zwängen uns unter ein provisorisches Dach, ein Stück Wellblech, das niedrig zwischen zwei Steinstapel gespannt ist.

Der Matsch quillt mir zwischen den Fingern hindurch und verschmiert unter meinen Knien.

»Und was kommt jetzt?«, fragt Katie, die ins Freie tritt und den Himmel nach Hubschraubern absucht. »Der Teil mit dem Fluss?«

»Ja.« Die anderen sind weit genug vor uns, dass sie uns nicht hören können, also bringe ich Katie, während wir weiter rennen, auf Stand. »Willow und Rose haben versucht, in einem Ruderboot über den Fluss zu entkommen, und das werdet ihr jetzt auch machen, du und die anderen. Ihr könnt euch im Niemandsland verstecken, bis ich morgen gehängt werde. Dort solltet ihr in Sicherheit sein.«

»Aber sind Willow und Rose nicht auf dem Fluss gefasst worden?« Sie stolpert über ein Stück aufgeworfenen Beton.

»Ja, aber ich glaube, ihr habt genug Zeit, um es auf die andere Seite zu schaffen, bevor die Soldaten kommen.«

Sie fängt sich wieder und atmet tief ein. »Was ist mit dir?«

»Ich werde allein auf die Soldaten warten.«

»Klingt riskant.«

Sie hat nicht unrecht, also verschwende ich keine Energie, um zu diskutieren, ich muss mich zusammenreißen, muss meine letzten Kräfte mobilisieren. Meine Beine tun mir weh und mein Hals fühlt sich heiß und wund an.

»Wo ist Alice? Knallt sie immer noch Willow?«, fragt sie.

Ich spüre, wie ich die Lippen zusammenpresse, diese Frage möchte ich nicht beantworten. »Nein. Stattdessen hat sie den Rest von uns gefickt.«

»Wie meinst du das?«

»Sie hat den Gems alles verraten. Sie versucht, mich töten zu lassen, damit ich den Kanon nicht vollenden kann und sie Wunderland nie wieder verlassen muss.«

Kate stolpert wieder, murmelt »Bumsknochen« in die Nacht und ergreift solidarisch meine Hand. »Bist du dir wirklich sicher? Alice kann ziemlich dämlich sein, aber das geht doch ein bisschen weit.«

»Es ist die einzige Erklärung.«

»Wirklich? Ich kann das nicht glauben. Da muss irgendwas anderes laufen.«

Ich schüttele störrisch den Kopf.

»Und wo ist Nate?«, fragt sie.

Vor dieser Frage hat mir die ganze Zeit gegraut. »Tot.« Das Wort bläht sich in meinem Kopf und bringt mich aus dem Gleichgewicht.

»Nein!« Es klingt mehr wie ein Schrei, so laut, dass die anderen sich besorgt nach uns umsehen. »Was … was ist passiert?«, fragt Katie.

»Die Gems sind passiert.« Meine Stimme klingt so wütend, so hasserfüllt, dass ich an Thorn denken muss. Ich laufe im Rhythmus ihrer Schluchzer, unfähig, sie zu trösten, da ich nur noch Bitterkeit und Reue im Herzen trage. Ich sehe zum Mond, der vor wenigen Tagen noch dick und rund war und nun nur noch eine Sichel am Himmel ist, und schwöre, dass ich meine Freunde beschützen werde, dass ich sie ins Niemandsland bringe, bevor ich mich ergebe.

Ich werde sie nicht auch noch sterben lassen.

Nur wenig Licht fällt vom Himmel, aber Saskia und Matthew finden sich mühelos in den Straßen zurecht. Zum zweiten Mal in dieser Nacht bin ich ungeheuer dankbar für ihre Hilfe, ich glaube nicht, dass ich sonst den Weg zu den Booten gefunden hätte.

Die Bomben sind nie bis hierher vorgedrungen, wie aus dem Nichts sprießen Gebäude, die uns den Weg versperren und vom Kurs abbringen. Wir bewegen uns um sie herum, halten uns nah am Fischgestank und noch näher an das gelegentlich aufblitzende Wasser.

»Hier lang«, ruft Saskia.

Wir wechseln kein Wort, lassen uns aber gleichzeitig Richtung Wasserkante abfallen. Es ist die gleiche Bucht wie im Kanon: eine vorragende Felskante, die eine Schlickfläche verbirgt. Wir finden die winzige Flotte aus Ruderbooten, die sich unter Segeltüchern in den Schlamm kauern. Der Geruch lässt mich an Campingurlaube mit Nate und meinen Eltern denken. Sein Gesicht rosarot im Licht des Lagerfeuers, mit Marshmallowfäden am Kinn. Das schwarze Loch droht mich zu verschlingen, also blinzele ich die Tränen weg und konzentriere mich auf die bevorstehende Aufgabe, Saskia dabei zu helfen, Fackeln in die leeren Ruderboote zu stecken.

»Attrappen«, sagt Saskia.

Wir schieben die Boote ins Wasser.

»Danke«, stoße ich atemlos hervor. »Für das, was du für mich getan hast.«

Saskia reibt sich das Schlüsselbein, die Stelle, an der Thorn vor all den Jahren zugestochen hat. »Er war schon lange fällig. Hat nichts damit zu tun, dass ich dir und deinen dämlichen Freunden helfen wollte, das ist dir doch klar, oder?«

»Ich habe uns nicht verraten«, sage ich und sehe die Fackeln wie Irrlichter in der Ferne dümpeln.

»Natürlich nicht! Dazu bist du doch gar nicht fähig.« Es ist nur noch ein Boot übrig. »Seid ihr bereit?«

»Ja«, sagt Ash.

Ich sage ihnen nicht, dass ich am Ufer bleibe, ich habe keine Zeit zu diskutieren oder mich zu erklären. Und ich kann den Gedanken nicht ertragen, mich von Ash zu verabschieden. Ich musste mich schon von Nate verabschieden und das ist mehr, als ich aushalten kann. Wir stapfen durch das flache Wasser. Saskia und Katie kraxeln ins Boot, während das Holz unter ihren Stiefeln knarrt und wegrutscht. Katie hockt sich achtern hin und schafft es, mich anzulächeln, obwohl das Grün ihrer Augen stumpf und müde wirkt.

Ich fummele mit dem Tau herum, während Ash und Matthew sich gegen das Heck stemmen. Das Boot gleitet vom Grund und schwimmt. Ash und Matthew klettern hinein und spritzen mir dabei kaltes Wasser auf Hände und Gesicht. Ash beugt sich vor und streckt mir die Hand entgegen. Ich höre das dumpfe Rauschen der Hubschrauber. Sie sind zu früh dran. Nein, nicht zu früh … die Zeit, die wir in der Kanalisation gewonnen hatten, haben wir wieder verloren, als Thorn versucht hat, mich zu töten.

Ich ignoriere Ashs Hand und schiebe das Boot weiter an. Das Wasser reicht mir bis zum Oberschenkel.

»Komm schon, Violet«, sagt Ash.

Die Hubschrauber werden lauter, das Wasser erreicht meine Taille und ich schiebe immer weiter.

»Das ist tief genug«, sagt Saskia.

Die Strömung bringt mich aus dem Gleichgewicht. Aber ich höre nicht auf zu schieben.

»Viel Glück, Vi«, sagt Katie mit zittriger, leiser Stimme unter dem weiten Nachthimmel.

»Bleibt einfach am Leben, okay?«, antworte ich.

Sie nickt.

Ash streckt sich nach mir und wirft durch sein Gewicht fast das Boot um. Ich ergreife seine Hände und sehe ihn an, betrachte ein letztes Mal die hellsten blauen Augen, die ich jemals sehen werde. »Das Geheimnis, das ich hatte?«

Verwirrung streift seine Miene. »Ja?«

Ich lächele. »Ich wollte immer nur dich.« Und nach einem letzten Schubser sehe ich zu, wie sie davontreiben.

KAPITEL 45

»Violet, Violet.« Ich höre sie meinen Namen rufen. Das Knirschen von Holz gegen Metall, als die Ruder in die Dollen klicken, das wilde Spritzen, als sie versuchen, das Boot zu wenden und mir zu folgen. »Violet, warte.« Ich ignoriere sie und wate Richtung Ufer. Die Hubschrauber sind fast da und ich beschleunige meine Schritte, rudere wie wild mit den Armen. Der Fluss schillert wie eine Teerpfütze – ich kann gerade noch das Spiegelbild der Sterne ausmachen, zerklüftet und verschwommen infolge der Bewegung. »Bitte, Violet, sie werden dich töten.«

Große Lichtreifen tauchen um mich herum auf. Ich hebe den Kopf, um die weißen Säulen zu sehen, die das Schwarz durchschneiden. Die Hubschrauber. Bis jetzt war ich mir nicht vollkommen sicher, ob sie kommen würden. Vielleicht hat Alice auch diesen Ort verraten, vielleicht ist es aber auch wieder der Kanon, der mich heimsucht und zum Galgen schleift.

Ich muss mich nur gefangen nehmen lassen, dann werden sich die Soldaten hoffentlich nicht mit dem kleinen Boot befassen – ich bin es, hinter der sie her sind, weil Howard Stoneback tot ist. Es tröstet mich ein wenig, dass die Hoverfahrzeuge noch nicht da sind. Ich werde diese Filmszene nie vergessen. Schwarze, glänzende Scheiben, die wie Steine in der Luft schweben und dieses leise Surren ausstoßen, das mir durchs Sofa hinten in die Beine gefahren ist. Sie haben Rose und Willow mit langen Metalltentakeln aus ihrem kleinen Boot gepflückt – das hat mich zu Tode erschreckt. Aber ich verdränge sie aus meinen Gedanken und sage wieder und wieder die gleichen Worte, lege sie mir um wie eine Rettungsweste: Ich werde sie nicht auch noch sterben lassen. Ich werde sie nicht auch noch sterben lassen. Ich werde sie nicht auch noch sterben lassen.

Ich erreiche das Ufer. Ich glaube, ich habe es geschafft. Aber die Freude darüber, meine Freunde gerettet zu haben, wird von der Angst vor den Soldaten überschattet. Ich laufe das Ufer entlang, fuchtele mit den Armen, versuche, die Aufmerksamkeit der Gems zu erregen. »Nicht schießen«, schreie ich. »Ich ergebe mich.« Sie wollen mich lebendig, zumindest vorerst, aber beim Anblick ihrer Waffen möchte ich mich am liebsten übergeben.

Ich höre einen Schuss. Ich weiß nicht, wer zuerst gefeuert hat, die Gem-Soldaten oder meine Freunde im Boot. Es spielt keine Rolle. Sobald geschossen wird, verliere ich die Kontrolle über die Situation. Ich drehe mich um und sehe Matthew, den eine Kugel erwischt hat. Er kippt zur Seite wie ein Sandsack, was das Boot kentern lässt. Die anderen stürzen ins Wasser und werden unter die Oberfläche gesogen. Ich vergesse die Soldaten, ich weiß nur noch, dass ich Matthew erreichen muss, der angeschossen ist und untergeht. Aber dann kommt mir ein anderer Gedanke, der noch schrecklicher, noch lähmender ist. Imps können nicht schwimmen. Was bedeutet, dass Ash wahrscheinlich gerade ertrinkt.

Ich stürze ins Wasser, zu dem gekenterten Boot. Ich hole tief Luft und kneife die Augen zu, kurz bevor ich untertauche und sich tausend Nägel in meinen Schädel bohren. Der Fluss sieht vielleicht aus, als wäre er aus Teer, aber es ist zweifellos Wasser, eiskalt und trüb. Ich schlage mit den Beinen und zwinge meine Hüften, sich zu drehen, sodass ich mich nach oben schraube. Ich durchbreche die Oberfläche und schnappe nach Luft. Einen Moment lang bin ich orientierungslos. Ich kann überhaupt nichts sehen, weder Sterne noch Fackeln noch Soldaten. Aber ich kann hören. Gedämpfte Schüsse, das Echo meines eigenen Atems, plätscherndes Wasser. Ich paddele mit den Händen und stoße gegen etwas Festes. Mir wird klar, dass ich unter dem umgedrehten Boot aufgetaucht bin.

»Violet?« Ich höre Katie neben mir japsen und Wasser treten.

Meine Augen gewöhnen sich an die Dunkelheit und ich kann Saskia ausmachen, die sich an die umgedrehte Sitzbank klammert und das Boot wie ein riesiges Schild festhält. Ihr Kopf taucht unter, bis Katie sie wieder hochzieht und ihr den Arm ums Kinn legt.

»Imps können nicht schwimmen.« Beim Sprechen versprühe ich Flusswasser. »Bleib bei Saskia.«

Ich tauche wieder in die Kälte und durchpflüge die Schwärze, ohne genau zu wissen, wo oben und unten ist, schwimme manisch im Kreis, greife nach allem, was ein Körper sein könnte. Aber da ist kein Ash. Kein Matthew. Es sind nur graue, wässrige Phantome. Meine Lungen sind kurz vorm Platzen und ich weiß, dass ich dringend Luft brauche, aber Panik treibt mich an, ich wirbele, kreisele, taste im Dunkel umher.

Ein intensives Licht durchdringt jeden Winkel der Schwärze, als hätten Engel ein Loch in die Wolken gerissen und der Himmel bräche durch. Die Unterwasserwelt kann sich nicht länger verbergen. Ich sehe jedes Stück Treibholz, jeden schmierigen Stein, jeden Streifen Seetang, den die Flut angespült hat, meine eigenen Hände, blass und hilflos.

Ich entdecke Matthew als Erstes. Er liegt reglos da. Seine Mahagonihaut ist schon Teil des Flussbettes, seine leblosen Augen wirken wie zwei Süßwasserperlen. Eine dunkle Wolke quillt aus einem Loch in seiner Brust. Und obwohl es nicht das ist, was ich wollte, obwohl es das Letzte ist, was ich wollte, bin ich dankbar. Weil ich nur zwei Arme habe und jetzt nicht wählen muss, wen ich rette.

Als Nächstes sehe ich Ash, der wild um sich schlägt, als würde er mit einem unsichtbaren Seeungeheuer ringen. Blasen steigen von seinen Händen auf und sein schwarzes Haar schwebt um sein blasses, lädiertes Gesicht. Ich habe ihn noch nie so panisch gesehen und für einen kurzen Moment werde ich von Liebe überschwemmt. Binnen Sekunden bin ich bei ihm, schiebe meine Hände unter seine Achseln und bringe uns an die Oberfläche.

Wir brechen in das himmlische Licht, husten und spucken. Ich drehe ihn um, sodass er gen Himmel blickt, lege meinen Ellbogen unter sein Kinn und schwimme Richtung Boot. Ich höre ein seltsames Geräusch, ein tiefes, surrendes Zischen, das sich mit Ashs Prusten mischt. So weit das Auge reicht, fängt die Wasseroberfläche an, sich zu kräuseln, das Wasser vibriert fast und Tröpfchen werden nach oben gesogen, als würde es falsch herum regnen.

»Violet«, stößt Ash hervor.

Ich glaube, er versucht, mich zu warnen, weil er schon sieht, was mir noch verborgen ist.

Das Licht kommt nicht von Engeln.

Es gehört zu den vier glänzenden Steinen, die über uns schweben.

Als Nächstes kommen die Tentakel – beängstigend, als ich das Buch gelesen habe, noch beängstigender im Film, grauenerregend im echten Leben. Ein motorisierter Greifarm windet sich mit starken, sehnigen Bewegungen durch den Himmel. Es hat keinen Sinn, zu fliehen, so schnell, wie er sich bewegt. Eine große Metallmanschette umfasst Ashs Taille und reißt ihn aus dem Wasser, so rasch und brutal, dass ich keine Gelegenheit habe, ihm noch ein letztes Mal ins Gesicht zu blicken. Er schwebt jetzt hoch über mir – eine Miniaturversion seiner selbst – und verschwindet im Bauch eines Hovers.

Ich dümpele einen Moment, vollkommen allein bis auf Wasser, Panik und grelles Licht. Wie aus dem Nichts kommt der zweite Arm, windet sich durch den Fluss wie eine metallene Seeschlange. Ein Adrenalinstoß, ein Moment des Schreckens. Die Manschette umklammert mich, presst mir die Luft aus den Lungen und reißt mich mit solcher Geschwindigkeit in die Höhe, dass mein Nacken knackt. Der Wind fegt durch meine nassen Sachen und ich sehe das Boot unter mir auf Spielzeuggröße schrumpfen. Saskia und Katie bleiben unentdeckt. Vorläufig sind sie in Sicherheit.

Der Arm saugt mich in die Maschine und lässt mich auf den Boden fallen. Bevor ich zu Atem kommen kann, stürzt sich ein Trupp Soldaten auf mich, reißt mir die Arme hinter den Rücken und legt mir Hand- und Fußfesseln an. Ich leiste keine Gegenwehr. Ich suche nur hektisch nach Ash. Schließlich entdecke ich ihn, ein Häufchen, aus dem Flusswasser sickert.

Es ist genau wie die Szene im Kanon, nur sind es nicht Rose und Willow, die Schlick auf den Metallboden husten, es sind Ash und ich. Ich höre das Rauschen eines Walkie-Talkies. »Wir haben sie, Sir. Sie und noch einen Gossenjungen, den wir dazu werfen können.«

Ich hab's geschafft. Der Kanon ist wieder auf Kurs. Morgen werde ich gehängt. Aber ich empfinde keine Erleichterung, habe nicht das Gefühl, etwas erreicht zu haben. Denn kurz bevor ich den Stich der subkutanen Injektion in meinem Hals spüre und das Bewusstsein verliere, höre ich das Walkie-Talkie die Antwort ausspucken. »Gute Arbeit. Ein Duo für den Galgentanz.«

Ich werde morgen nicht allein am Galgen baumeln.

Nicht Ash, versuche ich zu sagen. *Nicht Ash.* Aber meine Zunge rollt nur hilflos in meinem Mund herum.

KAPITEL 46

Ich wache allein auf, mit dem Geschmack von Dreck im Mund. Bilder meiner Albträume schwappen in meinem Kopf umher: Blut, das auf Beton rinnt, zwei Süßwasserperlen, die vom Flussbett hochstarren, Metallschlangen, die sich durchs Wasser winden. Meine Augenlider flattern und die Wände eines weißen, sterilen Raums zeichnen sich scharf ab und verschwimmen dann wieder. Eine Zelle, die der ähnelt, in der Rose aufgewacht ist. Ich versuche, mich aufzusetzen, aber meine Arme knicken unter meinem Gewicht ein. Das sind keine Albträume, es sind Erinnerungen. Die Bilder bleiben, durchscheinend und ätherisch, als wären sie auf feinste Seidentücher gedruckt.

Die Tür öffnet sich und ein paar Soldaten treten ein. Sie setzen verschiedene Dinge neben mir ab, ein Handtuch, ein heißes Getränk, einen weißen Bademantel, ein Tablett mit Essen. Sie verlassen den Raum und das Schloss klickt zu. Bald werde ich Präsident Stoneback treffen. Der Mann, neben dem Thorn ein Waisenknabe ist. Der Mann, dessen Neffen ich im Schlupfloch sterben sah. Ich schließe die Augen und atme tief und gleichmäßig ein und aus.

Das Essen riecht fantastisch, wie ein Weihnachtsessen und Geburtstagskuchen zugleich – richtiges Essen. Mir wird bewusst, dass ich seit Ewigkeiten nichts mehr gegessen habe und obwohl ich eigentlich nichts anrühren sollte, fangen meine Magensäfte an zu brodeln. Also knie ich mich vor das Tablett und schaufele das Essen in mich hinein, als wäre ich wieder bei Ma.

Ich sehe mich in der Zelle um, das Gefühl, einen vollen Magen zu haben, ist ungewohnt. In der Ecke befindet sich ein kleines Badezimmer. Es ist sauber, glänzt und duftet blumig. Ich stolpere hin und sitze eine Weile einfach auf dem Boden, warte darauf, dass mir das Essen wieder hochkommt, finde etwas Trost in der Härte der Bodenfliesen. Aber nach einer Weile legt sich die Übelkeit wieder. Zum ersten Mal, seit ich aufgewacht bin, fällt mir auf, dass mir meine Kleider am Leib kleben wie eine dünne Eisschicht, doch obwohl ich nicht aufhören kann zu zittern, obwohl ich wirre Gedanken habe und mein Atem stockend geht – die ersten Anzeichen von Unterkühlung –, zögere ich den unausweichlichen Moment hinaus, an dem ich mich ausziehe. Weil ich weiß, dass ich dem Höhepunkt entgegenrase, dem Ende des Kanons. Und vielleicht werde ich nach Hause zurückkehren, vielleicht werde ich eine Revolution entfachen und die kleine Blume sein, die den Imps neue Hoffnung schenkt, aber Ash wird ebenfalls gehängt werden. Er wird nicht nach Hause zurückkehren. Er wird einfach sterben. Tränen sammeln sich in meinen Augenwinkeln, doch ich weiß, dass ich einen kühlen Kopf bewahren muss, wenn ich sein Überleben sichern will. Also zwinge ich mich, mir die Kleider vom Leib zu pellen, und hänge sie in die Trockenkammer.

Ich steige unter die Dusche. Zuerst verbrüht mich das Wasser fast, es fühlt sich an wie hundert kleine Bügeleisen, die mir die Haut versengen. Aber dann vergeht der Schmerz und ich fühle, wie Wärme meine Haut durchdringt und allmählich meine

Knochen erreicht. Langsam funktioniert mein Gehirn wieder. Ich brauche eine gewisse Zeit, um das Chaos zu entwirren. Der Hinterhalt, das Schlupfloch … Alice' Verrat.

Meine Gedanken wandern zur Schlinge und der aufklappenden Falltür. Ich frage mich, wie doll es wehtun wird. Ob ich mitbekommen werde, wenn Ashs Beine neben mir strampeln, während das Leben aus ihm weicht. Ich weiß auch nicht, ob Baba recht hatte, ob das Hängen überhaupt funktionieren wird, in einem Moment wird das Leben aus mir herausgepresst und im nächsten liege ich in einem Trümmerhaufen auf der Comic-Con oder vielleicht in einem Krankenhausbett. Es erscheint mir alles sehr weit hergeholt, jetzt, da ich in einem militärischen Bunker unter der Dusche stehe und mich darauf vorbereite, gehängt zu werden.

Meine Fragen geraten außer Kontrolle, werden panisch. Dürfen Katie und Alice an meiner Seite sein? Was, wenn Alice versucht, Willow gegen mich aufzubringen? Was, wenn Willow nicht seine Liebe zu mir erklärt und der Kanon sich nicht vollendet? Werde ich tatsächlich sterben und werden Katie und Alice für immer in dieser Welt leben? Und was ist mit Nate? Mein witziger, kluger, schräger kleiner Bruder. Wird er auch aufwachen? Die Fragen türmen sich, bis meine Haut anfängt zu spannen, als würde sie gleich platzen. Ich stelle die Dusche aus und trockne mich ab, bis jeder Bluterguss brennt – eine willkommene Ablenkung.

Ich weiß, dass ich vermutlich den weißen, sauberen Bademantel anziehen sollte, aber ich rümpfe die Nase und schlüpfe in meinen Overall. Er stinkt nach Stadt, juckt wie verrückt und ist steif vor Schmutz und getrocknetem Blut – meinem eigenen,

Ashs, Thorns, Nates. Aber so fühle ich mich sicherer. Ich weiß nicht, wie lange ich auf der Bettkante sitze und an die weiße Decke starre, mir wünsche, dass sie ein Himmel voller Seifenblasen wäre und Nate neben mir riefe: *Mehr Blasen, Violet, mehr Blasen, bitte.*

Ich fange an, mich zu fragen, was der Präsident zu mir sagen wird. Ich erinnere mich an seine Unterhaltung mit Rose. Er war so herablassend. Ich hätte ihn am liebsten geohrfeigt. *Schau an, schau an. Wenn das nicht Rose ist. Die schöne, furchtlose Rebellin. Das Mädchen, das Willow Harpers Herz gestohlen hat, nur um im Gegenzug ihr eigenes zu verlieren. Bitte, setz dich zu mir.* Aber ich muss das Drehbuch jetzt vergessen. Es würde keinen Sinn ergeben, da ich ja mit Ash und nicht mit Willow aus dem Fluss gezogen wurde.

Irgendwann kommen die Soldaten wieder. Sie eskortieren mich einen langen, sterilen Gang entlang, der nach Lilien und Putzmitteln duftet. Ich sehe eine große Holztür, die schwer bewacht ist und an der die Farben der Gem-Flagge prangen. Ich wische mir reflexartig die Augen, aber ich habe keine Tränen mehr. Ich mache kleine, zittrige Schritte zur Tür, rechne fast damit, dass meine Gelenke knacken, hoffe, dass mein Körper bei Kontakt zerfällt.

Die Wachen öffnen die Tür und ich sehe ihn. Den Mann aus dem Kanon. Rose' Verderben. Der Gem-Präsident. Er sitzt in einem samtenen Clubsessel und trinkt Tee aus einer Porzellantasse.

Er zeigt sein unechtes Lächeln und sagt: »Schau an, schau an. Wenn das nicht Rose ist. Die schöne, furchtlose Rebellin. Das Mädchen, das Willow Harpers Herz gestohlen hat, nur um im Gegenzug ihr eigenes zu verlieren. Bitte, setz dich zu mir.«

Meine Lippen öffnen sich, aber ich bin zu verwirrt, um etwas zu sagen. Das sind die Sätze aus dem Kanon. Exakt dieselben, die er zu Rose gesagt hat, als er sie traf. Woher weiß der Präsident überhaupt von Willow? Ich weiß nicht, was ich sagen oder tun soll. Also folge ich blind dem Kanon und zwinge mich zu meinem Text: »Willow. Wo ist er jetzt?«

»Zurück auf dem Anwesen. Leckt sich die Wunden. Keine Sorge. Du wirst ihn wiedersehen. Er wird selbstverständlich deinem Erhängen morgen beiwohnen.«

Wieder folgt der Präsident dem Drehbuch. Irgendwie muss er herausgefunden haben, dass Willow mir geholfen hat, dem Hinterhalt zu entkommen. Ich sage wieder meinen Text, unsicher, was ich sonst tun soll. »Bitte, nein.«

Der Präsident lächelt. »Komm schon, Violet, du kannst deinen Text ruhig mit etwas mehr Elan vortragen.«

Zuerst glaube ich, ich hätte mich verhört. Die Müdigkeit und die Anspannung und die Reste des Beruhigungsmittels. »Wie bitte?«

»Oh, es tut mir leid. Habe ich mich vom Drehbuch entfernt?« Er wendet sich an den Soldaten. »Leutnant, bitte schenken sie unserem Gast etwas Tee ein. Sie hat schließlich eine weite Reise zurückgelegt, um bei uns zu sein.«

Die Welt scheint zu schrumpfen. Alles um mich herum – der Couchtisch, die Bilderrahmen, die Vase mit den Lilien – wird zu Nippes. Der Leutnant reicht mir einen Tee und ich setze die Untertasse auf meinem Schoß ab. Die dunkle Flüssigkeit beginnt zu zittern. »Ich weiß nicht, was Sie meinen.«

»Du musst dich mir gegenüber nicht dumm stellen, Violet. Du bist die neue Hauptfigur, nicht wahr? Die verwegene Heldin deiner Lieblingsgeschichte.« Er sieht mich von oben bis unten an. »Und eine ziemlich überzeugende noch dazu.«

Ich starre ihn mit offenem Mund an.

Er lächelt sein seltsames unechtes Lächeln. »Ich kenne die Dame ohne Gesicht ebenfalls.«

»Baba.« Ich sage ihren Namen und mir wird alles klar.

Er nickt. »Erstaunliche hellseherische Fähigkeiten, sie weiß, wo du hinwillst, bevor du es tust, Violet. Und welch übernatürliche Kräfte. Sie ist vielleicht kein schöner Anblick, aber sie ist ein Gem durch und durch.«

Ein dunkles, hässliches Durcheinander an Gefühlen steigt mir in den Hals. Baba hat den Gems vom Überfall, vom Schlupfloch, von der Flucht über den Fluss erzählt. Baba hat uns verraten. Baba hat Nate getötet. Meine Teetasse klappert gegen die Untertasse. »Aber im Kanon …«

»War sie auf der Seite der Imps?«

»Ja.«

»Ist es dir nicht aufgefallen? Der ›Kanon‹, wie du ihn nennst, ist nur das Gerüst, er enthält die Grundelemente, über die wir unser üppiges und detailreiches Universum gebreitet haben.«

Ich blinzele. Denken tut jetzt richtig weh, als müsste ich die Gedanken vom Inneren meines Hirns abpulen. »Sie hat Ihnen von unserem Universum erzählt, von dem Buch?«

Er nickt. »Ich weiß es schon seit langer, langer Zeit.«

Meine Fragezeichen werden immer größer. Ich kann die Risse auf meinen Handrücken und Handgelenken beinahe sehen, meine Haut spannt sich unter dem Druck. »Aber Baba hat erst vor einer Woche oder so davon erfahren, als sie mir in der Kirche zum ersten Mal begegnet ist.«

Er lacht in sich hinein und schlürft seinen Tee. »Sie hat sich dumm gestellt. Sie weiß seit Jahren davon. Seit *Der Galgentanz* veröffentlicht wurde.«

»Ich … ich begreife das nicht.«

»Nein. Das kann ich mir vorstellen. Dein kleines Affenhirn hat sicher Mühe, alles zu verarbeiten.« Er steht auf und geht zu einem kleinen Fenster, das mit einem smaragdgrünen Vorhang verhüllt ist. Er zieht an einer Schnur und der Vorhang wird zurückgezogen. Dahinter befindet sich kein Fenster, sondern ein Porträt. Sally King. »Ich habe sie aus dem Gedächtnis gemalt. Baba hat uns in einem Traum einander vorgestellt. Du weißt natürlich, wer sie ist?«

Ich nicke.

»Ich fand es sehr passend, dass sie über mich wacht. Sie hat mich schließlich erschaffen.« Er starrt das Gemälde an und eine ungewohnte Sanftheit liegt in seiner Stimme. »Ich weiß, dass ihr Universum, dein Universum irgendwie unseres erschaffen hat, die Macht des kollektiven Unbewussten hat Baba es genannt.«

»Das kollektive Unbewusste?«

»Ja. Wenn eine Gruppe Menschen die gleichen Überzeugungen, die gleichen Ideen teilt.«

»Sie reden von der Fangemeinde?«

»So könnte man es nennen. Ja, lass es uns so nennen. Die Fangemeinde, das klingt besser. Nun, die Energie aus der Fangemeinde hat etwas geschaffen … etwas Reales.« Er beschreibt mit seiner Hand einen Kreis, eine dramatische Ausschmückung. »Das hier!«

Er beugt sich über den Tisch und tunkt seinen Finger in den Tee. Der Tee dampft noch, aber er zuckt nicht zurück. Mit der

Feuchtigkeit zeichnet er einen Kreis auf den Couchtisch. »Baba hat dir davon erzählt, dass eine Geschichte wie das Leben ist. Von der Geburt bis zum Tod.«

Ich versuche zu nicken.

Er hält meinem Blick mit glasigen Augen stand. »Nun, das ist es, was wir hier haben. Ein unendlicher Zyklus. Eine Endlosschleife … Ich weiß es, weil ich darin festsitze.« Er tunkt wieder einen Finger in den Tee und zeichnet eine Reihe Striche um den Kreis herum, sodass er an ein schlichtes Zifferblatt erinnert.

Das lässt mich an die Markierungen in der Kanalisation denken und an Nates Gesicht, das vor Begeisterung geleuchtet hat, als er mit dem Finger die gelbe Farbe entlang gefahren ist. Ich spüre dieses Pochen in der Brust, das mein Atmen erschwert. Aber der Präsident fährt fort. Er zeigt auf den oberen Strich, den Zwölf-Uhr-Strich. »Der Anfang der Schleife. Hier. Ich sitze in meinem Büro. Ich erhalte die Nachricht von einer Distelbombe beim Galgentanz. Einige Rebellen haben die verurteilten Imps befreit, sagte man mir, kein Grund zur Beunruhigung, Sir.« Er bewegt seinen Finger zum Drei-Uhr-Strich. »Hier. Sie erzählen mir, Willow Harper werde vermisst. Die Rebellen stecken dahinter, kein Grund zur Sorge, Sir. Wir schicken ein Suchkommando los.« Er bewegt seinen Finger an den untersten Punkt. Sechs Uhr. »Hier. Sie verhaften eine aufstrebende kleine Rebellin namens Rose.« Sein Finger tippt auf neun Uhr. Seine Stimme wird lauter und dringlicher. »Ich treffe sie in meinem Büro, sie zeigt keine Reue. Ich denke, wie hübsch sie aussehen wird, wenn sie an einem Seil tanzt.« Er bewegt seinen Finger nah an den ersten Strich heran, den Zwölf-Uhr-Strich. »Ich sehe die Schlampe hängen, die Menge macht eine Kehrtwendung und reißt den Galgen zu

Boden, dann … bumm.« Er stößt den Finger an den obersten Punkt des Kreises. »Ich bin wieder in meinem Büro, erfahre von einer Distelbombe, als wäre es gerade erst passiert.«

Er tunkt den Finger in den Tee und frischt seine verblassende Schleife auf. »Zunächst kommen mir Zweifel an meiner geistigen Gesundheit. Ich bin der Präsident, ich stehe unter großem Druck. Ich nehme ein paar Tabletten und mache alles noch einmal mit.« Sein Finger umkreist weiter den Tisch, er nimmt Fahrt auf. »Ich treffe die Schlampe, ich sehe sie hängen, die Galgen fallen und dann bumm.« Er drückt so fest auf, dass ich schwören könnte, dass sich Blut mit dem Tee mischt. »Büro. Distelbombe. Die Schlampe hängt. Die Galgen fallen. Bumm.« Sein Finger wird schneller und schneller, bis der Kreis ganz rot ist. »Büro. Distelbombe. Die Schlampe hängt. Die Galgen fallen. Bumm.«

Vor lauter Frustration schreit er und wirft den Tisch um. Das Geräusch von polterndem Holz und zerbrechendem Porzellan erfüllt den Raum. Ich erstarre. Nur meine Brust bewegt sich, ein flaches Keuchen. Er wendet sich zu mir, seine Züge sind zu einem derart banalen Lächeln verzogen, dass ich mir kaum vorstellen kann, wie er zu einem solchen Wutausbruch fähig war.

Dann redet er mit sanfter, leiser Stimme. »Gefangen in einer Schleife, einem Kreis, unfähig auszubrechen. Es ist ein Albtraum, Violet.«

Der Leutnant ersetzt stumm den Tisch, während der Präsident sein Jackett richtet. Und gerade bevor Stoneback seine Ärmel zurechtzupft, bemerke ich ein winziges Mal auf der Innenseite seines Handgelenks: einen schwarzen Leberfleck, bei dem die Mitte fehlt, ein bisschen wie ein kleiner Ring.

»Jedes Mal, wenn die Geschichte endet, wiederholt sie sich also?«, frage ich.

Er nickt. Ich spüre einen Hoffnungsschimmer, er breitet sich sanft in meiner Brust aus. Ich fasse ein bisschen Mut. Ich lecke meinen Finger an und färbe die Zwölf-Uhr-Markierung dunkel, dabei verschmiere ich sein Blut. »Wenn die Geschichte neu anfängt, was passiert dann mit den Leuten, die gestorben sind?«

»Sie werden wiedergeboren.«

Ein zittriges Lachen entfährt mir. Ash wird wiedergeboren werden. Matthew wird wiedergeboren werden. Schlagartig wird die Hoffnung stärker, fährt durch meinen gesamten Körper, wird greifbar und warm. »Mein Bruder?«

Er legt einen Finger auf meinen und schiebt ihn zu mir. Eine Mischung aus seinem Blut und meinem Speichel zeichnet eine dünne Linie. »Dein Universum ist nicht zyklisch. Es ist linear. Wenn dein Bruder in dieser Realität, in *Der Galgentanz*, gestorben ist, wird er niemals wiedergeboren werden, weder in diesem Universum noch in deinem.«

Trauer schnürt mir den Hals zu.

Er nimmt seinen Finger von meinem und setzt sich wieder aufrecht hin. »Ich vermute, du fragst dich, warum ich mich an diese Endlosschleife erinnere, während alle anderen in meiner Welt beneidenswert ahnungslos sind?«

Ich hatte nur an Nate gedacht, seine funkelnden Augen und sein Koboldgrinsen, aber ich nicke trotzdem.

»Einige von uns Gems sind ein bisschen zu stark erweitert. Genau wie die alte Hellseherin, die du so mochtest. Während sie übersinnliche Fähigkeiten erhielt, bekamen ein paar von uns ein erweitertes Gedächtnis. Die besten Wissenschaftler, die besten

Ingenieure, die hochrangigsten Politiker. Wir erinnern uns an die Echos, die Reflexionen, an alles – jede verdammte Schleife. Und wir sind es leid. Das Leben soll sich bewegen, voranschreiten.« Er starrt traurig auf den blutigen Kreis. »Und wir können die Geschichte nicht verändern, wir können verdammt noch mal gar nichts machen, denn die Auswirkungen einer Schleife, die sich nicht schließt, könnten furchtbar sein. Das ist ein Risiko, das einzugehen wir noch nicht wagen.«

Ich bohre meine Finger in meinen Kopf, als könnte ich so irgendwie in mein Hirn fassen und die Informationen entwirren. »Aber wenn die Fangemeinde Sie erschaffen hat, wie sind Sie dann zu einer Kindheit, einer Vergangenheit gekommen? Es ergibt keinen Sinn. Ihr Leben kann eigentlich erst mit dem Anfang der Geschichte begonnen haben.«

»Die transdimensionale Quantenresonanz enthält viele Paradoxe, aber ich erwarte nicht, dass dein Affenhirn das begreift. Vielleicht ist eine Analogie hilfreich. Eine andere Endlosschleife, die Henne und das Ei.«

»Was war zuerst da«, flüstere ich. Baba hat die gleiche Analogie verwendet, sie hat mich schon damals verhöhnt.

»Ja. Gut gemacht. Ich hole dir eine Banane. Hat die Fangemeinde uns erschaffen oder haben wir die Fangemeinde erschaffen? Hat das Buch uns erschaffen oder haben wir das Buch erschaffen? Es spielt keine Rolle. Es ist eine Frage, die nicht aufzulösen ist. Beides ist wahr, unsere Universen sind symbiotisch, die Gems haben eine Kindheit, wir haben eine Geschichte, wir teilen sogar eine Geschichte mit deinem Universum. Aber die Zeit vergeht in unserem Universum anders.«

»Das kapiere ich nicht.« Ich fühle mich so dumm. Ich wünschte,

Nate wäre hier, er würde sein Sheldon-Cooper-Ding machen und es verstehen. Ich vermisse ihn so sehr, mit ihm ist ein Teil meines Herzens gestorben.

»Ja, das war zu erwarten.«

Ich schlucke die Tränen hinunter und versuche, meinen Atem zu beruhigen. »Also, warum bin ich hier?«, frage ich schließlich.

»Das ist das Ding mit einer genetischen Superrasse. Wir können die meisten Probleme lösen, solange wir genug Zeit haben. Wir haben einen Weg ersonnen, um die Trennschicht zwischen unseren Universen zu durchbrechen. Einen Weg, um sie zu erreichen.« Er zeigt auf das Porträt von Sally King.

»Aber … Sally King ist tot.«

»Jetzt ja. Aber sie hat ja gelebt. Erinnerst du dich daran, wie sie gestorben ist?«

»Sie hat sich umgebracht.«

»Wegen der Stimmen in ihrem Kopf?« Er tippt sich mit einem langen, eleganten Finger an die Schläfe. »Manchmal sind die Verrückten gar nicht verrückt.«

»Die Stimme waren Sie?«

Er nickt. »Ich habe versucht, Miss King davon zu überzeugen, eine Fortsetzung zu schreiben, um die Endlosschleife zu durchbrechen.«

Ich betrachte Sally Kings Gesicht, die Traurigkeit hinter ihrer übergroßen Brille. »Sie haben sie getötet?« Ich empfinde eine solche Wut, einen solchen Hass auf diesen Mann. Wegen Sally, wegen Nate, wegen Matthew, wegen all der Imps, die er getötet hat. Ich führe die Teetasse an meine Lippen, um das Sprechen zu vermeiden, denn ich fürchte, ich könnte schreien oder kreischen oder fluchen.

»Nicht absichtlich. Sie war unsere einzige Hoffnung. Das Problem war: Als sie die Fortsetzung von *Der Galgentanz* anfing, hatten wir künstlerische Differenzen.« Er lächelt in sich hinein. »Sie wollte, dass die Imps den Sieg davontragen. Ich nicht. Ich fürchte, ich habe sie vielleicht zu sehr bedrängt.«

»Sie ist gestorben, weil sie die Zukunft der Imps beschützt hat?« Ich erinnere mich wieder an den Pelikan, der mit seinem eigenen Blut Leben spendete, und ein kurzes Lächeln huscht über meine Lippen.

Er ignoriert mich. »Aber dann kam neue Hoffnung auf. Eine aufstrebende Fanfiction-Autorin.«

Ein klares Bild steht mir vor Augen. Gebräunte Beine um gebräunte Beine gewickelt, fast wie zwei verschlungene Stiele, die sich zu zwei getrennten Blüten öffnen. Die schlafenden Liebenden – die zwei Blüten – bilden beinahe eine Herzform. Ich greife nach meiner Halskette, dann fällt mir wieder ein, dass ich sie zerrissen habe. Meine beste Freundin, die Fanfiction-Autorin, der wunderschöne Imp, der einen Gem liebt. Es tut fast weh, ihren Namen zu sagen. »Alice.«

Der Präsident nickt. »Anime Alice. Dank ihr wuchs eine neue Fangemeinde heran, die das Versprechen einer neuen Geschichte barg, eine Existenz jenseits dieser Endlosschleife. Wir konnten die Anwesenheit dieser neuen Fangemeinde fühlen. Wir bemerkten allmählich winzige Veränderungen im Kanon, neue Figuren, die auftauchten, kleine Störungen hier und da. Zum Glück noch nichts, was dramatisch genug wäre, um unsere Zukunft zu verändern, nichts, was die Schleife durchbrechen könnte. Aber stell dir vor, Alice würde eine Fortsetzung schreiben, eine Geschichte, die veröffentlicht werden und ein ganz neues Publikum erreichen würde. Dann hätten wir eine Fangemeinde mit der Kraft, diese Schleife zu unterbrechen. Wir hätten eine Zukunft.«

»Sie hätten ein weiteres Buch und eine weitere Schleife.«

Er klatscht laut und langsam. »Du musst eins von diesen cleveren Äffchen sein, die Zeichen geben und für Erdnüsse kleine Kunststücke aufführen können. Nein. Was wir bekommen werden, ist eine Chance. Wer weiß, was passieren wird, wenn wir erst einmal frei sind. Eure A-plus-B-gleich-C-Logik ist ziemlich veraltet.«

Ich spüre, wie ich die Augenbrauen zusammenziehe, höre das Klirren von Porzellan an Porzellan, als meine Beine weiter zittern. »Also, warum bin ich wirklich hier?«

»Wir haben unseren Fehler bemerkt, als Sally King gestorben ist. Sally war natürlich pro-Imp. Sie war selbst ein Imp, das seid ihr in eurem Universum alle. Und ihr zu sagen, sie solle pro-Gem sein, hat einfach nicht funktioniert. Wir brauchten Alice, damit sie wie ein Gem lebt, ein Gem wird und lernt, was für Tiere die Imps wirklich sind. Wenn sie jetzt in eure Welt zurückkehrt und unsere Fortsetzung schreibt, wird sie sich an ihr kleines Abenteuer nicht erinnern, aber sie wird ein Gem sein, durch und durch. Sie wird eine Zukunft schaffen, in der wir Gems gerne leben möchten.«

Mir wird schlecht. »Sie waren das? Sie haben uns von der Comic-Con herbefördert?« Das Klimpern der Teetasse schwillt an und hört dann abrupt auf, als die Tasse umkippt. Heißer Tee tränkt meine Oberschenkel, aber ich bemerke den Schmerz kaum.

Der Präsident lacht nur. »Ja. Wie ich schon sagte, wir haben brillante Wissenschaftler. Wenn du möchtest, kann ich einen von ihnen herholen. Er kann dir die Quantenphysik des transdimensionalen Tunneleffekts erklären, aber ich fürchte, das würde dein Primatenhirn zum Platzen bringen, und ich trage meinen Lieblingsanzug.«

Ich sehe zu meiner Tasse, die zerbrochen am Boden liegt. Zwei perfekte Hälften. »Und weiß Alice davon?«

»Nein. Alice weiß nichts. Momentan genießt sie einfach eine wunderbare Zeit bei den Gems. Sie glaubt immer noch, dass sie weiter hier leben darf, wenn du den Kanon nicht vollendest. Wenn sie die Wahrheit erführe, würde sie sich ... manipuliert fühlen.«

»Aber warum wurde ich dann hergebracht? Und Katie?« Ich muss schlucken, bevor ich seinen Namen sage. »Nate.«

»Wir wollten nur Alice transportieren. Aber die Dinge laufen nie ganz wie geplant. Und als ihr alle herkamt, ich muss schon sagen, da wurde es interessant. Baba hat mich auf dem Laufenden gehalten.«

»Rose sollte nicht sterben?«

Er hebt meine Teetasse auf und drückt die beiden Hälften aneinander, sodass die Tasse wieder ganz aussieht.

»Nicht zu diesem Zeitpunkt, nein. Sie sollte morgen beim Galgentanz hängen, eine Revolution entfachen, den Lauf der Geschichte vollenden und Alice nach Hause schicken.« Ein Anflug von Stolz hebt seine üblicherweise verächtliche Miene auf. »Ich muss zugeben, Violet, dass du meine Erwartungen als Ersatzspielerin weit übertroffen hast. Baba hatte mir das schon prophezeit.«

»Also werde ich an Rose' Stelle hängen?«

Er grinst, seine Zähne erinnern mich an die Schaumzucker-

Süßigkeiten, die ich als Kind so geliebt habe. »Das ist richtig. Welch eine Bredouille, in der du da sitzt. Das zu fürchten, was du am dringendsten brauchst – die Schlinge des Henkers. Aber keine Sorge, alle guten Heldinnen landen in einer Zwickmühle. Das erhöht die Spannung.«

Ich erinnere mich an die Papiergirlande, die grabschenden Hände, die Dups, die Sichel, die Imps im Fleischhaus. Nates toten Körper auf dem Beton. Ich empfinde solche Wut. Und dann denke ich an Mum und Dad, an Schoko-Malteser und Netflix, an Abschlussprüfungen und Übernachtungspartys. Der Präsident hat recht. Ich bin in einer Zwickmühle, er schätzt sie nur falsch ein.

»Ich mach's nicht«, zische ich.

»Wie bitte?«

»Ich mach's nicht. Ich spiele nicht mit. Wenn Willow beim Galgentanz ruft, dass er mich liebt, werde ich zurückschreien, dass ich ihn hasse, dass ich ihn nur benutzt habe. Ich werde den Kanon nicht vollenden und dann wird Alice nicht nach Hause zurückkehren können, um ihre Gem-Fortsetzung zu schreiben. Die Gems werden niemals siegen.«

»Wie interessant. So wie Alice sich mit den Gems identifiziert, identifizierst du dich mit den Imps.«

»Ich bin ein Imp.«

Er lächelt höhnisch. »Wie ich schon sagte: Die Schleife nicht zu vollenden könnte Auswirkungen haben, die wir nicht absehen können. Sie könnten entsetzlich sein. Du wirst nicht nur daran scheitern, ins andere Universum überzutreten, dieses Universum könnte auch einfach aufhören zu existieren.«

»Vielleicht ist das ein Risiko, das ich in Kauf nehme.«

»Wir reden von völliger Vergessenheit, Violet. Vergessenheit für dich und deinen Gassenjungen-Freund und all die Imps, die du so liebst. Du bist vielleicht bereit, mit deinem eigenen Leben zu spielen, aber ich bezweifle stark, dass du mit ihren spielen willst.«

Treffer, er hat mich erwischt. Ich weiß es und er weiß es. Ernüchtert, geschlagen schüttele ich den Kopf.

»Wenn Willow Harper beim Galgentanz vorstürzt und schreit …« Er springt auf und fasst sich in melodramatischer Pose ans Herz. »… ›Ich liebe dich, Rose‹, was sagst du dann?«

»Ich liebe dich auch.«

»Die Gems reißen die Galgen nieder, eine Revolution bricht aus, die Geschichte wird vollendet und du kannst nach Hause zurückkehren.« Er blickt auf mich herunter, ein höhnisches Grinsen klebt auf seinem künstlichen Gesicht. »Braves kleines Äffchen.«

KAPITEL 47

Ich liege auf dem Bett in meiner Zelle und starre auf die Tür. Wenn sie sich das nächste Mal öffnet, werde ich zum Galgentanz gebracht. Mir schmerzt der Kopf von dem Versuch, all die neuen Informationen zu verarbeiten. Vielleicht hat Präsident Stoneback recht, ich habe das Hirn eines Äffchens. Tränen rinnen mir das Gesicht hinunter, kleckern über meinen Nasenrücken und sickern ins Kissen. Nach allem, was ich getan habe, allem, was ich verloren habe, kann ich immer noch nicht gewinnen. Die Gems gewinnen. Baba gewinnt.

Ich fasse in meine Tasche und finde die Kette mit dem halben Herzen. Ich muss sie nach unserem Streit dort hineingestopft haben, zu sentimental, um sie einfach wegzuwerfen. Sie ringelt sich durch meine Finger wie ein feiner Zinnfaden, und als ich die Hand öffne, baumelt das halbe Herz vor meinen Augen.

Meine beste Freundin. Von den Gems ausgenutzt. Wenigstens beschränkt sich ihr Verrat nur darauf, dass sie mit Willow geschlafen hat, sie trägt keine Schuld an Nates Tod. Aber sie wird die Imps letzten Endes zerstören und ich werde ihr unfreiwillig dabei helfen, indem ich den Kanon vollende. Etwas in mir ist zerbrochen, das niemand reparieren kann. Ich stopfe die Kette wieder in meine Tasche.

»Selbstaufopferung und Liebe.« Ich flüstere die Worte den Wänden zu. Aber sie klingen einfach nur dumm. Und aus irgendeinem Grund kommt mir Miss Thompson in den Kopf, wie sie sich über ihren Resopal-Tisch beugt und uns vom Tiefpunkt in der Dramentheorie erzählt, von dem Moment, an dem alle Hoffnung verloren scheint. Ich muss fast lachen, ich bin am absoluten Tiefpunkt angelangt, mehr geht nicht.

Die Tür öffnet sich. Ich rechne mit einer weiteren Khaki-Uniform, aber stattdessen entdecke ich Baba. Sie bewegt sich vorwärts, schwebt in der Luft, die Füße vollkommen reglos. Zuerst halte ich sie für einen Geist, aber dann bemerke ich die Schalthebel in ihren runzligen Händen und begreife, dass sie eine bizarre Art von Hoverstuhl verwendet. Ich betrachte ihr altes, verschlossenes Gesicht, das so entspannt und ruhig ist, und das Bild des blutenden Nate in meinem Schoß erfüllt meinen Kopf. Sie hat den Gems vom Unterschlupf erzählt. Wut breitet sich in meinem Körper aus, füllt meine Venen, zieht meine Muskeln zusammen, bis sie sich anfühlen wie lauter Springteufel. Ich glaube, ich könnte sie umbringen. Nur ihre Zerbrechlichkeit hält mich davon ab.

Der Stuhl bleibt neben meinem Bett stehen. Ich wage nicht, sie anzusehen, aber ich kann die Lilien riechen und ihre warme, bedächtige Stimme hören. »Ich spüre deine Wut«, sagt sie.

Ich springe auf, mit geballten Fäusten und zitternd. »Wie konntest du uns nur so verraten?«

Ihre Augen springen unter ihren Lidern hin und her. »Du vergisst, dass ich ein Gem bin.«

»Aber die Imps haben dich über Hunderte von Jahren beschützt!«

Sie zieht an einem kleinen Hebel und der Stuhl schwebt in eine Position, an der ihr Gesicht auf einer Höhe mit meinem ist. Ich kann die weichen Härchen in ihrem Gesicht sehen, silbrigen Daunen gleich, außerdem das Grün ihrer Augen hinter den Lidern, die winzigen Zahnknospen, die gegen ihr Zahnfleisch drücken. »Und deshalb würde ich sie niemals verraten. Genauso wenig wie dich.«

»Aber der Präsident …«

»Ist eine Bumsnudel. Nein, warte, er ist ein Wichsfleck, das ist das Beste.« Sie schiebt den Hebel zurück und der Stuhl landet wieder auf dem Boden. »Komm, knie dich zu mir, Kindchen.«

Ich sehe sie misstrauisch an, unsicher, ob sie die Wahrheit sagt, ob ich ihr meinen Geist wieder öffnen sollte.

Sie kichert. »Was hast du noch zu verlieren?«

Langsam öffne ich meine Fäuste. Neugier, Verzweiflung. Irgendwas zieht mich zu ihr auf den Boden. Sie legt ihre Handflächen an meine Schläfen und ich fühle Schmerz in meinem Magen aufkeimen, sich durch meinen Körper schieben und zwischen meinen Augen bündeln. Er verjagt das Bild von Nate, lockert den Griff der Trauer um meinen Hals. Ich bin fast traurig darüber, der Schmerz ist alles, was mir von Nate noch bleibt. Und als ich die Augen öffne, stehe ich in meinem Wohnzimmer.

»Es geht doch nichts über ein Zuhause«, sagt Baba.

Es sieht so gewöhnlich aus, so beige. Ich drehe mich langsam und nehme alles in mich auf. Das hellbraune Ledersofa mit dem Kaffeefleck auf der rechten Armlehne, die Fotos von mir und Nate, die etwas schief an den cremefarbenen Wänden hängen, der ramponierte Couchtisch, den Dad aus unserem vorherigen, möblierten Haus hat mitgehen lassen. Ich spüre den flauschigen

Teppich unter meinen Füßen, rieche den Schmortopf im Ofen, höre das vertraute Stimmengewirr des Fernsehers hinter mir. Meine Eltern sitzen nebeneinander auf dem Sofa, Mum balanciert die Fernbedienung auf ihrem Knie. Ich erkenne die Musik aus *Der Galgentanz* wieder. Ich muss lächeln. Dad hat es immer als »diesen dystopischen Mist« bezeichnet. Ich betrachte ihre Gesichter, jede Falte und jede Rundung ihrer Züge, und das Herz schwillt mir in der Brust.

Baba schiebt sich neben mich, ihr Hoverstuhl ist verschwunden. »Sie sehen glücklich aus.«

Ich nicke, aber mein Herz fällt plötzlich in sich zusammen. »Sie haben noch nicht von Nate erfahren?«

»Diese Menschen sind nicht deine echten Eltern, Violet. Sie sind deine Projektionen.« Sie legt mir eine teigige Hand auf die Schulter. »Und sie sind der Grund, warum du danach strebst, den Kanon zu vollenden. Der Heilige Gral, das Licht am Ende des Tunnels, das sind sie, oder?«

»Ja.« Ich betrachte ihre Finger, die sie sanft ineinander verschlungen haben, und ihre Pantoffeln, die gegeneinanderklopfen.

»Als du das Mädchen ohne Hände gerettet hast, als du ins Kolosseum geeilt bist, um Thorn davon abzuhalten, die Gems zu hängen, als du das Boot auf den Fluss geschoben hast und selbst ans Ufer zurückgekehrt bist, als du ins Wasser getaucht bist, um deine Freunde zu retten – tatest du es, um nach Hause zurückzukehren?«

»Ich … ich verstehe das nicht.« Ich lasse Mum und Dad nicht aus den Augen, aus lauter Angst, sie könnten einfach verschwinden.

»Nach allem, was du gesehen hast, allem, was du geworden bist, willst du wirklich nur deshalb beim Galgentanz hängen, damit du nach Hause zurückkehren kannst?«

Ich schüttele den Kopf.

Sie dreht mich so, dass ich zum Fernseher blicke. Die Schlussszene des Films läuft gerade. Rose steht auf der Bühne, die Schlinge um ihren Hals. Meine Hände fliegen unwillkürlich an meine Kehle.

Sie bewegt ihre Hand so, dass sie kurz über meinem Herzen zu liegen kommt. »Warum, Violet? Warum hast du diese Dinge getan?«

Ich spreche, ohne zu zögern. »Um den Imps zu helfen.«

»Ja!«, ruft sie. »Aus dir ist so viel mehr geworden als aus Rose. Dir ist die Sache wichtig, dir ist Gerechtigkeit wichtig. Deshalb habe ich dich verraten. Deshalb habe ich dem Präsidenten gesagt, wo er dich findet. Du musstest die Gräueltaten sehen, die Barbarei der Gems am eigenen Leib erfahren, um ein wahrer Imp zu werden, ein Imp, der sich erheben und für seine Leute kämpfen wird. Denn nur ein Akt wahrer Liebe und wahrer Aufopferung kann den Kanon vollenden. Es war immer eine Liebesgeschichte, Violet. Aber für dich geht es um eine größere Liebe als die zwischen zwei Menschen.«

Ich reiße den Blick vom Fernseher los und sehe sie an. Ihre Augen wirken vor dem Beige meines Wohnzimmers noch grüner. »Nate ist gestorben, damit ich ein wahrer Imp werden konnte?«

Eine Träne tröpfelt ihr Gesicht hinunter, rinnt durch ein Gitterwerk aus Falten. »Es tut mir so leid. Meinen Kräften mangelt es bisweilen an Präzision – manche Dinge kann ich nicht vorhersehen.«

Ein Schwall unerwarteten Mitleids rauscht durch mich hindurch. Ich weiß schließlich, wie es sich anfühlt zu versagen. Ich wechsele uns beiden zuliebe das Thema. »Aber wenn ich gehängt werde, kehrt Alice in unsere Welt zurück und schreibt die Gem-Fortsetzung. Die Imps werden unterliegen, egal wie.«

»Vielleicht.«

»Kann ich sie aufhalten? Gibt es einen Weg?«

»Wenn Alice in eure Welt zurückkehrt, wird sie sich nicht mehr an die vergangene Woche erinnern. Das werdet ihr alle nicht. Vielleicht vernehmt ihr vereinzelte Echos, Bruchstücke hier und da, mehr wie ein Traum. Aber eure Erfahrungen bleiben in euch. Die Fortsetzung, die Alice schreibt, wird von ihren Erfahrungen geprägt werden.«

»Es gibt also nichts, was ich tun kann?«

»Es ist noch nicht alles verloren, Violet. Es ist immer noch genug Zeit, dass ihr *beide* euren Weg findet. Vielleicht bist du nicht die Einzige, die zu Selbstaufopferung und Liebe in der Lage ist.«

»Was soll das überhaupt bedeuten?«

Sie sieht einen Moment lang nachdenklich aus. »Selbstaufopferung. Liebe. Sie werden für Alice etwas anderes bedeuten, da bin ich mir sicher. Aber sie bilden den Kern einer jeden großen Geschichte, auch der ihren.«

So viele Fragen, so viele Ungewissheiten schwirren mir durch den Kopf, aber sie schließt die Augen und beginnt zu singen.

»Zähl die Disteln, eins, zwei, drei.
Bald sind alle Imps ganz frei.«

Der Imp-Kinderreim. Ich öffne den Mund, um sie zu fragen, welche Bedeutung er hat, aber die Farben des Wohnzimmers fangen an zu verschwimmen und der Boden unter meinen Füßen scheint zu verblassen.

»Zähl die Disteln, vier, fünf, sechs.

Nehmt euch Waffen, Stein, Gestöcks.«

Sie nimmt meine Hand in ihre. Das Geräusch des Fernsehers wird zu Rauschen. Der Duft des Schmortopfs wird zum Geruch von Desinfektionsmittel und Waschpulver.

»Die grüne Esche ist nun rot,

Der Frühling fort, der Sommer tot.«

»Warte«, rufe ich und versuche, einen letzten Blick auf meine Eltern zu erhaschen. Aber sie sind verschwunden. Ich sehe nur noch Schwärze und höre nichts außer den letzten beiden Zeilen.

»Zählt nicht die Stunden, zählt Minuten.

Hoffnung beginnt als kleine Blume.«

KAPITEL 48

Heute werde ich gehängt.

Ich werde für meine Freunde, meine Familie und vor allem für die Liebe gehängt. Aber nicht für die Liebe eines Mannes. Nein, ich werde für mehr als das hängen. Ich werden hängen für die Liebe meines Volkes. Für die Liebe der Imps. Für Ash, Saskia und Matthew. Für Katie und Nate … sogar für Alice. Für jede unvollkommene Laune der Natur, die das Recht hat, sich als Mensch zu bezeichnen.

Ein Team extravaganter, manikürter Stylistinnen trifft in meiner Zelle ein, genau wie im Kanon. Sie attackieren mich mit Puder und Rouge und verschiedenen Farben, kleben mir Zeug an die Wimpern, lackieren mir die Nägel, polieren mir die Haut, bis sie strahlt. Sie sehen mich mit prüfendem, kritischem Blick von oben bis unten an und ich winde mich in meinem Bademantel.

Eine der Stylistinnen lächelt, was ihren roten Lippenstift rissig macht. »Na ja, sie sieht zumindest weniger nach Imp aus.«

Ich vermute, Präsident Stoneback traut Willow nicht zu, seine Liebe für mich zu erklären, wenn ich wie eine dreckige Wanderratte aussehe. Sie drücken mir etwas Unterwäsche in die Hand und sehen zu, wie ich versuche, sie mir unter meinem Bademantel anzuziehen. Ich habe gerade erst den Verschluss eingehakt, als sie mir den Bademantel runterreißen und einen Metallhüfthalter umlegen. Er scheint sich von allein zusammenzuziehen und drückt mir den Bauch in die Brust. Sie zwängen meine Brüste in einen magischen BH, der sie zwei Körbchen größer macht. Das ist Rose definitiv nicht passiert. Trotz meines bevorstehenden Todes bin ich etwas genervt, dass meine Figur mehr bearbeitet werden muss als ihre. Ich ziehe meinen Overall über und blicke in den Spiegel. Ich erkenne mich kaum wieder.

Zwei Wachen treffen ein. Ich erinnere mich aus dem Kanon an sie. Sie packen mich mit groben Händen an den Schultern und treiben mich über eine große Betonfläche zu einem Hoverfahrzeug.

Die Sonne hat ihren höchsten Stand erreicht und wird funkelnd vom Metall des Fahrzeugs und den Stacheldrahtrollen auf den Absperrungen zurückgeworfen. Ich suche verzweifelt nach Ash, aber er ist nirgends zu sehen.

Sie stoßen mich die Rampe ins Fahrzeug hinauf.

»Mausis letzter Gang«, sagt die eine Wache.

»Wohl eher Äffchens letzter Gang«, antwortet die andere.

Das Hoverfahrzeug sieht genauso aus wie das im Kanon. Die Luft ist kalt, durchtränkt von Desinfektionsmitteln und Schießpulver. Sie führen mich nach hinten zu einer Zelle und schieben die Tür zurück. Da sehe ich ihn, den Schwung seines Halses, die Stelle, wo das schwarze Haar auf weiße Haut trifft. Ash. Seine Arme sind nach oben gezogen, die Handgelenke an einer Metallstange fixiert und in diesem Moment erinnert er mich an einen Vogel mit ausgebreiteten Flügeln.

Die Wachen versehen mich auf die gleiche Weise mit Handschellen, was mich auf die Zehenspitzen zwingt, die Metallschellen schneiden mir in die Haut. Die Tür schließt sich wieder und wir schwanken nebeneinander im Rhythmus des Hovers.

Die Stylistinnen scheinen ihn komplett ignoriert zu haben. Sein Haar wirkt stumpf vor Schmutz und Blut und seine Blutergüsse treten jetzt deutlich hervor, ein Wirbel aus Lila- und Gelbtönen umgibt sein linkes Auge wie ein bizarres Monokel. Ich vergrabe mein Gesicht in seiner Halsbeuge, seine Haut und sein Overall riechen immer noch nach Fluss und er fühlt sich feucht und heiß an. Aber als ich ihm schließlich ins Gesicht blicke, sind seine Augen immer noch von kühlstem Taubenblau. So an ihn geschmiegt, empfinde ich einen Augenblick lang Frieden. Ich denke kurz an Rose, die allein in ihrer Zelle stand und ohne Begleitung in den Tod reiste, und sie tut mir leid.

Er küsst meine Schläfe, sanft, dass ich es kaum spüre. »Es tut mir so leid, Violet. Wenn ich dir nicht gefolgt wäre, hättest du Thorn nie vom Fleischhaus erzählt … Nichts von alledem wäre jemals passiert.«

»Es ist nicht deine Schuld.«

Er atmet scharf aus und die Säure in seinem Atem lässt mich vermuten, dass er seit unserer Verhaftung nichts getrunken oder gegessen hat. Ich habe ein schlechtes Gewissen, als mir meine Dusche und mein Tablett mit heißem Essen wieder einfallen.

Ich schiebe meine Handgelenke die Stange entlang und schaffe es, mit einem Finger seinen Handrücken zu streicheln. »Mach dir keine Sorgen. Ich verspreche, dass alles gut wird.«

Er lächelt sein schiefes Lächeln, wobei die Haut seiner Lippen in der Mitte einreißt. »Wer sagt, dass ich mir Sorgen mache.« Er versucht, tapfer auszusehen, ich glaube, mir zuliebe, aber seine Stimme klingt wie eine brüchige Version ihrer selbst und eine Träne hängt an seinen Wimpern. Sie sieht aus wie ein Öltropfen, denn die Farben seines Blutergusses brechen sich darin.

Ich möchte nur, dass er sich ein bisschen besser fühlt, dass der Schmerz etwas nachlässt. Ich küsse seine Lippen, die aufgesprungene Haut ist rau. »Ich wünschte, ich könnte es dir irgendwie erklären, aber das hier ist nicht das Ende für uns beide.«

»Ich habe gar nicht gewusst, dass du so ’n spiritueller Typ bist.«

»Es wird schnell vorbei sein und dann …«

»Und dann?«

Ich drücke meine Lippen an sein Ohr, das bleich und verschlungen ist wie eine Muschel. »Wenn ich es dir erzählen würde, würdest du mich für komplett verrückt halten. Aber nichts ist, wie es scheint.«

Er dreht sich zu mir, seine Nase stößt an meine Wange. »Du hast mir schon erzählt, dass du eine zeitreisende Meuchelmörderin bist, was könnte das noch übertreffen?«

Mein Mund findet seinen. Ich spüre jede Delle in seinen Lippen, das einmalige Muster der Erhebungen. Wie die Wirbel eines Fingerabdrucks. Ich glaube, ich muss gleich weinen, also ziehe ich mich zurück.

Er lächelt. »Hoffnung beginnt als kleine Blume.«

Die Zeilen des Gedichts gehen mir wieder und wieder durch den Kopf. Es kommt mir so vor, als würde mir etwas entgehen, etwas wirklich Wichtiges, aber jedes Mal wenn ich dem Etwas näher komme, entzieht es sich.

Er sieht die Verwirrung in meinem Gesicht und sagt: »Was ich meine, ist: Die Welt ist zum Leben erwacht, als ich dir begegnet bin.«

Der Griff der Trauer schließt sich wieder enger um meine Kehle – eine Erinnerung an weitere Verluste. Eine Spur Verzweiflung schärft meine Worte, als ich ernst sage: »Hattest du jemals das Gefühl eines Déjà-vus? Irgendwelche Echos oder Spiegelungen, als hättest du dein Leben schon einmal gelebt?«

Er runzelt die Stirn. »Wie meinst du das?«

Ich versuche, meine Enttäuschung zu verbergen. Aber es fühlt sich an, als wäre meine Brust von etwas Spitzem, Langem, Gnadenlosem durchbohrt worden. Wenn ich sterbe, wenn der Kanon neu beginnt, wird er sich nicht an mich erinnern.

»Was ist denn?«, fragt er.

»Es spielt keine Rolle.« Ich betrachte jedes Fältchen, jede Pore seines Gesichts, jeden Fleck seiner eisblauen Augen und versuche, sein Bild auf meine Netzhaut zu brennen, denn mir ist ein noch herzzerreißenderer Gedanke gekommen.

Ich werde mich genauso wenig an ihn erinnern.

KAPITEL 49

Der Hover geht in den Sinkflug und wir hören ein seltsames Säuseln. Es wird lauter und lauter und verdichtet sich zu einem wütenden Stimmengewirr.

»Das ist die Menge«, sagt Ash.

Die Masse von Gems hatte ich ganz vergessen. Sie skandieren, schreien, drängeln – eine brodelnde Menge blutrünstiger Gems. Sie fordern das Blut von Imps. Von mir und Ash. Das Fahrzeug landet und es fühlt sich so an, als würden die Massen uns umringen, sie brüllen durch die geschwärzten Fenster, hämmern mit den Fäusten auf die Metallplatten.

Eine Wache tritt zu uns. Sie sieht Ash direkt an. »Du hast Glück, Junge. Der Präsident wünscht heute nur eine Hinrichtung, er sagt, so wäre der Effekt größer, was zum Teufel das auch heißen soll.«

Mein Körper wird von Erleichterung geflutet. Natürlich will Präsident Stoneback nur mich auf dieser Bühne. Im Kanon war es nur Rose. Stoneback will, dass sich die beiden Fäden so eng wie möglich verschlingen, um sicherzustellen, dass der Kanon vollendet wird und Alice nach Hause zurückkehrt. Ich weiß, dass Ash nicht wirklich gestorben wäre, er wäre am Anfang der Geschichte aufgewacht und hätte in Mas Küche den Eintopf umgerührt, aber ich bin trotzdem froh, dass er den ganzen Schmerz nicht erdulden muss. *Den ganzen Schmerz.* Ich glaube, ich muss mich übergeben.

»Nein, warten Sie«, sagt Ash. »Wenn Sie eine einzelne Hinrichtung wollen, dann nehmen Sie doch mich.«

Die Wachen hören nicht hin. Sie öffnen seine Handschellen.

»Warten Sie, bitte«, ruft er. »Hängt mich, nicht Violet.«

»Keine Sorge.« Die Wache lacht. »Du wirst deine Freundin aus dem Käfig sehen.«

»Nein, bitte, nein.« Ash wehrt sich gegen die Wache, aber gegen die stämmige Statur kann er nichts ausrichten. Er sieht mir in die Augen. »Ich liebe dich, Violet.«

Der emotionale Teil meines Gehirns löst sich wie ein Puzzleteil und ich stelle fest, dass ich Dinge weiß, sie aber nicht mehr fühle. Ash sagt mir, dass er mich liebt. Mein Ash. Und doch fühle ich mich leer … verloren. In weniger als einer Stunde werden wir uns nicht mehr kennen. Wir werden Fremde sein, die mehr als ein paar Lügen trennen, mehr als eine Mauer oder ein Wald voller Dornen, wir werden durch ein ganzes Universum getrennt sein, eine Verschiebung der Zeit, vollständigen Gedächtnisverlust. Unsere Liebesgeschichte wird zu einer Tragödie, genau wie die von Rose und Willow. Die Ironie entgeht mir nicht, selbst in meinem tranceähnlichen Zustand.

Ash wiederholt seine Worte wieder und wieder, als er aus dem Hover gezerrt wird. »Ich liebe dich, Violet. Ich liebe dich.« Sie verklingen im Brüllen der Menge, bis ich ihn nicht mehr hören kann.

Er ist weg.

Dieser Gedanke reißt mich aus meiner Trägheit. Der lose Teil meines Gehirns rutscht zurück an seinen Platz und ich bin wieder bei mir. Die Realität der Situation trifft mich mit voller Wucht: Ich werde Ash nie wiedersehen.

»Ich liebe dich auch«, schreie ich zurück.

Aber es ist zu spät.

KAPITEL 50

Eine Wache öffnet meine Handschellen. Meine Anspannung lässt die Gesichtszüge des Mannes verschwimmen, aber ich erkenne den lodernden Hass in seinen Augen, klar und deutlich. Er schleift mich zur Tür und ich wappne mich gegen die Menge, doch als die Tür zurückgleitet, sehe ich nur Grau. Das Hoverfahrzeug ist in der Stadt gelandet, neben dem Kolosseum. Sie wollen, dass ich durchs Imp-Tor gehe, das Tor der Verurteilten. Genau wie im Kanon.

Ich steige aus dem Hover und der Gestank nach verwesendem Vogel trifft mich. Für einen kurzen Moment hüpft mir das Herz. Ich lasse meine Umgebung einen Augenblick auf mich wirken. Etwa hundert Meter entfernt kann ich die Mauern des Kolosseums sehen. Aber ich kann Ash nicht entdecken. Er muss schon im Käfig sein. Ich sehe auch keine anderen Imps. Ich vermute, dass sie sich in ihre Hütten gequetscht haben und die Geschehnisse auf ergatterten Fernsehern verfolgen. Ich suche nach dem Stadttor, aber ein Schwarm bewaffneter Wachen versperrt mir die Sicht, sie stoßen mich, reißen mich mit und ich werde Teil eines riesigen khakifarbenen Gebildes.

Von der anderen Seite der Mauer erklingt die Fanfare. In zehn Minuten werde ich gehängt. Meine Beine versagen den Dienst und die Wachen müssen mich mitziehen, meine Füße schleifen hinter mir her wie die eines Affen, als wäre ich wirklich einer. Wir kommen ans Tor und sie stellen mich aufrecht hin. Eine der extravaganten Stylistinnen taucht auf. Sie wischt mir mit Wattestäbchen unter den Augen entlang, verreibt Öl auf meinen Lippen, kämmt mir das Haar.

Ich höre Präsident Stonebacks schrille Stimme, die sich über die Kolosseumsmauern erhebt. Er sagt genau das Gleiche wie im Kanon. Nur dass er diesmal von mir spricht.

»Willkommen beim Galgentanz, liebe Gem-Genossen. Wir stehen kurz davor, den Tod von Imp Nummer 753811 zu bezeugen. Ein Nacht-Imp, die auf barbarische Art einen aufrechten jungen Gem manipuliert hat, bis er glaubte, er hege Gefühle für sie. Ein Imp, die sich mit Verführungskraft und Lügen einen Weg in das Herz eines jungen Gems gebahnt hat, um Zugang zu Regierungsgeheimnissen zu erlangen. Eine dreckige kleine Spionin. Die versucht, die Gems zu stürzen und unsere Lebensweise zu zerstören.«

Die Menge grölt.

Sie treten alle von mir weg, die Stylistin, die Soldaten. Ich schwanke auf der Stelle, bibbere in meinem Overall, starre auf das undurchdringliche Metalltor. Ich fange unkontrolliert an zu zittern, stärker als in der Nacht, als ich aus dem Fluss gezogen wurde, und ich glaube, dass mein Herz gleich zerspringt.

Die Stimme des Präsidenten erklingt wieder: »Also lasst uns nun die Bekanntschaft dieser Verführerin, dieser Spionin machen.«

Das Tor schwingt langsam auf. Die Menge verstummt. Ich sehe den Ausschnitt der farbenfrohen Gem-Welt größer und größer werden, bis ich nichts anderes mehr erblicke. Und trotz des Schreckens, der in meinem Körper pulsiert, weiß ich die Ironie zu schätzen, dass mein ureigenster Tiefpunkt so voller Farben ist. Leuchtend gefärbte Anzüge in Smaragdgrün und Scharlachrot, glänzende lange Haare, jede erdenkliche Hautfarbe von Porzellan bis Ebenholz. Und dennoch sehen alle Gesichter gleich aus. Symmetrisch, vollkommen und gierig nach Vergeltung.

Die Stille hält an. Ich stehe völlig reglos da, atme nur, blinzle, starre zurück. Mir wird bewusst, wie sehr ich sie hasse. Es überrascht mich, wie intensiv dieses Gefühl ist – verzehrender als Liebe, ein physisches Ding, das in Wellen von mir abstrahlt. Und die lackierte Hülle einer Matroschka-Puppe ist wieder da, sie umgibt mich wie ein Schutzpanzer, hält mich aufrecht, verleiht meinen Beinen, meinen Armen, allem an mir Stärke.

Sie wollen eine Hinrichtung? Ich gebe sie ihnen.

»Und da ist sie, meine Damen und Herren. Schuldig in zwei Fällen. Beziehungen zu einem Gem und Hochverrat. Es ist zu schade, dass wir sie nicht zweimal hängen können.«

Die Menge lacht. Ich schreite mit starken, hasserfüllten Schritten zur Bühne. Im Kopf höre ich Nates Stimme und muss lächeln. *Du bist 'ne coole Sau. Du bist 'ne coole Sau.*

Ich sehe nicht zur Schlinge oder zu Ash im Käfig. Ich kann nicht riskieren, dass mein Panzer Risse bekommt oder meine Stärke nachlässt. Ich versuche, nicht an den Hubschrauber zu denken, an das riesige Lagerfeuer, das die Gesichter der Rebellen erst letzte Nacht erhellt hat. Nate an meiner Seite, sein aufgeregtes Gesicht. Ich starre einfach weiter auf die Masse strahlender symmetrischer Augen.

In der Menge, ziemlich weit vorn, entdecke ich Willow. Sein Gesicht wird von einem unbekannten Gefühl verzerrt, das irgendwo zwischen Angst und Liebe zu schwanken scheint. Neben ihm steht Alice, deren Hände nervös ihren Hals umspielen. Und mir wird bewusst, dass ich auch sie hasse.

Der Henker – eine schwarze Säule – steht bereit, die Hand am Hebel. Ich weiß, dass mein Panzer mich nicht enttäuschen wird. Ich werde nicht zusammenbrechen. Meine Entschlossenheit festigt sich und bringt ein willkommenes Gefühl der Ruhe. Ich steige die Treppe zur Holzbühne hinauf, stelle mich auf die Falltür und lasse mir vom Henker die Schlinge umlegen. Ich weiß nicht, warum, vielleicht ist es die Suche nach etwas Tröstlichem, das mich durch die nächsten fünf Minuten bringt, aber meine Hand findet die Kette in meiner Tasche. Ich drücke sie, so fest ich kann. Es geht nichts über ein Zuhause.

Der Präsident spricht weiter. »Imp. Deine Verbrechen werden mit dem Tod bestraft.«

Ich blicke zu Alice. Ihre Augen füllen sich mit Tränen, ihr Oberlippengrübchen mit Rotz. Sie kann es einfach nicht ertragen, wie der Kanon sich vollendet, kann es nicht ertragen, diesen gottverdammten Ort zu verlassen. Sie hat nicht die geringste Ahnung, dass sie, wenn sie nach Hause kommt, vom Präsidenten benutzt werden wird, um den Gems zu dienen. Ich beiße die Zähne zusammen, das leere Gefühl in meiner Brust ist kaum auszuhalten. Ich sehe weg und erst da bemerke ich sie, sie stehen im Käfig. Nicht nur Ash, auch Saskia und Katie.

Katie wirkt zutiefst beunruhigt, ihre Fingerknöchel sind weiß und sprengen beinah ihre Haut, als sie sich mit den Fingern durchs rote Haar fährt. Wir sehen uns an und sie ringt sich ein

Zwinkern ab, als wäre sie wieder im Klassenzimmer und lauschte meinem Referat. Saskia ist am Boden zerstört. Trauer verzieht ihr Gesicht und Tränen tropfen von ihrem Kinn. Flüchtig denke ich, wie hübsch sie ist, jetzt, da alle Wut aus ihrem Gesicht gewichen ist.

Als Nächstes sehe ich zu Ash. Ich wünschte, ich hätte ihm die Wahrheit gesagt, wie verrückt sie sich auch angehört hätte. Ich wünschte, ich hätte ihm von der Comic-Con und dem Paralleluniversum und Willow und Alice erzählt, einfach von allem. Aber vor allem wünschte ich, ich hätte ihm gesagt, dass ich ihn liebe. Selbst wenn wir für den Rest unseres Lebens nichts von der Existenz des anderen ahnen, hätte ich für einen winzigen Augenblick in diese umwerfenden Augen blicken und sehen können, wie die Wahrheit auf mich zurückstrahlt.

Der Trommelwirbel hebt an. Genau wie im Kanon. Ich drehe mich zu Willow. Er wird jetzt jede Sekunde über die Absperrung und auf die Bühne springen und seine Liebe zu mir erklären. Der Trommelwirbel wird schneller. Jede Sekunde … Aber er steht vollkommen reglos da, seine Hände zittern, seine Augen sind geschlossen.

Mein Magen dreht sich, mein Herz fällt in sich zusammen. Es ist mir nie in den Sinn gekommen, dass Willow erstarren könnte. Wenn er seinen Text nicht sagt, wenn sich der Kanon nicht vollendet, wer weiß, was dann passiert. Ich werde vermutlich an diesem Seil sterben und dieses Universum und alle darin – Ash, Saskia, Katie, sogar Alice – werden einfach aufhören zu existieren.

Der Trommelwirbel schwillt weiter an, aber Willow bewegt sich immer noch nicht. Seine Augen bleiben fest geschlossen, seine Lippen vibrieren leicht, als würde er ein Gebet sprechen. Vielleicht war es die zusätzliche Zeit mit Rose, als sie zusammen durch die Imp-Stadt flohen, die seine Liebe für sie bekräftigt hat. Vielleicht schwächt die Tatsache, dass er neben Alice steht, einem schönen und amüsanten Ersatz, seine Entschlossenheit. Oder vielleicht ist der jetzige Willow, mein Willow, tatsächlich schwächer als Kanon-Willow. Was auch immer der Grund sein mag, ich habe versagt. Heiße Tränen rinnen mir übers Gesicht. Ich fühle mich geschlagen, verloren. All das hier, alles, für nichts.

Komm schon, schreie ich im Kopf. *Komm schon, Willow. Du musst es tun.*

Der Trommelwirbel füllt mein Hirn, er ist jetzt lauter als ein Erschießungskommando. Ich blicke zu Alice. Ich sehne herbei, dass sie einschreitet, dass sie Willow eine Ohrfeige verpasst oder etwas in der Art. Aber ich weiß, dass sie denkt, ich würde einfach sterben, wenn der Kanon sich nicht vollendet, und sie könnte in dieser Welt bleiben. Wenn sie nur die Wahrheit wüsste, wenn ich es ihr doch alles erklären könnte.

Der Trommelwirbel erreicht seinen Höhepunkt. Und dennoch, immer noch, bleibt Willow völlig reglos, hat die Augen weiter zugekniffen und wagt es nicht einmal, mich anzusehen. Ich blicke wieder zu Alice. Sie blinzelt mich langsam an, fast ausdruckslos, wartet nur darauf, dass mein Körper fällt.

Sie hat sich entschieden, gegen mich.

Die Kette fällt von meinen Fingerspitzen, genau in dem Augenblick, als der Trommelwirbel stoppt. Stille. Bis auf das leise Klimpern eines gebrochenen Herzens, das auf dem Boden aufschlägt.

Das war’s.

Ich halte den Atem an und warte auf das Knarren der Falltür, die sich öffnet, auf das Straffen des Seils an meinem Hals. Aber stattdessen höre ich eine Stimme. Laut und kräftig und voller Wut.

»STOPP!«

Ich blicke auf und sehe sie. Sie springt über die Absperrung, dann auf die Bühne, ihr helles Haar wirbelt ihr ums Gesicht. Alice. Sie steht auf der Bühne, mit zitternden Händen und bebender Brust, während sie ein paar schnelle, flache Atemzüge tut. Sie starrt mich einen Augenblick lang an. Sie sieht so anders aus, ihr schönes Gesicht ist angstverzerrt, der Honigton aus ihren Wangen gewichen. Und da bemerke ich sie, in der Mulde zwischen ihren Schlüsselbeinen – die Kette mit dem halben Herzen, deren gezackter Rand in der Sonne funkelt. Einen Augenblick spüre ich Schuldgefühle, weil ich an ihr gezweifelt habe.

Sie nickt mir langsam zu. Wir teilen einen Moment des Einverständnisses. Dann wendet sie sich an die Menge.

»Mein Name ist Alice. Und auch der Imp, den ihr gleich hängen wollt, hat einen Namen. Violet. Sie ist die tapferste, gütigste Person, die mir je begegnet ist. Egal ob Imp oder Gem, sie ist ein Mensch.«

Sie zitiert den Kanon fast Wort für Wort, hält sich zum ersten Mal überhaupt ans Drehbuch. Ihre Stimme erhebt sich über die Mauern des Kolosseums, soll es nur einer wagen, ihr zu widersprechen. »Sie ist keine Verführerin oder Kriminelle. Sie ist meine beste Freundin. Und ich liebe sie von ganzem Herzen.« Sie lässt ihren tintenblauen Blick auf mir ruhen. »Ich liebe dich, Violet.«

Ich höre den Präsidenten auf dem Bildschirm hinter mir nach

Luft schnappen. Er weiß, dass er verloren hat. Alice hat sich danach gesehnt, als Gem zu leben, in dieser Welt zu bleiben, aber für mich gibt sie alles auf. Plötzlich verstehe ich, was Baba meinte. Das ist Alice' Opfer, das ist Alice' Liebe. Damit ist ausgeschlossen, dass sie eine Gem-Fortsetzung schreiben wird. Ich lächele sie an. Das breiteste Lächeln, das ich habe.

Ich dachte, es würde schwierig werden, meinen letzten Satz zu sagen, wohl wissend, was mich erwartet – das Seil, das sich zuzieht, der plötzliche Schmerzensblitz –, aber es fühlt sich richtig an, ganz natürlich.

Und so fülle ich ohne weiteres Aufheben das Kolosseum nicht mit Disteldaunen, sondern mit meiner Stimme.

»Ich liebe dich auch.«

Und endlich öffnet sich die Falltür.

KAPITEL 51

Ich hatte mir Gehängtwerden als allumfassenden Schmerz vorgestellt, einen Schmerz, der mich vollkommen ausfüllen würde, bis er mich definiert, bis er eins mit mir wird. Aber das Gefühl ist eigentlich sehr genau zu bestimmen. Das Zerren der Schlinge an meinem Hals, wie ein brennender Kragen aus Feuer, das Hinuntergezogenwerden von meinem eigenen Körpergewicht, das verzweifelte Nachluftschnappen meiner Lungen, das unwillkürliche Treten meiner Füße, die nach festem Boden suchen. Und ich höre die Schreie der Menge, die von Freude in Empörung umgeschlagen sind und wie Wellen über mir zusammenstürzen. Das Licht schwindet und vor meinen Augen explodieren Sterne.

Allmählich fühle ich mich wie bei Nates Tod, seltsam weit weg. Ich trete aus dem Schmerz, dem Kragen, den Sternen heraus, als wären sie nichts anderes als ein seltsames Kostüm. Ich schwebe über mir selbst, betrachte die Szene, als wäre sie wirklich ein Film.

Ich höre Alice' Stimme, kräftig und laut. »Wollen wir diesen von der Regierung sanktionierten Mord an unschuldigen Imps weiter zulassen?«

Ich höre eine andere Stimme, eine vertraute Stimme. Mum. *So ist es gut, Violet. So ist es gut.*

Noch nicht, Mum, versuche ich zu sagen. Ich entferne mich weiter, nach oben, in die Wolken, und tief unter mir sehe ich Alice und Katie, die die Köpfe recken, als könnten sie meinen Geist in Richtung Sonne entkommen sehen. Der Geruch von verwesendem Vogel und Blütenpollen verflüchtigt sich und wird von etwas Sterilerem, etwas Menschengemachtem abgelöst.

So ist es gut, mein Schatz. So ist es gut. Du schaffst das.

Ich beobachte, wie die Menge langsam umdenkt. Bewegt von Alice' Worten, empört über meinen Tod. Der kollektive Aufschrei der Entrüstung. Die Fäuste, die gereckt werden. Ash klettert auf die Bühne und trägt meinen Körper in die Menge, sein Gesicht ist tränenüberströmt.

»Wer sind hier die Tiere?«, schreit Alice aus vollem Hals. »Wer sind hier die Tiere?«

Und dann sehe ich die Imps über die Mauern des Kolosseums schwärmen und sich zu den Gems begeben. Mein Tod vereint sie zum ersten Mal seit Jahrhunderten.

So ist es gut, Violet, du schaffst das. Mach die Augen auf.

Der sterile Geruch nach Medizin, Desinfektionsmittel und frisch gewaschener Bettwäsche steigt mir in die Nase. Ich höre ein Piepsen, das Klappern von Metall auf Metall.

Noch nicht, Mum. Der Kreis muss sich erst schließen.

Piep. Piep. Piep. Ich sehe zu, wie die wogende Menge die Galgen umspült, an den Balken rüttelt, die Planken löst. Die Bühne gibt nach und die Galgen stürzen um wie die Masten eines sinkenden Schiffs. Alle bleiben reglos stehen, Gems und Imps gleichermaßen. Holzsplitter und Staubwolken steigen in den Himmel, wirbeln und tanzen und funkeln in der Sonne.

Der Kreis hat sich geschlossen.

Piep. Piep. Piep.

Und endlich öffne ich die Augen.

KAPITEL 52

Alice zieht sich die Kunstpelzjacke fester um den Körper. »Es ist arschkalt hier draußen.«

Sie hat recht. Es ist die Art von Kälte, die aus dem Boden steigt, durch die Sohlen der Stiefel dringt, sich in den Füßen ausbreitet und den Körper hinaufkriecht, bis sich sogar die Zähne wund und entblößt anfühlen. Ich ziehe mir meine Wollmütze noch etwas tiefer ins Gesicht und versuche, mich kleiner zu machen, als könnte ich mich so unter der Kälte wegducken.

»Hör auf zu jammern, du südenglisches Weichei«, sagt Katie, »wir sind nur fünf Minuten entfernt.«

Alice runzelt die Stirn. »In fünf Minuten sind mir die Titten abgefallen.«

Die steinerne Fassade des Krankenhauses scheint mit jedem Schritt größer zu werden und sich von einem einzelnen Duplo-Klotz in einen imposanten Turm aus Backsteinen und Fenstern zu verwandeln, der glitzert vor Glas und Eis. Ich frage mich immer, ob ich unser Fenster sehen kann. Das Fester des Zimmers, in dem ich vor etwa sechs Monaten aufgewacht bin, mir an den Hals gegriffen, nach Luft geschnappt und mit den Beinen gestrampelt habe, während ein Nebel aus weißen Tüchern und Krankenschwestern um mich herumschwirrte. Und ich frage mich immer, ob meine Freundinnen genau das Gleiche denken und im Stillen nach Hinweisen suchen, einer vertrauten Vase auf dem Fensterbrett vielleicht.

Alice und Katie wachten wenige Minuten nach mir aus dem Koma auf. Die Comic-Con-Vier, so taufte die Presse uns – eine Gruppe Teenager, die nach einem leichten Erdstoß bei der Londoner Comic-Convention das Bewusstsein verlor und ins Koma fiel. Ohne jede Verletzung. Ein medizinisches Rätsel. Und als drei von uns genau eine Woche später wieder zu Bewusstsein kamen, wurden wir, zumindest für einen Tag, kleinere Berühmtheiten, bis eine von den Kardashian-Schwestern sich ein neues Po-Implantat einsetzen ließ.

Wir überqueren die Straße und der Wind wird stärker, wirbelt feinen Schnee vom Pflaster, von Autodächern, aus den Backsteinritzen der Geschäfte auf, lässt ihn kreiseln, trudeln, durch die Luft tanzen. Das entlockt meinem Hirn ein vertrautes Bild. Disteldaunen. Hunderte Samen, die uns in unserer ganz persönlichen Schneekugel umgeben. Oder vielleicht Federn, weiße und braune, die um mich herum explodieren und zu Boden schweben, begleitet von Gelächter und Vogelgeschrei.

Diese Bilder suchen mich oft heim. Manchmal platzen sie in mein Bewusstsein, manchmal graben sie sich langsam aus und offenbaren sich in mehreren Stufen. Bruchstücke von Bildern, Düften und Geräuschen. Zunächst waren sie verschwommen, traumhaft, jetzt werden alle Sinneswahrnehmungen deutlicher. Aber sie bleiben Teile eines unfertigen Puzzles. Egal wie sehr ich mich bemühe, ich kann sie nicht zu etwas Sinnvollem verbinden. Zumindest noch nicht. Eine merkwürdige alte Dame mit apfelgrünen Augen besucht mich in meinen Träumen. Sie versucht, mir zu helfen, flüstert etwas über Reisen, über ein weit entferntes Land.

»Alles in Ordnung, Vi?«, fragt Katie.

»Ja«, sage ich, eine offensichtliche Lüge. Meine Freundinnen nehmen mich in die Mitte, ihre Körperwärme umschließt mich und halb gehen, halb schlittern wir über den Parkplatz zum Haupteingang des Krankenhauses. Ich kann nicht anders, als in den Winterhimmel zu starren. Er ist von einem umwerfenden blassen Blau. Er wirkt fast wie eine Glasscheibe, die über uns hängt und die sanften, gedämpften Farben des frostigen London reflektiert. Für einen ganz kurzen Moment erinnert er mich tatsächlich an etwas, nein, an jemanden. Aber ich komme nicht darauf, an wen.

Wir joggen die Treppen hinauf, dankbar für den Schwall warmer Luft, der uns im Krankenhausfoyer erwartet, und ich frage mich, ob der Geruch – medizinisch und stechend – bei meinen Freundinnen auch ein mulmiges Gefühl hinterlässt. Wir lösen uns von einander, um unsere Mützen abzunehmen und die Haare glatt zu streichen. Ich lächele über unsere kollektive Eitelkeit, während Krankenschwestern mit Duschhauben und Patienten mit den steifen, gestärkten Krankenhauskitteln des staatlichen Gesundheitsdienstes um uns herumlaufen.

Die Rezeptionistin sieht mich und winkt. Ich kenne sämtliche Angestellten, zwar nicht mit Namen, aber mittels Beschreibungsschnipseln in meinem Kopf, vielleicht ein Zeichen, dass ich eine echte Schriftstellerin werde. Diese hier wäre *Die Dame, deren Augen immer müde sind, aber deren Haar niemals schläft.* Ich erwidere ihr Winken und sie lächelt, auch wenn es etwas gezwungen wirkt, als könnte sie sehen, welche erdrückende, unsichtbare

Last ich zu tragen habe, aber wüsste nicht, wie sie sie anerkennen oder beseitigen soll. Vielleicht weiß sie auch, dass ich es sein sollte, die in dem Krankenhausbett liegt, und nicht Nate, mit Schläuchen, die sich in seinen Mund winden. Oder vielleicht kann sie die schwarze Aura der Schuld sehen, die mich umgibt, gefangen hält. Das lähmende Gefühl, das ich bekomme, weil ich weiß, dass auch Nate aufgewacht wäre, wenn ich nur klüger, stärker, schneller … besser gewesen wäre. Es ergibt keinen Sinn, ich weiß.

Ich gehe den Hauptkorridor hinunter, meine Gummisohlen quietschen auf dem Vinylboden. Alice, Katie und ich gehen dieses Stück immer schnell, eine unausgesprochene Übereinkunft. Genau wie ich sehen sie das medizinische Personal nicht gern, es ist nichts Persönliches, es ist nur leichter, Blickkontakt mit jemandem zu vermeiden, der vielleicht mal deinen Katheter gewechselt hat.

»Also, was hast du ihm heute mitgebracht?«, fragt Katie, als wir endlich beim Fahrstuhl angekommen sind. »Die übliche Auswahl an Märchen?«

»Heute nicht.« Ich schlage auf den Knopf nach oben, mein Finger ist in jadegrünes Licht getaucht. »Heute haben wir ihm etwas mitgebracht, das ein bisschen persönlicher ist.«

Wir sehen die Zahlen der Reihe nach über unseren Köpfen aufblitzen, der Fahrstuhl sinkt in seiner Betonröhre zu uns herunter.

»Ooh, da bin ich aber neugierig«, sagt Katie.

Alice grinst. »Etwas, das ein bisschen futuristischer, ein bisschen dystopischer ist –«

»O mein Gott«, kreischt Katie, »sagt bloß, ihr seid fertig.«

Der Fahrstuhl kommt und wir steigen in die kleine Metallkammer. Er fährt mit einem Ruck an und mir fällt auf, dass ich nicht mehr über den surrenden Mechanismus über uns nachdenke, der uns höher und höher hinaufzieht, immer weiter weg vom sicheren Erdgeschoss. Vor dem Koma hätte ich in meinem Kopf Abba-Lieder gesungen, um die Panik zu verdrängen. Aber seitdem hat sich etwas verändert. Abgesehen von dem Schuldgefühl bin ich selbstbewusster, selbstsicherer. Man sollte meinen, dass das Gegenteil der Fall wäre, wo ich doch der völligen Besinnungslosigkeit so nah war. Ich habe keine Ahnung, warum, aber es ist schon ganz nett, dass ich mir nicht jedes Mal in die Hosen mache, wenn ich ein Referat halte.

Alice zieht ihren Kindle aus der Handtasche. »Wir haben den ersten Entwurf fertig.«

Ich nicke. »Ja, aber ich bin mir sicher, dass unsere Lektorin noch ein paar Änderungen vornehmen will.«

»O ja, Schätzchen, unsere *Lektorin*.« Katie schraubt ihre Stimme zu einem überdrehten, vornehmen Kieksen, sodass sie fast wie die Queen klingt.

»Hau ab«, sagt Alice und lacht.

»Nein, wirklich, das ist toll«, sagt Katie. »Ich freue mich so für euch beide. Ein richtiger Buchvertrag. Und nicht irgendein Buch – die Fortsetzung von *Der Galgentanz*.«

Alice wirkt einen Augenblick verlegen. »Na ja, wir hatten ein bisschen Hilfe.« Sie meint Russell Jones. Nachdem er im Mai das Foto gepostet hatte, schoss Alice' Beliebtheit als Fanfiction-Autorin in die Höhe. Einen Buchvertrag zu bekommen, sogar mit ihrer unbekannten besten Freundin als Co-Autorin, war ziemlich leicht. Aber es war meine Idee, eine Fortsetzung zu schreiben, nicht Alice'. Eine Idee, die die alte Dame mit den apfelgrünen Augen mir eingab, kurz nachdem ich das Bewusstsein wiedererlangt hatte, wobei ich mich an den Traum noch erinnern kann, als wäre es letzte Nacht gewesen.

Ich stand in einem Obstgarten, der von Vogelgezwitscher, Sonnenschein und dem Duft von Früchten erfüllt war.

Dann tauchte die alte Dame auf und drückte mir etwas in die Hand. Ihre kaum vorhandenen Lippen teilten sich und sie sprach mit einer vertrauten Stimme zu mir. »Es war kein Versehen, dass du mit Alice in unsere Welt gekommen bist. Ich habe dich hergeholt. Der Präsident hatte seinen Plan und ich hatte meinen.«

Ich wusste nicht recht, was sie meint, aber ich hatte das Gefühl, ich sollte dennoch fragen. »Was war Ihr Plan?«

»Die Rettung der Imps ist mit dem Sturz der Galgen noch nicht vollendet, mein Kind.«

»Womit ist sie denn vollendet?«

Sie lächelte. »Es geht nichts über ein Zuhause, kleine Blume.«

Und als ich meine Hand öffnete, schmiegte sich ein winziges Veilchen in die Linien meiner Haut.

An jenem Morgen wachte ich mit dem überwältigen Drang auf, mit Alice eine Fortsetzung zu schreiben. Es kam mir vor wie eine Frage von Leben und Tod, als würde die Zukunft der Imps davon abhängen. Es brauchte einen Krug Orangensaft und mehrere Runden Toast, um mich selbst daran zu erinnern, dass die Imps nichts weiter waren als Figuren aus meinem Lieblingsbuch.

Zuerst hatte ich Hemmungen, Alice vorzuschlagen, dass wir zusammen eine Fortsetzung schreiben könnten, denn sie hat immer alleine geschrieben und nicht viel darüber geredet. Okay, ich geb's zu, sie war ein bisschen eigen. Aber ich glaube, das Koma hat auch sie verändert. Sie ist immer noch Alice, aber sie wirkt ein bisschen … weicher. Sie geht ohne Make-up aus dem Haus, sie wird rot, wenn man ihr ein Kompliment macht, und neulich ist sie tatsächlich mit zu einem von Katies Cello-Konzerten gegangen und der Pianist, der Katie begleitet hat, sah nicht mal heiß aus. Wie auch immer, sie hat die Arme um mich geschlungen und gesagt: »Das ist die beste Idee überhaupt.«

Es lief nicht ganz glatt, aber da Alice weicher ist und ich selbstbewusster, haben wir uns irgendwo in der Mitte getroffen. Es gab ein paarmal Streit. Sie empfindet zum Beispiel immer noch diese alberne Fangirl-Verknalltheit für Willow und wollte, dass er ins Zentrum rückt, während ich dazu neigte, ihn ganz herauszuschreiben. Ich weiß nicht, warum, aber die Figur nervt mich mittlerweile richtig, er wirkt so schwach und selbstsüchtig. Ich schätze, die Ereignisse der letzten Zeit haben mich erwachsen werden lassen und ich ziehe jetzt Persönlichkeit Bauchmuskeln vor. Wir haben uns schließlich darauf verständigt, dass eine andere Figur aus *Der Galgentanz* zur Hauptfigur werden würde. Jemand mit dem Potenzial, wirklich zu wachsen. Ich wusste sofort, dass es der Welpe sein musste – Ash. Denn ein Welpe kann nur größer werden.

Aber es gab eine Figur, bei der wir von Anfang an hundertprozentig einer Meinung waren.

Die Fahrstuhltür öffnet sich und der medizinische Geruch wird intensiver, was mein Herz aus dem Takt bringt. Wir gehen den Gang entlang, lesen die Schilder, obwohl wir sie schon tausendmal gelesen haben, und beschleunigen unsere Schritte, als wir uns der Station nähern.

Wir erreichen die weißen Türen und ich bleibe stehen, damit ich mir etwas Desinfektionsmittel auf die Hände pumpen kann. Ich nehme mir einen Moment Zeit, um durch die Rundfenster zu gucken. Nate liegt auf dem Bett, lang ausgestreckt, den Kopf leicht erhöht, sodass man nach einem flüchtigen Blick meinen könnte, er sehe fern oder höre Musik auf seinem iPod. Das ist mein Lieblingsmoment, ihn durch eine Glasscheibe anzusehen, von einem runden Stück Holz gerahmt. Es ist, als wäre er in einer ganz anderen Welt, durch ein Foto oder den Bildschirm gebannt. Als schwebte er in einer Blase. Das Surreale, die Distanz verleihen mir das Gefühl, dass alles passieren könnte, dass er einfach aufwachen könnte.

»Bist du bereit?«, fragt Katie.

Ich antworte, indem ich durch die Tür auf die Station gehe. Die blechernen Krankenhaustöne füllen meinen Kopf, das Piepsen der Monitore, das Surren der Ventilatoren, der Geruch von Desinfektionsmittel und Urin, und dieses Gefühl von etwas Magischem verschwindet komplett. Die Wirklichkeit übernimmt. Nate liegt im Koma. Er ist seit sechs Monaten nicht aufgewacht. Und mit jedem Tag, jeder Stunde, jeder Minute, die vergehen, wird es unwahrscheinlicher, dass er es jemals wieder tut. Mein Blick trübt sich mit Tränen und die schwarze Aura der Schuld taucht die Station in Schatten.

Alice setzt sich auf den Stuhl neben ihm und reibt seine Hand. »Hey, Zwerg«, sagt sie.

Ich stelle mir vor, wie er die Augen öffnet und ihr sagt, sie solle sich verpissen. Er ist vierzehn. Dann fällt mir wieder ein, dass er vor ein paar Wochen fünfzehn geworden ist – ich habe ihm seinen liebsten selbst gebackenen Schokoladenkuchen unter die Nase gehalten, damit er ihn riechen konnte – und die Tränen fangen an, mir vom Gesicht zu tropfen.

Katie zieht einen Sessel heran, damit ich neben ihm sitzen kann, gegenüber von Alice. »Bekackte Krankenhausmöbel«, murrt sie und ringt damit, ihn einzustellen. Ich lächele in mich hinein, die gute alte verlässliche Katie. Kein Koma könnte sie verändern.

Bevor ich mich setze, beuge ich mich vor und küsse ihn auf die Stirn. Er riecht schwach nach Schweiß und Feuchttüchern und ich könnte schwören, dass seine goldenen Wimpern leicht zittern, sich unter meinem Atem bewegen.

Ich kann mich noch daran erinnern, wann ich ihn zum ersten Mal so gesehen habe. Ich war erst seit Kurzem wach, doch obwohl die Ärzte mir versicherten, dass er am Leben sei und sogar im Bett neben mir liege, konnte ich nur die sandfarbenen Haarspitzen sehen und ich glaubte nicht, dass er es war. Ich wusste mit solcher Gewissheit, dass er tot war, als hätte ich ihn sterben sehen.

Sobald das medizinische Personal und die Eltern die Station verließen, um eine ungestörte »erwachsene« Unterhaltung zu führen, zog ich mir meine verbliebenen Schläuche heraus und stolperte an sein Bett. Alice und Katie haben wie verrückt auf ihre Knöpfe gedrückt, damit die Schwestern zu Hilfe kommen, flehten mich mit krächzenden Stimmen an, ins Bett zurückzugehen, bevor ich stürze. Ich habe es trotzdem zu ihm geschafft.

Er sah aus wie aus Wachs, als würden all diese Drähte, Schläuche und Tapestreifen ihn zusammenhalten. Aber der kleine Monitor piepste vor sich hin und ich konnte endlich mit eigenen Augen sehen, was mein Herz nicht glauben konnte.

Die Ärzte hatten recht.

Er war am Leben.

Bevor die Schuld, die Trauer und die Wut kamen (und Junge, wie sie kamen), verspürte ich nur Erleichterung. Ich wollte ihn küssen und halten und lachen, alles auf einmal, aber stattdessen tat ich etwas Merkwürdiges. Ich zog seine Bettdecke zurück und hob sein Pyjama-Oberteil an. Und da war sie, nicht größer als eine Penny-Münze, eine rote runde Narbe auf seinem Bauch. Eine verheilte Schusswunde. Und das Seltsamste war: Es überraschte mich nicht, nicht im Geringsten. Ich blickte von Alice zu Katie und auch sie wirkten nicht überrascht. Und ich wusste, dass wir alle das Gleiche dachten – es lag in meiner Verantwortung, ihn zu erreichen, zu wecken, nach Hause zu holen.

Später erzählte mir Mum, dass Nate am Tag, bevor ich aufgewacht bin, gestorben sei, dass er für drei Minuten einen Herzstillstand erlitten habe, bevor es ihnen gelang, ihn zu reanimieren. Ganze drei Minuten. Ich kann nicht mal zwei Minuten lang die Luft anhalten. Ich erinnere mich noch an Mums Gesicht, aus dem alle Farbe wich, als sie flüsterte: *Ich werde das Geräusch dieser Nulllinie nie vergessen, Violet.* Und ich weiß noch, wie ich dachte: *Ich auch nicht.*

Alice reicht mir ihren Kindle und ich lasse mich endlich in den Sessel neben Nate sinken. Ich lege ihm eine Hand auf den Arm, der sich überraschend warm anfühlt, und mit der anderen Hand lade ich die erste Seite unseres Manuskripts. Die Fortsetzung von *Der Galgentanz – Das Galgenlied.*

Alice linst über das Bett auf den Bildschirm. »Nein«, platzt sie heraus. »Spring gleich zum guten Teil, du weißt schon, dem Teil, den er echt lieben wird.«

»Ja, zwing ihn bloß nicht, den Anfang zu hören«, sagt Katie, die auf dem Bett hockt. »Dem armen Kerl ist doch wahrscheinlich so schon zum Verrücktwerden langweilig.«

Wir reden nie darüber, meine Freundinnen und ich, warum wir überhaupt ins Koma gefallen sind, warum wir im Abstand von wenigen Minuten wieder aufgewacht sind, warum Nate diese rätselhafte Schusswunde hat, aber ich frage mich manchmal, ob sie seit dem Koma die gleichen komischen Träume haben wie ich, ob sie auch damit beschäftigt sind, ihr eigenes Patchwork aus Erinnerungsstücken zusammenzufügen. Denn es wirkt, als wüssten sie, dass Nate uns tatsächlich hören kann, als wüssten sie, dass an den Comic-Con-Vieren etwas ein bisschen anders, ein bisschen besonders ist.

Ich trommele mit dem Finger auf den Knopf zum Umblättern, springe durch die elektronischen Wörter, bis ich die richtige Stelle gefunden habe. Der Auftritt des Jungen. Die einzige Figur, bei der Alice und ich von Anfang an hundertprozentig einer Meinung waren.

Dann drücke ich Nates warme Haut und fange an zu lesen.

»Thorn umkreiste den Jungen, sah ihn von oben bis unten an. ›Und warum glaubst du, du könntest uns helfen?‹

Der Junge lächelte und schob sich das sandfarbene Haar aus der Stirn. ›Weil ich vielleicht wie ein dummes Imp-Kind aussehen mag, aber klüger bin als ein durchschnittlicher Gem. Das macht mich doch zum perfekten Spion, meinst du nicht auch?‹

›Okay, wenn du dich für so clever hältst … beweise es.‹

›Du bist ein Gem‹, sagte der Junge.

Thorn sah ihn finster an. ›Das ist nicht besonders schwer zu erkennen. Ich bin groß und habe symmetrische Gesichtszüge.‹

›Das war es nicht. Imps können auch groß und attraktiv sein. Deine Stimme hat dich verraten – du bemühst dich zu sehr, deine Vokale abzuflachen.‹

Thorn rückte seine Augenklappe zurecht und tat so, als wäre er nicht verunsichert. ›Nun, du bist zweifellos mutiger als ein durchschnittlicher Gem, das muss ich dir lassen. Wie heißt du, Imp?‹

Der Junge grinste sein Koboldgrinsen. ›Nate.‹«

DANKSAGUNG

Zuallererst möchte ich meinen wunderbaren Eltern danken. Ich bin in einem Haus voller Liebe und Geschichten, Science-Fiction und Musik, Lachen, Freundlichkeit und selbstgebackenen Kuchen aufgewachsen. Ich trage diese Dinge für immer in meinem Herzen. Ihr gebt mir endlos Liebe und Unterstützung. Ihr habt mich zu der gemacht, die ich bin.

Ich danke meinen fabelhaften Lesern: Lucy Fisher, Liam Gormley, Jenny Hargreaves, Steve Lee, Helen Spencer, Heather Thompson, Len und Gill Waterworth (Mum und Dad), Isobel Yates und Helen Yates. Ihr gehört zu meinem liebsten Freundes- und Familienkreis, ihr seid mein Cheerleading-Team aus weisen Yodas. Danke!

Ich danke meinen großartigen Freunden. Ihr habt meine Tränen getrocknet, mich abgelenkt und aufgeheitert. Ihr habt mir die Kraft gespendet, die ich in den letzten Jahren gebraucht habe, und dafür liebe ich euch.

Ich danke der Times und Chicken House dafür, dass sie alljährlich die Times/Chicken House Children's Fiction Competition abhalten und irgendwelchen unbekannten Autoren (wie mir) die fantastische Gelegenheit geben, veröffentlicht zu werden.

Ich danke allen bei Chicken House – welch wunderbar unterstützende Menschen. Ich danke Barry Cunningham und Rachel Leyshon für ihre wohlwollende Ermutigung, Hilfe, Kreativität und ihr stetes Vertrauen in mich als Autorin. Ich danke Jazz Bartlett dafür, darauf bestanden zu haben, dass Barry Cunningham mein erstes Manuskript liest, und für ihre brillanten Ideen in der Pressearbeit. Ich danke Elinor Bagenal für ihre großartige Arbeit beim Verkauf von *Fanatic* in alle Welt. Und natürlich danke ich meiner Lektorin, Kesia Lupo, mit der zu arbeiten eine Freude war. Ich weiß ganz ehrlich nicht, wie ich jemals etwas schreiben konnte, bevor ich dir begegnet bin, Kesia. Du bist ein endloser Quell der Ideen, der Klarheit und Einhegung. Und danke, dass du mich davon überzeugt hast, Du-weißt-schon-wen nicht zu umzubringen!

Danke der Big Idea Competition, die das Potenzial in Angela McCanns Idee erkannt hat, und natürlich danke, Angela McCann, dass dir diese große Idee überhaupt gekommen ist. An dem Tag, an dem du dich am Wettbewerb beteiligt hast, standen die Sterne definitiv günstig. Danke!

Und schließlich danke ich Ajda Vucicevic für all ihre Hilfe am ersten Manuskript, dem Roman, der die Aufmerksamkeit von Chicken House erregt hat. Ihre Ermutigung und ihr Vertrauen in mich zu Beginn meines schriftstellerischen Abenteuers haben mir das Zutrauen verliehen weiterzumachen und ich werde ihr ewig dankbar sein.

Herzlichen Dank, Leute. Ich könnte mir keine bessere Fangemeinde wünschen!

Lies jetzt rein!

Das Publikum warf die Arme in die Luft und fing zu tanzen an.

Irgendwie verwandelte sich die Musik in etwas Körperliches, auch für mich. Meine Brust und meine Kehle waren vom Grölen erschöpft, aber ich konnte nicht aufhören.

Jamie tanzte über die Bühne. Es war unglaublich, wie er sich bewegte. Dieses Gesicht. Dieser Mund … das Mona-Lisa-Lächeln. Er hatte die übliche Ausstrahlung und ich wehrte mich nicht dagegen. Jetzt und hier war seine Macht zu stark. Es war, als wären wir alle mit ihm vernetzt, jeder Einzelne mit unseren eigenen Drähten, und spürten seine Energie, teilten unsere mit ihm, randvoll mit so etwas wie Liebe, nur größer. Und er sog unsere Kraft in sich auf wie ein in Seide gekleideter grübchenlächelnder Blitzableiter, um sie zu uns zurückzuleiten.

Yeah … also … Jamie Maldon. Ich hatte es kapiert.

Wenn er sang, vor allem die langsamen Lieder, schien er in einer anderen Welt zu sein. Die meisten Songs hatten er und Angus selbst geschrieben und sie hatten natürlich eine besondere Bedeutung für ihn. Und für die Fans.

In der Zwischenzeit hielt Connor die Basslinie und Angus gab mit seiner heiß geliebten alten Fender Stratocaster an. Seine Solos waren ein Feuerwerk. Er war wild und intensiv und er kostete jede Sekunde aus, wie man an seinem halben Lächeln auf den Großbildschirmen sah. Ein halbes Lächeln von Angus war tausend normale Lächeln wert.

Und doch kam ich immer wieder auf Jamie zurück. Er war als Songschreiber genauso gut wie als Performer. Wie konnte jemand mit seinem Mund und seinem Hüftschwung auch noch die Seele eines Poeten haben? Das war einfach nicht fair.

Lies jetzt rein!

Ich schaute zum Fenster hinüber, lechzte danach, den Wind auf meiner Haut zu spüren. Nach der langen Fahrt im Wagen konnte ich die Enge des kleinen Zimmers kaum ertragen, aber es wäre unschicklich gewesen, noch näher ans Fenster zu treten, wo ich gesehen werden konnte – noch dazu mit meinen entblößten weißen Schultern.

Und in diesem Moment sah ich dich.

Du bist auf einem weiß-braun gescheckten Pferd auf das Hotel zugeritten, die Füße in den Steigbügeln nach außen gedreht. Ein zweites Pferd trottete an einem Seil hinter dir her. Noch nie hatte ich einen Reiter so nachlässig auf einem Pferd sitzen sehen und ich trat unwillkürlich näher ans Fenster.

Dein Hinken hatte ich noch nicht bemerkt, auch deine hellen Augen nicht, denn mein Blick haftete an deinem langen braunen Haar und deinem unrasierten Gesicht. Um deinen Hals lag ein Lederband, an dem verschiedene Gegenstände hingen: Ich erkannte ein Messer, mehrere Federn und dazwischen einige Patronenhülsen.

Du hast geblinzelt, vor Müdigkeit, nehme ich an, denn die Spätnachmittagssonne war nicht grell. Ohne es zu merken, war ich noch näher ans offene Fenster getreten. Hinter deinem rechten Bein ragte ein Gewehrschaft hervor, aber Gewehre waren nach diesen ersten Wochen in Amerika nichts Ungewohntes mehr für mich.

Ich hatte seit unserer Ankunft in New York mehr Gewehre gesehen, als ich es je für möglich gehalten hätte. Du hast lange, weiche, um die Beine geschnürte Indianerstiefel getragen, dazu Hose und Hemd und darüber eine abgewetzte Wildlederweste.

Ich vergaß mein enges Korsett, so gebannt war ich von dir.

MIX
Papier aus verantwortungsvollen Quellen
FSC® C014496
FSC www.fsc.org

Ein *Chicken House*-Buch im Carlsen Verlag

Originaltitel: The Fandom
Aus dem Englischen von Britt Somann-Jung
Lektorat: Katharina Eisele und Anja Kemmerzell
Umschlaggestaltung: Henry's Lodge, Vivien Heinz
Umschlagbild: Fotolia/majiveka und iStock/mppriv
Layout und Herstellung: Derya Yildirim
Satz: Dörlemann Satz, Lemförde
Gesetzt aus der Charter
ISBN 978-3-551-52100-2
Printed in Germany

www.chickenhouse.de